Stephanie Laurens

Inocencia impetuosa

Una esposa a su medida

Editado por Harlequin Ibérica.
Una división de HarperCollins Ibérica, S.A.
Núñez de Balboa, 56
28001 Madrid

© 1994 Stephanie Laurens. Todos los derechos reservados. INOCENCIA
IMPETUOSA, N° 98 - 1.4.10
Título original: Impetuous Innocent
Publicada originalmente por Mills & Boon®, Ltd., Londres.
Traducido por María Perea Peña

© 1997 Stephanie Laurens. Todos los derechos reservados.
UNA ESPOSA A SU MEDIDA, N° 98 - 1.4.10
Título original: A Confortable Wife
Publicada originalmente por Mills & Boon®, Ltd., Londres.
Traducido por Victoria Horrillo Ledesma
Estos títulos fueron publicados originalmente en español en 2004 y 2005.

Todos los derechos están reservados incluidos los de reproducción, total o
parcial. Esta edición ha sido publicada con permiso de Harlequin
Enterprises II BV.
Todos los personajes de este libro son ficticios. Cualquier parecido con
alguna persona, viva o muerta, es pura coincidencia.
™ TOP NOVEL es marca registrada por Harlequin Enterprises Ltd.

® y ™ son marcas registradas por Harlequin Enterprises Limited y sus
filiales, utilizadas con licencia. Las marcas que lleven ® están registradas
en la Oficina Española de Patentes y Marcas y en otros países.

I.S.B.N.: 978-84-671-8062-6
Depósito legal: B-8654-2010

ÍNDICE

INOCENCIA IMPETUOSA 7

UNA ESPOSA A SU MEDIDA 255

Inocencia impetuosa

CAPÍTULO 1

–¿Georgie? ¡Georgie! ¡Abre la puerta! Oh, vamos, Georgie. Sólo un beso y un achuchón. ¿Me oyes, Georgie? ¡Déjame entrar!

Georgiana Hartley estaba sentada, completamente vestida, con las piernas cruzadas en mitad de su enorme cama. La luz vacilante de la única vela que alumbraba la habitación se reflejaba en sus rizos dorados, que todavía tenía recogidos en un elegante moño. Sus enormes ojos de color avellana estaban fijos en la puerta, mientras pensaba irritada que Charles se estaba convirtiendo en un verdadero zafio.

Era su séptima noche en Inglaterra, y la cuarta que pasaba en Hartley Place, la casa solariega en la que habían vivido sus antepasados y que había pasado a ser de su primo Charles. Y era la tercera noche en la que había tenido que encerrarse a una hora ridículamente temprana en su habitación para evitar el asedio de Charles. Definitivamente, su primo bebía demasiado.

Lo había hecho de nuevo.

Georgiana se reprendió por haber cedido a su impulsividad, cosa que había hecho muchas veces antes y que, sin duda, haría de nuevo en el futuro, sin poder remediarlo. Por aquel motivo, únicamente, había dejado el clima soleado de la costa italiana y había regresado a la tierra en la que había nacido. Después de la muerte de su padre, aquello le había parecido lo más sensato.

Con un profundo suspiro, miró otra vez hacia la puerta. Todo se había quedado silencioso, pero ella sabía que Charles aún estaba allí, con la esperanza de que fuera lo suficientemente tonta como para intentar salir.

James Hartley, el padre de Georgiana, había dejado a su única hija bajo la tutela de su hermano, Ernest. Pero el tío Ernest, que vivía en el Place, había muerto un mes antes que su padre. A Georgiana se le cayó una lágrima. Sin duda, sentía mucho la muerte de su tío, pero tenía una pérdida mucho más devastadora a la que enfrentarse. Además, todas aquellas circunstancias habían hecho que acabara en poder de Charles. Los abogados italianos de James Hartley habían recibido la noticia de la muerte de Ernest Hartley cuando Georgiana ya se había puesto en camino a Inglaterra, y cuando ella había llegado a Hartley Place, se había encontrado a Charles como dueño y señor.

La sólida puerta de roble retumbó, y Georgiana la observó con preocupación. El cerrojo y las viejas bisagras de hierro eran todo lo que se interponía entre ella y su primo borracho.

—Ah, Georgie, no seas orgullosa. Te gustará, te lo prometo. Sólo un poco de diversión —los hipos llegaron a oídos de Georgiana—. Muy bien. Sabes que me casaré contigo. Déjame entrar y nos casaremos mañana. ¿Me oyes, Georgie? Vamos, Georgie, abre la puerta, ¡demonios!

Georgiana apenas pudo reprimir un escalofrío de repulsión. ¿Casarse con Charles? Sintió pánico y se propuso evitar por todos los medios aquel pensamiento. No era momento de venirse abajo.

La puerta volvió a retumbar, y Georgiana recorrió la habitación con la mirada buscando algo con lo que defenderse; pero no había nada, ni siquiera un candelabro.

Con un gesto de resignación, volvió a mirar a la puerta,

esperando filosóficamente lo que pudiera ocurrir, con la certeza de que un día u otro tendría que enfrentarse a él.

Sin embargo, la puerta se mantuvo firme. Con un último golpe, Charles cesó el aporreo.

—¡Maldita seas, Georgiana! ¡No te escaparás! Ya verás, tendrás que ceder, más tarde o más temprano —y después, soltó una carcajada de mofa—. Ya lo verás.

Entonces se oyeron unos pasos vacilantes que se alejaban por el pasillo. Charles se iba a la cama, riéndose como un loco.

Lentamente, Georgiana arqueó las cejas. Permaneció inmóvil, escuchando. Cuando pasaron cinco minutos sin que hubiera escuchado ningún ruido desde el otro lado de la puerta, se levantó y empezó a pasear por la habitación con el ceño fruncido. ¿Cómo podría escapar?

Repasó las opciones que tenía. No eran muchas. No conocía a nadie en Inglaterra, y por lo tanto, no tenía a nadie a quien dirigirse. Pero una cosa sí era cierta: no podía quedarse allí. Si lo hacía, Charles la obligaría a casarse con él, por las malas o por las buenas.

Decidida, saltó de la cama, fue hasta el armario y lo abrió. Sacó su baúl, y una vez que lo tuvo en el suelo, lo acercó a la cama arrastrándolo.

Entonces, un ruido al lado de la puerta hizo que se sobresaltara. Lentamente, se incorporó y miró a la puerta con recelo.

Oyó el ruido de nuevo.

—¿Señorita Georgie? Soy yo, Cruickshank.

Georgiana dejó escapar un suspiro de alivio y se acercó a la puerta. Después de luchar con la llave y la cerradura, consiguió abrirla.

—¡Cruckers! Gracias a Dios que has venido. Me estaba estrujando el cerebro pensando en cómo llamarte.

Maria Cruickshank, una mujer delgada, alta y desgarbada, con el pelo gris recogido en un moño, la miró llorosa.

Había sido la doncella de su madre, y era la persona más cercana que le quedaba a Georgiana en el mundo.

–Como si no fuera a venir corriendo con todo ese escándalo. Puede que Charles sea su primo, pero no es buena persona. Ya se lo dije. ¿Ahora me cree?

Entre las dos cerraron la puerta. Cruickshank giró la llave en la cerradura y se volvió hacia aquella niña a la que adoraba. Se puso las manos en las caderas y frunció el ceño.

–Ahora, señorita Georgie, espero que esté convencida. Tenemos que marcharnos de esta casa. No es lugar para usted. No es lo que su padre quería, niña, ¡no!

Georgiana sonrió y señaló hacia la cama.

Cruickshank abrió unos ojos como platos. Respiró hondo, como si estuviera preparándose para la batalla, y entonces vio el baúl. Soltó el aire con un suave silbido.

–Ah.

La sonrisa de Georgiana se ensanchó.

–Exactamente. Nos marchamos. Ven y ayúdame.

Cruickshank no necesitó que se lo dijera dos veces. Diez minutos después, todas las posesiones de Georgiana estaban en el baúl. Ella se sentó en la tapa, mordiéndose la punta de un dedo y pensando en cómo iban a escapar, mientras Cruickshank apretaba las correas.

–Ahora, Cruckers, no hay motivo alguno para salir de la casa hasta que amanezca, así que lo mejor es que durmamos un poco. Yo me quedaré aquí, y tú baja y cuéntaselo a Ben. Charles debe de estar como un muerto en estos momentos. Estoy segura de que no corro ningún peligro.

Georgiana esperó la inevitable protesta. En vez de aquello, Cruickshank se limitó a soltar un bufido y se puso de pie con dificultad.

–Cierto. Se ha bebido una botella de whisky entera, así que no creo que se levante temprano.

Georgiana se quedó sobrecogida.

–¿De verdad? ¡Dios Santo! Bueno, en realidad, mucho

mejor. Cuanto más duerma, más lejos llegaremos antes de que averigüe que nos hemos marchado.

Cruickshank le preguntó, desdeñosamente:

—¿Usted cree que nos seguirá?

—Pues... no lo sé. Él dice que es mi tutor, pero no veo por qué —dijo, mientras se sentaba en la cama y se apartaba los rizos dorados de la frente, desconcertada—. Es todo tan confuso...

Su tono de voz hizo que Cruickshank se acercara a ella y le diera unos golpecitos en el hombro para confortarla.

—No se preocupe, señorita Georgie. Ben y yo la cuidaremos.

Georgiana sonrió débilmente y le tomó la mano a su doncella.

—Sí, por supuesto. No sé qué habría hecho sin vosotros —le dijo, mirando a los ojos a Cruickshank. La expresión severa de la señora se suavizó.

—Y ahora, querida, ¿tiene alguna idea de adónde deberíamos ir?

—Lo he pensado mucho, pero no se me ocurre nada. Lo mejor que puedo hacer es pedirle ayuda a alguna de las damas del vecindario. Debe de haber alguien que se acuerde del tío Ernest o de papá, y que, al menos, pueda aconsejarme.

Cruickshank asintió.

—Volveré en cuanto amanezca. Ben vendrá por el baúl. Ahora, acuéstese y descanse. Ha tenido demasiada excitación para una noche.

Georgiana obedeció y dejó que Cruickshank la ayudara a ponerse el camisón y a subirse a la gran cama. La doncella la tapó y remetió las sábanas y la manta bajo el viejo colchón.

—Incluso aunque ésta sea la casa de su abuelo, señorita, todo lo que puedo decir es que su habitación deja mucho que desear —y, con una última mirada hacia las sábanas gastadas, fue hacia la puerta—. Sólo para que esté segura, voy a cerrar la puerta con llave.

Con el problema de Charles superado, y lo que iba a hacer en el futuro inmediato decidido, Georgiana se relajó. Suspirando, se acomodó en el colchón y se acurrucó. Se le estaban cerrando los ojos mientras miraba cómo la puerta se cerraba tras la fiel Cruickshank. Cuando sintió que había cerrado con llave, bostezó abiertamente y apagó la vela.

—¡Sss! —Cruickshank se llevó el índice a los labios y, con la otra mano, señaló una puerta.

Georgiana asintió y pasó sigilosamente al lado de la habitación en la que dormían el ama de llaves de Charles y su marido, borrachos, roncando sonoramente. No entendía cómo su primo podía haberlos contratado. Ninguno de los dos parecía tener muchos conocimientos sobre cómo dirigir una casa. Seguramente, era difícil contratar a gente en el campo. Además, el Place estaba en malas condiciones, así que el servicio experimentado no querría hacerse cargo de la casa.

Se encogió de hombros y se apresuró por el pasillo, que terminaba en la cocina, grande y destartalada. Cruickshank estaba luchando por abrir la puerta de atrás, y justo cuando lo consiguió se oyó el ruido de un caballo resoplando en medio de la niebla húmeda. Georgiana salió corriendo al patio de atrás, y Cruickshank la siguió hasta el coche de caballos. Subieron rápidamente y se sentaron, mientras Ben se encaramaba al pescante. Con un suave chasquido, puso en marcha a los caballos, y el coche salió silenciosamente del patio hacia el camino.

Mientras avanzaban, Georgiana iba pensando en el Place. La vieja casa estaba situada en medio de una finca en la que la vegetación y las malas hierbas lo habían invadido todo. Las vallas estaban rotas, y las puertas de la verja estaban desvencijadas. En realidad, la finca no era tan grande como otras de la zona, pero había pasado malos tiempos, y el abandono que había sufrido había pasado factura.

Estaba segura de que su padre desconocía el estado en el que se encontraba la propiedad. De lo contrario, no habría dispuesto que Georgiana viviera allí, o hubiera hecho lo necesario para que la casa recuperara su antiguo esplendor. En realidad, por lo que había visto en los pocos días que había pasado en el Place, no estaba muy segura de que mereciera la pena intentarlo.

Respiró aliviada por haber conseguido marcharse de la finca. Lo único que lamentaba era no haber podido encontrar unas pinturas de su padre. Él le había dicho a Georgiana que había dejado en la casa unos veinte óleos, entre los cuales había un retrato de su madre que había pintado poco después de que se casaran. Su padre siempre había afirmado que aquél era el mejor retrato que le había hecho a su esposa.

Georgiana ansiaba ver de nuevo la cara de su querida madre, que no era más que un recuerdo borroso para ella. Sin embargo, Charles le había dicho que no conocía aquellas pinturas, y aunque Georgiana las había buscado a escondidas, no había logrado encontrarlas. Y, al escaparse de las garras de Charles, había perdido los óleos. Suspiró filosóficamente. Sabía que había hecho la elección correcta, aunque deseara con todas sus fuerzas aquel retrato de su madre.

La niebla de la mañana se estaba disipando cuando llegaron al pequeño pueblo de Alton Rise, situado en la encrucijada de varios caminos principales. Ben detuvo los caballos justo al lado de la posada. Saltó del pescante y se acercó a la ventana del carruaje. Georgiana la abrió y sacó la cabeza.

—Ben, ¿podrías enterarte de dónde vive el juez? Si su casa está muy lejos, pregunta por el propietario de la finca más cercana.

Ben asintió y desapareció por la puerta de la posada. A los diez minutos, volvió.

—Dicen que lo mejor es que vayamos a Candlewick Hall. El propietario es lord Alton, de Londres. Su familia ha vivido aquí durante generaciones. La posadera piensa que lo más seguro para usted es pedir ayuda allí.

—¡Por Dios, Ben! No les habrás dicho que...
Ben se encogió de hombros.
—No ha sido una sorpresa para ellos. Por lo que parece, ese primo suyo no tiene muchas simpatías por aquí...

Georgiana reflexionó sobre aquello. No era difícil de creer. En tres días, Charles le había demostrado sin lugar a duda qué clase de individuo era.

—¿A qué distancia está Candlewick Hall?
—A unos cuatro kilómetros —respondió Ben, mientras subía de nuevo al pescante.

Cuando el coche se puso en marcha, Georgiana se recostó en el respaldo del asiento y pensó en lo que le diría a la señora de la finca.

Sin duda, tendría que ser franca con lady Alton. No estaba segura de lo que podría hacer por ella, pero al menos, podría darle las señas de algún hotel en Londres, donde ella pudiera quedarse y estar a salvo.

El carruaje entró en un camino mucho mejor que el que conducía al Place. Georgiana se fijó en el paisaje que estaban atravesando. Los campos estaban bien cuidados, y las ovejas y las vacas pastaban en los prados. Y, como si quisiera contribuir a la belleza de aquella imagen, el sol salió de entre las nubes y llenó la escena de luz y de brillo.

Georgiana se quedó aún más impresionada cuando llegaron a la finca. Las puertas eran de hierro forjado, inmensas, y desde ellas, un camino de gravilla perfectamente dibujado conducía hasta la casa entre dos líneas de hayas. Los caballos agradecieron aquella superficie lisa y cabalgaron alegremente. Georgiana miraba por la ventanilla, encantada. Así era como ella había imaginado que sería la residencia campestre de un lord inglés, con césped bien cuidado y macizos podados a la perfección, e incluso un pequeño lago ornamental.

Y cuando por fin avistó la casa, sus labios formaron una exclamación de deleite.

Los muros de color crema de Candlewick Hall se erguían

frente a ella, orgullosos. La escalera principal era de piedra y subía desde el camino de gravilla hasta las dos enormes puertas de la casa. Los cuarterones de cristal de las altísimas ventanas resplandecían. A la luz de la mañana, la casa transmitía una sensación de paz, de tranquilidad, de solidez. Aquello era todo lo que ella había querido encontrar en Inglaterra.

Cuando el coche se detuvo frente a la escalera, Ben se bajó, le abrió la puerta y la ayudó a bajar. Después la escoltó por las escaleras, y se adelantó para llamar con la enorme aldaba.

Georgiana se puso nerviosa delante de las puertas de la casa. Le había parecido mucho más fácil pedirle ayuda a una desconocida cuando estaba en la cama, la noche anterior. Pero el recuerdo del acoso de Charles le revitalizó el ánimo. Cuando oyó el sonido de unos pasos que se acercaban, tomó aire y se obligó a sonreír con seguridad.

—¿Sí?

El mayordomo que había abierto la miraba con actitud majestuosa.

—Buenos días. Me llamo Georgiana Hartley. Me pregunto si podría hablar con lady Alton.

Georgiana se quedó satisfecha con su tono de voz. Parecía que estaba relajada, a pesar de que en realidad temblaba por dentro. Si el mayordomo era así de ceremonioso, ¿cómo sería la señora de la casa?

El mayordomo no se movió, y Georgiana se preguntó si no sería duro de oído. Estaba intentado reunir el valor para repetir la petición en un tono de voz más elevado cuando el hombre sonrió y, amablemente, se inclinó.

—Si espera en la sala, señorita Hartley, informaré a lord Alton inmediatamente.

Animada por aquellas palabras, estaba cruzando el umbral cuando terminó de analizar su significado. Se detuvo al instante.

—¡Oh! Pero... yo quisiera hablar con lady Alton.

—Sí, por supuesto, señorita. Por favor, siéntese.

Incapaz de resistirse a la amabilidad persuasiva del mayordomo, Georgiana lo siguió por una preciosa habitación y se sentó en una butaca. Después de asegurarse de que ella no quería tomar ningún refresco a aquella hora tan temprana, el digno personaje se retiró.

Georgiana miró a su alrededor, ligeramente aturdida. El interior de Candlewick Hall era tan espléndido como el exterior. Estaba amueblado con un gusto exquisito, y la atmósfera desprendía serenidad. Paseó la mirada por la estancia y, de repente, se fijó en una enorme pintura colgada sobre la chimenea. Como hija de un pintor, no pudo evitar admirar un magnífico cuadro de Fragonard. Sin embargo, se quedó azorada al constatar que en la pintura había muchas figuras femeninas desnudas. Pensó que habría sido más apropiado colgar aquel cuadro en una habitación privada, pero después recordó que no sabía nada de los caprichos de la alta sociedad inglesa. Además, no había duda de que el cuadro era una exquisita obra de arte.

Los suaves colores de la habitación la relajaron. Sonrió para sí misma y se recostó en la butaca. Candlewick Hall parecía especialmente hecha para calmar los sentidos.

Los efectos de los tres últimos días se dejaron sentir. Los párpados empezaron a caérsele. Podría permitirse el lujo de cerrar los ojos. Sólo un momento.

—Milord, una señorita desea veros.

Dominic Ridgeley, quinto vizconde de Alton, elevó su mirada azul hasta el rostro del mayordomo. Por la mesa de caoba del comedor estaban dispersos los restos de un desayuno sustancioso, que él había apartado para hacer sitio a una pila de cartas. Lord Alton tenía una de ellas entre sus largos dedos.

—¿Perdón?

—Una joven señorita ha llamado a la puerta, milord —el rostro del mayordomo no denotó una sola emoción.

Lord Alton arqueó sus cejas negras. Sus rasgos se endurecieron y su mirada se hizo mucho más fría.

—¿Está bien de la cabeza, Duckett?

Semejante pregunta, en semejante tono, habría dejado a cualquier sirviente reducido a balbuceos. Pero Duckett era un mayordomo de la más alta categoría, y conocía a lord Alton desde la cuna. Respondió a la pregunta con una sonrisa ligerísima.

—Por supuesto que sí, milord.

Su respuesta aplacó al vizconde. Lord Alton le preguntó, con el ceño fruncido todavía:

—¿Y?

Duckett se explicó:

—Parece que la joven señorita necesita ayuda para resolver algún problema, milord. Quería hablar con lady Alton. Parece que está angustiada. Pensé que no sería inteligente negárselo. Es la señorita Hartley.

—¿Hartley? —las cejas negras volvieron a su lugar—. Pero no hay ninguna señorita Hartley en el Place, ¿verdad?

—He oído que la hija del señor James Hartley estaba de visita en la casa durante estos últimos días. Vino del continente, creo.

—¿A quedarse con ese horrible Charles? Pobre muchacha.

—Exactamente, milord.

Lord Alton observó a Duckett con desconfianza.

—Ha dicho que estaba angustiada, pero no estará llorando ni a punto de desmayarse, ¿verdad?

—Oh, no, milord. La señorita Hartley guarda perfectamente la compostura.

Lord Alton volvió a fruncir el ceño.

—Entonces, ¿cómo sabe que está angustiada?

—Por sus manos, milord. Agarraba el bolso con tanta fuerza que tenía los nudillos blancos.

Impresionado por la astucia de su mayordomo, lord Alton le preguntó:

—¿Y cree que debería verla?

Duckett miró al vizconde a los ojos y no eludió la pregunta. Nadie que conociera a lord Alton dejaría de entender lo delicado de aquel asunto. Para una joven, conocer a un caballero a solas, sobre todo si aquello sucedía en la casa del caballero y no había ninguna otra señora cerca, era un comportamiento que alguien tan conservador como el propio Duckett no aprobaría. Y menos aún siendo el caballero lord Alton.

Sin embargo, la percepción del mayordomo era muy aguda. La señorita Hartley estaba en una situación difícil, que ella sola no podía solucionar, y el vizconde sí. Y, aparte de su reputación, él no sería ningún peligro. La señorita Hartley era demasiado joven y estaba demasiado verde como para ser del gusto de lord Alton. Así que Duckett se aclaró la garganta y respondió:

—A pesar de... eh... las convenciones, milord, creo que sí debería verla.

Con un suspiro, lord Alton se levantó, estirando su metro ochenta y cinco de estatura. Relajadamente, se estiró las mangas de la camisa, se colocó los gemelos y se puso la chaqueta azul oscuro sobre los hombros. Después miró a Duckett.

—Si esto me lleva al escándalo, viejo amigo, será absolutamente culpa suya.

Duckett sonrió y le abrió la puerta.

—Como deseéis, milord. La señorita está en la sala.

Con una última mirada de advertencia, lord Alton traspasó la puerta y cruzó el vestíbulo.

El sueño de Georgiana fue inquietante. En él se había transformado en una de las ninfas plasmadas en el óleo de Fragonard. Junto a sus hermanas desconocidas, correteaba libremente por el claro de un bosque, sintiendo la suave brisa en la piel desnuda. De repente, se detuvo. Alguien la estaba observando. Miró a su alrededor, ruborizándose. Sin embargo, no había nadie a la vista. La sensación de que la vigilaban se intensificó. Abrió los ojos.

Y confusamente, descubrió unos ojos azules.

Entonces enfocó la figura de un hombre. Contuvo la respiración, sin saber si ya estaba en el mundo real o continuaba en el sueño. Porque el hombre que la miraba con aquellos ojos maravillosos era un dios. Y era incluso más inquietante que el sueño erótico que había tenido. Él tenía los rasgos marcados, con las líneas puras que los pintores adoraban. Era ancho de hombros y tenía un cuerpo largo y fibroso. Su pelo era negro y elegantemente ondulado, y suavizaba de algún modo el efecto de su barbilla decidida. Tenía las pestañas largas y arqueaba las cejas interrogativamente.

—Oh —fue todo lo que pudo decir Georgiana.

La visión sonrió, y a ella le dio un vuelco el corazón.

—Estaba usted durmiendo tan plácidamente que no he querido despertarla.

Su voz era aterciopelada y grave.

Con esfuerzo, Georgiana se irguió y obligó a su mente a que se pusiera en funcionamiento.

—Yo... lo lamento muchísimo. Me he quedado dormida. Estaba esperando a lady Alton.

—Siento desilusionarla —respondió él, aunque su sonrisa no decía lo mismo—. Permítame presentarme. Soy Dominic Ridgeley, vizconde de Alton, a su servicio.

Entonces se inclinó con elegancia, mirándola con los ojos muy brillantes.

—Pero he de decirle que todavía no me he casado y, por lo tanto, no hay ninguna lady Alton.

—¡Oh, qué desafortunada situación!

Su exclamación de angustia sorprendió a Dominic. No estaba acostumbrado a recibir semejante respuesta de una mujer joven y agradable. Torció los labios y le brillaron aún más los ojos, por la diversión perversa que sentía.

—Ciertamente.

Su tono de voz hizo que los enormes ojos marrones de

Georgiana se fijaran en él, y Dominic percibió la consternación sincera que transmitían. Así pues, rechazó la apetecible idea de explicarle el motivo de su soltería.

Era evidente que Duckett había acertado al describirle el estado de la joven. Aunque mantuviera la compostura y no se dejara llevar por la histeria, no cabía duda de que estaba totalmente perdida y de que no sabía qué hacer. Así pues, sonrió cautivadoramente.

—Me parece que usted tiene algún problema. Quizá yo pudiera ayudarla.

Su amable ofrecimiento hizo que Georgiana se ruborizara. ¿Cómo iba a explicárselo... a un hombre?

—Eh... No creo que... —empezó a decir al levantarse, agarrando con fuerza el bolso.

Mientras lo hacía, sus ojos pasaron de lord Alton al fragonard que había colgado sobre la chimenea, detrás de él. Georgiana se quedó petrificada. ¿Qué clase de hombre, soltero, colgaría una obra de arte tan escandalosa en la sala de recibir a las visitas?

Sin que Georgiana lo supiera, aquellos pensamientos se le reflejaron en el rostro, como si fuera un libro abierto. Por experiencia, Dominic supo que lo más inteligente sería aceptar la retirada de aquella muchacha como la liberación que en realidad era. Pero algún impulso inesperado lo empujó a averiguar qué extraña historia, qué capricho del destino le había puesto aquel exquisito bocado a las puertas de su casa. Además, no le había gustado la suposición de la chica de que él no podría ayudarla.

—Mi querida señorita Hartley, espero que no vaya a decirme algo como «no creo que usted pueda serme de ayuda» incluso antes de haberme explicado su problema.

Georgiana parpadeó. Por supuesto, había estado a punto de decirlo, pero él no le había dado la oportunidad, así que tenía que encontrar algún modo aceptable de salir de aquello.

Lord Alton sonreía de nuevo. Era extraño, pero ella

nunca había visto una sonrisa que le transmitiera tanto calor como aquélla.

—Por favor, siéntese, señorita Hartley. ¿Puedo ofrecerle algún refresco? ¿No? Bien, entonces, ¿por qué no me cuenta cuál es su problema? Le prometo que no me asustaré.

Georgiana se hundió de nuevo en la butaca y reflexionó un momento sobre las diferentes opciones que tenía. Si insistía en marcharse sin pedirle consejo a lord Alton, ¿adónde iría? Y, lo que era más importante, ¿cuánto tardaría Charles en encontrarla? Aquel pensamiento, por encima de cualquier otro, fue lo que la decidió a hablar.

—En realidad, quería que me aconsejara... sobre lo que debo hacer en la situación... en la que me encuentro.

—¿Y cuál es?

La necesidad de confiar en alguien era muy poderosa, así que Georgiana, finalmente, se deshizo de toda cautela.

—Acabo de volver a Inglaterra desde Italia, donde he vivido durante los doce últimos años. Vivía con mi padre, James Hartley. Murió hace unos meses, y me dejó bajo la tutela de mi tío, Ernest Hartley.

Miró a lord Alton. Tenía una expresión comprensiva, y asentía para darle ánimo. Ella respiró hondo y continuó:

—Volví a Inglaterra rápidamente. Yo... no quería quedarme en Italia. Cuando llegué a Hartley Place, supe que mi tío había muerto un mes antes que mi padre. Mi primo Charles es el propietario de la finca en este momento.

—Conozco ligeramente a Charles Hartley, si eso le resulta de ayuda. Y puedo añadir que no es la persona apropiada para hacerse cargo de una muchacha joven como usted.

Aquellas palabras y su tono frío e impersonal hicieron que Georgiana se ruborizara.

Al darse cuenta, Dominic supo que se había acercado mucho a la verdad.

Ella siguió, con los ojos fijos en la chimenea.

—Me temo que... quiero decir que... Charles se ha obsesionado. Para resumir —dijo, con la desesperación dibujada en el rostro–, le diré que ha estado intentando obligarme a que me case con él. Salí de la casa esta mañana, de madrugada. No tengo a nadie a quien dirigirme en Inglaterra, milord. Tenía la esperanza de poder pedirle consejo a su esposa sobre lo que debo hacer.

Dominic observó la cara en forma de corazón de Georgiana y sus enormes ojos marrones, que lo observaban inocentemente. Por alguna absurda razón, supo que iba a ayudarla. Hizo caso omiso a la voz interior que le advertía de que aquello era un error, y le preguntó:

–¿Tiene alguna idea en particular de lo que va a hacer?

–Bueno, había pensado en ir a Londres. Supongo que podría trabajar como dama de compañía de alguna señora.

Dominic reprimió un escalofrío. Una criatura tan gloriosa no tendría suerte a la hora de encontrar un trabajo de aquella clase. Aprovechó que la muchacha se había distraído momentáneamente para observarla con atención. Llevaba un vestido gris que le sentaba muy bien, y que dibujaba el contorno de dos pechos firmes y altos. Tenía la piel perfecta, blanca y rosada. Estaba sentada, así que Dominic no tenía forma de juzgar sus piernas, pero por sus pies delgados, sospechaba que serían largas y esbeltas. El vestido le disimulaba la cintura, pero se notaba la magnífica curva de sus caderas. Se figuraba dónde acabaría Georgiana Hartley si se encontraba en apuros en Londres, lo cual sería una gran lástima. Su cándida mirada volvió al rostro de Dominic.

–Tengo mi propia doncella y mi cochero. Creo que eso podría ayudar.

¿Ayudar? ¿Una dama de compañía con su propia doncella y su cochero? Dominic consiguió que la expresión de su rostro se mantuviera impasible. No tenía sentido explicarle lo absurdas que eran sus palabras, porque él no iba a permitir que nadie la contratara como dama de compañía. La vida desgraciada que llevaban las acompañantes pagadas, sin ser parte de la servidumbre ni de la familia, abandonadas en un limbo entre las dos clases sociales, no era para la señorita Hartley.

—Tengo que pensar en lo que es mejor. Las soluciones apresuradas fallan la mayor parte de las veces. Siempre he pensado que es mejor reflexionar cuidadosamente las cosas antes que cometer un error.

«¡Escúchate!», le gritó su conciencia.

Dominic sonrió dulcemente.

—Le sugiero que pase una hora, más o menos, con mi ama de llaves, mientras considero las opciones – dijo, con la sonrisa más amplia– . Créame, siempre hay alternativa.

Georgiana pestañeó. No sabía qué pensar de todo aquello. Esperaba no haber saltado de la sartén a las brasas. Pero él ya se estaba volviendo para mandar que avisaran al ama de llaves, y aquello le inspiró cierta confianza. Sin embargo, había otro problema.

—Es posible que Charles me siga.

—Le aseguro que éste es un lugar en el que Charles no investigaría. Y dudo que la persiga hasta Londres. Está completamente a salvo aquí.

Dominic tiró de la campana, y después se volvió para mirar a Georgiana y sonreír.

—Charles y yo no nos llevamos exactamente bien, ¿sabe?

Tras aquel comentario hubo una pausa. Mientras la señorita Hartley se estudiaba las manos, él estudió a la señorita Hartley. Era una pieza muy dulce, pero demasiado amable y recatada para su gusto. Una dama angustiada, tal y como Duckett la había descrito acertadamente. Estaba claro que era su deber ayudarla. No le costaría ningún esfuerzo, e incluso podría resultarle divertido. Y aparte de todo, era muy posible que molestara a Charles Hartley, lo cual ya era una razón de peso. Acalló su voz interior, la que le decía que se retirara de aquel asunto inmediatamente, y volvió a la agradable contemplación de la señorita Hartley.

La puerta se abrió y Georgiana se puso de pie lentamente.

—¿Milord?

Dominic se volvió.

—Duckett, por favor, dígale a la señora Landy que nos atienda.

—Sí, milord —Duckett se inclinó y salió de la habitación, con una media sonrisa de satisfacción en los labios.

Después de desayunar unas deliciosas magdalenas, café y jamón, y de pasar una hora muy agradable y reconfortante con la maternal ama de llaves, la señora Landy, Georgiana pasó a entrevistarse de nuevo con lord Alton más segura de sí misma. Ningún señor que tuviera un ama de llaves como aquélla podía ser un villano.

Sonrió dulcemente al mayordomo, que parecía mucho menos intimidante, mientras pasaba por la puerta que él había abierto. Lord Alton estaba al lado de la chimenea. La miró cuando ella entró en la habitación y sonrió. Georgiana se quedó nuevamente impresionada por lo guapo que era y por un atractivo mucho más profundo, que radicaba en su sonrisa y en el brillo de sus maravillosos ojos.

Él inclinó la cabeza amablemente en respuesta a su graciosa reverencia, y le señaló la butaca. Georgiana se sentó y se colocó la falda del vestido. Cuando estuvo cómoda, lo miró.

—¿Cuántos años tiene, señorita Hartley?

—Dieciocho, milord.

Dieciocho. Bien. Él tenía treinta y dos. Era demasiado joven, a Dios gracias. Debían de ser sus instintos más nobles los que lo estaban impulsando a ayudarla. A los treinta y dos, esperaba haber pasado la etapa de ser capaz de sentir lujuria por una mocosa. Dominic exhibió su estudiada sonrisa.

—Debido a su edad, creo que le tomará algún tiempo encontrar un trabajo adecuado. Las oportunidades no crecen en los árboles, ¿sabe? He estado pensando en qué señoras que yo conozca podrían ayudarla. Mi hermana, lady Winsmere, me ha dicho a menudo que suspira por algo de distracción —aquello, al menos, era cierto. Estaba seguro de que Bella se entusiasmaría con la oportunidad de tener una distracción inesperada, que él tenía la intención de proporcionarle en la persona de la señorita Hartley.

Georgiana observó atentamente la cara de lord Alton. Hasta el momento, lo que decía tenía sentido, pero su tono paternal le molestaba un poco. Ella no era una niña.

—Le he escrito una carta —continuó Dominic— en la que le he explicado su situación. Le sugiero que se la lleve en persona a lady Winsmere. Vive en Green Street. Bella, aparte de sus fantasías, es una persona muy sensata, y sabrá exactamente lo que debe hacer usted. Le he pedido que la ayude y la supervise mientras busca trabajo, porque, seguramente, usted no estará al tanto de la forma de proceder. Puede usted tener completa confianza en sus opiniones.

Georgiana sintió alivio. Se levantó y tomó la carta. La sostuvo cuidadosamente y estudió los fuertes rasgos negros de su escritura sobre el papel. Se sintió más segura, como si hubiera depositado su confianza en el lugar correcto. Después de todos los problemas que había tenido con Charles, parecía que todo iba a resolverse.

—Milord, no sé cómo agradecéroslo. Me ha prestado más ayuda de la que yo esperaba, y ciertamente, de la que merezco —su voz suave sonaba muy baja en aquella elegante habitación. Lo miró sonriendo con sincera gratitud.

Indescriptiblemente irritado, Dominic sacudió una mano despectivamente.

—No ha sido nada, se lo aseguro. Es un placer ayudarla. Otra cosa más. Me parece que, si Charles la está buscando, la encontrará fácilmente en su carruaje con su cochero en el pescante. Por lo tanto, he dispuesto que sea mi cochero quien la lleve a la ciudad en mi coche, junto a su doncella. Después de unos días, cuando Charles se haya rendido, su cochero la seguirá. Espero que este arreglo sea de su aprobación.

Georgiana se sintió ligeramente aturdida. Parecía que él había pensado en todo. Eficientemente y sólo en una hora, había sorteado todos los obstáculos de su camino, y había conseguido que todo pareciera fácil.

—Milord, por supuesto. Pero... seguramente, usted necesitará su coche.

—Le aseguro que mi carruaje tendrá mejor uso llevándola a usted a Londres que en cualquier otra circunstancia —respondió Dominic suavemente, arreglándoselas para elegir palabras sutilmente halagadoras. Tratar con una inocente le estaba haciendo estrujarse el cerebro. Había pasado mucho tiempo desde que mantenía conversaciones sociales con jóvenes virtuosas de dieciocho primaveras. Era demasiado fácil deslizarse hacia formas de conversación mucho más seductoras y sofisticadas, que eran las que usaba con las mujeres por lo general. Lo cual, se recordó con ciertos remordimientos, era ilustrativo del tipo de mujeres de las que se acompañaba últimamente.

Con otra sonrisa espléndida, Georgiana Hartley inclinó la cabeza y se puso a su lado para salir al vestíbulo.

Todavía se sentía confusa, y además, tenía la sensación de que todo iba más deprisa de lo que podía controlar. Pero, de todas formas, no veía que hubiera ningún inconveniente en lo que había dispuesto lord Alton.

Duckett los esperaba en la entrada para informarlos de que el coche ya estaba preparado.

Dominic no pudo resistirse a ofrecerle su brazo a la señorita, y la acompañó amablemente hasta el carruaje. Allí, Georgiana se despidió de Ben, sorprendiendo a todo el mundo, incluso al mismo cochero, al darle un rápido abrazo. Después subió al coche junto a Cruickshank y el cochero del vizconde, Jiggs, hizo que los caballos se pusieran en marcha.

Dominic Ridgeley se quedó en las escaleras de su casa de campo, con las manos en los bolsillos, y observó cómo se alejaba el coche. Después, con un suspiro y una sonrisa pensativa, como si un agradable evento hubiera llegado a su inevitable final, se dio la vuelta y entró en la casa.

CAPÍTULO 2

Cuando el carruaje llegó a la elegante mansión de lord y lady Winsmere, ya había anochecido. El cochero se bajó del pescante y llamó a la puerta. Después volvió al coche y ayudó a bajar a Georgiana y a Cruickshank.

Al cabo de un momento apareció el mayordomo, y con sólo una mirada al cochero y al carruaje, decidió rápidamente que las dos mujeres debían pasar a la casa.

Georgiana le permitió al sirviente que la ayudara a quitarse la capa. Después se volvió hacia él y le dijo, un poco nerviosa:

—Desearía hablar con lady Winsmere, por favor. Tengo una carta de presentación de lord Alton.

—Le llevaré la carta a lady Winsmere, señorita. ¿Le importaría esperar en la sala?

Georgiana fue conducida a una estancia que había al lado del vestíbulo y se dispuso a esperar. Se puso las manos en el regazo e intentó deshacerse de la incómoda sensación de invadir a unas personas a las que no tenía derecho a molestar. Sin embargo, lord Alton no se había perturbado mucho cuando ella le había pedido ayuda. Quizá, aparte de sus dudas, el aprieto en el que se encontraba no fuera tan extraño. Al menos, no para la mentalidad inglesa. Decidida a ser optimista, se obligó a guardar la compostura y a prepararse para responder a las preguntas de lady Winsmere. Sin duda, tendría unas cuantas. ¿Qué pensaría de la carta de su hermano?

Sólo entonces, Georgiana se dio cuenta de que no sabía cómo la había presentado lord Alton a su hermana. Por supuesto, la carta estaba lacrada con el sello del vizcondado de Alton. Frunció el ceño y volvió a dudar sobre la inteligencia de lo que estaba haciendo. Era demasiado impulsiva. A menudo se había visto en dificultades por hacer las cosas sin pensar, y sólo tenía que tomar como ejemplo su marcha de Ravello.

Cuanto más lo pensaba, más se daba cuenta de que no podía hacer nada para influir en el curso de los acontecimientos que lord Alton había diseñado para ella. Aquello, seguramente, decidiría su futuro, y ella había dejado la decisión en manos de un extraño.

En el piso de arriba, Bella, lady Winsmere, oyó un golpe en la puerta mientras se arreglaba para asistir al teatro, seguida de una conversación susurrante entre su doncella y el mayordomo. Frunció el ceño, molesta por la distracción.

—¿Qué ocurre, Jilly?

La doncella le entregó una carta lacrada con la letra de su hermano y, muerta de curiosidad, se apresuró a abrirla, haciendo que los pedacitos de cera roja saltaran en todas direcciones.

Cinco minutos después cruzaba el vestíbulo principal de su casa vestida con una bata de encaje. Johnson, el mayordomo, ya había previsto una reacción tan impetuosa, así que estaba preparado para abrirle la puerta de la salita.

Cuando entró, su visitante se puso en pie, y Bella la examinó con unos ojos tan azules como los de su hermano.

Retorciendo inconscientemente los cordones del bolso, Georgiana contempló la encantadora visión de aquella mujer esbelta y no más alta que ella. Lady Winsmere era morena y tenía la piel blanca como el alabastro. La elegancia de su bata de encaje hizo que Georgiana se sintiera torpe y abominablemente joven.

Por su parte, Bella vio a una muchacha muy joven e inocente. Era todo color miel y crema, desde los rizos dorados hasta su piel delicada. Tenía los ojos color avellana, casi dorados, y desprendía candor. Bella sonrió y extendió las manos para tomar las de Georgiana.

–¡Querida! ¡Así que tú eres Georgiana Hartley! Dominic me lo ha contado todo sobre ti. ¡Pobrecita! Qué horrible es lo que te ha sucedido, y además, nada más volver a Inglaterra. Debes permitirme que te ayude.

Cuando Georgiana murmuró «milady», Bella la interrumpió, y cuando intentó hacer una reverencia, se lo impidió.

–No, no, querida mía. Aquí estás entre amigos. Debes llamarme Bella, y espero que no encuentres terriblemente atrevido que yo te llame Georgiana –dijo, e inclinó suavemente la cabeza hacia un lado, con los ojos brillantes.

A Georgiana le resultó difícil resistirse a su encantadora personalidad.

–Por supuesto que no, mil... Bella. Pero, realmente, me siento como si me estuviera imponiendo demasiado.

–¡Oh, por supuesto que no! –Bella hizo un mohín–. Yo siempre estoy aburrida. Hay muy poco que hacer en Londres en estos días. Estoy completamente encantada de que Dominic pensara en mandarte aquí. Además... –hizo una pausa, al darse cuenta de repente– piénsalo. Si hubieras crecido en el Place, habríamos sido vecinas –Bella le señaló el sillón a Georgiana y se sentó a su lado–. Así que, como puedes ver, no hay necesidad de que te sientas azorada por quedarte conmigo.

Georgiana se echó hacia atrás, asombrada.

–¡Oh! Pero yo nunca habría soñado con molestar de esa manera...

Bella sacudió la cabeza.

–No hay excusas que valgan. Considera que me estás haciendo un favor. Nos divertiremos muchísimo. Te llevaré a todas partes y te presentaré a la gente adecuada.

A pesar del impulso que la animaba a aceptar los excitantes planes de Bella, se sintió obligada a protestar.

—Pero milad... Bella. No creo que lord Alton se haya explicado bien. Yo necesito encontrar un trabajo de dama de compañía.

Recordando las instrucciones específicas que contenía la carta de su hermano, Bella le aseguró a Georgiana que él se había explicado perfectamente.

—Pero, querida, para encontrar el puesto adecuado para ti, sobre todo, teniendo en cuenta tu edad, primero debes establecerte en la sociedad.

Bella observó la expresión de duda de Georgiana, y antes de pudiera hacer ninguna otra objeción, levantó una mano finísima para contenerla.

—Antes de que empieces a discutir, ya que odio a la gente aguafiestas y que siempre le encuentra inconvenientes a todo, debo decirte que me estás haciendo el mayor favor que puedas imaginarte al dejar que te ayude. No tienes idea de lo aburrido que resulta pasar la temporada sin nada que hacer. Ahora que se acerca otra pequeña temporada de acontecimientos sociales, la de otoño, te ruego que me alivies de mi frustración y me permitas presentarte a la gente. Seguro que no es pedir mucho —los enormes ojos azules de Bella la estaban suplicando.

Confusa por el repentino giro que había dado la situación, al ver que lady Winsmere le pedía que se quedara con ella como un favor, y sintiéndose demasiado cansada como para luchar contra un destino de lo más apetecible, accedió débilmente.

—Si realmente no es mucha molestia... Sólo hasta que encuentre un trabajo.

—¡Espléndido! —exclamó Bella, encantada—. Ahora, lo primero que hay que hacer es arreglarte una habitación, y después, debes tomar un baño caliente. Siempre es muy relajante después de un viaje.

Una hora más tarde, después de que Georgiana y Cruickshank hubieran cenado y estuvieran instaladas y acostadas, Bella Winsmere bajaba pensativamente las escaleras. Se dirigió a la biblioteca, en la parte de atrás de la casa.

Al oír que se abría la puerta, lord Winsmere elevó la mirada del montón de documentos que tenía en su escritorio, y su cara se iluminó con una sonrisa cálida. Dejó la pluma sobre la mesa y le tendió el brazo a su esposa.

Bella se acercó a él y le dio un abrazo y un beso en el pelo, que ya empezaba a ser gris.

—Creía que ibas al teatro esta noche —lord Winsmere era veinte años mayor que su mujer. Muchos se habían preguntado por qué, de entre los miles de pretendientes que tenía, Bella Ridgeley había elegido a un hombre tan mayor que podría ser su padre. Pero al pasar los años, la sociedad se había visto obligada a admitir que Bella estaba sincera y profundamente enamorada de su marido.

—Sí, iba a ir. Pero hemos tenido una visita inesperada.

—¿De verdad?

Sonriendo, lord Winsmere dejó descansar la espalda en el respaldo de la butaca y se dispuso a escuchar a su mujer, que se había sentado en una silla a su lado.

—Realmente, es muy misterioso.

Acostumbrado a la forma de explicarse de su mujer, lord Winsmere no hizo ningún comentario.

Finalmente, Bella ordenó sus ideas y empezó la historia.

—Dominic ha mandado a una muchacha para que se quede aquí.

Al oírlo, lord Winsmere arqueó las cejas. Sin embargo, el hecho de que, a pesar de su aparente falta de moralidad, Dominic Ridgeley nunca hubiera permitido que el más mínimo escándalo alcanzara a su hermana, lo mantuvo en silencio.

—Es una muchacha que podría haber sido nuestra vecina. Se llama Georgiana Hartley. Su padre era pintor, y se llamaba James Hartley. Murió en Italia hace unos meses, y Georgiana quedó bajo la tutela de su tío, que vivía en Hartley

Place, ya sabes, esa finca tan rara que resultó de vender parte de Candlewick... bueno, su tío también murió. Justo antes que su padre, pero ella no se enteró porque estaba en Italia. Para resumir, cuando llegó, se encontró a su primo Charles en posesión de todo. Sólo necesito añadir que Charles es un sinvergüenza rematado, y ya puedes suponerte lo que ha ocurrido —Bella extendió las manos y miró a su marido.

—¿Y cómo se ha involucrado Dominic en todo esto?

—Parece que Georgiana se vio obligada a huir del Place esta mañana, de madrugada. No conoce a nadie en absoluto. Fue al pueblo y preguntó en la posada, y por supuesto, los Tadlows la enviaron a Candlewick. Ya sabes la adoración que tiene esa gente por Dominic.

Lord Winsmere asintió con una sonrisa vaga en los labios, al pensar en el estatus de dios que ostentaba su cuñado en sus tierras, cuando estaba tan lejos de serlo.

—Bueno, ella fue a la finca y Duckett le abrió la puerta, y después, Dominic la convenció de que se lo contara —de repente, Bella se interrumpió—. Oh, ¿estás imaginando que es una mala persona? De verdad, Arthur, no lo es. Es la cosa más encantadora del mundo. Tan inocente y tan confiada...

Lord Winsmere arqueó las cejas de nuevo.

Bella se puso de rodillas y le abrazó las piernas a su marido. Sonrió seductoramente y le pidió:

—Por favor, Arthur. Por favor, dime que puede quedarse. Ya sabes lo aburrida que estoy. Ella es buena persona, te doy mi palabra. Podría sacarla y presentársela a todo el mundo... ¡Oh, me divertiría tanto! Los bailes y las fiestas son muy aburridos, si uno no forma parte del juego de la alta sociedad. Por favor, amor mío. Di que puede quedarse.

Lord Winsmere sonrió a su mujer mientras consideraba las posibilidades que presentaba la recién llegada. El único hijo del matrimonio se estaba criando en el campo, feliz. No era un niño enfermizo, pero no le venía bien el aire de la capital. Sin embargo, él tenía que estar en Londres por asuntos de trabajo, así que Bella había tenido que elegir entre los dos hombres de su vida. Y había elegido a su marido. Como él dudaba que pudiera vivir sin ella, haría de buena gana cualquier sacrificio para aliviar el aburrimiento de su esposa. Pero... ¿una muchacha desconocida? Y, conociendo a Bella, seguro que querría vestir esplendorosamente a la chica. Aunque no era el gasto lo que verdaderamente lo preocupaba, sino si la chica era tan inocente como pensaba Bella, en realidad.

Alargó la mano para dibujar con un dedo la ceja de su esposa. Impulsivamente, ella le tomó la mano y se la besó, y después continuó sonriéndole.

—No tienes que preocuparte por los gastos. Dominic ha dicho que él se haría cargo de todo.

—¿De verdad? ¡Qué magnánimo! —lord Winsmere se preguntó por qué su hedonístico cuñado, aunque hubiera heredado una fortuna que le permitía cubrir los gastos de cualquier damisela, querría hacer tal cosa.

—Creo que quizá debiera conocer a ese dechado de virtudes.

—¿Estás pensando que es una de las amantes de Dominic? Tengo que admitir que yo también lo pensé al principio. Pero nadie podría imaginarse que Dominic tuviera contacto con una chica tan joven e inocente. Además, tal y como él ha dicho, está completamente perdida... Me atrevería a decir que no tiene ni la más mínima idea de cómo funcionan las cosas, al haber pasado casi toda su vida en Italia.

En el fondo, lord Winsmere sabía que su cuñado, a pesar de su reputación de mujeriego encantador y peligroso, actuaba de acuerdo a un código de conducta honorable. Sin embargo, la sociedad sólo veía la fachada que él había erigido para esconder el aburrimiento de un hombre que nunca había tenido que luchar para ganar ningún premio. Había nacido en una familia noble y opulenta, y además era guapo y atlético. Había pocas cosas que Dominic Ridgeley necesitara en la vida. Todo lo que quería le llegaba con facilidad. La gente lo adoraba, y sus amantes caían a sus pies.

Con encanto, Dominic pasaba a través de todo aquello, y con los años, su hastío y su melancolía aumentaban.

—¿Qué ha dicho, exactamente, Dominic?

Bella sonrió.

—Bueno...

Unos quince minutos después, lord Winsmere pensó que conocía los hechos. Lo único que no entendía eran los motivos de su cuñado. ¿Un capricho? No lo creía. Las muchachas tan jóvenes e inocentes no eran de su estilo. Involuntariamente, pensó en algunas de sus amantes, y la expresión de su rostro reflejó su desagrado.

Bella lo notó, y ella misma se puso seria.

—¿No te gusta la idea?

Lord Winsmere reaccionó, sonrió y confesó:

—Estaba pensando en otra cosa —dijo, y continuó—: Si la chica es como la describís Dominic y tú, no tengo ninguna objeción a que se quede. Sin embargo, creo que tendrá que ser muy inocente para tragarse esa historia vuestra de que tiene que presentarse en sociedad para conseguir un puesto de trabajo como dama de compañía.

Bella sonrió alegremente ante su escepticismo.

—Oh, me las arreglaré. Ya lo verás.

Cinco minutos después, lord Winsmere volvió a su escritorio a ordenar los documentos antes de retirarse. Recordó el brillo de los ojos de Bella. Estaba muy animada. Quizá la damisela de Dominic fuera de verdad un ángel. Ya estaba deseando conocer a la protegida de su esposa.

El grito de los vendedores de naranjas en la calle despertó a Georgiana.

Confusa, miró a su alrededor, y recordó dónde estaba y cómo había llegado allí. A pesar de la evidencia de lo que veía, le parecía que estaba en un sueño. Todavía seguía tumbada en la cama cuando Cruickshank entró en la habitación con un chocolate.

Georgiana esperó silenciosamente a lo que tuviera que decir su doncella.

No hubo ningún reproche, ni ningún comentario desdeñoso.

Mientras le ponía la bandeja en el regazo, Cruickshank sonreía.

–Éste es un buen lugar, señorita Georgie. No hay que enseñarles nada. La señora Biggins, el ama de llaves, es muy seria, pero buena. Lleva la casa exactamente como debe llevarse. Y Johnson, el mayordomo, y Jilly, la doncella, son como se debe ser. Un alivio, después del Place.

–¿Así que estás cómoda?

Cruickshank asintió con énfasis. Sacó del armario un vestido violeta de encaje italiano, lo dejó sobre la silla y después fue por los complementos.

Georgiana tomó un sorbo de su chocolate y al hacerlo, recordó la terraza de su casa de Ravello, con su padre, desayunando en el jardín. Tuvo que hacer un esfuerzo para reprimir las lágrimas. Su padre había querido que tuviera una vida tan buena como la suya, y le había prohibido que llorase y que guardase luto. Aquello era lo que le había dicho poco antes de morir. Y por eso había vuelto a Inglaterra, para tener una buena vida con su familia. Sin embargo, se había encontrado con que su familia era Charles. Al acordarse, Georgiana se sintió aliviada. La idea de su primo buscándola por todo el campo y volviendo al Place sin haberla encontrado, cansado y polvoriento, le causó satisfacción. Le estaba bien empleado.

–¿Cuánto tiempo nos vamos a quedar aquí? –le preguntó Cruickshank.

Georgiana se levantó y pensó en la mejor manera de contestar a aquella pregunta mientras su doncella la ayudaba a vestirse. Todavía no había hablado con ninguno de sus dos sirvientes sobre su intención de conseguir un trabajo, pero estaba segura de que se opondrían en cuanto lo supieran. Y ella no quería perderlos, porque eran lo único que le quedaba del hogar feliz de sus padres.

Así, esperando pacientemente mientras Cruickshank le ataba el lazo del vestido, respondió con ligereza:

—Tengo que hablar con lady Winsmer... con Bella sobre eso. Parece que quiere que nos quedemos durante una temporada.

Cruickshank soltó una risa seca.

—Eso pensaba yo. Ella parece una señora de verdad, y no tiene la misma altanería que usted.

Georgiana sonrió al recordar cómo la había tratado Bella la noche anterior. Hacía mucho tiempo que nadie la mimaba, aparte de Cruickshank.

Después de que su doncella le arreglara el pelo en un elegante moño, bajó las escaleras y Johnson la acompañó hasta la sala del desayuno, con vistas a los jardines de atrás de la mansión.

—¡Aquí estás, querida!

Georgiana tuvo la sensación de que Bella la había estado esperando, y le devolvió una sonrisa cariñosa.

—¿Estás segura de que te has recuperado de tu terrible experiencia?

Georgiana se ruborizó ligeramente y asintió. Un hombre mayor que Bella se había levantado de la mesa y las estaba observando con una sonrisa en los labios.

Ella se sintió obligada a exclamar:

—¡No fue tan terrible, milady!

—¿Milady? Creía que te había dicho que me llamaras Bella —dijo lady Winsmere, y sonrió con picardía—. Y por supuesto que fue horrible. Huir de Charles siempre era un suplicio espantoso.

Georgiana se quedó sorprendida.

—¿Conoce... conoces a Charles?

Bella abrió unos ojos como platos.

—Por supuesto. ¿No te lo conté ayer?

Georgiana negó con la cabeza. Bella se acercó a ella, la tomó del brazo y la acompañó a la mesa.

—Pues éramos vecinos. Eso sí lo sabes. Por supuesto,

Charles venía a jugar a casa algunas veces, pero nunca se llevó bien con Dominic y los otros niños. Era más pequeño, pero siempre intentaba imponerse. A mí me hacía la vida imposible, al menos, cuando Dominic no estaba por allí. Así que, ya ves, sé perfectamente lo que se siente al huir de tu primo. Y no creo que haya mejorado con la edad.

Georgiana asintió.

—Supongo que tienes razón —dijo, y después miró expectante al hombre. Él sonrió e inclinó ligeramente la cabeza.

—Permítame que me presente, querida. Me temo que si esperamos a que Bella recuerde mi existencia, puede que no nos conozcamos formalmente hasta la hora de cenar.

—¡Oh, malo! —dijo Bella. Le tomó la mano y se la agitó suavemente—. Mi querida Georgiana, permíteme que te presente a mi marido, Arthur.

Georgiana hizo una pequeña reverencia, disimulando su sorpresa. No se había imaginado que el marido de Bella fuera un hombre mucho mayor que ella. Sin embargo, cuando él sonrió con dulzura, no le pareció tan raro que Bella se hubiera casado con él.

—Georgiana, estoy encantado de que te quedes con nosotros.

Georgiana le dio las gracias.

Durante el desayuno, lord Winsmere no habló mucho, más bien se dedicó a escucharlas mientras conversaban sobre asuntos femeninos. Georgiana era consciente de que el marido de Bella la estaba observando, y en cierto modo, aprobatoriamente.

De hecho, lord Winsmere estaba encantado con la protegida de su esposa. Georgiana Hartley, decidió, era una muchacha atractiva y agradable, y lo más importante, no era una señoritinga. Bella había acertado en su descripción. La señorita Hartley era más que aceptable.

Cuando las damas lo dejaron solo tomando café y leyendo el periódico, se quedó absorto durante un buen rato. Sin duda, Dominic había hecho bien al mandar a Georgiana a Winsmere House. Había muy pocas posibilidades de que una señorita tan atractiva encontrara un empleo decente sin exponerse a un tipo de peligro en el que él ni siquiera quería pensar. El plan de Dominic de presentarla en sociedad era muy inteligente. Aunque no fuera aristócrata, su linaje era importante. Él mismo lo había comprobado en el Registro de Propietarios. Los Hartley habían sido una familia común y corriente durante generaciones, pero, sin embargo, tenían posesiones. Sería una esposa excepcional para cualquier terrateniente joven.

Sin embargo, lo más importante para él era que aliviaría el aburrimiento de Bella. Su querida mujer había hablado sin parar, animadamente, desde que se habían levantado.

Lord Winsmere se retiró a la biblioteca con el periódico y una sonrisa. Por una vez, Dominic había tenido motivos filantrópicos para actuar. Su plan defendería los intereses de la muchacha y conseguiría que Bella estuviera contenta. No había ninguna razón para interferir. Todos saldrían beneficiados. Mientras su cerebro trabajaba febrilmente para seguir todas las ramificaciones del plan de su cuñado, lord Winsmere arqueó las cejas. Los labios se le curvaron en una sonrisa. ¿Quién sabía lo que podía salir de todo aquello, al final?

Al tercer día en Londres, Georgiana había tenido que rendirse ante todos los argumentos que le había dado Bella para que se comprara vestidos nuevos.

—Tus vestidos son perfectamente apropiados, pero para moverse en sociedad en esta ciudad hay que vestirse de otra manera, necesitas cosas más... bueno, más a la moda. Esto es Londres, después de todo.

Finalmente, Georgiana había consentido en acompañar a Bella al salón de Fancon, la modista más famosa de todo Londres. Pero, aunque había empezado a encontrarse completamente cómoda en la enorme mansión de Green Street, gracias a la amabilidad de sus anfitriones, no estaba dispuesta a dejar que Bella le pagara los vestidos.

–Si tengo que llevar vestidos nuevos para salir y que la gente me conozca, yo me los pagaré –le había dicho a Bella.

Su amiga la había mirado con cierta preocupación.

–Pero, mi querida Georgie, los vestidos, sabes... bueno, quiero decir que... –Bella se había quedado sin palabras.

Entonces, Georgiana lo entendió.

–¡Oh! ¿Es que pensabas que no tenía dinero?

–Bueno, yo pensaba que no estarías precisamente boyante, después de haber hecho frente a los gastos de un viaje y pensando que tu tío estaría al final del camino para ayudarte.

Georgiana sonrió afectuosamente. Lord y lady Winsmere habían pensado que era pobre, y, aun así, habían estado dispuestos a ayudarla. Ella sabía lo suficiente del mundo como para apreciar aquellos sentimientos.

–Pues no es así. Mi padre me dejó una herencia razonable, al menos, eso fue lo que me dijeron mis abogados italianos. No sé exactamente qué significa eso, pero tengo dinero en un banco de Londres y puedo mantenerme.

El día anterior, Arthur había insistido en acompañarla al banco de su padre, y Georgiana no tenía duda de que la presencia del lord había sido la causa del trato atento y eficiente del personal. No habían tenido ninguna dificultad a la hora de demostrar su identidad con los documentos que ella había llevado a Londres desde Italia.

Bella no había insistido más en aquel punto. Mientras esperaban a que el carruaje se detuviera, Georgiana observó el perfil de su nueva amiga. Estaban empezando a llevarse como dos hermanas.

–Sólo dos vestidos, y nada más –le advirtió Georgiana.

Bella se volvió hacia ella con los ojos entrecerrados.

–Dos vestidos de día y uno de noche –replicó inflexiblemente.

Con una sonrisa irónica, Georgiana cedió.

—Está bien. Y uno de noche. Pero nada demasiado recargado —añadió, mientras el cochero abría la puerta.

Juntas entraron en el discreto establecimiento de Fancon. Una mujer vestida de negro se acercó a ellas, como si flotara, para saludarlas. Examinó a Georgiana con una mirada agudísima, y la muchacha pronto dedujo que aquélla era la gran modista en persona. Al notar que la mujer se comportaba con circunspección, Georgiana puso gran cuidado en no ofenderla de ningún modo.

Pasaron media hora ocupadas en elegir entre los numerosos vestidos que Fancon les fue mostrando. Georgiana se contagió del interés de Bella, y no pudo resistir la tentación de comprar un par de elegantes trajes, de color lila y malva. Ambos le sentaban bien y resaltaban su esbelta figura. Temió que la modista pudiera irritarse por lo pequeño de la compra, sobre todo después de que hubiera insistido en que se probara tantos vestidos, pero el severo rostro de la mujer no reflejó ninguna emoción.

A la hora de elegir el vestido de noche, hubo mucha deliberación. Los cortes y el estilo que más le favorecían estaban bastante claros, pero aún tenían que decidir el color y la tela.

—Una vez que sabemos cuál es el corte apropiado, señorita Hartley, no tendremos ningún problema en elegir la tela, y mis costureras le tendrán preparado el vestido para mañana —con un suave gesto, Fancon se volvió hacia sus empleadas, que al poco tiempo aparecieron de nuevo con varios rollos de finas telas en tonos morados. Mientras Georgiana posaba envuelta en seda, Bella y Fancon la observaban atentamente.

—Debe ser una tela que te siente muy bien —declaró Bella.

Fancon se volvió y murmuró una orden. Un minuto después, las muchachas llegaron con una selección de materiales nuevos. Georgiana se vio envuelta en gasa de color verde mar, y cuando se volvió a contemplar su imagen reflejada en el espejo, dejó escapar una exclamación de sorpresa. ¿Era ella aquella dama esbelta y brillante? El color verde resaltaba el marrón claro de sus ojos, el dorado de su pelo y la blancura de su piel. Sin embargo, sacudió la cabeza tristemente.

–No puedo llevar este color. Todavía estoy de luto, ¿no te acuerdas?

Otro murmullo de Fancon y una seda de color dorado reemplazó la gasa verde. Georgiana se quedó asombrada al verse en el espejo. Estaba casi tan sofisticada como Bella. Tenía un aire de misterio, de seducción... Sin embargo, volvió a rechazar la tela.

Aparentemente resignada a usar sólo la gama de los morados, Fancon le ofreció otra seda de color amatista. Georgiana la contempló. El color le quedaba bien, aunque no tanto como las dos telas anteriores. Con aquélla estaba simplemente pasable. Se volvió a mirar la gasa verde y la seda dorada, extendidas sobre un mostrador, descartadas. Sin embargo, no podía ceder de su propósito. Sin duda, las damas que necesitaran acompañantes aprobarían aquella seda color amatista.

–Sí, me quedo con esta tela. Y el corte que habíamos elegido antes.

Georgiana se volvió a tiempo para notar el cruce de miradas entre Bella y Fancon. Fue una mirada de entendimiento, pero ella no pudo deducir su significado.

Mientras esperaban a que les envolvieran los dos vestidos, Georgiana pensó que, en realidad, madame Fancon no había resultado ser tan severa como le había parecido en un principio.

Una vez que estuvieron en el carruaje, Bella le dijo al cochero:

–Dé una vuelta por el parque y después de vuelta a Green Street.

El coche se puso en marcha. Georgiana estaba silenciosa mientras pensaba en las pequeñas revelaciones que le habían supuesto la gasa verde y la seda dorada. ¿Era posible que ella, la pequeña Georgiana, pudiera tener aquel aspecto?

Bella también estaba silenciosa, satisfecha con el resultado de su plan. Había ido a ver a Fancon el día anterior, mientras Arthur acompañaba a Georgiana al banco. La modista la conocía bien. Al fin y al cabo, era una de sus mejores clientas. Fancon la había ayudado mucho, sobre de todo después de que Bella hubiera dejado caer la información de que cierto aristócrata estaba muy interesado en que Georgiana se presentara en sociedad, y por lo tanto, el dinero no importaba. Bella sonrió. No tenía duda de que Fancon había supuesto quién era el noble. ¿Qué otra persona que no fuera su hermano iba a dejar a una joven bajo su protección?

—Bella, debe de haber un error. Tenemos seis cajas, en vez de dos.

Las palabras de Georgiana reclamaron la atención de Bella. Se volvió y vio a Georgiana frunciendo el ceño ante el número de cajas extra.

—No, no —respondió Bella—. Está bien. Yo también me he comprado algunos vestidos. No he podido resistirme, después de verte con ellos, y tenemos la misma talla —lo cual, se dijo Bella, era completamente cierto.

Georgiana arqueó las cejas, pero no dijo nada más.

Bella volvió a mirar distraídamente el pavimento. Sin duda, tendría que discutir bastante con Georgiana para que aceptara los vestidos que había comprado. Sin embargo, ninguno de ellos era de un color que a ella le sentara bien. Tenía el pelo mucho más oscuro y la piel mucho más blanca que su amiga, y el verde y el dorado le quedarían horribles. Se los llevarían a casa el día siguiente, junto con el de seda color amatista. Seguramente, Georgie se daría cuenta de que sería un gasto sin sentido no aceptarlos.

Mientras el coche entraba en el parque, Bella se volvió a mirar a Georgiana. Podía parecer muy recatada y dócil, pero la señorita Hartley tenía sus propias opiniones. Era obstinada, y Bella estaba segura de que se negaría a aceptar lo que, probablemente, pensaría que era una caridad. Sin embargo, Bella estaba segura de que Dominic quería que gastara su dinero en aquellas cosas. Y estaba segura de que lo aprobaría todo cuando viera a Georgiana llevando aquel vestido de seda dorada. Y, al fin y al cabo, Georgiana debería ser lo suficientemente agradecida como para querer agradar a su hermano. Tomó nota mental de recordarle a Dominic, si se veía falta de argumentos para obligarla a aceptar los vestidos.

—Esta tarde tendremos visita, y he estado pensando una cosa —dijo Bella, mientras entraba en el salón.

Georgiana levantó la vista de la revista que estaba leyendo. Aquella mañana se sentía muy segura de sí misma. Se había puesto uno de sus vestidos nuevos, de un suave color lila, y estaba muy elegante. Miró a Bella mientras arqueaba una ceja interrogativamente.

—Sobre la historia que tenemos que contar para explicar por qué estás aquí.

—¿Qué te parece que contemos la verdad? —preguntó Georgiana, sin saber exactamente a qué se refería su amiga.

—Bueno, sí. La verdad, por supuesto. Pero... ¿tú crees que sería inteligente contar toda la verdad?

Georgiana estaba completamente confundida, así que Bella continuó:

—Verás, si les contamos cómo conociste a Dominic, se harán una idea equivocada. Y para explicar la historia del encuentro, tendrías que contarles también lo de Charles. Y, querida mía, si estás buscando trabajo, la última persona con la que debes admitir relación alguna es con Charles.

—¿Quieres decir...?

—Lo que quiero decir —dijo Bella, con sinceridad— es que Charles no es una buena referencia. No hay por qué mencionarlo. Lo que tenemos que hacer es pensar en cómo llegaste a quedarte conmigo. Creo que lo más sensato es decir que nos conocimos, hace años, en Candlewick, antes de que te fueras a Italia. Éramos tan amigas que seguimos escribiéndonos siempre, y cuando volviste a Inglaterra y te encontraste con que tu tío había muerto, viniste a Londres a quedarte conmigo. Es bastante verosímil, ¿no crees? —y, al ver que Georgiana no respondía, Bella le dio su argumento final—: Además, no querrás poner a Dominic en una situación difícil, ¿verdad?

Durante unos instantes, Georgiana no entendió la alusión de su amiga. Entonces, recordó el fragonard y le vino a la cabeza la imagen del lord tal y como lo había visto la última vez, una visión que no se le había olvidado.

—Oh.

Por supuesto. Aunque la visita a lord Alton no había tenido ninguna consecuencia, la sociedad no lo vería de aquella manera. Miró a Bella y le dijo:

—Haré lo que tú creas más oportuno. No querría causarle ningún problema a tu hermano.

Bella sonrió, satisfecha.

—Oh, y una última cosa. Sería mejor que no mencionáramos por el momento tu deseo de conseguir un trabajo. Esas cosas es mejor negociarlas cuando la gente ya te conozca.

Georgiana asintió, recordando que lord Alton le había dicho que su hermana sabría cuál era la mejor forma de proceder.

Aquella tarde, tres damas y sus hijas fueron a tomar el té a casa de Bella. Aceptaron la encantadora explicación de Bella de la presencia de Georgiana en su casa, y examinaron con una rápida mirada a la última participante en el juego del matrimonio. No encontraron ninguna razón para ser desagradables: la señorita Hartley no era una belleza.

Bella la observó mientras hablaba con las jovencitas casaderas y se sintió orgullosa de su confianza y de su aplomo innato. Era posible que Georgiana fuera inocente y confiada, pero no era ninguna boba que se quedara asustada de abrir la boca cuando estaba acompañada.

Cuando las invitadas se hubieron marchado, Bella sonrió.

—Tontas, ¿eh? —sonrió al ver cómo Georgiana asentía con

vehemencia–. Todas no son iguales, por supuesto. Pero sí hay una increíble cantidad de niñas bobas por ahí –Bella hizo una pausa, reflexionando sobre sus palabras–. Aunque supongo que así tiene que ser, porque también hay una horrible cantidad de hombres tontos.

Y las dos se rieron.

Cinco minutos después, Johnson entró en la sala.

–Milady, la señora Winterspoon.

Bella se levantó. Georgiana se dio cuenta de que su amiga se había alterado un poco, y se quedó desconcertada. Entonces, la señora entró en la sala.

–¡Bella! ¡Hace siglos que no te veo! ¿Dónde te has escondido?

Bella sufrió un abrazo y un sonoro beso en la mejilla. Aquella mujer podría ser su madre. ¿Quién sería?

–Amelia, me gustaría presentarte a Georgiana Hartley. Es amiga mía desde que éramos niñas. Georgiana, ésta es mi cuñada.

Georgiana se fijó en la clara mirada gris de la señora y sonrió cariñosamente. Era la hermana de lord Winsmere, por supuesto.

–Hartley, mmm... Bueno, probablemente conozco a tu padre, si es el que estoy pensando... Pintor. ¿Jimmy? ¿James? Se casó con Lorien Putledge.

Georgiana asintió, ansiosa por escuchar algo más de sus padres. Nunca había conocido a nadie que pudiera contarle cosas de cuando ellos eran más jóvenes.

Leyendo el interés en sus ojos, Lady Winterspoon sacudió una mano en un gesto negativo.

–No, querida. No puedo contarte mucho de ellos. No los conocía muy bien. Entiendo que han fallecido, ¿no?

Desilusionada, Georgiana asintió. Entonces, Bella dio su explicación de la presencia de Georgiana en su casa, mientras lady Winterspoon mantenía sus ojos clavados en Georgiana. El único comentario que hizo fue:

—Me atrevería a decir que, aunque no sea de la manera convencional, vas a tener éxito. Y eso ya es bastante, en estas circunstancias.

Georgiana decidió tomar aquello como un cumplido, y sonrió.

Lady Winterspoon torció los labios y se volvió hacia Bella decididamente.

—Pero no había venido a verte por esto. Bella, tienes que hablar con ese hermano tuyo. Elaine Changley se está pasando de la raya, con sus aires de grandeza y sus sutiles comentarios de que va a ser la quinta vizcondesa de Alton —lady Winterspoon soltó una carcajada sarcástica.

Bella frunció el ceño y se mordió el labio. Le dirigió una mirada ligeramente escandalizada a Georgiana, pero la muchacha estaba demasiado absorta en lady Winterspoon como para darse cuenta.

—Si yo creyera que hay alguna posibilidad de que eso sea cierto, obligaría a Arthur a que rompiera la relación con tu hermano. ¡Elaine Changley! Esa mujer es... —Amelia Winterspoon se dio cuenta de que Georgiana tenía sus ojos de color avellana fijos en ella y se interrumpió—. Bueno, ya sabes a lo que me refiero.

Aliviada por la pausa del discurso de su cuñada, Bella se sentó graciosamente en el sofá.

—Amelia, sabes que no tengo ninguna influencia sobre mi hermano.

—¡Bah! Si quisieras, la tendrías.

Bella se ruborizó ligeramente.

—Te aseguro que comparto tu preocupación acerca de Lady Changley, pero yo no puedo mencionársela a Dominic.

—Pues es posible que algún día te despiertes y te encuentres con que es cuñada tuya.

Lady Winterspoon se levantó.

—Tengo que irme. Sólo quería decirte que es necesario que intervengas —dijo, y miró fijamente a Bella.

Aparte de su irritación, Bella no pudo evitar sonreír para sí misma. Se levantó también.

Lady Winterspoon saludó a Georgiana con una suave inclinación de la cabeza.

—Te veré en Almack's, querida —y se volvió hacia Bella—. Le diré a Emily que os mande las invitaciones.

—Gracias —dijo Bella, asombrada. Se le había olvidado que Amelia tenía la confianza de varios de los patrocinadores de Almack's.

La acompañó hasta la salida, y cuando volvió al salón, unos minutos después, se encontró a Georgiana pensativa. Cerró la puerta suavemente y le dijo:

—¡Bien! Invitaciones para Almack's sin tener que ser encantadoras con ningún patrocinador. Iremos en cuanto lady Cowper las envíe.

—Sí, por supuesto —respondió Georgiana.

Bella se dio cuenta de que la mente de su amiga estaba en otro lugar, pero no parecía que tuviera intención de compartir sus pensamientos.

CAPÍTULO 3

Bella oyó la campana de su habitación, pero, ocupada en extenderse el colorete por las mejillas, no se volvió. Vio por el espejo de tocador cómo Jilly hacía una reverencia y se marchaba, y después de unos minutos, satisfecha, se dio la vuelta.

–Arthur... ¡Oh! ¡Dominic!

Se levantó de la silla y cruzó corriendo la habitación.

Medio riéndose, Dominic no la dejó saltar sobre él.

–¡No! Compórtate. ¿Qué iba a pensar tu sobrio marido? Y no quiero que me estropees la bufanda, como la última vez.

Así que Bella tuvo que conformarse con tomarle las manos y darle un beso suave en la mejilla.

–Gracias, gracias, queridísimo Dominic, por enviarme a Georgiana. ¡Lo estamos pasando muy bien!

Mientras disfrutaba del beso, Dominic aprovechó para preguntarle a su hermana, mientras la observaba con atención:

–¿Así que la señorita Hartley y tú os lleváis bien?

–¡Estupendamente! Pero, ¿quién habría pensado que tú...? –dijo, y se interrumpió, mordiéndose el labio.

Dominic enarcó las cejas. Le brillaron los ojos de una forma desconcertante, pero cuando la presionó para que continuara, lo hizo suavemente:

—¿Que yo...?

Bella se ruborizó y se sentó en el tocador, mirando al espejo, para terminar de arreglarse.

—Que te comportarías de una forma tan sensata. Por lo que he oído, es la primera vez en semanas.

—¿Semanas? —las cejas arrogantes de su hermano se elevaron de nuevo—. A mí me parece que han sido años.

Bella, sorprendida por su tono de cansancio, lo miró a través del espejo.

—Aparte de eso, querida hermana, te aconsejo que no escuches los cotilleos, ni acerca de mí, ni de ninguna otra persona.

Bella sabía que era mejor no protestar. Se esperaba que su hermano mayor la hubiera reprendido más duramente, pero se quedó callado y pensativo. A ella le asustaba mucho más aquella mirada absorta que las bravatas de Amelia. ¿No se estaría pensando en serio lo de Elaine Changley?

Esperó, pero él no hizo ningún otro comentario. Finalmente, ella le preguntó:

—¿Te quedas a cenar?

Él la miró.

—Georgie y yo vamos a ir a Almack's más tarde, así que no tengas miedo: no tendrás que quedarte haciéndonos compañía en el salón.

Su tono hizo que Dominic sonriera.

—Muy bien, querida hermana, me quedaré. Puede ser interesante ver de nuevo a mi... a tu protegida.

Mientras Bella tocaba la campana para avisar a Jilly, Dominic observó una silla que había al lado del sofá, y dispuso cuidadosamente sus largas piernas sobre la delicada pieza.

—¿Y cómo es que tienes invitaciones para Marriage Mart tan pronto?

—¡Ah! Ha sido por pura suerte —Bella aprovechó la pregunta para desviar la conversación hacia temas menos peligrosos. Dominic nunca había permitido ninguna especulación sobre las posibles candidatas a vizcondesa de Alton. Y sabía por experiencia que cualquier mención a sus amantes, pasadas, presentes o futuras, daría lugar a una de sus más dolorosas regañinas. Aun así, después de la advertencia de Amelia, se había visto justificada para, al menos, abordar el tema.

Mientras Jilly informaba a Johnson de la necesidad de poner otro plato en la mesa y volvía para hacerle un elegante moño a Bella, ella le contó las últimas noticias de Georgiana Hartley a su hermano. Mientras parloteaba, lo observó por el espejo. Él estaba en silencio, mirándose las uñas y prestando escasa atención a las palabras de su hermana. Su falta de interés le resultó agobiante. Ella no había tenido muchas esperanzas de que él estuviera preocupado de verdad por Georgiana, pero aquella introspección era inusual e inquietante. Parecía que tenía otro asunto mucho más importante en la cabeza, como el matrimonio. Pero... no era posible que estuviera pensando en elegir a Elaine Changley.

Al fin, Bella terminó de arreglarse y bajaron al salón tomados del brazo.

Georgiana estaba conversando con Arthur. La expresión de su cara le advirtió que había llegado alguien inesperado, y cuando se volvió, se vio atrapada, sin previo aviso, en el azul de los ojos de lord Alton.

Los mismos ojos que la habían obsesionado hasta en sueños.

A Georgiana se le cortó la respiración. El resto de la habitación se desvaneció y su mirada se vio extrañamente restringida. Sólo podía ver su traje de noche impecable, y las elegantes ondas que formaba su pelo. Llevaba un broche con un zafiro en la bufanda, de un color no más intenso que el de sus ojos.

Entonces, gracias a Dios, Arthur se adelantó para saludar a su cuñado.

Lo peor había pasado. Georgiana recuperó su aplomo y se vio capaz de funcionar de nuevo. Entonces, lord Alton se acercó para tomarle la mano suavemente. Sonrió y se inclinó con elegancia.

—Señorita Hartley. Así que nos encontramos de nuevo. Espero que Bella no la haya agotado a base de dar vueltas por Londres.

Para su irritación, Georgiana notó que se le iba la voz, pero se las arregló para decir débilmente:

—Por supuesto que no, milord —¿qué demonios le ocurría?

Por suerte, Johnson entró para anunciar la cena. Georgiana dejó escapar un imperceptible suspiro de alivio. Sin embargo, pronto descubrió que lord Alton iba a quedarse a cenar, y naturalmente, iba a sentarse enfrente de ella.

Durante la cena, Georgiana intentó no mirarlo apenas. Arthur, sin saberlo, la rescató, llevando el tema de la conversación hacia los derroteros de la política. Su cuñado y él estuvieron hablando sobre las leyes relativas a los cereales y dejaron a las señoras a sus propios intereses.

Cuando llegaron los postres, Bella llamó la atención de los hombres:

—¿Ves cómo es una cena de familia en Winsmere House? Aquí estamos nosotras, deseando que nos hagan caso, y ellos hablando de política —y le brillaron los ojos al mirar a su marido, que estaba sentado al otro extremo de la mesa.

Sin perturbarse por su ataque, él sonrió.

—En realidad, me sorprende que todavía estéis aquí. Creía que ibais a ir a Almack's esta noche.

Bella miró el reloj.

—¡Cielos! No sabía que era tan tarde. Georgie, tenemos que darnos prisa. Vamos. Dejemos a estos dos señores que continúen.

Los dos hombres se pusieron de pie cuando ella se levantó.

Georgiana se levantó también. No pudo resistirse a mirar por última vez la alta figura que tenía enfrente y, para su confusión, descubrió que él también la estaba mirando. Pero en la cara de lord Alton no había otra cosa que una expresión remotamente amable. Le devolvió su inclinación de cabeza con una educación agradable pero distante.

Cuando las señoras salieron de la habitación, Arthur se volvió hacia su cuñado.

–Si tienes tiempo, me gustaría que me dieras tu opinión sobre la mejor forma de llevar a cabo este asunto.

Dominic asintió y después se quedó un instante en silencio, como si su mente ya hubiera olvidado el asunto sobre el que habían estado hablando durante la última hora.

–Sí, claro–y entonces esbozó su típica sonrisa indolente–. Me encantaría, naturalmente.

Pero no consiguió engañar a Arthur, que se rió divertido.

–Lo cual significa que preferirías estar en cualquier otro sitio, hablando sobre temas más fascinantes, por supuesto, que agradar a tu anfitrión. Tú, Dominic, eres una pieza importante. Lo que no entiendo es por qué insistes en subestimar tus esfuerzos.

Dominic hizo un gesto con la mano mientras se dirigían hacia la puerta.

–Quizá por que mis... eh... esfuerzos, tal y como tú los llamas, son tan sencillos que no tienen ningún valor.

Arthur no pudo evitar que se le escapara una carcajada seca.

–¿Ningún valor? ¿Qué otro ha tenido éxito alguna vez en sacar un tema así en presencia del príncipe?

Entraron en la biblioteca y se acercaron a las dos grandes butacas de cuero que había frente a la chimenea.

–Sacar el tema no es lo mismo que conseguir el apoyo de Su Alteza –Dominic se acomodó en la butaca y estiró sus largas piernas, emitiendo un suspiro de cansancio.

Arthur lo miró con agudeza.

–Sabes que eso no es necesario. Basta con que Prinny sepa en qué estado se encuentran las cosas. Eso será más que suficiente.

Le alcanzó una copa de cristal tallado llena de su mejor oporto, y se sentó cómodamente en la otra butaca.

Estuvieron un rato en silencio, escuchando el crepitar del fuego y mirando las llamas. Arthur, que había tenido ocasión de observar a su cuñado durante la cena, había notado su expresión atenta cada vez que fijaba los ojos en Georgiana Hartley. En aquel momento, volvió a observarlo, esperando a que dijera algo. Estaba seguro de que iba a hacerlo.

Finalmente, Dominic lo miró.

—Esta señorita Hartley que te he encasquetado... supongo que es de tu agrado.

Arthur asintió.

—Georgiana es exactamente el tipo de compañía que necesitaba Bella. Te doy las gracias por habérnosla enviado.

—Era lo menos que podía hacer —respondió Dominic, con la expresión distraída, como parecía la tónica aquella noche.

Arthur reprimió una sonrisa.

Dominic volvió a la realidad y continuó.

—Bella me ha estado contando que está muy obstinada con la idea de conseguir trabajo como dama de compañía. Piensa que la señorita Hartley va a buscar el trabajo por sí misma. Eso, simplemente, no sería apropiado.

Arthur asintió con seriedad.

—Estoy completamente de acuerdo. Tengo que coincidir con todo lo que te ha dicho Bella. Está claro que Georgina no está acostumbrada a depender de los demás. Creo que le molesta el hecho de estar viviendo, o eso es lo que ella piensa, de nuestra caridad. Tiene algo de dinero propio, pero sospecho que no es la fortuna requerida para establecerse por sí misma. Cuando me preguntó cuál era la mejor forma de conseguir un empleo, intenté eludir la cuestión y evitar darle una respuesta. Como se ha criado en Italia, no sabe muy bien cómo son las cosas aquí, y es relativamente fácil darle excusas verosímiles y no meterse en demasiados detalles. Sin embargo... —sonrió a Dominic— bajo la apariencia de fragilidad, hay una personalidad fuerte y valiente. Ha venido sola desde Italia, lo cual es algo notable. Tengo serias dudas sobre que siga aceptando respuestas vagas durante mucho más tiempo.

El vizconde frunció tanto el ceño que Arthur tuvo que reprimir de nuevo la sonrisa.

—¿Se te ocurre algo? —le preguntó finalmente.

Todavía con el ceño fruncido, Dominic sacudió lentamente la cabeza.

—¿Y a ti?

—En realidad, sí —Arthur irguió los hombros y se preparó para explicarle su idea a Dominic—. Bella necesita distracción. Eso significa que necesita compañía. Pero no creo que quisiera bajo ningún concepto contratar a nadie.

La expresión del rostro de Dominic se relajó.

—Bella ha estado ayudando a Georgiana y Georgiana le está muy agradecida por ello. He pensado en pedirle que sea la dama de compañía de Bella, y decirle que, para que Bella no se sienta incómoda, el arreglo tiene que ser un secreto. Nadie lo sabrá, ni siquiera los sirvientes. En apariencia, ella continuará siendo una invitada. ¿Crees que funcionará?

Dominic sonrió.

—Estoy seguro de que sí. Qué útil es que uses tu talento para algo diferente a la política —y su sonrisa se hizo más amplia—. Y no me extraña que seas tan necesario en tu puesto actual.

Arthur sonrió e inclinó la cabeza. Durante un momento, observó fijamente al joven. Después, casi imperceptiblemente, se encogió de hombros.

—Hablaré con Georgiana mañana por la mañana. Cuanto antes, mejor. Me parece que no sería conveniente dejarle tiempo para que lleve a cabo lo que se ha propuesto.

—Gracias, milord —Georgiana hizo una ligera reverencia y observó cómo el joven lord Mortlake se alejaba. Al menos, era un buen bailarín.

Desplegó el abanico y se abanicó vigorosamente. El día había sido caluroso, y la atmósfera de las salas de Almack's era sofocante. Bella estaba a su lado, hablando en voz baja con una vieja dama. Georgiana sólo conocía a aquellas personas que su amiga le había presentado. Paseó la mirada por la estancia, disfrutando de los colores y las texturas de los trajes de fiesta de la gente. En comparación con muchos de ellos, iba poco arreglada. El vestido de seda de color amatista de Fancon era sencillo, de líneas rectas, sin volantes ni lazos. Como adorno, sólo llevaba un collar de perlas herencia de su madre. Aunque al principio se había sentido insegura, en aquel momento se sentía satisfecha con su aspecto.

Al pensar en aquello recordó el descubrimiento que había hecho en casa y la subsiguiente discusión con Bella. ¿Cómo iba a aceptar el vestido verde de gasa y el de seda topacio, si ya le debía tanto? Aun así, era evidente que Bella no podía ponerse ninguno de los dos. Ambos vestidos estaban colgados en el armario de Georgiana. No había podido convencer a Bella de que volviera a envolverlos y los devolviera. ¿Qué iba a hacer al respecto?

Tenía la idea de que, si hubiera llevado el vestido de seda color topacio, lord Alton le habría prestado más atención. Intentó no pensar en aquello. Ella estaba allí para encontrar un empleo, y no para comerse con los ojos a los lores. ¿Y qué interés iba a tener lord Alton en ella, una muchacha de campo, insignificante, que ni siquiera se sentía en casa en Inglaterra?

Deprimida por aquello y por el hecho de no haber hecho ningún intento de conseguir un trabajo, Georgiana miró con decisión sobre el mar de cabezas. Quizá entre toda aquella gente hubiera alguna dama que necesitara una acompañante.

—¡Aquí, niña! Georgiana, ¿no? Ven y ayúdame a llegar a esa silla.

Georgiana se volvió y se encontró a lady Winterspoon a su lado. La dama se apoyaba en un bastón, y al ver que Georgiana la miraba sorprendida, se rió.

—Sólo lo llevo por las noches. Me ayuda a conseguir los mejores asientos.

Georgiana sonrió y le ofreció el brazo para acompañarla hasta una silla. Después, lady Winterspoon le señaló el asiento que había a su lado. La muchacha sintió que los ojos de la mujer la examinaban de nuevo.

—Tal y como yo pensaba. Un éxito nada convencional.

Amelia se quedó silenciosa. Georgiana tuvo la impresión de que estaba reviviendo veladas de hacía mucho tiempo, bajo los candelabros de los salones de baile. Entonces, de repente, la mirada gris se agudizó y se clavó en su cara.

—Si eres lo suficientemente mayor como para tener en cuenta un consejo, aquí tienes uno que deberías guardar. No eres una gran belleza, pero tampoco eres fea. Eres diferente, y las mujeres con más éxito que he conocido han sido las que se atrevían a ser ellas mismas con valentía.

—¿Ellas mismas?

—Exacto. No pretendas ser lo que no eres. Gracias a Dios, parece que no corres el peligro de actuar de esa manera. No intentes imitar a las muchachas inglesas. No pierdas ese aire de extranjera, úsalo. Todo lo que necesitas es sonreír y divertirte. El resto vendrá por sí solo.

—Pero... —Georgiana dudó sobre si sería apropiado explicarle su situación a la hermana de Arthur. Quizá ella pudiera ayudarla a conseguir un empleo.

—¡No hay peros que valgan, niña! ¡Hazlo! No tiene sentido malgastar tu vida quedándote al borde de la pista de baile. Sal ahí y diviértete. Vamos —dijo lady Winterspoon, usando el bastón para señalarle la dirección.

Georgiana se levantó y le hizo una leve reverencia mientras sonreía. Después volvió hacia donde había dejado a Bella, pero su amiga ya no estaba allí. Georgiana se quedó azorada. Si volvía a sentarse con lady Winterspoon, ella la echaría de nuevo. Entonces, las palabras de la dama le resonaron en la cabeza: «¡Diviértete!».

Georgiana levantó la cabeza. La habían presentado en la sociedad italiana cuando tenía dieciséis años. ¿Es que no podía manejar una situación como aquélla a los dieciocho, después de haberse codeado con la aristocracia italiana? Empezó a andar en busca de Bella, sin prisa, con dignidad, sonriendo.

Mientras recorría lentamente el salón, oía retazos de las conversaciones de la gente. La mayoría eran cotilleos sobre quién andaba detrás de quién, y pullas mordaces. Georgiana tuvo la sospecha de que aquélla era la melodía común en aquel lugar. Su sonrisa se hizo más amplia.

—¡Oh! —su codo chocó contra otro cuerpo—. Lo siento muchísimo. Por favor, discúlpeme.

—Con placer, querida, si me dice qué es lo que le resulta tan divertido en Almack's.

Era un señor vestido sobriamente y con elegancia. Tenía el pelo moreno y un rostro agradable, y el tono lánguido de su voz no le pareció amenazante a Georgiana.

Mientras él la miraba con curiosidad, Georgiana le respondió sinceramente, siguiendo los dictados de Lady Winterspoon.

—Eran simplemente las conversaciones de los diferentes grupos, que he oído mientras caminaba. El tema principal es... —inclinó ligeramente la cabeza hacia él mientras elegía las palabras— bastante limitado, si sabe a lo que me refiero.

Él esbozó una sonrisa extraña.

—Sí sé a lo que se refiere usted, ¿señorita...?

Georgiana lo informó con cautela:

—Hartley. Georgiana Hartley. Estoy con lady Winsmere. Me parece que la he perdido entre la multitud.

—Ah, la encantadora Bella. Creo que la he visto cerca de la puerta, charlando con lady Duckworth. Permítame que la acompañe.

Sin pestañear, Georgiana posó su mano enguantada en la manga que le ofrecía el caballero. Si iba a acompañarla algún hombre aquella noche, estaba muy contenta de que fuera aquél. No le había dicho su nombre, pero parecía estar como pez en el agua.

—Por su comentario, parece que usted casi se ríe del propósito de esta gran institución. ¿Es que no piensa aprovechar sus servicios?

Aquélla era la clase de conversación en la que Georgiana había aprendido a desenvolverse a la perfección. La finura de la nobleza italiana.

—Por supuesto que pretendo aprovecharme de sus servicios, pero creo que no de la forma en que usted podría suponer.

Su acompañante digirió aquella respuesta antes de replicar:

—Si eso significa que usted no está aquí para conseguir un título, ¿qué otra cosa podría hacer en este lugar?

—Pues lo que estaba haciendo cuando me encontré con usted.

Hubo una pausa, seguida de un profundo suspiro.

—Muy bien, confieso que no tengo respuesta para eso. ¿Qué ha encontrado usted entre estos muros grises?

Georgiana sonrió con los ojos muy brillantes.

—Diversión, por supuesto. Me estaba divirtiendo —y para su sorpresa, se dio cuenta de que era cierto. Miró al señor, y se dio cuenta de que estaba completamente asombrado.

—¿Diversión? ¿En Almack's?

Georgiana se rió.

—Por supuesto. Ahora me estoy divirtiendo. ¿Usted no?

El caballero se quedó inmóvil, con una absurda mezcla de horror y humor en el rostro.

—Horrible. Nunca olvidaré esto —entonces, su cara se relajó y sonrió, con sinceridad, a Georgiana—. Vamos, señorita Hartley. Déjeme que la lleve con lady Winsmere. Usted es, claramente, una fuerza demasiado poderosa como para andar suelta por ahí durante demasiado tiempo.

Muy contenta, Georgiana caminó al lado del señor entre la gente, que parecía que se apartaba para que ellos pasaran. Incluso antes de ver la cara sorprendida de Bella, ella había empezado a preguntar la identidad de su acompañante. Pero estaba decidida a no preocuparse. Y, afortunadamente, fuera quien fuera, no parecía que él tuviera ningún problema.

Bella hizo una reverencia y lo saludó animadamente, pero Georgiana no oyó ningún nombre. Con un final *sotto voce* «Divirtiéndose en Almack's. ¿Qué será lo siguiente», el muy correcto caballero se retiró.

Georgiana se volvió hacia Bella, pero antes de tener oportunidad de hacerle ninguna pregunta, ella ya estaba exclamando en voz muy baja, encantada:

—¡Georgie! ¿Cómo lo has hecho?

—¿Qué? ¿Quién es él? —instintivamente, Georgiana susurraba también.

—¿Quién? Pero... ¿no lo sabes? —Bella la miró sin dar crédito.

—No. Nadie nos ha presentado. Me choqué con él y me disculpé.

Bella se abanicó frenéticamente.

—¡Cielos! Podría haberte hecho trizas.

—¿Trizas? Pero ¿quién es?

—¡Brummel! George Brummel. Es uno de los árbitros del buen gusto más poderosos de la ciudad —Bella miró a Georgiana para evaluarla—. ¡Bueno! Obviamente, le has gustado mucho. ¡Qué alivio! No supe qué pensar cuando te vi con él. Puede ser bastante diabólico, ¿sabes?

Georgiana, que estaba empezando a darse cuenta de todos los ojos envidiosos que se habían fijado en ella, sonrió con seguridad.

—No tenías por qué preocuparte. Sólo estábamos divirtiéndonos.

Bella la miró, incrédula.

Georgiana se rió.

—Buenas noches, Johnson.

—Buenas noches, milord.

La puerta de Winsmere House se cerró suavemente detrás de Dominic. Aunque la temperatura era muy suave, el retumbar lejano de un trueno lo avisó del final de aquel calor tan poco común para la estación. Sin embargo, Alton House estaba a cinco minutos. Dominic se puso en marcha balanceando su bastón de ébano, dando largas y tranquilas zancadas mientras se dirigía a Grosvenor Square.

La velada le había causado una sensación de insatisfacción que no podía explicarse. Había hecho un alto en su viaje hacia Brighton para comprobar qué tal estaba la señorita Hartley, aunque, para ser precisos, era más bien para asegurarse de que Arthur y Bella estaban contentos con el arreglo. Afortunadamente, todo había resultado a la perfección. El plan de Arthur allanaría el camino de Georgiana Hartley para pasar en Londres la temporada social que se avecinaba junto a Bella, después de lo cual sería extraño que no hubiera recibido varias ofertas de matrimonio aceptable. La chica no era un partido excepcional, pero sí era una prometida perfecta para cualquier noble menor que formara parte del círculo de la alta sociedad. Él había comprobado sus antecedentes, y sabía que estaba por encima de todo reproche. Sí, Georgiana Hartley estaría comprometida en poco tiempo, lo cual era mucho más apropiado para ella que ser dama de compañía.

Dominic sonrió mientras doblaba la esquina de North Audley Street. El plan de Arthur era perfecto para solucionar los problemas de la chica y los de Bella. Parecía que todo se arreglaba suavemente. Debería estar contento y satisfecho. Entonces, ¿por qué se sentía extrañamente irritado? La sonrisa desapareció. Dominic frunció el ceño.

¿Por qué se sentía tan desilusionado y tan triste? Llevaba doce años viviendo su vida de aquel modo. ¿Por qué todo había palidecido de repente? Recordó las circunstancias que lo habían llevado a buscar la paz en Candlewick Hall. El brillo y el glamour de los eventos de la alta sociedad londinense lo habían agotado y aburrido. Y el vicio que había bajo la superficie, la falsedad de todo aquello, lo previsible. Pero ni siquiera en Candlewick había conseguido mejorar su estado de ánimo. La serenidad lo había confortado, pero la enorme casa le había resultado solitaria, vacía. Nunca lo había notado antes, pero el silencio era opresivo.

Continuó andando hacia Grosvenor Square. Las puertas de hierro forjado del parque se cerraban por las noches, pero aquello no le impidió cruzarlo para acortar el camino. Saltó ágilmente la valla y cruzó el césped en dirección a su casa, en la cara sur de la plaza. Mientras caminaba con el bastón bajo el brazo y las manos en los bolsillos, le vino a la cabeza la visión de unos ojos de color avellana. No comprendía el motivo por el que recordaba tan a menudo los ojos de Georgiana Hartley. Había intercambiado dos o tres palabras con la criatura, y sin embargo, durante toda la velada, había sido consciente de cada uno de sus movimientos y de la expresión de su rostro.

Dios. ¿Significaría aquello que estaba al borde de la senilidad?

Decidido a recuperar la cordura, se sacó las manos de los bolsillos e irguió los hombros. En diez largas zancadas llegó a la valla y la saltó para salir del parque. Unos cuantos días, por no mencionar las noches, en compañía de Elaine Changley lo curarían de aquel capricho estúpido. Le ordenó a su mente recordar la imagen de Elaine tal y como la había visto la última vez, reclinada contra la almohada, entre las sábanas arrugadas de la cama. Por supuesto, la ambición de lady Changley iba a la par que sus encantos, así que él se sentía justificado para no concederle lo que ella ansiaba en realidad.

En el instante en que, con una sonrisa en los labios, había alzado el bastón para llamar a la sólida puerta de roble de su casa, otra desconcertante visión, en la que Georgiana Hartley había sustituido a Elaine Changley, le vino a la cabeza. La vista fue tan impresionante que Dominic se quedó petrificado. El mango dorado de su bastón, que todavía no había tocado la puerta, se quedó suspendido en el aire.

La puerta se abrió y Dominic se encontró a sí mismo enfrente de su mayordomo, Timms.

—¿Milord?

Sintiéndose como un idiota, bajó el bastón y pasó por delante de Timms, uno de los discípulos de Duckett, hasta el vestíbulo. Allí se quitó los guantes y se los entregó junto con el dichoso bastón.

—Saldré para Brighton mañana temprano, Timms. Dígale a Maitland que esté preparado a las nueve.

—Muy bien, milord.

Dominic subió la escalera con el ceño fruncido y se detuvo, según su costumbre, a mirar la hora en el reloj de pared del descansillo y asegurarse de que era la misma que la de su reloj de bolsillo.

Después continuó su camino, pensando en las diversiones decadentes que se ofrecerían en Prince Regent's Pavilion, en Brighton.

Mientras las señoras de Winsmere House volvían a casa en su carruaje, Georgiana iba pensando en que los consejos de lady Winterspoon habían resultado ser muy útiles. Si ella se divertía, la gente que estaba con ella se divertía en su compañía. Si ella se reía, la gente también. Y, aunque aquel comportamiento no era exactamente convencional, en opinión de Georgiana era mucho mejor que sonreír como una tonta y soltar risitas nerviosas.

Claramente, su educación no le suponía una dificultad para adaptarse a la vida social inglesa. Todo lo contrario, la calma que le habían enseñado era un gran atractivo en una dama y la había ayudado mucho a enmascarar sus reacciones instintivas hacia algunas de las personas a las que había conocido, como lord Ormskirk y sus miradas lujuriosas, y el señor Morecombe, y su insistencia en tocar sus brazos desnudos.

—Los Sotherbys celebran una fiesta la semana que viene. Lady Margaret ha dicho que nos enviará las invitaciones —la voz de Bella le llegó desde la oscuridad de la otra parte del asiento—. Después de esta noche, no tengo ninguna duda de que vamos a estar muy ocupadas. Ha sido toda una suerte tu encuentro con Brummel.

Después, Georgiana percibió el inconfundible sonido de un bostezo reprimido. Sonrió. Aparte de su cansancio, parecía que Bella estaba más emocionada con su éxito que ella misma. Al principio, había pensado que las quejas de su anfitriona sobre el aburrimiento no tenían ninguna razón de ser. Sin embargo, ya había entendido que, sin ningún interés especial, los bailes y las fiestas podrían volverse vacíos. Ojalá Bella no se sintiera abandonada cuando ella encontrara el empleo y se marchara.

Si le hubieran preguntado, cinco días antes, si tenía alguna ambición por entrar en el círculo social londinense, ella habría respondido que no sin dudarlo. Sin embargo, en aquel momento recordó un dicho de su padre: «¡Experiencia, niña! No hay nada igual, y nada puede sustituirla». Así que, aunque nada podía alterar el hecho de que necesitaba ganarse la vida, quizá debiera aprovechar aquella oportunidad de experimentar y aprender entre aquella gente y en aquellas situaciones. Según Bella, si quería conseguir empleo, antes debía dejarse conocer en sociedad. Decidió que posiblemente era necesario seguir tanto el consejo de su padre como el de Bella. Y también el de lady Winterspoon: «¡Diviértete!».

Bella bostezó.

—Oh, querida. Se me había olvidado lo que era esto —y reprimió otro bostezo tras la mano enguantada. Después dijo—: Me pregunto si Dominic ya se las ha arreglado para convencer a Charles de que le venda el Place.

La pregunta sorprendió a Georgiana.

—¿Lord Alton quiere comprar Hartley Place?

—Pues claro. ¿No te lo había contado?

—No. ¿Por qué quiere esa finca? Por lo que he visto, está en un estado deplorable.

—Sí, es cierto. Está muy mal. Incluso cuando el padre de Charles estaba vivo... y ahora.

—Entonces, ¿por qué la quiere?

—¿Por qué? Oh, siempre se me olvida que hay muchísimas cosas que tú no sabes. Verás, esa finca no existía como tal hace unos cien años. Era parte de Candlewick. Pero uno de mis antepasados era una especie de bala perdida, un ludópata. Contrajo deudas de juego con uno de tus antepasados, que aceptó parte de Candlewick como pago. Así es como nació Hartley Place. Mi antepasado no vivió mucho, para alivio de los demás, y desde entonces, la familia ha estado intentado recuperar esa tierra para completar Candlewick de nuevo. Pero tu familia siempre se ha negado a vender. Sin embargo, ambas familias han mantenido una relación fluida con el paso de los años. Bueno, fue así hasta la muerte de mi padre. Aunque él habló de completar Candlewick de nuevo, Dominic descubrió, a su muerte, que no había hecho demasiado por conseguirlo. Así que cuando heredó, Dominic le escribió una carta a tu tío para hablarle del asunto. Tu tío no contestó. En aquel tiempo, era una especie de ermitaño. Después de unos años, Dominic se rindió sin haber conseguido hablar con él. Cuando oyó que tu tío había muerto, escribió a Charles, pero él tampoco contestó. Como los dos se repelen, no puedo decir que eso fuera una sorpresa. De todas formas, tal y como tú has dicho, es evidente que el Place se está derrumbando ante los ojos de Charles, así que no entiendo por qué no quiere vender. Dominic está dispuesto a pagarle lo que haga falta, y Charles lo sabe.

–Quizá sea por mera obstinación.

–Quizá –respondió Bella, un poco cansada de los problemas de su hermano. Entonces se quedó en silencio, para seguir pensando en las puertas que aquella velada habían abierto para su protegida.

Georgiana estaba asombrada por el comportamiento de Charles. En los pocos días que había pasado con él, le había parecido que su primo era adicto a las cosas buenas de la vida, pero que no tenía dinero para pagarlas, lo cual hacía que su negativa a vender la finca le pareciera mucho más extraña. Estaba claro que no tenía ningún interés ni cariño hacia la casa.

Al pensar en Charles, no pudo evitar acordarse de un hombre tan unido en su mente al día en que había huido de su primo. Indudablemente, lord Alton habría pensado que era una chica callada y torpe por su comportamiento durante la cena. ¿Dónde habían ido a parar sus dos años de experiencia?

Aunque, ciertamente, nada en su existencia previa la había preparado para el extraño efecto que aquel hombre tenía en ella. Nunca se había sentido así. Era algo muy confuso. Esperaba que, la próxima vez que se vieran, aquel efecto se hubiera debilitado. No quería parecerle siempre una colegiala sin gracia a aquel hombre, ante el cual quería brillar.

Sin embargo, estaba segura de que lord Alton sólo la vería como la niña a la que había ayudado en una situación difícil. Tenía que quitarse de la cabeza aquella idea de querer ser algo más que eso para él. Él era un vividor y, por lo que había oído durante la cena, estaba entre los miembros del círculo social más cercano al príncipe regente. Ella no tenía nada que pudiera llamarle la atención: ni belleza, ni fortuna, ni linaje. Para él, no sería otra cosa más que una conocida lejana, y era muy posible que ya hubiera olvidado su existencia.

Además, le parecía que estaba a punto de casarse, aunque parecía que lady Winterspoon consideraba a la dama poco apropiada. Pero ella había oído más que suficiente en la sociedad italiana como para desconfiar de las conclusiones de la gente. ¿Quién sabía? Quizá lord Alton estuviera enamorado de verdad de lady Changley. Intentó imaginarse cómo sería ella, pero se rindió. Sabía tan poco de él que era imposible averiguar sus preferencias.

Mientras se lamentaba mentalmente del giro del destino que había hecho que lo conociera, Georgiana pensó que seguramente no tendría muchas más ocasiones de volver a verlo. Él era el tipo de hombre con el que soñaban las colegialas. Desafortunadamente, ella ya no era ninguna niña. Y además, su situación no era tan desahogada como para permitirse soñar.

CAPÍTULO 4

—Milord, me hacéis un gran honor, pero verdaderamente no puedo aceptar ser vuestra esposa.

Georgiana vio cómo el vizconde Molesworth, un joven que se encontraba mucho más en su ambiente en sus acres ancestrales que en Londres, se levantaba torpemente de sus rodillas.

Se sacudió los pantalones de satén y suspiró:

—Pensé que diría eso.

Georgiana ahogó una risita y se las arregló para parecer amablemente interesada.

—Se lo dije a mi madre, pero ya sabe cómo son las mujeres. No escuchan. Ella dijo que era probable que me aceptara. Dijo que era exactamente lo que yo necesitaba. Debo decir que en ese punto estoy de acuerdo con ella —dijo, y miró una vez más a Georgiana—: ¿Está segura de que no cambiará de opinión?

Georgiana asintió y rozó suavemente la manga del vizconde.

—De verdad, milord, no creo que hiciéramos buena pareja.

—Bueno. Entonces, eso es todo —lord Molesworth, heredero de inmensas propiedades, levantó la cabeza al oír la música que llegaba desde el salón.

—Entonces, ¿volvemos a bailar?

Mientras volvía de la terraza del brazo del vizconde, Georgiana sonreía feliz, sin poder evitarlo. Le había parecido que el muchacho estaba a punto de pedirle que se casara con él, y al igual que con las dos proposiciones anteriores, había temido herir sus sentimientos. Sin embargo, había sido fácil rechazarlo, incluso más fácil que las otras veces.

El primero en declarársele había sido lord Danby, que estaba verdaderamente entusiasmado, pero que era tan joven que a ella le parecía más su hermano pequeño que un amante potencial. Y el segundo ofrecimiento se lo había hecho el señor Havelock, un hombre tranquilo de treinta y cinco años. Ella le tenía mucho cariño, pero no podía verlo como otra cosa que como amigo. Él había aceptado su negativa filosóficamente, y habían continuado con una buena relación.

Se sintió agradecida por haber atraído sólo a verdaderos caballeros. Algunos de los vividores más peligrosos la habían mirado, también, como si fuera un bocado suculento que estuvieran planeando engullir. Pero cuando se enteraban de que era invitada de los Winsmere, normalmente sonreían y se retiraban.

Sin embargo, había unos cuantos que habían permanecido lo suficiente como para disfrutar de un momento de coqueteo. Como por ejemplo, lord Edgcombe, que se aproximó a ella para pedirle un vals.

Georgiana sonrió e hizo una reverencia.

—Milord...

Su señoría, resplandeciente con una levita verde que intensificaba el rubio de su pelo rizado, se inclinó con gracia al tomarle la mano.

—Mi preciosa señorita... —sus fríos ojos grises se clavaron en el vizconde, que todavía estaba vacilando al lado de Georgiana.

Ella se dio cuenta de que debía de haberlos visto entrar en el salón, y se preguntó qué habría pensado. Georgiana no tenía la suficiente experiencia como para medir la intención de su saludo calculado. Sin embargo, se dirigió a él con seguridad, y consiguió que desclavara la mirada del indefenso vizconde.

—Así que, por sus palabras, supongo que le gusta mi vestido.

La mirada de lord Edgcombe se desvió lentamente hasta su cara. Torció los labios. Entonces, para devolverle su temeridad, se colocó el monóculo y la inspeccionó durante un minuto de pies a cabeza.

—Mmm —murmuró—. El estilo, por supuesto, es soberbio. Fancon, supongo.

Georgiana, en vez de ruborizarse y convertirse en un montón de nervios, la reacción normal ante aquel tipo de comportamiento, no pudo reprimir una sonrisa. Entendía perfectamente las tácticas de lord Edgcombe. Y su señoría, lejos de molestarse por su negativa a sucumbir, sonrió divertido y le ofreció su brazo.

—Vamos, dulce tormento, el baile nos espera y los músicos se cansarán pronto.

Mientras giraba en la pista de baile en brazos de lord Edgcombe, Georgiana se preguntó de nuevo por los motivos de su éxito, que, aunque inesperado, le resultaba halagador. Aquel éxito había tenido consecuencias como, por ejemplo, que recibiera las atenciones de alguien como aquel lord. Era de alto linaje, tenía una fortuna considerable y podía ser muy agradable cuando le apetecía. Sin embargo, sólo le apetecía con un círculo limitado de amistades, y no se dejaba alcanzar por ninguna mamá casamentera. Georgiana no entendía su interés en ella, pero el instinto le decía que no corría peligro, precisamente, de que le propusiera matrimonio.

—Alivie mi curiosidad, querida. ¿Qué puede ser tan interesante como para que necesite estar a solas con el noble vizconde?

Georgiana abrió unos ojos como platos.

—Pues, milord, estábamos paseando.

Su mirada gris siguió clavada en el rostro de Georgiana durante un minuto.

—Ya veo —y, después de un momento, añadió en voz baja—. No creo que le apetezca dar un paseo conmigo.

Georgiana, intentando mantenerse seria, sacudió la cabeza.

—Oh, no, milord. No creo que eso fuera inteligente.

—¿Y por qué, me pregunto? Seguramente, no pretende decirme que teme que mi compañía sea menos interesante que la del vizconde.

Georgiana se rió ligeramente, sin rehuir su mirada.

—Oh, no. Todo lo contrario. Temo que su compañía pudiera ser demasiado interesante, milord.

Lord Edgcombe no era inmune al halago de una mujer joven y atractiva, aunque entendiera perfectamente sus maquinaciones. Así que sonrió de nuevo, riéndose con ella.

—Querida mía, es usted una descarada. Pero una descarada deliciosa, así que dejaré que se escape sin la regañina que, indudablemente, se merece.

Cambiando la expresión de su cara para reflejar una apropiada gratitud, y reduciendo la voz a un susurro, Georgiana replicó:

—Oh, gracias, milord.

Y lord Edgcombe soltó una carcajada sincera.

Cuando volvió al lado de Bella, tres bailes más tarde, no tuvo tiempo de respirar. Su amiga la interrogó de inmediato. Georgiana respondió cautelosamente.

—Me ha pedido que me case con él.

—¿Y? —Bella tenía el rostro encendido.

Georgiana sabía que Bella deseaba por encima de todo que contrajera un buen matrimonio, y verdaderamente, casarse con el vizconde Molesworth lo sería. Pero ella no quería casarse con alguien a quien no amara, ni siquiera por su mejor amiga.

—Le he dicho que no.

—Oh —la cara de Bella se entristeció—. Pero, ¿por qué?

Al ver la consternación sincera en los ojos de Bella, estuvo a punto de decirle la verdad, pero se dio cuenta de que estaban rodeadas de gente y allí no podía contárselo.

—Después, por favor, Bella.

Al ver que el señor Millikens se acercaba para sacar a Georgiana a bailar, Bella le respondió, en voz baja:

—Sí, muy bien, después. Pero tenemos que hablar de esto, Georgie.

Georgiana asintió y se adelantó para tomar el brazo del señor Millikens.

El resto de la velada pasó rápidamente. Estuvo mucho tiempo reflexionando sobre los cambios que se habían producido en su vida durante las dos semanas anteriores. Arthur le había pedido amablemente que se convirtiera en dama de compañía de Bella. A Georgiana le había parecido que tenía un motivo de peso: Bella languidecía de aburrimiento y se sentía sola. Así pues, había aceptado, y después de aquello, no había pensado más en conseguir un empleo. Bella no sabía nada de aquello, por supuesto, porque generalmente sólo la damas mayores tenían acompañantes.

Aquella primera noche en Almack's había sido el sello de su éxito. Desde entonces, a la mansión de Green Street habían llegado una lluvia de invitaciones, y ella y Bella se habían visto inmersas en bailes, desayunos y visitas. Su popularidad, tanto con los hombres como con las mujeres, era motivo de orgullo para Bella. Por su parte, Georgiana le daba las gracias, con ironía, a su físico «imperfecto». Como no era ninguna belleza, no representaba una amenaza para las incomparables, así que había sido aceptada sin grandes problemas. Sabía que su carácter animado y natural era un gran punto a su favor. Sospechaba que aquello, junto con su comportamiento nada convencional y poco parecido al de las señoritas inglesas, era lo que la hacía tan atractiva para los caballeros. Ciertamente, se arremolinaban a su alrededor. Y si tenía que ser sincera, no podía negar que se sentía satisfecha cuando pensaba en su corte. Era posible que no fuera una belleza impactante, pero tenía su propio grupo, su lugar en el esquema de las cosas. Tal y como había sugerido lady Winterspoon, había muchos caminos hacia el éxito.

Estaban entre las últimas en dejar el baile. Tal y como ella había anticipado, Bella volvió al tema del vizconde Molesworth en cuanto la puerta del carruaje se cerró tras ellas.

—¿Por qué, Georgie? Yo creía que te gustaba.

Georgiana se apoyó contra el respaldo y se resignó a lo inevitable.

—El vizconde es muy agradable, pero de verdad, Bella, ¿tú crees que eso es suficiente?

—¿Suficiente? Pero, querida, muchas chicas se casan con mucho menos que... gusto por su marido.

Georgiana reprimió un suspiro. Intentaría que Bella la entendiera.

—Bella ¿tú te casaste así?

Bella se movió en el asiento, algo incómoda.

—Bueno, no. Pero... bueno, lo normal no es casarse por amor. Y... no te haces una idea de los problemas que yo tuve para casarme con Arthur. Nadie lo entendía. Oh, ahora todo el mundo lo acepta, pero si Dominic se hubiera opuesto en su día, a nadie le habría extrañado. El amor no es un factor determinante para casarse, al menos en sociedad.

Al notar la sinceridad de sus palabras, Georgiana se preguntó si debería decirle la verdad a su amiga, pero enseguida desechó la idea y probó otra táctica.

—Pero yo no he venido a Londres a casarme, querida Bella. Y tampoco había pensado que tuviera que ser alguien de... este círculo social. No estoy segura de que yo encajara.

Ante aquel comentario, Bella soltó un resoplido muy poco propio de una dama.

—¿Que no has venido a Londres a casarte? Por favor, dime qué otra cosa vas a hacer con tu vida. Y no me digas que vas a ser dama de compañía de alguna señora mayor. Nunca me convencerás de que prefieres eso a casarte con algún joven agradable y considerado que te dé todo lo que tú desees.

En la oscuridad, Georgiana sonrió. Bueno, ya era dama de compañía, aunque la señora no fuera mayor. Pero, ¿realmente preferiría casarse, tener que plegarse ante lo que le conviniera a algún hombre? Georgiana suspiró de nuevo.

—Haces que suene muy fácil.

—Lo es. Es cuestión de que te decidas a hacerlo y, cuando llegue el caballero apropiado, digas sí en vez de no.

Georgiana soltó una risita y replicó:

—Bueno, si llega el caballero apropiado, te prometo que lo pensaré.

Bella se abstuvo, sabiamente, de hacer más comentarios, con la esperanza de que aquella conversación hiciera pensar a su protegida en su futura posición en el círculo al que pertenecía. Para Bella estaba claro que Georgie debía contraer un buen matrimonio dentro la alta sociedad. Era muy atractiva, lo cual era más importante que ser guapa. Y a los caballeros les encantaba, tal y como demostraba el hecho de que hubiera recibido tres proposiciones matrimoniales en dos semanas. Ella había tenido grandes esperanzas con el señor Havelock, pero Georgiana lo había rechazado sin parpadear. Todo lo que podía hacer era esperar que el elusivo caballero perfecto de Georgie apareciera pronto, antes de que su protegida se ganara la reputación de ser difícil de agradar.

Una brisa suave le refrescó las mejillas ardientes a Georgiana mientras acompañaba a lord Ellsmere a su coche de caballos. Abrió la sombrilla para protegerse de las miradas de los curiosos peatones mientras salían del camino aislado por el que habían paseado y cruzaban el césped hasta la carretera. Miró tímidamente al guapísimo lord. Él la estaba observando, y al cruzarse con su mirada, sonrió con arrepentimiento.

—Perdóneme, querida, si mis actos la han importunado. Tendrá que hacerme ciertas concesiones debido a mis... eh... fuertes sentimientos al respecto.

Por primera vez en tres semanas, Georgiana se ruborizó. Aquella mañana se había felicitado a sí misma por habérselas arreglado para conseguir que sus pretendientes no se declararan más. ¿Cómo iba a suponer que su señoría había planeado hacerlo en medio de un paseo en coche de lo más decoroso?

—Oh, sí, por supuesto —murmuró ella. Se dio cuenta de que la expresión del caballero era ligeramente petulante, y su temperamento se alteró. Mientras él la ayudaba a subir al carruaje, tuvo que hacer un esfuerzo por controlarse.

No podía decir que ningún caballero hubiera intentado besarla antes. Pero, en Italia, los discursos y gestos extravagantes que precedían a semejante intento advertían a las damas por si acaso deseaban evitarlo. Sin embargo, lord Ellsmere no le había dado ninguna indicación de lo que iba a hacer. Estaban paseando por un camino escondido tras setos y macizos exuberantes, y en un segundo se había visto atrapada entre sus brazos, incapaz de liberarse. Al principio ni siquiera se había resistido, al quedarse tan sumamente asombrada. Por desgracia, lord Ellsmere había pensado que el hecho de que no reaccionara significaba que accedía, y había actuado en consecuencia. Entonces, ella sí se había resistido.

Para ser justos, lord Ellsmere la había soltado inmediatamente, y la había tomado de la mano. Entonces le había declarado su amor eterno, y Georgiana se había quedado totalmente confusa.

Y en aquel momento, él se comportaba como si creyera que había actuado demasiado precipitadamente y que la había asustado. Había dejado claro que no aceptaría una negativa. Le había dicho que viviría con la esperanza de que Georgiana acabaría entendiendo las ventajas de aquel matrimonio, con el tiempo.

Mientras lord Ellsmere subía al coche y se sentaba al lado de Georgiana, la muchacha se volvió impulsivamente hacia él.

—Milord...

Él miró al mozo que los acompañaba y sonrió a Georgiana.

—La veré en el baile esta noche, querida. Continuaremos la conversación entonces, cuando haya tenido más tiempo para pensar.

Sus palabras fueron amables, y Georgiana gruñó interiormente. Aquélla era, precisamente, la situación que había estado intentando evitar. Pero con el mozo sentado tras ellos, no podía hacer otra cosa más que aceptar la sugerencia de su señoría.

En realidad, mientras sentía la suave brisa refrescante en la cara, agradeció tener tiempo para reunir más argumentos. Lord Ellsmere no era el señor Havelock, ni el vizconde Molesworth. Tenía derecho a esperar que ella se tomara en serio su proposición. Era un excelente partido, tenía un título, fortuna, propiedades y buenas relaciones sociales. ¡Oh, cielos! ¿Qué iba a decir Bella aquella vez?

Cuando entró en Winsmere House, fue hacia el sala de estar. Bella estaba allí, hojeando el último número del *Ladies's Journal*. Miró hacia arriba cuando entró Georgiana. Y frunció el ceño.

—Creía que estabas dando un paseo con lord Ellsmere.

Georgiana se volvió para dejar su sombrero en una silla.
—Sí.

Bella frunció aún más el ceño.
—¿Y no ha entrado?

—No —a Georgiana le hubiera gustado añadir algo más que explicara aquel lapsus de modales por parte de su señoría, pero no se le ocurrió nada. Bajo el escrutinio de Bella, se ruborizó.

—¡Georgie! ¡No me digas! ¿Te ha pedido que te cases con él? —Bella se puso de pie de un salto.

Las mejillas de Georgiana, de color grana, se lo confirmaron.

—¡Oh, querida! ¡Ellsmere! ¿Quién lo habría pensado? Pero si es... —la falta de respuesta de Georgiana avisó a Bella de repente. Se detuvo en mitad de la frase, y la incredulidad sustituyó a la euforia.

—¡Oh, no! —gimió, dejándose caer en los cojines del sofá—. ¡Lo has rechazado!

Georgiana sonrió débilmente, casi disculpándose. Pero aquella vez no se iba a escapar tan fácilmente.

Media hora después, Bella se rindió.

—Pero ¡no lo entiendo! Danby era una cosa, incluso comprendo lo de el señor Havenlock. Pero Molesworth... y ahora, de entre todos los hombres, Ellsmere. Georgie, esto no lo vas a olvidar nunca. Nadie se creerá que has rechazado a Ellsmere por la ridícula razón de que no estás enamorada de él. Empezarán a decir que hay algo raro en ti, sé que lo harán —dijo Bella, con la voz temblorosa, casi a punto de llorar.

Georgiana también estaba muy afectada, pero se las arregló para mantener el tono de voz calmado al responder:

—Pero yo no quiero que me pidan que me case con ellos. Hago todo lo que se me ocurre para evitarlo.

Bella frunció el ceño. Sabía que aquello era cierto. Había vigilado a su protegida como una gallina a su polluelo, y no entendía el aparente desinterés de Georgiana por sus pretendientes. —¿Y por qué no quieres comprometerte? No puedes haber decidido que es imposible que te enamores de ninguno de ellos. No puedes esperar que me crea que de verdad consideras que es mejor estar soltera que casada.

No había posibilidad de librarse de la severa mirada de Bella. En realidad, Georgiana había estado pensando en el matrimonio, pero con un caballero en particular. Notó que se le calentaban mucho las mejillas.

Y Bella se dio cuenta de la verdad inmediatamente.

—¡Oh, Georgie! —lloriqueó—. No te habrás sentido... atraída por un caballero poco adecuado, ¿verdad?

Georgiana asintió con sentimiento de culpabilidad.

—Pero, ¿quién? —Bella se sentía sobrepasada. Había seleccionado a conciencia a todos los hombres que le había presentado a Georgiana. No había habido ninguno poco adecuado. Ningún joven peligroso se le había acercado, y en los círculos que frecuentaban, no habría habido ninguna posibilidad de que se le acercara un intruso. Así que, ¿quién era aquel hombre misterioso?

—No es que sea poco adecuado, exactamente —dijo Georgiana, anticipándose a la conclusión de Bella—. Es más un caso de... amor no correspondido. Yo creo que estoy enamorada de él, pero él no me quiere a mí.

—Bueno, entonces —dijo Bella, animándose al oír aquello—. Tendremos que hacer algo para que cambie de opinión.

—¡No! —exclamó Georgiana. Tomó aire y prosiguió con más calma—: No lo entiendes. Ni siquiera sabe que lo quiero.

Bella la miró atónita.

—Pero, entonces, ¿por qué no se lo decimos? Oh, no con palabras, pero siempre hay formas de hacer esas cosas, ¿sabes?

Sin embargo, Georgiana seguía sacudiendo la cabeza obstinadamente.

—Está enamorado de otra. De hecho —añadió, con la esperanza de atajar la terrorífica investigación de Bella—, está a punto de pedirle su mano.

—Oh —Bella asimiló aquellas malas noticias frunciendo el ceño. No se imaginaba quién podía ser el hombre misterioso. Finalmente, miró a Georgiana, que estaba sentada en una silla, jugueteando con los lazos de su sombrero con una mirada triste nada corriente en ella.

Bella se sintió conmovida. La había entusiasmada el plan de Arthur de contratar a Georgiana como su acompañante, y estaba verdaderamente agradecida por la forma en que Georgie había llevado a cabo la charada, con tacto y delicadeza. Se prometió que haría todo lo posible por enterarse de quién le había robado el corazón a Georgie y, si era posible, hacer que cambiara de opinión. Al contrario que Georgiana, ella no creía que un hombre que fuera a contraer matrimonio tuviera que estar necesariamente enamorado de su prometida. Así pues, no consideraba perdido el caso de Georgiana. Pero, si lo estaba, ella tendría que defender los intereses de su amiga. Ya la conocía lo suficiente como para saber que no se detendría a pensar en las alternativas hasta que quizá fuera demasiado tarde. Así que, de una forma sutil, le preguntó:

—No quiero entrometerme, querida, pero, ¿no quieres decirme quién es ese caballero?

Georgiana negó con la cabeza. Su sentimiento de culpabilidad aumentaba por segundos. ¿Cómo podía estar pagándole a Bella su amabilidad de aquella manera? ¿Cómo podría decirle que estaba enamorada de su hermano? Lentamente, sacudió la cabeza. Sin embargo, tenía que darle alguna explicación.

—Tú lo conoces. Y ya te he contado que él no sabe que yo lo quiero. Yo... creo que sería injusto decírtelo. Injusto para ti y para él.

Bella asintió.

—Muy bien, entonces no te presionaré. Pero quizá, en estas circunstancias, sería mejor que yo hablara con lord Ellsmere esta noche —Georgiana la miró asombrada, y Bella se apresuró a explicarle—: Oh, no le contaré lo que tú me has dicho. Pero hay formas de hacer las cosas. Se lo haré entender sutilmente. Lo mejor será que yo hable con él.

Georgiana pensó en el ofrecimiento. Quizá, en aquel caso, sería inteligente aceptar la sabiduría de Bella en todas aquellas cuestiones.

—Si a ti no te molesta hablar con él...

—En absoluto —Bella se levantó e, impulsivamente, le dio un abrazo a Georgiana—. Y ahora, voy a pedir el té, y hablaremos de algo diferente.

Georgiana sonrió e intentó convencerse de que aquel vacío tan peculiar que sentía era sólo hambre.

Dos horas después, Georgiana escapó a su habitación a descansar para librarse de su dolor de cabeza.

Aquel día se había dado cuenta de que estaba verdaderamente enamorada de lord Alton. Al principio había pensado que sería sólo un capricho, ya que apenas había visto al caballero ni cruzado unas cuantas palabras con él.

Sin embargo, el suceso de aquella tarde le había abierto los ojos. Lord Ellsmere era todo lo que una joven dama podría desear. Era guapo, considerado, encantador, inteligente.... Y muy rico, además de lord. La lista de cualidades continuaba.

Cuando lord Ellsmere la había tomado en sus brazos, ella estaba absorta en el sueño de que quien caminaba a su lado era el hermano de Bella. La desilusión de sentir que no era lord Alton el que la iba a besar había sido muy grande.

No podía engañarse más. Lo que sentía por el vizconde de Alton era lo que su madre sentía por su padre. Ella los había visto juntos muchas veces, riéndose felices en su propio mundo, y había tenido un sentido innato de aquella emoción: el amor. Aquello era, simple y llanamente, amor.

Podría ser ridículo. Podría ser imposible. Pero era real.

Con un gran suspiro, Georgiana apoyó la cabeza en la almohada. No sabía cómo iba a arreglárselas cuando lo viera la próxima vez, pero tendría que soportarlo. No tenía intención de dejar que Bella lo averiguara, ni tampoco iba a abandonarla. Arthur la había ayudado cuando tenía problemas, así que ella no le fallaría. Conseguiría sobreponerse.

Totalmente agotada, cerró los ojos. Su mente tenía que descansar, y su corazón dolorido también.

Tres noches después, la duquesa de Lewes celebraba su «Gran Baile».

—Hay que ser duquesa para llamarle a su baile «gran» —comentó Bella, sarcásticamente—. Sin embargo, hay que ir inexcusablemente. Podría decirse que es una reunión obligatoria.

Había llegado a la habitación de Georgiana cuando ella acababa de salir del baño. Se acercó a la cama y acarició el vestido de seda lila que descansaba sobre la colcha. Entonces, como si acabara de acordarse, se volvió hacia Georgiana.

—Georgie, ya sé lo que piensas de esto, pero de verdad creo que deberías llevar el vestido de gasa verde. Sabes que yo no me lo voy a poner nunca. Por favor, llévalo para agradarme.

Georgiana miró hacia arriba mientras se secaba el pelo con una toalla. Durante un momento dudó, pensando en la petición de Bella.

—¿Y no causaría comentarios, estando tan cercana la muerte de mi padre?

—Pero tu padre te dijo que no te pusieras de luto, ¿te acuerdas? Además, aunque todo el mundo sabe que tu padre murió recientemente, yo no se lo he dicho a nadie. ¿Y tú?

Georgiana sacudió la cabeza. Obstinadamente, se había comprado tres vestidos más en Fancon, en vez de llevar los que Bella le había regalado en secreto. Pero, en realidad, ¿qué derecho tenía ella a negarse? Era una petición sencilla y, después de toda la ayuda que le había prestado Bella, era un precio muy pequeño. En realidad, era sólo su orgullo lo que le impedía llevar la delicada creación que colgaba sin dueña en el armario. Así que sonrió.

—Si te agrada...

Bella sonrió alegremente.

—Muchísimo —una vez que hubo logrado su objetivo, corrió a su habitación a ponerse en manos de Jilly.

Unas tres horas después, cuando por fin habían llegado al baile de Lewes House, Georgiana se preguntó, al lado de Bella, por qué no se habría tragado su orgullo unas semanas antes. La atención que todo el mundo le prestó fue la confirmación de que había hecho bien en cambiar de estilo.

Sonrió alegremente al aceptar el brazo de lord Mowbray para bailar el primer vals, y correspondió riéndose a los agradables piropos de su señoría. Para su sorpresa, había descubierto que podía mantener una fachada de joven alegre disfrutando de su primera temporada en Londres, a pesar de que tenía el corazón vacío. Nunca había sido el tipo de persona que se recreaba en los problemas, así que continuó observando las vidas de aquéllos que la rodeaban con interés. Siguió siendo afectuosa y agradable con su corte de pretendientes. No había muchas muchachas a las que pudiera llamar amigas, pero tenía a Bella para suplir aquella necesidad, por lo cual siempre le estaría agradecida.

Georgiana no sabía con exactitud lo que Bella le habría dicho a lord Ellsmere, pero él había retirado amablemente su proposición y le había asegurado a Georgiana su devoción eterna. Georgiana se preguntó durante toda la noche qué le habría dicho Bella, pero al final decidió que no necesitaba saberlo.

Para el final del tercer baile la sala estaba empezando a llenarse. Georgiana fue escoltada al lado de Bella por su compañero de baile, el señor Havelock, que se quedó con ellas charlando amigablemente. Cuando se retiró, ella se volvió con el rostro muy animado hacia Bella, pero lo que iba a decirle sobre el señor Havelock se le quedó en la garganta. Las palabras se le derritieron en la mente. Se le separaron ligeramente los labios de la sorpresa al ver al vizconde de Alton.

Dominic había llegado hasta su hermana Bella con la intención de averiguar lo que había ocurrido con la muchacha que había dejado a su cuidado. Sólo cuando ella se volvió la reconoció en la exquisita ninfa, esbelta y erguida, con un vestido de gasa verde, al lado de su hermana. Era la misma chica que lo había cautivado con su rostro ovalado y sus enormes ojos marrones. Al darse cuenta, se quedó momentáneamente sin palabras.

Fue Bella la que, sin saberlo, lo rescató. Dejó escapar un suave gritito de alegría y, reprimiendo su hábito de echarle los brazos al cuello, le tomó las manos. Él la miró y le besó el dorso de las suyas con suavidad.

—Querida Bella. Claramente, estás en buena forma.

—Pero yo creía que estabas en Brighton —dijo Bella, mirándolo cariñosamente. Vio cómo la mirada de su hermano la pasaba por encima y se posaba en Georgiana. Bella se sintió obligada a preguntar:

—¿Te acuerdas de Georgiana?

—Por supuesto —Dominic no pudo remediarlo, pero la voz se le había hecho automáticamente más grave y profunda. Sonrió y le tomó la mano a Georgiana para besársela.

Ella se ruborizó e hizo la cortesía de rigor.

Aquel rubor hizo que Dominic reaccionara. Cuando ella lo miró, su cara ya había recuperado la expresión habitual, ligeramente aburrida. Se volvió para hablar con Bella.

—Como ves, he decidido cambiar los entretenimientos extravagantes y de gusto más que cuestionable de Su Alteza por los de la aristocracia, mucho más triviales pero también mucho más divertidos.

—¡Sss! —dijo Bella, escandalizada—. ¡Alguien te va a oír!

Dominic sonrió y dijo con voz somnolienta:

—Querida, sólo repito lo que dicen la mitad de los privilegiados del círculo de Prinny. No se me puede considerar un traidor.

Parecía que Bella no se había quedado satisfecha con la explicación. Aun así, la atención de Dominic ya se había desviado hacia Georgiana.

—Quizá, señorita Hartley, podría concederme un vals. A juzgar por las hordas de caballeros que se le acercan, debe de tener muy pocos disponibles.

Para entonces, ella ya había recuperado la compostura, y estaba decidida a no perderla de nuevo.

—Son los frutos del trabajo de su hermana, milord —respondió rápidamente. Le puso una mano en el brazo a Dominic y reprimió un escalofrío. ¿Cómo demonios iba a resistir un vals entero con él?

Afortunadamente, lord Alton no parecía darse cuenta de sus dificultades. La tomó con su fuerte brazo por la cintura y ella se vio girando en el baile sin ningún esfuerzo. Al cerciorarse de que sus pies lo seguían sin dificultad, se relajó lo suficiente como para mirar el rostro que había sobre ella.

Él interceptó su mirada y sonrió.

—Así que ha llenado usted su tiempo con todo tipo de eventos sociales.

Georgiana se encogió de hombros ligeramente.

–Los placeres de la aristocracia todavía no me resultan pesados, pero estoy segura de que al final sí dejarán de interesarme.

Una de aquellas cejas negras se arqueó.

–Es un punto de vista muy novedoso. ¿No le ha comentado mi hermana que las debutantes deben, necesariamente, ser adictas a las actividades de la alta sociedad?

Georgiana sonrió de una forma un tanto intrigante.

–Por supuesto, Bella ha intentado convencerme de que mi falta de entusiasmo puede resultar perjudicial para mis oportunidades. De todas formas, yo prefiero mantener mi opinión. Me resulta difícil imaginar que se pueda permanecer satisfecho sin hacer otra cosa más que ir a bailes y fiestas y cosas así. Seguramente, tiene que haber un propósito más grande en la vida.

Ella miró hacia arriba y vio la expresión sorprendida de la cara del vizconde. De repente, se preocupó de haber dicho más de lo que debía, y se apresuró a corregirse.

–Por supuesto, también hay propósitos así en los eventos...

–No. No se retracte –Dominic habló en voz baja y seria–. Sus opiniones la honran, y yo no soy quién para menospreciarlas.

Georgiana se preguntó si bajo la seriedad de sus palabras habría alguna fina vena de sarcasmo que ella no había percibido. Sin embargo, no tuvo ocasión de averiguarlo, porque la música cesó y lord Alton la llevó al lado de Bella. Con una sonrisa y una perezosa caricia en la mejilla de su hermana, y una leve inclinación hacia ella, Dominic se retiró.

En el otro extremo del salón de baile, Elaine Changley cerró su abanico de marfil de un golpe seco. Sus fríos ojos azules permanecieron fijos en la cabeza de rizos dorados, sólo visible entre la gente. ¿Dominic la había dejado por una colegiala? ¡Imposible!

Los cuerpos de la gente se movieron y Elaine pudo obtener una visión completa de Georgiana Hartley, esbelta y elegante, al lado de Bella Winsmere. Ella no había alcanzado su posición actual sin saber reconocer los puntos positivos de sus oponentes. No había duda de que la chica tenía un algo. Pero la idea de que los atractivos de una delicada y virginal muchacha pudieran competir con sus propios encantos y su voluptuosidad era demasiado ridícula como para ser tenida en cuenta.

Lady Changley apretó los labios rojos. Lo que sus supuestas amigas iban a decir si perdía un premio como Dominic Ridgeley en manos de una niñata era demasiado mortificante como para soportarlo. Quizá debiera recordarle un poco lo que ella podía ofrecerle.

Eran más de las doce cuando Georgiana salió del salón, justo durante el último baile antes de la cena. La terraza estaba vacía e iluminada únicamente por los rayos de la luna. El frío de la noche la mordió bajo su fino vestido, pero ella agradeció la sensación y aspiró profundamente la brisa refrescante de la noche.

Había conseguido escapar de la atmósfera demasiado cargada de la sala, diciéndole a su acompañante, lord Wishpoole, que necesitaba ir a la sala de retiro durante unos minutos para aplacar un incipiente dolor de cabeza. En cuanto había estado fuera de la vista del caballero, había cambiado la dirección y se había deslizado por las puertas de la terraza.

Se apoyó en la balaustrada. Ojalá no estuviera sola. La idea de pasear con lord Alton, conversando mientras tomaban el aire, era muy sugerente. Sólo que, por supuesto, no había ninguna posibilidad de que lord Alton quisiera pasear con ella. Desafortunadamente, la realidad y los sueños no se fundían de aquella manera.

El sonido de unos pasos que se aproximaban la sorprendió. Alguien abrió de par en par las puertas de la terraza, y la luz se derramó por el suelo.

Georgiana buscó con la mirada un lugar para esconderse. Había un ciprés muy alto en una esquina y, sin pensarlo, se ocultó detrás.

A través de las ramas vio salir a una mujer. La luna hizo que sus rizos rubios brillaran como la plata. Cuando la mujer se volvió a mirar hacia el ciprés, Georgiana atisbó el collar de perlas que colgaba de su cuello largo de alabastro. El vestido de seda de la dama revelaba una figura exuberante. Tenía los brazos, delgados y ligeros, desnudos.

De nuevo la luz se derramó por la terraza y desapareció de repente. Georgiana abrió unos ojos como platos.

La mirada azul de Dominic Ridgeley era de dureza al mirar a lady Changley.

—¿A qué debo el placer de este encuentro, milady?

Interiormente, Elaine Changley parpadeó al oír aquel tono. ¿Milady? Claramente, había perdido más que un poco de terreno. Sin embargo, no dejó que ni una sombra de su sospecha se reflejara en su cara mientras le ponía una mano en la solapa al vizconde.

—Dominic, querido, ¿por qué estás tan frío? —ronroneó.

Para su sorpresa y consternación, Lady Changley notó un rechazo instintivo, innegable. Sin embargo, hizo un último intento y se acercó a él seductoramente.

—Estoy segura, mi amor, de que lo que hay entre nosotros no puede terminarse con un simple adiós.

Lady Changley era una mujer alta. Con un suave movimiento, se apretó contra el pecho de Dominic y se puso de puntillas para alcanzar sus labios.

Automáticamente, Dominic le puso las manos en la cintura, inicialmente para apartarla de él. Pero sintió sus formas de seda y se detuvo a considerar fríamente la situación.

Había salido a la terraza en respuesta a una nota de Elaine, para dejarle claro que su adiós era definitivo. El problema que tenía con Georgiana Hartley, o, mejor dicho, con conseguir entender sus sentimientos hacia una colegiala, era en aquel momento su mayor preocupación. Casi se había convencido de que era una aberración pasajera, que la razón de no desear más la compañía ni los favores de la deliciosa lady Changley eran algo relacionado con el paso del tiempo, y no con la esbelta figura envuelta en gasa verde. Casi, pero no completamente.

Y en aquel momento, Elaine le ofrecía la oportunidad perfecta de comprobar la veracidad de sus conclusiones. Seguramente, si la besara, si besara a una mujer a la que conocía tan bien, sentiría algo...

Al pensarlo, sus manos se movieron para atraerla firmemente hacia él. La abrazó y tomó posesión de sus labios primero, y después de su boca. Tuvo una sensación de alivio. No sentía nada: ni deseo, ni la chispa que encendía la llama de la pasión. Las brasas estaban bien apagadas.

De repente, rompió el beso y, levantando la cabeza, apartó a Elaine de él.

—Y esto, querida mía, es la despedida —con una suave inclinación, se dio la vuelta y se marchó.

Elaine se quedó desesperada, estremeciéndose, mientras él caminaba por la terraza hasta las puertas del salón. Demasiado experimentada como para correr detrás de un amante, lady Changley se obligó a quedarse allí hasta que recuperó la compostura. Sólo entonces siguió a lord Alton hasta el salón.

Georgiana dejó escapar un profundo suspiro. Salió de detrás del árbol y se sacudió la falda del vestido de pequeñas ramitas y agujas. Se sentía un poco mareada.

Acababa de saber que el hermano de Bella estaba profunda e indiscutiblemente enamorado de lady Changley. ¿Por qué, si no, la había besado de aquella manera? Georgiana estaba demasiado lejos como para oír su conversación o ver la expresión de sus rostros, pero la evidencia de lo que había visto había sido suficiente. Lady Changley se había derretido en brazos de lord Alton. Y él la había besado como si estuviera intentado devorarla apasionadamente.

Sabía que su amor no tenía ninguna oportunidad. Siempre lo había sabido.

Tuvo un escalofrío. Con otro suspiro de tristeza, caminó hacia las puertas del salón y entró. Finalmente, localizó a Bella entre un grupo de amigos y se hizo camino hasta ella, ensayando su petición de volver a casa, con la excusa de una jaqueca que en realidad sí padecía.

CAPÍTULO 5

Durante la semana siguiente, Georgiana tuvo muchas oportunidades de desarrollar sus tácticas para relacionarse en sociedad con el vizconde de Alton. Contrariamente a lo que se esperaba, su señoría apareció en todos los eventos a los que asistieron Bella y Georgiana. Se comportaba de una forma amable y atenta. En su actitud no había nada que pudiera alimentar la llama que ella estaba intentado sofocar. Y, para su irritación, aquel hecho le resultaba deprimente.

Decidió que sólo podría hacerse resistente sometiéndose al tormento, así que no rehuyó el contacto con lord Alton. Cada vez que le pedía un baile, cosa que, invariablemente, hacía una e incluso dos veces en cada fiesta, ella intentaba divertirlo con sus comentarios sobre cosas de sociedad. Para su sorpresa, parecía de verdad entretenido por sus observaciones. De hecho, siguió animándola para que expresara sus opiniones. Seguramente sería para no morirse de aburrimiento, pensaba Georgiana.

Su motivo para mantener una conversación fluida era distraer al lord de las respuestas que provocaba en ella. Algunas veces, creía que los latidos de su corazón serían audibles si no los disimulaba con el ruido del parloteo. Afortunadamente, él todavía no había notado el temblor que le producía al más mínimo roce. Georgiana tenía la esperanza de que aquello cesara con la familiaridad; sin embargo, aquellas sensaciones se volvían más intensas cada día que pasaba. Y le asustaba que él pudiera notarlo.

Cada noche, cuando subían al carruaje para volver a Green Street, se sentía totalmente agotada por las emociones. El cansancio fue en aumento gradualmente hasta que empezó a relegar los placeres durante el día para reservar sus fuerzas para la noche. Cuando se excusó de un paseo vespertino por tercer día seguido, Bella le expresó su preocupación abiertamente.

—Georgie, no puedo verte tan deprimida —le preguntó, dejándose caer a su lado en el sofá y mirándola ansiosamente—. ¿No estarás deprimiéndote, verdad?

A pesar de su cansancio, Georgiana sonrió.

—Por supuesto que no. Te aseguro que no tengo intención de convertirme en un vegetal. Lo único que ocurre es que... el ritmo de eventos nocturnos es agotador.

Bella, que había pasado gran parte de su vida asistiendo a aquellas fiestas, no podía imaginarse que resultaran agotadoras. Sin embargo, comprendía a su amiga. Frunció el ceño y le dijo:

—Quizá debiéramos descansar un poco. El baile de los Minchinton es el viernes, y creo que podemos saltárnoslo.

Pero que Bella renunciara a sus actividades por su propia debilidad era algo que Georgiana no estaba dispuesta a aceptar.

—No seas boba —le dijo cariñosamente, pero con firmeza—. Estoy un poco cansada, pero nada más. Yo diría que si hago un esfuerzo, estaré bien para esta noche. Es más, creo que un poco de aire fresco me vendría bien. Si me esperas, me pondré el sombrero e iré contigo.

—Por supuesto —Bella sonrió para darle ánimos.

Sin embargo, en cuanto Georgiana salió, Bella volvió a fruncir el ceño. Lejos de haberla tranquilizado, pensó que aquella rápida reacción de su amiga no había servido para esconder la tristeza de su amor desesperado. ¿Quién sabía hasta qué punto llegaba aquella tristeza? Bella pensó que debería confiarle su preocupación a Arthur. Sin embargo, aunque Arthur fuera el protector último de Georgie, también le parecía que debía preguntarle a ella antes de revelarle su secreto a otra persona.

Los pasos de Georgiana sonaron en el vestíbulo. Con un suspiro, Bella se levantó y se puso el sombrero. Necesitaba consejo. Entonces, de repente, se le ocurrió una idea. Dominic. Conocía la historia de Georgiana, y, al fin y al cabo, la propia Georgie había confiado en él cuando se había encontrado en dificultades.

Cuando su amiga asomó la cabeza por la puerta, Bella sonrió ampliamente.

—Sí, ya voy —le dijo. Mucho más animada, salió de la sala.

—Por favor, Dominic. De verdad, tengo que hablar contigo a solas —le rogó Bella a su hermano. Sin embargo, su expresión de ligero aburrimiento no se alteró.

—Bella, te advierto que no quiero más sermones tuyos.

—¡No es eso! Quiero hablarte sobre Georgiana.

—¡Oh! —Dominic siguió con la mirada al objeto de la conversación, que estaba girando alegremente en brazos de Harry Edgcombe por la pista de baile. Entonces volvió a mirar a Bella—. ¿Qué ocurre con la señorita Hartley?

Bella miró a toda la gente que había a su alrededor.

—Aquí no. ¿No sabes de ninguna sala donde podamos hablar a solas?

—Sí, pero no puedo tardar mucho. Tengo un baile con la misma señorita Hartley en unos minutos.

—No tardaremos mucho —le prometió Bella.

La pequeña salita a la que Dominic la condujo estaba vacía, afortunadamente.

—Soy todo oídos, querida hermana.

Bella lo miró con desconfianza, pero no detectó el tono de sarcasmo que él usaba, normalmente, cuando estaba irritado.

—Como te he dicho, quería hablarte sobre Georgiana.

—¿Es que ha descubierto el pequeño engaño de Arthur y se ha enfadado?

—No, no. Nada de eso. Se ha enamorado.

Durante un momento, Bella se preguntó si la había oído. Su rostro no mostró ningún tipo de reacción. Pareció que se había quedado congelado, petrificado. Entonces arqueó las cejas.

—Entiendo. Después de todo, no es algo extraño. ¿Quién es el afortunado?

—Ahí está el problema. No quiere decirlo.

Dominic miró pensativamente a su hermana.

—Y tú crees que si ella no quiere divulgar la identidad del caballero es porque, de algún modo, puede ser alguien poco apropiado.

—No, no es eso tampoco. No es inapropiado de la forma que tú imaginas. Parece que está enamorada de un hombre que va a pedirle su mano a otra. Georgiana dice que él no sabe que ella está enamorada de él. He intentado que confíe en mí, pero no quiere. Dice que yo lo conozco, así que no sería justo.

Dominic asimiló toda aquella información en silencio. Entonces, de repente, se apartó de la chimenea donde se había apoyado y caminó por la habitación. Después volvió y miró de nuevo a su hermana.

—Entonces, ¿cómo se supone que voy a ayudar yo? Deduzco que si me lo has contado es porque necesitas mi ayuda, ¿no?

Bella sonrió.

—Sí, por supuesto. No te lo habría dicho si no creyera que podías ayudar. Quiero que averigües quién es el caballero de Georgie.

Dominic arqueó las cejas.

—¿Eso es todo?

—Tú tienes que ser capaz de imaginártelo. ¿Quién está a punto de casarse, o al menos de pedir la mano de alguien?

Los hombres siempre sabéis esos chismes antes de que todo el mundo se entere.

Dominic pensó en sus amistades. Conocía a todos los caballeros con los que se trataba su hermana, y ninguno de ellos estaba contemplando la posibilidad de casarse.

—Desgraciadamente, que yo sepa, ninguno se ajusta a esa descripción.

Bella se aventuró:

—Me preguntaba si no sería Lord Edgcombe.

—¿Harry? —Dominic sacudió la cabeza—. No es probable. Tiene que casarse en un futuro no muy lejano, o corre el riesgo de que su familia lo arrastre al altar. Pero tiene que casarse con el dinero, y dudo que la señorita Hartley cumpla ese requisito.

—¿Pero no podría haberse enamorado de él, de todas formas? Él es muy agradable.

—No. Harry no tiene planes de casarse. Y dudo que mencionara la posibilidad de hacerlo con alguien tan joven como la señorita Hartley —soltó una carcajada—. Harry no se casaría ni siquiera para escapar de una serpiente.

Bella suspiró.

—Así que a ti tampoco se te ocurre nadie.

Dominic la miró entrecerrando los ojos.

—¿Qué ha sido lo que te ha impulsado a pedirme ayuda?

Bella se encogió de hombros.

—Supongo que ha sido el ver a Georgie tan pálida y falta de energía estos días.

—¿Falta de energía? —repitió su hermano, con la visión de la señorita Hartley, tal y como la había visto hacia unos minutos, vívida en la mente—. Creo que nunca había visto a nadie con tanta vida.

—Oh, no durante la noche. Parece muy animada en los bailes, pero durante el día está callada y demacrada. Su aspecto se resentirá si continúa así. Si aceptara al señor Havelock...

—¿Havelock? ¿Le ha pedido que se case con él?

Bella frunció el ceño al oír el extraño tono de su hermano. No era propio de Dominic ser tan insultantemente descreído–. Sí. Y no sólo el señor Havelock, sino también lord Danby, el vizconde Molesworth... y lord Ellsmere, también.

Por una vez, tuvo la satisfacción de saber que había dejado asombrado a su hermano. Las cejas de Dominic se elevaron hasta el cielo.

–¡Dios Santo! ¿Y los ha rechazado a todos? ¿Incluso a Julian?

Bella asintió.

–Incluso a lord Ellsmere. Y no sé qué voy a hacer, porque parece que va a haber más proposiciones. Parece que no pueden contenerse.

Entonces observó que los hombros de su hermano se estaban agitando de la risa.

–¡No es divertido!

Dominic levantó una mano para aplacarla.

–¡Oh, Bella! Ojalá todas las mujeres tuvieran el mismo sentido del humor que la señorita Hartley. Te aseguro que ella vería lo absurdo de la situación.

Bella se quedó asombrada al ver la sonrisa distante de su hermano, pero antes de poder preguntarle cuál era la perspectiva que le parecía tan interesante, él volvió a la Tierra.

–Y, hablando de la señorita Hartley, tenemos que volver a la sala de baile.

Bella se puso al lado de su hermano y lo tomó del brazo.

–Vas a intentar descubrir quién es, ¿verdad?

–Por supuesto, querida. Le concederé mi máxima atención.

Y, con aquello, Bella tuvo que contentarse.

Eran más de las doce cuando Dominic volvió a Alton House. Abrió él mismo la puerta, porque hacía tiempo que había acabado con la costumbre de que el servicio lo esperara levantado hasta que llegara. Tomó un candelabro y se dirigió hacia la biblioteca.

Allí, el fuego era una masa encendida de carbones. Encendió las velas y puso un tronco nuevo sobre las brasas. Después lo avivó con el fuelle, y las llamas empezaron a devorar la madera.

Se sirvió una copa de coñac y se sentó enfrente de la chimenea, con las piernas bien estiradas para que se le calentaran los pies.

Georgiana Hartley. Sin duda, la criatura más cautivadora que había conocido en la última década. Y estaba enamorada de otro hombre. Además, estaba enamorada de un hombre que no tenía el buen sentido de corresponderle. ¡Ridículo!

Dominic dejó la mirada fija en las llamas. Por milésima vez intentó convencerse de que sus sentimientos hacia la señorita Hartley no eran reales, pero ya lo había intentado muchas veces y había tenido que rendirse. Lo único que todavía tenía que averiguar era qué posibilidades tenía.

No podía creerse que aquello fuera amor. No, después de todos aquellos años. Su experiencia con el sexo opuesto era extensa, y nunca había sentido ni la más ligera tentación de dejarse llevar por los encantos de nadie. ¿Por qué demonios, de repente, quería verse involucrado con una colegiala?

Y sin embargo, no podía sacársela de la cabeza. Había subestimado la fuerza de su mirada cuando había vuelto de Candlewick a Brighton. La niña tenía profundidades inesperadas. Sus ojos eran como el canto de una sirena, y a él le resultaba difícil resistirse. Afortunadamente, se había dado cuenta de su estado antes de que Elaine lo hubiera convencido para retomar su relación. Ella, como era de prever, no se había tomado bien su retirada.

Dominic le dio un sorbo al coñac y hundió la barbilla en el pecho, acariciando la copa entre las manos. No tenía ningún remordimiento a causa de Elaine. En realidad, su deseo por ella se había desvanecido antes de que apareciera Georgiana Hartley. Sonrió con malicia. Sin duda, lady Changley sufriría vergüenza como resultado de su actitud. Ella había seguido el plan de hacer de su relación algo del dominio público para que él se sintiera obligado a hacer que sus aspiraciones se materializaran. Había sido muy indiscreta. Lord Worthington, su tutor durante su minoría de edad, después de que hubiera muerto su padre, había llegado a presentarse en Candlewick para disuadirlo de contraer un matrimonio pernicioso, debido a que una mujer hubiera tenido la lengua demasiado larga. No, no le tenía lástima a Elaine Changley.

El fuego crepitaba y siseaba mientras consumía lentamente el tronco. Con una sensación parecida al alivio, volvió sus pensamientos desde el pasado a la contemplación de un futuro nebuloso. ¿Qué significaban sus sentimientos por Georgiana Hartley? ¿Serían algo más que un capricho pasajero? Cabía la posibilidad de que olvidara a la encantadora Georgiana en seis meses, tal y como le había ocurrido con Elaine Changley. Eran las preguntas que lo atormentaban y que lo habían obligado a volver a Londres para aliviar una necesidad que ya había reconocido. Y aun así, después de una semana en la capital, todavía no se había acercado a las respuestas.

La única verdad que había desvelado era que su estado de ánimo, normalmente tranquilo e inalterable, dependía últimamente de la sonrisa de Georgiana Hartley.

Había intentado convencerse de que era demasiado joven, y que una relación con ella sería casi paternal. Sin embargo, cada vez que pensaba en aquello, recordaba la felicidad de Bella y Arthur. Y, lo que era aún peor, Georgiana no parecía ninguna niña. Cada vez que la veía, los vestidos de Fancon, o, mejor dicho, las deliciosas formas que cubrían, echaban por tierra sus argumentos.

Pero ya era suficiente. Según Bella, Georgiana estaba enamorada de alguien con el que no tenía ninguna posibilidad. Él no tenía derecho a intervenir, a menos que quisiera hacer algún movimiento hacia ella, cosa para la que no estaba preparado.

Si Bella u otra persona averiguaban sus intenciones, no podría cortejarla en privado. Cada vez que se vieran, miles de ojos los observarían con curiosidad. Cada palabra y cada gesto sería analizado hasta la saciedad. No podía permitir que ella se viera sometida a aquello. No, cuando no estaba seguro de hasta dónde quería llegar.

La experiencia, sin embargo, estaba de su lado. Si realmente lo deseaba, no tendría ningún problema en propiciar las oportunidades para avanzar en su propósito, sin alertar a todos los cotillas de su círculo social. Sonrió. Aquella empresa era todo un desafío.

Le había costado tres semanas llegar a aquel estado indeciso, pero consciente. Sin embargo, no tenía intención de continuar así durante mucho tiempo, sobre todo si Georgiana amenazaba con languidecer delante de sus ojos. Pero, ¿cómo podría averiguar si lo que sentía por ella era un capricho o no? Nunca antes había experimentado aquella emoción, y no tenía idea de cómo proceder.

Si quería acabar con su obsesión con Georgiana Hartley, sólo había una forma de conseguirlo. Tenía que verla a menudo, en todos los contextos posibles, para ver sus fallos, las pequeñas incompatibilidades que reducirían el estatus que ocupaba en su mente al de una mera conocida. Aquélla era la única forma de hacer las cosas.

Y, si resultaba ser algo más que un capricho, sería hora de enfrentarse a la verdad, y de actuar.

—Te dije que todo el mundo estaría aquí —Bella se detuvo en el césped que había bajo la terraza. Sostuvo la sombrilla bajo el brazo y se ató bien los lazos del sombrero—. Los eventos que organiza lady Jersey siempre son muy concurridos, sobre todo cuando los celebra aquí.

«Aquí» era Osterley Park, y el evento en cuestión era un almuerzo al aire libre. A Georgiana le parecía que todo el mundo se había reunido para pasear sobre el césped que cubría la suave colina que bajaba desde Palladian Mansion hasta los arbustos del parque, más allá.

—Lady Lyncombe nos está saludando. Por allí, a la izquierda.

Bella se volvió e inclinó amablemente la cabeza para devolverle el saludo a la dama, acompañada por sus tres hijas.

—Pobrecita. Las tres con pecas. Nunca se las quitará de encima.

Georgiana reprimió una risita.

—Seguro que no es tan malo. Puede que sean unas chicas muy agradables.

—Pueden ser tan agradables como quieran, pero necesitan algo más que eso para que los buenos partidos las tengan en cuenta —suspiró Bella, manteniendo su pose de sabiduría.

Paseando a su lado, Georgiana se preguntó qué sería lo que veían en ella los caballeros. Ciertamente, no era su belleza, pues, en su opinión, no era llamativa. Y sospechaba que su fortuna era insignificante. Y aun así, había recibido cuatro proposiciones. Aquello le daba confianza.

Continuaron paseando y repartiendo sonrisas y saludos entre la gente, y se acercaron a las dos carpas que se habían montado en el parque. En una de ellas estaban la comida y la bebida; en la otra, las damas podían retirarse a descansar cuando se sentían demasiado acaloradas por el sol.

Había mucha gente. Era difícil ver unos metros más allá. Al darse cuenta, Georgiana se volvió hacia Bella para comentarle que sería conveniente estar juntas para no perderse. Demasiado tarde.

—Si está buscando a Bella, ha caído presa de lady Molesworth.

Georgiana se encontró con los ojos azules del vizconde de Alton. Le estaba sonriendo con aquella cara tan maravillosa. Absorta, se olvidó de su papel de acompañante de Bella y sonrió cariñosamente.

La experta mano de Dominic capturó la de Georgiana y se la llevó a los labios. Él contuvo la respiración al ver que sonreía con aquella alegría tan cándida. Durante un instante, casi creyó que...

La repentina perspicacia de los ojos de lord Alton devolvió a Georgiana a la realidad.

—¡Oh! Eh... ¿Dónde, exactamente? —se ruborizó y se volvió como si estuviera buscando a su amiga, para disimular su confusión.

—No, no, por allí —la voz de Dominic se había suavizado, afectada por alguna emoción que él no supo definir.

Georgiana miró en la dirección que él le indicaba, a la derecha, y vio a Bella conversando con la madre de lord Molesworth, aquella que había decretado que Georgiana no podía casarse con otro que no fuera su hijo.

Dominic recordó la mención que había hecho Bella sobre el desafortunado vizconde. Su sonrisa se hizo más amplia.

—Quizá —dijo—, como Bella está tan ocupada, podría acompañarla a dar un paseo por la orilla del lago. Es mucho más agradable que estar aprisionada en medio de la multitud. A menos que esté muerta de hambre... —y arqueó una ceja interrogativamente.

—Oh, no —respondió Georgiana. Se mordió el labio inferior. La perspectiva de dar un paseo por parajes menos abarrotados era tentadora. Pero, ¿cómo iba a soportar una excursión con lord Alton? ¿Lo aguantarían sus nervios? Lo miró, y se encontró su mirada clavada en ella, como si estuviera intentando leerle el pensamiento. Mientras ella lo observaba, su mirada azul despidió un brillo vagamente satírico, y ella, asombrada, dejó a un lado sus dudas.

—Si no le resulta demasiado aburrido...

Con una risa, Dominic le ofreció el brazo. Cuando ella puso su mano en la manga, él se la cubrió con la suya.

—Mi querida señorita Hartley... o, ¿puedo llamarte Georgiana? Oh, sí, seguramente, en estas circunstancias, puedo disfrutar de ese privilegio.

Georgiana no tenía ni idea de qué debía contestar. Estaba tan nerviosa que había perdido la capacidad de razonar. Así que se limitó a asentir:

—Si le agrada, milord...

Por supuesto que le agradaba. De hecho, Dominic se sentía increíblemente satisfecho con aquel pequeño éxito.

—Como iba diciendo, querida Georgiana —continuó él, desviando hábilmente su dirección de la de lord Harrow, otro de los admiradores—, tu compañía siempre resulta entretenida. Dime, ¿a cuál de tus pretendientes prefieres?

¿Y cómo iba a responder ella a eso? Georgiana se estrujó el cerebro y asumió una expresión de aburrimiento.

—En realidad, no he pensado mucho en ello, milord —y oyó una risa irónica—. Es un poco cansado, ese juego del matrimonio.

—Muy hábil, querida mía. Pero no permitas que ninguna de las grandes damas te oiga pronunciar frases tan controvertidas. Te expulsarían de su círculo social.

Georgiana sonrió.

—Sinceramente, no creo que yo encaje muy bien en este tipo de vida.

Dominic le respondió con seriedad.

—Querida, son aquéllos como tú los que mantienen el círculo social vivo.

Ella lo miró sorprendida, y Dominic se explicó:

—Si no hubiera gente con ideas diferentes para refrescar nuestras modas, entonces sería demasiado aburrido y estático. Sin embargo, si observas con atención, verás que este círculo abarca un espectro muy amplio de gustos y personalidades —y le sonrió—. No te sientas mal. Tú encajarás perfectamente. Al final, encontrarás tu lugar, el sitio que tiene tu nombre grabado.

Tímidamente, Georgiana le devolvió la sonrisa.

Pasearon en silencio, disfrutando de la suave brisa que corría a la orilla del lago, bajo la sombra que proporcionaban las altísimas hayas que crecían al borde del camino, recreándose la vista en los colores del otoño.

Georgiana reflexionó sobre cuál podría haber sido la causa de la mirada satírica del vizconde, un rato antes. Al notar las risitas y los suspiros de las damiselas que pasaban a su lado, se le ocurrió de repente que lord Alton podría haber pensado que ella estaba sopesando la conveniencia de dar un paseo a solas con él. Suspiró imperceptiblemente. Ojalá aquél fuera su único problema. Sin embargo, estaba completamente segura de que no corría el peligro de recibir atenciones amorosas del hermano de Bella. Más bien, tenía miedo de que se aburriera en su compañía. Se estrujó el cerebro en busca de un tema de conversación interesante.

Lejos de sentirse aburrido, Dominic se estaba deleitando en el placer de pasear en relativa paz, por un camino maravilloso, con una mujer bella que lo acompañaba en silencio. En realidad, lo que le molestaba era darse cuenta de lo contento que estaba y la fuerza con que deseaba preservar aquel momento a cualquier precio. Aquello lo ponía nervioso.

—¿Pasa usted mucho tiempo con el príncipe regente? ¿Cómo es?

Las preguntas de Georgiana interrumpieron sus pensamientos. Se detuvo a considerar la respuesta.

—Mi familia, durante las últimas generaciones, ha estado cercana al trono. En este caso —dijo, sonriéndole—, al regente.

—Pero... —Georgie titubeó. Había oído lo suficiente de la conversación entre lord Alton y Arthur durante la cena como para darse cuenta de que el vizconde estaba más involucrado en la alta política de lo que dejaría entrever su pose de aristócrata arrogante y aburrido. Eligiendo cuidadosamente las palabras, se aventuró a decirle:

—Pero, usted discute de política con su majestad, ¿verdad? No sólo de... bueno, de cuestiones sociales.

Maldiciendo mentalmente a Arthur por su inusual falta

de discreción, Dominic intentó evitar su incisiva pregunta. Se rió suavemente.

—Te aseguro, querida mía que... eh... los asuntos sociales son lo que domina generalmente las conversaciones con el regente.

La mirada burlona que le lanzó junto con la respuesta debería haber hecho que se ruborizara. Sin embargo, él vio cómo sus maravillosos ojos, casi dorados a la luz del día, se entrecerraban ligeramente, y supo que su intento de desviar la conversación había fallado. ¡Demonios! Era más joven que Bella. Debería haber aceptado su palabra sin cuestionarla. Y ¿desde cuándo las señoritas recién salidas de la escuela le hacían preguntas a un hombre sobre la política? Se merecía un rapapolvo. Sin embargo, se oyó a sí mismo explicarle:

—Sin embargo, tienes razón. Actúo como una especie de... canal de comunicación, por decirlo de alguna manera, entre ciertas facciones del Parlamento y el príncipe. A pesar de las apariencias, Prinny no es enteramente insensible a los problemas de su reino. Y, aunque tenga un poder limitado en lo que se refiere a la elaboración de las leyes, su influencia puede representar una gran ayuda para realizar cambios allí donde son necesarios.

—¿Y usted le explica esos asuntos?

Dominic soltó una carcajada.

—¡Oh, no! Yo sólo soy una especie de mensajero griego.

Georgiana observó su expresión. Sonriendo, él continuó la explicación.

—Mi tarea es, simplemente, sacar el tema a colación, introducir el problema en la conversación, hacérselo notar a su alteza. Por eso es por lo que he vuelto de Brighton, para disfrutar de tu compañía.

Georgiana frunció el ceño, sin entender muy bien aquella última frase.

—¿A él no le gustó el último problema que usted transmitió?

La mirada de su acompañante se había perdido en la distancia, pero todavía sonreía.

–En lo más mínimo. He caído en desgracia, aunque, por supuesto, esto no es del dominio público.

Georgiana estaba pensando que había mucho más acerca del fascinante vizconde que no era del dominio público. Pero antes de que pudiera hacerle más preguntas, salieron del paseo de las hayas y un grupito de señoritas se les unió, junto con sus acompañantes. El vizconde Molesworth y lord Ellsmere también estaban allí. Georgiana percibió una expresión de sorpresa en el magnífico rostro de lord Ellsmere, seguido de un gesto amable de saludo. El noble se puso al lado del vizconde de Alton y ambos empezaron una conversación en voz baja, algo apartados de los demás. En grupo, charlando y riéndose, todos se dirigieron hacia las carpas. Bella los esperaba allí. Para desilusión de Georgiana, ya no pudo conversar más a solas con lord Alton.

Dos noches después se celebraba un baile de máscaras en Hattringham House. Bella estaba entusiasmada.

–Es algo verdaderamente divertido. La mayoría de la gente sabe quién eres, por supuesto, pero las máscaras le permiten a todo el mundo fingir que no es así.

Era la tarde del gran evento, y Bella estaba tumbada en la cama de Georgiana.

Georgiana estaba inspeccionando su armario con el ceño fruncido. El único vestido que todavía no se había puesto era el de seda dorada. Sin saber por qué, había resistido la tentación y lo había reservado para alguna ocasión indefinida. Sin embargo, le parecía que había llegado la hora de ponérselo. Lo sacó del armario y se lo mostró a Bella.

–¡Ooooh, sí! –dijo Bella, incorporándose de un salto–. Se me había olvidado ése. Es perfecto.

–¿No te parece que es demasiado...? –Georgiana hizo un gesto vago.

—¡Cielos, no! Es exactamente lo que una tiene que llevar a un baile de máscaras.

—¿Tú tienes alguna máscara para prestarme?

—Cientos. Vamos a mi habitación. Trae el vestido.

Cinco minutos después, habían encontrado la máscara. Era de color bronce, y se adaptaba perfectamente a la frente, la nariz y los pómulos de Georgiana. El color intensificaba el brillo de sus ojos marrones. No había discusión posible. Era perfecta.

Cuando bajaron las escaleras, aquella noche, para girar alegremente alrededor de Arthur en el vestíbulo, la expresión de su cara les dijo que eran una visión deliciosa.

—No vais a poder quitaros a los moscones de encima —les dijo, dándoles galantemente un beso en la mejilla a cada una.

Mientras las acompañaba al carruaje, Arthur sonreía con impaciencia. Iba a acompañarlas porque el baile de Hattringham House era el evento más importante de la temporada. Aunque, en realidad, aquél no era su principal motivo. Como raramente tenía tiempo para dedicárselo a su mujer, Arthur estaba deseando disfrutar de aquella fiesta con ella. Sabía que Dominic estaría allí para cuidar de Georgiana. De hecho, pensó mientras posaba la mirada en la figura esbelta envuelta en seda dorada que estaba sentada enfrente de él, dudaba que su cuñado, en el estado en el que se encontraba, tuviera ojos para nadie más.

Durante el camino hacia Hattringham House, Georgiana se puso cada vez más nerviosa. Aquello no era nuevo: siempre se sentía alterada e impaciente cuando iba a ver al hermano de Bella. Sin embargo, aquella noche la tensión era más intensa. Era culpa del vestido. Si hubiera sabido que iba a afectarle tanto, no se lo habría puesto.

Cuando llegaron a Hattringham House, Georgiana se deslizó al lado de Bella intentando calmarse, mientras avanzaban a través del vestíbulo y llegaban al salón de baile. No había ningún mayordomo que anunciara a nadie, lógicamente. Los invitados entraban y se mezclaban con la multitud. La sala estaba abarrotada, y la gente llevaba máscaras y joyas que brillaban bajo la luz de los candelabros y las lámparas.

—¡Vaya gentío! —exclamó Bella—. Y todavía no son las diez.

Un hombre alto y moreno se materializó al lado de Georgiana. Se inclinó con elegancia para besarle la mano.

—¿Podría pedirle la gracia de este baile, bella dama?

Detrás de la máscara, Georgiana distinguió los rasgos de lord Ellsmere.

—Sería un honor, milord —respondió ella.

—¿Y cómo sabéis si soy un lord o no? —le preguntó su acompañante mientras giraban por el salón, bailando.

—Dado que, al menos, la mitad de los caballeros que están aquí lo son, es una presunción razonable —explicó Georgiana, con mucha labia—. Además, si me hubiera equivocado, el error sólo podría halagar, mientras que si lo hubiera hecho al revés, podría estar molestándole.

Su señoría soltó una carcajada.

—Usted nunca me molesta, querida.

De repente, Georgiana se preguntó si él había aceptado realmente su negativa a la proposición de matrimonio, o simplemente estaba esperando a que ella cambiara de opinión. La sostenía con facilidad entre sus brazos, y sin embargo, ella era consciente de que no sentía nada. No temblaba, no se le aceleraba el corazón, no sentía el nerviosismo de que sus reacciones la delataran. Su cercanía no le afectaba en absoluto.

El baile terminó y ellos se detuvieron. Inmediatamente, una multitud de hombres los rodeó, deseando obtener un baile con la misteriosa recién llegada. Georgiana estaba segura de que nadie la reconocía. Antes de que pudiera analizar la situación y decidir cuál de todos aquellos caballeros era adecuado para bailar, una voz profunda le susurró:

—Creo que yo soy el primero.

Georgiana miró hacia arriba y se quedó sin respiración,

como de costumbre. Vio la figura de un hombre ancho de hombros a su lado, exquisitamente vestido, cuyo pelo caía en ondas en la frente por encima de su máscara. A través de ella, la observaba con unos ojos azules, muy azules. Si sus ojos y su voz no la hubieran informado claramente de quién era, los sentidos de Georgiana lo estaban gritando.

—Por supuesto, milord —dijo ella, sacando fuerzas de donde pudo.

Posó su mano en el brazo que él le ofrecía y se alejaron del resto de sus pretendientes.

—¡Pero bueno! —exclamó el vizconde Molesworth, al lado de lord Ellsmere. Observó los anchos hombros del hombre que se había llevado a la dama vestida de seda dorada.

—¿Quién es?

Lord Ellsmere estaba mirando a la pareja con una sonrisa. Bajó los ojos hasta el vizconde.

—¿No lo sabe?

Lord Molesworth resopló con indignación.

—No lo preguntaría si lo supiera. Es evidente.

Julian Ellsmere continuó observando a los bailarines, y después, sacudiendo ligeramente la cabeza, dejó a lord Molesworth sin contestar a su pregunta.

Georgiana estaba luchando por controlar sus sentidos agitados. Cuando terminaron la primera vuelta por el salón, creía que casi lo había conseguido. Si lord Ellsmere la dejaba fría, lord Alton conseguía exactamente lo contrario. Estaba acalorada. Y la extraña sensación de debilidad que había experimentado durante sus últimos encuentros parecía más intensa. Quizá fuera porque él la estaba sosteniendo más cerca que de costumbre. Al menos parecía que su cerebro funcionaba de nuevo.

Si hubiera tenido más experiencia, Georgiana se habría preguntado el porqué del silencio de su acompañante. Sin embargo, absorta en su lucha interior, no se cuestionó qué era lo que había mantenido a lord Alton sin habla durante todo el vals. Dominic estaba enfrentándose a una revelación.

Cuando había visto entrar a Georgiana en el salón al lado de Bella, su belleza lo había dejado paralizado. Para él era la mujer más cautivadora de la fiesta. Una diosa de oro y bronce, un ángel dorado desde los rizos hasta los diminutos zapatos. Un premio inapreciable.

La había observado mientras giraba por el salón en brazos de Julian, esperando el momento de poder acercarse a ella. Ya no tenía que examinar más el efecto que provocaba en él; era demasiado intenso como para negarlo. Y, al sacarla de entre todos sus admiradores, por primera vez había concentrado toda su atención en ella. Y lo que había visto lo había dejado asombrado.

Tenía demasiada experiencia como para no reconocer los signos. En todos sus encuentros previos, su mente había estado demasiado ocupada en analizar sus propias respuestas. Sin embargo, en aquel momento dejó que sus sentidos sintieran por ella y le transmitieran su estado. Registró cada pequeño movimiento que hacía, cada vez que respiraba o parpadeaba. Ponderó la información que recibía para poder responderle suavemente, con facilidad, para animarla e intensificar sus reacciones hacia él. Las conclusiones instintivas a las que llegó le martillearon el cerebro. ¿Cuándo había ocurrido? En realidad, no le importaba. Todo lo que le importaba era capturar lo que había allí, alimentar sus sentimientos, hacer que crecieran hasta lo que él quería que fueran. Y toda su sabiduría le dijo que no sería difícil conseguirlo.

Así que, con amable paciencia, esperó hasta que ella se tranquilizara y fuera capaz de responder a su pregunta de:

—¿Y cuál es tu nombre, bella dama?

Georgiana se quedó muy sorprendida. ¿No la había reconocido? Sin embargo, pensó que los demás tampoco lo habían hecho. Quizá su identidad no fuera tan evidente. Pensó rápidamente y respondió:

—No creo que el entretenimiento durase si respondiera a esa pregunta, milord.

Dominic sonrió por dentro, pero por fuera se mostró desilusionado.

—Pero, entonces, ¿cómo debería llamarte, amor mío?

A ella le costó un esfuerzo mantener el tono calmado.

—«Amor mío» es muy agradable, señor.

¡Dios Santo! ¿Había dicho aquello ella, en realidad? Georgiana miró hacia arriba y se ruborizó al encontrarse con la mirada azul que la observaba. Sin embargo, él sonrió lentamente y respondió:

—Entonces, te llamaré «amor mío», querida.

Su voz profunda le producía escalofríos. ¿Qué demonios estaba haciendo? ¿Y qué demonios estaba haciendo él?

Cuando la música cesó, Georgiana intentó separarse de él con la intención de volver con Bella, que estaba en el otro extremo del salón. Su acompañante la detuvo con sólo sujetarla por la cintura, de la que todavía no había quitado su mano.

—Oh, no, «amor mío» —le dijo, con una suave carcajada—. ¿Es que nadie te lo ha explicado? Uno de los propósitos principales de un baile de máscaras es permitir conocerse mejor a aquellas personas que deseen hacerlo, sin atraer la atención de los cotillas —su voz tenía un tono hipnótico. Se inclinó hacia ella y le susurró—: Y yo, definitivamente, quiero conocerte mejor.

Georgiana dejó escapar una exclamación de sorpresa. No se le había escapado la indudable invitación que había en sus palabras. Involuntariamente, buscó con la mirada sus ojos en los agujeros de la máscara, y el brillo que percibió en aquella profundidad azul sólo sirvió para que el nudo que tenía en el estómago se le hiciera más tenso.

—¡Milord!

A pesar del pánico que sentía, la palabra le salió de la garganta como un susurro, exactamente lo contrario de lo que ella pretendía. Era como si algo más fuerte que su voluntad la estuviera obligando a aceptar el desafío que había en sus ojos.

—No estarás asustada de lo que puedes aprender, ¿verdad?

Ella sintió su respiración en la mejilla, y cómo sus manos le acariciaban los brazos, desnudos a partir del codo, donde terminaba el guante. Georgiana no pudo reprimir un estremecimiento de pura delicia.

¿Qué demonios estaba haciendo? Dominic lo observó todo, mentalmente a distancia, y se maravilló de sí mismo. Él sabía, mejor que nadie, que aquélla no era forma de comportarse con una muchacha joven. Sus atenciones sí serían adecuadas para las mujeres experimentadas, como Elaine Changley. Pero era posible que una muchacha virgen saliera corriendo, se desmayara o diera un alarido si la trataba con aquellas tácticas sutiles. Ciertamente, ellas no sabrían qué hacer. Sin embargo, Georgiana Hartley estaba respondiendo más como una mujer experimentada que como la virgen que él sabía que era. Fascinado, esperó su reacción.

Georgiana no tenía intención de huir, ni de desmayarse, ni de dar un alarido. Su mente estaba luchando contra el deseo de aprender lo que lord Alton se proponía enseñarle. El deseo ganó. Ya se enfrentaría a la realidad más tarde.

—¿Asustada? —repitió ella para ganar tiempo—. No. Sin embargo, me pregunto si es inteligente que nos vean juntos demasiado tiempo. Seguramente, nuestros amigos, si no otras personas, nos reconocerán y pensarán que es extraño.

Dominic entendió el significado de sus palabras, pero no le prestó atención. No tenía prisa por darle a entender que sabía quién era.

—¿En este tumulto? Dudo que nuestros amigos puedan vernos. ¿Ves tú a alguno de tu grupo?

Él ya había visto que Bella y Arthur se marchaban a otro salón, así que no se sorprendió cuando, después de pasear la mirada por la habitación, Georgiana sacudió la cabeza.

—No veo a nadie que conozca.

Sonriendo, Dominic le colocó la mano sobre su brazo.

—¿Ves? Un baile de máscaras es para divertirse. Así que disfruta conmigo —mientras la dirigía hacia la terraza, añadió en voz baja–: Te aseguro que yo tengo la intención de disfrutar contigo.

Para alegría de Georgiana, la noche fue perfecta. Al principio, ella fue cautelosa, convencida de que lord Alton no la había reconocido, y sobre ascuas por si acaso él, sin saber quién era ella, traspasaba la línea. En vez de aquello, aunque se acercaba mucho al límite de la conducta aceptable, nunca le dio motivo para arrepentirse de su engaño. Porque, realmente, era un engaño. ¿Qué pensaría él si supiera que era la pequeña protegida de su hermana a la cual le estaba dedicando sus atenciones?

Cada vez estaba más segura de que ser objeto de sus atenciones era un placer pecaminoso. Georgiana brillaba, animada como no lo había estado desde la muerte de su padre. Durante una noche maravillosa lo olvidó todo, aparte de las luces del salón de baile y un par de ojos azules. Caminaron a través de los salones, y él le señaló varias identidades bien conocidas, que se escondían tras las máscaras, explicándole cómo eran, divirtiéndola con los cotilleos y los últimos rumores, haciendo que se riera y se ruborizara. Cuando ella confesó que tenía hambre, encontraron la habitación donde se servía la comida y tomaron croquetas de langosta. Georgiana probó el champán por primera vez, y se rió cuando sintió que las burbujas le hacían cosquillas en la garganta.

Después bailaron de nuevo, moviéndose con gracia entre los demás bailarines. Georgiana se sentía como si estuviera flotando, sujeta a la tierra por el fuerte brazo que le rodeaba la cintura, y conducida al cielo por el calor que desprendía su mirada. Más tarde pasearon por la terraza. Ella apoyó las manos en la balaustrada, y él se puso a su espalda y fue señalándole las características más importantes de aquel jardín francés, cuyos macizos de boj parecían de plata a la luz de la luna. Su respiración le soplaba los rizos de al lado de la oreja, y sus labios le rozaban la sien. Suave, tan suavemente que ella no tuvo fuerzas para resistirse, él le acarició los brazos hasta los hombros desnudos. Después hizo que se diera la vuelta y se llevó una de sus pequeñas manos enguantadas a los labios.

—La velada ha terminado, amor mío —sus ojos estaban clavados en los de Georgiana, y después deslizó la mirada hasta sus labios. Durante un instante, Georgiana se preguntó si la besaría. Ella no supo si le devolvería el abrazo, y se sintió algo desilusionada cuando, con una voz curiosamente desprovista de toda emoción, él dijo:

—Vamos. Deja que te acompañe a encontrar a tu grupo.

Un poco después, Georgiana vio a Arthur y a Bella justo al lado de la puerta del salón principal. Al volverse hacia él, descubrió que había desaparecido confundiéndose entre la multitud, y sonrió ante sus tácticas. Después se encaminó hacia sus amigos.

—¡Cielo Santo, Georgie! Ya estaba empezando a preguntarme si te habías esfumado —Bella la miró atentamente, y le preguntó—: ¿Dónde has estado?

—Oh, por ahí —replicó Georgiana. Aunque aquello le pudiera resultar sospechoso a Bella, no pudo evitar una sonrisa. No creía que su amiga la interrogara delante de Arthur. Y ya se las arreglaría al día siguiente, cuando llegaran las preguntas.

Diez minutos más tarde, el carruaje de los Winsmere salía por el camino hacia Londres.

Dominic Ridgeley lo vio marcharse. Le hizo un gesto a un mozo para que le llevara su coche, y una vez que estuvo cómodamente instalado sobre el suave cuero del asiento, dejó que su mente ponderara fríamente su relación incipiente con Georgiana Hartley.

Puso énfasis en la idea de reflexionar «fríamente». Durante la velada había habido varios momentos en los que había sentido de todo menos frío. Ella era un enigma, una inocente que había respondido con delicioso abandono a todas las caricias experimentadas que él le había hecho, y que prometía responder aún con más pasión a aquéllas que todavía estaban por llegar. Un ángel que había capturado su corazón endurecido, pero que, a menos que él estuviera equivocado, todavía no se había dado cuenta. Una proposición fascinante.

Revivió la velada con una sonrisa en los labios. Ella había aceptado sin dudarlo su insinuación de que no la había reconocido. ¿Continuaría creyéndolo a la mañana siguiente? Y, si lo hacía, ¿qué pensaría de que él le dedicara sus atenciones a una dama desconocida? Dominic tendría que aprovechar la primera oportunidad para hacerle saber que sí sabía con quién había estado en el baile de máscaras. Georgiana no tenía la experiencia suficiente como para deducirlo, ni como para saber que estaba tan atrapado como ella. Más, incluso. El recuerdo de cómo se había tenido que reprimir para no besarla en la terraza le hizo soltar un suave gruñido.

Ya no lo ocultaría más. Desde aquel momento en adelante, decidió, le haría la corte abiertamente. Sin duda, habría mucha gente que enarcaría las cejas. No le importaba. Estaba seguro de que sus amigos lo habían reconocido aquella noche. Por supuesto, Julian Ellsmere lo había hecho. Gracias a Dios, Georgiana ya había rechazado a Julian. La última cosa que necesitaba era un resurgimiento de la vieja historia. Los murmuradores no sabían que Julian le estaba eternamente agradecido por aquel asunto con la señorita Amelia Kerslake. La verdad, pensó con ironía, nunca era del interés de los cotillas.

Con un profundo suspiro, Dominic se acomodó en el asiento y cerró los ojos. Sin la menor dificultad, conjuró la visión de unos enormes ojos marrones, tan brillantes que parecían de fuego. Ya no tenía ninguna duda. Todas las consideraciones que se había hecho sobre la edad y la clase social se habían desvanecido, las había descartado por irrelevantes ante la fuerza de su deseo. Deseaba a Georgiana Hartley. Y tenía la intención de conseguirla.

CAPÍTULO 6

El baile de máscaras de Hattringham House también fue una revelación para otros. Mientras Georgiana bailaba en brazos de su caballero, alguien la observaba desde el otro lado del salón. Charles Hartley, pálido y furioso, la observaba desde el otro lado de la habitación. Soltó un juramento entre dientes. La situación no era prometedora.

Había pasado dos semanas buscando a su prima por el campo. Al final, había tenido que aceptar que la desvergonzada había conseguido marcharse a Londres. Se había visto obligado a cerrar el Place y a despedir a los Pringate. Al menos, había conseguido salir con vida, aunque deshacerse de ellos le había costado mucho dinero y le había dejado las reservas diezmadas. Entonces, se había ido a toda prisa a la ciudad y se había visto obligado a encontrar alojamientos baratos en callejuelas alejadas del centro de la ciudad. Una vez que se había instalado, se había visto de repente sin poder avanzar. ¿Adónde habría ido Georgie?

Por lo que había observado de su comportamiento y el de sus sirvientes, nunca habrían aceptado alojarse en lugares de reputación dudosa o en una parte mala de Londres. Así pues, debía empezar a buscar en los barrios aceptables.

Había recorrido las calles, se había colado en los hoteles de lujo, había pasado horas bebiendo en los bares a los que acudían los sirvientes de la nobleza. Al final, había empezado a buscar en las zonas elegantes, y la suerte le había sonreído. La había visto en Bond Street.

Como iba vestida a la moda, y llevaba una sombrilla para proteger del sol sus delicados rasgos, él casi no la había reconocido. Su aparición lo dejó con la boca abierta, y aquello lo salvó de revelar prematuramente su presencia.

Antes de que hubiera vuelto en sí, otra dama se unió a Georgiana, igualmente elegante, y él tuvo la sensación de que ya la conocía. ¡Era la pequeña Bella Ridgeley! La chica de la que él se burlaba sin piedad siempre que su hermano no estaba cerca.

Entrecerró los ojos. Así que Georgiana había buscado refugio en Candlewick Hall. Aquél era el único lugar donde a él no se le había ocurrido buscar. Había sido muy lista... o quizá sólo hubiera sido todo suerte.

Observando a su presa, reflexionó sobre lo que iba a hacer. Bella se había casado con lord Winsmere, un hombre poderoso. Si los Winsmere eran los amigos de Georgiana, sería mejor que asegurara su estrategia antes de acercarse a ella.

Había seguido al carruaje hasta Green Street, y había visto cómo ellas entraban en una mansión. Georgiana no había vuelto a salir hasta por la noche, con Bella, ambas impresionantemente arregladas con vestidos de noche. La visión de aquellos trajes hizo que se pusiera furioso. Allí estaban ellas yéndose a una fiesta, mientras él estaba muerto de frío y se veía obligado a alojarse en pensiones miserables. Se consoló a sí mismo diciéndose que, al menos, había averiguado a qué tejado había ido a parar su paloma.

¿Cuál sería el mejor modo de aproximarse a ella de nuevo? Con sus recursos limitados, unirse al círculo de la alta sociedad era imposible. Su ropa delataba que su estado económico era precario. Nadie le prestaría dinero, porque debido a las restricciones que habían impuesto sobre él los fracasos de su padre, no tenía amigos entre los ricos. ¿Cómo podría entrar en el círculo de los afortunados?

Se había estrujado el cerebro durante horas. Al final, había encontrado a un sastre muy joven y con poca experiencia, que le había hecho un traje cobrándole un pequeño adelanto y le había apuntado el resto a su cuenta. Con su primera necesidad cubierta, había empezado a pensar cómo podría entrar en los bailes y fiestas que su prima frecuentaba.

El baile de máscaras de Hattringham House le había servido la oportunidad en bandeja. Por el precio de una máscara y una buena dosis de confianza en sí mismo, había podido entrar en el baile como invitado. Había paseado solitario por los salones, estudiando cuidadosamente las formas femeninas.Finalmente, había sido su voz, al contestar alegremente una agudeza, lo que la había identificado.

En aquel momento, estaba mirándola bailar por tercera vez con aquel hombre moreno y alto que había monopolizado su compañía durante toda la noche. Apretó los dientes. No tenía ninguna oportunidad de competir honorablemente con aquel caballero. E incluso desde el rincón oscuro donde él estaba, se notaba la atracción que existía entre ellos. ¡Maldita! Se le había escapado y había caído en las garras de otro pretendiente. Y sólo él sabía lo que valía aquella mujer.

Emitiendo exabruptos entre dientes, observó cómo el caballero bailaba con su prima, segura entre sus fuertes brazos, hipnotizada por una sonrisa demasiado experimentada como para que una joven dama pudiera resistírsele.

—Pronto —se dijo Charles—. Tengo que hacer algún movimiento rápidamente.

Ya había visto demasiado como para conservar la esperanza de poder separarlos aquella noche. Se marchó de Hattringham House con la cabeza llena de planes a medio hacer.

Fue al día siguiente, antes de que Georgiana hubiera tenido tiempo para reflexionar profundamente sobre lo que había ocurrido en Hattringham House. No sabía qué pensar. ¿Sería verdad que él no la había reconocido?

Con el paso de los días, estaba aprendiendo mucho sobre Dominic haciéndole preguntas sutiles a Bella. Una tarde en la que estaban conversando en el salón, su amiga le había contado el incidente por el cual su hermano se había granjeado la reputación de ser compañía peligrosa para las damas jóvenes.

—Ocurrió durante la temporada que siguió a la muerte de papá. Dominic se había perdido el principio porque estaba poniendo en orden todos los asuntos de la herencia. Yo no estaba allí, por supuesto, pero he oído la historia cientos de veces. Parece que lord Ellsmere, que es muy amigo de Dominic, ya sabes, se enamoró desesperadamente de una señorita intrigante que venía del norte. Se me ha olvidado su nombre. Algo como Kertlake. Ella y su madre habían venido a Londres a llevarse el premio gordo matrimonial, y ya sabes lo buen partido que es Julian.

Georgiana tuvo la decencia de sonrojarse.

—Bueno —continuó Bella—, Julian se enamoró, y nadie podía hacerle ver cómo era ella en realidad. Era una maquinadora que se dedicaba a coquetear con todos los hombres y a averiguar qué fortunas poseían. Mucha gente intentó disuadirlo, pero él siguió adelante. Le pidió que se casara con él, y ella aceptó. Entonces, Dominic volvió a la ciudad. Vio a la señorita como se llame y decidió que había que hacer algo. Era demasiado tarde para que Julian se retirara de una forma honorable, así que había que conseguir que la señorita se retirase.

Bella se quedó callada, sonriendo, y Georgiana arqueó las cejas interrogativamente.

—Ya sabes cómo son los hombres. Y ya has visto cómo es Dominic. Así que no te será difícil creer que se llevó a la señorita de calle. Él es incluso mejor partido que Julian. Así que la señorita rompió su compromiso con lord Ellsmere, que, para entonces, ya tenía los ojos abiertos. Dominic se las había arreglado para que ella creyera que él le iba a pedir su mano, pero él nunca hizo ninguna declaración formal.

Cuando Julian fue libre y todo el mundo lo supo, Dominic, simplemente, dejó a la chica. El problema fue que no todo el mundo conocía la historia. Muchos cotillas simplemente vieron que atrapaba a una chica muy guapa y luego la dejaba sin el más mínimo escrúpulo. Así es como empezó todo. Y no hay ni que decir que a Dominic no le importa en absoluto lo que piense la gente de él. Naturalmente, todos sus amigos saben la verdad.

En aquel momento, Bella miró a Georgiana y terminó la historia:

—Por supuesto, más tarde, cuando él empezó a seducir a todas las esposas aburridas y las bellas viudas, como lady Changley, entenderás que la gente se limitó a hacer más negra su reputación.

Georgiana ahogó una risa.

—Aunque he de decir que él nunca se enamora de las mujeres a las que seduce —frunció el ceño, totalmente absorta en lo que estaba diciendo, sin acordarse de que tenía audiencia—. Creo que es porque le resulta demasiado fácil —se encogió de hombros—. Todo le resulta demasiado fácil, cuando no tiene un propósito detrás.

Después de un rato, Georgiana se quedó sola en el salón, porque Bella recibió la visita de su vieja niñera. Estaba muy confusa. Todas las atenciones que había recibido de lord Alton durante la noche del baile de máscaras... A Georgiana le había parecido que él tenía la intención de llevarla hacia terreno peligroso. Pero, ¿sabría él quién era ella? Su mente se rebeló ante aquella idea. Si él lo sabía, significaba que... no. No podía estar flirteando con ella en serio. ¿Adónde quería llegar, si era cierto? ¿Y qué iba a hacer ella?

Siguió haciéndose preguntas y reflexionando, pero cuando Johnson entró en el salón, una hora más tarde, todavía no había encontrado la respuesta.

—Hay un caballero que desea verla, señorita. Un tal Charles Hartley.

Las palabras del mayordomo hicieron que a Georgiana se

le borraran todos los pensamientos de la cabeza. ¿Charles? ¿Allí? ¿Cómo la había encontrado? ¿Qué querría?

El suave carraspeo de Johnson la sacó de sus cavilaciones. Ya tenía demasiadas preguntas sin respuesta como para añadir las referentes a Charles. Y, protegida como estaba en Winsmere House, no tenía ninguna razón para temer a su primo. Estaba segura de que Johnson se quedaría en la puerta, vigilante.

—¿Mi primo?

Johnson asintió.

—El caballero mencionó el parentesco, señorita.

Por el tono rígido del mayordomo, Georgiana supo que no le había caído bien Charles. La observación le dio confianza.

—Lo recibiré aquí.

—Muy bien, señorita —Johnson se dirigió hacia la puerta, pero se detuvo antes de salir—. Yo estaré al lado de la puerta, señorita, por si acaso necesita algo.

Georgiana sonrió agradecida, y Johnson se retiró.

Un minuto después, la puerta se abrió y apareció Charles. Georgiana estudió a su primo mientras cruzaba la habitación hacia ella. Su apariencia había mejorado considerablemente desde la última vez que lo había visto. Aquel día, estaba borracho, y sin embargo ese día estaba sobrio. Su ropa no era tan elegante como lo que ella se había acostumbrado a ver últimamente, pero estaba limpia y parecía nueva. Llevaba la corbata bien atada, aunque no con estilo. Había mejorado mucho, desde luego. No era muy alto ni muy corpulento, y su figura no era impresionante, comparada con otra que ella tenía en mente. Estaba muy pálido y tenía los ojos claros de reptil. La miraba con una falta de emoción evidente. Georgiana reprimió un escalofrío y extendió el brazo para saludarlo mientras él se acercaba.

—Charles.

Al tomarle la mano e inclinarse, Charles se dio cuenta de lo cambiada que estaba su primita. Se había vuelto preciosa y tenía confianza en sí misma. Sin embargo, nunca estaría a su altura. Sonrió, intentando que los pensamientos no se le reflejaran en la expresión de la cara. Georgiana se había convertido en una pieza mucho más deliciosa de lo que había previsto. La figura marcada por el vestido de seda dorada que llevaba en el baile era real, aunque en aquel momento estuviera vestida en un gris mucho más sobrio. Quizá pudiera disfrutar de su papel de marido mucho más de lo que creía.

Ante su continuo examen, Georgiana arqueó las cejas.

Charles, entonces, puso una cara muy seria.

—Georgiana, he venido a pedirte perdón.

Entonces, ella arqueó las cejas aún más.

Charles sonrió tímidamente para aprovechar la ventaja de la sorpresa.

—Quisiera disculparme por mi inaceptable comportamiento en el Place. Yo... bueno... —se encogió de hombros y continuó, en tono reprobatorio hacia sí mismo—: Supongo que me dejé arrastrar por el deseo, querida. Debería haberte dicho, por supuesto, que había planes con respecto a nosotros, pero tenía la esperanza de que me quisieras por mí mismo, y no por necesidad. Ahora me doy cuenta de que tenía que habértelo explicado todo desde el principio. Verás, nuestros padres querían que nos casáramos —ante la retirada instintiva de Georgiana, Charles levantó una mano conciliadoramente—. Oh, al principio yo me sentí igual que tú. Puedes imaginarte mi disgusto: un hombre joven al que se le dice que su matrimonio ya está arreglado. Despotriqué y me negué, pero finalmente acabé aceptando el deber que me imponía mi familia. Así que esperé el día en que tu padre te enviara a casa. Parece que murió antes de contártelo y enviarte a Hartley Place.

La miró atentamente con sus ojos fríos y continuó hablando.

—Me imagino lo unido que estaría a ti, y seguramente quiso tenerte a su lado el mayor tiempo posible —Charles sonrió significativamente—. Entiendo sus sentimientos.

Para su consternación, no percibió ninguna reacción ante sus revelaciones, aparte de que Georgiana abriera un poco más sus enormes ojos marrones.

—En estas circunstancias, podrás entender mi sorpresa, la primera vez que te vi y supe de tu belleza.

Acompañó aquel halago con otra sonrisa, pero no consiguió ningún gesto coqueto de su prima.

Frunció el ceño. ¿Le estaba prestando atención? Cambió la expresión por una de amabilidad y continuó:

—Sé que mi comportamiento fue salvaje, y sólo puedo pedirte que me perdones. Fue una reacción causada por el alivio que sentí al ver que finalmente habías llegado, y que todo iba a salir bien.

Georgiana siguió sin reaccionar. Sin saber qué hacer, Charles puso una cara humilde y preguntó:

—Georgiana, ¿es posible que me perdones?

Al principio de la historia de su primo, Georgiana había conseguido mantener una expresión de impasibilidad y, mientras él hablaba, había agradecido al cielo su capacidad de control, fortalecida por varias semanas de entrenamiento en sociedad. No tenía ninguna duda de que aquel compromiso arreglado por la familia era una invención. Su padre siempre había mostrado preocupación por el futuro de su hija, y aunque evidentemente no sabía que iba a morir tan pronto, nunca hubiera olvidado decirle a Georgiana algo tan importante. Ella reprimió el impulso de soltar una carcajada despectiva, y consiguió que su tono de voz se mantuviera calmado.

—Sugiero que tu comportamiento en el Place sea olvidado.

Cuando vio que él sonreía rápidamente, asumió su actitud más majestuosa y continuó:

—Sin embargo, respecto a la otra cuestión que has planteado, me temo que debo decirte que tal compromiso nunca ocurrió. Mi padre nunca me lo dijo, y tampoco había ningún papel que lo demuestre entre sus documentos. Me temo que si tu padre te lo dijo, te engañó.

Charles puso una cara de asombro bastante genuina. Tendría que hacer un segundo intento. Del asombro, pasó a expresar una tremenda desilusión, y miró fijamente a Georgiana, con cara de tristeza. Después hizo un gesto elocuente y se dio la vuelta.

—Georgiana, querida mía, ¿qué puedo decir para convencerte?

Si no hubiera sido un asunto tan delicado, Georgiana se habría divertido bastante con su histrionismo, pero en aquellas circunstancias ni siquiera tenía ganas de sonreír.

Por el rabillo del ojo, Charles vio su semblante serio, y supo que una declaración de amor caería en terreno baldío. En vez de aquello, optó por algo más pragmático.

—Yo haría lo imposible por hacerte feliz. La muerte de tu padre te ha dejado sola en el mundo. Por favor, te lo ruego, deja que me encargue de la tarea de cuidarte.

Georgiana estuvo a punto de echarse a reír. ¡Él, que la había amenazado bajo su propio techo, hablando de cuidarla! Podría arreglárselas muy bien sin aquel tipo de cuidado. Con perfecta compostura, respondió:

—Por favor, no digas nada más. No voy a alterar mi decisión. No voy a casarme contigo, Charles.

Había recibido otra proposición, pensó con ironía. Tan poco deseada como las anteriores.

Charles suspiró dramáticamente y se volvió, para que ella no pudiera ver más su cara. Realmente, la reacción de su prima no había sido una gran sorpresa. Al menos, ya había aclarado el camino que tenía que seguir. Después de un momento, se volvió de nuevo hacia ella y sonrió con valentía.

—Sabía que no resultaría, pero me sentía obligado a intentarlo. Quizá, al menos, pudiéramos ser amigos.

Georgiana pestañeó. ¿Amigos? Bueno, tampoco le costaría tanto hacer una pequeña concesión. Además, todo había terminado mucho más fácil y rápidamente de lo que ella había esperado. Sonrió y le tendió la mano.

—Amigos, entonces, si lo deseas.

Charles le tomó la mano y le hizo una ligera reverencia. Mientras se incorporaba, se le iluminó la cara como si acabara de recordar algo agradable.

—Ah, casi lo olvidaba —miró a Georgiana a los ojos—. Aquellas pinturas que estabas buscando. En el Place.

A Georgiana le dio un vuelco el corazón.

Charles notó su respuesta y sonrió interiormente.

—¿Sí? —preguntó Georgiana, sin preocuparse de disimular su ansiedad.

—No quiero darte demasiadas esperanzas, pero los Pringate estaban limpiando la buhardilla cuando vine a Londres. Hace dos días me enviaron un mensaje diciendo que habían encontrado algunos cuadros, entre otras cosas. Yo les escribí otro preguntándoles quién las había pintado. Si resulta que son las que tú buscabas...

Georgiana terminó la frase por él.

—¿Me lo harás saber? ¿Por favor, Charles?

Realmente satisfecho, él respondió:

—En cuanto reciba la respuesta.

Para despedirse, él simplemente le hizo una reverencia y sonrió encantadoramente mientras ella se dirigía a la campana para llamar al mayordomo.

Evidentemente, Georgiana le pidió su opinión a Bella sobre la visita de su primo y su declaración.

—¿Amigos? —repitió Bella con incredulidad, y acto seguido, soltó una carcajada seca—. Es un canalla. Siempre lo fue y siempre lo será.

Georgiana se encogió de hombros. Era el día siguiente de la visita, y estaban pasando una mañana tranquila en el salón, como era su costumbre.

Bella reprimió un bostezo.

—Ay, Señor. Creo que me has contagiado tu enfermedad.

Georgiana arqueó una ceja interrogativamente.

—Lo de que los bailes y fiestas nocturnos te parezcan tan cansados —le explicó Bella—. Nunca habría pensado que un concierto pudiera ser tan agotador.

—Creo que depende de la música —respondió Georgiana—. Además, por lo que yo pude ver, estuviste dormida la mayor parte del tiempo.

Bella sacudió una mano para quitarle importancia.

—Está de moda dar alguna cabezada. La gente más fina lo hace.

Entre risas, Georgiana dejó su libro a un lado.

—Y, cambiando de tema, ¿tú crees que Charles me devolverá los cuadros de mi padre?

—No te entusiasmes demasiado. Es posible que ni siquiera sean de tu padre.

Un discreto golpe en la puerta avisó de la entrada de Johnson.

—Una nota para usted, señorita. Hay un mensajero esperando su respuesta.

Georgiana tomó la nota de la bandeja que le ofrecía el mayordomo. Estaba sellada con un pegote de cera roja.

Despidiendo al mayordomo con una inclinación de la cabeza, Bella se volvió hacia su amiga, mirando la carta con algo de nerviosismo.

—¡Vamos, ábrela! —le pidió.

Con un suspiro, Georgiana rompió el sello y desplegó la hoja.

—Es de Charles —le explicó a su amiga. Después de un momento, una sonrisa le iluminó la cara—. ¡Los han encontrado! ¡Estaban en la casa!

Al ver que su amiga se ponía tan contenta, Bella se relajó y sonrió.

—¡Qué bien! Me alegro mucho por ti. ¿Te los va a enviar?

Georgiana continuó leyendo. Frunció un poco el ceño, y después levantó la cabeza.

—Sí y no. En realidad, todavía no los tiene. Dice que ha enviado a los Pringate una nota pidiéndoles que los lleven a

Hart and Hounds, la primera posada después de salir de Londres, por el camino de Candlewick.

Bella asintió distraídamente.

—Sí, pero, ¿por qué? ¿Por qué no las traen a Londres?

Georgiana, absorta en la lectura de la carta de Charles, se encogió de hombros.

—Charles dice que él va a ver a los Pringate esta tarde para recoger los cuadros, y me pregunta si quiero ir con él. ¡Oh, Bella! Antes de esta noche los tendré.

—Mmmm —Bella miró a su amiga con expresión seria. No tenía sentido intentar convencer a Georgiana de que Charles no era de fiar. Por su cara, supo que nada podría impedir que fuera a recuperar sus pinturas. Recelosamente, Bella guardó silencio.

Mientras Georgiana le escribía con entusiasmo una respuesta a su primo, Bella se mordía el labio con inquietud. Cuando Johnson se marchó a darle la respuesta de Georgiana al mensajero, ya había decidido lo que tenía que hacer. Era obvio. Para proteger a Georgiana de las maquinaciones de Charles, sólo tenía que hacer lo mismo que hacía cuando era pequeña. Decírselo a Dominic.

Cuando Charles fue a recoger a Georgiana, a las tres, Bella ya se las había arreglado para enviarle una nota, subrepticiamente, a su hermano. Mientras observaba, por la ventana, cómo Charles se llevaba a Georgiana en un pequeño carruaje abierto, no pudo evitar sentir inquietud.

Se sentó a esperar a Dominic, impaciente.

Acomodado en una magnífica butaca de cuero, Dominic Ridgeley, lord Ridgeley, vizconde de Alton, hombre mundano e intrigante político, estaba absorto reflexionando sobre las bellezas de la naturaleza. En realidad, en una belleza de pelo dorado y ojos de color avellana. El silencio de la sala de lectura del club White's sólo se veía turbado por el ocasional crujido de las páginas de los libros al pasar. Aparte de aquello, no había ningún otro ruido que lo distrajera de sus ensoñaciones. Tenía el periódico de aquel día abierto frente a él, pero no habría podido citar ni uno sólo de los titulares, por no hablar del contenido de los artículos. Aquella mañana, Georgiana Hartley había ocupado su mente y había excluido todo lo demás.

No la había visto durante veinticuatro horas. Lo cual era un buen motivo para su preocupación. Una cena política le había impedido asistir al concierto de la noche anterior, así que había tenido que contentarse con revivir lo que había ocurrido en el baile de máscaras. Una sonrisa lenta se le dibujó en los labios al recordar la respuesta de su ángel a las más escandalosas salidas que él había tenido. Tendría que asegurarse de aclararle que sí había sido consciente, durante toda la velada, de quién era ella. Aquello lo tenía inquieto. Había sido un error estratégico dejar que creyera que le estaba dedicando sus atenciones a una dama que no conocía. Sin embargo, podría rectificarlo en su próximo encuentro, aquella misma noche, en la fiesta de los Pevensey. Pensar en su reacción más probable ante la verdad lo tuvo entretenido durante varios minutos. La visión de su cara cuando supiera la verdad, su confusión inocente, todo ello reflejado en sus ojos maravillosos sin que ella se diera cuenta, le proporcionaría un placer indescriptible.

Una suave sonrisa de impaciencia curvó sus labios.

Al verla, lord Ellsmere se detuvo y carraspeó.

Al percibir aquel sonido tan cercano a su oído, Dominic dio un respingo en la butaca.

Julian Ellsmere sonrió.

—¿Pensamientos interesantes, viejo amigo?

Dominic se incorporó desde las profundidades de su asiento.

—¡Demonios, Julian! Estaba...

—¡Sss! —los siseos pidiendo silencio les llegaron desde todos los puntos de la sala.

—Vamos al salón —le susurró lord Ellsmere—. Tengo algunas noticias que creo que deberías saber.

Habían estado juntos en Eton, después en Oxford, habían compartido todas las diversiones y aventuras de la juventud, y habían seguido siendo amigos hasta el presente. Lo cual, cuando se encontraron recluidos en un rincón del salón principal del club, le permitió decir a lord Ellsmere:

—No sé hasta qué punto llega tu interés por la protegida de tu hermana, pero acabo de verla saliendo de la ciudad con un individuo bastante raro, muy pálido, con cara de sinvergüenza. El endurecimiento repentino de la expresión de su amigo le aclaró a lord Ellsmere hasta qué punto llegaba el interés de Dominic Ridgeley por Georgiana Hartley.

—¿Cuándo?

—Hace unos veinte minutos. Iban hacia North Road.

Dominic entrecerró los ojos.

—¿Pálido? ¿De estatura media y más bien delgado?

—Ése es el tipo. ¿Lo conoces?

Pero Dominic ya estaba soltando maldiciones entre dientes y se dirigía hacia la puerta. Cuando Julian lo alcanzó en el vestíbulo, le estaba pidiendo al portero sus guantes, su bastón y su sombrero. Dominic se volvió hacia él y le dijo:

—Muchas gracias.

Lord Ellsmere hizo un gesto lánguido con la mano.

—Oh, no te preocupes. Si mal no recuerdo, te debo una —sonrió, y después su expresión se tornó seria de nuevo—. ¿Vas a ir tras ellos?

—Sí. Esa boba tenía que haber pensado mejor lo que hacía. Me apuesto todo lo que tengo a que el tipo con el que está es su primo. Y entre Charles Hartley y una víbora no hay mucha diferencia.

Cuando llegó el portero, Dominic se puso los guantes y el sombrero, y mientras tomaba el bastón que le ofrecía el hombre, lord Ellsmere, frunciendo el ceño, añadió:

—Otra cosa que podría ser importante... Al tipo que va con ella lo vi saliendo el otro día del baile de Hattringham House.

Dominic le lanzó una mirada de estupefacción.

—¿Estás seguro?

Julian asintió.

—Sí. ¿Necesitas ayuda?

Al oír aquello, Dominic sonrió de una manera que hizo que lord Ellsmere casi le tuviera lástima a Charles Hartley.

—No. Ya me las he visto con ese tipo antes. Será todo un placer aclararle que la señorita Hartley está, definitivamente, fuera de su alcance.

Lord Ellsmere asintió y le dio una palmada a su amigo en el hombro. Con una breve sonrisa, Dominic se marchó.

A los cinco minutos estaba en Alton House. En cuanto entró, dio las órdenes precisas para que su cochero llevara el carruaje a la puerta de la casa y su ayuda de cámara le bajara el abrigo.

Dominic aguardó en el vestíbulo, pensado con el bastón en la mano. Julian había dicho que los había visto, lo cual significaba que iban en un carruaje abierto. Seguramente, Charles no tenía intención de llevársela a Buckinghamshire en un carruaje abierto. Cuando atardeciera, el frío sería muy intenso. Seguramente, el carruaje abierto era parte de un plan.

Timms carraspeó y lo sacó de sus cavilaciones.

—No sé si es el momento más oportuno, milord, pero hace algún tiempo llegó esta nota de lady Winsmere.

Dominic tomó rápidamente el sobre y lo abrió. El sonido de su carruaje llegando a la puerta coincidió con el precipitado descenso del criado con el abrigo. Un instante después, envuelto en la capa y con la nota de Bella bien agarrada, subía al carruaje.

—Winsmere House. ¡Rápido!

—¡Oh, Dominic! Gracias a Dios que has venido. Estoy muy preocupada —le dijo Bella mientras él cruzaba el vestíbulo, hacia el salón.

—Cálmate, Bella. Julian Ellsmere me ha dicho que vio a Georgiana saliendo de la ciudad con un hombre parecido a Charles. ¿Es cierto?

—¡Sí! —Bella se estaba retorciendo las manos con nerviosismo—. Estaba tan decidida, que supe que no podría detenerla. Pero no me fío ni lo más mínimo de Charles. Por eso te avisé.

Al notar la palidez del rostro de su hermana, Dominic respondió con más tranquilidad de la que en realidad sentía.

—Muy bien —se tragó su impaciencia y sonrió para darle confianza—. ¿Por qué no nos sentamos y me lo cuentas?

Cuando Bella terminó la explicación, Dominic lo había entendido todo. Se inclinó hacia su hermana y le dio un golpecito suave en la palma de la mano.

—No te preocupes. La traeré de vuelta.

Bella lo miró sorprendida cuando él se levantó.

—¿Vas a irte ahora mismo?

—Iba a hacerlo cuando Timms me entregó tu nota, afortunadamente. Así sé que tengo que ir directamente a Hart and Hounds —le dijo Dominic, mientras la observaba con atención. Ante su insistencia, Bella se recostó en la *chaise longue*. Estaba muy pálida y muy nerviosa, algo bastante inusual en ella. Dominic sacó sus propias conclusiones. Había estado a punto de sugerirle que lo acompañara, para que su regreso con Georgiana a Winsmere House fuera más apropiado. Pero en su estado, pensó que no debía causarle más agitación.

Y, si tenía que ser sincero, prefería estar a solas con Georgiana durante el viaje de vuelta. Tenía la intención de darle un sermón sobre las precauciones que había que tener en la vida. Después, estaba seguro de que disfrutaría de sus intentos de ser conciliadora, por no mencionar agradecida. Y aquello le brindaría una oportunidad inmejorable de explicarle que sí sabía quién era ella en el baile de máscaras. Sí. Definitivamente, esperaba con impaciencia el viaje de regreso.

Las apariencias, en aquel momento, podían irse al cuerno.

Le sonrió de nuevo a su hermana.

—No te preocupes. Arthur llegará en cualquier momento. Explícaselo todo. Supongo que no llegaremos a casa hasta tarde, así que discúlpanos ante los Pevensey.

—¡Dios mío, claro! No podría ir a una fiesta con todo esto.

Dominic sonrió y se inclinó para darle un beso a su hermana.

—Cuídate, querida mía. Y mantén encendida la llama de la venganza.

Ella sonrió, divertida.

Dominic cruzó la habitación, pero se volvió en la puerta para observar la lánguida figura de Bella. ¿Se habría dado cuenta ya? Arqueó una ceja, y con una última mirada de afecto, se marchó.

CAPÍTULO 7

La impaciencia por ver de nuevo el rostro de su madre mantuvo distraída a Georgiana mientras recorrían las avenidas de Londres, sin pensar en el hombre que iba a su lado. Sin embargo, cuando el coche se encaminó hacia la carretera del norte y empezó a alejarse de las calles más concurridas, tuvo una premonición inquietante.

A medida que los edificios se hacían más y más escasos, la brisa era cada vez más fría, lo cual presagiaba heladas por la noche. La conversación de Charles, anodina hasta aquel momento, se interrumpió cuando salieron de la ciudad. Parecía que estaba muy concentrado en conducir el coche a un ritmo constante, pero muy lento.

Georgiana miró hacia delante, ansiando ver la silueta de la posada ante ellos. Pero desde Green Street había al menos una hora de camino. Frunció el ceño. Charles la había citado a las tres y, en aquel momento, se dio cuenta de que aquella era una hora muy tardía para una excursión a esa distancia. Sería de noche para cuando regresaran a Winsmere House. Se propuso no pensar más en ello. Al fin y al cabo, no podía hacer nada.

Diez minutos más tarde, un movimiento disimulado de Charles a su lado hizo que ella volviera la cara y lo mirara. Él estaba guardando el reloj en el bolsillo. Sonrió.

—Ya no falta mucho.

Georgiana supo que aquella sonrisa tenía el propósito de calmarla. No lo consiguió. Se le había olvidado que las sonrisas de Charles nunca le alcanzaban los ojos. Se le aceleró el ritmo del corazón al pensar en que muy pronto tendría que hacerle frente a algún tipo de amenaza.

Al final, estaba tan preocupada que no se dio cuenta de que llegaban a Hart and Hounds hasta que Charles hizo pasar el carruaje bajo el arco de la entrada del patio de la posada.

Ella había parado allí cuando iba hacia Londres, pero en aquella ocasión viajaba en el lujoso carruaje de lord Alton con sirvientes que la protegían, y no había bajado del coche ni había visto apenas nada. Sin embargo, en aquel momento, cuando Charles le abrió la puerta para que descendiera, la mirada de Georgiana recorrió el patio lleno de gente. Los cocheros estaban atendiendo a los caballos, y los mozos iban y venían con el equipaje de sus amos de los coches a la posada y de la posada a los coches. En el centro había un enorme coche-alojamiento, que se dirigía al sur. Los viajeros se estaban preparando para la cena, y Georgiana se vio observada por varios ojos curiosos. Estaba a punto de darse la vuelta cuando un caballero levantó ligeramente el ala de su sombrero y se inclinó para saludarla.

Asombrada, Georgiana se dio cuenta de que era un conocido de Arthur y Bella. Se lo habían presentado en alguno de los bailes. Correspondió al saludo con una ligera sonrisa, preguntándose por qué el hombre le había dedicado aquella mirada seria y fría.

Aceptó el brazo de Charles para cruzar el patio, y estaba a punto de ascender los dos escalones que subían a la posada, cuando un escándalo que provenía del techo del coche de alojamiento llamó la atención de todo el mundo. Tres muchachos bien vestidos estaban jugando y peleándose. El cochero les gritó y recuperaron la compostura. Al darse cuenta de que eran el centro de atención, empezaron a bajar del techo del vehículo, y uno de ellos vio a Georgiana. Era el hermano pequeño de una de las debutantes que había sido presentada en sociedad aquella temporada. Ella había estado en la puesta de largo de aquella muchacha. La mirada de estupefacción del chico le dijo a Georgiana que algo iba muy mal.

Al entrar en la posada, Georgiana supo que Charles había reservado un saloncito privado para ellos dos. Al seguir a la posadera por los escalones de madera, Georgiana lo entendió todo. Charles y ella no guardaban ningún parecido de familia. Aquel caballero y el muchacho habían pensado que ella estaba allí, a solas, con un caballero desconocido. Se ruborizó. Por supuesto, no había nada malo en ser acompañada por un primo a algún sitio. Ella lo sabía. Era muy frecuente en Italia, donde las familias eran muy grandes. No había pensado que fuera impropio ir a una posada con Charles. Seguramente, si lo hubiera sido, Bella hubiera puesto objeciones. Pero la desaprobación en la cara del anciano, y la mirada asombrada del chico le habían demostrado lo contrario.

Cuando oyó cómo Charles echaba el cerrojo del salón, sus sospechas se confirmaron. No había ningún cuadro, y los Pringate no estaban allí. A Georgiana le dio un vuelco el estómago. Respirando hondo, se volvió hacia su primo.

—¿Dónde están los Pringate?

Él la miró calculadoramente. Después de un momento se alejó de la puerta y caminó hacia ella.

—Sin duda, se han retrasado. Déjame que tome tu abrigo.

Al dárselo, notó que la invadía el pánico.

—¿Vamos a esperarlos aquí? —dijo, obligándose a actuar ingenuamente.

Charles dejó su abrigo sobre una silla y de nuevo escrutó a Georgiana. Ella luchó por controlar los nervios y aparentar calma. Parecía que a Charles le gustaba lo que veía.

—Ya que hemos llegado tan lejos, merece la pena esperar un poco. ¿Te apetecería que tomáramos un té?

Georgiana sonrió forzadamente y asintió.

Su primo llamó a la posadera y le pidió una bandeja con el té y algunos bollitos. Después de que una muchacha se los sirviera, Charles la despidió con una moneda de propina.

Georgiana casi dejó escapar un suspiro de alivio cuando vio que, al cerrar la puerta detrás de la muchacha, su primo no se molestó en echar el cerrojo de nuevo.

Sintiéndose un poco más segura, empezó a cavilar. Lo primero que tenía que hacer era averiguar qué era lo que pretendía Charles. Tomó un sorbo de té para darse ánimos y le preguntó suavemente:

—No hay ningún cuadro, ¿verdad?

Su pregunta fue formulada mientras Charles también tomaba un poco de té. Se atragantó y, al recuperarse, la miró fijamente a la cara. Sonrió, pero no agradablemente. Georgiana sintió que se le tensaban los músculos.

—Qué percepción la tuya, dulce prima.

Georgiana se estaba enfrentando, por primera vez desde que habían salido de Winsmere House, con el Charles Hartley real. Reprimió el deseo de salir corriendo hacia la puerta. Charles no era especialmente fuerte, pero era más grande que ella. Además, necesitaba averiguar más cosas.

—Entonces, ¿por qué has preparado todo esto? ¿Qué esperas conseguir con este engaño?

Charles rió sin ninguna alegría, sin dejar de mirarla fijamente.

—Lo que quiero. Casarme contigo —entonces deslizó la mirada de la cabeza a los pies de Georgiana—. Entre otras cosas.

Su tono hizo que ella sintiera repulsión. Se obligó a dar otro sorbo de té y sacar las fuerzas que pudiera de la fuerte infusión. Intentó encajar rápidamente todas las piezas del puzle, pero no lo consiguió.

—¿Todavía no lo entiendes?

Las palabras de Charles interrumpieron sus pensamientos. Lo miró con frialdad.

—Si quieres, puedo explicártelo —continuó él.

Georgiana pensó que, aunque le resultara muy desagradable, conocer sus planes sería de gran ayuda, así que hizo que su cara reflejara un vivo interés.

Charles sonrió con arrogancia.

—Mi plan es muy sencillo. Hemos llegado aquí justo cuando el coche del sur estaba descargando y los viajeros iban a cenar. Al menos, dos personas que te conocían te han visto conmigo. Ese pequeño detalle causará algunos comentarios. Sin embargo, cuando nos marchemos mañana por la mañana, el coche del norte acabará de llegar y los pasajeros estarán desayunando en el salón. Estoy seguro de que al vernos marchar sin equipaje ni ninguna doncella que te acompañe, muchos arquearán las cejas.

Georgiana se sintió enferma mientras él le describía la escena. Charles tenía razón, por supuesto. Incluso ella sabía el escándalo que aquello iba a causar, aunque no hubiera nada de verdad en la situación.

—Así que, ya ves que, después de esto, no te quedará otro remedio que aceptar mi proposición de matrimonio.

Georgiana ya había escuchado suficiente. Dejó la taza sobre el plato, se limpió los labios con la servilleta y la dejó a un lado. Después miró a su primo decididamente.

—Charles, no tengo idea de por qué estás tan empeñado en casarte conmigo. Ni siquiera te gusto.

Al oír aquello, él se rió. Se puso una mano sobre el corazón y se inclinó.

—Te aseguro, dulce Georgiana, que demostraré el entusiasmo necesario para convencer a todo el mundo de lo que aquí ocurrió.

Georgiana sacudió la cabeza lentamente.

—No funcionará, y lo sabes. No me casaré contigo. No hay ninguna razón por la que debiera hacerlo.

La sonrisa cínica de Charles le sugirió a Georgiana que aún no lo había oído todo.

—Tengo que corregirte, querida prima. A menos que quieras que los Winsmere se vean envueltos en semejante escándalo, tendrás que casarte conmigo. Todo el mundo sabe que estás bajo su cuidado y protección.

Involuntariamente, Georgiana frunció los labios.

—¿Sabes, Charles? Eres despreciable.

Para su propia sorpresa, mantuvo un tono calmado. El hecho de que amenazara a sus amigos la había enfurecido, pero consiguió controlar su temperamento. Lo miró sin parpadear.

—De todas formas, te repito que no me casaré contigo. A menos que las cosas hayan cambiado mucho en Inglaterra, yo tendría que pronunciar los votos matrimoniales, y no estoy dispuesta a hacerlo. Si insistes en llevar a cabo tu plan de manchar mi reputación, cuando nos marchemos de aquí, pasaré por Winsmere House sólo a recoger mis cosas y me marcharé a Ravello. Al fin y al cabo, era lo que pensaba hacer desde el principio. De ese modo, Bella y Arthur no se verán salpicados por el escándalo —terminó, encogiéndose de hombros.

Por un largo momento, Charles la miró sin entender nada. A él no se le había ocurrido, al planearlo todo, que su presa pudiera negarse a cooperar. Al verla adaptarse de aquel modo a la alta sociedad, había pensado que amenazarla con aquella catastrófica caída en desgracia sería una carta imbatible. Sin embargo, al encontrar aquella calma en sus enormes ojos marrones, Charles supo que lo había derrotado. Y reaccionó de la típica manera en que lo haría un matón. Con un gruñido, se levantó amenazadoramente, haciendo que su silla cayera al suelo con un gran estruendo.

Georgiana abrió mucho los ojos, angustiada. Se sintió atrapada sin posibilidad de escapar, petrificada por la animosidad que desprendía la mirada de su primo. Hasta aquel momento no se había dado cuenta de cuánto la odiaba. Se le cortó la respiración.

Charles estaba dando la vuelta a la mesa para ponerle las manos encima a Georgiana, cuando ambos oyeron el sonido de un suave aplauso. Ella se volvió hacia la puerta, y Charles, sordo de ira, sólo reaccionó al ver que ella giraba la cabeza.

Lo que vieron los ojos de Georgiana fue tan increíble como bienvenido. La puerta estaba abierta de par en par. Absortos en sus mutuas revelaciones, ninguno de los dos había oído el sonido del picaporte. Apoyado contra el quicio indolentemente, con el abrigo abierto y elegantemente vestido, lord Alton paseaba la mirada por la habitación. Una vez que hubo conseguido la atención de sus dos ocupantes, sonrió a Georgiana y empezó a caminar hacia ella.

Georgiana alargó la mano para recibir su saludo, totalmente confusa por el repentino cambio de la situación. Los ojos azules de Dominic le transmitieron seguridad y algo parecido a la irritación. Asombrada, Georgiana parpadeó.

Dominic le tomó la mano y se inclinó. Después se la colocó suavemente sobre el antebrazo y la cubrió con la suya.

—Señorita Hartley, estoy aquí, como convinimos, para llevarla de nuevo a la ciudad.

Georgiana lo miró a los ojos y leyó el mensaje silencioso que había en ellos. La calidez de su mano hizo que todos sus miedos se desvanecieran. Tenía completa confianza en él.

Con una sonrisa, Dominic se volvió y tomó su abrigo de la silla en la que Charles lo había dejado. Aquella acción rompió el hechizo que había mantenido a Charles inmóvil.

—Ni lo pienses, Ridgeley —le dijo, con los dientes apretados—. Mi prima está bajo mi cuidado. Y no va a volver a Londres.

Mientras le colocaba a Georgiana el abrigo sobre los hombros, Dominic arqueó las cejas. Era mucho más fuerte y poderoso que Charles, y él lo sabía. Para alivio de Georgiana, su primo bajó los ojos. Dominic la guió suavemente hacia la puerta.

—Vamos, querida. Mi coche está esperando.

Por alguna maquinación mágica, Georgiana se encontró saliendo de la posada por un camino que únicamente la expuso a ojos de la posadera. La mujer se inclinó servilmente cuando pasaron. Cuando se acomodó en el mismo carruaje lujoso en el que había llegado a Hart and Hounds la vez anterior, Georgiana dejó escapar un suspiro de tristeza. La búsqueda del retrato de su madre había estado a punto de terminar en una pesadilla.

Se estaba haciendo de noche. Georgiana miró a lord Alton, que se había detenido con un pie en el estribo del coche y se había vuelto a mirar hacia la posada con una expresión indescifrable en el rostro. Entonces, de repente, él se bajó y le dijo:

—Perdóname, querida. Tengo un asunto que terminar. No me llevará más de un minuto.

Cerró la puerta del carruaje y Georgiana oyó cómo le ordenaba al cochero que vigilara.

A medida que pasaban los minutos, Georgiana estaba cada vez más preocupada y se sentía más impotente. Estaba a punto de enviar al cochero a buscar a su amo cuando lord Alton apareció en las escaleras de la posada. Mientras atravesaba el patio, Georgiana examinó su figura. Estaba intacto. Ella dejó escapar un suspiro de alivio y rápidamente se movió hacia el otro lado del asiento para hacerle sitio a su rescatador. En cuanto él estuvo dentro, el carruaje emprendió la marcha.

Para su consternación, Georgiana descubrió que viajar en un coche cerrado con el hermano de Bella era una experiencia casi tan difícil como estar encerrada en el salón de la posada con Charles. Con Charles había tenido que controlar su repulsión, y sin embargo con lord Alton tenía que reprimir otra emoción muy diferente.

Su cercanía hacia que se le acelerara la respiración. Intentó tranquilizarse y hacer que le funcionara la mente.

—¿Lo ha enviado Bella?

Dominic había estado esperando, con paciencia, a que ella se recuperara. Frunció el ceño y se volvió hacia Georgiana.

—Bella y Julian Ellsmere.

—¿Lord Ellsmere?

–El mismo. Te vio saliendo de Londres con Charles, «un individuo pálido con cara de sinvergüenza», fue su descripción exacta.

Su tono de enfado hizo que Georgiana se tragara la carcajada que iba a soltar.

–Entonces, Bella me mandó una nota para decirme dónde tenía que buscarte –Dominic estudió el rostro de la mujer a la que quería a la suave luz que desprendían las linternas del carruaje. No vio ningún rastro de que ella entendiera el peligro que había corrido, de que comprendiera el miedo que le había hecho pasar por su impulsividad. Su tono se hizo notablemente más seco–. Me resulta difícil creer que, conociendo a Charles, te prestaras a este desacertado viajecito.

Al percibir claramente la censura en su tono de voz, Georgiana se quedó rígida. Tragó saliva y le dijo con la voz tirante:

–Siento haberle causado molestias.

Dominic juró en silencio. Aquello no estaba saliendo como él había previsto. Le estaba resultando muy difícil contener su mal humor, intensificado por la hora larga de viaje que había tenido hasta la posada, especulando todo el camino sobre lo que estaría sucediendo. Tenía muchas ganas de tomarla por los brazos y sacudirla para que despertase. Sin embargo, dudaba que fuera muy inteligente ponerle las manos encima. Y, conocedor como era de las cosas de las jóvenes, sabía que su angelito, lejos de arrepentirse, estaba a punto de ponerse a lloriquear. Y si le echaba el sermón que tenía pensado, era posible que ella hiciera una demostración de debilidad femenina. Por una vez, no estaba seguro de que pudiera soportar una escenita. Así que, con un resoplido, cruzó los brazos sobre el pecho y se puso a mirar por la ventana.

Por su parte, Georgiana hizo lo mismo, manteniendo la mirada fija en las sombras del paisaje nocturno y concentrándose en que no se le derramaran las lágrimas. Era demasiado.

Primero él se había erigido en su guardián sólo porque ella le había pedido ayuda una vez. Después no había tenido el buen sentido de reconocerla en el baile de máscaras y había hecho que perdiera el corazón con sus tácticas sofisticadas. Y en aquel momento, la estaba tratando como a una niña de nuevo, educándola y echándole la culpa a ella, en vez de a Charles.

Intentando no lloriquear, Georgiana se concentró en no pensar en el hombre que tenía a su lado, sino en cualquier otra cosa.

Lo que había hecho lord Ellsmere, por ejemplo. ¿Por qué había ido directamente a hablar con lord Alton, en vez de decírselo a Bella? No se le ocurrió ninguna respuesta para aquella pregunta. Entonces, sin poder evitarlo, intentó encontrar una forma sutil de preguntarle qué había hecho cuando había vuelto a entrar en la posada. Creía que tenía derecho a saberlo, porque podría ser importante para cualquier disputa futura que ella pudiera tener con su primo.

Lo miró disimuladamente. A la suave luz de las linternas, vio que tenía un arañazo terrible en los nudillos, en la mano derecha.

—¡Oh! ¡Se ha hecho daño! —sin pensar en si lo que hacía era adecuado o en que tuviera alguna consecuencia, Georgiana tomó su mano entre las suyas, acercándosela para examinar la herida más cerca de la luz—. Ha estado... ¡Se ha peleado con Charles! —colocó la mano de lord Alton en su regazo y sacudió su pequeño pañuelo para atárselo alrededor de los nudillos—. No había ninguna necesidad, se lo aseguro.

Él cortó sus protestas con un profundo suspiro.

—Oh, sí había necesidad. Charles necesitaba aprender una lección. Ningún caballero planea destruir la reputación de una dama.

—¿Qué le ha hecho?

Dominic apoyó la cabeza en el respaldo.

—No te preocupes, aún vive —al ver que ella continuaba esperando más explicaciones, sonrió y añadió—: Fue muy estúpido por su parte hacerte un número de sugerencias que a mí me han parecido muy poco educadas. Me ha sido de gran satisfacción hacer que se tragara sus palabras.

—¡Pero podría haberse herido! ¡En realidad, se ha hecho daño!

Georgiana miró de nuevo la mano que tenía suavemente acunada en su regazo entre las suyas. De repente, se dio cuenta de lo impropio de sostener la mano de un caballero de aquella forma y se la soltó de mala gana, agradecida de que la falta de luz no dejara ver el rubor que cubrió sus mejillas.

Con una sonrisa en los labios, que ella tampoco podía ver, Dominic retiró la mano, igualmente de mala gana, al tiempo que reprimía el impulso de invertir la situación y tomar la pequeña manita de Georgiana. Al principio, se había quedado tan asombrado que no había podido moverse. Cuando recuperó el sentido común, no vio razón alguna para acortar aquel momento que lo había emocionado de una forma extraña. Y cuando ella lo soltó, sintiendo su inseguridad, Dominic buscó algún comentario para distraerla.

—De todas formas, no creo que Charles vuelva a molestarte.

Georgiana asintió, pero de repente se sintió ridículamente débil y se quedó silenciosa. Había tenido demasiadas emociones, y la cercanía de Dominic sólo había servido para aumentar su confusión. Aunque siguió mirando las sombras que pasaban por la ventana, su mente continuaba concentrada en el hombre que viajaba a su lado.

Dominic, percibiendo su estado, sonrió en la oscuridad y reprimió un suave suspiro de frustración al no poder coquetear con ella en aquel momento. Estaba muy nerviosa y sensible.

Sin duda, su encuentro con Charles la había alterado mucho. De hecho, le parecía maravilloso que no se hubiera mareado. La mayoría de las mujeres jóvenes estarían llorando en su hombro sin preocuparse de la herida sin importancia que él tenía en la mano. En la oscuridad, sus dedos encontraron la esquina del pañuelo que ella le había atado alrededor de la mano.

Además, tampoco podía sacar el tema del baile de máscaras. Sabía por experiencia que lo mejor sería no intentar declararse en aquel momento. Después de todo, podría hacerlo el día siguiente, y el siguiente, y siempre. Porque, si había averiguado algo aquella tarde, era que quería que Georgiana Hartley formara parte de su vida. Lo supiera o no, ella estaba allí para quedarse.

La miró en la oscuridad. Estaba absorta en sus pensamientos, con las manos fuertemente apretadas en el regazo. En otra media hora habrían llegado a Green Street. Con otra sonrisa, Dominic apoyó la cabeza en el respaldo y cerró los ojos.

Georgiana continuaba en silencio, reprendiéndose a sí misma por ceder a la tentación de ver en las acciones de lord Alton más de lo que significaban en realidad. Debería recordar que él quería mucho a su hermana y había ido a ayudarla sólo porque Bella se lo había pedido, y nada más. Aquel pensamiento le hizo daño.

Por supuesto que él no tenía interés en ella. Si hubiera sabido quién era en el baile de máscaras, ya lo habría mencionado. Georgiana entendía muy poco sobre el comportamiento de los hombres, pero estaba segura de que un viaje a solas en un coche era una buena oportunidad para expresar ciertas cosas. Sin embargo, aquel hombre continuaba callado. Lo miró de soslayo. Él tenía los ojos cerrados. Entonces se permitió el lujo de seguir con la mirada los contornos de su rostro, desde la ancha frente hasta la barbilla cuadrada y sus labios firmes y bien dibujados... Al darse cuenta de que se estaba perdiendo en fantasías sobre cómo sería sentir aquellos labios sobre los suyos, Georgiana se obligó a apartar la mirada y volvió a la contemplación de la oscuridad que había más allá de la ventanilla del carruaje.

Ravello. La imagen de la villa se materializó en su mente,

y de repente vio clara la solución a sus problemas. Charles era un matón sin escrúpulos, y continuaría amenazando su tranquilidad mientras ella siguiera en Inglaterra. Y también el hermano de Bella perturbaba su descanso y hacía más difícil que ella pudiera soportar aquella vida llena de eventos sociales que llevaba. Sin embargo, no le causaría un gran dolor dejar de asistir a fiestas y bailes. Eran una diversión muy agradable, pero nada más.

En aquel momento, se decidió. Pasaría lo que quedaba de temporada con Bella, tal y como le había prometido a Arthur. Después volvería a Ravello. Reprimió un suspiro y se prometió a sí misma que lo haría.

La luz fue haciéndose más intensa a medida que entraban en Londres. Dominic salió de sus cavilaciones. Había estado observando a Georgiana durante unos minutos, preguntándose por qué estaba tan seria cuando, de repente, se le ocurrió algo:

—Georgiana, ¿tienes alguna idea de por qué Charles quiere casarse contigo?

Al pronunciar aquellas palabras, se dio cuenta de que no eran muy halagadoras. Sin embargo, él tenía en muy alta opinión a Georgiana, y estaba seguro de que no era la clase de mujer superficial que creía que todos los hombres que querían casarse con ella querían hacerlo porque estaban locos por su belleza. Sin embargo, al acordarse de sus numerosos pretendientes, algunos de ellos verdaderamente locos por su belleza, entre los que se encontraba él mismo, hizo que se le dibujara una sonrisa irónica en los labios.

A la luz cambiante de las farolas, Georgiana vio aquella sonrisa, y se dio por vencida. ¡Hacerle una pregunta como aquélla y después sonreír condescendientemente! Bueno, si necesitaba algo que la convenciera definitivamente de que lord Alton no tenía ningún interés en ella, allí lo tenía. Obstinadamente, se obligó a concentrarse en la pregunta. Sacudió la cabeza y respondió con sinceridad:

—No tengo ni la más mínima idea.

—¿Pasó lo mismo cuando estabas en el Place?

Georgiana asintió.

—Exactamente lo mismo —hizo una pausa, y pensó que podía contarle a lord Alton lo que había ocurrido. En realidad, él ya sabía casi toda la historia. Eligiendo cuidadosamente las palabras, le explicó la idea de Charles sobre que había un compromiso arreglado por sus padres desde hacía mucho tiempo.

—¿Y tú estás segura de que ese compromiso nunca existió?

—Sí —respondió ella—. Mi padre y yo teníamos una relación muy cercana. Él nunca habría hecho una cosa así sin decírmelo. Bajo ningún concepto.

Lord Alton aceptó su respuesta. Siguió en silencio hasta que llegaron a Green Street.

Dominic no tenía ninguna duda de que lo que le decía Georgiana era verdad. Sólo deseaba haber sabido lo que Charles había dicho sobre aquel compromiso antes de haber vuelto al salón de la posada. La tensión que había sentido durante el camino hacia Hare and Hounds se había convertido en ira una vez que había puesto a Georgiana a salvo, y aquella furia necesitaba una vía de salida. Así que había vuelto al salón, para ser provocado innecesariamente por la animadversión de Charles hacia su prima. Al final, Dominic le había administrado una paliza totalmente merecida. Sabía que Charles estaba arruinado, y que la pequeña fortuna de Georgiana no se acercaría a cubrir sus deudas. Después de sugerirle a Charles que no volviera a acercarse a ella, le había repetido su oferta de comprarle el Place. La cantidad que le había ofrecido era mucho mayor que la que ningún otro le ofrecería, tal y como estaba la propiedad en aquel momento. Como respuesta, lo único que había hecho Charles había sido intentar reírse despreciativamente con la boca hinchada por un puñetazo.

Dominic pensó en volver a Hare and Hounds más tarde, por la noche, para averiguar la razón de la aparente obsesión de Charles por casarse con Georgiana. Desde luego, sabía igual que Georgiana que Charles no estaba empeñado en hacerlo por el bien de la familia. Había algo en todo aquello que no encajaba, alguna pista muy importante que lo aclararía todo. Pero seguramente Charles ya se habría marchado para cuando él hubiera vuelto a la posada.

Estuvo dándole vueltas a las cosas extrañas que había en el comportamiento de Charles, con respecto a Georgiana y al Place. Y, de repente, todo encajó. Dominic se irguió en su asiento.

—Georgiana, ¿has ido a ver a los abogados de tu padre en Londres?

Aquellas palabras sacaron a Georgiana de profundidades mucho más melancólicas. Sacudió la cabeza.

—No. Supongo que debería, pero no creo que sea de mucha utilidad.

—Pero... —Dominic se interrumpió, pensando en que iba a interferir en algo en lo que no tenía derecho. Sin embargo, el derecho podía irse al cuerno. Iba a casarse con ella, ¿no?—. Corrígeme si me equivoco, pero me parece que te marchaste de Italia antes de que la notificación de la muerte de tu padre llegara a manos de los abogados ingleses, ¿verdad?

—¿Se refiere a antes de que escribieran la respuesta a la carta que les enviaron los abogados italianos? —cuando Dominic asintió, ella respondió—. Sí.

—¿Y no conoces el testamento de tu padre?

—No... no. Eso lo tienen los abogados de Londres. Pero yo siempre supe que heredaría el dinero de papá, y la casa de Ravello —y se detuvo, asombrada por todas aquellas preguntas, sin saber qué era lo que él estaba pensando—. Seguramente, si hubiera algo más, o algo inesperado, alguien me lo habría dicho ya, ¿no?

—¿Quiénes son tus abogados aquí?

—Whitworth and Whitworth, en Lincoln's Inn.

—Muy bien. Mañana te llevaré a verlos.

Georgiana lo miró asombrada. Todavía no había tratado

con la faceta autocrática del temperamento de lord Alton. Observó su sonrisa satisfecha recelosamente.

—Pero, ¿por qué?

—Porque, mi querida Georgiana —dijo, mientras capturaba su mano y se la llevaba a los labios—, Charles, a pesar de todas las pruebas que tenemos en contra, no es completamente idiota. Sus intentos de obligarte a que te cases con él tienen un motivo. Y, como vuestro parentesco es la única conexión que existe entre vosotros, sugiero que busquemos la respuesta con los abogados de tu padre.

A pesar de la clara impresión de que lord Alton tenía otro motivo más poderoso para querer visitar a sus abogados, Georgiana no le preguntó nada más. Acababan de terminar de hablar cuando el carruaje se detuvo ante Winsmere House. En el jaleo que vino después, no tuvo oportunidad de hacer otra cosa más que agradecerle su ayuda con una sonrisa y aceptar sus instrucciones para que estuviera lista a la mañana siguiente a las once.

Georgiana le devolvió a Arthur su sonrisa de ánimo mientras el coche de lord Alton se detenía a la entrada de Lincoln's Inn. Tanto ella como su anfitrión habían sido arrastrados por una fuerza irresistible aquella mañana a las once, camino de la oficina de los abogados de su padre.

La oficina de los abogados estaba en el primer piso del edificio. Un empleado los recibió y los acompañó a una pequeña sala.

—Por favor, esperen aquí mientras le pregunto al señor Whitworth si puede recibirlos.

Unos minutos después, el empleado volvió seguido por uno de los hermanos Whitworth. Era un hombre corpulento de mediana edad, que llevaba en la mano la tarjeta que lord Alton le había entregado al empleado.

—¿Milord...?

Dominic respondió:

—Yo soy lord Alton —le explicó suavemente—, y ésta es la señorita Georgiana Hartley, una de sus clientas. En la actualidad, está bajo la protección de mi hermana, lady Winsmere. Lord Winsmere —añadió, indicando quién era Arthur— y yo la hemos acompañado aquí con la esperanza de aclarar el asunto de su herencia.

Era dudoso que el señor Whitworth escuchara la última mitad de su discurso. Sus ojos se habían quedado fijos en Georgiana, con las cejas arqueadas hasta el pelo.

—¡La señorita Hartley! ¿Es usted la hija del señor James Hartley? —le preguntó, casi sin aliento.

Georgiana se quedó asombrada.

—Sí —confirmó ella.

—¡Mi querida señorita! ¡Bueno, es todo un alivio tenerla aquí, finalmente! La hemos estado buscando durante meses. Casi habíamos empezado a pensar que se trataba de una estafa. Cuando vimos que no podíamos ponernos en contacto con usted, y que nos devolvían las cartas sin abrir, y que nadie sabía dónde estaba... —de repente, se detuvo y se acordó de algo. Agitó la mano y dijo—: Pero, ¿en qué estoy pensando? Vengan a mi despacho, por favor. Allí resolveremos este asunto.

Cuando entraron en su despacho, otro caballero, impecablemente vestido, se levantó de uno de los impresionantes escritorios de caoba. El señor Whitworth, sujetando la puerta, proclamó:

—¡Alfred, la señorita Hartley está aquí!

El segundo Whitworth se quedó anonadado. Se colocó las gafas y se acercó a mirar a Georgiana. Después de un momento de contemplarla embelesado, suspiró.

—Gracias a Dios.

Los empleados de los abogados llevaron sillas para sus clientes. Una vez que estuvieron acomodados, cada uno de los hermanos ocupó su escritorio.

—Y ahora —dijo el mayor de los Whitworth—... como puede ver, estamos encantados de verla, señorita Hartley.

Hemos estado intentando ponernos en contacto con usted desde que supimos que su padre había muerto, para tratar el asunto de su herencia —en aquel punto, le dedicó a Georgiana una sonrisa resplandeciente.

—¿Podríamos hablar con franqueza? —preguntó el Whitworth más joven, en un tono mucho menos jovial que el de su hermano.

A Georgiana le costó un momento entender su pregunta.

—Oh, por favor —dijo ella rápidamente, cuando por fin reaccionó—. Lord Alton y lord Winsmere son amigos míos. Yo me guiaré por su consejo.

—Bien, bien —dijo el mayor, haciendo que Georgiana volviera a mirarlo—. No es bueno que una joven señorita ande sola por el mundo. Y ahora, ¿por dónde empezamos? Por los legados de su padre... no ha sido mucho. Algunos bienes para los viejos sirvientes, lo normal. Pero el grueso del patrimonio está intacto —el abogado volvió a interrumpirse para sonreír a Georgiana.

—¿El grueso del patrimonio? —preguntó ella, completamente aturdida.

—Claro. Como beneficiaria principal del testamento de su padre, usted hereda la mayoría de su patrimonio —respondió Whitworth el joven.

—Lo cual engloba —de nuevo, tomó la palabra el mayor— la propiedad conocida como Hartley Place, en el estado de Buckinghamshire...

—Todo el capital que tenía invertido... la casa de Londres —continuó el joven.

—Y todos los cuadros que no haya vendido previamente —terminó el mayor.

Hubo una pausa. Georgiana miró al último abogado que había hablado. Lord Winsmere estaba mirando por la ventana con los labios apretados, irritado por la conversación fragmentaria de los dos hermanos. Lord Alton estaba mirando a Georgiana. Las noticias de los abogados no le sorprendieron.

—¿El Place? Pero... tiene que haber algún error —Georgiana no daba crédito a lo que había oído—. El Place es de mi primo Charles.

—¡Oh, no, querida mía! —dijo el Whitworth joven—. El señor Charles Hartley no es cliente nuestro.

—Y no tiene ningún derecho sobre el Place.

—Las propiedades se pasan generalmente al hijo mayor...

—Pero en este caso, su abuelo dividió su patrimonio en dos partes iguales y lo repartió entre sus dos hijos...

—Su padre y su tío Ernest.

—Los dos heredaron. Su padre heredó Hartley Place.

—Desgraciadamente, Ernest Hartley era un jugador, y finalmente, lo perdió todo, y tuvo que pedirle ayuda a su padre.

—Su padre tenía mucho éxito en Londres en aquel momento. Se había casado con su madre y estaba muy solicitado. ¡Querida, no sabe lo altos que eran sus honorarios! Astronómicos, según parece.

Georgiana no pudo evitar ponerse una mano en la frente. La cabeza le daba vueltas.

—¿Podrían resumir la historia, caballeros? —el tono de lord Alton era de irritación.

—Eh... bien, sí —dijo el mayor, mirando de reojo a Dominic—. Para resumir, sus padres deseaban pasar tiempo en Italia, así que su padre instaló a su tío como una especie de supervisor en el Place, invirtió su capital en fondos, alquiló la casa de Londres y se marchó del país. Creo que usted era una niña en aquel momento.

Georgiana asintió distraídamente. El Place era suyo. Nunca había sido propiedad de Charles, y él lo sabía.

—Cuando nos enteramos de la muerte de su padre, escribimos inmediatamente a su casa de Ravello. La carta nos fue devuelta por el gestor de su padre, diciéndonos que usted había vuelto a Inglaterra antes de saber del fallecimiento de su tío, y que tenía planeado quedarse en Hartley Place. Entonces le escribimos allí, pero las cartas nos eran devueltas sin ninguna explicación. Finalmente, enviamos a uno de nuestros empleados a buscarla. A su vuelta nos informó de que la casa estaba vacía y cerrada. Parecía que nadie sabía ni siquiera si usted había llegado del Continente.

Georgiana estaba siguiendo la historia con dificultad, y se dio cuenta de lo que debía de haber ocurrido. Las preguntas le llenaron la cabeza, pero la mayoría no podía hacérselas a los abogados. Rápidamente, preguntó por lo que era más importante para ella.

—¿Ha mencionado usted las pinturas?

—Oh, sí. Su padre dejó un buen número de ellas, algunos retratos no reclamados por nadie hasta el momento. Están en Inglaterra. Él siempre dijo que eran una buena inversión —dijo el abogado joven, en un tono que no dejaba duda alguna.

—Pero, ¿están en algún depósito o almacén? —preguntó Georgiana.

—Eh... No. Más bien, creo que su padre debió de dejarlos en Hartley Place.

—¿Está seguro de que no los han vendido? —preguntó lord Winsmere, interviniendo en la conversación—. Por lo que usted ha dicho, parece que Ernest Hartley era de los que venden hasta los anteojos de su madre. Perdóname, querida —le dijo a Georgiana, aparte.

Sin embargo, el viejo Whitworth sacudió la cabeza.

—Se reformó por completo, se lo aseguro. Después de su... roce con la Marina Real, estuvo tan agradecido de que lo dejaran libre, que se dedicó por completo a su hermano y sus intereses.

—¿Dedicarse? —repitió lord Alton con incredulidad—. ¿Ha visto el Place?

—Por desgracia, al señor Hartley no se le daba muy bien administrar la propiedad, aunque hizo lo que pudo. No creemos que haya vendido ninguno de los cuadros de su padre. Vivió retirado en el Place hasta su muerte.

—Así que —dijo Georgiana, intentando sacar la información que necesitaba– lo más probable es que los cuadros de mi padre estén en el Place. Pero no están allí. Yo los busqué.

Ninguno de los abogados pudo decirle nada más sobre aquel asunto. Finalmente, el más viejo le preguntó:

–¿Tiene alguna instrucción específica, querida mía, sobre lo que quiere que hagamos con sus propiedades?

Georgiana negó lentamente con la cabeza.

–Me temo que necesito tiempo para pensar. Todo esto ha sido una sorpresa.

–Sí, por supuesto. No hay ninguna prisa. Por supuesto, se le notificará al señor Hartley que debe desalojar la casa.

Entonces, como si no hubiera nada más que decir, Georgiana se levantó y los señores presentes en la sala hicieron lo mismo.

–Un momento, querida –le dijo lord Winsmere, y después se volvió hacia los abogados–. Ustedes han mencionado un capital invertido en fondos. ¿Cuál es el balance actual?

El abogado mayor sonrió resplandeciente. La cifra que pronunció hizo que lord Alton arqueara tanto las cejas que casi se le salieron de la frente.

Una sonrisa enigmática jugueteaba en los labios de lord Winsmere cuando se volvió hacia una asombrada Georgiana.

–Bueno, querida mía, me temo que vas a tener que repeler a muchos más pretendientes una vez que esta noticia se difunda.

La reacción de Arthur fue secundada por Bella en la mesa, durante la comida. Arthur le contó la historia. Dominic había rechazado la invitación, alegando que tenía otros compromisos.

–No tiene sentido pensar que puedas ocultarlo, Georgiana –le dijo Bella, una vez que recuperó el habla–. Eres una heredera. Incluso aunque el Place esté destrozado.

Georgiana todavía estaba intentando recobrar su equilibrio.

—Pero, seguramente, si vosotros no se lo decís a nadie, nadie tiene por qué saberlo.

A Bella le daban ganas de gritar. ¿Qué otra muchacha, al ser informada de que era una heredera, reaccionaría de aquel modo? Mentalmente, Bella clamó de nuevo contra el desconocido que le había robado el corazón a su amiga. Dominic todavía no había averiguado quién era, eso estaba claro. Después del rescate de Georgiana la noche anterior, se había quedado en casa a cenar. Ella se imaginaba lo que le habría hecho a Charles. Se lo habría imaginado incluso sin ver el pañuelo que tenía atado en la mano, y que se apresuró a quitarse y a guardarse en el bolsillo, antes de que nadie, según él creyó, se diera cuenta. Sabía que era cierto lo que su hermano le había dicho: que Charles ya no volvería a causarle problemas a Georgiana y que, probablemente, no se quedaría en Inglaterra. Pero, después de que Arthur y él acompañaran a Georgiana a los abogados, su hermano se había limitado a darle un beso en la mejilla y se había marchado, dejándola con la difícil tarea de convencer a Georgie de que olvidara a su amor secreto y eligiera a alguno de entre todos sus pretendientes enamorados.

De repente, Bella tuvo una inspiración.

—Georgie, querida mía, vamos a tener que pensar meticulosamente en lo que deberías hacer —hizo una pausa para escoger con cuidado las palabras—. Una vez que se sepa que eres una heredera, te verás abrumada. Quizá fuera mejor que eligieras ahora.

Georgiana miró a su amiga. El intento de manipulación de Bella no fue bienvenido, pero al ver su expresión de nostalgia, y sabiendo que sólo quería ayudarla, no pudo reprimir una sonrisa dulce.

—¡De verdad, Bella!

Un poco avergonzada, Bella se amilanó, pero se recuperó enseguida.

—Sí, pero, en serio, Georgie, ¿qué piensas hacer?

—Me temo, querida —le dijo Arthur—, que por una vez

Bella tiene razón —su esposa sonrió al oírlo—. Una vez que sea del dominio público que tienes semejante fortuna, te van a sitiar.

Con un suspiro, Georgiana apartó su plato. Para hablar más tranquilamente, habían enviado a los sirvientes fuera de la habitación, así que ella misma se levantó a tomar la tetera de la mesa auxiliar. Volvió a sentarse y sirvió tres tazas. Sólo entonces respondió a Bella.

—No lo sé. Pero, por favor, prometedme que no le diréis a nadie nada sobre mi herencia.

Arthur asintió.

—Lo que tú quieras, querida.

Bella hizo un mohín pero, ante la mirada de su marido, cedió.

—Oh, muy bien. Pero no servirá de nada. Esas noticias siempre trascienden.

CAPÍTULO 8

Lo acertado de la predicción de Bella se hizo patente antes de que acabara la semana. Georgiana notó que era objeto de miradas calculadoras y condescendientes. El interés en ella se dejó sentir de muchas formas diferentes. Sólo pudo pensar que los empleados de la oficina de los hermanos Whitworth, o los mismos abogados, no habían sido tan discretos como ella, en su ingenuidad, había supuesto.

Bella, por supuesto, tenía la esperanza de que Georgiana sucumbiera a los halagos de alguno de sus pretendientes. De hecho, pensó Georgiana con irritación, todo aquello le daba ganas de retirarse del juego del matrimonio para siempre. ¿Cómo iba a saber si un caballero la quería por ella misma y no por la buena situación económica que podría proporcionarle? Todo el mundo se comportaba como si su recién conocida fortuna fuera lo más importante.

Con una seca carcajada despectiva, se dio la vuelta hacia el otro lado de la cama. Se había retirado a su habitación a descansar antes de arreglarse para el baile de los Massingham. Y por primera vez desde que Georgiana había llegado a Green Street, Bella también se había retirado para dormir una siesta. Georgiana pensó en su amiga. Parecía que Bella estaba más cansada aquellos días, sin embargo, el buen color de su piel no mostraba signos de fatiga. De todas formas,

Georgiana no entendía cómo podía soportar todo aquello. O por qué. En su opinión, el glamour de las fiestas se había desvanecido rápidamente, porque eran un entretenimiento demasiado repetitivo como para mantener su interés. Entendía perfectamente lo que Bella le había dicho al principio, sobre el aburrimiento que la consumía.

Sus ojos se fijaron en el armario, en el que estaban colgados sus vestidos. Bella siempre se entusiasmaba cuando ella se ponía una de sus últimas adquisiciones. Merecía la pena hasta el último penique que se había gastado en ellos sólo por eso. Georgiana sonrió. No podía negarle a Bella aquel pequeño placer, porque todas las energías de su amiga iban dirigidas a asegurar su futuro. No era probable que Bella se apartase de sus propósitos. Su querida Georgie debía casarse dentro de su círculo social.

Sin embargo, y aunque ya quería a Bella como si fuera su hermana, Georgiana estaba decidida a mantenerse firme. Se casaría por amor, o se quedaría soltera.

Sólo con pensar en el amor, le vino a la cabeza la imagen de un rostro maravilloso. Unos ojos azules y vibrantes reían y la observaban a través de una máscara y después se volvían oscuros. Se prohibió seguir pensando en ellos. Los sueños eran para los niños.

En realidad, si no hubiera sido por el apoyo de lord Alton, ella se habría vuelto a Italia al día siguiente de su descubrimiento en Lincoln's Inn. El misterio de Charles y sus maquinaciones había quedado claro. Era un demonio que no tenía ningún escrúpulo. Había decidido casarse con ella antes de que averiguara que el Place era suyo. De aquella forma, le había explicado Dominic, ella nunca se habría enterado en realidad de la extensión real de su fortuna. Al convertirse en su marido, Charles hubiera asumido todos los derechos sobre su herencia.

Dominic. Tenía que dejar de pensar en él de aquella forma tan personal. Si iba a guardar su secreto, debía aprender a tratarlo con distancia y amabilidad. Por desgracia, aquello le resultaba más difícil a medida que pasaban los días.

Dominic, ¡lord Alton!, continuaba rescatándola, en los bailes, de sus pretendientes. De hecho, estaba tan a menudo a su lado que el resto de sus admiradores se desvanecían entre la multitud, al menos ante sus ojos. Georgiana frunció el ceño. En realidad, parecía que el mismo lord Alton estuviera haciéndole la corte.

Con otra carcajada impropia de una señorita, apartó aquel pensamiento ridículo. Él estaba siendo amable, sencillamente. Le ofrecía su protección contra los cazadores de fortunas. Al fin y al cabo, era el hermano de su anfitriona.

Nada más.

A los pocos minutos de entrar en el salón de baile de los Massingham, Georgiana se vio rodeada por sus intrépidos pretendientes, todos ellos pidiéndole un lugar en su cartilla de bailes. Encantadoramente, ella empezó a ordenar su velada.

—Mi querida señorita Hartley, si me concediera el vals de la cena me sentiría muy honrado.

Georgiana miró hacia arriba y vio la cara seria del señor Swinson, uno de sus pretendientes más dedicados, que se había vuelto incluso más dedicado aquellos últimos días. El instinto le advirtió a Georgiana que rechazara su petición. Concederle el vals de la cena implicaría cenar a su lado, y era el premio más preciado en aquel tipo de eventos. Sin embargo, ¿cómo podría negarse? ¿Con una mentira? Iba a abrir la boca para excusarse ante el señor Swinson cuando oyó una voz profunda que hablaba desde detrás de su oreja izquierda.

—Creo que el vals de la cena es mío, Swinson.

Oscilando ligeramente por el aturdimiento que siempre le causaba su cercanía, Georgiana luchó por mantener su expresión dentro de los límites de lo aceptable. Sin embargo, supo que había fracasado. Le brillaban los ojos y tenía los nervios a flor de piel. Se volvió y le tendió la mano a lord Alton. Ni siquiera notó que el señor Swinson se retiraba rápidamente, observando la elegante figura del vizconde con desagrado.

Lord Alton se inclinó para saludarla.

—Bellísima Georgiana.

Su voz era un susurro seductor que le invadió los sentidos. Y entonces, aun sabiendo que era poco recomendable, lo miró a los ojos incapaz de resistir la tentación, y al instante sintió un escalofrío.

—Milord.

Entonces, el vizconde de Alton le colocó la mano en su antebrazo, haciéndole la vida mucho más difícil al resto de los caballeros que querían hacerle la corte a la más deseada de las señoritas del baile. Lord Ellsmere, al lado de su amigo, sonrió, y apiadándose de ella, empezó una conversación agradable para distraerla.

La mano de Georgiana le ardía, posada en el brazo de lord Alton. ¿Por qué se estaba comportando así? Era la tercera noche que aparecía a su lado casi nada más entrar al baile y ahuyentaba al resto de sus pretendientes. Únicamente aquellos a quienes consideraba sus amigos parecían no considerar la actitud posesiva de lord Alton un impedimento para conversar tranquilamente con ella.

¿Posesiva? Georgiana se quedó petrificada. Entonces, se encogió de hombros mentalmente. No había otra forma de describir su comportamiento. Con su mera presencia, disolvía el grupo que se formaba alrededor de ella. Con un esfuerzo, intentó concentrarse en la conversación, agradecida por la distracción de lord Ellsmere y el señor Havelock, que se había unido a ellos. Poco a poco, el círculo se fue haciendo más grande a su alrededor, engrosado por conocidos que se detenían a charlar.

Cuando lord Aylesham se acercó a pedirle a Georgiana el

baile siguiente, lord Alton la cedió con una sonrisa cálida y le recordó en un susurro su próximo baile.

Libre del efecto hipnótico del vizconde, Georgiana reflexionó sobre sus acciones y sus motivos, sin que ninguno de sus acompañantes notara nada. Estaba muy versada en el arte del baile, de la conversación y del entretenimiento en general, como para tener que dedicarles demasiada atención, así que podía perfectamente permitirse el lujo de pensar y socializar a la vez.

De todas las preguntas que tenía en la cabeza, la más insistente era ¿por qué? ¿Por qué estaba él haciendo todas aquellas cosas? ¿Por qué se estaba comportando de aquella manera? La estaba haciendo objeto de sus atenciones. Era imposible pensar otra cosa. Cuando, por fin, su mente lo asimiló, sintió deliciosos escalofríos recorriéndole la espalda. El señor Sherry, que la tenía en sus brazos mientras bailaban, la miró un poco confundido. Georgiana sonrió resplandeciente, y el pobre señor se quedó completamente asombrado.

Al instante siguiente, las nubes cubrieron el cielo de nuevo. ¿Cómo podía creer ella que semejante hombre, de alto linaje, posición y fortuna, la tomara en consideración? Era imposible, impensable. Aunque quizá ni siquiera estuviera contemplando nada en absoluto. Quizá ella sólo fuera una diversión, la pequeña protegida de su hermana, que necesitaba que la cuidaran. No pudo reprimir un suspiro, y tuvo que pasarse el resto del baile calmando a un agitado señor Sherry.

Mientras Georgiana pensaba y pensaba, Dominic estaba impaciente. Para él, el camino a seguir estaba claro. Nunca lo había recorrido antes, pero no dudaba de su propia habilidad para conseguir lo que quería. El mayor problema era el tiempo. O, mejor dicho, la paciencia necesaria para dedicarle el tiempo necesario a su campaña.

Era evidente que había que tomarse las cosas con calma. En aquella ocasión, el objeto de su deseo no era una mujer experimentada, capaz de jugar al mismo juego que él. Aquella vez, quería a una chica ingenua, un ángel cuya conquista significaba más que todas las demás juntas. Tenía que cortejarla amablemente. Así que los hábitos de los últimos diez años serían olvidados para retomar los dictados estrictos de lo que era adecuado y propio. Con una sonrisa irónica, Dominic se preguntó cuánto tiempo más podría aguantar la tensión que se estaba apoderando de él, bajo su apariencia de urbanidad.

–¡Dominic! ¿Qué tal, muchacho? ¿Has dejado las delicias de Brighton?

Dominic se volvió para mirar a su interlocutor, sonriendo.

–Milord –dijo, y saludó a lord Moreton, un contemporáneo de su padre, con una suave inclinación de la cabeza–. Tal y como usted dice, las amenidades de Brighton empiezan a resultar pesadas.

–¿Empiezan a resultar pesadas ante los atractivos de las jovencitas, eh?

Sin perturbarse por el escrutinio al que lo sometieron aquel par de ojos agudos, coronados por un par de cejas espesas, Dominic sonrió y convino:

–Oh, Prinny no puede competir, se lo aseguro.

Lord Moreton soltó una risotada. Le dio una palmadita a Dominic en la espalda y continuó su camino entre la multitud, dejando que Dominic hiciera lo mismo.

Supuso que era inevitable que la gente empezara a especular. El mismo hecho de que estuviera allí, asistiendo a los bailes y las fiestas de la temporada, en vez de perseguir objetivos muy diferentes en compañía de otro tipo de gente, iba a provocar todo tipo de chismorreos. Por su parte, le importaba un comino lo que dijeran los cotillas. Había pasado por cosas peores. Pero necesitaba estar alerta para evitar que algún rumor inquietante alcanzara los oídos de Georgiana. En realidad, no sabía cómo podría responder, y conociendo por propia experiencia la malicia de algunos miembros de la sociedad más civilizada, no estaba dispuesto a correr ningún riesgo.

Por primera vez, a los treinta y dos años, estaba cortejando en serio a una muchacha muy joven, y aunque los progresos eran lentos, veía la luz al final del camino. Tenía demasiada experiencia como para que se le escaparan las señales que ella emitía. Su respuesta hacia él era muy gratificante, incluso a su edad. ¿Quién habría pensado que él sería tan susceptible a aquellos halagos? Dominic sonrió. La fuerza que sentía entre ellos, la atracción magnética que arrastraba a un hombre hacia una mujer y los ataba con los lazos del deseo era tan fuerte que se sentía lo suficientemente confiado como para dejarla a solas durante la mitad de la velada. La otra mitad, por supuesto, sería suya. Al menos, de aquella forma, los cotillas tendrían que esperar un poco más para empezar sus chismorreos.

—¿Por qué estás sonriendo?

Sorprendido, Dominic se dio la vuelta y vio a Bella a su lado.

—Pensamientos agradables, querida mía —respondió, y se fijó en su palidez, que ella había intentado disimular con colorete—. ¿Qué tal estás tú?

Ella frunció ligeramente las cejas.

—Oh, regular. Si no estuviera tan preocupada por Georgie, me quedaría en casa con Arthur. Estas fiestas se me están haciendo terriblemente aburridas.

El tono de voz débil de su hermana le confirmó a Dominic su estado. Le acarició suavemente el brazo, un gesto que usaba desde que eran pequeños para confortarla. Tuvo el efecto deseado. Mientras Bella recuperaba la compostura, a él se le ocurrió que aquel detalle le pondría un límite a su cortejo. La temporada sólo duraría dos semanas más. Después, los miembros de la alta sociedad se retirarían a sus fincas para pasar la peor parte del invierno y la Navidad. Él no sabía si Bella ya se había dado cuenta de su estado. Normalmente, su hermana no se cuidaba mucho, y era de esperar que no se diera cuenta de los síntomas hasta que fueran demasiado evidentes. Sin embargo, Arthur no era tan confiado. Él querría retirarla de Londres en cuanto terminara la temporada. Lo cual planteaba la cuestión del futuro de Georgiana.

Impulsivamente, Dominic le preguntó a Bella:

—A propósito, ¿qué vais a hacer en Navidades?

—¿En Navidades? La verdad es que todavía no lo había pensado —se encogió de hombros—. Supongo que iremos a Winsmere, como de costumbre.

—¿Por qué no venís a Candlewick? No habéis pasado las Navidades allí desde que os casasteis. Quiero volver a abrir la casa. Sólo nosotros, pero quiero animarla.

Bella se quedó asombrada al oír la invitación pero, al pensar en ello detenidamente, sintió que era lo que quería hacer. Siempre estaban muy cómodos en Winsmere Lodge, pero no se podía comparar con la magia de Candlewick. Nada podía comparársele.

—Estoy seguro de que a Arthur no le importaría. Se lo diré mañana.

Dominic asintió.

—¿Y qué va a hacer Georgiana?

La cara de Bella volvió a ensombrecerse.

—Ya se lo he preguntado, y me ha respondido que va a volver a Italia. He intentado convencerla, pero, ¡es tan testaruda!

Una vez que hubo confirmado su sospecha, reprimiendo una sonrisa al oír el tono gruñón de su hermana, dijo:

—Déjamelo a mí. Veré lo que puedo hacer para persuadirla.

—Oh, Dominic. Si consiguieras que se quedara, sé que superaría lo de ese horrible caballero suyo, y haría un buen matrimonio. Todavía no has averiguado quién es, ¿verdad?

Entonces, el que frunció el ceño fue él. Al abandonarse al disfrute que suponía cortejar a Georgiana, se había olvidado de la existencia de su «amor secreto». Sin embargo, al considerar aquella idea con más detenimiento, la encontró bastante inverosímil. Si alguna vez había estado enamorada en secreto, ya lo había superado. De repente, se le ocurrió la idea de que Georgiana pudiera variar de dirección como el viento. Con decisión, se apartó aquel pensamiento de la cabeza. Sencillamente, no pensaba dejarle el camino libre para que vacilase en absoluto. Al ver la preocupación dibujada en el rostro de Bella, tuvo la necesidad de darle seguridad.

—No te preocupes por tu protegida. Por lo que he podido ver, está en vías de conseguir un buen matrimonio.

La forma en que se iluminó el rostro de su hermana hizo sonreír a Dominic.

—¿Quién? ¿Dónde? Yo no he notado nada especial con ningún caballero... ¡Oh, Dominic! ¡No te burles de mí! ¿Quién es?

Pero Dominic se limitó a sacudir la cabeza, sonriendo.

—Paciencia, hermana, paciencia. No te apresures. Sólo mantén los ojos abiertos y, sin duda, lo averiguarás. Pero, créeme, no hay motivo de preocupación.

Bella le dedicó una sonrisa cariñosa, pero no pudieron seguir con la conversación, porque lord Molesworth fue para llevársela para el cotillón que estaba empezando a formarse.

Libre de nuevo, Dominic continuó con su paseo, decidido a separar a Georgiana del resto de sus admiradores. En la puerta de la sala de cartas, se encontró con su cuñado.

—Creía que estarías en casa —le dijo Dominic, saludándolo afectuosamente.

—He terminado lo que tenía entre manos más pronto de lo que creía. ¿Has visto a Bella?

—Sí. Está bailando con Molesworth.

—En ese caso, pasa y únete a nosotros. Sólo una ronda tranquila.

—No, esta noche tengo otras cosas que hacer.

—Ah —Arthur fijó sus ojos sagaces en Dominic—. Y qué impresión le causarás a nuestro círculo.

Dominic apretó los labios, pero respondió con calma.
—Ciertamente.
—Y sin embargo —dijo Arthur, desviando la mirada hacia la figura de su esposa, que giraba por la sala en brazos de lord Molesworth—, al final, merece la pena.

Con una sonrisa, Dominic siguió su camino. El cotillón había terminado, y los bailarines estaban tomando posiciones para una danza folclórica, entre risas. Miró a Georgiana, acompañada por Julian Ellsmere, y se acercó a ellos lentamente.

Ella notó un repentino nerviosismo al sentir que su próximo compañero estaba a su lado. Se volvió ligeramente, y notó que él le tomaba la mano y se la colocaba sobre su antebrazo. Se atrevió a mirar hacia arriba, y encontró los ojos azules del vizconde sonriéndole, con una expresión cálida.

—Julian, creo que Arthur está buscando un cuarto compañero en la mesa de cartas.

Lord Ellsmere soltó una carcajada ante la abierta despedida, y, con una sonrisa y una reverencia, liberó la otra mano de Georgiana y los dejó.

Durante el corto descanso que los músicos se tomaron entre pieza y pieza, lord Alton pareció contentarse con mirar a Georgiana. Con nerviosismo, sabiendo que se disolvería si le permitía que continuara haciéndolo, ella buscó un tema de conversación ligero.

—Parece que todo el mundo ha venido esta noche. Las salas están muy llenas, ¿verdad? —casi sin respiración, fue lo mejor que se le ocurrió.

—¿Sí? —preguntó lord Alton, arqueando las cejas, pero sin dejar de mirarla—. No me había dado cuenta.

La expresión de sus ojos azules y el tono seductor de su voz tenían un significado evidente. Georgiana se ruborizó.

Dominic sonrió.

—Pero acabas de recordarme algo que quería preguntarte.

—¿Sí? ¿De qué se trata?

—Pues, me preguntaba cuáles serían tus planes para los

meses de invierno –la música empezó de nuevo en aquel instante, y Dominic la tomó gentilmente entre los brazos y la llevó hasta la pista de baile.

Mientras bailaban, Georgiana hizo un esfuerzo para concentrarse en la pregunta.

–Ah... Yo... Quiero decir –cuando notó que él sonreía algo divertido, una punzada de irritación hizo que recuperara la compostura. Alzó la barbilla y respondió con calma–: Voy a volver a Italia.

Un suspiro de angustia fue la contestación a su afirmación. Al ver su cara de sorpresa, Dominic le dijo:

–La señora Landy y Duckett van a desilusionarse mucho. Estoy seguro de que les encantaría ver a la dama completamente a la moda en la que te has convertido, para sentirse orgullosos de su clarividencia.

Georgiana lo miró asombrada.

–Además, he invitado a Arthur y a Bella a pasar en Candlewick las Navidades, y espero que te unas a nosotros.

Dominic vio los pensamientos de Georgiana reflejados en sus enormes ojos. Esperó a que el deseo de aceptar su invitación hubiera sido superado por su miedo, y a que estuviera a punto de rehusar de mala gana, para decirle:

–Antes de tomar ninguna decisión apresurada, piensa en lo que significaría para mí que no aceptaras, mi amor.

La expresión de disgusto de lord Alton, el término con el que se había dirigido a ella y sus propias emociones, dejaron a Georgiana completamente aturdida.

–¿Qué? ¿Qué queréis decir, milord? –le preguntó, con los ojos como platos–. ¿Qué me habéis llamado?

Él hizo caso omiso de su última pregunta, y continuó, abatido:

–Tienes que darte cuenta de que no servirá de nada.

Georgiana se sentía mareada. Tomó aire.

–Milord...

–Dominic.

Ella se ruborizó, y se quedó aún más confundida cuando él arqueó las cejas y le explicó:

—Si yo voy a llamarte «mi amor», más valdrá que tú me llames por mi nombre de pila.

Georgiana estaba tan nerviosa que no se le ocurrió nada que decir.

—Y ahora, ¿dónde estábamos? —musitó el vizconde—. ¡Ah, sí! Estabas a punto de aceptar mi invitación para pasar las Navidades en Candlewick.

Su decisión de volver a Ravello tan pronto como pudiera se estaba debilitando por momentos, bajo el calor de su mirada.

—Pero...

—No hay peros que valgan —replicó Dominic—. Simplemente, piensa en Arthur y en mí, pobres de nosotros, intentando animar a Bella, completamente alicaída porque tú has decidido volver a Italia —miró su dulce rostro y se dio cuenta de que el deseo de quedarse estaba ganando la batalla, así que contuvo la noticia del estado de Bella. Se guardaría aquel as en la manga por si acaso lo necesitara más adelante—. No es posible que seas tan cruel.

La música cesó, y durante un silencioso momento, sus ojos se quedaron atrapados en los de ella. Entonces, de repente, se asustó de que pudiera percibir la fuerza de su pasión en la mirada, y rompió el contacto visual. Con uno de sus largos dedos, le acarició un rizo que le colgaba de la frente, y después dibujó con la yema el contorno de su pómulo y de su mandíbula.

Al sentir la caricia, Georgiana se estremeció de puro placer, y Dominic abrió aún más los ojos. Volvió a mirarla e, instintivamente, la tranquilizó.

—Además —le dijo, en un susurro—, no hay ningún motivo para que huyas. Di que vas a venir. Te prometo que la Navidad en Candlewick será todo lo que tú desees —Dominic no tuvo ninguna vacilación a la hora de hacer aquella promesa. Tenía la intención de cumplirla.

Casi en estado de trance, Georgiana no pudo hacer otra cosa más que asentir.

Entonces, como premio, recibió una sonrisa maravillosa. Sintió su calidez, y eso le permitió que volviera a acariciarle el brazo.

Los demás invitados iban hacia la sala de la cena. Sin embargo, él no tenía apetito, y la expresión pensativa de Georgiana le dio a entender que ella tampoco. Alzó la mano y le pidió a un criado que les llevara dos copas de champán. Con las burbujas cosquilleándole en la garganta, Georgiana se calmó, hasta que entendió claramente que él tenía la intención de sacarla del salón de baile. Entonces levantó la cabeza y lo miró con expresión interrogante.

Dominic sonrió lentamente.

—Pensé que te gustaría ver la colección de arte de los Massingham. Es bastante impresionante, y me han dicho que incluye algunos trabajos de tu padre.

Por supuesto, aquél era el incentivo perfecto. Georgiana se mostró entusiasmada ante la perspectiva de ver aquellos retratos de la última generación de los Massingham, salidos del pincel de su padre. Y nadie podría hacer un comentario negativo sobre aquella ausencia, sobre todo cuando Dominic había tenido la previsión de pedirle permiso a lord Massingham para enseñarle los cuadros a la protegida de su hermana. La colección estaba dispersa por las escaleras y en la enorme biblioteca de la mansión, en el piso de abajo.

Encantada con la excursión, Georgiana se relajó completamente y disfrutó de las pinturas, las cuales, con su ojo experto, pudo reconocer y valorar. Para su sorpresa, Dominic también conocía bastante bien los cuadros. Finalmente, ella consiguió que le contara cómo había viajado por Europa y había visitado las galerías más importantes del continente.

Él no la presionó para que hablara cuando se encontraron frente a los trabajos de su padre. Se quedó tras ella y la dejó con sus pensamientos.

Después de largos momentos, en los que Georgiana devoró con la mirada las fuertes pinceladas que conocía tan bien, suspiró y se movió hacia atrás, hasta ponerse al mismo nivel que Dominic, sonriendo temblorosamente. Él la miró con seriedad, con una pregunta silenciosa, y ella le permitió que le tomara la mano. Él la levantó y, para sorpresa de Georgiana, se la llevó a los labios antes de colocársela en el antebrazo, como de costumbre. Reconfortada, Georgiana se sintió entonces completamente cómoda con aquel hombre, que normalmente la dejaba reducida a una masa de nervios.

Sin necesidad de palabras, bajaron por la escalera y cruzaron el vestíbulo que conducía a la biblioteca. La puerta estaba abierta, y la estancia estaba vacía. Dominic guió dentro a Georgiana, y silenciosamente, cerró las puertas tras ellos.

En las paredes había dos Tintoretto, un Watteau y un Hartley. Estaba colgado entre dos grandes ventanas. Dominic acercó un enorme candelabro y lo dejó sobre una consola cercana. Georgiana estudió atentamente el retrato. Dominic la observaba. La luz vacilante de las velas hacía brillar su pelo castaño, y él sentía la necesidad de enredar los dedos en aquellos gloriosos rizos y ver sus ojos dorados abrirse de la sorpresa, y después oscurecerse de deleite. No veía la expresión de su cara, pero tenía los labios rojos y un poco fruncidos. Estaba completamente absorta, y mientras ella pensaba, él se moría por besarla. Desesperadamente, intentó pensar en algo que lo distrajera. Si continuaba por aquel camino, sería incapaz de resistir la tentación que representaba aquella habitación vacía.

–Es uno de sus mejores trabajos –dijo Georgiana, y sonrió a su acompañante, que estaba inmóvil y silencioso a su lado.

La cara del vizconde era una máscara de amabilidad que no dejaba entrever sus pensamientos, pero los ojos, tan intensamente azules a la luz débil de las velas, casi negros, le producían escalofríos. Lamentó haberse puesto la última creación de Fancon, un vestido de color bronce de satén que dejaba ver sus encantos más de lo que ella hubiera deseado para sentirse cómoda. Se recordó a sí misma que tenía que seguir hablando.

—Mi padre siempre decía que los niños eran especialmente difíciles de pintar. Sus rasgos son tan suaves, casi podría decirse que no están formados, que según él, era muy fácil hacerlos vacíos.

Dominic, que no tenía interés en otra cosa que no fuera la mujer que estaba a su lado, le preguntó:

—¿Hay algún retrato tuyo?

Alertada por su voz ronca, Georgiana se movió ligeramente hacia la ventana, agrandando la distancia que había entre ellos.

—Por supuesto —respondió, sorprendida de su tono calmado—. Hay tres en la casa de Ravello, y se supone que hay uno, hecho cuando yo era muy pequeña, en Inglaterra.

Si Georgiana hubiera visto la sonrisa que curvó los labios de Dominic cuando ella caminó hacia la ventana, se habría dado cuenta de lo poco inteligente de aquel movimiento. Sólo cuando él se acercó y se puso detrás de ella se percató de que estaba atrapada y no podía escaparse porque tenía el camino cortado por el enorme cuerpo del vizconde. Y él estaba tan cerca que ella no se atrevía a darse la vuelta.

La sonrisa de Dominic era casi diabólica cuando se acercó tanto que no dejó ni dos centímetros entre los dos. Levantó las manos para acariciarle los brazos suavemente, donde su piel de marfil brillaba desnuda por encima de los guantes. Se inclinó hacia delante, acercó los labios a su oído, y le susurró:

—En ese caso, tendremos que hacer un esfuerzo especial para localizar esos cuadros misteriosos —sonrió al notar que ella se estremecía—. Quizá, ahora que sabes que el Place es tuyo, deberías empezar a buscar.

—Mmm, mmm —murmuró Georgiana, con la mente muy lejos de las pinturas de su padre. ¡Él estaba tan cerca! A través del fino satén del vestido, notaba su calor. Su respiración le soplaba los suaves rizos de al lado de la oreja. Sus manos suaves, moviéndose por su piel, habían encendido un fuego dentro de ella que no se parecía a ninguna sensación que ella hubiera experimentado anteriormente. Y pensó que le gustaba.

Atrapada por sus nuevos descubrimientos, Georgiana no se dio cuenta de su movimiento instintivo. Apoyó la espalda contra el pecho de él y dejó que la cabeza le descansara contra su hombro, exponiendo el largo cuello y la suave extensión de sus hombros y el escote a la mirada azul del hombre que estaba detrás de ella.

A Dominic se le cortó la respiración. Aquello no era lo que él había planeado. De repente, las reglas del juego habían cambiado, dejándolo confundido, luchando por controlar el deseo desenfrenado que lo había barrido. Dirigió la mirada hacia los ojos de Georgiana, y los encontró medio cerrados con los primeros despertares de la pasión. Sus labios, exuberantes y maduros, estaban ligeramente separados, y su respiración era rápida y profunda. Al comprender el efecto que tenía sobre ella, se sintió como golpeado por un mazo.

Se le escapó un gruñido ahogado, y entonces, incapaz de resistirse, dobló el cuello y rozó con sus labios allí donde el pulso de Georgiana latía con fuerza bajo la suave piel de su cuello.

Ella se quedó rígida al sentirlo y entonces, mientras sus labios se movían por su piel, cálidos y dulces, un poco juguetones, prometiéndole más de aquella delicia, se relajó contra su cuerpo, aceptando y deseando conocer más el fuego que crecía dentro de ella.

El sonido de la puerta le devolvió a Dominic la razón.

—Este sitio está tranquilo y es muy agradable. Ahí fuera hay tanto ruido, que casi no se puede pensar —el viejo duque de Beuccleugh entró en la habitación, con otros dos amigotes casi de la misma edad. Se dirigieron hacia los enormes armarios que había al lado de la chimenea, donde se guardaba el mejor coñac pero, de repente, se quedaron inmóviles al ver a una pareja contemplando embelesada una pintura que había colgada entre las dos enormes ventanas.

—Las pinceladas tienen mucha fuerza, ¿no crees? —estaba diciendo el vizconde de Alton, señalando el cuadro.

Georgiana se atragantó, y Dominic se volvió, como si acabara de darse cuenta de que ya no estaban solos.

El duque los miró, y entonces reconoció al hombre.

—Oh, es usted, Alton.

—Su gracia —dijo Dominic, haciendo una reverencia.

—¿Admirando la vista? —inquirió el duque, mirándolo con unos fríos ojos grises.

Con una expresión anodina de inocencia, Dominic explicó:

—El padre de la señorita Hartley pintó el cuadro.

—Ah —la mirada del duque se fijó en Georgiana, mientras se inclinaba hacia ella—. Pintor, ¿eh? Lo recuerdo sólo vagamente, si la memoria no me falla —dijo, mirándola con benevolencia, y entonces recordó el propósito que lo había llevado a aquella habitación—. El baile ha empezado de nuevo.

Dominic entendió la indirecta.

—En ese caso, deberíamos subir de nuevo —se volvió hacia Georgiana y le ofreció su brazo—. ¿Señorita Hartley?

Con mucha corrección, Georgiana posó su mano en el brazo que él le ofrecía, y salieron juntos de la biblioteca. Estaba completamente agitada. Nunca habría creído que podría disfrutar de un episodio tan escandaloso. Y no sólo había disfrutado, sino que en aquel momento, en el que ya no estaba bajo su poder hipnótico, lamentaba profundamente la interrupción. Su propia concupiscencia la dejó asombrada.

Aunque ella no lo sabía, su respuesta también había dejado asombrado a Dominic, aunque, en su caso, el sentimiento era de placer. En las escaleras, recordó su intención de dejarle claro a aquella mujer que sabía perfectamente quién era ella en el baile de máscaras de una semana antes. Decidido a librarse de aquella posible fuente de malentendidos, esperó hasta que hubieron llegado arriba para mirarla.

Todavía estaba ruborizada. Incapaz de resistir una sonrisa al recibir las chispas que desprendían sus ojos dorados, eligió lo que consideró una forma sencilla de transmitirle aquella información:

—Me gusta muchísimo ese vestido, amor mío —dijo, en un murmullo sensual—. Sin duda, siempre lo recordaré tan bien como el de seda dorada que llevabas el día del baile de máscaras.

Georgiana se puso de color grana y no asimiló en absoluto lo que implicaban aquellas palabras. Con un enorme esfuerzo, reunió el control suficiente como para inclinar graciosamente la cabeza y responder:

—Creo que deberíamos volver al baile, milord.

Él respondió con una risa profunda.

—Tienes razón, mi amor. Ya has tenido suficientes aventuras... por esta noche.

Había una promesa en su tono sugerente que a Georgiana no le pasó desapercibida. Controló los nervios y, con la expresión más serena que pudo, le permitió que la guiara dentro de la algarabía del salón.

Hasta que no estuvo en la oscuridad del carruaje de los Winsmere, camino de casa, Georgiana no se permitió analizar lo que había ocurrido aquella noche. Notó que se ruborizaba. ¿Cómo podía haber sido tan atrevida en la biblioteca? Aquélla era una pregunta muy fácil de responder. Y él también lo había averiguado. Lo sabía. Se estremeció, y se acurrucó en el calor de la capa, sintiendo en los hombros y en los brazos desnudos la seda del forro. Aquellos escandalosos vestidos de Fancon no ayudaban nada. Al estar poco cubierta de seda y satén, era mucho más consciente de la necesidad que sentía de ser abrazada y acariciada como lo había sido aquella noche. Reprimiendo una suave carcajada de desdén, se dijo que no era el vestido lo que había hecho que se sintiera de aquella manera. Solamente habían intensificado aquel sentimiento.

Una vez más, volvió a ruborizarse al recordar la rápida reacción de Dominic cuando el duque y sus amigotes habían estado a punto de sorprenderlos. Ella había notado que ahogaba una risa, y había tenido que reprimir la suya. Le resultaba extraño, pero al pensarlo detenidamente, no había sentido vergüenza, sino sólo frustración.

Intentó recordar lo que él le había dicho justamente antes de entrar en el salón de baile. ¿Qué había sido? Algo acerca de que estaba tan guapa como con el vestido de seda dorada.

El carruaje dio un bote, y ella se deslizó hacia un lado en el asiento. Al acomodarse de nuevo en su posición, recordó exactamente sus palabras.

«Me gusta muchísimo ese vestido, amor mío. Sin duda, siempre lo recordaré tan bien como el de seda dorada que llevabas el día del baile de máscaras».

Georgiana dejó escapar un grito ahogado.

—¿Georgie? ¿Estás bien?

Luchando por recuperar la respiración, Georgiana pronunció una frase para calmar a su amiga.

¡Él lo sabía! ¡Sabía con quién había estado en el baile de máscaras!

Lo cual significaba que... Se le quedó la mente totalmente en blanco, incapaz de aceptar lo que implicaba todo aquello.

Y aun así, era la única explicación posible. Se le aceleró el corazón. Él lo sabía, y por lo tanto...

Los tres siguientes días pasaron en una niebla de felicidad. Georgiana no se atrevía a creer del todo lo que había deducido, pero, cada vez que veía a lord Alton, sus palabras y sus actos se lo confirmaban. Le estaba haciendo la corte. ¡A ella! ¡A Georgiana!

No parecía que Bella se hubiera dado cuenta, y, siguiendo los dictados de su sexto sentido, Georgiana no le explicó a su amiga la causa de su repentina alegría. Sin embargo, Bella sí notó su brillo. Y sin embargo, aún no le había preguntado nada.

Georgiana se las había arreglado para dejar caer la noticia de que su hermano la había invitado a pasar las Navidades en Candlewick y ella había aceptado. Bella había fingido que se sorprendía, pero Georgiana había tenido la sensación de que ya conocía las intenciones de Dominic. La sutil petulancia de su sonrisa se lo había sugerido.

Aquella noche era la fiesta de lady Chadwick. Estaba segura de que allí vería a Dominic. Todavía no se habían visto fuera de un salón de baile, pero ella había entendido aquella estrategia. Cualquier gesto abierto por su parte, cualquier atención que no fuera normal hacia la protegida de su hermana haría que la atención del círculo social se centrara en ella, y le agradecía que cuidara de su reputación.

Así pues, tenía que conformarse con las caricias de sus ojos cada vez que se veían, la suave promesa de su sonrisa, el roce de sus dedos en la mano. No era suficiente.

Se consolaba a sí misma pensando que, cuando llegara la hora, él seguramente iría más allá hasta llegar al punto en que recuperarían las delicias que habían compartido en la biblioteca de Massingham House.

Bella se había retirado a descansar antes de la fiesta de Chadwick, y Georgiana había ido a su habitación con la misma idea. Sin embargo, no podía dormir. Saltó de la cama y se puso a girar como si estuviera bailando un vals. En medio del remolino, no vio que se abría la puerta y se chocó con Cruickshank cuando entraba.

—¡Oh! —dijo Georgiana, poniéndose una mano en el corazón—. ¡Oh, Cruckers! ¡Qué susto me has dado!

—¿Yo le he dado un susto? —preguntó la doncella con ironía, mientras cerraba la puerta—. Vamos, señorita Georgie, ¿qué le pasa? ¡Dando vueltas como un torbellino!

Georgiana dejó escapar una risita nerviosa. Estaba enamorada, pero no tenía intención de dejar que nadie lo supiera. Nadie, excepto Dominic.

Cruickshank resopló.

—Bueno, si está tan despierta, subiré el agua para su baño. Podemos pasar el rato poniéndola guapa.

Georgiana, pensando en la admiración reflejada en unos ojos azules, accedió encantada.

En la fiesta de los Chadwick no había vals de la cena. En vez de eso, Dominic le había pedido el primero y el último de los valses de la noche. Al girar por el enorme salón, bajo la luz de las lámparas, Georgiana se dio cuenta de por qué él siempre elegía un vals. Así tenía la oportunidad de acercarse a ella más de lo normal. Y aquella noche, la estaba sujetando más cerca aún. Cuando ella se sonrojó, al percatarse, él se rió suavemente y le susurró:

—Como no puedo raptarte, amor mío, ni llevarte a un lugar donde pudiéramos conseguir nuestro interés mutuo tranquilamente, no puedes negarme esta alegría menor.

La mirada que acompañó a aquellas palabras hizo que Georgiana se pusiera como la grana.

Al final del vals, el último de la fiesta, ella estaba casi sin respiración y muy agitada. Declinó entre risas una invitación sensual para salir a tomar el aire a la terraza, lo cual, sin duda, hubiera sido muy peligroso, y salió rápidamente hacia la sala de retiro. Pidió un vaso de agua fresca, que rápidamente le fue llevado por una atenta muchacha, y salió al balcón para airearse. Necesitaba recuperar la compostura antes de volver al lado de Bella. No podía dejar que su amiga la viera en aquel estado después de bailar con su hermano. Tenía que haber un límite para la ceguera de Bella.

El aire de la noche era delicioso, y estaba disfrutando de la frescura cuando oyó que se abría y se cerraba la puerta de la sala. No le prestó demasiada atención a las recién llegadas, hasta que oyó las siguientes palabras:

—Alton es un demonio y un cínico. ¿Tú crees que esta vez tiene intención de casarse?

Lentamente, Georgiana se volvió hacia la habitación, y vio a dos mujeres mayores sentadas en sendas sillas, abanicándose con vehemencia. Se quedó escondida tras las cortinas del balcón.

—Oh, yo creo que sí —respondió la más gorda de las dos—. De lo contrario, ¿para qué iba a venir a los bailes tan asiduamente como lo está haciendo?

—Pero ella no es de su tipo —replicó la otra—. Mira a Elaine Changley. Un mujeriego como Alton no sucumbiría de repente a una mocosa, cuyos encantos no tendrán ni punto de comparación con aquéllos a los que está acostumbrado ese hombre.

—¿Pero es que no te has enterado? —dijo la dama gorda, inclinándose hacia su amiga y tapándose con el abanico, como si fuera una conspiradora—. Es por sus tierras. Parece que ella ha heredado una finca que Alton quiere desde hace años.

—Oh, eso sí es más verosímil. No entendía lo que le había ocurrido a ese hombre. Vamos, Fanny. Si no volvemos pronto, tu hijo va a acabar cazando algo que luego lamentarás.

Helada, con los sentidos suspendidos, Georgiana se quedó en el balcón hasta que las dos mujeres hubieron salido.

El Place. Georgiana deseó no haber oído todo aquello. Por supuesto, aquella conversación sonaba demasiado a la verdad. Según Bella, Dominic estaba obsesionado con aquella finca. Georgiana notó un nudo en el pecho, que casi le impedía respirar. Lentamente, casi sin darse cuenta de lo que estaba haciendo, entró en la habitación y dejó el vaso de agua en una consola.

Se miró en un espejo. No podía volver al salón con aquella cara de tristeza y medio encorvada. Se irguió e intentó sonreír. El orgullo era lo único que le quedaba.

Sin embargo, cuando llegó al lado de Bella, su amiga

notó el estado de ánimo en el que se encontraba e inmediatamente, preocupada, insistió en que se marcharan.

—Nos iremos ahora mismo. No hay ninguna razón para quedarse en esta fiesta tan aburrida.

Con el ceño fruncido, Bella silenció las protestas de Georgiana y, en unos minutos, estaban en el carruaje, camino de Green Street.

—Una cosa positiva de irse tan pronto de las fiestas es que siempre te traen el coche en un segundo —se estiró y se acomodó—. ¿Y qué es lo que te ha ocurrido?

Georgiana había tenido tiempo de recomponerse, y había anticipado que Bella le haría aquella pregunta. Intentó no darle la menor importancia.

—Nada. Simplemente, tengo una jaqueca que va en aumento. Una vez que empieza a dolerme la cabeza, no puedo seguir con el ritmo normal.

—¡Oh, pobrecita! —exclamó Bella—. Relájate. No volveré a hablarte durante todo el camino. En cuanto lleguemos, le diré a Cruickshank que te haga una tisana. Ahora intenta descansar.

Agradecida por el silencio de Bella, Georgiana se hundió en su esquina del asiento y se abandonó a sus caóticos pensamientos. Después de unos minutos, se obligó a revisar la situación con calma. No había duda, ella lo sabía, de que existía una relación entre lady Changley y lord Alton. No sólo lo sabía por los chismorreos, sino también porque lo había visto con sus propios ojos, en la terraza. El recuerdo del apasionado beso que lord Alton le había dado a lady Changley se le había quedado grabado en la mente. Dominic nunca la había besado a ella, y mucho menos con semejante ardor.

Recordó que antes pensaba que su actitud hacia ella era meramente de amistad, y que estaba ayudando a su hermana a que le encontrara un marido adecuado. Y con respecto a su comportamiento durante el baile de máscaras... Bueno, siempre había pensado que lord Alton no sabía quién era la dama del vestido color dorado. ¿Y cuándo le había dicho él que lo sabía? Sólo hacía unos días, después de enterarse del asunto de su herencia. Le habría resultado fácil enterarse de lo que ella había llevado a aquel baile; la misma Bella podía habérselo contado. Y entonces, también, pensó en otro detalle: la forma tan rápida en la que Bella había aceptado la felicidad de su amiga se explicaría fácilmente si supiera que su hermano le estaba haciendo la corte.

Georgiana reprimió un sollozo. Unas cuantas horas antes, su mundo era de color rosa. Había creído que él era diferente, que tenía todas las virtudes, que era fuerte, sólido y protector. Sin embargo, no era diferente del resto. Su amor por ella era superficial. Sólo era profundo su deseo de recuperar la tierra. Su interés principal en la vida eran la riqueza y el estatus social. No era mucho mejor que Charles. Y Bella aprobaba que su hermano se casara con ella sólo para conseguir de nuevo el Place. Seguramente, él habría planeado conservar a lady Changley como amante, incluso después de que estuvieran casados.

Georgiana intentó controlar su ira, su desdén. Al conocer sus planes, debería sentir desprecio por él. Sin embargo, tenía la certeza de que lo quería demasiado como para despreciarlo. No podía ser cierto que el amor significara tanto dolor.

Desilusionada de la vida, se acurrucó en su rincón y empezó a llorar.

CAPÍTULO 9

Aunque se pasó toda la noche llorando, sin dormir ni un minuto, su dolor no se alivió. Cuando Bella la vio por la mañana, insistió en que pasara el día en cama. Georgiana no estaba de humor como para discutir. Sin embargo, se estremeció al oír las últimas palabras que había pronunciado Bella antes de salir de puntillas de la habitación:

—No te olvides de que esta noche tenemos el baile de los Morton, y a éste no podemos faltar.

Georgiana cerró los ojos y sintió que la invadía la tristeza. Conocía las razones por las que Bella había dicho aquello: los Morton eran viejos amigos de la familia, y sabía que no podría librarse de ir.

Había estado reflexionando sobre el papel que tenía Bella en las maquinaciones de su hermano. No era posible que alguien tan bueno como su amiga tomara parte en aquella manipulación. Ni tampoco pensaba que Arthur hubiera tenido nada que ver. Después de pensarlo con atención, no pudo aceptar que el marido de Bella fuera capaz de quedarse mirando tan tranquilo mientras alguien intentaba engatusar a una muchacha joven para que cayera en la trampa de un matrimonio sin amor. No. Ni Bella ni Arthur estaban al corriente de los planes de Dominic. Aquello no iba a facilitarle la vida, porque no podía pedirles consejo a ninguno de los dos, pero al menos estaba contenta al pensar en que podía contar con dos amigos.

La noche llegó muy pronto. Con la ayuda de Cruickshank y de Jilly, supervisadas por Bella, los estragos que había causado su migraña imaginaria fueron reparados en parte, excepto la falta de brillo de sus ojos y la palidez de su piel.

Aquellos dos detalles fueron suficientes para que Dominic se diera cuenta de su angustia en cuanto la vio, al entrar en el baile.

—¿Georgiana? —Dominic se inclinó ligeramente sobre su mano, mirándola a los ojos.

Georgiana retiró la mano inmediatamente, sin atreverse a devolverle la mirada. Notaba una opresión en el pecho.

Dominic frunció el ceño.

—Querida...

Al oír su tono de voz, Georgiana se desesperó. Levantó la cabeza, pero siguió sin mirarlo a los ojos.

—Me temo, milord, que mi carta de baile está llena.

Él se quedó en silencio. Ella acababa de entrar en el salón, así que él debía de saber que estaba mintiendo.

Dominic notó que su cara se quedaba petrificada. Apretó la mandíbula. Tuvo la tentación de decirle que no era cierto, pero entonces notó de nuevo su palidez, la tremenda fragilidad de su cuerpo, y se tragó su ira. Se inclinó con rigidez, volvió a repetir «querida» y se alejó.

Dominic pasó los dos primeros bailes mirando a Georgiana desde una esquina de la sala, inseguro de sus sentimientos, sin saber, por primera vez en su vida, qué hacer. ¿Qué demonios estaba ocurriendo? Entonces, al saberse objeto de las miradas de los curiosos, se marchó a la sala de juego.

Rápidamente, fue invitado a una de las mesas a jugar unas cuantas manos, pero no podía concentrarse en el juego, y nadie intentó convencerlo de que se quedara cuando se levantó de la mesa y regresó al salón. Estuvo un rato paseando, observando a Georgiana disimuladamente. Había tenido buen cuidado de que su relación no fuera considerada más que de meros conocidos. Si en aquel momento le dedicara demasiada atención, aquello sería igual que si le hiciera una declaración. Sin embargo, tenía ganas de ir hacia ella y llevársela a la terraza para pedirle explicaciones por su cambio de actitud repentino. Si ella hubiera dejado ver el más mínimo interés por otro caballero, seguramente Dominic lo habría hecho, y las consecuencias habrían sido nefastas. Sin embargo, Georgiana sólo estaba bailando con aquéllos a los que consideraba sus amigos, y no le prestaba atención al resto de sus admiradores.

Lentamente, se fue calmando, y empezó a buscar las explicaciones posibles para aquella conducta. En la fiesta de los Chadwick todo había ido bien hasta su último baile. Ella se había ido a la habitación de retiro, y él, cuidadoso de las apariencias, se había refugiado en la sala de juego. Cuando había vuelto al salón de baile, se había encontrado con que Bella y ella se habían marchado. Aquello no le había sorprendido, teniendo en cuenta el estado de su hermana. Pero quizá la causa de su temprana marcha hubiera sido otra.

Era inútil seguir especulando. No tenía ni la más mínima idea de lo que podía haber sucedido. Pero entre aquel último vals y aquella noche había ocurrido algo que había destruido los lazos que estaba creando, cuidadosamente, entre Georgiana y él.

Tenía muchas ganas de darle un puñetazo a alguien, pero no sabía a quién, así que salió al balcón. El aire fresco lo alivió un poco. Aquello era ridículo. ¡Tenía treinta y dos años, por el amor de Dios! El rechazo de Georgiana era algo totalmente nuevo, y le había alterado los nervios. No le gustaba. Y no estaba dispuesto a soportarlo un minuto más de lo necesario.

Tomó aire y frunció el ceño a la pareja que, riéndose suavemente, salió del jardín. Sorprendidos de verlo allí, salieron corriendo hacia el salón de baile. Dominic suspiró. Si no tuviera que ser tan circunspecto, podría haberse llevado a

Georgiana al jardín y haberle hecho el amor deliciosamente...

Cortó aquel pensamiento. En aquel momento, lo más posible era que ni siquiera quisiera hablar con él.

Tendría que averiguar lo que la había enfadado tanto. Por los pocos comentarios que había intercambiado con Bella, su hermana no tenía ni idea de lo que estaba ocurriendo, porque no sabía de su interés en Georgiana. Necesitaba ver a Georgiana a solas. Durante un rato, pensó en varios planes para lograr su objetivo, y finalmente decidió lo que tenía que hacer.

Una vez tomada la decisión, salió de la habitación para preparar el terreno y poner su plan en marcha.

Georgiana no tenía ni idea de cómo había podido sobrevivir al baile de la noche anterior. Seguía diciéndose a sí misma que estaba contenta de que lord Alton hubiera aceptado tan rápidamente su negativa. Hubiera sido mucho más difícil de sobrellevar si él hubiera insistido en hablar con ella. Quizá se hubiera dado cuenta de que había averiguado las razones por las que le estaba haciendo la corte, y de que no iba a ser una conquista tan fácil. Con suerte, se alejaría de ella. Deprimida y cansada, se había quedado dormida profundamente y se había despertado renovada físicamente, aunque su mente no hubiera descansado mucho.

Abatida, se dirigió hacia la sala del desayuno.

—¡Georgie! ¿Te sientes mejor hoy?

El sincero interés de Bella hizo reaccionar a Georgiana. No tenía derecho a recrearse en su tristeza ni a aguarle la fiesta a su amiga. Sonrió y asintió.

—Sí, estoy muy bien.

La cara de Bella le dio a entender que no la creía, pero, en vez de insistir sobre el tema, Bella empezó a charlar sobre los eventos a los que acudirían la semana siguiente, que pondría fin a la temporada. Georgiana escuchó sin prestar demasiada atención.

Mientras Bella recitaba las fiestas y bailes, Georgiana se dio cuenta de que no podría volverse a Italia al día siguiente, que era lo que realmente quería hacer. Había hecho un trato con Arthur. No podía ser desagradecida y olvidarse de la deuda que tenía con él. Así que pasaría con Bella el resto de la temporada, intentando no estropear la diversión de su amiga con su tristeza.

Cuando se levantaron de la mesa, Bella exclamó:

—¡Oh, Georgie! Casi se me olvidaba. Dominic notó que estabas un poco alicaída anoche, así que va a venir esta tarde a sacarte a dar una vuelta en su coche.

Bella había precedido a Georgiana al salir de la sala, así que no vio la expresión de su cara.

—Realmente, es un gran honor. No recuerdo cuándo fue la última vez que Dominic llevó a una dama a dar un paseo en su coche. Normalmente, nunca lo hace, porque dice que es demasiado aburrido. Tienes que ponerte tu traje de tarde nuevo.

Cuando llegaron a la sala de estar, Bella se dio la vuelta.

Georgiana tuvo tiempo suficiente para alegrar la expresión.

—Realmente, no sé si...

—¡Oh, tonterías! Un poco de aire fresco es exactamente lo que necesitas para animarte.

Durante todo el día, Georgiana estuvo pensando en excusas verosímiles para evitar aquella excursión. Al final, sus planes se volvieron tan descabellados que el sentido del humor llegó en su ayuda. ¿Qué demonios se imaginaba que podría hacerle lord Alton en mitad del parque público? Además, lo conocía lo suficientemente bien como para saber que no haría nada escandaloso. Al menos, con ella. Por un momento, lamentó aquel último detalle, pero se irguió con decisión. Iría con él y le diría que no quería volver a verlo. Quizá, con aquel esfuerzo, no tendría que volver a bailar con él ni estar en sus brazos, soportando el calor que desprendía su mirada.

Con un suspiro de tristeza, subió las escaleras.

Cruickshank la ayudó a ponerse el precioso vestido de terciopelo marrón y la chaquetilla a juego. Mientras volvía a bajar, con el sombrero en la mano, notó un repentino cosquilleo, y se dio cuenta de que lord Alton estaba esperándola en el vestíbulo, mirándola fijamente. Bella estaba a su lado.

Él le tomó la mano y se la llevó a los labios. Georgiana se ruborizó y notó que se le aceleraba el corazón. Se le había olvidado lo devastadoramente encantador que podía llegar a ser aquel hombre.

Se volvió hacia Bella para despedirse y, antes de que Georgiana pudiera hacer ningún comentario, Dominic dijo:

—Volveremos en una hora, más o menos, Bella —y le dio un beso en la mejilla. Después, escoltó a Georgiana hacia fuera.

Cuando estuvo en la calesa, ella se ató el sombrero sobre los rizos rápidamente. Soplaba una brisa fresca que abanicaba las crines de los caballos. El mozo de Dominic les sujetaba la cabeza. Dominic subió al coche y, con un suave golpe de las riendas, se pusieron en marcha, mientras el mozo corría a la parte de atrás para sentarse.

Mientras conducía, Dominic se dio cuenta de que su facilísimo plan de pasar una hora de tranquila conversación con su amor en el parque ya había fracasado. Para empezar, no había ningún caballo en sus establos que pudiera ser descrito como dócil. Hasta aquel momento, aquello no había representado un problema. El par que había pedido que le engancharan al carro, sin pensarlo, eran dos purasangres galeses, perfectamente capaces de atropellar a cualquiera que los molestara por el camino. Además, no habían salido durante cuatro días, y estarían dispuestos a correr cien kilómetros sin parar si él soltara las riendas. Reprimió un suspiro y les dedicó toda su atención.

Cuando llegaron a las puertas del parque, puso a los caballos al trote y dejó que estiraran las patas un poco, al menos. Sacudieron las cabezas con impaciencia, pero, finalmente, respondieron a la firme mano que llevaba las riendas.

—Alguien lo está saludando.

Dominic miró a su alrededor y devolvió el saludo, haciendo caso omiso de la invitación de lady Molesworth para que detuviera la calesa.

Georgiana apretaba con tanta fuerza su bolso que casi notaba cómo se estaba doblando el fino borde de metal. Quería que él dijera algo, o ser capaz de pensar en algún tema de conversación ligero. Finalmente, la desesperación la llevó a decir:

—Me parece que está empezando a hacer más frío...

Pero sus voces se cruzaron.

Los dos quedaron en silencio.

Dominic no podía verle la cara, bajo el ala del sombrero. Sonrió y bajó la voz para decirle en un susurro:

—Georgiana, querida mía, ¿qué ocurre?

Por su experiencia con Bella, sabía perfectamente cómo utilizar el tono preciso para que Georgiana sintiera que, si él decía otra palabra, se pondría a llorar y los avergonzaría a los dos. Ella sacudió la mano para pedirle que la dejara.

—Milord... por favor... —no tenía ni idea de qué decir. No le funcionaba la mente, y sus sentidos, traidores como siempre, estaban demasiado ocupados en asimilar otras manifestaciones de la presencia de Dominic como para ayudarla con la conversación—. No ocurre nada —pudo decir, finalmente.

Tragándose su frustración, Dominic se preguntó qué había esperado conseguir con una pregunta como aquélla en mitad del parque. Debería haber sabido que cualquier cosa que la estuviera disgustando tanto sería demasiado angustiosa como para hablar de ella razonablemente en aquel entorno. Tenía que aligerar la situación.

Sin esfuerzo, comenzó una conversación sobre los recientes acontecimientos, los más agradables, y poco a poco, consiguió una buena respuesta de Georgiana.

Agradecida por su comprensión, y creyéndose que lo peor ya había pasado, Georgiana recuperó la compostura y empezó a contribuir a la conversación. Mientras paseaban, los cascos de los caballos movían las hojas del otoño dispersas por el suelo, y la brisa le refrescaba las mejillas y le daba color a su palidez. Bella tenía razón. Lo que necesitaba era aire fresco. Cuando terminaron la primera vuelta, ella ya estaba charlando animadamente. Sin embargo, para su sorpresa, el coche se dirigió hacia las puertas. Habían estado fuera menos de media hora.

—¿Adónde vamos?

—Volvemos a Green Street. Quiero hablar contigo.

El camino de vuelta hacia Winsmere House lo recorrieron en silencio. Georgiana miró de soslayo a Dominic una vez pero, como de costumbre, su expresión no le dijo nada.

El coche se detuvo, y antes de que ella pudiera hacer ademán de bajarse, él estaba allí. La levantó sin esfuerzo y la dejó sobre el pavimento. Al sentir sus manos alrededor de la cintura, ella no se atrevió a mirarlo a la cara.

—Realmente, no hay ninguna necesidad...

—Sí hay necesidad.

Georgiana, temblando por dentro con una mezcla de euforia y terror, respiró hondo y se atrevió a encararlo.

—Milord...

—Ah, Johnson.

Georgiana se volvió y vio la puerta abierta. El mayordomo de Bella estaba haciendo una reverencia para saludarlos, y al momento siguiente ella estaba en el vestíbulo.

—Podemos hablar en la sala de visitas, creo.

Cuando entraron, Dominic cerró la puerta tras ellos, se quitó los guantes y los dejó sobre una consola.

—Y ahora...

La puerta se abrió.

—¡Aquí estáis! —dijo Bella, entrando a la sala, con los ojos muy brillantes.

Georgiana la miró con un alivio que no se molestó en disimular.

Dominic la miró con una irritación que tampoco se molestó en disimular.

—Vete, Bella.

Bella se quedó petrificada, mirándolo.

—¿Vete? Pero, ¿por qué?

—¡Bella! —el tono de su voz fue suficiente para que Bella se diera la vuelta y empezara a andar, hasta que se dio cuenta de que estaba en su propia casa y de que ya no necesitaba cumplir las órdenes de su hermano. Se detuvo, pero antes de que tuviera la oportunidad de darse la vuelta de nuevo, notó una enorme mano en la espalda, que la empujó ligeramente hacia fuera. Después oyó que la puerta se cerraba con un suave clic.

Estupefacta, se volvió hacia la sala, pero después optó por marcharse.

Dentro, Dominic se volvió y vio a Georgiana observándolo con nerviosismo. Preguntándose cuánto le iba a durar la paciencia, Dominic cruzó la habitación y tomó las manos frías de Georgiana entre las suyas.

—No me mires así. No voy a comerte.

Georgiana sonrió débilmente.

—Sin embargo, quiero que me expliques lo que ocurre.

Georgiana respiró hondo para reiterarle que no ocurría nada, pero al ver su mirada escéptica, se quedó callada.

—Mucho mejor —asintió Dominic—. No soy lo suficientemente tonto como para tragarme cualquier cuento que te inventes, así que dime la verdad, por favor.

Allí de pie, sintiendo el calor de sus manos, la tentación de apoyar la cabeza en su pecho y contarle todas sus penas era muy fuerte. Desesperada, Georgiana buscó alguna historia que decirle para que él aceptara no volver a verla más. Pero lo miró subrepticiamente, y se convenció de que sería inútil.

—Es sólo que... nuestra amistad se ha hecho lo suficientemente evidente como para que la gente empiece a hablar y... —dejó que su voz se desvaneciera.

Ella lo miró y vio una expresión divertida en el rostro de Dominic.

—Realmente, nuestra amistad ha sido, hasta hoy, muy discreta. Sin embargo, me atrevería a decir que la gente va a empezar a hablar ahora.

Distraída, Georgiana frunció el ceño.

—¿A causa de nuestro paseo por el parque?

Todavía con la expresión divertida, Dominic asintió.

—Eso. Y también a causa de hoy por la noche, en el baile de los Rigdon. Y, a partir de ahora, voy a ser tan atento contigo que incluso el más ciego de los murmuradores sabrá de mis intenciones.

—¿Sus intenciones? —a Georgiana le chirrió un poco la voz.

Dominic la miró un poco molesto.

—Mis intenciones —repitió. Suspiró y, después de un momento, continuó—: Ya sé que todavía no te he pedido que te cases conmigo, pero seguramente no eres tan ingenua como para no darte cuenta de que estoy enamorado de ti y de que pienso hacerlo.

Georgiana se quedó mirándolo fijamente. Por supuesto que sabía que quería casarse con ella. Pero, por supuesto, tampoco se creía que estuviera enamorado de ella. Suavemente, intentó zafarse de sus manos, pero él no se lo permitió.

Dominic frunció el ceño.

—Georgiana, amor, ¿qué ocurre?

Cada vez más nerviosa, Georgiana sacudió la cabeza, sin atreverse a mirarlo.

—No puedo casarme con usted, milord.

—¿Por qué no?

El tono calmado de su pregunta le cortó la respiración. Por dentro, Georgiana gimió. Cerró los ojos y deseó estar en cualquier otro sitio, en vez de estar allí. Y cuando los abrió de nuevo, lo encontró esperando pacientemente la respuesta. No había nada en la expresión de su cara que le dijera a Georgiana que le fuera a soltar las manos sin conseguir la explicación que quería. Finalmente, repitió la pregunta.

—¿Por qué no puedes casarte conmigo?

Georgiana tomó aire, cerró los ojos, y dijo claramente:

—Porque está enamorado de lady Changley y estaba planeando casarse con ella.

La sorpresa dejó a Dominic petrificado, y aflojó los dedos.

Al instante, Georgiana tiró de las manos y salió corriendo con un sollozo.

Incluso después de que la puerta se cerrara tras ella, Dominic siguió sin poder seguirla. ¿Cómo demonios había podido llegar a aquella conclusión? ¿Cómo se había enterado de que existía Elaine Changley? Sintiéndose bastante calmado para ser un hombre al que le acababan de arrojar su primera proposición de matrimonio a la cara, incluso antes de haberla pronunciado, Dominic se sentó en el sofá para examinar mejor las ideas de su amada.

En un minuto, estaba riéndose suavemente. Así que aquel era el lío. Su ex amante. Realmente, era absurdo. A Elaine le entusiasmaría saber que le estaba causando tantas dificultades. Y Julian Ellsmere se moriría de la risa si lo oyera. Se preguntó qué entrometido le habría hablado a Georgiana sobre lady Changley, pero supo que no podría averiguarlo. Había demasiados cotillas en la ciudad.

Se puso de pie y se estiró. Tendría que arreglarlo todo para tener la oportunidad de explicarle a Georgiana la diferencia entre los sentimientos que un hombre tenía hacia su amante y los que tenía hacia la mujer con la que quería casarse. Afortunadamente, aquello era algo que podría exponer a la perfección. Sonrió. Le había dicho que la vería en la fiesta de los Rigdon, aquella noche. Según recordaba, Rigdon House tenía un maravilloso invernadero, situado en una esquina de la mansión, y desconocido para la mayoría de los invitados. El lugar perfecto. Y en cuanto a la oportunidad, no sería difícil organizarlo todo.

Caminó hacia la puerta, sintiéndose aliviado por haberse quitado aquella extraña carga de encima. Estaba flotando. Entonces, de repente, en su mente se combinó el significado de dos frases diferentes. Se quedó helado.

El amor secreto de Georgiana era un hombre al que había conocido durante sus primeros días en Londres y que estaba a punto de casarse con otra mujer. Él había buscado entre los conocidos de Georgiana, y no había ninguno que se ciñera a aquella descripción. Y ella acababa de admitir que pensaba que él estaba enamorado de lady Changley y que había estado a punto de casarse con ella. ¡Ja!

La sonrisa de Dominic cuando salió de Winsmere House podría haber calentado el mundo entero.

Georgiana entró a la fiesta con una extraña mezcla de nerviosismo y alivio. Al principio, se había quedado completamente abatida después de su conversación con lord Alton, pero después había pasado una hora a solas en su habitación, y con calma, había llegado a la conclusión de que era lo mejor. Al menos, él se había enterado de que no lo aceptaría, y de por qué. Se dijo a sí misma que sus problemas habían terminado. Aun así, en realidad, no estaba segura de que él hubiera aceptado su negativa. Y mucho menos, de querer que él la aceptara.

No había bajado de su habitación hasta que había llegado la hora de la cena. Tenía la esperanza de que la presencia de Arthur hiciera que Bella no le preguntara demasiadas cosas sobre el extraño comportamiento de su hermano. Sin embargo, Bella ni siquiera le hizo preguntas cuando estuvieron solas, en la intimidad del carruaje. Georgiana se preguntó si estaría acostumbrada a que su hermano hiciera cosas tan horribles a menudo.

Después de que le presentaran a lord Rigdon, a quien

Georgiana no conocía, ella y Bella se mezclaron con los demás invitados y charlaron mientras esperaban a que empezara el baile.

Georgiana llevó a cabo el procedimiento de llenar su tarjeta de baile, concediéndole el importantísimo vals de la cena a lord Ellsmere. Para su sorpresa, él también le pidió otro vals, uno más temprano durante la noche. Se quedó confundida, porque él raramente le pedía dos bailes en la misma noche desde que ella había rehusado su proposición de matrimonio. Aun así, era uno de los caballeros en los que más confiaba, así que le concedió el primer vals de la noche.

Cuando estaba girando en sus brazos por la pista de baile, se dio cuenta por primera vez del estatus que había pasado a ocupar. Varias señoras se habían sentado en primera fila, y por la dirección de sus miradas afiladas detrás de los abanicos, se dio cuenta de que era el tema de conversación. Unos minutos después, cuando el vals terminó y fue hacia un grupo de gente joven del brazo de lord Ellsmere, notó la mirada de envidia que le lanzó lady Sabina Matchwick, una de las «incomparables» de la temporada.

Lentamente se dio cuenta de que, tal y como Dominic había profetizado, la gente estaba empezando a hablar. Cuando estuvo a solas con Bella, durante un instante, Georgiana no pudo evitar preguntarle:

—Bella, dime. ¿Es de verdad tan extraño que tu hermano lleve a una señorita al parque?

La mirada cándida de Bella se fijó en su cara.

—Sí. Ya te lo dije. Dominic nunca ha llevado a ninguna dama al parque.

—Oh.

Al ver su cara de asombro, Bella estalló en risas de alegría. Impulsivamente, abrazó a Georgiana.

—¡Oh, Georgie! ¡Estoy tan contenta!

Sus compañeros para el próximo baile se acercaron, y aquello puso fin a las confidencias. Georgiana se dio cuenta, a medida que la fiesta continuaba, de que las miradas y las inclinaciones de cabeza de la gente no eran de horror ni de desprecio, sino de envidiosa aprobación. ¡Cielos! Sólo con llevarla a dar un paseo al parque, lord Alton había hecho pública su declaración. ¿Cómo demonios se las iba a arreglar ella para rectificar aquella impresión equivocada? Entonces, Georgiana se recordó que pasados unos días, la temporada habría terminado y ella volvería a Ravello y se olvidaría de lord Alton y de sus ojos azules.

Ya era casi la hora del vals de la cena. Lord Ellsmere se acercó a ella y, con alguna maniobra sutil, consiguió apartarla de su corte y llevársela al otro lado del salón.

—Mi querida Georgiana, espero que no me guarde rencor para siempre, pero tengo que hacerle una confesión.

Asombrada con aquellas palabras, Georgiana lo miró.

—¿Confesión? —repitió, débilmente. Oh, Dios Santo, no iba a declararse de nuevo, ¿verdad?

Como si le estuviera leyendo el pensamiento, él sonrió.

—No, no. No es nada que le vaya a molestar. Al menos —se corrigió, frunciendo el ceño como si lo estuviera pensando mejor en aquel momento—, espero que no.

Georgiana no podía aguantar más.

—Milord, le ruego que se descargue ya de ese horrible secreto.

Él sonrió de nuevo.

—Es muy simple. Le pedí el vals de la cena para otra persona.

A ella le dio un salto el corazón.

—¿Quién...? —pero no se molestó en terminar la pregunta. Ya lo sabía. Y, como para confirmar sus sospechas, notó un cosquilleo familiar que se le extendía por el cuello y le bajaba por el cuerpo. No. Lord Alton no había aceptado su negativa.

—Ah, aquí está él.

Con una sonrisa y una elegante reverencia, lord Ellsmere se la cedió al caballero que había llegado a su lado.

Georgiana notó que le tomaba la mano y sintió la calidez de sus labios en el dorso.

—¿Georgiana?

Su voz ronca le llenó los oídos. A pesar de todos sus propósitos, no pudo evitar mirarlo a los ojos, y entonces estuvo perdida. La hipnotizó de tal manera, que antes de que pudiera darse cuenta ya estaba bailando entre sus brazos.

Haciendo un esfuerzo, Georgiana se concentró en recuperar el sentido, y se dio cuenta de que él estaba sonriéndole divertido, seguro de su conquista. Entonces se dio cuenta, de repente, de la enormidad de su estrategia. Aunque hubieran estado bailando entre mil parejas, todos los ojos estaban fijos en ellos. Georgiana se ruborizó vivamente.

Al notar su confusión, él se rió.

—No te preocupes. Estás maravillosa. Sólo piensa en la pareja tan magnífica que hacemos.

Georgiana intentó reunir furia suficiente como para atravesarlo con la mirada, pero se sentía tan abrumada que no pudo.

Dominic observó sus ojos dorados, su piel blanca y los rizos, graciosamente recogidos. Aquella visión gloriosa le llenó los ojos. Más que satisfecho con su capitulación, tomó nota mental de jugar con los sentidos de Georgiana más a menudo. Por el momento, era una tortura sutil, pero muy gratificante.

Cuando terminó la música, Dominic la guió por entre la gente hasta que salieron del salón. Mientras recorrían los largos pasillos, Georgiana empezó a sospechar que aquel paseo tenía otro propósito que el de caminar antes de la cena, y alzó la cabeza para observarlo.

—He pensado, mi amor, que, dado tu aparente malentendido sobre mis sentimientos hacia ti, deberíamos encontrar algún sitio tranquilo en el que yo pueda aclarar ese concepto equivocado.

Georgiana intentó darle alguna respuesta razonable, pero

no pudo. Al final del largo pasillo, Dominic torció a la derecha, abrió una puerta de cristal y le cedió el paso hacia el maravilloso invernadero de la casa.

Ambos se sentaron en un banco de hierro, y él le tomó la mano. Después de besarle el dorso para calmarla, sonrió pícaramente.

—Y ahora, ¿dónde estábamos esta tarde, cuando te marchaste de repente de la sala? ¡Ah, sí! Me estabas diciendo que creías que yo estaba enamorado de lady Changley, y que tenía planes para casarme con ella —y miró a Georgiana, buscando su confirmación.

Georgiana enrojeció.

Sonriendo de nuevo, Dominic continuó.

—No estoy a favor de la idea de que un caballero hable de sus amantes con nadie, y mucho menos con la que se supone que va a ser su prometida. Las jovencitas no conocen el tipo de relaciones que tienen las mujeres como lady Changley. Sin embargo, como tú ya has oído hablar de ella, admito que tuvimos una breve amistad, que terminó varias semanas antes de que yo te conociera.

Dominic hizo una pausa para permitir que ella asimilara el significado de aquellas palabras. Después, pensativamente, empezó a acariciarle los dedos con el pulgar.

—Como todos los caballeros ricos y solteros, yo soy una presa importante para las damas como lady Changley. Ella, de forma muy poco inteligente, pensó que yo estaba lo suficientemente comprometido públicamente como para pedirle que se casara conmigo. Yo no lo hice en ningún momento. Tendrás que aceptar mi palabra en esto, aunque no creo que hayas oído a nadie acusarme de haber roto una promesa de ese tipo. Y eso es porque ella sabe que nadie creería que yo he perdido todo sentido de la honorabilidad como para ofrecerle que sea mi vizcondesa.

Para Georgiana, aquellas palabras eran tan intoxicantes como las sensaciones que le producían sus caricias sobre los dedos. Dominic se llevó su mano a los labios, pero en aquella ocasión le dio un beso dulce y cálido en la palma de la mano. Sonrió al sentir el escalofrío que la recorrió, pero cuando empezó a hablar de nuevo, estaba serio.

–Los sentimientos que tengo hacia ti, mi amor, son muy diferentes del deseo que un hombre pueda sentir por su amante. Ésa es una emoción efímera, que se disipa en meses o incluso en semanas. Ningún hombre se enamora de su amante. Lo que yo siento por ti es mucho más que lujuria. No puedo negar que sé lo que es eso y lo puedo definir, y no es lo que siento hacia ti. Yo me enamoré de ti la primera vez que te vi, dormida en la sala de Candlewick Hall. Tú perteneces a aquel lugar –hizo una pausa, sabiendo que su siguiente movimiento era arriesgado, pero, confiando en que había examinado sus reacciones y su temperamento acertadamente, continuó suavemente–: A pesar de lo que puedas decir, a pesar de todas las veces que lo niegues, sé que me quieres, exactamente igual que yo te quiero a ti.

Sus palabras, pronunciadas en voz baja y deliberadamente ronca, hicieron que Georgiana se estremeciera. Todavía atrapada en su mirada azul, ella supo inmediatamente que su atención había cambiado. Sus ojos estaban fijos en aquel momento en uno de sus rizos dorados, que le colgaba al lado de la cara. Con uno de sus largos dedos, él acarició aquel mechón de pelo, y después siguió acariciándole la curva de una ceja, después la nariz y después, suavemente, la forma madura de sus labios. El dedo bajó hasta su barbilla, e hizo que ella levantara la cabeza. Georgiana cerró los ojos. Entonces, los labios de Dominic rozaron los suyos con el más gentil de los besos.

Cuando él se retiró, Georgiana casi no pudo resistir el impulso de lanzarse a sus brazos y comportarse como una atrevida. De nuevo, enrojeció como la grana, no por las acciones de Dominic, sino por sus propios pensamientos.

Completamente satisfecho con sus progresos hasta el momento, Dominic se recostó en el respaldo del banco y esperó pacientemente hasta que la respiración de Georgiana se calmó, observándola con los ojos entrecerrados. Cuando se recuperó lo suficiente como para mirarlo de nuevo, él continuó.

—Como habrás observado, nuestro círculo social conoce perfectamente mis intenciones. Nuestros asuntos son del dominio público, así que, dada tu edad, tendremos que proceder con toda circunspección. Así pues, te voy a cortejar en toda regla. Te llevaré al parque todas las tardes, si el tiempo lo permite. Te acompañaré a las fiestas a las que quieras asistir. La gente se maravillará de verme a tus pies. Y después de todo eso, no tendré ninguna dificultad en pedirte que te cases conmigo al final de la temporada.

«Entonces, tú me aceptarás», pensó Dominic. Y gracias a Dios, sólo quedaba una semana para que terminara la temporada. Dominic se limitó a sonreírle de nuevo, le dio otro beso en los dedos y se levantó.

—Vamos, mi niña. Tenemos que volver, antes de que a las damas empiecen a darles vahídos.

El episodio del invernadero inquietó a Georgiana más de lo que ella creía que era posible. Nunca había estado expuesta a una fuerza tan poderosa como la del hermano de Bella. Su magnetismo era tan fuerte que no había nada que se le resistiera. Sentada en su esquina del carruaje mientras volvían a casa después del baile de los Rigdon, Georgiana era consciente de que Ravello y la libertad no tenían ningún atractivo ante lo que lord Alton estaba encendiendo habilidosamente.

Ella no tenía duda de lo que él quería en realidad: el Place. En la oscuridad del carruaje, se estremeció.

Su conversación no la había aliviado en absoluto de la preocupación y del sentimiento de culpabilidad. Él no amaba, y nunca había querido a lady Changley, eso estaba claro. Georgiana lo había notado en el tono frío que había usado para referirse a ella. Lady Changley no era más que otra víctima del encanto del lord.

Desafortunadamente, todo lo que le había demostrado era que tenía toda la facilidad para hacer que las mujeres se enamoraran de él. No le había demostrado que la quisiera en realidad.

Cuanto más consideraba el asunto, más dudaba de la posibilidad. No entendía por qué iba a optar por ella un hombre guapo, rico, tan buen partido en todos los sentidos, de entre todas las debutantes de la temporada, las más famosas incluidas. La pequeña Georgiana Hartley, cuya cabeza no le llegaba casi ni a los hombros, que no era nadie en la vida de la sociedad de Londres, y que no tenía nada que ver con la política en la que él estaba envuelto. ¿Por qué iba a elegirla a ella?

El Place. Era la única respuesta.

No pudo dormirse hasta mucho después de que Cruickshank hubiera apagado las velas. En la oscuridad, veía demonios, y todos tenían los ojos azules. Él decía que la quería, y ella deseaba creerlo, pero sus acciones contradecían sus palabras. Era cierto que ella se había criado en Italia, pero no podía creer que las fronteras cambiaran tanto la naturaleza humana. El amor verdadero siempre nacía junto al deseo, como era natural. Sin embargo, el beso que él le había dado no tenía ni rastro de pasión. Y ella sabía que él no besaba así a una mujer a la que deseaba.

Una y otra vez, sus pensamientos la llevaban hasta la misma deprimente conclusión. Él era un seductor, y ella una inexperta. Si se casaba con ella, se aseguraría la propiedad del Place, así que él se había propuesto conseguirlo poco a poco. En el mundo de la alta sociedad, aquello sería considerado como un intercambio justo: su tierra, por la posición social y la riqueza que él le proporcionaría.

Mientras pasaban las horas, Georgiana pensó por primera vez si no sería inteligente escuchar lo que le decía su corazón: que aceptara la propuesta que, según él mismo le había advertido, estaba a punto de llegarle. Ella sabía que la trataría bien, con respeto y afecto, aunque no le diera el amor que ansiaba. Ella llenaría un vacío en su vida, cuidaría de él, le daría hijos.

Estuvo un rato pensando en cómo sería vivir en Candlewick, pero no podía ponerse a su lado en la visión. En vez de aquello, él aparecía como una figura nebulosa.

Con un sollozo, Georgiana escondió la cara en la almohada. No. Era imposible. Si no podía tener su amor, el resto no tenía sentido. Se marcharía a Ravello tan pronto como terminase la temporada.

CAPÍTULO 10

—¡Humpf!

La risa seca despertó a Georgiana de un susto. Cruickshank estaba de pie al lado de la cama.

—Será mejor que se levante y le eche una ojeada a esto.

Con la expresión seria, la doncella apartó las cortinas de la cama. Las de las ventanas ya estaban abiertas, y el sol de la mañana bañaba la habitación. Durante un instante, Georgiana la miró sin comprender nada. Después se volvió hacia la puerta y vio cómo entraba una de las doncellas, que llevaba en la mano un enorme jarrón de rosas blancas.

La joven miró a Georgiana entre los delicados capullos y después, entre risitas, dejó el jarrón sobre la mesa que había al lado de la ventana. Para asombro de Georgiana, siguieron entrando doncellas con la misma carga. Georgiana se puso las manos en las mejillas.

¡Rosas blancas en octubre!

Cientos de rosas blancas.

Cuando terminó la procesión de doncellas, Georgiana se había quedado sin habla. Se sentó en la cama y miró absorta las flores. La extravagancia de aquel gesto la había dejado anonadada. Alrededor de ella empezó a extenderse el delicado perfume, hasta llenar la habitación.

No necesitaba leer la tarjeta para saber quién se las había enviado.

En el baile de los Rigdon, él le había dicho que iba a cortejarla formalmente. Su noviazgo había empezado aquella noche, cuando los dos habían vuelto con Bella y él se había quedado a su lado, en actitud posesiva, desanimando al resto de sus pretendientes por el mero hecho de estar allí. Al día siguiente, él había aparecido en casa por la mañana y se la había llevado a dar un paseo a Richmond. Allí había sacado una cesta de picnic para comer, y después la había llevado a Star and Garter para tomar el té. Era imposible mantenerse firme contra la invitación de su sonrisa. No estaba dispuesto a aceptar negativas. Sin poder hacer nada para impedir que le hiciera la corte, ella se había dejado llevar de mala gana, hipnotizada por sus ojos azules. A la noche siguiente, ella había constatado los efectos de su estrategia. En lo que a la sociedad concernía, sólo faltaba la ceremonia para convertirla en vizcondesa de Alton.

En los cuatro días siguientes, cada uno de ellos lleno de alegría y desesperación, él había logrado convencer a todo el mundo de que el suyo sería un matrimonio celestial, hasta que pareció que Georgiana era la única que sabía la verdad.

Su estado de ánimo fluctuaba salvajemente entre el éxtasis cuando estaba con él, hasta la desesperación más negra cuando no lo estaba. Contaba los días para que terminara la temporada y Bella y Arthur se fueran a Candlewick, y ella pudiera marcharse a Ravello. Incluso había intentado sugerirle a Arthur la posibilidad de marcharse antes que ellos, pero él la había mirado como si no entendiera nada, y Georgiana, que no podía ser más explícita, había dejado pasar el asunto.

Estaba rodeada de rosas blancas. Su mente estaba llena de él. Dejó escapar un suspiro.

Intentando alegrarse, Georgiana saltó de la cama. Cruickshank le mostró un vestido azul de mañana, pero Georgiana, con los ojos entrecerrados, sacudió la cabeza.

–No, Cruckers. El nuevo de terciopelo verde, por favor.

Cruickshank arqueó las cejas cómicamente, pero no hizo ningún comentario, aparte de la carcajada seca de costumbre.

Mientras se ponía su última adquisición del taller de Fancon, pensó que si su amistad con lord Alton le había enseñado algo, era el valor que tenía aparecer ante él elegantemente arreglada. Además, en pocos días no volvería a tener el placer de que la viera de aquella manera. Aparte del peso que sentía en el corazón, estaba decidida a vivir aquellos últimos días en Londres tan intensamente como pudiera, para llevarse todos los recuerdos agridulces para soportar los largos días de invierno, y sus noches, en Ravello.

El viento del este era muy frío y el cielo estaba cubierto de nubes grises. Los árboles se estaban quedando desnudos, hoja por hoja. En todas partes había signos de que el otoño iba a dar paso al invierno.

Georgiana, sentada en el carruaje de paseo de lord Alton, era inmune al mal tiempo. Sin querer enfrentarse con su negro futuro, se deleitaba en el calor de aquel momento. Le brillaban las mejillas, enrojecidas por el viento, y sus ojos, cada vez que conseguía apartarlos de los del vizconde, desprendían chispas de amor y vida. Había dejado todas sus inhibiciones en Green Street, y era feliz.

A su lado, Dominic estaba experimentando emociones nuevas para él, y bastante inquietantes. No tenía ya ninguna duda de que quería a Georgiana Hartley, en el sentido completo del término. Pero nunca se habría esperado que ella fuera capaz de despertar en él tal deseo, hasta el punto de que se le iba la mente hacia pensamientos lujuriosos sin poder evitarlo. Ella era una muchacha joven, inexperta, inocente. Sin embargo, no importaba cuántos adjetivos reuniera para describirla, no podía escaparse del hechizo sensual al que ella lo tenía sometido. Estaba aprendiendo rápidamente, aunque no tenía ni idea, de eso sí estaba seguro, de los riesgos a los que se estaba exponiendo. Él estaba a punto de dejarse llevar y comprometerla.

Había muy poca gente en el parque. El frío había hecho que la mayoría se quedara en casa. Ellos dos completaron una vuelta, y después empezaron otra, contentos de prolongar aquel momento en soledad. No hablaron mucho. Sus ojos lo decían todo, y era suficiente.

Cuando terminaron la segunda vuelta, él se puso de camino a casa. Al mirar a Georgiana, se cruzó con sus ojos enormes de color avellana, y supo que ella había disfrutado tanto como él. En aquel instante, tomó una decisión.

Había pospuesto la petición de matrimonio para poder tener un noviazgo adecuado. Los compromisos tan rápidos entre hombres como él, y muchachas deliciosas como ella podían ser dar lugar a rumores y ser recordados para siempre. Y él no quería que ni siquiera la sombra de la duda rozara a Georgiana.

Sin embargo, sólo quedaban dos días para que terminara la temporada, y no había ya ninguna duda sobre su relación, ni ninguna razón para seguir retrasándolo.

Mientras dejaban atrás las puertas del parque, Georgiana se dio cuenta de que el día se terminaba. Durante la última hora había sido feliz. Le resultaba muy fácil olvidarlo todo e imaginarse cómo podrían haber sido las cosas. Pero la realidad siempre se dejaba notar, y le recordaba el motivo verdadero del interés de lord Alton por ella.

Para cuando llegaron a Green Street, estaba otra vez deprimida. Él la acompañó y Georgiana, por dentro, se encogió ante la acogida que les daría Bella. Su anfitriona, a quien ella le debía tanto, estaba exultante con la idea de que fuera su cuñada.

Estaba absorta en aquellos pensamientos tan tristes cuando oyó las palabras:

—Estaremos en la sala de visitas, Johnson. No es necesario que avises a la señora de que hemos vuelto.

Antes de que su mente cansada hubiera tenido oportunidad de asimilar el significado de aquella orden poco apropiada, Dominic la había guiado, hábilmente, hasta la habitación, y había cerrado la puerta.

De repente, Georgiana tuvo la necesidad de poner distancia entre los dos y, rápidamente, cruzó la habitación.

Desde la puerta, Dominic observó su movimiento impetuoso y frunció el ceño. Entonces, cuando vio que le temblaban las manos, sonrió lentamente. Ella estaba nerviosa. Había una extraña comunicación entre ellos, así que había previsto cuál era su intención, y, como correspondía a su edad y a su inocencia, estaba inquieta. Dominic suavizó la expresión de su cara, y anduvo hacia ella.

—Georgiana, mi amor...

Con un pequeño gesto, ella lo silenció.

—Dominic, por favor —susurró, intentando que su tono resultara persuasivo—. Milord, me siento muy honrada, pero no puedo casarme con usted.

Dominic reprimió la respuesta instintiva de que todavía no había podido pedírselo, y se dio cuenta, sorprendido, de que no estaba furioso, sino fascinado.

—¿Por qué?

Aquella pregunta, tan engañosamente calmada, era terriblemente difícil de responder. Ella hubiera preferido una reacción más melodramática. Cada vez más nerviosa, sacudió la cabeza y se miró las manos.

Dominic suspiró.

—Georgiana, mi amor, quizá debiera informarte de que no soy de esos que creen que lo más correcto es que una dama rechace una petición de matrimonio, al menos, tres o cuatro veces, para que no parezca que está demasiado ansiosa —hizo una pausa y continuó—. Cariño, mi paciencia no es infinita.

El tono gentil de su voz envolvía unas palabras férreas. A Georgiana no se le escapó el significado de ninguna de las dos cosas. Dio un paso para alejarse más de él, y se volvió para mirarlo. Tenía que hacerle entender la inutilidad de sus intentos.

—Milord, debo decírselo claramente. No me casaré con usted.

Dominic no la estaba escuchando, realmente. Ella no había respondido su pregunta, lo cual, en sí, era una respuesta. No estaba de humor para escuchar negativas tontas, no cuando la mirada de Georgiana era tan suave como el terciopelo, y sus labios, ligeramente separados, estaban esperando que los besara.

Intentando transmitirle a Dominic que su negativa era firme, Georgiana lo miró a los ojos. Entonces, su voluntad se derrumbó. Hipnotizada, se quedó sin respiración cuando vio que él se acercaba, y con un largo dedo, le dibujaba el contorno de la mejilla y se detenía en una esquina de su boca. Incapaz de moverse, vio cómo sus ojos se fijaban en sus labios. Inconscientemente, ella se los humedeció, y él sonrió. Entonces, seductora y lentamente, él se acercó aún más, hambriento por besarla.

Al cerrar los ojos, Georgiana sintió pánico. Desesperada, le puso sus pequeñas manos en el pecho para apartarlo y volvió la cabeza. Sintió cómo vacilaba, y en aquel instante, pudo reunir la suficiente cordura como para salir corriendo de la habitación, dejando escapar un sollozo.

Completamente anonadado, Dominic la dejó marchar. Cuando la puerta se cerró tras ella, profirió un juramento y, metiéndose las manos en los bolsillos, se acercó a la ventana. Miró a su alrededor, medio esperando que la puerta se abriera y ella volviera a entrar. Al no ocurrir nada de aquello, murmuró irritado y se dedicó a estudiar las cortinas de encaje de Bella durante unos minutos. ¿A qué demonios estaba jugando la señorita Georgiana Hartley? ¿Y a qué demonios se creía que estaba jugando él?

Cuando el tictac del reloj de la sala le dejó claro que Georgiana no iba a volver, Dominic dejó caer la cabeza hacia atrás. Miró al techo y despachó su irritación en una frase aguda e hiriente. Después salió de la habitación, con la cara como el granito.

Johnson, imperturbable, lo recibió en el vestíbulo.

—¡Dominic!

En mitad del acto de meterse el abrigo por los brazos, Dominic se dio la vuelta y se encontró con la mirada aguda de su cuñado, que asomaba la cabeza por la puerta de la biblioteca.

Arthur dio un paso hacia atrás, en clara invitación.

—Tengo algo que decirte. ¿Te importaría concederme unos minutos de tu tiempo?

Incluso desde el vestíbulo, Dominic percibía el tono de diversión que había en su voz. Sabía que Arthur conocía sus intenciones con respecto a Georgiana, y que las aprobaba. Se encogió de hombros, se libró del abrigo una vez más, que quedó en manos de Johnson, y caminó hacia la puerta de la biblioteca. Cuando entró, fue recibido con una risa ahogada.

Se sentó con elegancia en una de las butacas de cuero y fijó los ojos en el rostro de Arthur. Él se enfrentó a la clara mirada sin molestarse en disimular lo graciosa que le parecía la situación.

—¿Sabes una cosa? Para ser un hombre con tanta experiencia, estás siendo singularmente obtuso en tu campaña actual.

Dominic enarcó las cejas hasta el infinito.

—¿Cómo?

—Por la pérdida de compostura de Georgiana, y tu aspecto decaído, deduzco que le has pedido que se case contigo y te ha rechazado.

Con los ojos entrecerrados, Dominic miró a su cuñado. Siempre se habían llevado bien. En realidad, no había nadie en quien confiara más. Así que dejó a un lado su reserva y se lo contó.

—Si quieres saberlo, ni siquiera le he pedido que se case conmigo. Sin embargo, he sido rechazado dos veces.

Con evidente esfuerzo, Arthur se tragó su risa. Finalmente, cuando estuvo seguro de que podía controlar la voz, le dijo:

—Bueno, eso no me sorprende.

Los ojos azules que lo estaban observando volvieron a entrecerrarse.

—Si no fueras quien eres, Arthur, me sentiría ofendido.

Lejos de acobardarse, Arthur se limitó a sonreír.

—Ya sabía que no te habías dado cuenta.

—¿Darme cuenta? ¿De qué?

—El Place, por supuesto.

—¿El Place? —repitió Dominic, asombrado.

—Sí. Ya sabes, esa pequeña porción de tierra que te has pasado los diez últimos años intentando comprar.

—Pero... —Dominic se interrumpió. De repente, se dio cuenta de que su deseo por conseguir el Place, que lo había obsesionado durante años, se le había olvidado, había sido desplazado por su deseo de conseguir a Georgiana. Frunció el ceño.

Arthur se recostó en el asiento y observó la cara de su amigo mientras encajaba todas las piezas del rompecabezas. No era difícil entender los hechos una vez que él los había expuesto. Y, a pesar de la reputación de Dominic con las damas, Arthur, al recordar que su estado eufórico cuando él le había hecho la corte a Bella le había anulado el sentido común, no encontró nada extraño en que su cuñado hubiera olvidado por completo la obsesión por el Place.

Finalmente, la expresión de Dominic se relajó, y elevó la mirada hacia el rostro de Arthur.

—Así que piensa que voy a casarme con ella para ponerle las manos encima al Place.

Arthur se encogió de hombros.

—No es nada raro que un hombre se case por cuestión de patrimonio. Y dudo que ella tenga idea del valor relativo que tiene ese terreno, ni de tus propiedades. Pero estoy seguro de que Bella le ha contado la historia de tu deseo por la tierra.

Hizo una pausa, pero al ver que Dominic seguía con el ceño fruncido, le preguntó:

–¿Te ha dado alguna otra razón para rechazarte?

Dominic sacudió la cabeza lentamente.

–Esta vez no. La razón para la primera negativa fue diferente. Había oído chismes sobre Elaine Changley, y estaba convencida de que yo estaba enamorado de Elaine.

–¿Y de que sólo querías casarte con ella por su dote?

Dominic se quedó abatido.

–No me lo ha dicho, pero supongo que es lo que tiene en la cabeza. No pensé en nada más que en quitarle la idea de que yo no estaba enamorado de lady Changley, y en convencerla de que nunca había pensado en casarme con esa mujer.

Arthur no dijo nada. Entonces, Dominic sacudió de nuevo la cabeza.

–No, no es posible. Yo empecé a hacerle la corte en el baile de los Hattringham, antes de que ninguno de los dos supiera que ella era la dueña del Place.

–¿El baile de máscaras? –preguntó Arthur–. Me imagino que ella sabría que tú sabías con quién estabas.

Dominic se movió, nerviosamente, en la silla.

–No, pero se lo dije luego.

–¿Qué significa luego?

Dominic, exasperado, respondió a su cuñado.

–En el baile de los Massingham.

–Después de nuestra visita a Lincoln's Inn.

Con un suspiro de frustración, Dominic se estiró y se puso las manos detrás de la cabeza.

–Tienes razón. Entonces, lo que tengo que hacer es quitar ese obstáculo de mi camino.

Completamente satisfecho con el resultado de su conversación, Arthur se apoyó en el respaldo de nuevo, mientras observaba a Dominic haciendo mentalmente los planes de sus próximos movimientos. Finalmente, Dominic lo miró.

–Sólo quedan dos días más para que termine la temporada. ¿Hasta cuándo tenéis planeado quedaros en Green Street?

Arthur sonrió.

—El tiempo suficiente para que arregles este asunto.

Una sonrisa cálida iluminó la cara de Dominic.

—Vais a venir a Candlewick, ¿verdad?

Arthur asintió.

—Ya he dado las instrucciones precisas para que Jonathon y su niñera viajen directamente allí. El tiempo está empeorando, y como sabes, no soy de los que se arriesgan. Ya deben de haber llegado. Había pensado en mandar a Bella en cuanto terminen sus actividades sociales. La señora Landy la cuidará mejor que nadie. Yo iré a Lodge a revisarlo todo, y después iré a Candlewick, antes de Navidad.

Al oír todo aquello, Dominic asintió.

—Me tomará un par de días arreglar el asunto del Place. Pero una vez que me lo haya quitado de encima, supongo que no habrá ningún otro impedimento para nuestros planes. Te agradecería mucho que le dijeras a la señorita Hartley que he tenido que ausentarme a atender unos negocios... apremiantes, pero que la visitaré en dos días para seguir hablando de su futuro —pensó otra vez sus palabras, se encogió de hombros y se levantó—. Con suerte, podré acompañar a Bella y a Georgiana a Candlewick unos pocos días después.

—Bien —dijo Arthur—. Me han llegado noticias del campo. Dicen que va a haber nieves tempranas. Me sentiré mejor una vez que Bella esté instalada en Candlewick —observó cómo Dominic llegaba a la puerta, y cuando tuvo los dedos sobre el pomo, le dijo—: A propósito, si necesitas más ayuda con este asunto, no dudes en pedírmela.

Dominic sonrió dulcemente.

—Amigo mío, a menudo he pensado que es una buena cosa para Inglaterra que tú seas inglés. Sólo Dios sabe lo que habría ocurrido si hubieras sido francés y general de Napoleón.

Arthur se rió.

Con una inclinación de cabeza, Dominic se marchó, cerrando suavemente la puerta tras él.

A la mañana siguiente, para angustia de Georgiana, no sintió alivio al ver que no había recibido ningún regalo extravagante, ni ninguna nota pidiéndole su compañía, ni nada. Suspiró. Se dijo severamente que así era como ella deseaba que fueran las cosas. Finalmente, lord Alton había aceptado que no quería casarse con él.

Se levantó, se puso un vestido gris y bajó las escaleras preguntándose qué haría con las horas del día.

Sin embargo, en cuanto hubo terminado de desayunar y se dirigía hacia la sala a unirse con Bella, Johnson la avisó:

—Señorita, un abogado llamado Whitworth la está esperando en la sala de visitas.

Georgiana, sorprendida, le preguntó:

—¿En la sala de visitas? Gracias, Johnson.

El mayordomo le hizo una reverencia y la acompañó a la sala, donde el señor Whitworth, el mayor, la esperaba pacientemente.

Cuando la hubo saludado, Georgiana le señaló una silla, confusa. ¿Para qué habría ido allí?

—Mi querida señorita Hartley, perdóneme que venga a visitarla sin anunciarme, pero he recibido una oferta muy generosa por el Place. El comprador tiene mucha prisa, así que me tomé la libertad de venir en persona.

La reacción inmediata de Georgiana fue de alivio. Se libraría de aquel punto negro de su herencia. Si no hubiera sido por el Place, ella no estaría sufriendo aquella melancolía. Y no era posible que nunca volviera, estando como estaba tan cerca de Candlewick. Sin embargo, en aquel momento le fue a la cabeza lo que significaría para Dominic, ¡no!, para lord Alton que ella le vendiera el Place a otro. Estaba a punto de negarse, cuando lo pensó más detenidamente.

Dominic quería el Place... lo deseaba tanto que incluso estaba dispuesto a casarse con ella. No estaba dispuesta a sacrificarse a un matrimonio sin amor, pero sí podía darle lo que él deseaba. Estaba convencida de que no aceptaría el Place como regalo, pero podía vendérselo perfectamente. Al fin y al cabo, Dominic había intentado comprárselo a Charles.

—¿Cuáles son las condiciones que ha dado el comprador? ¿Y quién es?

El señor Whitworth respondió a la primera pregunta, encantado, pronunciando una cifra y añadiendo que consideraba la oferta generosa en extremo. Sin embargo, continuó:

—Pero lo que me ha movido a visitarla personalmente, señorita Hartley, es que el comprador quiere una respuesta antes de esta tarde.

—¿Esta tarde? —repitió Georgiana. Miró a su abogado—. ¿No es eso algo muy extraño?

—Bueno, sí —admitió él—. Pero alguien que tiene tanto dinero, normalmente está acostumbrado a tener la sartén por el mango.

—¿Quién es el comprador?

—Ah —dijo el señor Whitworth, mirándola con inseguridad—. Ése es otro detalle. El hombre que se puso en contacto con nosotros es un agente, y no quiso revelar el nombre de su cliente.

Así que podía estar vendiéndole el Place a cualquiera. Georgiana se decidió.

—Me gustaría consultarles a mis amigos este asunto. Me aseguraré de enviarle una respuesta antes de esta tarde.

Se levantó, ansiosa por empezar con lo que había pensado.

El abogado se levantó también, como movido por un resorte, para despedirse.

—Ciertamente, señorita Hartley. Mi hermano y yo estaremos listos para actuar en su nombre tan pronto como recibamos noticias suyas.

Con aquella solemne promesa, se inclinó y se marchó.

Durante unos instantes, Georgiana se quedó allí, con la cabeza agachada y los ojos fijos en la alfombra. Entonces, decididamente, fue hacia un pequeño escritorio y empezó a escribir una nota.

La carta de Georgiana llevó a Dominic a Green Street al mediodía. La nota sólo decía que quería verlo, así que mientras Johnson iba a avisarla, él paseó a grandes zancadas por la habitación, pensando en todas las posibilidades. Cuando había llegado por tercera vez a la chimenea, apareció Georgiana.

Entró en la habitación después de reunir tanta calma como pudo para hablar de aquel asunto. Sólo con pensar en el Place, le dolía el corazón y se debilitaba, aún más, su estado de ánimo. Pensar en lord Alton le resultaba todavía más doloroso, pero estaba decidida a pasar por aquello. Frunciendo el ceño sin darse cuenta, se agarró las manos para ocultar su temblor, pero tuvo que soltarse para saludarle.

—Milord —su saludo fue poco más que un susurro. Al mirarlo, se dio cuenta de que él la estaba observando sin disimular su preocupación.

—Georgiana, mi amor, ¿qué ocurre?

Y, de repente, le resultó fácil decírselo.

—He recibido una oferta por el Place. Es de un comprador misterioso —y se detuvo, al darse cuenta de que él la miraba muy fijamente. De repente, perdió el hilo, pero por suerte le volvieron a la cabeza las frases que había ensayado—. Recuerdo que usted estaba muy interesado en comprárselo a Charles, y me preguntaba si todavía querría comprarlo.

Dominic observó cómo, después de retirar gentilmente su mano, Georgiana se sentó en una esquina del sofá, con sus enormes ojos marrones y cándidos fijos en él. Por fuera, sonrió para confortarla. Por dentro se preguntó dónde se había dejado la facilidad que siempre había tenido para manejar los asuntos del corazón. La había perdido. Desde que Georgiana Hartley había aparecido, como por arte de magia, en su vida, su habilidad lo había abandonado. Le había dicho que quería comprar el Place sin revelar su nombre, sólo por ahorrarle la molestia. Sin embargo, al haber fallado de nuevo a la hora de predecir sus reacciones a la situación que él mismo había provocado, la había obligado a enfrentarse al mismo obstáculo que estaba intentando derribar.

—Me temo, querida, que tengo que hacerte una confesión —notó, en sus ojos, que ella ya lo había adivinado, pero se lo confirmó—: Yo soy el comprador misterioso.

—Oh.

Georgiana bajó la mirada. Se sentía muy triste.

Dominic, verdaderamente sensible a todo lo que concerniera a su amada, le tomó las manos e hizo que se levantara y se pusiera enfrente de él. Tal y como se sentía, no se fiaba de él mismo si se sentaba en el sofá, a su lado.

—¿Georgiana?

Pero ella no miró hacia arriba. Se estaba mirando las manos, que él le tenía sujetas. Dominic las levantó lentamente para besárselas, y entonces ella siguió el movimiento con la mirada, hasta que él la atrapó con sus ojos azules y sonrió.

—Cariño, ¿sabes por qué quiero comprar el Place?

Con esfuerzo, Georgiana apartó su mirada de él y respondió:

—Sí. Bella me lo explicó.

—No creo que Bella haya podido explicártelo. Oh, sé que Bella te habrá contado que siempre quise recuperar esa propiedad, para completar Candlewick de nuevo. Eso era, en el pasado, una especie de obsesión para mí. Recientemente, esa obsesión se ha visto eclipsada por otro deseo aún mayor. De hecho, se me había olvidado por completo, hasta que... —Dominic decidió ocultar la participación que Arthur había tenido en aquello—. Hasta que me di cuenta de que tú podrías pensar que mi interés en ti estaba basado en esa propiedad.

Ella lo miraba con sus enormes ojos marrones, llenos de esperanza y, al mismo tiempo, de incredulidad. Él ya se esperaba aquello, y no le preocupó demasiado. La convencería de que la quería aunque fuera la última cosa que hiciera en su vida. A pesar de sus firmes intenciones, se sintió arrastrado por la fuerza de aquella mirada, y su cercanía estaba empezando a poner a prueba su capacidad de control.

—Mi amor, quiero comprar el Place para que no sea un punto de confusión entre nosotros nunca más —le besó los nudillos, y decidió que sería mejor salir de aquella habitación rápidamente. Si no lo hacía, ella acabaría en sus brazos, y no sabía adónde podrían llegar—. Si estás de acuerdo, envíale un mensaje a Whitworth y él se pondrá en contacto con mi agente —le dijo. Sonriendo, le soltó una mano mientras le besaba la otra para despedirse—. Una vez que la venta esté finalizada, te haré una visita, y podremos seguir hablando de... nuestros intereses en el futuro.

Ella casi estuvo a punto de negarse, pero estaba tan anonadada que no pudo hacer otra cosa más que quedárselo mirando.

Con una risa suave, Dominic le hizo una caricia en la mejilla, después una reverencia, y se marchó.

CAPÍTULO 11

Cuando los largos dedos de Dominic rompieron el lacre de la carta, el eco del sonido se extendió por la biblioteca de Alton House. Fuera, Grosvenor Square descansaba cubierta de niebla. El tiempo había empeorado definitivamente, y todos aquéllos que podían estaban preparándolo todo para salir de la capital antes de que las carreteras estuvieran impracticables. En el calor y comodidad de su biblioteca, Dominic observó las escrituras de propiedad del Place, la tierra que había deseado durante tanto tiempo. Era suyo. Candlewick estaba completo, una vez más.

Consciente de la alegría que aquello significaba, Dominic sonrió irónicamente. Era muchísimo mayor el alivio que sentía por el hecho de que Georgiana no tuviera más dudas ni más excusas para rechazarlo.

Entrecerró los ojos al acordarse de que ya había subestimado la capacidad de Georgiana de malinterpretar sus intenciones hacia ella. No sabía por qué, pero parecía que no se creía que él fuera capaz de haberse enamorado de verdad de ella. Aunque fuera incomprensible, no podía hacerle caso omiso a aquel detalle. Primero su ex amante, después el Place, ¿cuál sería el siguiente obstáculo?

Sin poder evitarlo, empezó a reírse. Él nunca había tenido el más mínimo problema a la hora de hacer ofrecimientos, aunque tenía que admitir que no había hecho ofrecimientos tan exaltados. Sin embargo, hasta la fecha, su preocupación había sido que las mujeres con las que se relacionaba nunca creyeran que se había enamorado de ellas. Nunca había tenido que convencer a una mujer de que la quería.

Y allí estaba, tropezándose cada vez que daba un paso y, sin duda, proporcionándole a Arthur una gran diversión. Hacerle la corte a un angelito era un trabajo endemoniado.

Con una sonrisa, guardó las escrituras en la caja fuerte, y volvió a sentarse.

No quería ni pensar en que pudiera encontrarse más escollos, ni de qué tipo. En realidad, no tenía ninguna duda de que finalmente conseguiría a Georgiana. De lo único de lo que dudaba era de su paciencia. Al menos, en aquella ocasión ya sabía lo que podía ocurrir. Y, sin en vez de ocurrir algo, ella caía en sus brazos sin ninguna duda más, él estaría doblemente contento.

Imaginando cómo le iba a expresar su gratitud a su amada, se apoyó cómodamente en el respaldo de la butaca y fijó la mirada en el techo. Una sonrisa de impaciencia curvó sus labios.

Diez minutos más tarde, sus pensamientos fueron interrumpidos por un altercado en el vestíbulo. La puerta de la biblioteca se abrió de repente.

Entró Bella, seguida por Timms, intentando sujetar el abrigo que ella todavía llevaba puesto.

—¡Dominic! ¡Gracias a Dios que estás aquí! Tienes que hacer algo. ¡Nunca me hubiera imaginado que ella haría algo así! —por fin se quitó el abrigo y le entregó el sombrero a Timms, antes de lanzarse impetuosamente hacia su hermano, que se había levantado y había ido a su encuentro. Las pequeñas manos de Bella lo agarraron por los brazos—. ¡Tienes que ir a buscarla!

—Sí, por supuesto —respondió Dominic, liberándose suavemente y haciendo que Bella se volviera hacia una de las butacas–. Y voy a hacerlo, en cuanto te calmes y me digas dónde y por qué.

Al oír el tono tranquilo de su voz, Bella se dejó caer en la butaca, aliviada, y su rostro perdió la expresión tensa de un momento antes.

–Ha sido tan inesperado... No tenía ni idea de que podría hacer algo así.

Dominic, aliviado también al ver que su hermana recuperaba el color, y deduciendo por sus palabras que Georgiana no estaba en peligro mortal, le preguntó con calma:

–¿Qué ha ocurrido?

–No me había enterado de nada hasta que he bajado las escaleras para desayunar, hace media hora. Ayer estuvimos en el baile de los Ranleigh hasta muy tarde, y había tanta gente que fue agotador. Así que hoy he dormido hasta tarde –Bella abrió su bolsito y empezó a rebuscar entre el contenido–. He encontrado esto sobre la mesa del desayuno.

Dominic tomó la hoja y, mientras la leía, se le tensó la mandíbula. Sin duda, ya era hora de que alguien le pusiera freno a Georgiana Hartley. La nota informaba a Bella alegremente de que había decidido preguntarle a los inquilinos de la casa de su padre en Londres si tenían idea de dónde podrían estar sus cuadros. Como había averiguado que la casa estaba en Jermyn Street, se imaginaba que no tardaría mucho.

–Me dijo que cuando había escrito al señor Withworth para decirle que vendiera el Place, le había preguntado dónde estaba la casa de Londres. Johnson dice que ha recibido la respuesta esta mañana.

–¡Jermyn Street! –Dominic se puso de pie y empezó a andar, incapaz de estarse quieto. ¿Acaso Georgiana no tenía sentido común? No necesitaba contestarse a aquello. Ya conocía la respuesta. Algunas veces, Georgiana era demasiado impulsiva e inocente para su propio bien. Durante los diez últimos años, Jermyn Street se había convertido en el barrio preferido de los solteros ricos de la alta sociedad, cuyo grupo incluía a un buen número de los vividores y calaveras de toda Inglaterra. Su mirada volvió a la ansiosa cara de Bella.

—¿Sabes qué número?

Bella se ruborizó, y empezó a rebuscar de nuevo en su bolso.

—En estas circunstancias, pensé que debía encontrar la carta de los Whitworth. Estaba en su escritorio —y le entregó un sobre.

Dominic lo tomó sin disimular su alivio, y con una sonrisa de agradecimiento por la noción que Bella tenía de lo que era propio e impropio.

—Buena chica —le dijo, y al terminar de leer rápidamente, dijo—: Es el número diccisiete. ¿Quién vive en el diecisiete de Jermyn Street?

Bella sacudió la cabeza, mirando atentamente al rostro de su hermano. Él estaba, claramente, haciendo un repaso de sus conocidos y amigos. Entonces vio cómo palidecía.

—¡Dios mío!

Bella palideció también.

—¿Quién?

—Harry Edgcombe.

—Oh, señor —Bella no había dejado de mirar a su hermano a la cara, y al reconocer, por experiencia, las inquietantes emociones que se le estaban reflejando en la mirada, de repente se preguntó si no debería haber llamado a Arthur en vez de haber ido a buscar a Dominic.

De repente, Dominic se fue hacia la puerta.

—¿No crees que yo debería ir también?

Dominic, con la mano en el pomo de la puerta, se detuvo.

—Creo que lo mejor será que hagamos esto con la mayor discreción posible. La traeré de vuelta aquí.

Y, con aquella promesa, él se fue, dejando a Bella preguntándose si Georgiana sería lo suficientemente fuerte como para soportar los intentos de seducción de Harry Edgcombe y el temperamento de Dominic.

Dominic no tomó ninguno de los carruajes, sino que tomó uno por la calle. Cuando el cochero paró el coche en el diecisiete de Jermyn Street, él pensó que el anonimato de llevar un coche ajeno era mucho mejor que llevar el suyo propio. Le dijo al conductor que lo esperara, y subió los tres escalones que llevaban a la puerta de madera brillante. Llamó con impaciencia. Que el cielo ayudara a Harry si había llegado demasiado lejos.

El mayordomo abrió la puerta, y al reconocer al vizconde, sonrió amablemente.

—Me temo que lord Edgcombe está ocupado en este momento, milord.

—Ya lo sé. He venido a desocuparlo.

Y con aquello, su asombrado interlocutor se echó a un lado. Dominic cerró la puerta tras él. Con la mirada barrió el vestíbulo, y encontró a Cruickshank sentada en un banco. Sorprendida, se puso de pie.

—¿Dónde está tu señora?

—En la sala de visitas, señor.

Dominic se quitó los guantes y se los entregó, junto con el bastón, al confundido mayordomo de lord Edgcombe. Después le dijo a Cruickshank:

—Lo mejor será que vuelvas a Winsmere House. Lady Winsmere está esperando a la señorita Hartley en Alton House. Si lord Winsmere pregunta, por favor, dile que yo las llevaré a ambas a casa un poco más tarde.

Cruickshank vaciló, pero un instante más tarde, asintió.

—Muy bien, milord.

Con el mayordomo de lord Edgcombe distraído por la marcha de Cruickshank, Dominic se adelantó hacia la puerta de la sala de visitas y la abrió.

La vista que encontraron sus ojos lo habría hecho reír, si

no estuviera tan enfadado. Georgiana estaba sentada en una silla al lado de la chimenea, y claramente, había estado escuchando con su habitual atención una de las historias de Harry. Él estaba apoyado contra la embocadura, con una pose calculada para impresionar a su visitante con su seguridad en sí mismo. Dominic apretó los labios y cerró la puerta. Al oírlo, ambas cabezas se volvieron a mirarlo.

Aunque su atención estuvo centrada en Georgiana, no se le escapó la expresión de alivio de Harry cuando lo vio entrar. Aliviado también de su preocupación más aguda, su mente continuó registrando la expresión de la mirada de Georgiana. Total inocencia. Entonces, mientras él la miraba, enrojeció deliciosamente, y azorada, miró hacia otro lado.

Por dentro, Dominic sonrió. No cometió el error de pensar que su rubor se debiera a que se había dado cuenta de repente de que la habían descubierto en una situación comprometida. Oh, no, él era la causa de aquel rubor, y no Harry. Lo cual lo compensó en parte por la agonía que había pasado durante los diez últimos minutos.

Harry, también muy interesado en la reacción de Georgiana, se apartó de la chimenea con una sonrisa de alegría verdadera iluminándole la cara.

—Ah, Dominic. Me estaba preguntando cuánto tardarías.

Dominic apreció su saludo y la información que contenía, y tomó la mano que Harry le ofrecía para saludarlo. Después se volvió hacia Georgiana, y ella se levantó.

—No tenía ni idea... no me esperaba que...

—¿No esperabas que llegara tan pronto? —sugirió Dominic. Avanzó hacia ella, capturó una de sus manos y se la llevó a los labios—. He terminado mis negocios antes de lo que pensaba. Supongo que tú también has terminado los tuyos.

Georgiana estaba completamente confundida. La última persona a la que hubiera pensado que vería aquella mañana era a lord Alton. Y ninguna de sus palabras, ni las de lord Edgcombe, tenían sentido. Estaba completamente perdida.

—No hay ni rastro de esos cuadros, me temo —explicó

lord Edgcombe, sacudiendo la cabeza. Y añadió para Dominic–: Moscombe ha estado conmigo desde que empecé a vivir aquí, e insiste en que esta casa estaba vacía, incluso el ático.

Dominic asintió, tomando la mano de Georgiana y colocándosela en el antebrazo, como de costumbre.

–Era una posibilidad remota. De todas formas –añadió, con la mirada clavada en Harry–, no hay daños que lamentar.

Harry abrió mucho los ojos, entre alarmado y burlón.

–Ni el más mínimo, te lo aseguro –entonces, no pudo evitar que el brillo de la diversión perversa le encendiera los ojos grises–. Aunque he de decirte que he tenido la tentación de enseñarle a la señorita Georgiana mi colección de arte privada.

Dominic arqueó las cejas.

–¿Tus grabados, quizá?

Harry sonrió.

–Más o menos.

–¿Grabados? –preguntó Georgiana.

–¡No importa! –dijo Dominic, con la voz de un hombre que estaba profundamente tenso. Miró los ojos marrones de Georgiana y deseó que estuvieran en su propia sala de visitas, y no en la de Harry–. Vamos –añadió en un tono más amable–. Te llevaré con Bella.

Mientras caminaba con él hacia la puerta, Georgiana iba intentando entender lo que estaba ocurriendo. Cuando salieron al vestíbulo, buscó a Cruickshank con la mirada.

–He enviado a tu doncella a casa –Dominic estaba a su lado, sosteniéndole el abrigo.

–Oh –dijo Georgiana, percatándose del extraño brillo de los ojos del vizconde. Aquello significaba que tenía que viajar a solas con él en un carruaje cerrado.

Después de ponerle el abrigo a Georgiana sobre los hombros, Dominic le lanzó una mirada aguda a su anfitrión, que estaba observando la escena de muy buen humor.

—¿Harry?

Los dos hombres cruzaron la mirada por encima de la cabeza de Georgiana. Harry respondió rápidamente a la pregunta implícita de Dominic, frunciendo el ceño ligeramente y asintiendo al tiempo que Georgiana se daba la vuelta para despedirse. Lord Edgcombe le hizo una encantadora reverencia y, al incorporarse, sus ojos interceptaron de nuevo la mirada de Dominic.

—Ni una palabra, te lo aseguro —le brillaban los ojos de la diversión—. Tienes mi más profundo agradecimiento, no lo dudes. Al fin y al cabo, sería tirar piedras contra mi propio tejado.

Más seguro, aunque confundido, Dominic se quedó mirándolo intrigado.

Harry sonrió.

—Mis hermanas están un tanto impacientes en este momento. ¿Te imaginas la alegría que se llevarían si supieran que... lo que ha ocurrido recientemente? Eso significaría el fin de mi distinguida carrera. No, no, muchacho. Mejor tú que yo.

Caminando hacia la puerta por delante de los dos hombres, Georgiana intentó desentrañar el significado de aquella conversación, pero no lo consiguió. Cuando se volvió en la puerta a decirle adiós a lord Edgcombe, vio a los dos hombres estrechándose la mano cordialmente.

Entonces se dio cuenta de que estaba pasando algo, literalmente delante de ella, sin que lo comprendiera. Irritada, levantó la barbilla y se despidió fríamente de lord Edgcombe.

Bajó majestuosamente las escaleras, pero casi no había llegado al pavimento cuando lord Alton la tomó por el codo. Ella notó un arrebato de ira, pero el recuerdo del extraño brillo de los ojos del vizconde minó su confianza en sí misma. Antes de que tuviera tiempo de darse cuenta de que el carruaje no era ninguno de los de lord Alton, ya estaba dentro, sentada en un rincón. Él se sentó a su lado. Inmediatamente, el coche se puso en marcha.

Georgiana mantuvo la vista fija en la calle, mientras intentaba calmarse y entender lo que había pasado. ¿Por qué habría ido él a buscarla? ¿Bella? Impulsivamente, se volvió.

–¿Bella está bien?

La cara del vizconde era una máscara. Al oír su pregunta, enarcó una ceja.

–Sí, que yo sepa. Está esperando en Alton House.

Alertada por la frialdad de su tono, Georgiana lo miró cautelosamente.

–¿Le ha enviado ella a buscarme?

Al notar de repente la tensión del vizconde, Georgiana se puso tensa también. Pero él afirmó con calma:

–Sí, me ha enviado ella.

Aquello le dio una pista a Georgiana del motivo de su irritación. Y ella, enfadada también por su comportamiento, le preguntó:

–¿Por qué?

–Porque al saber que te habías marchado a hacer un visita a Jermyn Street, que, para todo el mundo que conozca Londres, significa hacerle una visita a un soltero que vive solo, necesitaba que alguien te rescatara.

–Pero yo no necesitaba que nadie me rescatara –declaró Georgiana, volviéndose para encararlo directamente–. No había nada malo en lo que he hecho.

Al oír una carcajada ahogada, ella se ruborizó y continuó:

–Admito que fue un alivio descubrir que era lord Edgcombe quien vive allí, para que las cosas me hayan resultado más fáciles. Y me llevé a Cruickshank para no estar sola.

–Cuando yo entré en la casa, Cruickshank estaba en el vestíbulo y tú estabas con Harry, a solas, en la sala de visitas –con un esfuerzo, Dominic mantuvo la voz calmada.

Al oír el tono de censura en su voz, Georgiana enrojeció aún más y se volvió a mirar por la ventanilla.

–Sí, pero no había... no estaba en peligro de... –Georgiana se interrumpió. Pensándolo bien, ya no estaba segura de no haber estado en peligro. A lord Edgcombe le habían brillado los ojos de una manera inquietante cuando la había recibido. Sin embargo, ella se había dado cuenta de que, según avanzaba la conversación, se había puesto cada vez más nervioso. Quizá hubiera malinterpretado aquellos signos. Sin embargo, lord Edgcombe no había hecho nada como para merecerse las sospechas de lord Alton.

—Lord Edgcombe se ha comportado como un caballero.

—Ya me imagino que Harry se comporta siempre como el caballero que, indudablemente, es —replicó Dominic con aspereza—. Pero eso no significa que no sea un vividor y un libertino, y por lo tanto, alguien totalmente inadecuado como compañía privada para una joven dama. Como tú.

No había forma de pasar por alto la ira que desprendían aquellas palabras. Asombrada, sintiendo que su propio temperamento se alteraba, Georgiana se volvió con expresión de incredulidad para encararlo.

—Pero usted también es un vividor y un libertino. ¿Por qué estoy segura a solas con usted, pero no con él?

Al oír su pregunta, Dominic cerró los ojos con exasperación, e intentó pensar en su vieja aya, en trepar a los árboles en Candlewick, en cualquier cosa, para reprimir el impulso de tomarla en su regazo y besarla hasta que perdiera el sentido. ¿Segura? Estaba poniendo a prueba su suerte.

Al ver que él no respondía a su pregunta, Georgiana se irritó aún más.

—¿Por qué ha enviado a Cruckers a casa? Estoy segura de que no es aceptable que yo viaje en un carruaje cerrado a solas, con usted.

Manteniendo los ojos cerrados, Dominic respondió:

—La única razón por la que es aceptable que estés a solas conmigo en un carruaje cerrado es que vamos a casarnos muy pronto —y esperó a oír un «oh» de comprensión repentina. Al no oírlo, abrió los ojos.

Georgiana lo estaba mirando totalmente confundida.

Rápidamente, Dominic volvió a cerrar los ojos. Definitivamente, no estaba segura.

Durante unos minutos, Georgiana no pudo hacer otra cosa más que mirarlo fijamente. El hecho de que él mantuviera los ojos cerrados le hacía más fácil pensar. Dominic debía de haber recibido las escrituras del Place aquella misma mañana, y le había dicho que la visitaría después de la venta para hablar de sus intereses comunes. No tenía ni idea de qué podría significar aquello. Al ser el propietario del Place, no veía ninguna razón por la que todavía quisiera casarse con ella.

Georgiana siguió mirando aquella maravillosa cara, intentando averiguar sus motivaciones. Entonces vio la luz, súbitamente, tan clara como si fuera un faro en lo alto de una colina. Lord Alton había ido demasiado lejos en público como para retirar su proposición en aquel momento. Y aquel viejo escándalo con la joven del norte colgaba sobre su cabeza como la espada de Damocles, y lo forzaba a aceptar casarse con ella para evitar enfrentarse a la censura de la sociedad.

Lo cual significaba que tendría que rechazarlo de nuevo, por última vez. Y hacerlo de una forma convincente.

Sabía que él no la quería. Nunca le había demostrado pasión, ni le había dedicado discursos ni gestos melodramáticos, los componentes del amor tal y como ella lo conocía. La única vez que la había besado había sido una caricia suave y mágica, tan ligera que podría haberla soñado. Y, como parecía que se estaba desarrollando un extraño canal de comunicación entre ellos, uno que no necesitaba de las palabras ni de los gestos, uno que parecía estar por encima de lo físico, por todo aquello, tenía que terminar con él. Antes de que él lo supiera.

A pesar de que quisiera casarse con ella por sus propiedades, tenía que reconocer que ella siempre se había sentido segura con él. Nunca le había hecho nada que le causara dolor intencionadamente. Si él se hubiera enterado de que estaba enamorada, no habría aceptado su negativa a casarse con él. Él no le haría aquello.

¿Sería posible hacerle entender que queriéndolo como lo quería, si se casaba con él, sabiendo que él no podía amarla de la misma manera, sufriría mucho más que no viéndolo nunca más?

Él continuaba con los ojos cerrados. Georgiana no pudo resistir la tentación de estudiar su rostro para memorizar todos sus rasgos y atesorar la visión y recordarla durante toda su vida. Vio cómo le temblaban los párpados, y lentamente abría los ojos. Para evitar enfrentarse de nuevo al azul de su mirada, se irguió y se volvió ligeramente, parpadeando para contener las lágrimas y agarrándose con fuerza las manos para que cesara su temblor.

Dominic la vio temblando de emoción reprimida, y su ira se disipó al instante.

—¿Georgiana?

Al ver que ella no le daba otra respuesta más que un suave gesto con la mano, Dominic se retiró y le dio tiempo para recuperar la compostura, reprimiendo el impulso de tomarla en sus brazos y consolarla. No se atrevía a tocarla. Frustrado más allá de toda mesura, sentía un deseo irreprimible de reírse, de abrazarla y de besarla hasta que olvidara todas sus preocupaciones. Su silencio y su expresión triste le daban a entender que ella todavía estaba pensando en alguna excusa falsa para evitar cualquier mención al matrimonio. Estaba claro que todavía le quedaba mucho trabajo por delante.

Esperó hasta que su respiración se hizo menos agitada, hasta que el pulso de su cuello se aminoró. Entonces, lo intentó de nuevo.

—Georgiana, mi amor, ¿qué ocurre?

—Por favor, milord. Debe dejarme hablar.

—Por supuesto, mi amor —Dominic se las arregló para hablar en un tono amable y atento. No hizo ni el más mínimo intento de tomarle la mano, pero continuó sentado muy cerca de ella, tanto, que el borde de su falda le rozaba las botas. Ella se miraba las manos, apretadas sobre el regazo.

Georgiana tomó aire. Si él podía permanecer tan calmado, ella también podía decir lo que tenía que decir.

—Milord.. debe usted creer que yo valoro su amistad y el... el sentimiento legítimo que subyace bajo su deseo de casarse conmigo. Yo sé, siempre ha sabido, que el ser propietaria del Place ha sido determinante en su interés por mí. Ahora que usted es el dueño de la finca, no hay ninguna razón para seguir hablando de matrimonio —decididamente, se tragó el sollozo que se le quería escapar de la garganta, y continuó—: Entiendo que, si yo perteneciera realmente a la alta sociedad, y quisiera seguir viviendo en Londres, nuestra amistad de estos días pasados podría dar lugar a conjeturas incómodas. Sin embargo, como tengo intención de volver a Ravello muy pronto, le ruego que no deje que esas consideraciones le influyan.

A su lado, Dominic arqueó las cejas. Una sonrisa, amplia y lenta, curvó sus labios.

Georgiana tomó aire de nuevo.

—Milord, espero que usted verá que, en estas circunstancias, no hay ninguna necesidad de que me pida matrimonio. De hecho —dijo, reprimiendo las lágrimas—, le ruego que no renueve su oferta.

—Por supuesto que no.

Aquellas palabras calmadas dejaron sorprendida a Georgiana. En un instante, había estado a punto de deshacerse en lágrimas, y al siguiente, se había vuelto hacia él para mirarlo a los ojos.

—¿Perdón? —preguntó, débilmente.

Sonriendo comprensivamente, Dominic dijo:

—Querida mía, si mi ofrecimiento va a causarte angustia, entonces, por supuesto, no lo haré. Yo no sería capaz de angustiarte conscientemente.

Su mirada reconfortó a Georgiana, a pesar de lo que significaban sus palabras. Ya estaba convencido, e iba a facilitarle las cosas. Temblorosamente, sonrió.

Al ver que ella había superado el peor momento, Dominic le tomó una mano.

Georgiana se sentía tan aliviada que estuvo a punto de

apoyarse en él. Le daba vueltas la cabeza. ¿Cómo era posible sentirse tan adorada, y saber al mismo tiempo que él no la quería? No estaba segura. Ya no estaba segura de casi nada. Pero, afortunadamente, él se había hecho cargo. Sabía que no la presionaría para que hablara más.

De hecho, aquello estaba muy lejos del pensamiento de Dominic. No tenía intención de darle la oportunidad de que volviera a rechazarlo. Sabía que había otros caminos para lograr lo que deseaba. Había llegado la hora de considerar otras alternativas, porque se le estaba acabando la paciencia. En un impulso, levantó la mano de Georgiana y se la besó, y entonces, cediendo a la necesidad que estaba luchando por controlar, le dio la vuelta y le besó la palma, lenta, dulcemente. Oyó que ella tomaba aire entrecortadamente, y la miró sonriente.

—Querida, veo que estás decidida. Te doy mi palabra de que no te presionaré para que hagas nada que no desees. No te obligaré a hacer nada que no esté en tu corazón. Recuerda eso.

Georgiana se ruborizó. Para ser un discurso de despedida, encerraba una promesa completamente contraria a lo que se suponía que intentaba transmitir.

Dominic observó que su confusión, cada vez mayor, le oscurecía los ojos, desde el color avellana al chocolate. Doblegó su intenso deseo de besarla y de mala gana soltó su mano.

—Es muy probable que esté fuera de la ciudad durante los próximos días, pero te veré antes de que dejes Londres —le llevaría uno o dos días organizar la trampa, pero no tenía ninguna intención de dejarla escapar.

El coche entró en una plaza y se detuvo enfrente de una mansión impresionante. En unos minutos, Georgiana estuvo dentro y encontró a Bella esperándola ansiosamente.

—¿Duckett? ¿Qué demonios está haciendo aquí?

Repantigado en una butaca frente al fuego, con un coñac

entre las manos, Dominic frunció el ceño al ver entrar a su mayordomo principal, al cual suponía en Candlewick, en la habitación. Sin perturbarse por el saludo, Duckett puso un tronco en la chimenea y circunnavegó la habitación encendiendo todas las velas de los candelabros.

–Timms está enfermo, milord. Usted le había dado órdenes para que cerrara la casa, así que el muchacho, muy apropiadamente, me mandó recado.

Dominic soltó una risa de ironía. ¿Muchacho? Timms tenía los treinta y cinco ya cumplidos. Sin embargo, era uno de los pupilos de Duckett, y, siempre que siguiera las pautas del mayordomo jefe al pie de la letra, podía contar con su protección.

Moviendo en el aire la copa, de delicado cristal, para poder observar el color del licor a través de la luz, Dominic se dio cuenta de que eran del mismo color que sus ojos. Con un esfuerzo, apartó la mirada y se encontró a su mayordomo avivando el fuego.

–Duckett, tengo un problema.

–¿Milord?

–Un problema con una dama, ¿entiende?

–Entiendo perfectamente, milord.

–Con franqueza, lo dudo –replicó Dominic, y miró a su mayordomo, expectante. No era la primera vez que se desahogaba con Duckett, y no sería la última. Duckett había empezado a trabajar para su abuelo como mozo de cuadra. Había escalado puestos muy rápidamente, hasta alcanzar la posición de mayordomo jefe un poco después de que Dominic fuera mayor de edad. Habían sido buenos amigos desde siempre, a pesar de que había unos diez años de diferencia.

–Valoraría su opinión, Duckett.

–Muy bien, milord –dijo Duckett, que ya había conseguido un buen fuego y se había levantado. Estaba ordenando revistas y libros.

–La situación –dijo Dominic– sólo puede ser descrita

como delicada. La señorita en cuestión es joven e inocente. Y el problema es que tiene una gran dificultad en sentirse amada.

Dominic esperó alguna respuesta, pero no la obtuvo. Se volvió, y vio a Duckett quitando el polvo de un libro, antes de volverlo a colocar en su lugar, en la gran estantería.

—¿Está escuchando, Duckett?

—Naturalmente, milord.

Dominic apoyó la cabeza en el respaldo de la butaca.

—Muy bien —hizo una pausa para ordenarse las ideas y continuó—: Por esa razón, la dama inventa las razones más tortuosas para rehusar mi proposición de matrimonio. En primer lugar, adujo que yo estaba enamorado de otra mujer y que tenía planes para casarme con ella. Una vez que la convencí de que aquello no era cierto, averigüé que la señorita estaba convencida de que quería casarme con ella para hacerme con las escrituras de propiedad de Hartley Place, del que ella es propietaria. Era, debería decir, porque hoy mismo se lo he comprado. Las escrituras están en mi caja fuerte, y la propiedad ha perdido toda importancia en el procedimiento. El último obstáculo que ella percibe es que yo me siento obligado a casarme porque, debido a que mi intención de pedirle el matrimonio ha pasado a ser del dominio público, no puedo dejarla ahora sometida al oprobio —Dominic se interrumpió de nuevo, observando el líquido en el globo de cristal—. Ya conoce los hechos, Duckett. En este momento, estoy buscando la forma de llevármela a algún lugar convenientemente aislado, y suficientemente privado como para convencerla de que la quiero de verdad, y, al mismo tiempo, conseguir que su opinión sobre el asunto se vuelva irrelevante.

Duckett frunció ligeramente el ceño.

—¿Debo entender que la dama corresponde a sus afectos, milord?

—La joven está enamorada de mí de pies a cabeza, Duckett.

—Ah —respondió el mayordomo—. Bien.

Dominic observó a su impecable sirviente con los ojos entrecerrados. La mirada de Duckett estaba fija en la distancia. Entonces, de repente, sonrió.

—¿En qué está pensando, Duckett?

La suave pregunta sacó a Duckett de sus pensamientos.

—Se me acaba de ocurrir, milord, que ahora que es usted el propietario del Place, querría que Jennings y yo pusiéramos a la gente a trabajar, para ordenarlo, como si dijéramos.

Confundido, Dominic asintió.

—Sí, pero...

Duckett levantó una mano para que lo dejara continuar.

—Si es así, milord, me atrevería a decir que habrá ciertas cosas, pertenencias personales de los Hartley, con las que no sabremos qué hacer. Y, debería advertirle que el viejo Ben dice que no faltan sino uno o dos días para las nieves.

Los ojos de Dominic permanecieron fijos en el rostro de Duckett hasta que el reloj de pared del abuelo dio la hora en un rincón. Entonces, para alivio del mayordomo, empezaron a brillar. Dominic sonrió perversamente.

—Duckett, príncipe de los mayordomos, eres un granuja. Estaría escandalizado si no estuviera tan agradecido. No me extraña que te pague tan bien —se levantó de repente y le entregó la copa vacía a su mayordomo—. Nos pondremos en camino a primera hora de la mañana.

—Muy bien, milord —respondió Duckett.

CAPÍTULO 12

Estar sola de verdad era peor de lo que Georgiana había creído. Mientras bordaba unas zapatillas que le quería dejar a Arthur como regalo de despedida, reprimió un suspiro. Hacía un día gris y triste. Bella estaba reclinada en la *chaise longue*, en medio de la sala, hojeando el último *Ladies' Journal*, y parecía tan absorta como ella. Sin embargo, en el caso de su amiga, había una paz de espíritu que Georgiana, en su estado torturado, no disfrutaba.

La temporada había terminado dos días antes. Durante el último baile, en casa de lady Matcham, había habido mucha charla acerca de visitas en el campo y planes para las festividades anuales. Georgiana había escuchado y había intentado demostrar un entusiasmo que en realidad no sentía. Para ella, el futuro era negro y vacío. Estaba esperando a que Arthur dijera cuándo dejarían Green Street, Bella para ir a Candlewick, y ella para marcharse al continente. Él le había pedido que se quedara con Bella hasta que él acabara con sus negocios en Londres y, naturalmente, ella no se había negado. Sobre todo, en aquel momento en el que lord Alton ya se había marchado de Londres.

Él le había enviado una corta nota a su hermana, informándola simplemente de que tenía cosas que hacer en el campo y que sería bienvenida en Candlewick cuando quisiera dejar la ciudad.

No había habido ninguna palabra para ella.

Al mirar a Bella, Georgiana no pudo evitar sentirse culpable por no haber podido satisfacer el deseo de su amiga, y mucho peor, por no poder volver a Londres para continuar con su amistad. Arthur tendría que encontrar otro entretenimiento para su mujer durante la próxima temporada. Georgiana sabía que no volvería. Nunca podría conocer a la novia de lord Alton. Él, finalmente, se casaría. Era el destino para alguien como él. Ya tenía muchos celos de la bella mujer que sería su esposa. Al sentir tanta angustia, intentó dejar aquellos pensamientos tan tristes a un lado y volvió a concentrarse en el bordado.

La puerta se abrió.

—Hay una nota para usted, señorita.

Frunciendo el ceño, Georgiana tomó el sobre de la bandeja que Johnson le ofrecía, pensando en que sería de Charles o de lord Ellsmere. Sin embargo, al ver el lacre sobre el papel, se imaginó una cara de rasgos marcados y ojos azules.

Con el corazón en la boca, le hizo una breve inclinación de cabeza al mayordomo para indicarle que podía retirarse y abrió el sobre.

—¿Qué es? —le preguntó Bella.

Lentamente, Georgiana la leyó. Entonces, distraídamente, respondió:

—Tu hermano quiere que vaya al Place. Sus sirvientes necesitan saber lo que tienen que hacer con los muebles, y todo lo demás.

Bella, que se había incorporado y estaba sentada, mirándola, asintió.

—Claro, por supuesto. Tienes que decirles lo que quieres conservar.

—Pero no creo que haya nada que yo quiera.

—Eso no lo sabes —le respondió Bella, con seriedad—. Incluso podrían encontrarse con las pinturas de tu padre. Bella inclinó la cabeza para observar mejor a su amiga. Le parecía que algo no andaba bien entre ella y Dominic. ¿Por qué si no iba Georgie a caer en semejante letargo? ¿Sólo porque él se hubiera ido al campo para unos cuantos días? Tal y como ella lo veía, era normal que su hermano se hubiera ido con un poco de antelación para organizarlo todo en Candlewick antes de llevar a su novia a pasar una temporada larga allí. A pesar del hecho de que Dominic todavía no le hubiera pedido que se casaran, Bella estaba segura de que lo haría, y de que los planes de Georgiana de volver a Italia nunca se llevarían a cabo. Su confianza en el resultado final era suprema. En consecuencia, estaba esperando con tranquilidad a que llegara el día en que se fuera a Candlewick.

–¿Cuándo os vais? –le preguntó Bella.

–Dice que va a venir a recogerme mañana –respondió Georgiana, todavía luchando con sus emociones. En la nota no había nada más que una amable petición, que no le dejaba mucha maniobra de escape. Lord Alton tendría el placer de recoger a la señorita Hartley a las diez de la mañana del día siguiente, y la devolvería a casa por la tarde.

–Quizá yo debiera ir con vosotros –sugirió Bella–. No hay nada que me mantenga aquí, y quiero ver a Jonathon.

Georgiana aceptó rápidamente. En su estado, pasar dos horas a solas con lord Alton en un carruaje era un desafío demasiado difícil como para aceptarlo.

Sin embargo, cuando le expusieron el asunto a Arthur, él las sorprendió a ambas pidiéndole a su esposa que no lo hiciera.

–Me temo, querida, que preferiría que te quedaras en Londres los dos días siguientes. Como Dominic va a traer a Georgiana mañana por la tarde, no creo que debas marcharte de Green Street todavía.

Georgiana se retiró aquella noche a su habitación intentando controlar su alegría cuando pensaba en el día siguiente. Todo había terminado entre lord Alton y ella. Entonces, ¿por qué no podía evitar los escalofríos de impaciencia que le recorrían el cuerpo?

Exactamente a las diez de la mañana, el coche de viaje de lord Alton se detuvo a la puerta de Winsmere House. Dominic entró sin ser anunciado en la sala de estar de su hermana y no pudo evitar sonreír ante la imagen que se encontraron sus ojos.

Sentada en el alféizar de la ventana, su amada Georgiana lo estaba esperando perfectamente preparada, jugueteando nerviosamente con los lazos de su sombrero. Tenía la mirada fija en el jardín. Bella estaba sentada en la *chaise longue* observando el techo. Ella fue la primera que lo vio.

—¡Oh!

Dominic se acercó para darle un beso afectuoso en la mejilla.

—Buenos días, querida. No te molestes en levantarte. Nos vamos ahora mismo. ¿Está lista la señorita Hartley?

Al saberse objeto de la mirada de lord Alton, Georgiana asintió y se levantó. Ambos se despidieron de Bella y a los pocos minutos estaban en camino.

—Espero que el viaje no sea muy tedioso —dijo Dominic gentilmente.

Al ver su sonrisa, el miedo de Georgiana se disipó, y ella sonrió también.

Mientras recorrían las calles abarrotadas, permanecieron en un cómodo silencio. Una vez que llegaron a las afueras de la ciudad, y el poder de los caballos se dejó sentir, Dominic se volvió hacia Georgiana.

—¿Te has enterado de la última ocurrencia de Prinny?

Por supuesto, ella no se había enterado. Con facilidad, la entretuvo con varias anécdotas y otras historias, hasta que ella se relajó lo suficiente como para hacer algunas preguntas, la mayoría de ellas sobre el Place. Perfectamente contento con el tema, Dominic le describió el estado de la propiedad, y cómo afectaba aquello a sus propias tierras.

–Así que ya ves, el Place corta mis tierras en dos, al menos en esa parte, lo cual significa que mi gente tiene que rodear constantemente el terreno, y a veces, eso implica triplicar las distancias. Aparte de ser una molestia, durante estos últimos años se ha convertido en una monstruosidad. Ha sido muy irritante para mí, y para mis granjeros también, ver cómo esa buena tierra se estropeaba.

Georgiana asintió al recordar el Place tal y como ella lo había visto por última vez.

Dominic se interrumpió para mirar por la ventana. El único tema de conversación que había evitado había sido el tiempo. Se había asegurado de que Georgiana se sentara a la izquierda del coche, para que sólo pudiera observar el cielo del este, relativamente claro. Por su lado, el horizonte del oeste estaba oscurecido por las nubes color gris oscuro, de una forma y color que, para una persona que se hubiera criado en el campo, anunciaban algo: nieve. Aquella misma noche.

La temperatura estaba empezando a descender rápidamente, aunque él no creía que Georgiana lo notara, abrigada como iba. De todas formas, no podía ser demasiado complaciente con aquel tema. Con una sonrisa malvada, se volvió hacia ella, haciendo una lista mental en menos de un segundo sobre los últimos cotilleos, y seleccionando los más divertidos.

El cochero los llevó directamente al Place, y llegaron allí pasado el mediodía. El administrador, Jennings, y Duckett, los estaban esperando.

–Te dejo con Duckett, querida mía –dijo Dominic–. Estaré con Jennings si me necesitáis.

Al reconocer a Duckett, Georgiana se sintió aliviada por contar con su reconfortante compañía mientras caminaba por las viejas habitaciones del Place. No había ningún mueble que ella recordara con especial cariño, así que el mayordomo le sugirió que se los cedieran a la mujer del párroco, que llevaba la caridad de la parroquia.

—Hay otra cosa más, señorita —dijo Duckett, deteniéndose en el último tramo de las escaleras.

Dominic, que ya había terminado de darle las instrucciones a Jennings, se unió a ellos.

—Le estaba diciendo a la señorita Hartley, milord, que cuando han entrado esta mañana al ático han encontrado una de las habitaciones cerrada. Alguien había puesto un viejo armario para bloquear la puerta. Ha hecho falta la fuerza de tres hombres para quitarlo. La habitación parecía un estudio de pintura, y había varios cuadros apilados contra una pared. No sabemos qué hacer con ellos, así que los dejamos hasta que ustedes llegaran. ¿Le importaría echarle un vistazo, señorita Hartley?

—¡Oh, Dominic! Si fueran... —exclamó Georgiana.

Él la miró, sonriendo, increíblemente satisfecho de oír su nombre en los labios de Georgiana.

—Paciencia. Lo veremos en un momento. Guíanos, Duckett.

La puerta del estudio estaba medio abierta. Duckett la empujó y le cedió el paso a Georgiana. Aturdida, pasó el umbral y entró, levantándose la falda para que no se le manchara de polvo. No había duda de que aquel había sido el estudio de su padre. Las ventanas eran altísimas y ocupaban una de las paredes casi por completo. Aunque estaban cubiertas de trapos y de suciedad, se veía claramente que, de estar abiertas, inundarían de luz la estancia. Había un caballete en una esquina, y el olor a pintura todavía se detectaba. Georgiana miró a su alrededor.

Por un instante, recordó tan vívidamente su vida anterior que se le llenaron los ojos de lágrimas. Entonces, oyó el sonido de un suave movimiento detrás de ella, y Dominic se acercó y le puso las manos sobre los hombros para confortarla. Como un ancla, la sujetó al presente, defendiéndola de los recuerdos del pasado.

Georgiana respiró hondo. Calmada una vez más, le rozó una mano con la suya en agradecimiento. Entonces se fijó en los lienzos que había apoyados en la pared. Ella se movió para tocarlos e, inmediatamente, él la liberó y la siguió.

En silencio, se pusieron a examinar el legado del padre de Georgiana.

La mayoría de los retratos eran de adolescentes. Después de unos momentos de reflexión mientras observaba a un joven pelirrojo, Dominic sonrió.

—¡Ah! ¡Ahora lo entiendo!

Pacientemente, Georgiana esperó su explicación.

—Tu padre era, claramente, un hombre muy inteligente. Quería dejarte algo que retuviera su valor a través del tiempo, así que te dejó estos cuadros —Dominic le señaló el primero—. Éste es William Grenville cuando era joven. Grenville ha sido primer ministro hace poco. Su familia pagará una fortuna por este cuadro. Y —continuó, pasando a otro retrato— a menos que me equivoque, éste es Spencer Percival, otro primer ministro. Y ése podría ser Castlereagh, aunque no estoy seguro —dijo, y continuó mirando los retratos.

Había dieciséis, y Dominic pudo ponerles nombre a nueve, y suponer el de los restantes. Sin embargo, al final de una de las pilas había tres que atraparon su atención y la de Georgiana.

El primero era el de una mujer joven, con una cara dulce y el pelo dorado, y unos ojos asombrosamente claros, color miel, que brillaban casi fuera del lienzo. Era un retrato de la madre de Georgiana.

Dominic dejó que Georgiana mirara el rostro de su madre y pasó a otro cuadro. Había un bebé que jugueteaba en la hierba, al lado de la misma mujer, que tenía una suave sonrisa llena de amor.

Ofreciéndole el cuadro a Georgiana en silencio, tomó el último. Era de una niña de unos seis años, con el pelo largo recogido en unas trenzas, y pecas por la nariz. Dominic sonrió. Se volvió hacia Georgiana y le puso un dedo bajo la barbilla para que alzase la cara. Después de un cuidadoso examen, que no se posó en sus ojos resplandecientes, dijo:

—Has perdido las pecas.

Georgiana sonrió temblorosamente, agradeciéndole su intento de reconfortarla.

Dominic sonrió también y le acarició la mejilla con el dedo. Miró a su alrededor.

—Ahora que esta habitación ha sido abierta de nuevo, creo que deberíamos sacar las pinturas de aquí.

Georgiana asintió. Duckett empezó entonces a hacer pilas más pequeñas con los cuadros para facilitar su transporte.

—Y ahora —dijo Dominic—, debes de estar hambrienta. Vamos a Candlewick. La señora Landy nos dará de comer.

Casi olvidándose del largo viaje que tenían que hacer para volver a Londres, Georgiana bajó las escaleras, con el corazón lleno de alegría y disfrutando de la novedad de poder compartirla.

La señora Landy tenía la comida esperando. Le echó una regañina a Dominic por tener durante tanto tiempo a la señorita expuesta al frío, cosa que hizo que Georgiana arqueara las cejas sorprendida. Sin embargo, Dominic se limitó a reírse.

Cuando hubieron comido, él la dejó con el ama de llaves mientras se iba a hablar con los empleados de la finca y con los granjeros.

Sólo por la tarde, ante un té con pastas, se dio cuenta Georgiana de que el día empezaba a oscurecerse, y se inquietó. A medida que pasaba el tiempo y Dominic no volvía, tuvo una premonición.

Ya había atardecido cuando él apareció. Entró en la sala donde ella se había instalado, dando golpes en el suelo para reactivar la circulación de los pies. Después se acercó a la chimenea y se agachó para calentarse las manos. Se puso de pie sonriendo para darle confianza, pero sus palabras tuvieron el efecto contrario.

—Me temo, querida, que tendremos que quedarnos aquí esta noche. El tiempo ha empeorado mucho, y los caminos se están helando. Va a nevar, y dudo que llegáramos a Great North Road antes de quedarnos atrapados.

Al ver su sonrisa satisfecha, Georgiana abrió unos ojos como platos. Estaba segura de que lo había planeado todo. Pero, ¿por qué, por el amor de Dios?

Sin embargo, su anfitrión no le dio oportunidad para formular aquella pregunta. La desafió a una partida de ajedrez, juego del que Georgiana había admitido tener conocimientos, y cuando Dominic acababa de ceder su rey, la señora Landy apareció en la puerta, sonriendo, para acompañar a Georgiana a arreglarse antes de la cena. La preocupación que había invadido a Georgiana le pareció ridícula cuando se vio apoyada por la respetabilidad de aquella dama.

Durante la cena, tuvo un sentimiento de irrealidad. Se sentó a la derecha de Dominic, tan atento con ella que no tuvo ocasión de preguntarse sobre lo adecuado de la situación. La comida estaba deliciosa, y el vino que tomaron estaba fresco y dulce. Hablaron sobre los retratos del padre de Georgiana, hasta que, cuando les hubieron retirado el último plato, Dominic se levantó y le dijo:

—Vamos. Estaremos más cómodos en la sala.

La presencia de Duckett detrás de su silla había calmado su conciencia, un tanto agobiada por las sospechas. Sin embargo, cuando se dio cuenta de que las puertas de la sala se habían cerrado tras ellos y de que estaban solos, se puso muy nerviosa. Cruzó la habitación hacia una butaca que había frente a la chimenea, consciente de que él la seguía muy cerca.

—Georgiana.

Aquella única palabra, pronunciada en el tono más persuasivo, la dejó inmóvil ante la embocadura de mármol. Sabiendo que sería inútil intentar escaparse, Georgiana se dio la vuelta lentamente. Él estaba más cerca de lo que pensaba y, de repente, se vio entre sus brazos, como si fuera una delicada porcelana. Miró hacia arriba y vio que él inclinaba la cabeza para besarla, tan suavemente que la caricia cautivó sus sentidos.

Aquella vez, el beso no terminó, sino que le robó el aliento y el sentido. Su nerviosismo desapareció, eclipsado por el cálido deseo que estaba sintiendo. En respuesta a algún impulso incontrolable, Georgiana le pasó los brazos por el cuello. Entonces, él presionó suavemente hasta que ella separó los labios y el beso se hizo más profundo.

De repente, Georgiana se dio cuenta de la tensión de los músculos que la abrazaban tan ligeramente, del control férreo que Dominic estaba ejerciendo sobre su cuerpo para no apretarla contra él. Entonces, ella se acercó y dejó que su cuerpo descansara contra su pecho.

Dominic se tensó aún más por el esfuerzo de mantener las riendas de su pasión. Levantó la cabeza para mirarla. Sorprendido, percibió en sus ojos marrones el deseo, y sus labios ligeramente separados, como una tentación. La sirena que había atisbado en la biblioteca de Massingham House estaba entre sus brazos. Y todo lo que pudo hacer fue decirle, con la voz ronca:

—Cásate conmigo, Georgiana.

Sus palabras penetraron lentamente en la niebla que había cubierto su cerebro. No tenían sentido. Ya nada tenía sentido. Él ya tenía el Place. Se suponía que aquello no tenía que estar sucediendo. Georgiana hizo caso omiso de lo que le había dicho y, en vez de responder, se apretó más contra su cuerpo y volvió a ofrecerle sus labios.

Dominic no pudo resistirse a su demanda descarada. Volvió a besarla, e intentó con todas sus fuerzas pensar en otra cosa, cualquier cosa antes que en la esbelta figura que se acurrucaba tan tentadoramente contra él. Su plan de cortejarla gentilmente no había tenido en cuenta la posibilidad de semejantes respuestas por parte de Georgiana. Con la remota esperanza de que ella recuperara el sentido común si mantenía sus caricias frustrantemente ligeras, cubrió de suaves besos su cara y sus labios, sin ceder a sus intentos de llevarlo hacia caricias más intensas. Gradualmente, su pasión cedió un poco, lo mínimo como para que él pudiera intentarlo de nuevo.

—¿Georgiana?

—Mmm —ella se movió seductoramente contra él, y le cortó la respiración.

—Cásate conmigo, mi amor. Di sí. Ahora.

—Eh... ¿qué? —de repente, Georgiana enfocó la mirada. Lentamente, empezó a pensar. Entonces, todavía aturdida, negó con la cabeza.

Y para su asombro, notó que él la miraba con los ojos oscurecidos por el deseo pero, al mismo tiempo, despidiendo chispas de ira.

—Espero de veras, mi amor, que no me digas que no vas a casarte conmigo.

Su tono de irritación hizo que Georgiana se recuperara por completo. El calor de sus brazos todavía la rodeaba, haciéndole difícil pensar. Le puso las manos sobre los hombros e intentó salirse de su abrazo, pero él la mantuvo allí, suavemente. Sin embargo, la cárcel era de acero.

—No puedo pensar —dijo ella, protestando en un susurro.

—No pienses —le dijo él, tan cerca que su respiración le acariciaba la mejilla—. Sólo di que sí.

De nuevo, ella sacudió la cabeza, sin atreverse a mirarlo a los ojos. Apoyó la cabeza en su hombro. Sintió que él volvía a atraerla hacia sí, y que su calor la reconfortaba, más que amenazarla. Ridículo, pensó, sentirse tan completamente en paz en brazos de un hombre que no la quería.

—¿Por qué?

La pregunta fue como un murmullo en su cabeza.

—Porque no me quieres —respondió ella.

—¿Qué?

De repente, él la separó de ella, mirándola con incredulidad y estupefacción al mismo tiempo. Cerró los ojos exasperado, y volvió a atraerla hacia sí hasta que tuvo la cabeza apoyada en su hombro de nuevo.

Georgiana se acurrucó contra él, todavía abrumada por sus besos. Deseaba más, pero no se atrevía a tentarlo. Su insistencia en pedirle que se casaran la dejaba confundida. Y sus propias respuestas hacia él la confundían aún más. Qué atrevida se volvía, en sus brazos.

Dominic esperó hasta que hubo recuperado algo de control y mesura, y le preguntó, en un tono perfectamente amable:

—¿No te parece, mi amor, que deberías explicarme por qué crees que no te quiero?

El esfuerzo que requería aquella explicación estaba más allá de las fuerzas de Georgiana. Sin embargo, dudaba que pudiera librarse de su abrazo, y mucho menos de su presencia. Así que, cuando él encontró su oreja con los labios y empezó a acariciársela, invitándola a que se lo contara, ella suspiró y le dijo:

—Tú no me quieres realmente. Sólo dices que me quieres. Te vi cómo besabas a lady Changley una vez. Nunca me has besado así.

Al trasladar aquella idea al lenguaje, no parecía muy racional, pero lo había hecho lo mejor que podía.

Su revelación fue respondida con un silencio. Después de un momento, ella lo miró, y lo encontró observándola con una expresión muy rara.

—¿Quieres decir que por eso me has rechazado durante tanto tiempo? ¿Porque no te he besado igual que besé a lady Changley?

Tenía la voz ahogada. Georgiana lo miró con preocupación. Al ver que ella no le respondía, él la sacudió por los hombros con suavidad. Ella asintió.

Entonces, él soltó un gruñido.

—¡Georgiana!

Ella se vio literalmente barrida hacia él. Dominic la besó sin piedad, hasta que le temblaron las piernas y tuvo que sujetarse a sus hombros para no caer. Y aun así, el beso continuó, exigente y autoritario, devastador. Cuando, finalmente, ella pudo emerger, estaba temblando de pies a cabeza.

—¡Oh!

Fue todo lo que pudo decir. Lo miró, con alegría y amor inundándole los ojos dorados.

Con otro gruñido, sin poder hablar, Dominic enterró la cara entre sus rizos.

—Pero, ¿por qué? —le preguntó Georgiana, asombrada—. Dominic, ¿por qué nunca me habías besado así?

Y aún más asombrada, notó que el pecho de lord Alton retumbaba.

Dominic no podía contener la risa durante más tiempo. Y, aunque su amor luchó entre sus brazos, la mantuvo prisionera hasta que pudo calmarse y fue capaz de responderle con coherencia. Sólo entonces aflojó el abrazo y la miró a la cara.

Tranquilizada al ver su propio amor reflejado en sus ojos azules, que desprendían una pasión y un amor que ella no había reconocido antes, Georgiana esperó pacientemente.

Dominic respiró hondo y buscó las palabras para explicárselo:

—Tengo que decirte que siempre he tenido el máximo cuidado en no exponerte a mi deseo, porque, mi amor, es una creencia muy extendida que las jóvenes inocentes no son... lo suficientemente robustas como para soportar semejantes demostraciones de pasión.

La mirada de incredulidad de su inocente amor casi hizo que él se muriera de risa de nuevo.

—¿Que no pueden soportar...? No, eso no puede ser cierto.

Dominic le estaba acariciando la oreja otra vez.

—Te aseguro que sí —murmuró—. Si yo hubiera besado a alguna de esas jovencitas debutantes como te acabo de besar a ti, siete de diez se habrían desmayado y las otras tres se hubieran mareado.

Georgiana soltó una risita.

Entonces sintió que los brazos que la rodeaban se movían y una mano fuerte la tomó por la barbilla, levantándole la cara para que él pudiera mirarle los ojos. Ella observó que los de él estaban brillantes de un modo que ya había logrado entender.

Dominic sonrió satisfecho. Cuando habló, su voz era ronca y profunda.

—Ya es suficiente. Déjame ver si puedo convencerte de lo irrevocablemente que te quiero.

Entonces sus labios se cerraron sobre los de ella, y Georgiana, dejándose llevar, se entregó a la tarea de todo corazón.

—¡Ejem!

El discreto carraspeo que llegó desde la puerta hizo que Dominic levantara la cabeza.

—¿Qué demonios? —frunciendo el ceño de una forma horrible, se volvió y localizó al intruso—. ¿Duckett?

—Siento interrumpir, milord, pero pensé que querría saber que lady Winsmere acaba de llegar.

—¿Bella? —la incrédula pregunta de Dominic se quedó colgada en el aire, porque Duckett ya se había marchado, dejando la puerta entreabierta.

Con las cejas enarcadas, Dominic miró a la mujer a la que todavía tenía atrapada entre sus brazos.

—Supongo que será mejor que vayamos a ver qué tiene que decirnos tu acompañante.

Georgiana sonrió.

—Me preguntó por qué ha venido.

—Precisamente ésa es mi duda. Será mejor que nos lo explique ella misma.

Con el brazo en la cintura de Georgiana, la condujo hacia la puerta.

Justo cuando salían al vestíbulo, dos lacayos emergían de la oscuridad, entre viento y nieve, y entraban en la casa, llevando a Bella entre ellos. Duckett los seguía inmediatamente detrás, con el abrigo sobre los hombros, lleno de copos de nieve.

En cuanto todo el mundo estuvo dentro, los lacayos cerraron las puertas con dificultad, contra la ventolera y el frío de la noche.

Inmediatamente, Bella se deshizo de la capa y miró a su alrededor. Sus ojos localizaron a Georgiana y a Dominic, apoyados en el quicio de la puerta.

—¡Aquí estáis! ¡De verdad, Georgie, tienes que tener más cuidado! —fue hacia ella, y la abrazó mientras le echaba a su hermano una mirada de censura—. ¡Y tú, precisamente, podrías haber tenido más sentido común!

Intrigado, Dominic les cedió el paso a la sala, mientras se inclinaba ligeramente. Después cerró la puerta tras ellos.

—Y ahora, Bella, explícate. ¿Por qué demonios has salido corriendo de Green Street como una loca?

—¿Como una loca? ¡Dominic Ridgeley! Te atreves a llamarme loca, cuando tú has comprometido a Georgiana trayéndola aquí, sin pensar que iban a empezar las nieves del invierno. Si no me hubiera puesto en camino en cuanto cayó el primer copo, ella habría tenido que pasar la noche aquí contigo, sin acompañante. Yo creía que con toda tu experiencia, verías el peligro exactamente igual que yo.

—Precisamente.

El tono exasperado de Dominic hizo que Bella lo mirara asombrada.

—¿Lo sabías? —completamente confundida, miró a Georgiana, y después a Dominic de nuevo—. No lo entiendo.

Dominic suspiró.

—Antes de que tu llegada nos interrumpiera, estábamos examinando algunas cuestiones sobre nuestro inminente matrimonio. Y como va a ser mi esposa, Georgiana no necesita de los servicios de una acompañante cuando esté conmigo.

—Oh —Bella miró a Georgiana, pero ella estaba mirando a Dominic con una sonrisita extraña.

Mientras, Dominic había ido hacia el timbre para llamar al servicio.

—Sí. Oh. Y, lo que es peor, habrás hecho salir a tu marido con este tiempo tan horrible.

—Pero Arthur no lo sabe —lo interrumpió Bella.

—Lo más seguro es que Arthur no lo supiera cuando saliste de casa, pero después lo habrá averiguado y habrá salido detrás de ti. Y, hablando de tener sentido común, hermanita, en tu estado no deberías salir a dar vueltas por el campo, en medio de una tormenta de nieve.

Bella se quedó con la boca abierta.

—¿Mi estado? ¿Qué quieres...?

—¿Milord?

Dominic se volvió hacia la puerta.

—Ah, señora Landy.

Pero, antes de que pudiera darle alguna instrucción, se oyeron más voces desde el vestíbulo.

Bella se tapó la boca con la mano. La puerta se abrió y entró Arthur. Con sólo verlo, todos se dieron cuenta de que estaba disgustado. Saludó a su cuñado con una leve inclinación de la cabeza y miró a Bella severamente.

—Bella, ¿qué significa esto?

Tendiendo sus pequeñas manos blancas, Bella fue rápidamente hacia su marido.

—Arthur, estás helado —y se apresuró a explicarle—. De verdad, tienes que entenderlo. Si no hubiera venido, Georgiana se habría quedado aquí sola con Dominic.

—Querida, tu hermano es perfectamente capaz de manejar sus propios asuntos. Tú eres asunto mío, y no puedo permitir que atravieses todo el campo en mitad de una tormenta. Y mucho menos, en tu estado.

Por segunda vez aquella noche, Bella se quedó aturdida.

Antes de que pudiera recuperarse, Dominic intervino suavemente.

—Sugiero que vayas arriba con la señora Landy, Bella. Deberías meterte en la cama inmediatamente.

—Exacto —convino Arthur, volviéndose para saludar a la

señora Landy, que todavía estaba en la puerta–. Mi esposa está en estado y necesita descansar.

De repente, Bella recuperó el habla.

–¿Qué quieres decir? Yo no...

–¡Sí, si lo estás! –dijeron las dos voces masculinas al unísono.

Bella parpadeó, y entonces, cayó en la cuenta y sonrió encantada.

–Oh –dijo.

–Arthur –le rogó Dominic, desesperado–. Llévatela, por favor.

Arthur sonrió.

La señora Landy se acercó a Bella para acompañarla.

–Y ahora iremos arriba, señorita Bella, para que se instale cómodamente.

En un minuto, Bella se había marchado sin resistirse.

–Estoy seguro de que Duckett puede organizarte la cena –le dijo Dominic a Arthur.

Arthur asintió.

–Si no te importa, me llevaré una bandeja arriba, con Bella. Pero primero pienso que voy a ir a buscar ese excelente coñac que tienes en la biblioteca –entonces, miró a Georgiana–. Me alegra ver que te has decidido, Georgiana. Tu sitio es éste, querida –y, con una sonrisa y una pequeña inclinación de cabeza para ambos, se marchó.

–Y ahora, ¿dónde estábamos? –preguntó Dominic, mientras abrazaba de nuevo a Georgiana.

Ella lo miró con los ojos llenos de amor y de alegría.

–¿De verdad habías planeado comprometerme?

–Sí –respondió él, asintiendo con solemnidad–. Después de todo, me rogaste que no volviera a pedirte que te casaras conmigo. Si no podía convencerte de otro modo, entonces no me hubiera importado comprometerte desvergonzadamente.

Ella le rodeó de nuevo el cuello con los brazos.

–¿Desvergonzadamente?

Fue la última palabra que Georgiana pronunció durante un largo rato. El sonido de un tronco de la chimenea rompió finalmente el hechizo que los había atrapado.

Dominic levantó la cabeza para asegurarse de que el tronco no se hubiera salido del hogar. Al mirarla de nuevo a la cara, le sorprendió la sonrisa pícara que Georgiana tenía en los labios. Enarcó una ceja interrogativamente.

Entonces, ella dudó, y después le explicó:

—Me estaba acordando de la primera vez que vi el Fragonard —y señaló con la cabeza la obra de arte que estaba colgada encima de la chimenea—. Me pregunté qué tipo de hombre colgaría semejante cuadro a la vista de las visitas.

Él sonrió perversamente.

—El mismo hombre que tiene otros dos Fragonard.

Los ojos dorados de Georgiana le rogaron la invitación.

—¿Te gustaría verlos?

—¡Mmm! Sí —susurró Georgiana, dibujándole con la punta del dedo índice la línea de la mandíbula—. ¿Dónde están?

—Arriba, en mi habitación —dijo él, cubriéndole la cara de besos.

—Ah —dijo Georgiana, mucho más interesada en los besos que en cualquier pintura. Después de un momento, le preguntó—: ¿Y eso tiene mucha importancia?

Con seriedad burlona, Dominic reflexionó antes de responder.

—Se me ocurre, mi amor, que como todavía no has aceptado formalmente mi oferta, semejante excursión sería completamente improcedente.

Georgiana sonrió y lo miró con los ojos entrecerrados.

—¿Y si la aceptara?

Entonces los ojos azules resplandecieron.

—Eso, por supuesto, sería muy diferente.

Se miraron a los ojos, y durante un instante, el tiempo se detuvo. Una sonrisa lenta curvó los labios de Dominic.

—Georgiana, mi amor, ¿vas a casarte conmigo?

Resplandeciente, Georgiana dejó escapar un gritito cuando él la estrechó más entre sus brazos.

—¡Sí! —dijo, riéndose. Y entonces, cuando él se inclinó hacia ella, añadió—: Oh, sí.

Mucho después, acurrucada en su regazo, segura y agradablemente embriagada por los besos y las caricias, Georgiana recordó los cuadros. Lo miró a la cara. Él tenía los ojos cerrados, pero cuando ella se movió, los abrió. Enarcó una ceja interrogativamente.

De repente, sintió timidez. Dejó caer la mirada y empezó a juguetear con los pliegues de la chaqueta de Dominic.

—¿Vas a enseñarme los Fragonard?

Una risa profunda sacudió el pecho de Dominic, y ella se ruborizó. Pero cuando Georgiana volvió a mirarlo, estaba completamente serio.

—Quizá deberías verlos. Sólo para saber con qué clase de hombre vas a casarte.

Dominic sonrió, con una promesa en los labios. El brillo de sus ojos hizo que a Georgiana se le acelerara el corazón.

Unos minutos después, habían salido de la sala y empezaban a subir las escaleras, Georgiana delante. En el primer rellano se encontraron con Duckett, que descendía. Cuando se cruzó con su mayordomo, Dominic se detuvo un instante para murmurarle:

—Recuerde, Duckett, que todo esto es culpa suya.

Duckett no alteró su comportamiento, rígido y correcto. Inclinó la cabeza.

—Muy bien, milord.

Duckett continuó su camino hacia abajo, y se detuvo en el último escalón para escuchar el suave murmullo de las voces de los amantes, cortadas al cerrarse la puerta en el piso de arriba.

Entonces, sonrió.

—Muy bien, milord.

Una esposa a su medida

CAPÍTULO 1

—Treinta y cuatro años, mi querido Hugo, es ya edad de sentar la cabeza.

—¿Eh? —Hugo Satterly abrió sobresaltado un ojo y observó la larguirucha figura elegantemente reclinada en el asiento del carruaje, frente a él—. ¿A qué viene eso?

Philip Augustus Marlowe, séptimo barón Ruthven, no se dignó contestar directamente. Con la mirada fija en el paisaje veraniego que cruzaba la ventanilla del carruaje, comentó:

—Jamás pensé que vería a Jack y a Harry Lester compitiendo por quién va a ser el primero en darle una nueva generación a los Lester.

Hugo se enderezó.

—Qué ocurrencia tan extraña. Jack sugirió hacer apuestas, pero Lucinda lo oyó —Hugo hizo una mueca—. Y el asunto acabó ahí, naturalmente. Lucinda dijo que no estaba dispuesta a que todos las observáramos a Sophie y a ella contando los días. Una verdadera lástima.

Una sonrisa fugaz afloró a los labios de Philip.

—Una mujer extrañamente sensata, Lucinda —al cabo de un momento añadió más para sí mismo que para su amigo—. Y Jack también ha tenido mucha suerte con Sophie.

Volvían de pasar una semana en Lester Hall. Sophie, la

señora de Jack Lester, había presidido los festejos con la ayuda de Lucinda, la flamante esposa de Harry Lester. Ambas estaban discreta pero visiblemente embarazadas y parecían radiantes. La desbordante alegría que llenaba la casa había contagiado a todo el mundo.

Pero la semana había tocado inevitablemente a su fin, y Philip era consciente de que, pese a la atmósfera serena y ordenada que reinaba en el hogar de sus antepasados, no había allí calor ni promesa de futuro que lo aguardara. La idea de que había invitado a Hugo, un soltero recalcitrante al que lo unían largos años de amistad, con el único propósito de distraerse, de apartar sus pensamientos del desolador camino que veía abrirse ante sí, le rondaba vagamente por la cabeza, pese a que procuraba ignorarla.

Cambió de postura y siguió mirando con empecinamiento los campos en flor mientras escuchaba el tableteo sostenido de los cascos de los caballos. Hugo, sin embargo, sacó a relucir la cuestión sin ambages.

—Bueno, supongo que tú serás el siguiente —Hugo apoyó los hombros en el cojín del asiento y miró los campos con serenidad imperturbable—. Imagino que por eso estás tan melancólico.

Philip entornó los ojos y los fijó en el semblante inocente de Hugo.

—Rendirse a los lazos del matrimonio, meterse a sabiendas en la ratonera, no resulta precisamente un pensamiento agradable.

—A mí ni siquiera se me pasa por la cabeza.

La expresión de Philip se tornó agria. Hugo disponía de rentas propias y sólo tenía parientes lejanos, de modo que no necesitaba casarse. El caso de Philip era muy distinto.

—No entiendo por qué te lo tomas tan a pecho —Hugo miró al otro lado del carruaje—. Supongo que tu madrastra estará encantada de hacer desfilar ante ti a toda una fila de jovencitas casaderas. Lo único que tienes que hacer es echarles un vistazo y elegir.

—Estoy seguro de que a Henrietta le encantaría echarme una mano en eso. Sin embargo —continuó Philip con tono acerado—, si se equivocara al elegir a las candidatas, sería yo y no ella quien sufriera las consecuencias. Para toda la vida. No, gracias. Si estoy abocado a cometer un error que puede arruinarme la vida, prefiero que sea por mi culpa.

Hugo se encogió de hombros.

—En ese caso, tendrás que elaborar tu propia lista de candidatas. Échales un vistazo a las debutantes, infórmate acerca de sus orígenes, asegúrate de que saben hablar y no sólo reírse como bobas, y de que no sonríen afectadamente cuando se llevan a los labios la taza del desayuno —arrugó la nariz—. Ardua tarea.

—Y deprimente —Philip apartó la mirada del paisaje una vez más.

—Es una lástima que las mujeres como Lucinda y Sophie no abunden.

—Sí, desde luego —dijo Philip con aspereza y, para alivio suyo, Hugo captó la indirecta y se recostó de nuevo, dispuesto a dormitar un rato.

El carruaje continuó su avance, traqueteando. Philip permitió de mala gana que su probable porvenir tomara forma ante sus ojos e intentó imaginar su vida junto a una dama de la alta sociedad. Aquella imagen no resultaba muy atractiva. Disgustado, procuró disiparla y se puso a meditar sobre las cualidades que exigiría a su futura esposa.

Lealtad, razonable ingenio, un grado aceptable de belleza... todo eso era fácil de definir. Pero había algo más nebuloso que Jack y Harry Lester habían hallado y a lo que Philip no acertaba a ponerle nombre.

Ese ingrediente esencial seguía mostrándose evasivo cuando el carruaje enfiló la amplia avenida que llevaba a Ruthven Manor. Enclavada en una bella depresión de las llanuras de Sussex, la casa era una elegante mansión georgiana levantada sobre los restos de antiguos palacios. El sol, todavía alto, alargaba sus dedos dorados para acariciar las pálidas piedras de la casa; sus rayos extraviados atravesaban los árboles cercanos, refulgían en las grandes y diáfanas ventanas e inundaban de luz las enredaderas que suavizaban los austeros muros del edificio.

Su hogar... Aquella idea resonaba en la cabeza de Philip cuando descendió del carruaje y sintió cómo crujía la grava del patio bajo sus botas. Miró hacia atrás para asegurarse de que Hugo se estaba apeando y echó a andar hacia la escalinata. Mientras se acercaba, las puertas se abrieron de par en par. Fenton, el mayordomo de la casa desde que Philip tenía uso de razón, esperaba junto a ellas, tieso como un palo pero sonriente.

—Bienvenido a casa, milord —Fenton se hizo cargo de su sombrero y sus guantes.

—Gracias, Fenton —Philip señaló a Hugo cuando éste entró en la casa—. El señor Satterly va a quedarse unos días.

Hugo visitaba con frecuencia la casa. Fenton hizo una reverencia y recogió su sombrero.

—Haré que preparen su habitación de siempre, señor.

Hugo sonrió amablemente. Philip paseó un momento la mirada por el vestíbulo y se volvió hacia Fenton.

—¿Qué tal se encuentra la señora?

En el piso de arriba, parada en lo alto de la enorme escalera, con la cabeza ladeada para aguzar el oído, Antonia Mannering llegó a la conclusión de que la voz de Philip era más grave de lo que recordaba. Respiró hondo, cerró los ojos un instante para darse ánimos, los abrió y empezó a bajar las escaleras con paso vivo. Sin precipitación, para que no la tildaran de bulliciosa, pero sí lo bastante rápido como para parecer ajena a la llegada de Philip y Hugo. Llegó al descansillo y comenzó a bajar el último tramo de escaleras con los ojos fijos en los peldaños y una mano levemente apoyada sobre la barandilla.

—Fenton, la señora quiere que Trant suba lo antes posible —sólo entonces se permitió levantar la mirada—. ¡Oh! —su exclamación, perfectamente calculada, contenía la combinación justa de sorpresa y embarazo. Había practicado durante horas. Aminoró el paso y luego se detuvo, pasmada. Al final, no le hizo falta fingir para abrir los ojos de par en par y quedarse boquiabierta.

La escena que tenía ante sus ojos no era exactamente la que había imaginado. Philip estaba allí, desde luego. Se había dado la vuelta y la estaba mirando con las cejas arqueadas. Sus ojos grises sólo reflejaban una amable sorpresa. Antonia estudió velozmente sus rasgos: la frente amplia, los ojos de pesados párpados, la nariz enérgica y aristocrática, los labios finamente dibujados sobre un mentón firme y resuelto. No había nada en su semblante, vagamente distante, que hiciera palpitar con furia su corazón. Y, sin embargo, su pulso emprendió el galope, y su respiración quedó en suspenso un instante. Un extraño nerviosismo se apoderó de ella.

Él apartó la mirada de su cara y la posó sobre su cuerpo.

Antonia tomó aire y, aturdida, se fijó en la atlética complexión de Philip. Éste se encogió elegantemente de hombros y su gabán se deslizó hasta los brazos de Fenton, que aguardaban para recogerlo. La levita que quedó entonces al descubierto era de un gris discreto, pero de tan distinguida hechura que ni siquiera ella podía dudar de su origen. Su pelo castaño se ondulaba en elegante desorden; su corbata era un haz de pliegues precisos, sujetos por un alfiler de oro. Los pantalones de suave gamuza se ceñían a sus largas piernas, subrayando los recios músculos de sus muslos antes de desaparecer bajo las botas cuidadosamente bruñidas.

Antonia tomó aire otra vez y volvió a fijar la mirada en el rostro de Philip. En ese preciso instante, él levantó la vista y se topó con sus ojos. Frunciendo el ceño, le sostuvo la mirada. Luego miró su pelo y volvió a posar los ojos en su cara. Su ceño se desarrugó, y su semblante adquirió una expresión de evidente estupor.

—¿Antonia?

Philip notó el eco de la perplejidad en su propia voz. Se maldijo para sus adentros y procuró recuperar su habitual aire de indolencia, a lo cual no lo ayudó la fugaz sonrisa que le lanzó Antonia Mannering antes de recogerse las faldas y bajar los últimos peldaños de la escalera. Se quedó clavado al suelo mientras Antonia se deslizaba hacia él. Su mente giraba intentando casar sus recuerdos con la mujer bellísima, de sereno rostro en forma de corazón, que en ese momento cruzaba el vestíbulo de su casa envuelta en un vestido de muselina con ramos y cuya figura Philip clasificó sin vacilar como ejemplar.

La última vez que había visto a Antonia Mannering, ella tenía dieciséis años y era flaca y desgarbada, aunque agraciada. Ahora se movía como una sílfide y sus pies apenas parecían tocar el suelo. Philip la recordaba como una bocanada de aire fresco que cada verano llevaba a Ruthven Manor risas prontas, francas sonrisas y una amistad insaciable e imperiosa. Sus labios mostraban ahora una fácil sonrisa, pero la expresión de sus ojos era reservada. Mientras la observaba, ella le tendió la mano y la curva de sus labios se hizo más amplia.

—Sí, milord. Han pasado muchos años desde la última vez que nos vimos. Les ruego me disculpen —Antonia señaló vagamente la escalera—. No sabía que habían llegado —sonrió serenamente y lo miró a los ojos—. Bienvenidos a casa.

Sintiéndose como si Harry Lester acabara de propinarle un gancho directo a la mandíbula, Philip estrechó la mano de Antonia. Los dedos de ella temblaron e, instintivamente, Philip los apretó con más fuerza y bajó la mirada hacia sus labios, cuyas curvas deliciosas atraían irresistiblemente sus ojos. Se obligó a levantar la vista y de pronto se halló perdido en una neblina verde y oro. Por fin consiguió liberarse y alzó la mirada hacia sus hermosos rizos rubios.

—Te has cortado el pelo —su voz reflejaba aturdimiento y desilusión.

Antonia parpadeó, sorprendida, y se llevó indecisa la mano libre a los rizos que colgaban sobre una de sus orejas.

—No, sigue aquí, sólo que... recogido.

Los labios de Philip formaron en silencio un «ah». La extraña mirada que le lanzó Antonia, y el carraspeo de Hugo, lo hicieron volver en sí bruscamente. Reprimiendo el impulso de soltarle las horquillas para asegurarse de que su rubia cabellera seguía siendo tal y como la recordaba, tomó aliento y le soltó la mano.

–Permíteme presentarte al señor Satterly, un buen amigo. Hugo, la señorita Mannering, la sobrina de mi madrastra –el amable saludo de Hugo y la cordial respuesta de Antonia, desprovista de afectación, le dieron tiempo para rehacerse y, cuando Antonia se dio la vuelta, logró lanzarle una sonrisa cortés–. Supongo que al fin te has rendido a las súplicas de Henrietta.

Antonia lo miró abiertamente a los ojos.

–Llevaba un año rogándome que viniera. Creo que ya era hora de hacerle una visita.

Philip refrenó las ganas de sonreír, entusiasmado, y se conformó con decir:

–Es un honor para mi humilde casa, y un placer, verte entre estas paredes de nuevo. Espero que tengas previsto quedarte una larga temporada. Tenerte aquí sin duda tranquilizará a Henrietta.

Los labios de Antonia se curvaron en una sonrisa sutil.

–En cualquier caso, la duración de mi visita depende de muchas cosas –sostuvo la mirada de Philip un instante y luego se volvió hacia Hugo con una sonrisa–. Pero los tengo aquí de pie... Mi tía está descansando en este momento –Antonia miró a Philip–. ¿Quieren tomar el té en el salón?

Philip vislumbró tras ella la expresión alarmada de Hugo.

–Eh... creo que no –sonrió a Antonia con indolencia–. Me temo que Hugo necesita un refrigerio más enérgico.

Antonia alzó las cejas y lo miró a los ojos. Luego sus labios se curvaron y un irresistible hoyuelo apareció en una de las comisuras de su boca.

–¿Cerveza en la biblioteca?

Philip esbozó una sonrisa. Mirándola a los ojos, inclinó la cabeza.

—Está claro, Antonia, que la edad no ha embotado tu ingenio.

Ella arqueó una ceja delicada, pero sus ojos siguieron sonriendo.

—Me temo que no, milord —inclinó la cabeza hacia Fenton—. Cerveza en la biblioteca para el señor y el señor Satterly, Fenton.

—Sí, señorita —Fenton hizo una reverencia y se alejó.

Antonia volvió a mirar a Philip y sonrió con calma.

—Voy a decirle a la tía Henrietta que han llegado. Acaba de despertarse de su siesta. Estoy segura de que estará encantada de recibirlos dentro de media hora, más o menos. Y, ahora, si me disculpan...

Philip inclinó la cabeza. Hugo ejecutó una elegante reverencia.

—Será un placer verla en la cena, señorita Mannering.

Philip le lanzó una mirada afilada, pero Hugo, que le estaba devolviendo la sonrisa a Antonia, no lo notó. Antonia volvió a mirarlo a los ojos un instante antes de darse la vuelta y alejarse. Philip la vio cruzar el vestíbulo y subir las escaleras contoneando levemente las caderas. Hugo se aclaró la garganta.

—¿Qué hay de esa cerveza?

Philip se sobresaltó. Frunciendo el ceño, indicó la puerta de la biblioteca.

Cuando alcanzó la puerta de su alcoba, Antonia había conseguido recuperar el aliento. No había imaginado que su pequeña farsa requiriera tanto esfuerzo. Sentía todavía un nudo en el estómago, y su corazón no había recuperado aún el ritmo natural de sus latidos.

Frunció el ceño y abrió la puerta. Las ventanas estaban abiertas de par en par y una suave brisa agitaba las cortinas. Los olores del verano impregnaban el aire: hierba verde y rosas, y un atisbo de lavanda procedente de los parterres del jardín italiano. Antonia apoyó las manos en el alféizar de la ventana, se inclinó hacia delante y respiró hondo.

—¡Vaya! ¡Pero si ése es tu vestido de muselina nuevo! —Antonia se giró y vio a Nell, su doncella, parada delante de la puerta abierta del armario. Flaca y angulosa, con el pelo gris recogido en un prieto moño, Nell estaba colocando sus camisas y sus enaguas. Acabada su tarea, se volvió y, poniendo los brazos en jarras, observó a Antonia—. Creía que lo reservabas para una ocasión especial.

Antonia esbozó una sonrisa traviesa, se encogió de hombros y se giró hacia la ventana.

—He decidido ponérmelo hoy.

—¿Ah, sí? —Nell achicó los ojos, recogió un montón de pañuelos y empezó a ordenarlos—. ¿Era el señor el que acaba de llegar?

—Sí, era Ruthven —Antonia se apoyó contra el quicio de la ventana—. Ha traído a un amigo. Un tal señor Satterly.

—¿Sólo uno?

El tono de Nell se había vuelto receloso. Antonia sonrió.

—Sí. Estarán en la cena. Tengo que decidir qué me pongo.

Nell soltó un bufido.

—No creo que te cueste mucho. Si vas a cenar con caballeros de Londres, sólo puedes ponerte el vestido de tafetán rosa o el de seda con junquillos.

—El de seda, entonces. Y quiero que me arregles el pelo.

—Claro —Nell cerró las puertas del armario—. Será mejor que vaya abajo a echar una mano, pero volveré luego para ponerte guapa.

—Mmm —Antonia apoyó la cabeza contra el marco de la ventana.

Nell refrenó un bufido y se dirigió a la puerta. Con la mano en el picaporte, se detuvo y miró con afecto la figura apoyada en la ventana. Antonia no se movió. Nell entornó los ojos y sus rasgos se suavizaron.

—¿He de advertirle al señorito Geoffrey que se presente en el comedor dispuesto a comportarse civilizadamente?

La pregunta sacó a Antonia de su ensimismamiento.
—¡Cielos, sí! Me había olvidado de Geoffrey.
—Sería la primera vez —masculló Nell.
Antonia frunció el ceño y no le hizo caso.
—Asegúrate de que no aparezca con la nariz metida en un libro.
—Se lo dejaré bien claro —Nell asintió con la cabeza y salió.
Cuando la puerta se cerró, Antonia se volvió de nuevo hacia el jardín y dejó que la belleza del parque impregnara sus sentidos. Le encantaba Ruthven Manor. Volver había sido como regresar a casa. En cierto modo, de manera instintiva, su lugar había estado siempre allí, entre las suaves colinas de Sussex, coronadas por árboles tan antiguos que se alzaban como inmensos centinelas alrededor de la casa, y no en Mannering Park. Esos sentimientos, y su afecto por Henrietta, habían influido en su decisión.

Dado que Geoffrey estaba a punto de presentarse en sociedad, era ya hora de que ella hiciera lo mismo. A los veinticuatro años, sus expectativas eran escasas. Y lord Philip Ruthven no había elegido aún esposa.

Antonia hizo una mueca, recordando su extraño nerviosismo. No había sitio en sus planes para desfallecimientos. Esa tarde había dado el primer paso. Le resultaba ya inevitable desempeñar su papel. Jamás se perdonaría si al menos no lo intentaba.

De pronto recordó su promesa de avisar a su tía y se sacudió el aturdimiento. Se miró en el espejo y empezó a atusarse los rizos, pero se detuvo al recordar con qué fijeza la había mirado Philip. Sus labios se curvaron. Casi como si se hubiera quedado boquiabierto. Dadas las circunstancias, aquél era un indicio muy esperanzador.

Aferrándose a aquella idea, Antonia se dirigió a las habitaciones de su tía.

Abajo, en la biblioteca, y tras apurar una jarra de excelente cerveza, Hugo quiso satisfacer su curiosidad.

—Mannering, Mannering... —musitó, y miró a Philip enarcando una ceja—. No consigo situar a la familia.

Arrancado bruscamente de sus pensamientos mientras recordaba los labios más tentadores que había visto nunca, Philip dejó a un lado su jarra vacía.

—Yorkshire.

—Ah, eso lo explica todo —Hugo asintió con la cabeza—. Los bárbaros del norte.

—No es para tanto —Philip se recostó en el asiento—. Según tengo entendido, Mannering Park es una finca de cierta importancia.

—¿Y qué hace aquí su damisela?

—Es la sobrina de Henrietta. Su padre era el único hermano de mi madrastra. Lady Mannering y ella solían venir de visita todos los veranos —Philip vio de nuevo a aquella muchacha de largas trenzas, sentada a horcajadas sobre el caballo favorito de su padre—. Dejaban a Antonia aquí mientras se iban a hacer sus visitas de verano. Siempre andaba por aquí —riendo y parloteando, pero sin resultar nunca irritante.

Philip era diez años mayor que ella, pero su diferencia de edad nunca había arredrado a Antonia. Él la había visto pasar de ser una niña encantadoramente precoz a ser una muchacha de extraordinario ingenio. Ahora tenía que acostumbrarse a su nueva transformación.

—Dejaron de venir cuando murió su padre —hizo una pausa—. De eso hará ocho años. Tengo entendido que desde entonces lady Mannering se sentía demasiado cansada para afrontar el ajetreo de la vida social. Henrietta le tenía, y le tiene, mucho cariño a Antonia. Siempre la invitaba, pero por lo visto lady Mannering no podía prescindir de su hija.

Hugo alzó las cejas.

—Así que ¿la señorita Mannering ha logrado al fin escapar de las garras de su madre?

Philip meneó la cabeza.

—Lady Mannering murió hará un año. Henrietta renovó sus esfuerzos con gran empeño, pero, si no recuerdo mal, se quejaba de que Antonia estaba decidida a quedarse en Mannering Park para cuidar de su hermano menor —Philip frunció el ceño—. Ahora mismo no recuerdo cuántos años tiene él. Ni siquiera me acuerdo de su nombre.

—Sea como fuere, parece que ella ha cambiado de idea.

—Conociendo a Antonia, lo dudo. A no ser que haya cambiado mucho, claro —al cabo de un momento, Philip añadió—: Puede que su hermano se haya ido a Oxford.

Hugo suspiró mientras observaba la expresión distraída de su amigo.

—Lamento resultar tan obvio, pero aquí hay un misterio, por si no lo has notado.

Philip lo miró, extrañado.

—¿Un misterio?

—¿Tú has visto a la dama? —Hugo se incorporó y se puso a gesticular—. Es guapa como ella sola. No es una cría, pero tampoco es vieja. Y es de ésas que harían pararse en seco a un batallón de pretendientes. Y, sin embargo, por lo visto está soltera —recostándose en su sillón, Hugo sacudió la cabeza—. No tiene sentido. Si es de tan buena cuna y está tan bien relacionada como dices, tendría que haberse casado hace años —luego, como si de pronto lo asaltara una idea, preguntó—: En el norte hay caballeros, ¿no?

Philip alzó las cejas lentamente.

—Seguro que sí... y no serán todos ciegos —pasaron unos minutos durante los cuales ambos sopesaron una situación que, conforme a su experiencia, constituía todo un enigma—. Sí, es un poco raro, desde luego —dijo al fin Philip—. Dados los hechos que acabas de exponer con tanta elocuencia, sólo puedo concluir que tú y yo, querido Hugo, somos los primeros que han visto a la señorita Mannering en muchos años.

Los ojos de Hugo se fueron agrandando lentamente.

—¿No estarás sugiriendo que su madre la ha tenido encerrada todo este tiempo?

—Encerrada, no, pero casi. Mannering Park está muy aislado y, según creo, lady Mannering se había convertido en una especie de reclusa –Philip descruzó las piernas y se levantó con expresión ilegible. Bajándose las mangas, miró a Hugo–. Creo que debería ir a saludar a Henrietta. En cuanto al estado de la señorita Mannering, sospecho que pronto descubriremos que es consecuencia directa de la reclusión de su madre.

Lady Henrietta Ruthven lo expresó con mayor vehemencia.

–Una auténtica lástima, si quieres mi opinión. ¡No! –levantó mano, y su papada sonrosada tembló de indignación–. Sé que no se debe hablar mal de los muertos, pero Araminta Mannering descuidó imperdonablemente a la pobre Antonia.

Estaban en el cuarto de estar de Henrietta, una acogedora estancia llena de flores y cojines bordados con ramos. Henrietta ocupaba su sillón favorito junto a la chimenea. Philip permanecía en pie delante de ella, con un brazo extendido lánguidamente sobre la repisa de la chimenea. Al fondo de la habitación, Trant, la doncella de Henrietta, cosía industriosamente con la cabeza gacha y el oído aguzado.

Henrietta alzó sus desvaídos ojos azules, momentáneamente iluminados por la ira, y continuó:

–Si no hubiera sido por los buenos oficios de las demás señoras del pueblo, esa pobre chiquilla habría crecido sin la más leve idea de los modales propios de una dama –Henrietta se ahuecó los chales con expresión airada–. En cuanto a concertar un enlace conveniente... me duele decirlo, pero estoy convencida de que Araminta no tenía la más remota intención de casar a su hija.

Con el ceño fruncido, Henrietta parecía un búho enojado. Philip intentó tranquilizarla.

–He visto a Antonia al llegar. Parecía muy segura de sí misma, como siempre.

—¡Faltaría más! —Henrietta le lanzó una mirada desdeñosa—. Esa muchacha no es una melindrosa de ésas que se desmayan a la primera de cambio. Araminta dejó la dirección de esa enorme y vieja casa sobre sus hombros. Naturalmente, Antonia sabe recibir a las visitas y hacer de anfitriona. Lleva años haciéndolo. Y no sólo eso. También tenía que ocuparse de la finca y de Geoffrey. Es un milagro que no se haya encorvado bajo el peso de tantas responsabilidades.

Philip alzó una ceja.

—Sus hombros parecen haber aguantado admirablemente bien esa carga.

—¡Bah! —Henrietta le lanzó una mirada y se hundió un poco más en el sillón—. Sea como sea, no está bien. La pobre niña debió salir de allí hace años —guardó silencio un momento mientras jugueteaba con una cinta y luego alzó la mirada hacia Philip—. No sé si lo sabes, pero nosotros nos ofrecimos a llevarla a Londres para presentarla en sociedad. Tu padre insistía en ello. Ya sabes que siempre tuvo debilidad por Antonia.

Philip asintió con la cabeza, consciente de que su tía estaba en lo cierto. Incluso cuando, a los doce años, Antonia había cometido la insensatez de ensillar el mejor caballo de caza de su padre y se había llevado al nervioso animal a dar un largo paseo por el parque, el señor, tan asombrado como los demás, había alabado su osadía en lugar de darle una azotaina. Lord Horace Ruthven nunca había disimulado la admiración que sentía por la franqueza y el aplomo de Antonia, admiración que Philip siempre había compartido.

—Incluso se lo suplicamos a Araminta, pero no quiso ni oír hablar del asunto —la mirada de Henrietta se volvió fría—. Estaba claro que creía que el papel de Antonia consistía en servirle de enfermera y ama de llaves. Estaba empeñada en que la muchacha no tuviera ninguna oportunidad —Philip no dijo nada—. En cualquier caso —prosiguió su madrastra con firmeza—, ahora que está aquí, estoy decidida a hacer todo lo posible por ella —alzó la cabeza y fijó en Philip una mirada retadora—. Pienso llevármela a Londres.

Philip se sintió sacudido un instante, pero no entendió por qué fuerza. Recuperando de inmediato su habitual aplomo, alzó las cejas.

—¿De veras? —Henrietta asintió con la cabeza. Siguió una pausa que Philip consiguió romper con cierta indecisión—. ¿Puedo preguntarte si tienes algún... —hizo un gesto vago— algún otro plan?

Una sonrisa beatífica arrugó el rostro de Henrietta.

—Pienso encontrarle un buen marido, por supuesto.

Philip se quedó inmóvil un instante con expresión impasible. Luego bajó los ojos.

—Por supuesto —hizo una elegante reverencia y, cuando se incorporó, su expresión era tan cortés como su tono—. Hugo Satterly está abajo. Debo regresar con él. Si me disculpas...

Sólo cuando la puerta se hubo cerrado tras él y oyó los pasos de Philip alejarse por el pasillo, Henrietta dejó escapar una risita alegre.

—No es mal comienzo, aunque esté mal que yo lo diga.

Trant se acercó para ahuecarle los cojines de la espalda y enderezarle los chales.

—Parece que ya se han conocido.

—Sí, ¡qué buena suerte! —Henrietta sonrió radiante—. Creo advertir la mano del destino en ese encuentro.

—Puede que sí, pero la verdad es que él no parece muy impresionado. No eche aún las campanas al vuelo —Trant llevaba con su señora desde el matrimonio de ésta con el difunto lord Ruthven, y había visto desfilar ante sus ojos a suficientes jóvenes aspirantes al papel de esposas del joven lord Ruthven como para albergar ciertas reservas acerca de la susceptibilidad de Philip—. No quiero que se disguste usted si las cosas no salen bien.

—¡Tonterías, Trant! —Henrietta se volvió para mirar a su doncella—. Si hay algo que he aprendido tras dieciséis años observando a Philip, es que nunca hay que fiarse de sus reacciones. Estoy persuadida de que tiene los nervios tan templados por el hastío, que aunque sufriera una auténtica conmoción, apenas levantaría una ceja. De Philip no pueden esperarse apasionados discursos, ni alocadas declaraciones, de eso puedes estar segura. Pero, en cualquier caso, estoy decidida, Trant.

—Ya lo veo.

—Decidida a que ese lánguido y hastiado hijastro mío muerda el polvo por Antonia Mannering —Henrietta golpeó el brazo del sillón con vehemencia y luego se giró para mirar a Trant, que se había retirado al poyete de la ventana—. Tienes que admitir que Antonia tiene todo lo que Ruthven necesita.

Trant asintió con la cabeza sin levantar la vista de su labor.

—Todo lo que necesita y más, eso no voy a negárselo. La hemos visto crecer y sabemos de dónde viene. Buenos huesos, buena cuna y todas las virtudes que uno pueda desear.

—Exacto —los ojos de Henrietta brillaron—. Es justo lo que Philip necesita. Lo único que hace falta es que él se dé cuenta. No debería ser muy difícil. No es tan bobo.

—Eso es lo que me preocupa, si quiere que le diga mi opinión —Trant cortó un hilo y metió la mano en su cesta—. A pesar de ese aire soñoliento que tiene, es un joven muy despierto. Si se huele sus planes, puede que se escape. No tanto porque no le guste la chica como por no dejarse persuadir, si entiende la señora lo que quiero decir.

Henrietta hizo una mueca.

—Sí, te entiendo. Todavía recuerdo lo que pasó cuando invité a la señorita Locksby y a su familia una semana y les prometí que Philip estaría aquí... ¿te acuerdas? —se estremeció—. Philip echó un vistazo a la madre de la señorita Locksby y en ese preciso instante recordó que tenía un compromiso anterior en Belvoir. ¡Qué vergüenza! Me pasé toda la semana intentando arreglarlo —Henrietta suspiró—. Y lo peor de todo fue que, después de esa semana, tuve que dar gracias al cielo porque no se casara con la señorita Locksby. No podría haber soportado tener a su madre por pariente –Trant contuvo la risa y se le escapó un bufido–. Sí, bueno –Henrietta se ahuecó los chales–. Puedes estar segura de que tengo muy presente que debemos actuar con pies de plomo. Y no sólo por Philip. Te advierto, Trant, que si Antonia se entera de esto, es posible que... que... bueno, por lo menos que se muestre poco complaciente.

Trant asintió con la cabeza.

–Sí. A ella le gusta tan poco como al señor que le pongan el yugo.

–Exacto. Pero, le guste o no, creo que es mi deber, Trant. Como he dicho antes, yo no soy quién para criticar a Philip, pero en este asunto en particular opino que está dejando que su natural indolencia lo lleve a descuidar sus obligaciones para con su nombre y su linaje. Ha de casarse y tener descendencia. Tiene treinta y cuatro años y nunca ha dado muestras de sucumbir a las flechas de Cupido –declaró–. Admito que lo mejor sería que se mostrara sensible a los encantos de Antonia, pero no podemos cimentar nuestros planes sobre improbabilidades. ¡No! Debemos hacer lo que podamos, con mucho tacto, eso sí, para unirlos. Antonia es ahora responsabilidad mía, piense ella lo que piense. Y en cuanto a Philip... –Henrietta hizo una pausa y posó una mano sobre su amplio pecho–, considero mi deber sagrado hacia su difunto padre verlo casado como es debido.

CAPÍTULO 2

A la seis en punto, Philip estaba ya retocándose la corbata ante el espejo situado sobre la repisa de la chimenea del salón. Era costumbre de la casa reunirse allí media hora antes de la cena. Henrietta, sin embargo, rara vez bajaba antes de que apareciera Fenton.

Philip se fijó en su reflejo e hizo una mueca. Bajó las manos y observó la habitación. No encontrando distracción alguna, se puso a pasear.

De pronto sonó la cerradura de la puerta. Philip se detuvo y se enderezó, sintiendo una punzada de expectación. Un instante después, un muchacho entró tímidamente en la habitación y se quedó parado al verlo.

—Eh... ¿cómo está?

—Creo que ésa era mi frase —Philip reparó en sus grandes ojos castaños y en su abundante cabellera rubia—. ¿El hermano de Antonia?

El joven se sonrojó.

—Usted debe de ser Ruthven —se sonrojó aún más cuando Philip asintió con la cabeza—. Lo siento... O sea, sí, soy Geoffrey Mannering. Me alojo aquí, ¿sabe? —el chico le tendió la mano y luego, en un paroxismo de timidez, estuvo a punto de retirarla.

Philip resolvió el problema estrechándosela con firmeza.

—No lo sabía —dijo, soltando la mano de Geoffrey—. Pero, ahora que lo pienso, debería haberlo imaginado —observó la cara del chico y alzó una ceja—. Supongo que tu hermana quería tenerte bajo sus alas.

Geoffrey hizo una mueca.

—Exacto —miró a Philip a los ojos y volvió a sonrojarse—. Aunque quizá Antonia tenga razón. Seguramente no habría hecho nada si me hubiera quedado solo en Mannering Park.

Philip rebajó rápidamente su estimación de la edad de Geoffrey y elevó la de su inteligencia. El chico tenía la misma tez marfileña que Antonia, casi inmaculada por el sol, lo cual resultaba extraño a su edad.

—¿Has vuelto de la universidad para pasar las vacaciones de verano?

El chico volvió a sonrojarse, pero de satisfacción.

—En realidad, todavía no me he ido. Empiezo este curso.

—¿Ya te han admitido?

Geoffrey asintió con la cabeza, orgulloso.

—Sí. Y menudo revuelo se armó. Sólo tengo dieciséis años, ¿sabe?

Los labios de Geoffrey se curvaron.

—No esperaba menos de un Mannering.

Geoffrey, que estaba observando la levita de Philip, asintió distraídamente.

—Me parece que no me recuerda, pero estuve aquí hace años, cuando mis padres nos dejaban a Antonia y a mí con Henrietta. Claro, que casi siempre estaba en la habitación de los niños... y, cuando no, estaba con Henrietta. Entonces mi tía solía ser muy... maternal, ¿sabe?

Philip apoyó un brazo sobre la repisa de la chimenea y esbozó una sonrisa irónica.

—Pues sí, da la casualidad de que lo sé. Y no sabes lo agradecido que os estaba por ofrecerle a Henrietta un modo de encauzar sus entusiasmos maternales. Le tengo muchísimo cariño, pero dudo seriamente que nuestra relación fuera tan cordial si se hubiera visto obligada a ejercitar su vocación conmigo en lugar de con otros objetos más... adecuados.

Geoffrey miró a Philip pensativamente.

—Pero usted debía de ser casi... casi un adulto cuando Henrietta se casó con su padre.

—Tampoco era un anciano. Tenía dieciocho años. Y si crees que vas a librarte de las atenciones maternales de Henrietta sólo porque hayas cumplido dieciséis años, estás muy equivocado.

—Eso ya lo sé —Geoffrey hizo una mueca de fastidio y se dio la vuelta; agarró una figurita y empezó a darle vueltas en las manos—. A veces —dijo en voz baja—, pienso que siempre seré un niño a sus ojos.

Philip se quitó un hilito de la manga de la levita.

—Yo no me preocuparía por eso, si fuera tú —su tono era franco, de hombre a hombre—. Sólo quedan unas semanas para que te dejen marchar.

Los rasgos expresivos de Geoffrey se contrajeron.

—Eso es, justamente. No puedo creer que vayan a hacerlo. Nunca me han dejado ir a ninguna parte solo —su frente de nubló—. Mamá no quería ni oír hablar de mandarme a la escuela. Siempre he estudiado con preceptores.

La puerta se abrió, interrumpiendo su *tête à tête*. Philip se enderezó al ver entrar a Antonia. Geoffrey lo notó y, dejando la figurita, hizo lo propio.

—Buenas noches, Antonia.

Philip la miró mientras se acercaba, ataviada con un vestido de seda amarilla que se ceñía a sus curvas y luego caía suelto, ocultando y desvelando a un tiempo su atrayente figura. Sus rizos dorados caían en prolífica confusión alrededor de su bella cabeza. Su expresión era franca, y sus ojos castaños tenían, como siempre, una mirada directa.

—Milord —Antonia inclinó la cabeza con elegancia y miró a su hermano—. Geoffrey —su sonrisa serena se disipó ligeramente—. Ya veo que os habéis presentado —Antonia deseó para sus adentros que Geoffrey no hubiera desarrollado una de sus animadversiones instantáneas, algo que solía ocurrirle cuando se hallaba en presencia de otros caballeros.

Philip le devolvió la sonrisa.

—Estábamos hablando de las aventuras que le esperan a Geoffrey ahora que va a ingresar en la universidad.

—¿Aventuras? —Antonia parpadeó, y miró sucesivamente a Geoffrey y a Philip.

—Sí, aventuras —contestó Philip—. O así, al menos, era cuando yo estudiaba. Y dudo que las cosas hayan cambiado. Grandes dramas, grandes francachelas, la vida en sus más variadas formas. Toda la experiencia necesaria para que un joven caballero ponga firmemente los pies en el camino hacia la flema mundana.

Antonia abrió los ojos de par en par.

—¿La flema mundana?

—El *savoir faire*, la habilidad de sentirse a gusto en cualquier compañía, el conocimiento con que enfrentarse al mundo... —Philip hizo una amplio gesto y la observó con curiosidad—. ¿Cómo imaginas, si no, que los caballeros como yo aprendemos a ser como somos, querida mía?

Antonia tenía las palabras en la punta de la lengua, pero consiguió tragárselas.

—Creo —contestó con toda la severidad que logró reunir, a pesar de que la mirada burlona de Philip le causaba un extraño cosquilleo en el estómago— que Geoffrey estará demasiado ocupado con sus estudios.

La puerta se abrió de nuevo y entró Henrietta, seguida de cerca por Hugo. Al volverse hacia su tía, Antonia sorprendió una fugaz expresión de fastidio en el rostro de Philip. Antes de que pudiera preguntarse a qué se debía, Fenton entró para anunciar que la cena estaba servida.

—Creo que es a mí a quien le corresponde el honor.

Antonia se volvió y vio que Philip le ofrecía el brazo. Al mirar hacia atrás, vio que Henrietta iba del brazo del señor Satterly y que ambos parecían enfrascados en su conversación. Apoyó con ademán regio la mano sobre la manga de Philip y dijo:

—Como guste, milord.

Philip suspiró.

—Ah, lo que es ser señor en la propia casa...

Antonia tensó los labios, pero no contestó. Juntos se dirigieron al comedor. Philip se sentó a la cabecera de la mesa y Henrietta al otro lado, flanqueada por Hugo Satterly y Geoffrey. Con una sonrisa sutil, Philip dejó a Antonia junto a la silla contigua a la de Geoffrey y más cercana a la suya.

La conversación recayó al principio en generalidades. Hugo relató una sucesión de chismorreos. Philip, que ya los había oído todos, escuchaba distraídamente mientras su madrastra, ávida de habladurías, acribillaba a Hugo con preguntas. Entre tanto, Geoffrey, ansioso por conocer el mundo en el que iba a ingresar, escuchaba con atención las sabrosas respuestas de Hugo.

Con una leve sonrisa, Philip se removió en la silla y miró a Antonia.

—Tengo entendido, por lo que me ha dicho Henrietta, que has vivido muy retirada estos últimos ocho años.

Antonia lo miró a los ojos fijamente, muy seria, y se encogió de hombros ligeramente.

—Mi madre no estaba bien de salud. Apenas había tiempo para frivolidades. Aunque, naturalmente, en cuanto tuve edad, las señoras de los alrededores empezaron a invitarme a sus fiestas —apartó la mirada cuando Fenton le retiró el plato de la sopa—. Y a sus reuniones en Harrogate.

—Harrogate —Philip mantuvo una expresión impasible. Era como si la hubieran enterrado viva. Philip esperó hasta que Fenton colocó el siguiente plato ante ellos antes de aventurar—: Pero supongo que tu madre recibía algunas visitas.

Antonia probó un pedacito de rodaballo cubierto de densa salsa de mollejas y sacudió la cabeza.

—Después de la muerte de mi padre, no. Teníamos visitas, claro está, pero cuando llegaban las señoras, mi madre por lo general no se encontraba lo bastante bien como para bajar a saludarlas.

—Entiendo.

Antonia le lanzó una rápida mirada.

—No crea que he estado languideciendo y soñando con una vida más alegre. Estaba muy ocupada llevando la casa y la finca. Mi madre no se sentía con fuerzas para ocuparse de esos asuntos. Y luego estaba Geoffrey, claro. Mamá tenía miedo de que enfermara, cosa que, por supuesto, nunca ocurría. Pero ella estaba convencida de que había heredado su constitución. Y nadie podía convencerla de lo contrario.

Philip miró más allá de Antonia. Geoffrey estaba absorto en la conversación que se desarrollaba al otro lado de la mesa.

—Hablando de Geoffrey, ¿cómo conseguíais preceptores para que le dieran clase? Parece un muchacho muy despierto.

Los ojos de Antonia brillaron alegremente.

—Sí, desde luego. A los nueve años, ya aventajaba al vicario.

Siguió entonces un animado catálogo de los logros de Geoffrey, salpicado liberalmente con anécdotas acerca de travesuras, catástrofes y sencillos placeres campestres. Philip comprendió muy pronto la clase de vida que había llevado Antonia y, a medida que ésta le relataba su historia, fue reparando en que el vicario aparecía muy a menudo. En cierto momento dejó a un lado el tenedor y tomó su copa de vino.

—Parece que ese vicario se tomaba sus deberes muy a pecho.

Antonia sonrió con ternura.

—Sí, desde luego. El señor Smothingham siempre fue un gran apoyo. Es un auténtico caballero —dejando escapar un leve suspiro, concentró su atención en la compota de grosellas que Fenton había puesto ante ella.

Philip empezó a preguntarse cómo era posible que sintiera una antipatía tan intensa por un vicario al que ni siquiera conocía y que sin duda era perfectamente inocente. Se aclaró la garganta.

—Henrietta me ha dicho que está pensando en ir a la ciudad a pasar la Pequeña Estación.

—Sí —Antonia le lanzó una mirada de soslayo mientras saboreaba la compota—. Me ha invitado a acompañarla. Espero que no lo desapruebe.

—¿Desaprobarlo? —Philip se obligó a abrir los ojos de par en par—. En absoluto —agarró su cuchara y la hundió en la espumosa compota—. En realidad, me alegra saber que contará con tu compañía.

Antonia sonrió y siguió saboreando el postre. Philip, en cambio, apartó el suyo y tomó de nuevo su copa de vino. Bebió un largo trago sin dejar de mirar a Antonia.

—¿Debo entender que estás deseando tomar Londres por asalto?

Ella le lanzó otra mirada franca.

—No sé —sus labios se curvaron suavemente—. ¿Cree usted que me resultará divertido?

Philip fijó la mirada en sus labios sin darse cuenta y vio que la punta de su lengua trazaba su contorno, dejándolos brillantes. Respiró hondo con expresión impasible y alzó los ojos despacio hacia la mirada fija de Antonia.

—En cuanto a eso, querida mía, no me atrevería a aventurar un pronóstico.

Philip sólo había mencionado la intención que tenía Henrietta de ir a Londres para asegurarse de que Antonia estaba de acuerdo con los planes de su madrastra. Sus motivos, pensó, eran enteramente altruistas. Henrietta podía ser todo un buque de batalla cuando se empeñaba en algo. Y, a menos que hubiera malinterpretado los indicios, estaba decidida a buscarle marido a Antonia.

—No me apetece jugar al billar —Philip apuró su oporto, se levantó y se alisó la levita—. Unámonos a las damas, ¿de acuerdo?

Geoffrey, al que por primera vez habían permitido quedarse a tomar el oporto con los caballeros, no vio nada extraño en aquella sugerencia. Hugo, que no era tan inocente, miró a Philip con perplejidad. Éste hizo caso omiso y se dirigió al salón sin decir nada. Henrietta, por su parte, no mostró señal alguna de sorpresa al verlos aparecer. Sentada en su diván, alzó la mirada de su labor de agua y sonrió con benevolencia.

—Estupendo, justo lo que necesitamos. Anda, Geoffrey, canta un dueto con Antonia.

Henrietta señaló el pianoforte colocado frente a los ventanales abiertos a la terraza. Antonia estaba sentada ante el instrumento, con los dedos posados sobre las teclas. Una sutil melodía permanecía suspendida en la suave brisa nocturna.

Geoffrey inclinó la cabeza obedientemente y se acercó a su hermana. Antonia sonrió e, interrumpiendo su melodía, recogió las partituras que descansaban al borde del piano. Philip siguió a Geoffrey con su habitual indolencia. Hugo observó la pequeña procesión, se encogió de hombros y fue tras él.

—Probemos con ésta, ¿de acuerdo? —Antonia colocó una partitura sobre el atril.

Geoffrey observó el pentagrama y asintió con la cabeza. Philip se situó junto al enorme piano de modo que pudiera observar el rostro de Antonia. Cuando sus dedos comenzaron a recorrer las teclas y las primeras notas de una antigua balada llenaron la habitación, ella levantó los ojos y se encontró con su mirada. Una leve sonrisa tocó sus labios. Luego bajó los ojos y siguió tocando.

Geoffrey y ella cantaron al unísono. La voz de tenor de Geoffrey parecía ondular alrededor de la voz más madura de su hermana. Antonia cantó sola un pasaje; Philip cerró los ojos un instante y escuchó la música de su voz. Aquélla no era ya la voz ligera de una niña que él recordaba, sino una voz de contralto más intensa y cálida, dotada de una leve aspereza. La voz de Geoffrey se mezcló de nuevo con la de ella y Philip abrió los ojos. Notó que Antonia miraba a Geoffrey y que ambos se lanzaban a cantar la última estrofa. Cuando las últimas notas se apagaron, Philip, Henrietta y Hugo rompieron a aplaudir enérgicamente.

Geoffrey se sonrojó y dio las gracias quitándose importancia. Antonia se volvió hacia Philip y lo miró fijamente. Curvó los labios y arqueó una ceja.

—¿Se anima, milord?

Philip advirtió al menos dos significados en su pregunta. Ignoraba si había un tercero. Él inclinó lánguidamente la cabeza y se enderezó. Rodeó el piano y apoyó la mano sobre el hombro de Geoffrey.

—Tras este despliegue de maestría, temo que mis escasos talentos sean una decepción para todos, pero si encuentras una balada sencilla, haré lo que pueda —se situó a la espalda de Antonia y Hugo ocupó su lugar junto al piano.

Antonia sonrió y comenzó a tocar una sencilla balada campestre. La enérgica voz de barítono de Philip siguió con facilidad la cadencia cambiante de la melodía. Al acabar ésta, Henrietta aplaudió con vehemencia, sonriendo, y los invitó a tomar el té. Antonia se giró en el taburete y se encontró a Philip a su lado. Levantó deliberadamente los ojos y se topó con su mirada. A pesar de la alegre expresión de Philip, sus ojos grises parecían enturbiados. Ella levantó una ceja lentamente y vio cómo la línea cincelada de sus labios se extendía en una sonrisa. Él le tendió la mano.

—¿Té, querida?

—Desde luego, milord —Antonia levantó la barbilla, posó los dedos en la palma de su mano y sintió cómo se cerraba ésta sobre la suya. Un extraño escalofrío le recorrió el brazo y descendió por su espina dorsal. Se levantó y juntos cruzaron la habitación hasta el lugar donde Henrietta estaba sirviendo el té.

Antonia aceptó una taza con estudiada calma, pero no mostró intención de apartarse del lado de su tía. Sentía un extraño hormigueo nervioso. Su corazón palpitaba erráticamente. Aquella inesperada susceptibilidad no le parecía buena señal. Nunca antes se había sentido tan turbada, y confiaba en que aquella sensación se disipara rápidamente.

Para alivio suyo, Henrietta se puso a parlotear de banalidades, ayudada por Hugo Satterly. Geoffrey, que ya se había bebido su té, se acercó de nuevo al piano. Antonia, por su parte, procuró calmarse mientras bebía despacio. Philip la observaba desde detrás de su lánguida máscara.

—Philip —Henrietta se volvió hacia él—, quería consultarte tan pronto volvieras qué te parecería que diéramos una fiesta para nuestros vecinos. Hace años que no damos una. Y, ahora que Antonia está aquí y puede ayudarme, creo que deberíamos aprovechar la ocasión.

Philip alzó una ceja.

—¿De veras? —preguntó con reticencia.

Henrietta asintió con vehemencia.

—A fin de cuentas, es nuestro deber. Había pensado en un gran baile. Músicos, valses, la parafernalia completa.

—Ah —el tono de Philip parecía cada vez más distante. Intercambió una mirada con Hugo.

—Sí —Henrietta frunció el ceño y luego hizo una mueca—. Pero Antonia me hizo notar que, después de tanto tiempo, debíamos organizar también algo para nuestros arrendatarios —Philip miró a Antonia, que seguía bebiendo a sorbitos su té, con los ojos bajos—. No puedo dejar pasar esta oportunidad, Philip. Y, además, creo que la idea de mi querida Antonia es excelente —cruzó las manos sobre el regazo y asintió con determinación.

—¿Y cuál —preguntó Philip con tono deliberadamente indiferente— es la idea de Antonia?

—Pues una fiesta campestre, ¿no te lo he dicho? —Henrietta lo miró con los ojos muy abiertos—. Una idea sumamente inspirada, como sin duda habrás de reconocer. Podemos disponerlo todo en los prados del jardín. Juegos de raqueta, carreras, tiro con arco, un guiñol para los niños..., ya sabes cómo son esas cosas. Podemos colocar la comida y la cerveza en caballetes para los arrendatarios y agasajar a nuestros vecinos en la terraza —Henrietta hizo un amplio gesto—. Una tarde entera en la que todo el mundo podrá divertirse. Creo que deberíamos prepararlo todo para la semana que viene, antes de que cambie el tiempo, pero, naturalmente, tú tienes que estar presente. ¿Digamos el próximo sábado, dentro de una semana?

Philip sostuvo la mirada inquisitiva de su tía con expresión vacía. Una fiesta campestre era infinitamente preferible a un baile... pero ¿a qué precio? Una visión de hordas de granjeros deambulando con sus esposas por los prados del jardín cruzó su mente. Ya podía oír los chillidos de los niños y el alboroto que se produciría cuando, inevitablemente, alguno de los pequeños se cayera al lago. Pero peor que todo eso era imaginar a la bandada de jovencitas bobaliconas con las que tendría que mostrarse amable de grado o por fuerza.

—Naturalmente, yo ayudaré en todo lo que pueda.

La voz suave de Antonia lo sacó de sus cavilaciones. La miró un instante y luego, levantando lentamente una ceja, se volvió hacia Henrietta.

—Admito que celebrar una fiesta así te dejaría exhausta.

Henrietta sonrió, triunfante.

—No tienes que preocuparte por mí. Antonia puede ocupar mi lugar casi todo el tiempo. Estoy deseando sentarme en la terraza con las otras viudas y contemplarlo todo desde una lugar convenientemente elevado.

—Ya me lo imagino —contestó Philip secamente, y posó su mirada en Antonia—. Pero será una carga muy pesada para ti.

Antonia levantó la barbilla y le lanzó una mirada altiva.

—Creo que pronto descubrirá, milord, que no me canso fácilmente. He celebrado reuniones semejantes en Mannering durante años. No creo que me cueste trabajo alguno organizar la fiesta de mi tía.

Philip la miró con escepticismo y los ojos de Antonia centellearon.

—Entiendo.

—Bien —Henrietta golpeó el suelo con su bastón—. Así que hoy es sábado. Enviaremos las invitaciones mañana.

Philip parpadeó y notó que Hugo parecía vagamente asombrado. Respiró hondo, vaciló y al fin inclinó la cabeza.

—Muy bien.

Al enderezarse, miró fijamente a Antonia. Ella alzó las cejas levemente y luego extendió la mano hacia la taza vacía de Philip. Éste entornó los ojos y se la dio.

—Pienso tomarte la palabra.

Ella le dedicó una sonrisa luminosa y confiada y luego se alejó para recoger el carrito del té. Philip reprimió un bufido y, al girarse, encontró a Hugo a su lado.

—Creo que voy a ir a reunirme con Geoffrey —Hugo se encogió de hombros—. Por si no lo has notado, aquí el ambiente resulta un tanto sofocante.

La hierba estaba aún cubierta de rocío cuando Antonia se dirigió a los establos a la mañana siguiente. Los paseos a caballo por la mañana eran un placer de años pasados, y el regreso de Philip había revivido gratos recuerdos.

Al entrar en el establo se detuvo y dejó que sus ojos se fueran acostumbrando a la penumbra. Poniéndose de puntillas, miró las lustrosas grupas para asegurarse de que el caballo castaño que Martin, el jefe de mozos, le había dicho que era el favorito de Philip, seguía en su caballeriza.

—Veo que sigues siendo una intrépida amazona.

Antonia sofocó un gemido de sorpresa y se dio la vuelta. Sus faldas de terciopelo rozaron las botas de Philip. Éste estaba tan cerca que Antonia tuvo que alzar la cabeza para mirarlo, sujetándose el sombrero de montar con la mano.

—No te había oído —dijo casi sin aliento.

—Ya lo he notado. Parecías absorta buscando algo —Philip le sostuvo la mirada—. ¿Qué estabas buscando?

Antonia se quedó en blanco un momento, pero al fin contestó exasperada:

—Estaba buscando a Martin —se giró para escudriñar de nuevo el establo y luego le lanzó una mirada de reojo a Philip—. Quería que me ensillara un caballo.

Philip apretó la mandíbula. Vaciló un instante y luego preguntó:

—¿Qué caballo has estado montando?

—Aún no he salido a montar —Antonia se recogió las faldas y echó a andar por el pasillo, mirando las caballerizas.

Philip la siguió.

—Elige el que quieras —dijo él.

—Gracias —Antonia se detuvo ante una caballeriza que albergaba a un potro ruano, huesudo y nervioso, que parecía estar siempre malhumorado—. Éste, creo.

Tratándose de cualquier otra mujer, Philip se habría negado de inmediato. Pero, en lugar de hacerlo, se limitó a soltar un resoplido y echó a andar hacia el cuarto de los arreos. Regresó con una silla, brida y riendas y encontró a Antonia haciéndole carantoñas al enorme animal. El potro parecía tan dócil como la más maternal de las yeguas. Philip sofocó otro bufido y abrió la puerta de la caballeriza. Ensilló al potro lanzándole de vez en cuando miradas a Antonia, que seguía acariciando a la bestia. Como si notara su mirada, ella alzó los ojos. Philip clavó un codo en el costado del ruano y ajustó la cincha.

—Espera mientras ensillo a Pegaso.

Antonia asintió con la cabeza.

—Voy a sacarlo al patio.

Philip la miró mientras sacaba al potro y luego regresó al cuarto de arreos. Estaba de regreso, cargado con los arreos de su caballo, cuando oyó resonar pasos apresurados en el empedrado del patio. Frunció el ceño y apoyó la silla en la puerta de la caballeriza. Sabía que Hugo estaría aún profundamente dormido, así que ¿quién...?

—¡Hola! Siento llegar un poco tarde —Geoffrey lo saludó con la mano y se dirigió al cuarto de arreos. Al pasar a su lado, le lanzó una sonrisa—. Sabía que salía a montar temprano. No lo entretendré —dijo, y desapareció en el cuarto de arreos.

Philip refrenó un gruñido de fastidio y apoyó la cabeza en el flanco bruñido de su caballo. Cuando se enderezó y se dio la vuelta, se topó con la mirada fija de Pegaso.

—Por lo menos tú no puedes reírte —masculló secamente.

Cuando salió del establo, Antonia había encontrado ya el escabel para montar y se había encaramado al ruano, con el que estaba dando vueltas por el patio. Philip apretó los dientes y montó. Un minuto después, Geoffrey se reunió con ellos, llevando de la brida a un caballo gris.

—¿Éste os parece bien? —preguntó, mirando primero a Philip y luego a Antonia.

Philip asintió con la cabeza.

—Sí, está bien. Vámonos.

Partieron de inmediato, y la veloz carrera logró restaurar el buen humor de Philip. Éste llevaba la delantera, pero el ruano le sostenía el paso, a su derecha. Geoffrey iba detrás. Hacía años, ocho por lo menos, que Philip no disfrutaba de una cabalgada semejante. Al saltar una cerca, le bastó mirar un instante hacia atrás para convencerse de que Antonia no había perdido facultades. Y Geoffrey era casi tan buen jinete como ella.

Por fin tiraron de las riendas al llegar a una loma despejada, a varios kilómetros de la casa. Philip volvió grupas y dejó escapar un profundo suspiro. Sus ojos se encontraron con los de Antonia, y ambos sonrieron. Philip, que se sentía exultante, vio que ella levantaba la cabeza y sonreía al cielo.

—¡Qué maravilla! —dijo Antonia, bajando de nuevo la mirada hacia él.

Dieron unas vueltas lentamente mientras recuperaban el aliento y sus monturas se aquietaban. Philip contempló los campos de los alrededores, aprovechando aquel momento para refrescar su memoria. Antonia parecía estar haciendo lo mismo.

—Esa arboleda —dijo, señalando un bosquecillo, a su derecha— acababan de plantarla la última vez que vine aquí.

Los árboles, abedules en su mayor parte, tenían varios metros de alto y alargaban sus dedos hacia el cielo.

—Este bruto todavía está fresco —Geoffrey hizo volver grupas a su caballo—. Por allí parece haber unas ruinas —señaló hacia el este con la cabeza—. Voy a ver si lo canso dándole una carrera —miró a Philip y alzó una ceja.

Philip asintió con la cabeza.

—Nosotros volveremos por el vado. Puedes reunirte con nosotros al otro lado.

Geoffrey divisó el arroyo y el vado, asintió con la cabeza y partió al galope. Antonio lo miró cruzar los campos con una sonrisa cariñosa en los labios. Luego suspiró y se volvió hacia Philip.

—No sabe cuánto me alegra comprobar que mi hermano no ha perdido facultades.

Philip alzó las cejas mientras emprendían el descenso.

—¿Por qué iba a perderlas?

Antonia, que se mantenía a su paso, esbozó una sonrisa y se encogió levemente de hombros.

—Ocho años es mucho tiempo.

Philip parpadeó.

—¿Es que en casa no soléis montar?

Antonia alzó la mirada, sorprendida.

—Creía que lo sabía —al ver que Philip la miraba desconcertado, explicó—: Mi padre murió en un accidente de caza. Justo después, mi madre vendió sus caballos. Sólo se quedó con dos bestias de tiro para el carruaje.

Philip mantuvo los ojos fijos al frente y preguntó con cautela:

—Así que, desde que estuvisteis aquí por última vez, ¿no habéis podido montar a caballo?

El mero hecho de expresar aquella idea en voz alta lo

puso furioso. Para Antonia, montar a caballo había sido siempre una inmensa dicha. ¿Qué clase de madre le habría negado ese placer? Su opinión sobre lady Mannering, que nunca había sido muy elevada, cayó en picado.

Antonia movió la cabeza de un lado a otro.

—A mí no me importaba mucho, pero el pobre Geoffrey... Bueno, ya sabe lo importante que son esas cosas para un joven caballero.

Philip se obligó a callar. No quería reabrir viejas heridas. Cuando alcanzaron terreno llano, intentó aligerar la conversación.

—Geoffrey ha tenido excelentes maestros, a fin de cuentas. Tu padre y tú.

Ella esbozó una rápida sonrisa.

—Muchos dirían que yo no soy un buen ejemplo, montando como monto.

—Sólo porque te envidian.

Antonia se echó a reír. Su risa sonó cálida, levemente áspera, y Philip pensó que nunca antes había oído aquel sonido. Fijó los ojos en sus labios, en la columna de su blanca garganta. Su caballo se sacudió y Philip tensó instintivamente las riendas.

—Vamos, galopemos un poco. O Geoffrey se cansará de esperar.

Cabalgaron el uno al lado del otro, velozmente pero con prudencia. Geoffrey se reunió con ellos en el vado. Volvieron grupas y regresaron al trote los tres juntos. Cuando entraron en el patio del establo, hacía menos de una hora que se habían ido. Philip y Geoffrey descabalgaron y éste último se llevó los caballos. Antes de que Antonia pudiera recobrar el aliento, Philip le rodeó la cintura con las manos, la levantó como si fuera una niña y la bajó del caballo. Antonia sintió que el rubor teñía sus mejillas y tuvo que hacer un esfuerzo para mirarlo a los ojos.

—Gracias, milord.

Philip bajó la mirada hacia ella.

—El placer, querida, es enteramente mío —vaciló y luego la soltó—. Pero ¿te importaría tutearme y dejar de llamarme «milord»? —su tono, levemente ácido, se suavizó—. Antes me llamabas Philip.

Todavía jadeante, Antonia intentó rehacerse. Frunció el ceño, alzó la mirada y se encontró con sus ojos grises.

—Eso fue antes de que heredaras el título —ladeó la cabeza, pensativa—. Ahora que eres barón, debería llamarte Ruthven, como todo el mundo.

Él le sostuvo la mirada y, por un instante, Antonia creyó que iba a llevarle la contraria. Entonces las comisuras de sus labios se curvaron. Bajó los párpados e inclinó la cabeza con aparente aquiescencia.

—El desayuno espera —Philip hizo una elegante reverencia y le ofreció el brazo—. Vamos, antes de que Geoffrey se lo coma todo.

CAPÍTULO 3

—Ah, me preguntaba quién estaba atacando mis rosales.

Antonia, que estaba cortando un escaramujo, se sobresaltó y, girándose un poco, miró con reproche a Philip, que estaba bajando la escalinata.

—Sus rosales, milord, están en grana —dijo, y cortó con decisión una flor marchita.

Se había pasado la mañana escribiendo invitaciones para la fiesta campestre. En el silencio de la tarde, mientras Henrietta echaba la siesta, había salido a los jardines. Tras su paseo a caballo esa mañana, no esperaba ver a Philip hasta la hora de la cena. Philip echó a andar tras ella, sonriendo con languidez.

—Henrietta me dijo que la estabas aliviando de trabajo encargándote de la casa. ¿He de suponer que piensas ocuparte personalmente de todo lo que esté en grana por aquí?

Antonia se quedó paralizada cuando se disponía a arrancar una rosa medio abierta. Notaba la mirada de Philip, que se había detenido a medio metro de ella, fija en su cara. Tomó aire discretamente, levantó la vista y lo miró a los ojos.

—En lo que a mis intereses personales respecta, sospecho que eso depende del asunto de que se trate. Pero —añadió, girándose para cortar limpiamente la rosa—, en lo que se refiere al jardín, pienso hablar con el jardinero jefe inmediatamente —dejó la rosa en la cesta que llevaba colgada del brazo y levantó los ojos—. Espero que no desapruebes mi... —ejecutó un gesto grácil— impertinencia.

La sonrisa de Philip se hizo más amplia.

—Mi querida Antonia, si llevar la casa puede tacharse de impertinencia, por mí puedes ser todo lo impertinente que quieras. Lo cierto es —continuó, alzando una ceja mientras escudriñaba su cara— que me resulta sumamente reconfortante verte tan atareada.

Antonia lo miró a los ojos un instante y, luego, inclinando levemente la cabeza, dio media vuelta y echó a andar por el camino. ¿Reconfortante? ¿Tal vez porque veía en tales acciones la prueba de sus capacidades como esposa? ¿O porque de ese modo ella podía hacer más cómoda aún su ya mullida existencia?

—El diseño de este jardín es extraño —dijo, y al mirar atrás lo vio caminando lentamente tras ella—. Parece una mezcla de estilos clásicos y modernos.

Philip asintió con la cabeza.

—El hecho de que el río y el lago estén tan lejos de la casa hacía imposible construir grandes fuentes. Capability Brown se lo tomó como un reto —miró a Antonia a los ojos—. Un reto que no pudo resistir.

—¿De veras? —Antonia se detuvo junto a un macizo de rosas blancas y se maldijo para sus adentros al sentir que de pronto le faltaba el aire—. Pues, en mi opinión, logró transformar los ingredientes crudos en un auténtico triunfo de la belleza. Las vistas son preciosas —dejó a un lado la cesta, se agachó sobre el macizo y cortó dos tersas rosas blancas.

Tras ella, Philip miró extasiado su trasero. Antonia cambió de postura y se enderezó. Philip desvió rápidamente la mirada hacia la hilera de coníferas que bordeaba el foso del jardín.

—Sí —logró decir. Antonia le lanzó una mirada recelosa. Él volvió a sonreír—. ¿Has pasado por el camino de las peonías?

—Hace un par de días que no voy por allí.
—Ven, acompáñame allí. Siempre es un paseo agradable.
Antonia vaciló un instante, pero al fin decidió aceptar su ofrecimiento. Subieron las escaleras del foso y torcieron por un estrecho caminito bordeado de setos, a ambos lados del cual se extendían lechos de peonías de todos los colores. El camino se extendía como un riachuelo, describiendo suaves meandros. Aquí y allá crecían arbolitos exóticos.

Caminaron en silencio, parándose de vez en cuando para admirar las extravagantes formaciones florales. Antonia se detuvo para examinar los capullos de una planta de largo tallo. Philip observó un instante su rostro.

Le resultaba, por un lado, tan conocida y, por otro tan distinta... Casi se había acostumbrado ya al cambio de su voz, a aquella leve aspereza que le parecía tan encantadora. Sus ojos, una compleja mezcolanza de verdes y oros, no habían cambiado, pero su mirada, aunque todavía franca, parecía más firme y profunda que antes. El resto se había transformado por completo. Ahora había serenidad donde antes había juvenil hedonismo, y una gracia elegante había sustituido a la desmadejada precipitación propia de una muchacha.

La mirada de Philip acarició su cabello, que relucía, dorado, al sol. Sabía que seguía siendo tan largo y denso como recordaba. Las curvas que llenaban su vestido de muselina, en cambio, eran por completo nuevas... y turbadoras. Ocho años antes, la cabeza de Antonia le llegaba apenas a los hombros y, sin embargo, cuando ella se giró, Philip descubrió que sus labios quedaban al nivel de la frente de la joven. Bajó la mirada y observó sus ojos, agrandados y un tanto temerosos. Su olor a rosas, a madreselva y a algo que no logró identificar, lo envolvía por completo.

Antonia contuvo el aliento. Incapaz de apartar los ojos de los de Philip, se quedó parada delante de él, sintiéndose como un canario que mirara a un gato.

Philip retrocedió suavemente.

—Casi es la hora del almuerzo. Tal vez deberíamos regresar —sus párpados velaron lánguidamente sus ojos, y señaló con la mano el camino que llevaba a la casa.

Antonia expelió lentamente el aire y levantó la mirada hacia el cielo. El corazón le latía con fuerza.

—Sí —buscando un tema de conversación, preguntó—: ¿Cómo es que has salido al jardín?

Philip siguió mirando fijamente hacia delante con expresión vacía mientras consideraba si debía decirle la verdad. Por fin, al ver a lo lejos que Geoffrey volvía de los establos, decidió no hacerlo.

—Quería preguntarte si Geoffrey sabe conducir un coche de caballos. Después de lo que me has dicho sobre estos últimos años, imagino que le ha faltado el ejemplo de un hombre. ¿Quieres que le enseñe? —al bajar la mirada, vio que una expresión singular cruzaba fugazmente el semblante de Antonia.

—Oh, sí —contestó ella—. Si lo haces, te ganarás su eterna gratitud. Y la mía.

—Saldré con él, entonces.

Antonia asintió con la cabeza y bajó los ojos. Caminaron juntos hacia la casa. Philip, que seguía preguntándose por aquella extraña expresión, le lanzó una mirada de soslayo y sonrió lentamente. Compuso después una expresión pensativa y dijo:

—La verdad es que he de confesar que nunca le he enseñado nada a un muchacho. Quizás dado que tú eres incuestionablemente una soberbia amazona, debería enseñarte a conducir a ti.

Antonia alzó la cabeza y fijó en él una mirada clara y directa.

—¿Lo harías?

Philip logró reprimir una sonrisa.

—Si te apetece...

—Creía... —Antonia frunció el ceño—. Tenía entendido que no está bien visto que las damas conduzcan.

—Sólo se les permite conducir en determinadas circunstancias y únicamente si saben manejar las riendas, claro está —se detuvo al pie de la escalinata de la terraza y se volvió para mirarla—. Pero, en todo caso, es perfectamente admisible que una dama conduzca una calesa o un faetón en el campo.

Antonia alzó una ceja.

—¿Y en la ciudad?

Philip frunció el ceño.

—Mi querida Antonia, si crees que te dejaría llevar mis caballos a Hyde Park, estás muy equivocada.

Antonia alzó la barbilla.

—¿Qué coche llevas en Londres?

—Un faetón de pescante alto. Olvídalo —le advirtió suavemente—. Te dejaré llevar mi calesa, pero sólo aquí.

Antonia alzó las cejas altivamente y empezó a subir los escalones.

—Pero cuando lleguemos a Londres...

—Quién sabe —dijo Philip—. Puede que te vuelvas melindrosa.

—¡Melindrosa...! —Antonia se giró hacia él, pero Philip la agarró del codo y la empujó suavemente hacia el saloncito donde Henrietta estaba sentada, haciendo ganchillo.

—Cada cosa a su tiempo, querida —le susurró al oído—. Vamos a ver qué tal manejas las riendas antes de que empuñes el látigo.

El comentario de Philip hizo, naturalmente, que Antonia se hallara dispuesta a todo cuando, la tarde siguiente, Philip la montó en su calesa. Decidida a que nada, ni siquiera él, la distrajera de la lección, Antonia procuró sacudirse su ridículo azoramiento y sujetó cuidadosamente las riendas.

—Así no —Philip se montó a su lado y, quitándole las riendas, le mostró cómo debía sujetarlas. Luego dejó las cintas de cuero en sus manos y, al sentir a través de los guantes su contacto, Antonia apretó la mandíbula y frunció el ceño. Philip lo notó. Se recostó en el asiento y apoyó un brazo sobre el respaldo—. Hoy iremos despacio. No te estarás arrepintiendo, ¿verdad?

Antonia le lanzó una mirada altiva.

—Desde luego que no. ¿Y ahora qué?

—Arrea a los caballos.

Antonia sacudió las riendas y los dos caballos grises arrancaron de golpe. Ella sofocó un grito. Philip la rodeó con el brazo y posó la otra mano sobre las de ella. La calesa enfiló traqueteando el camino a toda velocidad. Siguieron unos instantes de confusión. Cuando al fin logró controlar a los caballos y éstos aminoraron el paso, Antonia se sentía más aturdida que en toda su vida. Lanzó a Philip una mirada feroz, pero no se atrevió a desasirse del recio brazo que la sujetaba. Y, pese a su deseo de decirle lo que pensaba de sus mañas, se sentía ridículamente agradecida porque él no se hubiera adueñado de las riendas y la hubiera dejado vérselas a solas con los caballos de pura sangre.

Tardó varios minutos en atreverse a girar la cabeza para enfrentarse a la mirada desapasionada de Philip.

—¿Y ahora? —notó que él tensaba los labios.

—Sigue adelante. Seguiremos los caminos hasta que te sientas más segura.

Antonia levantó la nariz y fijó su atención en los caballos. Tenía, tal y como le había dicho, cierta experiencia conduciendo una carroza. Pero guiar a un pesado caballo de tiro no era lo mismo que guiar a un par de inquietos purasangres. Al principio, la tarea requirió de toda su atención. Sólo cuando estuvo segura de que los caballos respondían a sus órdenes, se permitió relajarse un poco.

Fue entonces, sin embargo, cuando se dio cuenta de la situación en que se hallaba. Philip la estaba rodeando con el brazo sin apretarla. Aunque seguía vigilante, permanecía recostado en el asiento, a su lado, contemplando vagamente los campos. Se hallaban en un camino bordeado de setos que seguía el contorno de una suave loma. Más allá de los campos verde esmeralda se vislumbraban bosques lejanos, huertos y riachuelos flanqueados por sauces.

Antonia, sin embargo, no veía nada de todo aquello. Estaba absorta pensando en el contacto del recio muslo que se apretaba contra el suyo. Respiró hondo y sintió que sus pechos se henchían, erizados, contra la fina tela de su camisa. De haber llevado corsé, habría pensado que la apretaba demasiado. Como no lo llevaba, sólo podía haber una razón que explicara aquel extraño sofoco: se trataba de la misma emoción que la había asaltado nada más ver a Philip en el vestíbulo de Ruthven Manor. Entonces lo había achacado a los nervios. Ahora, sin embargo, pensó que se debía al recuerdo del enamoramiento que había sentido por Philip durante años y que estaba convencida se desvanecería en cuanto se hallara de nuevo ante él. Pero, muy al contrario, su reencuentro había transformado aquel enamoramiento en... ¿qué?

Sintió un escalofrío e intentó en vano sofocarlo. Philip lo notó y la observó con mirada penetrante. Ella tenía la mirada fija en las orejas del caballo.

—He estado pensando en... Geoffrey —dijo él.

—¿Ah, sí?

—Me estaba preguntando si, teniendo en cuenta su edad, no sería aconsejable retrasar un poco su marcha a Oxford. No ha visto mucho mundo. Creo que le sentará bien pasar una temporada en Londres.

Antonia frunció el ceño con la mirada fija en el camino. Tras doblar la siguiente curva, contestó:

—A mí me parece bien —hizo una mueca y miró un momento a Philip—. Pero no sé si él querrá. Es muy aficionado a los libros. ¿Y cómo vamos a convencerlo, si el tiempo que pierda en Londres retrasará sus estudios?

Philip esbozó una sonrisa.

—Eso déjamelo a mí —Antonia le lanzó una mirada, no sabiendo si alentarlo o no. Philip fingió no notarlo—. En cuanto a sus estudios, estoy seguro de que podrá recuperar un par de semanas sin dificultad. ¿Adónde va a ir?

—Al Trinity.

—Conozco al rector —Philip sonrió para sí—. Si quieres,

puedo escribirle y pedirle permiso para que Geoffrey se quede en Londres hasta que acabe la Pequeña Estación.

Antonia refrenó a los caballos para tomar una curva y observó a Philip.

—¿Conoces al rector?

Philip alzó una ceja altivamente.

—Tu familia no es la única que tiene contactos en ese colegio.

Antonia entornó los ojos.

—¿Tú fuiste allí?

Philip asintió con la cabeza, impasible, mientras la observaba luchar contra su indecisión. Al final, convencida de que no había un modo sutil de formular la pregunta, Antonia respiró hondo y preguntó:

—¿Y qué crees que responderá el rector si se lo pides... tú?

Philip la miró con desconcierto.

—Mi querida Antonia, ¿qué quieres decir con eso?

Ella le lanzó una mirada y luego volvió a concentrarse en los caballos.

—Quiero decir que, como bien sabrás, semejante petición hecha por alguien con tu reputación puede interpretarse de muy diversas formas, algunas de las cuales pueden no resultar del agrado del rector.

Philip soltó una carcajada, y Antonia apretó los dientes.

—¡Oh, es fantástico! —dijo él al final—. Yo no lo habría expresado mejor —Antonia lo miró con enojo y luego sacudió las riendas. Philip tensó los labios—. Descuida, mis relaciones con el rector bastan para que semejante petición sea interpretada del modo más favorable —Antonia le lanzó una mirada recelosa y él entornó los ojos—. Te aseguro, querida Antonia, que no tengo fama de corromper a inocentes.

Ella se sonrojó.

—Muy bien —asintió con la cabeza, pero mantuvo la mirada fija en los caballos—. Hablaré con Geoffrey.

—No, eso déjamelo a mí. Puede que se muestre más receptivo a la idea si se lo sugiero yo.

Antonia, que conocía bien a su hermano, no dijo nada y condujo a los caballos hacia la casa, decidida a ignorar el estremecimiento que Philip había logrado producirle.

Philip guardó silencio hasta que el carruaje se detuvo delante de la escalinata. Bajó entonces y, rodeando el carruaje, se quedó parado a su lado, observando con franca admiración sus ojos vigilantes y levemente recelosos.

—Para ser tu primera salida, ha ido muy bien. En mi opinión, sigues tensando demasiado las riendas en las curvas, pero aprenderás con la práctica —antes de que ella pudiera contestar, Philip le quitó las riendas y se las lanzó al mozo que había salido corriendo del establo. Philip rodeó su cintura con las manos y la bajó del carruaje—. Te alegrará saber —afirmó con desenfado, sujetándola ante él mientras observaba su mirada sorprendida— que me satisface enormemente comprobar que tu singular habilidad para comunicarte con la especie equina funciona incluso cuando no vas a lomos de un caballo.

Antonia siguió mirándolo con desconcierto. Philip la soltó al fin de mala gana.

—Tú... —Antonia parpadeó vigorosamente, indignada—. ¿Quieres decir que lo de hoy ha sido... una prueba?

Philip sonrió con condescendencia.

—Mi querida Antonia, conozco tus capacidades. Me parecía lógico ponerlas a prueba. Ahora que sé que son excelentes, no cabe duda de que serás una magnífica alumna.

Antonia parpadeó otra vez, llena de perplejidad. Finalmente, logró fijar en él una mirada desafiante y dijo:

—Supongo, milord, que mañana, cuando salgamos, se me permitirá cabalgar.

Philip esbozó una sonrisa sutil, y Antonia sintió un extraño cosquilleo nervioso.

—Yo no he sugerido que empuñes aún el látigo, querida mía.

—¡Bueno, bueno! La salida parece haber sido todo un éxito —Henrietta se apartó de la ventana que daba al camino.

Había estado observando a su hijastro y a su sobrina hasta que entraron en el vestíbulo.

—Así ha de ser —Trant siguió doblando sábanas, colocándolas pulcramente sobre la cama—. Pero, yo que usted, me andaría con pies de plomo. Es muy pronto para sacar conclusiones de un simple paseo en coche por el campo.

—¡Bah! —Henrietta agitó la mano, desdeñando el comentario de Trant—. Ruthven raramente sale en coche con una señorita. Y menos aún deja que conduzca ella. Esto tiene que significar algo —Trant se limitó a resoplar—. Significa —prosiguió su señora— que nuestro plan promete. Tenemos que asegurarnos de que pasen juntos todo el tiempo posible. Y con tan pocas distracciones como sea necesario.

—¿Piensa animarlos a quedarse a solas? —preguntó Trant, indecisa.

Henrietta dejó escapar un bufido.

—A fin de cuentas, Antonia tiene veinticuatro años. Ya no es una niña. Y, pese a su reputación, Ruthven nunca ha sido acusado de seducir a inocentes jovencitas —Trant se encogió de hombros. Henrietta frunció el ceño y se apretó el chal—. En este caso, estoy convencida de que no es necesario ceñirse estrictamente a las convenciones sociales. Aparte de otras consideraciones, Ruthven jamás seduciría a una dama bajo su propio techo y menos aún estando yo aquí. Hay que asegurarse de que pasan al menos parte del día juntos. El roce hace el cariño, Trant. Para que Ruthven descubra que Antonia es una joya, habrá que mantenerla el mayor tiempo posible ante sus ojos.

Tres días después, Antonia subió las escaleras y entró en su dormitorio. Se había pasado toda la mañana repasando los planes para la fiesta campestre, que iba a celebrarse dos días después. Era ya media tarde y su tía estaba sesteando. Tenía pensado salir al jardín, como solía, pero había adquirido la costumbre de acicalarse antes de salir de casa. Se acercó al tocador y sonrió distraídamente a Nell, que estaba sentada junto a la ventana, zurciendo.

—No fuerces la vista. Estoy segura de que alguna de las muchachas podría echarte una mano con eso.

—Sí, seguro. Pero no me fío de sus puntadas. Prefiero hacerlo yo —Antonia tomó su cepillo y comenzó a peinar cuidadosamente los rizos que caían en primoroso desorden del moño que coronaba su cabeza. Nell le lanzó una rápida mirada—. Parece que últimamente sales mucho con el señor.

Antonia dejó de peinarse y se encogió de hombros.

—No tanto. Salimos a montar por las mañanas, claro. Pero Geoffrey también viene —no le pareció necesario añadir que Philip y ella iban solos durante la mayor parte del paseo; Geoffrey solía partir al galope y rara vez se quedaba con ellos—. Aparte de eso y de las tres veces que me ha dejado conducir su calesa, Ruthven sólo busca mi compañía cuando quiere hablar de algún asunto.

—¿Ah, sí? —dijo Nell.

—Sí —Antonia intentó disimular su irritación. Aunque Philip buscaba a menudo su compañía durante el día, siempre tenía alguna razón para hacerlo. Antonia volvió a hundir el cepillo entre sus rizos—. A fin de cuentas, es un hombre muy ocupado. Un terrateniente muy serio. Se pasa horas con su administrador y su capataz. Como cualquier caballero sensato, procura que sus propiedades funcionen como es debido.

—Qué extraño. No es eso lo que me había parecido —Nell sacudió una camisa—. Parece tan... perezoso.

Antonia sacudió la cabeza.

—No es perezoso en absoluto. Eso es sólo una fachada. Ruthven nunca ha sido vago. Por lo menos, en las cosas que de verdad importan.

Nell se encogió de hombros.

—En fin, tú lo conoces mejor que yo.

Antonia sofocó un bufido y siguió acicalándose. Cinco minutos después, estaba bajando la escalinata de la terraza cuando oyó que la llamaban. Al girarse, vio que Geoffrey llegaba corriendo del establo.

—¡Qué paseo tan fantástico, hermana! Los he puesto al trote desde el principio. Quién sabe. Puede que la próxima vez nuestro maestro me deje sacar sus caballos grises.

Antonia sonrió, contagiada por su entusiasmo.

—Bravo, pero yo que tú no echaría las campanas al vuelo —Ruthven había empezado a enseñar a conducir a Geoffrey con un par de yeguas castañas—. En realidad —dijo, dándole el brazo a su hermano—, prefiero que no se lo sugieras. Ya ha sido muy generoso ofreciéndose a enseñarte a conducir.

—No pensaba hacerlo —contestó Geoffrey—. Sólo era hablar por hablar —echaron a andar juntos por el camino de grava—. Ruthven ha sido mucho más amable de lo que esperaba. Es un gran tipo. ¡Uno de los mejores! —Antonia advirtió fervor en su voz y, al alzar la mirada, lo vio reflejado en su mirada. Ajeno al escrutinio de su hermana, Geoffrey continuó—. Supongo que sabrás que me ha sugerido que os acompañe a Londres. Al principio no estaba seguro, pero él me explicó que Henrietta y tú estaréis más tranquilas si veis cómo me desenvuelvo en sociedad y que confiaréis más en mí. Esa clase de cosas.

—¿Ah, sí? —preguntó Antonia, extrañada, y se apresuró a cambiar de tono al ver que Geoffrey la miraba—. Quiero decir que sí, que tiene razón.

—Dice que uno de los rasgos que distinguen a un hombre de un niño es que un hombre piensa en sus acciones en un contexto más amplio, y no sólo en términos de sí mismo.

Antonia sintió una punzada de gratitud hacia Philip, a pesar de sí misma. Su sutil influencia ayudaría a llenar el inmenso hueco que había dejado en la vida de Geoffrey la muerte de su padre. Sus dudas acerca del viaje de Geoffrey a Londres se disiparon por completo.

—Creo que debes tomar muy en cuenta las recomendaciones de Ruthven. Estoy segura de que puedes fiarte de su experiencia.

—¡Oh, ya lo hago! —Geoffrey apretó el paso y luego recordó que era él quien debía ajustar su paso al de ella—. ¿Sabes?, cuando decidiste venir aquí, pensé que me sentiría... bueno, extraño. No creía que Philip siguiera siendo amable, como era hace años. Pero sigue siendo el mismo, ¿no es cierto? Puede que en la ciudad sea un lechuguino, pero todavía nos trata como amigos.

—Sí, desde luego —Antonia disimuló una mueca amarga—. Somos muy afortunados por contar con su afecto.

Geoffrey sonrió y se desasió de ella.

—Creo que voy a ir a cazar un rato.

Antonia asintió con la cabeza distraídamente.

Después de que su hermano se marchara, siguió deambulando por los caminos de grava mientras su mente recorría otros senderos. Geoffrey, por desgracia, tenía razón. A pesar del tiempo que pasaban juntos, ella nunca había advertido indicio alguno de que Philip la considerara otra cosa que una buena amiga. Y eso no era lo que ella quería.

Cuando analizaba sus relaciones y echaba la vista atrás, el único cambio que advertía era lo que ella denominaba su «ridícula susceptibilidad»: aquel hormigueo que la afligía cada vez que Philip estaba cerca, la tensión que inmovilizaba sus miembros, el aturdimiento que paralizaba su ingenio, y el sofoco que entorpecía su respiración cada vez que él la tocaba, la ayudaba a bajar del carruaje y la sostenía entre sus fuertes manos, o cada vez que le daba la mano para ayudarla a subir un escalón o a trasponer cualquier obstáculo. Pero todo aquello no eran más que cosas suyas. Era, sencillamente, su reacción a la presencia de Philip, una reacción que cada vez le resultaba más difícil ocultar.

Deteniéndose, miró a su alrededor y descubrió que había llegado al jardín italiano. Los pulcros setos de lavanda bordeaban un largo estanque elevado en el que flotaban nenúfares blancos. Senderos de grava rodeaban el estanque, flanqueados por cipreses y macizos de boj cuidadosamente recortados. Antonia frunció el ceño y comenzó a pasear junto al estanque, rozando con los dedos el agua oscura.

Aquella «ridícula susceptibilidad» constituía el menor de sus problemas. Philip seguía considerándola una niña, y la fiesta se acercaba. Poco después partirían hacia Londres. Si quería tener éxito en su empresa, tenía que hacer algo. Algo que cambiara el modo en que Philip la veía, que le hiciera comprender que era una mujer, una dama, una posible esposa para él. Y debía darse prisa.

—Vaya, mi dama del lago... ¿te están mordiendo los dedos mis pececillos dorados?

Antonia se giró y vio al objeto de sus desvelos paseándose a su lado. Philip llevaba una amplia camisa de color marfil, una chaqueta de caza y una bufanda flojamente anudada alrededor del cuello. Sus muslos iban enfundados en calzas de fina gamuza, y sus pies en botas de caña alta cuidadosamente bruñidas. La brisa le había desordenado el pelo.

Antonia levantó con calma los dedos mojados y se los miró.

—Creo que no. Sospecho que tus pececillos están tan bien alimentados que no sienten el menor deseo de morderme.

Philip se detuvo delante de ella. Antonia se sobresaltó cuando la agarró de la muñeca. Alzándole la mano, él le observó los dedos mojados.

—Los peces, según creo, no son muy listos.

Sus párpados pesados se alzaron; sus ojos grises y nublados la observaron con fijeza. Antonia sintió un nudo en el estómago y esperó, atrapada por su mirada. Philip vaciló y luego sus labios se curvaron suavemente. Bajó la mirada, metió la mano en uno de los bolsillos de su chaqueta, sacó un pañuelo blanco y empezó a secarle los dedos uno por uno. Antonia intentó decir algo, pero tuvo que aclararse la garganta primero.

—Eh... ¿querías hablarme de algo?

La sonrisa de Philip se hizo más amplia. Antonia siempre le preguntaba lo mismo. Él nunca llevaba una respuesta preparada. Solía inventarse una sobre la marcha.

—Quería saber si necesitas algo para la fiesta. ¿Tienes todo lo que te hace falta?

Antonia logró asentir con la cabeza.

—Todo está bajo control —dijo al fin.

—¿De veras?

El tono escéptico y divertido de Philip la hizo envararse. Apartó la mano y lo miró a los ojos.

—Sí, en efecto. El servicio está colaborando con entusiasmo... y he de darte las gracias por la ayuda de tu mayordomo y de tu administrador. Han sido muy útiles.

—Eso espero —Philip la invitó a caminar a su lado con un gesto—. Estoy segura de que los festejos merecerán la aprobación de todos —Antonia inclinó la cabeza y echó a andar. Siguieron paseando en silencio junto al estanque. Philip miró su cara—. ¿Qué te ha traído por aquí? Pareces... pensativa.

Antonia respiró hondo.

—Estaba pensando —dijo, echando hacia atrás sus rizos— en cómo será todo cuando estemos en Londres.

—¿En Londres?

—Mmm —ella miró hacia delante y añadió con desenvoltura—: Como sabes, no tengo mucha experiencia en el gran mundo. Tengo entendido que la poesía está muy en boga. He oído decir que es costumbre que los caballeros utilicen versos, o al menos frases poéticas, para lisonjear a las damas —levantó ingenuamente la mirada—. ¿Es eso cierto?

Philip intentó pensar atropelladamente una respuesta.

—En ciertos círculos, sí —bajó la mirada. La expresión de Antonia era franca, inquisitiva—. En realidad, es de rigor que las damas contesten del mismo modo.

—¿Ah, sí? —contestó Antonia, sorprendida.

—Sí —Philip la tomó suavemente del brazo—. Tal vez convendría que afináramos tus versos, dado que pronto vas a presentarte en sociedad. Ven —se detuvo frente a un banco de hierro forjado que había junto al estanque—. Sentémonos y pongamos a prueba nuestro ingenio —Antonia obedeció, desconcertada. Philip se sentó a su lado y, girándose un poco, apoyó un brazo sobre el respaldo del asiento–. Bueno, ¿por dónde empezamos? –escudriñó su cara–. Puede que convenga que nos ciñamos a simples frases, dada tu inexperiencia.

Antonia se giró para mirarlo de frente.

–Sería lo más sensato.

Philip logró reprimir una sonrisa.

–Y puede que lo mejor sea que empiece yo. ¿Qué te parece... Tu cabello brilla como el oro de César, por el que tantos batallones dieron su vida? –Antonia lo miró con los ojos como platos–. Ahora te toca a ti.

–Eh... –Antonia miró el pelo de Philip mientras se estrujaba el ingenio–. Tu pelo resplandece como las castañas tocadas por el sol.

–¡Bravo! –Philip sonrió–. Pero eso no era más que una descripción física. Creo que he ganado yo.

–¿Es una competición?

Los ojos de Philip relucieron.

–Vamos a considerarlo así. Ahora me toca a mí. Tu frente es tan blanca como el pecho de un vencejo, suave como su vuelo.

Antonia achicó los ojos y observó la frente despejada de Philip. Luego sonrió.

–Tu frente es noble como la del león, tu poder igual al suyo.

La sonrisa de Philip se hizo más amplia.

–Esmeraldas son tus ojos engastadas en oro, joyas preciosas de valor incalculable.

–Nubes grises y acero, bruma y niebla, mares tormentosos y relámpagos se mezclan en las profundidades de tu mirada.

Philip alzó las cejas e inclinó la cabeza.

–Había olvidado lo rápido que aprendes. Pero sigamos. A ver... –alzó una mano y acarició suavemente su mejilla con el dorso de un dedo–. Tus mejillas refulgen; tersa seda marfileña sobre rosa –su voz se había hecho más profunda.

Antonia se quedó un instante absorta, con los ojos muy abiertos, apenas capaz de respirar. Sólo lograba pensar que su estratagema estaba funcionando. Luego, los efectos de la caricia de Philip se fueron disipando, y consiguió rehacerse. Tragó saliva, frunció el ceño y lo miró a los ojos.

—Es mi turno, así que... Recio mentón y firme rostro, te mueves con lánguido aplomo.

Philip se echó a reír.

—¡Piedad! ¿Cómo voy a mejorar eso? —Antonia adquirió una expresión pagada de sí misma. Philip observó su rostro—. Está bien, pero... —bajó la mirada y miró sus manos entrelazadas sobre el regazo—. Ah, sí —la tomó de nuevo por la muñeca y sintió cómo se aceleraba su pulso. Ella no se resistió cuando alzó su mano y le dio la vuelta como si quisiera examinarle los finos dedos. Él la miró un instante a los ojos. Luego, sosteniéndole todavía la mano, pasó los dedos sobre su palma. Ella tomó aire bruscamente. Una extraña sonrisa curvó los labios de Philip—. Delicada osamenta, piel sensible que aguarda la caricia de un amante.

La cadencia de su voz grave y baja pulsaba profundas cuerdas en el interior de Antonia, que lo miraba con fijeza, atrapada por su mirada y por sus caricias mientras él, alzando su mano, fue besando sus dedos uno a uno.

—Eh... —la desesperación la impulsó a ponerse en acción—. Me acabo de acordar —dijo con voz enronquecida, y tosió para aclararse la garganta— de que tenía que hacer un recado de parte de mi tía. Tengo que irme ahora mismo —sin embargo, no retiró la mano.

Philip la miró a los ojos con una expresión extraña.

—¿Un recado? —siguió observándola un momento y luego su semblante se relajó—. ¿Para la fiesta? —Antonia asintió con la cabeza, aturdida. Los labios de Philip se tensaron un instante—. ¿Y tiene que ser ahora mismo?

—Sí —Antonia se levantó de repente y se sintió inmensamente aliviada cuando Philip se puso en pie con languidez, aunque no le soltó la mano.

—Vamos, te acompaño.

Philip apoyó la mano de Antonia en el hueco de su codo y se encaminó hacia la casa. Por suerte para ella, hicieron el camino en silencio. Al llegar a la escalinata de la terraza, Philip se detuvo y le tomó de nuevo la mano y la miró fijamente un instante antes de soltarla.

—Nos veremos en la cena —inclinó levemente la cabeza y se alejó sonriendo.

Antonia lo vio marcharse. Poco a poco, un cálido fulgor se fue apoderando de su ser, disipando el temor que había sentido momentos antes. Había alcanzado su objetivo. Fuera como fuese como la veía Philip ahora, no era ya, ciertamente, como a una antigua amiga de la familia.

—Buenas noches —Geoffrey inclinó la cabeza y, con una sonrisa, dejó solos en el salón de billar a su anfitrión y a Hugo, del que acababa de tomarse cumplida venganza tras una derrota anterior.

—Aprende rápido —masculló Hugo.

—Como todos los Mannering —contestó Philip mientras frotaba la punta de su taco con la tiza. El resto de los habitantes de la casa se habían retirado. Antonia había alegado, un tanto azorada, que tenía que levantarse temprano para emprender los preparativos de la fiesta.

Philip esperó con una sonrisa en los labios mientras Hugo colocaba las bolas y empezaba la partida.

—La verdad —dijo Hugo mientras veía a Philip moverse alrededor de la mesa— es que llevo todo el día intentando hablar contigo.

—¿Ah, sí? —Philip alzó la mirada cuando se disponía a tirar—. ¿Sobre qué?

Hugo aguardó hasta que Philip metió la bola.

—He decidido volver a la ciudad mañana —Philip se enderezó y lo miró extrañado. Hugo hizo una mueca y se tiró de la oreja—. Esa fiesta está muy bien para ti, dadas las circunstancias... Tú podrás esconderte detrás de la señorita Mannering. Pero ¿quién me servirá a mí de escudo? —Hugo se estremeció—. Todas esas señoritas tan serias y tu madrastra cantando sus alabanzas... Ahora que por fin ha tenido éxito contigo, me parece que intentará echarme a mí el guante. Y no pienso permitirlo.

Philip se quedó inmóvil.

—¿Qué quieres decir?

—Bueno —dijo Hugo—, ha sido bastante obvio desde el principio. La cosa cae por su propio peso. Y es muy natural, desde luego, teniendo en cuenta que la señorita Mannering es una antigua amiga de la familia, que tú tienes treinta y cuatro años, que eres el último de tu linaje, etcétera.

Philip se apoyó lentamente sobre la mesa y preparó su siguiente golpe.

—Sí, en efecto.

—Lo cierto es —añadió Hugo— que, si no entendiera tus razones y la señorita Mannering no fuera un bombón, no hubiera creído que pudieras soportarlo. Que te cacen en tu propia casa, quiero decir.

Philip miró a lo largo de su palo, olió de nuevo el aroma tentador de la lavanda, sintió el crujido de la grava bajo sus pies, vio la expresión ingenua de Antonia mientras caminaba a su lado por el sendero del jardín.

Su tiro salió desviado. Con expresión impasible, se enderezó y dio un paso atrás. Hugo observó la mesa de billar.

—Qué extraño que hayas fallado.

—Sí —Philip tenía la vista desenfocada—. Estaba distraído.

CAPÍTULO 4

A la mañana siguiente, Antonia se despertó con las alondras. A las nueve, ya había hablado con la cocinera y con la señora Hobbs, el ama de llaves, y había conferenciado con el jardinero jefe, el viejo señor Potts, sobre las flores para el día siguiente. Acababa de mantener una larga conversación con Fenton acerca de las mesas que iban a sacar a la terraza cuando Philip entró en el vestíbulo. Al ver a Antonia, cambió inmediatamente de rumbo y se detuvo ante ella.

—No has ido a montar.

Antonia observó sus ojos ensombrecidos y lo miró con sorpresa.

—Te dije que había muchas cosas que hacer.

Philip apretó la mandíbula y lanzó una mirada agria sobre las figuras que pululaban por el vestíbulo.

—Ah, sí —golpeó con la fusta una de sus botas—. La fiesta.

—En efecto. Vamos a estar muy ocupados todo el día.

Él volvió a mirarla con fijeza.

—¿Todo el día?

Antonia alzó el mentón.

—Todo el día, sí —contestó—. Y mañana también, hasta que empiecen los festejos. Y entonces estaremos aún más ocupados.

Philip masculló una maldición. Antonia se envaró y señaló el comedor con expresión altiva.

—Creo que todavía queda algo de desayuno... si te das prisa.

Philip la miró con enojo. Sin decir palabra, giró sobre sus talones y se dirigió al comedor. Antonia lo miró alejarse, ceñuda, y entonces se dio cuenta de qué era lo que le resultaba tan extraño. Philip caminaba con determinación. Briosamente.

—Disculpe, señorita, ¿debo poner este sillón en la terraza con los demás?

—Eh... —Antonia se giró y vio a un lacayo que estaba luchando a brazo partido con un sillón de orejas—. Sí, sí. Las señoras necesitarán todos los sillones que podamos encontrar. Querrán dormir la siesta al sol.

A lo largo de la mañana, mientras se afanaba en sus tareas, Antonia procuró mantenerse concentrada en su objetivo. La fiesta tenía que ser un éxito, un auténtico *tour de force*. Era la ocasión perfecta para demostrarle a Philip que estaba preparada para ser su esposa.

En cierto momento, se llevó a dos criadas al jardín italiano y les indicó los parterres de lavanda.

—Hay que cortar el tallo, no sólo la flor. Lo necesitamos para perfumar los cuartos de aseo.

Mientras observaba cómo trabajaban las criadas, Antonia se descubrió mirando el banco del estanque. La mirada de Philip al besarle los dedos retornó, clara como el agua, a su recuerdo. Una sonrisa afloró a sus labios. Pese a su nerviosismo, había hecho evidentes progresos. Recordó entonces el extraño comportamiento de Philip en el vestíbulo y frunció el ceño.

—¿Así, señorita?

Sobresaltada, Antonia examinó la rama de lavanda que le mostraba una de las criadas.

—Perfecto —la muchachita sonrió—. Tenéis que recoger dos manojos cada una. Llevádselos a la señora Hobbs en cuanto acabéis —Antonia intentó olvidarse de Philip y regresó a la casa con paso vivo, decidida a concentrarse en las tareas que todavía tenía por delante.

Philip quiso refugiarse en la biblioteca o en la sala de billar, pero Antonia se había enseñoreado también de aquellas habitaciones. Exasperado, abandonó la esperanza de encontrar un lugar tranquilo y silencioso y se puso a deambular entre el tropel de sirvientes que iban de acá para allá, cumpliendo las órdenes de Antonia.

Las praderas de Ruthven Manor presentaban un aspecto caótico, pero hasta él se daba cuenta de que, bajo el aparente desorden, se desarrollaba una actividad eficaz y organizada. Se detuvo a observar a dos sirvientes que se esforzaban por levantar un tenderete, y se puso a pensar en el talento que tenía Antonia para conseguir que los demás trabajaran para ella, a menudo a cambio únicamente de una sonrisa y un breve comentario de aprobación. En ese preciso instante, Antonia estaba al fondo de la pradera, junto a un estrecho brazo del lago bordeado de juncos, exhortando a los jardineros a varar y limpiar bien todas las bateas.

—¡Cuidado, Joe! Vamos a ver si esto está derecho.

Philip volvió a fijar su atención en los dos sirvientes y observó que el más joven intentaba mantener en equilibrio la viga frontal del tenderete al tiempo que sujetaba una de las paredes ya levantadas. El más mayor, armado con martillo y puntal, había retrocedido para ver si la viga y la pared formaban un ángulo recto. Pero Joe no podía sostener ambas piezas a la vez. Philip vaciló un instante y luego se acercó y le dio una palmada en el hombro al más mayor de los hombres.

—Échele una mano a Joe, McGill. Yo les indico.

McGill se tocó la gorra.

—Si quiere, señor... Así terminaremos antes.

Joe se limitó a sonreír.

Al cabo de un rato, Philip se había quitado la levita y estaba ayudando a clavar las paredes del tenderete. Así fue como lo encontró Antonia cuando pasó por allí en una de sus rondas de inspección. Philip alzó la mirada y, al advertir su expresión de sorpresa, volvió a enojarse. Deseaba en parte hablar con ella y en parte temía hacerlo. No había decidido aún qué pensaba sobre todo aquello: sobre ella y sobre lo que para sí llamaba «sus maquinaciones». Apartando la mirada, se puso a clavar otro clavo. Hacía años que no se sentía tan indeciso, y dar martillazos le resultaba de pronto una ocupación reconfortante.

Liberada de la mirada hipnótica de Philip, Antonia contempló un instante los músculos de sus hombros y de su espalda, que se flexionaban bajo la fina camisa. Al alejarse de allí, tenía la boca seca y el corazón descompasado. Ajena al ajetreo que reinaba a su alrededor, recordó de nuevo sus encuentros más recientes con Philip. Éste tenía por lo general un carácter tan mesurado e indolente que su súbito enojo le parecía un misterio.

Antonia miró hacia atrás. Philip estaba apoyado en un lateral del tenderete, mirándola fijamente.

—Señorita, ¿quiere que saquemos ya los pañitos para las bandejas?

—Eh... —Antonia se giró y miró parpadeando a la criada—. No, déjelos en el saloncito de momento.

La muchachita hizo una reverencia y se alejó a toda prisa. Antonia respiró hondo y la siguió pausadamente. Philip observó el suave contoneo de sus caderas al subir por la pequeña pendiente, y luego, apartándose de la pared, agarró otro puñado de clavos.

Una hora después se sirvió el almuerzo. Sobre las mesas de caballetes, ya colocadas, se dispusieron grandes bandejas de emparedados y jarras de cerveza. Nadie reparó en ceremonias. Mientras se servía una emparedado de jamón, Philip distinguió la rubia cabeza de Geoffrey entre la gente. El muchacho lo saludó con la mano y se abrió paso hasta él.

—Antonia me ha puesto al frente del guiñol. Uno de los

lacayos va a hacer de Arlequín, pero creo que a mí me va a tocar hacer de Judy. A las criadas les daría la risa y no podrían decir ni una frase —Philip se echó a reír. A Geoffrey le brillaban los ojos—. Ya hemos levantado la caseta, pero el escenario nos va a costar más trabajo.

Philip le dio una palmada en el hombro.

—Si eres capaz de mantener a los niños alejados del lago, estaré eternamente en deuda contigo.

Geoffrey sonrió.

—Puede que te tome la palabra cuando lleguemos a Londres.

—Siempre y cuando no andes detrás de mis caballos grises...

Geoffrey soltó una carcajada y sacudió la cabeza. Todavía sonriendo, se alejó. Philip siguió bebiéndose su cerveza mientras observaba a la gente. Notó que Emma, una de las doncellas, fingía tropezarse con Joe. Era éste un muchacho de unos veinte años, campechano y grandullón. Mientras veía cómo se disculpaba Emma profusamente, Philip sintió que el cinismo alzaba su burlona cabeza. Joe sonrió ingenuamente a la muchacha. La escena se desarrolló como cabía esperar. Philip se preguntó secamente si no sería su deber advertirle a Joe que, pese a la común suposición de que el hombre era el cazador, a veces acababa siendo la presa. Como él sabía muy bien por experiencia.

Ahora que Hugo le había quitado los anteojos, lo veía todo con claridad. La conducta de Henrietta debería haberlo puesto en guardia desde el principio. Pero tenía que reconocer que se había dejado engatusar. Y no por los coqueteos habituales, que no habrían funcionado en su caso. Antonia, en efecto, no había intentado atraer su atención de la manera más común. Había utilizado artimañas más sofisticadas y eficaces para atraer a un soltero recalcitrante y experimentado como él, que se creía de vuelta de todo. Había utilizado su antigua amistad.

Philip hizo una mueca de disgusto y, dejando a un lado la

jarra vacía, volvió a empuñar el martillo. No sabía aún qué sentía, ni cómo conducirse. Había creído que Antonia era distinta a las demás mujeres. Pero, en realidad, sólo usaba técnicas distintas.

Philip fue a reunirse con McGill y con Joe para acabar de levantar los tenderetes de refrescos. Estaban clavando los soportes del último cuando oyó un ruido a su izquierda y giró la cabeza. Antonia estaba a tres pasos de distancia. Lo miró y, esbozando una leve sonrisa, indicó una bandeja que había puesto sobre la repisa del tenderete contiguo.

—Cerveza. He pensado que os apetecería más que el té.

Philip miró a su alrededor y vio que las mujeres les estaban llevando bandejas cargadas de jarras a los hombres que trabajaban en la pradera. La mayoría había acabado sus tareas, y todos recibieron con agrado el refrigerio. Philip miró hacia atrás y se topó con la mirada inquisitiva y serena de Antonia. Luego se giró y, dando un fuerte golpe, clavó su último clavo. Soltó el martillo y avisó a McGill y a Joe de que había cerveza. Antonia retrocedió con las manos unidas ante ella. Philip se giró, agarró una jarra y, dando dos pasos, la acorraló contra el tenderete. Mientras contemplaba las praderas, bebió un largo trago de cerveza.

—¿Queda mucho que hacer?

Antonia, que estaba absorta mirando cómo se movía su garganta al tragar la cerveza, parpadeó y miró rápidamente a su alrededor.

—No, creo que ya está casi todo terminado —revisó mentalmente sus listas—. Lo único que queda es sacar los barriles. Hemos pensado dejarlos cubiertos con paños embreados esta noche.

Philip asintió con la cabeza sin mirarla.

—Bien. Así tendremos tiempo de hablar antes de cenar.

—¿Hablar? —Antonia lo miró con fijeza—. ¿De qué?

Philip giró la cabeza y la miró a los ojos.

—Te lo diré cuando nos veamos.

Antonia estudió sus ojos un instante, hasta que él los apartó.

—¿Es por la fiesta?
—No.
Antonia frunció el ceño.
—En ese caso, creo que... —sus palabras fueron interrumpidas por gritos, chillidos y golpes sofocados. Antonia se dio la vuelta y vio que un barril de cerveza bajaba rodando por el césped.
—¡Paradlo! —gritó alguien.
—¡Cielos! —Antonia se recogió las faldas y echó a correr.
Por un instante, Philip la vio correr, pasmado, hacia el barril. Luego, mascullando una maldición, tiró su jarra de cerveza y salió tras ella. Antonia aminoró el paso al situarse frente al barril, sorda a los gritos de advertencia de cuantos la rodeaban. Philip la enlazó por la cintura y, apretándola contra él, la apartó de un tirón.
—¡Qué...! —exclamó ella, sorprendida—. ¡Philip! ¡Bájame! ¡El barril...!
—Pesa por lo menos tres veces más que tú. Te habría aplastado contra el suelo —Philip oyó pasar el barril, traqueteando, a su lado.
Antonia empezó a patalear, pero no logró tocar el suelo. Philip la sujetaba contra su pecho sin aparente esfuerzo. De pronto, ella se sonrojó, avergonzada. Los hombres habían salido corriendo de todas partes para intentar detener el avance del barril. Antonia observó cómo lo paraban, le daban la vuelta y lo llevaban rodando hasta el tenderete donde se serviría la cerveza. Sólo entonces volvió a dejarla Philip en el suelo. Antonia respiró hondo y se giró, pero Philip habló antes que ella.
—No podías pararlo.
Antonia levantó la nariz.
—No pensaba intentarlo. Sólo quería frenarlo hasta que llegaran los hombres.
Philip entornó los ojos.
—Después de que te pasara por encima, supongo.
Antonia apretó la mandíbula.

—Entonces —dijo entre dientes, con suavidad—, sospecho que he de darle las gracias, milord.

—En efecto. Puedes dármelas dando un paseo conmigo a caballo.

—¿Un paseo a caballo?

Philip la agarró de la mano y miró a su alrededor.

—Aquí todo el mundo ha acabado, ¿no?

Antonia intentó buscar una excusa, pero no encontró ninguna.

—Puede que el guiñol...

—Geoffrey se está encargando de eso. Y no creo que debas minar su autoridad.

Antonia se quedó boquiabierta.

—Yo no pretendía... —empezó a decir con vehemencia.

—Bien, entonces, vámonos —Philip se acercó a la caseta en la que había dejado su levita, tirando de Antonia sin importarle quién pudiera verlos. Se puso la levita y le dio el brazo a Antonia. Ella parpadeó, aturdida, y procuró despejarse.

—Me parece que olvida usted una cosa, milord.

Philip la miró con el ceño fruncido.

—¿Cuál?

Antonia sonrió dulcemente.

—No puedo montar con este vestido.

Él masculló una maldición y cambió bruscamente de dirección. Unos segundos después, estaban en el vestíbulo. Philip se detuvo al pie de las escaleras.

—Tienes cinco minutos —dijo, soltándola—. Te espero aquí.

Antonia le lanzó una mirada furiosa y vio que sus ojos se entornaban lentamente. Dejó escapar un soplido exagerado, levantó la cabeza y empezó a subir las escaleras. Tardó más de cinco minutos en cambiarse de traje, pero Philip seguía esperándola en el vestíbulo cuando bajó. Él alzó la mirada, asintió con la cabeza y le indicó que pasara delante. Ella emprendió la marcha con la cabeza muy alta.

Los mozos ya tenían preparados los caballos. Philip agarró

a Antonia por la cintura y la montó sobre su caballo. Luego subió a la grupa de su caballo castaño y se dio la vuelta. Antonia lo siguió. Como de costumbre, cabalgaron como el viento, a campo traviesa.

Philip, que ya había decidido dónde tendría lugar su charla, la condujo al interior del bosque, hasta un claro donde un arroyuelo se ensanchaba formando un pequeño estanque. Se apeó del caballo y ató a Pegaso a una rama baja. El sol moteaba la hierba que crecía, densa y jugosa, junto al borde del agua.

Antonia frunció el ceño cuando Philip la ayudó a bajar de su montura. Él la tomó de la mano y se alejó de los caballos, hacia el estanque.

—¿Qué ocurre? —preguntó ella, apresurándose para mantenerse a su paso, y alzó la mirada hacia su cara—. ¿Pasa algo malo?

Philip se detuvo bruscamente y se giró para mirarla, apretando los dientes.

—Aún no estoy seguro.

Antonia observó sus ojos grises. Los bruscos ademanes, las ásperas palabras de Philip habían ido minando su aplomo a lo largo del día. Apartó la mano de la de él y alzó el mentón.

—Estás molesto por algo, eso salta a la vista.

—Sí, en efecto —contestó él, y le sostuvo la mirada, poniendo los brazos en jarras. Al ver que ella se limitaba a mirarlo con expresión desafiante, masculló una maldición, apartó la mirada y luego volvió a mirarla. Tomó su mano, le dio la vuelta y, al depositar un beso sobre su muñeca, junto al borde del guante, sintió que ella se estremecía. Los ojos de Antonia se agrandaron, pero no a causa de la sorpresa. Philip entornó la mirada—. Dime, Antonia, ¿te estoy seduciendo yo a ti... o tú a mí?

Antonia parpadeó, aturdida.

—¿Seducirte...?

—Sí, seducirme —Philip siguió mirándola con fijeza—. Ya

sabes, aprovechar esa atracción ancestral que a veces surge entre un hombre y una mujer.

Desconcertada, ella parpadeó de nuevo. ¿Qué estaba sugiriendo Philip?

—Yo...

—¿No sabes de qué estoy hablando? —acabó Philip por ella, y le tomó la barbilla con una mano.

Los ojos de Antonia brillaron.

—Ni siquiera sabría cómo empezar a seducirte.

—¿Saberlo? —Philip fingió sopesar aquella cuestión—. No creo que haga falta que sepas nada. Podrías hacerlo únicamente por instinto —bajó la mirada hacia ella, hacia sus ojos verdes y dorados y sus labios suavemente curvados, y sintió un tumulto dentro de sí—. Sea como fuere —dijo con voz enronquecida—, lo has conseguido —si tomaba lo que se le ofrecía, ¿recuperaría la paz? Aferrándose a aquella idea, inclinó la cabeza y besó los labios de Antonia.

Y sintió la inmediata respuesta que causaba su contacto. Aquella reacción fue como un bálsamo para su amor propio. Al menos, Antonia estaba tan desvalida como él. Sus labios se relajaron y se abrieron, vacilantes, bajo la sutil presión de la boca de Philip.

Antonia sintió que un torbellino se agitaba dentro de ella. Notó que los brazos de Philip la rodeaban y sus miembros se aflojaron y luego se tensaron. Ladeó la cabeza y sintió que los labios de Philip se endurecían. Aturdida, se apretó contra él e intentó devolverle el beso, maravillada por las sensaciones que estaba experimentando. La seductora dureza de los músculos que la rodeaban, el calor del cuerpo de Philip... Todo ello era nuevo para ella.

La fuerza de Philip la envolvía; sus besos la embriagaban. Su tacto, su sabor, la turbaban de manera casi insoportable. Rodeó su cuello con las manos y lo besó con un ardor que ignoraba poseer. Philip dejó escapar un gruñido y la estrechó contra él con mayor fuerza, deslizando una mano sobre sus caderas.

El torbellino también lo había atrapado a él. Pero él tenía demasiada experiencia como para permitir que los arrastrara a ambos. Aun así, tuvo que hacer acopio de voluntad para librarse a sí mismo y librar a Antonia de su turbulenta energía. Cuando por fin logró alzar la cabeza, los dos estaban jadeando.

Philip aguardó con los músculos tensos a que el sentido común retornara para salvarlos. Antonia abrió lentamente los párpados. Él observó, hipnotizado, cómo iban apareciendo sus ojos llameantes. Ella contuvo el aliento. Se mordió el labio inferior y sus ojos se agrandaron. Se tensó en brazos de Philip. Él sintió cómo se apoderaba de ella el miedo.

—No —dijo un instante antes de que ella empezara a debatirse.

Antonia se quedó inmóvil de repente, como un pajarillo asustado atrapado en la jaula de sus brazos, temblorosa. Philip la miró a los ojos y respiró hondo.

—No voy a forzarte —no alcanzaba a interpretar la expresión de los ojos de Antonia, pero de pronto le parecía advertir en ellos cierto escepticismo. Exasperado, añadió—: Bueno, me lo estoy pensando —pegada como estaba a su cuerpo, a Antonia no podía pasarle inadvertida la evidencia de su deseo—. Pero no voy a hacerlo... ¿de acuerdo?

Le dolía la mandíbula, al igual que el resto del cuerpo. Intentó estarse quieto. No tenía intención de moverse hasta que pasara el peligro, hasta que la compulsión que se había apoderado de ellos se hubiera disipado.

Antonia no tenía aliento con que contestarle. El corazón le atronaba aún los oídos. Durante un largo instante, se limitó a sostenerle la mirada, preguntándose, aturdida, qué veía él. ¿Había notado hasta qué punto era irrefrenable su ardor, con qué ansia lo había besado? ¿Delataban sus ojos el deseo que palpitaba dentro de ella? Sólo podía rezar porque no fuera así.

Aturdida, llena de asombro, sintió que se sonrojaba. Al ver que él enarcaba una ceja, recordó su pregunta y se obligó a asentir con la cabeza. Luego se sonrojó aún más.

—Tenemos que volver —Philip apartó los brazos de ella y la tomó de la mano.

—¿Volver? —antes de que pudiera decir algo más, Philip tiró de ella hacia su caballo—. Pero...

Philip sofocó un bufido, la rodeó y la acorraló contra el animal.

—Antonia... ¿quieres que te haga el amor aquí mismo? —ella sopesó la pregunta... y luego, avergonzada, se sonrojó intensamente y movió la cabeza de un lado a otro—. Entonces, tenemos que volver —dijo Philip con los dientes apretados—. De inmediato —la agarró por la cintura y la montó sobre la silla. Unos segundos después, había montado en Pegaso. Sin decir nada más, emprendieron el camino de regreso a Ruthven Manor.

Cuando llegaron, Antonia estaba sofocada y tenía los ojos brillantes. Se detuvieron en el patio del establo, pero nadie salió a recibirlos. Philip miró a su alrededor y recordó de pronto que había dado permiso a los mozos para que visitaran la taberna del pueblo en compensación por sus esfuerzos a la hora de organizar otro de los entretenimientos ideados por Antonia: carreras de ponis para los niños.

Philip masculló una maldición y desmontó.

—Tendremos que ocuparnos nosotros mismos de los caballos.

Antonia apretó los labios, se quitó los estribos, se apeó y se acercó a él.

—Después de acusarme de intentar seducirte, ¿esperas que yo...? —le faltaron las palabras. Sus ojos centelleaban. Sofocando una maldición, le tiró las riendas a la cara, dio media vuelta y salió del patio con paso decidido.

CAPÍTULO 5

¿Seducirlo? Como si eso fuera posible.

Antonia reprimió un bufido y siguió cepillándose el pelo impetuosamente. El sol entraba por la ventana de su dormitorio; la brisa de la mañana arrastraba el olor intenso de la hierba bañada por el rocío. El día de la fiesta había amanecido soleado. Incapaz de dormir, Antonia se había levantado al amanecer y se había puesto su vestido de muselina. Después, se había sentado para peinarse y reflexionar sobre el mejor modo de tratar a su anfitrión.

Había intentado llamar su atención, sí. Y hasta conseguir que la viera como su posible esposa. Pero ¡acusarla de querer seducirlo!

—¡Ja! —miró fijamente el espejo, apretó los dientes e intentó deshacer un nudo de su cabello. ¡Ella no era tan calculadora!

La sola idea de que una joven de tan limitada experiencia como ella pudiera seducir a un caballero tan mundano como lord Philip Ruthven resultaba sencillamente ridícula. Ella sabía muy bien quién estaba seduciendo a quién. Aquellos instantes en el bosque le habían abierto los ojos. Hasta entonces, había estado demasiado enfrascada en sus propias reacciones, excesivamente concentrada en disimularlas. Pero ya no podía seguir engañándose.

Sólo Dios sabía lo que iba a hacer ahora.

La mano que sujetaba el cepillo se detuvo. Antonia estudió el rostro que la miraba desde el espejo. Nunca se le había ocurrido que Philip, teniendo tantas damas entre las que elegir, pudiera fijarse en ella. Había pensado en ser su esposa, pero imaginaba que él no sentiría nada por ella, salvo un tibio afecto. Eso era lo que esperaba, lo que se había obligado a aceptar: la posición de una esposa convencional. Pero la conducta de Philip en el bosque la inducía a pensar que se había equivocado.

Philip la deseaba. Un delicioso estremecimiento recorrió su cuerpo. Lo saboreó por un instante y luego frunció el ceño de nuevo y siguió peinándose. El ardor de Philip, y el suyo propio, le planteaba un grave problema. Dadas las expectativas de un caballero respecto a su esposa, ¿cómo iba ella a ocultar sus sentimientos o, al menos, a disfrazarlos convenientemente?

La puerta se abrió. Nell entró y se detuvo, sorprendida, al verla.

—¡Vaya! ¡Y yo que venía a despertarte!

Antonia siguió peinándose vigorosamente.

—Todavía hay muchas cosas que hacer. No quiero verme apurada en el último momento.

Nell dejó escapar un bufido y le quitó el cepillo de las manos.

—Pues parece que no eres la única. Acabo de ver al señor abajo. Pensaba que iba a salir a montar, pero luego me di cuenta de que no llevaba puestas las botas altas. Iba hecho un brazo de mar.

—¿Ah, sí? —Antonia juntó las manos sobre el regazo y fingió el mayor desinterés. Philip había intentado hablar con ella la noche anterior, primero en el salón, antes de la cena, y después cuando estaba sirviendo el té, pero ella se había hecho la sorda.

No estaba dispuesta a perdonarlo, a permitir que volviera a acercársele, hasta que el temor que sentía se disipara y volviera a sentirse segura de sí misma y capaz de relacionarse con él con el aplomo que se esperaba de una futura esposa.

–Me parece que hoy vas a estar muy atareada, haciendo de anfitriona en lugar de la señora –Nell recogió hábilmente la melena rubia de Antonia en un prieto moño y soltó algunos mechones alrededor de sus orejas y su nuca–. Le ha dicho a Trant que no piensa poner un pie fuera de la terraza.

Antonia se removió en el taburete.

–Se está haciendo mayor. Me alegra poder ayudarla.

–Sí... y al señor también. No creo que le hiciera mucha gracia tener que enfrentarse a todo esto él solito.

Antonia miró a Nell inquisitivamente, pero le pareció que el semblante de su doncella no ocultaba segundas intenciones.

–Naturalmente, intentaré ayudar al señor en todo lo que pueda.

De todos modos, no le quedaba más remedio. Ese día iba a resultarle imposible mantenerse alejada de él. Tendrían que hacer las paces antes de que llegaran los invitados.

En cuanto Nell acabó de acicalarla, Antonia se dirigió al piso de abajo. Cuando bajó el último tramo de escaleras, Philip seguía paseándose por el vestíbulo. Alzó la mirada, se detuvo al pie de la escalera y aguardó. Antonia se paró y le sostuvo la mirada. En el vestíbulo, una puerta se abrió y volvió a cerrarse. Antonia tomó aliento y siguió bajando con expresión distante.

Philip se giró para mirarla y se interpuso en su camino. Tal y como Nell había insinuado, estaba muy guapo con su levita gris y su corbata atada en un nudo sencillo, pero elegante. Un chaleco claro, unos pantalones ceñidos y unas botas bruñidas completaban su atuendo, perfecto para un caballero de elevada posición que se disponía a recibir a sus vecinos. Sus ademanes, notó Antonia, eran de nuevo indolentes. Ella se detuvo en el último peldaño y lo miró a los ojos.

–Buenos días, milord –dijo con fría amabilidad.

Los ojos grises de Philip reflejaban aún el torbellino del día anterior.

—Buenos días, Antonia —Philip alzó una ceja—. ¿Hacemos las paces?

Antonia entornó los ojos.

—Me acusaste de intentar seducirte.

—Un error momentáneo —Philip le sostuvo la mirada—. Sé que no es así.

Antonia, al fin y al cabo, era una joven inocente. Al margen de los planes que hubiera tramado con Henrietta, lo ocurrido entre ellos era más culpa de él que de ella.

Antonia vaciló, observándolo. Pese a su determinación de mantenerse distante, Philip sintió que sus labios se curvaban y le tendió la mano.

—Antonia... —el sonido de unos pasos pesados les hizo levantar la mirada—. Ahí está Henrietta —Philip tensó los labios y miró a Antonia—. Necesito que hagas de anfitriona —le apretó la mano—. Te quiero a mi lado.

Antonia tardó un momento en dominar su turbación. Inclinó la cabeza, envarada, y oyó a Henrietta tras ella, en el descansillo.

—Puede contar conmigo, milord —dijo en voz baja—. No le fallaré.

Philip le sostuvo la mirada.

—Ni yo a ti —se quedó quieto un instante y luego, con los ojos brillantes, se llevó los dedos de Antonia a sus labios—. Incluso prometo no morderte.

Henrietta decidió recibir a los invitados al pie de la escalinata de la terraza. Fenton, que se había situado en la parte delantera de la casa, iba encaminando a los recién llegados hacia la pradera del sur.

Tras acomodar a Henrietta junto a la balaustrada, Antonia vio acercarse a la señora Mimms como un galeón avanzando a todo trapo, seguida por sus dos hijas anémicas, y murmuró:

—Voy a dar una vuelta a ver si...

—Tonterías, queridas —Henrietta la agarró de la muñeca y sonrió—. Tu sitio está a mi lado.

Antonia frunció el ceño.

—No hay necesidad de...

—¿Tú qué dices, Ruthven? —Henrietta miró a Philip, que estaba de pie a su lado, con la mirada fija en la señora Mimms—. ¿No crees que Antonia debe quedarse con nosotros?

—Indudablemente —contestó Philip, y miró a Antonia con expresión levemente desafiante—. ¿Cómo, si no, querida mía, vamos a vérnoslas con la señora Mimms... y con el resto?

Ella tuvo que acceder, naturalmente. El resultado fue el previsible. Presentada por una sonriente Henrietta como «mi querida sobrina, seguramente la recordarás, hace años pasó muchos veranos aquí, con nosotros. No sé cómo nos las habríamos arreglado sin ella», Antonia se encontró ensartada por la mirada de basilisco de la señora Mimms.

—¿De veras? —la señora Mimms lanzó una mirada sobre las mesas y los tenderetes diseminados por el césped y la terraza. Sus labios se adelgazaron cuando su mirada se posó en Philip, que ya estaba saludando a los siguientes invitados—. Ya veo.

Aquellas dos palabras resumían perfectamente lo que pensaba la señora Mimms. Decidida a no dejarse arredrar, Antonia sonrió con calma.

—Espero que se divierta —inclinó suavemente la cabeza y dejó que su mirada se posara en Horatia y Honoria Mimms, que estaban mirando a Philip embobadas—. Y sus hijas también, desde luego.

La señora Mimms miró con aspereza a sus hijas.

—¡Vamos, niñas! —frunció el ceño amenazadoramente—. Dejad de perder el tiempo —con un revuelo de faldas, comenzó a subir la escalinata.

La señora Mimms no era la única entre las damas de los

alrededores que había visto en la invitación a Ruthven Manor la ocasión de exhibir a sus hijas. Antonia se sintió blanco de sus miradas recelosas. Muchos invitados la recordaban de sus visitas anteriores y, aunque la mayoría la saludaban cordialmente, las señoras con hijas casaderas se mostraban mucho más reservadas.

Lady Archibald, como era propio de ella, evidenció su sorpresa con toda franqueza.

—¡Que me aspen! Pensaba que habías desaparecido. O por lo menos que estabas convenientemente casada.

Antonia intentó ocultar una sonrisa. La señora Archibald, pese a su falta de tacto, era una persona excelente. Antonia vio que fruncía el ceño y bajaba la mirada hacia la tímida joven que llevaba pegada a sus faldas y que parecía absorta mirando a Philip. Lady Archibald lanzó un bufido.

—Vamos, Emily. No tiene sentido mirar en esa dirección con ojos de cordero.

Antonia estrechó con especial calor la mano de Emily para suavizar aquel áspero comentario, pero la muchacha no parecía haber reparado en él y seguía lanzando tímidas pero refulgentes miradas a Philip.

Tras indicarles a lady Archibald y a Emily la terraza, Antonia se giró para saludar a los siguientes invitados y se encontró con la mirada de Philip. Nunca había visto una expresión tan enojada en su semblante. Antonia tuvo que esforzarse por mantener una sonrisa amable, y la mandíbula le estuvo doliendo cinco minutos. Después de eso, evitó cuidadosamente mirar a Philip cada vez que alguna jovencita se situaba ante ellos.

La novedad del acontecimiento había asegurado una numerosa concurrencia. Todos los vecinos habían aceptado la invitación y llegaban en calesas y carruajes, muchos de ellos abiertos para que sus ocupantes pudieran disfrutar del sol. Los arrendatarios de Philip llegaban en carros o a pie y se levantaban las gorras o hacían tímidas reverencias al pasar junto a ellos de camino a la pradera.

Entre los últimos en llegar estaban los moradores de La Grange, una casa solariega a varias millas de distancia del pueblo. Sir Miles y su esposa, lady Castleton, habían llegado al distrito con posterioridad a la última visita de Antonia. Ésta los observó mientras se acercaban. La señora iba delante, con una expresión distante en el bello rostro, y una joven delgada y morena a la zaga.

—¡Mi querido Ruthven! —lady Castleton presentó su mano con gesto teatral. Era una morena escultural y muy pálida, ataviada con un elegante vestido de muselina estampada. Su semblante reflejaba un estudiado aburrimiento—. ¡Qué idea tan novedosa y agotadora! —una nube de denso perfume los envolvió a todos. Lady Castleton posó su mirada en Henrietta—. No sé cómo has podido arreglártelas, querida. Debes de estar exhausta. Qué desconsiderado es Ruthven por exigirte algo así.

—Tonterías, Selina —Henrietta frunció el ceño y enderezó los hombros—. Para que lo sepas, la idea de celebrar una gran fiesta fue mía. Ruthven sólo ha tenido la amabilidad de complacerme.

—En efecto —dijo Philip lentamente, soltando la mano de lady Castleton tras estrechársela sin entusiasmo, y se volvió hacia sir Miles—. Les aseguro que esto no fue idea mía.

Sir Miles, un hombre bonachón y campechano, era lo opuesto que su esposa. Riendo, estrechó con ímpetu la mano de Philip.

—Eso no hace falta que lo jures.

Philip siguió sonriendo mientras inclinaba la cabeza para saludar a la joven que permanecía entre sir Miles y su esposa.

—Señorita Castleton.

—Buenas tardes, milord —la señorita Castleton le tendió con descaro la mano, imitando el dramático ademán de su madre. Algo más baja que Antonia, poseía una figura robusta que su fino vestido de muselina resaltaba en lugar de ocultar.

Philip le miró la mano como si lo sorprendiera vagamente verla tendida hacia él. Se la estrechó un instante y posó la mirada fugazmente en lady Castleton y luego, volviéndose un poco, en Antonia.

—¿No les he presentado a mi sobrina —Henrietta señaló a Antonia—, la señorita Mannering?

Antonia extendió la mano con una serena sonrisa. Los ojos negros y afilados de lady Castleton la recorrieron de hito en hito, y una expresión de pasmo cruzó fugazmente su pálida cara.

—Ah —dijo, sonriendo sólo con la boca, y, tocando un instante los dedos de Antonia, bajó la mirada hacia Henrietta—. Me alegra ver que por fin has encontrado a alguien que te haga compañía.

—¿Compañía? —Henrietta parpadeó. Antonia notó que su tía enderezaba la espalda y miraba a lady Castleton un tanto desconcertada—. Ah, siempre se me olvida que sois nuevos aquí —sonrió con condescendencia—. No, no, Antonia ha venido muchas veces. Ésta ha sido su segunda casa durante años. Y, ahora que su madre ha fallecido, ha venido a pasar conmigo una temporada, como es natural —girándose, Henrietta le apretó el brazo a Antonia—. Pero tienes razón en parte. Es un gran alivio tener a alguien capaz de organizar todo esto.

Antonia sonrió afectuosamente a su tía.

—Te aseguro que para mí no ha sido ninguna molestia —levantó la vista, todavía sonriendo, y se topó con la dura mirada de lady Castleton—. Estoy acostumbrada a organizar este tipo de reuniones. A fin de cuentas, forma parte de la educación de una señorita, como solía decir mi difunta madre.

Lady Castleton achicó los ojos.

—¿Ah, sí?

—Sea como fuere —intervino Philip—, creo que es hora de que subamos a la terraza —tomó la mano de Antonia, la posó sobre su codo y a continuación ayudó a levantarse a Henrietta—. ¿Sir Miles?

—Desde luego, milord —antes de que lady Castleton pudiera tomar la iniciativa, sir Miles le dio un brazo a su esposa y le ofreció el otro a su hija–. No podría estar más de acuerdo. ¿Vamos?

Sir Miles comenzó a subir las escaleras sin mirar atrás. Philip esperó a que se adelantaran un poco y luego miró con intención a su madrastra y a Antonia.

–¿Puedo sugerir, queridas mías, que demos comienzo a esta agotadora y bien organizada fiesta?

Acompañaron a Henrietta hasta su asiento en un extremo de la larga mesa y luego Philip condujo a Antonia a su sitio en mitad de la mesa.

–Nunca pensé que diría esto, pero menos mal que han venido lady Archibald y lady Hammond –al sentarse, Antonia miró la cabecera de la mesa, donde las dos damas en cuestión estaban acomodadas a ambos lados de la silla de Philip. Se recogió las faldas y le lanzó una mirada. Philip se inclinó hacia ella–. Tienen precedencia sobre lady Castleton –esbozó una sonrisa y, enderezándose, se alejó.

Antonia disimuló la risa y buscó con la mirada a lady Castleton, que estaba sentada al otro lado, unas sillas más allá, con su expresión de circunspecto hastío en el semblante. La comida fue desplegada sobre el blanquísimo mantel de damasco y la conversación comenzó a bullir por todos lados. Philip propuso un brindis a la salud de los presentes y les deseó que disfrutaran de la jornada. Cuando se sentó, empezó la fiesta.

Antonia vigilaba por el rabillo del ojo al tropel de doncellas que llevaban las bandejas a las mesas de abajo. Para ella, los granjeros eran tan importantes o más que los señores de los alrededores. Los ocupantes de las mesas de caballete rugían al ver las bandejas cargadas con exquisitas viandas, panes, quesos y jarros de cerveza. Todos parecían pasárselo en grande.

El largo banquete transcurrió sin incidentes. Cuando los platos de fruta quedaron vacíos, se retiraron las mesas y las viudas y otras personas poco dadas a los juegos se acomodaron en los sillones de la terraza para disfrutar de una agradable charla y quizá de una siesta al sol. Los invitados más animosos bajaron a los prados.

Antonia se encontró de pronto a Philip a su lado. Al ver que parecía sorprendida, él alzó una ceja.

—¿No creerías de verdad que iba a afrontar los peligros de las praderas sin tu protección?

—¿Sin mi...? —Antonia perdió el hilo cuando él se acercó y atrapó su mano en el hueco del codo—. ¿Y de qué quieres que te proteja? —logró lanzarle lo que esperaba fuera una mirada escéptica.

Él se limitó a sonreír.

—De las pirañas.

—¿De las pirañas? —preguntó Antonia, desconcertada, mientras Philip la conducía escaleras abajo, saludando elegantemente a las viudas a su paso con una inclinación de cabeza—. Pensaba que eran peces —dijo cuando se hallaron en el prado.

—Exacto. Peces sociables, pero carnívoros y decididamente despiadados.

—¿En tus prados?

—En efecto. Ahí viene una, por ejemplo.

Antonia alzó la mirada y vio a la señorita Castleton dirigirse hacia ellos del brazo de Honoria Mimms.

—Ah... señorita Mannering, ¿no es eso? —la señorita Castleton se detuvo delante de ellos—. A la pobre Honoria se le ha roto el volante del vestido.

Honoria se giró, azorada, intentando verse el volante de la falda.

—No sé qué ha pasado —dijo—. Sentí que se rasgaba, pero cuando me di la vuelta no vi nada con que pudiera haberse enganchado. Menos mal que Calíope estaba cerca y me avisó.

—Tal vez, si fuera usted tan amable, señorita Mannering —dijo con viveza Calíope Castleton—, podría acompañar a Honoria a la casa para que le zurzan el volante.

Honoria se puso colorada como un pimiento.

—¡Oh, no, nada de eso! Tiene que ocuparse usted de sus invitados...

—Exacto —dijo Philip con calma—. Como es usted tan buena amiga de la señorita Mimms, señorita Castleton, estoy seguro de que no le importará acompañarla a la terraza y decirle a una de las doncellas que la ayude —le dedicó una sonrisa amable a Honoria Mimms—. Me temo, querida, que en este momento no puedo prescindir de la ayuda de la señorita Mannering.

La señorita Mimms estaba aturdida.

—Naturalmente, milord —sus ojos, agrandados, brillaban—. No me atrevería a... privarlo de su compañía.

—Gracias, querida —Philip tomó su mano y se inclinó sobre ella, sonriendo—. Estoy en deuda con usted.

Honoria Mimms parecía a punto de estallar. Con la cara encendida, agarró a la señorita Castleton del brazo.

—Vamos, Calíope, estoy segura de que podemos encargarnos de esto nosotras solas.

Sonriendo, la señorita Mimms tiró de la señorita Castleton hacia la terraza. Las protestas de la señorita Castleton se apagaron tras ellos. Antonia estaba atónita.

—La señorita Castleton no parecía muy contenta, milord.

—Ya lo creo que no. Como habrás notado, la señorita Castleton está un tanto enamorada de sí misma —los ojos de Antonia brillaron; sus labios esbozaron una sonrisa. Philip lo notó—. ¿Se puede saber de qué te ríes? —alzó una ceja inquisitivamente.

Antonia se puso seria.

—Estaba pensando, milord —dijo, alzando la mirada hacia la multitud que tenían ante sí—, si a vuestro comentario no podría aplicársele ese dicho que reza «quítate, que manchas, le dijo la sartén al cazo».

Él la miró alzando las cejas. Antonia se estremeció. Al cabo de un momento, Philip apartó la mirada.

—Tú, querida mía, no eres quién para hablar —un instante

después, añadió con tono menos sombrío–. Creo que deberíamos mezclarnos con los invitados. ¿Cuándo empieza el concurso de arco?

Las horas pasaron velozmente. Antonia y Philip pasearon por los prados, deteniéndose a cada paso para charlar con un algún invitado. Para sorpresa de Antonia, Philip no se apartaba de su lado, y hasta esperó pacientemente mientras ella intercambiaba recetas con la esposa de un granjero. Pese a los años transcurridos, la mayoría de los arrendatarios recordaban a Antonia de sus anteriores visitas, y estaban ansiosos por saludarla y conversar un rato con su señor. Después de cada encuentro, Philip atraía a Antonia a su lado antes de alejarse.

Aunque la mayoría de las madres habían interpretado correctamente los indicios y no hacían esfuerzo alguno por exhibir a sus hijas ante Philip, algunas jóvenes se mostraban menos perspicaces. La señorita Abercrombie y la señorita Harris, que eran muy osadas, se acercaron a ellos mientras paseaban.

–Qué día tan caluroso, ¿no le parece, milord? –la señorita Abercrombie tenía una mirada salaz y se abanicaba con la mano, llamando la atención sobre los numerosos encantos que insinuaba su amplio escote.

–Completamente sofocante, en mi opinión –dijo la señorita Harris para no ser menos, y agitó las pestañas mientras miraba a Philip con lánguida expresión.

Antonia notó que él se crispaba.

–Antes de que se desmayen, señoritas, les sugiero que vayan a tomar un refrigerio al salón –dijo Philip con frialdad–. Tengo entendido que allí hay bebidas frías –inclinando secamente la cabeza, cambió de dirección y alejó a Antonia de las dos jovencitas.

Tras lanzar una mirada a sus labios tensos, Antonia se distrajo mirando los tenderetes. Ella podía haberles dicho a todas aquellas muchachas que los embelesos y las miradas de arrobo no eran modo de acercarse a su anfitrión. Philip, a quien desagradaba toda muestra de emoción, prefería los modales discretos y comedidos. Era un hombre de conversación, como muchos otros caballeros, según sospechaba Antonia.

Se detuvieron para que Philip hablara con uno de sus granjeros sobre la rotación de los cultivos y, mientras lo observaba veladamente, Antonia esbozó una sonrisa irónica. La lánguida indolencia de Philip no era más que una pose. Las muchachas que los observaban no podían oír sus enérgicas palabras acerca del arado y de la profundidad idónea de los surcos.

Antonia miró a su alrededor. Horatia Mimms y dos de las hijas del vicario formaban corrillo cerca de allí, riendo y cuchicheando. Antonia, que de pronto se sentía inmensamente vieja, dejó que su mirada pasara sobre ellas.

Philip concluyó su conversación y, tomándola del brazo, la condujo hacia donde estaba teniendo lugar el concurso de tiro con arco.

—Parece que el concurso va bien —bajó la mirada hacia ella—. Pero creo que debes ser tú quien le entregue la cinta al ganador.

Antonia movió la cabeza de un lado a otro.

—Tú eres su señor. Para los más jóvenes, eres casi un ídolo. Quieren que seas tú quien entregue el premio.

Antonia se movió mientras hablaba, inclinándose un poco hacia delante para mirarlo a los ojos. Por desgracia, ello la puso en el camino de Horatia Mimms. Ejecutando un paso de baile, ésta se lanzó de pronto, fingiendo tropezarse, con intención de caer en brazos de Philip. Acabó, sin embargo, chocando contra la espalda de Antonia, y ésta, sofocando un grito, se vio catapultada hacia delante y fue a caer contra el pecho de Philip. Él la rodeó con los brazos y la sujetó con fuerza, apartándola de Horatia, que había quedado tendida sobre la hierba.

—¿Estás bien? —Philip aflojó las manos y la miró.

Antonia asintió con la cabeza mientras procuraba recobrar la voz.

—Sólo ha sido un tropiezo... —no pudo evitar hacer una mueca al intentar apartarse.

Philip la sujetó, apoyando las manos en su espalda. Posó luego la mirada en Horatia, a quien estaban ayudando a levantarse las dos hijas del vicario. Sus ojos centelleaban.

—Eso ha sido lo más desconsiderado y estúpido que he visto nunca.

Cobijada en sus brazos, Antonia apoyó un instante la frente contra su pecho y sofocó una risilla histérica. Sabía que Philip estaba a punto de perder la paciencia. Por suerte, estaban a medio camino entre los tenderetes y el gentío que estaba viendo el concurso de arco. Había pocos testigos presenciando la escena.

—Estoy convencido de que a sus padres —Philip paseó su fría mirada por las tres muchachas— este comportamiento les parecerá de lo más inconveniente. Pienso dejarles claro que...

Antonia se apartó de él y vislumbró tres semblantes pálidos y acongojados.

—Estoy perfectamente —una mirada a Philip bastó para convencerla de que no había conseguido aplacar su ira. Antonia se contentó con mirarlo entornando los ojos antes de volverse hacia las muchachas—. Señorita Mimms, espero que no se haya hecho usted daño.

Blanca como una sábana, Horatia Mimms parpadeó y bajó la mirada. Una gran mancha de hierba cubría su falda de muselina rosa.

—¡Mi mejor vestido! —gimió—. ¡Está arruinado!

Philip soltó un bufido. Antonia dio un paso atrás y lo pisó deliberadamente. Philip se apartó de ella y la miró con el ceño fruncido.

—Señorita Carmichael, señorita Jayne, ¿podrían acompañar a la señorita Mimms a la casa para que le quiten la mancha del vestido?

Las hijas del vicario asintieron con la cabeza y tomaron del brazo a Horatia. Ésta se sonrojó y miró a Antonia con aflicción.

—Lo siento muchísimo, señorita Mannering. No pretendía... —se interrumpió y se mordió el labio, mirando al suelo.

Antonia se compadeció de ella.

—Ha sido un desafortunado accidente. No hablemos más de ello.

Las tres muchachas asintieron rápidamente con la cabeza, aliviadas, y se alejaron a toda prisa.

—¡Un desafortunado accidente! ¡Y un cuerno! —Philip las miró enojado—. Esas viborillas...

—Sólo se comportan como suelen hacerlo las muchachas de su edad —Antonia lo miró de soslayo—. Sobre todo, cuando se encuentran con un caballero tan apuesto como tú.

Philip achicó los ojos.

—No me gusta ser el objeto de sus estúpidas fantasías.

Antonia sonrió.

—No importa —le dio una palmadita en el brazo—. Ven a entregar los premios del concurso de arco. Por los gritos que se oyen, creo que ya ha acabado.

Philip le lanzó una mirada enfurruñada, pero permitió que lo condujera hacia la zona cercana al lago donde había tenido lugar el concurso de arco.

Tal vez no le agradase despertar la adoración de las jovencitas, pero saltaba a la vista que soportaba de buen grado el embeleso de los muchachos. Antonia vio cómo bullían los niños a su alrededor mientras felicitaba calurosamente a los ganadores del concurso.

Tras entregar los premios, Philip volvió a su lado y juntos regresaron a la terraza para tomar el té. Luego llegó el momento de acercarse al prado donde los pequeños jinetes llevaban entretenidos casi toda la tarde. Cuando se dirigían hacia allí, se cruzaron con la señora Castleton y su hija, que iba del brazo de Gerald Moresby, el hijo menor de los señores de Moresby Hall.

—Ah, ahí está, Ruthven —la señora Castleton posó su mano con firmeza sobre la manga de Philip—. Ha estado usted escondiéndose entre los granjeros y desatendiendo a los que, como cabría esperar, tienen mayor derecho a sus atenciones —Antonia notó que Philip parecía aburrido—. Así que nos ha obligado usted a venir a solicitar su compañía, milord. Calíope arde en deseos de ver su rosaleda, pero por desgracia Gerald no soporta las flores. Lo hacen estornudar.

—En efecto —Gerald Moresby sonrió—. No soporto su olor, ¿saben?

—De modo que —concluyó lady Castleton—, dado que al parecer la señorita Mannering está actuando como anfitriona en lugar de su tía, sugiero que lleve al señor Moresby a dar una paseo por el lago mientras usted, milord, nos acompaña a Calíope y a mí a pasear por la rosaleda.

Gerald se frotó las manos, mirando a Antonia.

—Excelente idea, ¿no les parece?

A Antonia no se lo parecía. Ocho años atrás, Gerald era ya un individuo de poco fiar. A juzgar por la expresión de sus ojillos azules y por el modo en que se movía su boca floja, no había mejorado con los años. Antonia se sintió crispada de pronto y al alzar la mirada vio que Philip estaba mirando fijamente a Gerald con una sonrisa de desagrado en los labios.

—Me temo, querida señora —dijo Philip con suavidad, apartando la mirada del rostro libidinoso de Gerald Moresby—, que, dado que la señorita Mannering y yo estamos compartiendo el honor de entretener a mis arrendatarios, no disponemos de nuestro tiempo. Estoy seguro de que comprende la situación —continuó con firmeza—, siendo usted señora de una finca —Philip, que conocía perfectamente los orígenes de la señora Castleton, sabía que difícilmente podía tener mucha experiencia en los deberes de una gran señora. Ella le lanzó una mirada gélida—. Sabía que lo entendería —Philip inclinó la cabeza y posó su mano sobre la de Antonia, que seguía sobre su brazo—. Me temo que tendrá que disculparnos. Los pequeños jinetes nos esperan —Philip incluyó a la señora Castleton y a su hija en su sonrisa benévola, que no se extendió, en cambio, a Gerald Moresby.

Cuando se alejaron un poco, Antonia soltó un bufido y exclamó:

—¡Pero qué...! —se detuvo, buscando las palabras.

—¿Brillante? —sugirió Philip—. ¿Hipócrita? ¿Taimado?

—Más bien grosero —Antonia le lanzó una mirada de reproche.

Philip la miró con expresión menos legible.

—¿Querías ir a pasear por el lago con Gerald Moresby?

—Desde luego que no —Antonia se estremeció—. Es un sapo.

Philip soltó un bufido.

—Pues la señorita Castleton es una piraña, así que están bien emparejados... y nosotros nos hemos librado de ellos.

Antonia no tenía ganas de ponerse a discutir con él.

Llegaron al borde de la zona delimitada con cuerdas a tiempo de ver la última carrera de obstáculos. Johnny Smidgins, el hijo del jefe de cuadras, ganó por los pelos. Su hermana, la pequeña Emily, tan diminuta que apenas alcanzaba a sostener las riendas, condujo a su robusto poni a través del campo para recoger el premio de las niñas. Todo el mundo los felicitó con entusiasmo. Philip estrechó, muy serio, la mano de Johnny y le entregó una cinta azul. Antonia no pudo refrenar las ganas de tomar en brazos a la pequeña Emily y darle un beso antes de prenderle una guirnalda azul en el vestido.

Después de eso, sólo quedó la representación de guiñol. Todos, incluso las viudas, se apiñaron ante el escenario erigido delante del laberinto de setos. Los más pequeños se sentaron en la hierba y los más mayores detrás. Antonia y Philip se situaron atrás del todo en el preciso instante en que se alzaba el telón. Philip veía bien desde allí, pero Antonia, por más que se ponía de puntillas y se estiraba, no lograba ver el escenario.

—Ven —Philip la llevó hacia un lado, donde un pequeño muro de contención sostenía una sección de césped—. Súbete aquí —Antonia se recogió las faldas, tomó su mano y dejó que la ayudara a subir. El muro no era alto, pero sí estrecho–. Apóyate en mi hombro.

Antonia intentó mantener el equilibrio. Philip se quedó a su lado y los dos se volvieron para mirar el escenario.

El guión que había escrito Geoffrey era hilarante. Cuando finalmente cayó el telón, a Antonia le dolía el costado de tanto reírse.

–¡Madre mía! –dijo, enjugándose las lágrimas–. No sabía que mi hermano tuviera tanto talento para la sátira.

Philip le lanzó una mirada cínica.

–Sospecho que hay unas cuantas cosas que no sabes de tu hermano –Antonia alzó una ceja, se irguió e hizo ademán de apartar la mano de él. Pero Philip la rodeó con el brazo.

Antonia se apoyó en su brazo y lo miró con sorpresa. Gracias al muro, sus ojos estaban al mismo nivel. Cuando Philip alzó los párpados y la miró, ella advirtió claramente las tormentosas emociones que nublaban sus ojos grises.

Por un instante, la mirada de Philip se hizo más aguda. Luego se aclaró y aquella impresión pareció disiparse. Con el corazón acelerado, Antonia dejó que la bajara del poyete y se tensó, intentando aliviar el dolor del golpe que le había dado Horatia Mimms entre los omóplatos. Philip se quedó inmóvil, junto a ella, con los puños cerrados junto a los costados. Antonia alzó la mirada y advirtió su expresión impenetrable.

–¿Estás bien? –preguntó él.

–Sí, sólo estoy un poco dolorida –dijo.

–¡Esa estúpida chiquilla...!

–Philip, estoy perfectamente –Antonia inclinó la cabeza y miró el gentío que cruzaba los prados–. Vamos, hay que despedir a los invitados.

Se despidieron de todos junto al camino de entrada. Philip, naturalmente, le dedicó a Horatia Mimms una mirada glacial. Antonia se preparó para atajar cualquier estallido de Philip, pero todo transcurrió sin incidentes, y hasta los Castleton se fueron al fin.

Cuando todos hubieron partido, Antonia regresó a los prados para supervisar la limpieza. Philip caminaba tras ella, observando cómo brillaba el sol de la tarde en su pelo.

—Estoy muy impresionado con Geoffrey —dijo al fin—. Asumió la responsabilidad de preparar el guiñol y lo ha hecho muy bien.

Antonia sonrió.

—Sí. Los niños estaban como locos.

—Mmm. Y, que yo sepa, ninguno se ha caído al lago, por lo cual tengo que darle las gracias más sinceras —Philip bajó la mirada hacia ella—. Pero creo que parte de su éxito se debe a ti —casi habían llegado a la orilla del lago. Antonia enarcó una ceja y se detuvo en un pequeño promontorio. Philip se paró a su lado—. Supongo que habrá sido una ardua tarea educarlo sola.

Antonia se encogió de hombros y miró hacia el lago.

—Nunca he lamentado tener que cuidar de él. En cierto modo, ha sido muy gratificante.

—Puede ser, pero muchos dirían que no era responsabilidad tuya, estando todavía viva tu madre.

Antonia tensó los labios.

—Cierto, pero, verás, tras la muerte de mi padre, no estoy segura de que mi madre siguiera viva en realidad —hubo un silencio y, de pronto, Antonia lo miró, dio media vuelta y se dirigió de nuevo hacia la casa. Philip echó a andar a su lado. Estaban a medio camino de la terraza cuando ella volvió a hablar—. Mi madre sentía devoción por mi padre. Toda su vida giraba en torno a él. Tras su muerte, se encontró perdida. El interés que sentía por Geoffrey y por mí se debía a que éramos hijos de él. Cuando él murió, perdió el interés por nosotros.

Philip apretó la mandíbula.

—Eso no es muy maternal.

—No la juzgues mal. Sus negligencias nunca fueron intencionadas. Cuando mi padre murió, ya nada le parecía importante —subieron la pendiente del prado hacia la terraza. Al acercarse a la casa, Antonia se detuvo y alzó la mirada hacia la elegante fachada, haciéndose sombra con la mano–. Me costó algún tiempo comprender lo que era amar tan intensamente a alguien... amar así. Hasta el punto de que ya nada tenía importancia.

Permanecieron un momento en silencio el uno junto al otro. Luego, Antonia bajó la mano, miró un instante a Philip y aceptó el brazo que él le ofrecía. Al llegar a la terraza, se volvieron para admirar los prados, limpios ya, pero pisoteados por cientos de pies. Philip esbozó una sonrisa irónica.

–Recuérdame que no vuelva a repetir esto en mucho tiempo –se dio la vuelta y observó los ojos de Antonia–. Aunque ha sido un gran éxito –se apresuró a decir–. Pero dudo que sea capaz de soportar otra fiesta como ésta en mucho tiempo –Antonia quiso contestarle algo, pero se mordió la lengua. Philip, sin embargo, leyó la respuesta en sus ojos y tensó la mandíbula–. En efecto –dijo con sequedad–, cuando me case, el problema quedará resuelto.

Antonia se puso tensa, pero no apartó la mirada. Por un momento se quedaron quietos, mirándose. Luego Philip la tomó de la mano y, alzándosela, con fría deliberación, depositó un suave beso sobre sus dedos y sintió el estremecimiento que se apoderó de Antonia. Ella alzó la barbilla y lo miró desafiante. Philip le sostuvo la mirada y alzó despacio una ceja.

–Un día triunfal... en todos los sentidos –señaló con lánguida elegancia las puertas del solario y entraron juntos en la casa.

–¡Yo estoy hecho polvo! –Geoffrey abrió la boca en un enorme bostezo–. Creo que me voy a la cama.

Philip dejó los palos de billar en la taquera y asintió con la cabeza.

–Será mejor que lo hagas, antes de que te desmayes y tenga que subirte a cuestas.

Geoffrey sonrió.

—No quisiera causarte esa molestia. Buenas noches —salió y cerró la puerta tras él.

Philip cerró la caja de las tizas y, dándose la vuelta, se acercó al aparador que había en la pared opuesta y se sirvió una buena copa de brandy. Abrió las puertas de la terraza y salió con el vaso en una mano. Se metió la otra en el bolsillo y se puso a pasear por la terraza.

Todo estaba en silencio. Las estrellas titilaban a través de una tenue neblina. Todos se habían retirado ya. Él se sentía tan exhausto como Geoffrey, pero estaba demasiado inquieto como para pegar ojo.

Las emociones que habían agitado los sucesos de aquel día seguían girando en su interior como un torbellino. Celos, preocupación, ansiedad... Él no era ajeno a aquellos sentimientos, pero nunca los había experimentado de forma tan aguda ni tan reconcentrada. Había además, por encima de todas aquellas emociones, una irritación sofocada, causada por el desagrado de verse manipulado.

Tomó un largo trago de brandy y se quedó mirando la oscuridad. Era imposible fingir que no entendía lo que estaba pasando. Sabía inequívocamente que, de haber sido cualquier otra mujer, habría buscado una excusa para marcharse, para poner tierra de por medio. Sin embargo, seguía allí.

CAPÍTULO 6

Dos días después, Philip se hallaba junto a los ventanales de la biblioteca, mirando los jardines bañados por el sol. Tras él, Banks, su administrador, estaba recogiendo sus papeles.

—Entonces, le llevaré la oferta al administrador de la señora Mortingdale, milord, aunque sabe Dios si aceptará —la voz de Banks sonaba puntillosa—. Smiggins ha intentado persuadirla, pero ella no parece avenirse a poner su firma en la escritura.

Philip paseó la mirada por el jardín. Se preguntaba dónde se habría metido Antonia.

—Al final firmará. Sólo necesita tiempo para hacerse a la idea —se giró al oír el resoplido de Banks—. Paciencia, Banks. La granja Lower no va a ir a ninguna parte. Y, dado que está rodeada por mis tierras, habrá muy pocos que se interesen por ella, y mucho menos al precio que estoy dispuesto a ofrecer.

—Sí, ya lo sé —rezongó Banks—. Si quiere que le diga la verdad, eso es lo que más me molesta. Estamos perdiendo el tiempo por culpa de esos absurdos titubeos femeninos.

Philip alzó las cejas.

—Por desgracia, cuando se trata con mujeres, no queda más remedio que aguantar esos absurdos titubeos, como usted los llama.

Banks profirió un gruñido de aprobación y se retiró. Philip se quedó mirando un rato los jardines y al fin salió tras él.

Antonia no estaba en la rosaleda. El paseo de las peonías dormitaba, desierto, bajo el sol de la tarde. La frescura del jardín de arbustos resultaba tentadora, pero allí tampoco había nadie. Philip entornó los ojos, se detuvo a la sombra de un seto y consideró el carácter de su presa. Luego, profiriendo un gruñido, emprendió el camino de regreso a la casa.

Por fin encontró a Antonia en la despensa. Ella alzó la mirada y parpadeó, sorprendida, al verlo entrar en el cuarto en penumbra.

—Hola —vaciló y su mirada se posó en los estantes llenos de frascos y botellas—. ¿Buscabas algo?

—Pues sí —Philip se apoyó contra la mesa en la que ella estaba trabajando—. A ti.

Antonia lo miró con sorpresa. Luego bajó la mirada hacia las hierbas aromáticas que estaba troceando.

—Yo...

—Te eché de menos esta mañana —Philip alzó una ceja al ver que ella alzaba la cabeza—. ¿Es que te has cansado de montar a caballo?

—No, claro que no —Antonia parpadeó y bajó la mirada—. Pero estaba muy cansada por la fiesta.

—¿No seguirás dolorida por tu colisión con la señorita Mimms?

—No, en absoluto —Antonia recogió las hierbas y las echó en un cuenco—. Ya se me ha pasado.

—Me alegro. He terminado con Banks antes de lo que esperaba. Me preguntaba si te apetecía probar tu habilidad con la calesa.

Antonia se limpió las manos en el delantal y consideró la sugerencia. Resultaba sumamente tentadora. Y en algún momento tendría que dar el primer paso.

—Si puedes controlar a los caballos —dijo Philip—, tal vez pueda enseñarte los rudimentos del manejo del látigo —la miró fijamente a los ojos.

Antonia advirtió el sutil desafío de su mirada.

–Muy bien –asintió secamente con la cabeza y se puso de puntillas para mirar por la alta ventana.

Philip se irguió.

–Hace un día espléndido. Te hará falta el sombrero –tomó su mano y tiró de ella hacia la puerta–. Voy a avisar de que enganchen a los caballos mientras te lo pones.

En un abrir y cerrar de ojos, Antonia se halló junto a las escaleras. Cuando Philip la soltó, ella le lanzó una mirada altanera, pero subió a buscar su sombrero.

Diez minutos después, iban traqueteando por el camino de grava. El paseo a través de avenidas arboladas hasta la cercana aldea de Fernhurst transcurrió sin incidentes. A pesar de su nerviosismo, Antonia no advirtió ni el más leve atisbo de segundas intenciones en la espigada figura que iba recostada a su lado. Philip parecía disfrutar despreocupadamente del calorcillo del sol y de la perspectiva de una espléndida cena.

Sofocando una punzada de desilusión, Antonia alzó el mentón.

–Ya que te he traído hasta aquí sin meterte en una zanja, tal vez tengas a bien enseñarme a manejar el látigo.

–Ah, sí –Philip se incorporó–. Agarra las riendas con la mano izquierda y el látigo con la derecha. Tienes que enlazar el látigo entre los dedos –después de que lo intentara unos segundos, él tendió la mano–. Espera, deja que te enseñe.

Durante el resto del paseo, los caballos avanzaron a paso regular, ajenos tanto a la destreza con que Philip empuñaba el látigo como a los intentos, menos fructíferos, de Antonia por dirigirlos con un chasquido del látigo.

En efecto, cuando llegaron al camino de entrada a Ruthven Manor, Antonia habría dado una suma considerable por ser capaz de manejar el látigo con soltura. La habilidad y la elegancia con que lo manejaba Philip resultaba difícil de igualar.

Ella tenía el ceño fruncido cuando Philip la ayudó a bajar de la calesa.

—No te preocupes. Como muchas habilidades, se aprende con la práctica.

Antonia levantó la mirada... y se preguntó dónde se había dejado él la máscara. Sus ojos habían adquirido aquel matiz oscuro que tenían en el claro del bosque. Philip la sostuvo frente a sí, mirándola con fijeza. Ella se sentía deliciosamente vulnerable. Le costaba un poco respirar. La mirada de Philip se hizo más intensa y afilada, sus ojos se oscurecieron aún más. Por un instante, Antonia pensó que iba a besarla allí, en medio del patio. Luego, el rostro de Philip, hasta entonces crispado y anguloso, cambió de pronto. Sus labios se curvaron un poco y adquirieron una expresión levemente burlona. Tomó la mano de Antonia y entrelazó sus dedos. Sin apartar la mirada de ella, alzó su mano y depositó un beso en sus nudillos. Su sonrisa era irónica.

—Otro logro que requiere práctica, me temo.

El ruido de unos pasos apresurados anunció la llegada de un mozo de cuadras que se apresuró a disculparse por su tardanza. Philip acalló con un gesto benevolente las disculpas balbucientes del muchacho y, mientras se llevaba la calesa, posó la mano de Antonia sobre su brazo. Ella lo miró con indecisión y recelo. Philip se volvió hacia la casa, levantando una ceja con inconsciente arrogancia.

—Hemos hecho grandes progresos, querida, ¿no te parece?

—¡Eso está mejor! —asomada a su ventana, que daba al patio, Henrietta exhaló un profundo suspiro y se volvió hacia la habitación—. Te aseguro, Trant, que estaba empezando a preocuparme.

—Lo sé —Trant escudriñó el rostro de su señora.

—Después de la fiesta... bueno... tienes que admitir que las cosas no podían tener mejor pinta. Ruthven estuvo atentísimo y se empeñó en quedarse al lado de Antonia, a pesar de las tentaciones que le salieron al paso.

Trant soltó un bufido.

—Nunca he oído decir a nadie que el señor tuviera mal gusto. A mí me parece que esas tentaciones, como usted las llama, más bien lo habrían hecho huir como alma que lleva el diablo. La señorita Antonia parecía sin duda un puerto seguro.

Henrietta resopló.

—Entre tú y yo, Trant, la señorita Castleton y las de su jaez pueden parecer insoportablemente vulgares, pero, aunque yo tengo en la mayor consideración la inteligencia de Ruthven, no hay duda de que los hombres ven las cosas de otro modo. Siempre están dispuestos a desechar la verdadera discreción en favor de lo obvio... y has de admitir que la señorita Castleton tenía gran cantidad de cosas obvias a la vista. Confieso que me sentí profundamente aliviada porque Ruthven no pareciera impresionado.

Trant, que estaba zurciendo, no pudo sofocar un bufido.

—¿Impresionado? Querrá usted decir, más bien, que el señor estaba distraído.

—¿Distraído? —Henrietta miró a su doncella—. ¿Qué quieres decir?

Trant clavó la aguja en su labor.

—La señorita Antonia está muy bien dotada, aunque no vaya por ahí enseñando sus encantos —Trant levantó la mirada por debajo de sus gruesas cejas para ver cómo reaccionaba su señora ante semejante sugerencia.

La expresión pensativa de Henrietta se disolvió lentamente, hasta transformarse en una de orgullosa satisfacción.

—Bueno —dijo, agarrando su bastón—. Ya están juntos otra vez, de eso no hay duda, y si Philip está interesado, tanto mejor. Me preocupaba que hubiera pasado algo. Antonia estaba muy irritable y llevaba unos días escondiéndose en casa —sus ojos se achicaron—. Supongo que serán los nervios. Philip, por otra parte, se está tomando las cosas a su aire, como siempre —Henrietta se levantó con un brillo marcial en la mirada—. Es hora de sacudir las riendas. Creo, Trant, que ha llegado el momento de volver a Londres.

Antonia se separó de Philip en el vestíbulo y subió a su habitación. Nell no estaba allí. Antonia lanzó su sombrero sobre la cama y se acercó a la ventana. Apoyándose en el alféizar, aspiró el aire cálido y perfumado.

Había sobrevivido. Y, lo que era aún más importante, a pesar de la inquietante sensación de que no pisaba aún con paso firme y podía tropezar a cada paso sin saber si Philip la agarraría, parecía haber pocas dudas de que ambos llevaban el mismo camino.

Por suerte, Philip parecía entender que ella necesitaba tiempo. Tiempo para desarrollar sus defensas, para aprender a comportarse como una esposa y a no avergonzarlo a él y a sí misma con cualquier exceso de emoción. ¿Cómo, si no, debía interpretar sus palabras?

Antonia se sentó en el poyete de la ventana, apoyó el codo en el alféizar y descansó la barbilla sobre la palma de la mano.

Una nube cubrió el sol. Un frío repentino se apoderó de ella. De pronto, la voz de su madre resonó en su cabeza. «Si eres lista, mi niña, no buscarás el amor. Créeme, tanto dolor no vale la pena».

Antonia sofocó un escalofrío e hizo una mueca. Su madre había pronunciado aquellas palabras en su lecho de muerte. Si seguía por aquel camino, ¿no corría el riesgo de acabar con el corazón roto, como su madre? Deseaba ser la esposa de Philip. No había acudido a Ruthven Manor en busca del amor. Pero ¿y si el amor le había salido al paso?

Estuvo diez minutos dándole vueltas a aquella cuestión, pero no sacó nada en claro. Por fin, haciendo una mueca de fastidio, se sacudió la incertidumbre y procuró concentrarse en su objetivo inmediato. Antes de que partieran hacia Londres, tenía que haberse acostumbrado a las atenciones de

Philip lo suficiente como para aparecer tranquilamente con él en público. La sabiduría acumulada a la que podía recurrir, las escasas pautas de conducta que se había dignado darle su madre, más los consejos de las damas de Yorkshire, resultaban escasas y casi con toda probabilidad provincianas. Ella, sin embargo, aprendía rápidamente. El propio Philip era un excelente modelo. Desfilar entre los círculos de la alta sociedad londinense de su brazo sería, Antonia estaba segura, la prueba definitiva. Una vez hubiera dominado sus reacciones y demostrado su capacidad para mostrarse encantadora, educada y discreta, Philip solicitaría su mano.

El camino que se extendía ante ella era recto. Tal y como Philip había insinuado, era sólo cuestión de aprender a manejar las riendas.

A la mañana siguiente, se despertó tarde y llegó casi corriendo al patio de las cuadras, con las faldas recogidas en un brazo y la fusta en una mano mientras con la otra se sujetaba el sombrero. Philip salía en ese momento del establo con Pegaso y Raker, la montura de Antonia, un ruano de gran alzada. Los dos caballos iban ensillados. Antonia se detuvo precipitadamente y se quedó mirándolo, sorprendida. Al verla, Philip alzó una ceja. Antonia apartó la mano del sombrero, elevó la barbilla y se acercó con calma a Raker.

Philip se acercó para ayudarla a montar. Antonia se volvió hacia él y apoyó las manos en sus hombros mientras Philip la agarraba por la cintura. Al mirarlo a los ojos, vio que él la miraba inquisitivamente. Abrió la boca... y de pronto comprendió qué contestaría él a su pregunta, de modo que cerró de nuevo los labios. Philip esbozó una sonrisa.

—No veía razón para que no vinieras —con ésas, la montó en la silla.

Antonia se puso a arreglarse las faldas. Cuando acabó, Geoffrey se había reunido con ellos. Philip inclinó la cabeza y salió el primero.

Una galopada de tres millas era justamente lo que necesitaba Antonia para despejarse. Cabalgar siempre lograba apaciguarle los nervios. Miró a Philip, que iba a su izquierda, un poco por delante de ella. Tanto el caballo como su jinete eran fuertes. Juntos producían una impresión de poder contenido. Antonia sofocó un estremecimiento y miró hacia delante.

Llegaron a lo alto de una loma que se elevaba sobre los verdes campos. Nunca habían llegado hasta allí. Una casa de piedra se alzaba en medio de un jardincito. Un estrecho sendero llevaba hasta su puerta.

—¿Quién vive ahí? —Antonia se inclinó sobre el cuello de Raker—. Éstas son todavía tus tierras, ¿no?

Philip asintió con la cabeza.

—Pero esa parcela —Philip indicó con la fusta los límites de lo que a Antonia le pareció un terreno de unos veinte acres de extensión— pertenece a la señora Mortingdale, que enviudó hace poco.

Antonia se giró lentamente.

—¿No sería aconsejable que la compraras, que la unieras a tus tierras? No creo que la señora Mortingdale le saque mucho partido a una finca tan pequeña.

—Sí y no. Le he hecho una oferta, pero todavía no se ha hecho a la idea de vender. Le he dicho a Banks que aumente un poco la oferta. La señora Mortingdale tiene familia en alguna parte. Al final, entrará en razón.

Geoffrey estaba ansioso por irse a explorar un risco cercano. Philip asintió con la cabeza y el muchacho partió al galope. Antonia sacudió las riendas y urgió a Raker a cruzar el pequeño arroyo junto al que se habían detenido.

—Últimamente pareces muy ocupado —Philip se había pasado la mayor parte de los dos días anteriores con Banks—. Supongo que, normalmente, la administración de tus tierras no te exige tanto tiempo.

—No —Philip le lanzó una mirada de reojo y se puso a su lado—. Pero ahora parecía un momento propicio para poner en orden los libros.

Antonia frunció el ceño.

—Yo creía que convenía hacerlo tras la cosecha. Entonces era cuando yo hacía las cuentas en Mannering.

Philip disimuló una sonrisa.

—¿De veras? Creo, sin embargo, que las exigencias que yo tengo que afrontar ahora son un tanto distintas a las que te enfrentabas tú en Mannering.

Antonia lo miró con sorpresa.

—Estoy segura de que sí. No pretendía criticarte.

Philip le lanzó una mirada irónica.

—Y agradezco enormemente que te refrenes, querida.

Antonia se irguió en la silla.

—Estás hablando con adivinanzas.

—No era ésa mi intención —Philip alzó lánguidamente una ceja—. ¿Qué te parecen los planes de Henrietta para ir a Londres?

Antonia titubeó y se encogió de hombros.

—Me parece bien que nos vayamos dentro de una semana. Me vendrá bien tener un poco de tiempo para acostumbrarme al ritmo de Londres antes de que empiecen los bailes. Y, además, está Geoffrey —arrugó la frente—. Creo que no podré pasar mucho tiempo con él cuando empiecen las fiestas.

Philip tenía la vista fija en Geoffrey, que en ese momento volvía al galope.

—No creo que tengas que preocuparte por él cuando aprenda a desenvolverse. No es ningún tonto —miró a Antonia y advirtió preocupación en su mirada—. Pero, naturalmente, dado que va a estar bajo mi techo, lo vigilaré de cerca.

Antonia le lanzó una mirada sorprendida.

—¿Ah, sí?

—Desde luego —Philip dio la vuelta para regresar a casa y la miró con fijeza—. Es lo menos que puedo hacer. Dadas las circunstancias.

Antonia parpadeó. Philip miró a Geoffrey, inclinó la cabeza un instante y clavó los talones en los flancos de Pegaso. El caballo emprendió el galope. Raker salió tras él. Para cuando regresaron a los establos, Antonia había decidido no preguntar a qué circunstancias se refería Philip. No estaba lista para enfrentarse a su posible respuesta.

Al fin y al cabo, Londres todavía la aguardaba.

Philip resolvió partir hacia Londres antes que su madrastra y sus invitados con la excusa de cerciorarse de que Ruthven House estaba lista para recibirlos. Quería, en realidad, echarles un vistazo a los clubes que frecuentaba para ver cómo estaban las aguas antes de permitir que Antonia y Geoffrey se zambulleran en el tormentoso mar de la alta sociedad.

No pensaba, sin embargo, marcharse de Ruthven Manor sin haber aclarado un asunto importante con la sobrina de su madrastra. El tiempo y la oportunidad eran esenciales para sus propósitos. Aguardó hasta la noche anterior a su partida, hasta que acabaron de tomar el té y las tazas estuvieron apiladas en la bandeja.

Antonia puso la bandeja sobre el carrito y luego, volviéndose, se acercó al cordón de la campanilla para llamar al servicio. Philip, que estaba de pie junto a la chimenea, la agarró del brazo cuando pasó a su lado, antes de que alcanzara su objetivo. Ignorando su mirada sorprendida, le dijo a Geoffrey, que estaba bostezando junto al diván:

—Te dejé ese libro que querías leer en la mesa de la biblioteca.

Los ojos de Geoffrey se iluminaron.

—¡Qué bien! Voy a llevármelo a la cama.

Geoffrey se encaminó a la puerta. Philip levantó una ceja y alzó la voz.

—¿Podrías decirle a Fenton que venga cuando pases por el vestíbulo?

Geoffrey agitó una mano sin volverse.

—Sí —se detuvo en la puerta y les lanzó una sonrisa—. Buenas noches.

Cuando la puerta se cerró, Philip miró un instante a Antonia y luego posó la mirada en Henrietta, que estaba reclinada cómodamente en el diván.

—Había pensado enseñarle a tu sobrina la belleza del atardecer desde la terraza. Me pareció oír que alababas su esplendor en esta época del año.

Henrietta se removió, inquieta.

—Eh... sí —al ver que Philip seguía mirándola con fijeza, Henrietta pareció comprender de repente lo que pretendía su hijastro—. ¡Sí, claro! El efecto puede ser... —hizo un vago ademán— sobrecogedor.

Philip sonrió con benevolencia, y Henrietta comprendió al instante que había adivinado su secreto.

—Creo que querías retirarte temprano.

Henrietta se debatía entre la discreción y la curiosidad. Ganó la discreción.

—En efecto —dijo, y, recostándose en los cojines, agitó la mano lánguidamente—. Si llamas a Trant, creo que subiré inmediatamente.

—Una idea excelente —Philip se acercó al cordón del timbre y tiró de él dos veces—. No querrás fatigarte demasiado.

Henrietta no se arriesgó a contestar. Esbozando una tibia sonrisa, les dijo adiós con la mano.

Intrigada, Antonia hizo una respetuosa reverencia. Philip inclinó la cabeza con su elegancia acostumbrada y luego, tomando a Antonia del brazo, la condujo hacia los ventanales que daban a la terraza.

—Ven, dame tu opinión.

Antonia se dejó conducir a través de las cortinas y levantó los ojos hacia el cielo, por el oeste.

—¿Sobre el atardecer?

—Entre otras cosas.

El tono seco y crispado de Philip le hizo volver los ojos hacia él. Philip observó sus grandes ojos y advirtió en ellos sorpresa y un cierto recelo. Se detuvo junto a la balaustrada y la miró con fijeza.

—Creo, querida mía, que va siendo hora de hablar claramente.

Antonia se sintió de pronto aturdida. Escudriñó los ojos de Philip y preguntó:

—¿Sobre qué?

—Sobre el futuro. Más concretamente, sobre nuestro futuro —en un esfuerzo por disfrazar la tensión que se había apoderado repentinamente de él, Philip se sentó sobre la balaustrada de piedra. Miró a Antonia a los ojos y alzó una ceja con impaciencia—. Supongo que no te sorprenderá que confíe en que consientas en ser mi esposa.

—No —respondió ella de inmediato, y, sonrojándose intensamente, intentó restar importancia a su afirmación agitando la mano—. O sea...

El semblante de Philip la hizo interrumpirse.

—Creo que he dicho que íbamos a hablar claramente.

Antonia alzó el mentón.

—Yo confiaba...

—Henrietta y tú lo teníais planeado.

—¿Henrietta? —Antonia lo miró con desconcierto—. ¿Qué tiene que ver ella con esto? —parpadeó—. ¿De qué planes estás hablando?

Al advertir la perplejidad de Antonia, Philip se vio obligado a admitir su error.

—No importa.

Antonia se crispó.

—A mí sí me importa. ¿Pensabas que...?

—Yo no pensaba nada —replicó él entre dientes, comprendiendo demasiado tarde la verdad. Antonia era tan ajena a los planes de Henrietta como él mismo—. Lo daba por sentado... equivocadamente, lo admito. Sin embargo, eso carece de importancia en este momento. Ya no me importa especialmente cómo hemos llegado a este punto. Lo que me preocupa ahora, lo que tenemos que discutir, es qué hacemos a continuación —se obligó a permanecer sentado y siguió mirando con fijeza a Antonia—. Los dos sabemos lo que queremos, ¿no?

Antonia observó su semblante, sus ojos grises, claros y resueltos. Le sostuvo la mirada, respiró hondo y asintió con la cabeza.

—Bueno, al menos en eso estamos de acuerdo —Philip entrelazó los dedos y apoyó las manos sobre el muslo para vencer la tentación de tocarla—. Mis asuntos están en orden. La cuestión de las capitulaciones matrimoniales puede solucionarse en cualquier momento.

Antonia lo miró con sorpresa.

—Tus conversaciones con Banks...

—En efecto —contestó él con satisfacción.

Antonia dejó escapar un soplido.

—Mira quién habla de maquinaciones...

—Nadie habla de eso, por suerte —ignorando la mirada altiva de Antonia, Philip continuó—. Henrietta es tu pariente adulto más cercano. No creo que tenga sentido pedirle tu mano. Ya está bastante pagada de sí misma. En cuanto a Geoffrey, dudo que tenga algo que objetar.

—Dado que casi te idolatra —contestó Antonia—, yo también lo dudo.

Philip alzó las cejas.

—¿Te molesta? —Antonia lo miró a los ojos y movió la cabeza negativamente. Una especie de pánico empezaba a cobrar fuerza en su interior. Todo estaba sucediendo demasiado deprisa—. Lo cual sólo deja en cuestión tus preferencias —Philip extendió su mano, y su voz se hizo más grave—. Así pues, querida Antonia, ¿consientes en ser mi esposa?

A Antonia le daba vueltas la cabeza. Su corazón se había desbocado. Lo sentía latir a toda prisa en la garganta. Con la mirada atrapada en los ojos grises de Philip, posó una mano sobre la de él.

—Sí, desde luego. Cuando llegue el momento oportuno.

Los dedos de Philip se cerraron sobre los suyos y los

apretaron con fuerza. Sus rasgos, que parecían a punto de relajarse, se crisparon de pronto.

—¿Cuando llegue el momento oportuno?

Antonia hizo un gesto vago.

—Cuando volvamos de Londres, es lo que había pensado.

—Pues tendrás que cambiar de idea —Philip se levantó bruscamente—. Si imaginas que voy a dejar que te pasees por los salones de Londres libre como un pájaro, atrayendo Dios sabe qué atenciones, estás, querida mía, muy equivocada. Mañana mismo anunciaremos nuestro compromiso. En cuanto llegue a la ciudad, pondré un anuncio en la *Gazette*.

—¿Mañana? —Antonia lo miró pasmada—. ¡Pero eso es imposible!

—¿Imposible? —Philip se cernió sobre ella. Su expresión era cada vez más amenazadora.

Antonia levantó el mentón y lo miró con determinación.

—Imposible —repitió, y vio que sus ojos se oscurecían—. Pensaba que lo entendías —dijo, sintiendo de pronto una opresión en el pecho.

Philip cerró los ojos un instante. Luego los abrió, respiró hondo para calmarse y se forzó a soltarle la mano.

—Me temo, querida, que a pesar de tu convicción, no tengo ni idea de qué he de entender, ni de cómo ni por qué puede, sea lo que sea, hacer imposible mi propósito.

Antonia parpadeó, mirándolo.

—Yo no he dicho que tu propósito sea imposible. Sólo he dicho que es imposible anunciar nuestro compromiso antes de que volvamos de Londres.

Philip frunció el ceño. La tensión que atenazaba sus músculos fue disipándose poco a poco.

—A ver si lo entiendo. Aceptas casarte conmigo siempre y cuando no anunciemos nuestro compromiso hasta que volvamos de Londres —sostuvo la mirada de Antonia—. ¿Es eso?

Antonia se sonrojó.

—Sí... quiero decir que... —juntó las manos y alzó la barbilla— siempre y cuando todavía quieras que sea tu esposa.

—Eso, gracias al cielo, no está en cuestión —mientras miraba su rostro, Philip tuvo que refrenar el deseo de besarla y se puso a pasear por la terraza—. Ve haciéndote a la idea de que quiero casarme contigo. Si fuera por mí, nos casaríamos enseguida. La sociedad y las leyes, sin embargo, exigen que pase cierto tiempo entre la petición de mano y el enlace. Así pues, había previsto anunciar nuestro compromiso inmediatamente de modo que podamos casarnos a nuestro regreso de Londres. ¡Y ahora me dices que no es posible!

Antonia se mantuvo en sus trece.

—Puede que teóricamente sea posible, pero es demasiado pronto.

—¿Demasiado pronto?

Antonia asintió con la cabeza.

—Demasiado pronto para mí. Intenta comprender, Philip. Tú sabes que... quiero decir... —frunció el ceño y buscó las palabras adecuadas para describir el efecto que Philip surtía sobre ella—. Ya sabes cómo reacciono... Todavía no sé desenvolverme en los salones de Londres. Tengo que acostumbrarme. Y no podré hacerlo si estamos prometidos.

—¿Por qué no? —Philip arrugó el ceño y siguió paseándose—. ¿Qué importa que estemos prometidos o casados o que seamos simples conocidos?

Antonia alzó la barbilla.

—Como muy bien sabes, si estuviéramos prometidos o casados, todo el mundo esperaría que supiera cómo funcionan las cosas, cómo he de comportarme en cada circunstancia —fijó la mirada en los ojos de Philip—. Y, como también sabes, yo carezco de experiencia mundana. Sólo he cultivado algunos entretenimientos selectos en Yorkshire. Y eso difícilmente es una buena base para zambullirse, como tú dices, en los salones de Londres. Metería la pata a la primera ocasión —esbozó una sonrisa seca—. Tú lo sabes. En ese aspecto en particular, no tengo experiencia, ni confianza alguna en mis capacidades —Philip aminoró el paso y luego se detuvo. Su ceño se había fruncido aún más. Antonia le sostuvo la mirada–. Me dijiste que tenía que practicar antes de intentar manejar el látigo. Lo mismo puede decirse en este caso. Tengo que aprender a comportarme, a actuar como tu esposa, antes de que nos casemos.

Philip hizo una mueca y luego apartó la mirada. En su opinión, Antonia no necesitaba aprender a comportarse en los círculos de la alta sociedad. Su conducta el día de la fiesta había sido ejemplar, pero saltaba a la vista que eso a ella no le parecía lo mismo que enfrentarse a la flor y nata de Londres, en lo cual él difícilmente podía llevarle la contraria.

Philip miró sus prados con el ceño fruncido.

–Todo el mundo pensará que, viniendo de Yorkshire, es natural que no te sientas como pez en el agua.

–Exacto –Antonia asintió con la cabeza–. Y, si se anuncia nuestro compromiso, nos vigilarán como halcones y tomarán nota de todos y cada uno de los tropiezos que cometa. En cambio, si sólo soy la sobrina de tu madrastra, nadie me prestará atención, más allá de la lógica curiosidad. Podré observar cómo se comportan las damas sin dar pábulo a comentarios malintencionados –Philip guardó silencio. Sintiendo la victoria en sus manos, Antonia insistió–. Sabes que tengo razón. A ojos de toda esa gente, una educación deficiente no justifica un comportamiento grosero.

–Tú no podrías ser grosera aunque lo intentaras.

Antonia sonrió.

–Pero puede que, sin intentarlo, lo sea –se puso seria y observó su perfil. Luego respiró hondo–. Entiendo... es decir, imagino que confías en que tu esposa sea capaz de llevar la casa, actuar como anfitriona tanto aquí como en la ciudad y... y... –tomó aliento otra vez y continuó precipitadamente–. En resumen, que satisfaga las funciones y los papeles que se le atribuyen tradicionalmente a una esposa.

–Quisiera contar con tu amistad, Antonia –eso y mucho más. Philip siguió con la mirada fija en sus jardines. No deseaba que su mirada trasluciera sus emociones.

Conmovida por sus palabras, Antonia contestó:

—Yo también confío en que nuestra amistad continúe —aguardó; al ver que él no decía nada, añadió—: Quiero casarme contigo, Philip, pero entiendes por qué no podemos comprometernos hasta que regresemos de Londres, ¿verdad?

Philip se giró apretando los dientes, con la mirada afilada y penetrante. Observó durante unos segundos los ojos de Antonia. Ella le estaba pidiendo cuatro, quizá cinco semanas de gracia. Al fin, asintió con la cabeza.

—Muy bien. No anunciaremos nuestro compromiso. No hay, sin embargo, razón alguna para que no nos comprometamos en privado.

Antonia lo miró con fijeza.

—Está Henrietta.

Philip masculló una maldición. Puso los brazos en jarras y se giró de nuevo hacia las praderas. ¡Henrietta! Su querida madrastra sería incapaz de guardar el secreto. Y era imposible comprometerse legalmente sin que se enterara.

Philip respiró hondo.

—Antonia, no estoy dispuesto a dejarte recorrer los salones de Londres sin que antes lleguemos a un acuerdo —se situó delante de ella y atrapó su mirada—. Accedo a regañadientes a que no nos comprometamos formalmente, ni en público ni en privado, hasta que regresemos aquí... lo cual sucederá en cuanto hayas acumulado experiencia suficiente —Philip tomó las manos de Antonia y la miró a los ojos—. Antonia, quiero que seas mi esposa. Si no podemos comprometernos formalmente, entonces te pido que nos prometamos en secreto... Un acuerdo entre los dos —Philip alzó un momento la mirada hacia la luna y luego bajó de nuevo los ojos hacia Antonia—. Te pido que sellemos nuestro compromiso con la luna como único testigo, que nos consideremos prometidos, tú a mí y yo a ti, de ahora en adelante y hasta que regresemos aquí, después de lo cual nos casaremos en cuanto la costumbre lo permita —sintió que los dedos de Antonia temblaban entre los suyos y notó que ella contenía el aliento. Le sostuvo la mirada un instante y luego le separó las manos y se llevó una a los labios–. ¿Estás de acuerdo, Antonia? –le besó suavemente los nudillos y luego le levantó la otra mano sin dejar de mirarla a los ojos–. ¿Aceptas ser mía?

Su voz sonaba tan profunda, tan aterciopelada y oscura, que Antonia apenas la oía. La sentía muy dentro de sí. Los labios de Philip rozaron sus dedos y ella se estremeció.

–Sí –siempre había sido suya. Él le soltó las manos y, rodeándole la cintura, la atrajo hacia sí. Antonia se estremeció–. Philip... –musitó.

–Todos los compromisos han de sellarse con un beso, cariño.

Antonia sintió que su corpiño rozaba la levita de Philip. Vio que él agachaba la cabeza. Que sus párpados caían. Sus labios se encontraron. Cálidos y persuasivos, los de Philip parecían tranquilizarla. Antonia se relajó y volvió a tensarse cuando Philip la rodeó con sus brazos, apretándola. Su abrazo, sin embargo, era suave, y sus manos le acariciaban la espalda.

Ella se relajó de nuevo y aquel beso la transportó otra vez a un mundo mágico y misterioso, lleno de sensaciones. Los labios de Philip se hicieron más firmes. Ella abrió los suyos tímidamente, y un hormigueo nervioso la distrajo un instante al recordar lo sucedido en el bosque. Pero esta vez había sólo calor y placer, caricias turbadoras y excitantes que provocaban en ella un ansia cuyo objeto desconocía. Ninguna pasión desatada se alzó para enfrentarse a ella, para incitar el ardor que estaba convencida debía ocultar.

Más calmada, se dejó llevar, entregándose a aquel dulce placer.

A Philip le costó gran esfuerzo refrenar sus besos. Era agudamente consciente de las reacciones espontáneas de Antonia, del modo en que su cuerpo se ablandaba lentamente entre sus brazos, aceptando su abrazo del mismo modo que aceptaba sus besos. Como en todas las cosas, Antonia era deliciosamente franca, abierta y carente de ambigüedad, totalmente desprovista de impostura. Para alguien como Philip, aquella novedad resultaba tan embriagadora como el vino del estío.

Se obligó a separarse de ella y puso fin al beso a pesar del ansia que lo consumía. Cuando por fin alzó la cabeza, vio complacido que Antonia tenía los ojos entornados. Ella parpadeó, mirándolo, y luego hizo un evidente esfuerzo por recomponerse.

—Eh... —Antonia intentó apartarse, pero sintió que él la sujetaba con firmeza.

—Aún no —Philip bajó de nuevo la cabeza y le robó otro beso, y luego otro, antes de que ella pudiera recobrar el aliento.

—¡Philip! —exclamó ella, jadeante, y esta vez insistió en apartarse.

Philip bajó los brazos con desgana, pero tomó una de sus manos.

—Eres mía, Antonia —dijo con voz profunda, apretándole los dedos. Y, levantando su mano, le besó los dedos y luego le giró la mano y depositó un beso sobre su palma—. Nunca lo olvides —Antonia se estremeció cuando le soltó la mano. Philip agachó la cabeza una última vez y apenas le rozó los labios—. Que duermas bien, querida mía. Nos veremos en Londres.

Ella retrocedió, turbada. Luego inclinó la cabeza y se dio la vuelta lentamente. Philip la dejó marchar y la vio entrar en la casa.

La sonrisa de sus labios se disipó lentamente, y Philip se volvió hacia los campos. Al cabo de un momento, hizo una mueca y bajó la escalinata. Con las manos en los bolsillos, echó a andar en medio de la fresca noche.

CAPÍTULO 7

—Ha llegado un mensaje para usted, milord. De Ruthven Manor.

Sentado en un sillón orejero de su biblioteca, Philip indicó a Carring, su mayordomo, que se acercara. Tras pasar la tarde paseándose por la ciudad, visitar su club y malgastar una hora en Manton's, se había retirado a su biblioteca con el convencimiento de que muy pocos conocidos suyos habían vuelto de sus cotos de caza estivales. El buen tiempo los retendría en el campo hasta que se iniciase la ronda de bailes y fiestas que formaban la Pequeña Estación. Lo cual significaba que Antonia dispondría de un par de semanas bastante apacibles para ir acostumbrándose a la gran ciudad.

La bandejita de plata que le presentó Carring contenía una nota escrita con la letra puntillosa de Banks. Philip frunció el ceño, la recogió y la desdobló. Leyó las pocas líneas que contenía y lanzó una maldición.

—¡La condenada mujer se ha decidido por fin!

—¿Eso es una buena o una mala noticia, señor? —preguntó Carring con tono fúnebre.

Philip se pensó la respuesta mientras miraba con desagrado la misiva de Banks.

—Ambas cosas —contestó por fin—. Significa que finalmente podré comprar la granja Lower. Pero, por desgracia, la señora Mortingdale quiere verme en persona para hablar de ciertos asuntos que no especifica —suspiró, exasperado—. Tendré que volver —miró su reloj—. Pero esta noche, no. Dile a Hamwell que tenga los caballos preparados al alba. Y despiértame antes.

Si tomaba la carretera de Brighton, llegaría a Ruthven Manor a mediodía. Con un poco de suerte, podría despachar a la viuda a tiempo para regresar esa misma noche.

—Muy bien, señor —Carring se giró y, todo vestido de negro, se encaminó a la puerta con paso vivo. Allí se dio la vuelta con la mano en el picaporte—. ¿He de suponer, milord, que la señora y sus invitados llegarán mañana, como estaba previsto?

—Sí —contestó Philip con voz crispada—. Asegúrese de que todo esté listo.

Carring alzó las cejas casi imperceptiblemente y se dio la vuelta.

—Naturalmente, milord.

En contra de sus planes, Philip regresó a Grosvenor Square a primera hora de la tarde, dos días después.

Carring lo ayudó a quitarse la pelliza.

—Espero que el asunto de la granja Lower haya concluido bien, milord.

—Sí, por fin —Philip se enderezó la chaqueta y se volvió hacia el espejo del vestíbulo para revisar su corbata—. ¿La señora y los Mannering llegaron ayer?

—En efecto, milord, y al parecer el viaje transcurrió sin incidentes.

—No había salteadores de caminos, ni siquiera un terrateniente que nos pidiera el peaje —dijo Antonia.

Philip se volvió y la vio, vestida en suave muselina color turquesa, bajando con ligereza las escaleras. Un rayo de sol destellaba en su pelo dorado.

—Eso espero —dijo él, y se acercó para saludarla. Se llevó

su mano a los labios y le besó suavemente los dedos–. Espero que el cochero y los mozos cuidaran bien de ti.

Antonia alzó una ceja.

–De todos nosotros. Pero ¿y tú? ¿La viuda cedió por fin en su empeño?

–Sí, por fin entró en razón –Philip posó la mano de Antonia sobre su brazo y la condujo hacia el pasillo–. Sin embargo, insistió en verme en persona para que le diera mi palabra de caballero de que no despediría a sus braceros.

Philip abrió la puerta del salón de atrás y Antonia dijo:

–Eso parece muy sensato... y también muy amable por su parte.

Philip vaciló y luego asintió con la cabeza desganadamente.

–Pero yo los habría mantenido de todos modos. El caso es que sus requerimientos me impidieron estar aquí para recibiros. Parece que estoy condenado a volver a casa y encontrarte honrando mis salones.

Cerró la puerta tras ellos, y Antonia le lanzó una mirada inquisitiva.

–¿Tanto te molesta?

Philip observó sus ojos verdes.

–¿Molestarme? –a pesar de su experiencia, sintió que perdía las riendas de sus sentidos. Procuró dominarse y juntó las manos a la espalda–. Al contrario –sus labios se curvaron en una sonrisa deliberadamente provocativa–. Eso es justo lo que pretendo. Sin embargo, en este caso en particular, quería daros la bienvenida a vuestra primera noche en Londres.

Antonia le devolvió la sonrisa.

–No habríamos sido una compañía muy chispeante –se acercó despacio al diván que había ante las ventanas–. Henrietta se retiró enseguida. Geoffrey y yo cenamos temprano y nos fuimos a la cama –se sentó sobre el diván de quimón floreado entre un susurro de faldas.

–¿Y esta mañana? –Philip se sentó a su lado, ni muy

cerca, ni muy lejos–. Me cuesta creer que os hayáis levantado a mediodía.

–No, en efecto –la sonrisa de Antonia se tornó levemente burlona–. Geoffrey y yo hablamos de ir a montar al parque. Él estaba seguro de que no te importaría que tomáramos prestados un par de caballos de tu cuadra. Pero lo convencí para que esperáramos a que volvieras –Philip palideció de pronto–. ¿Qué ocurre?

Él hizo una mueca.

–Hay algo que debo explicaros... a los dos –fijó la mirada en la cara de Antonia–. Sobre salir a caballo por la ciudad.

Antonia frunció el ceño.

–Pensaba que se podía salir a montar por el parque.

–Sí. Pero, verás, montar no significa lo mismo para los Mannering que para la gente elegante de Londres.

–¿Ah, no? –Antonia parecía desconcertada.

–Para las damas, la actividad conocida como «montar en el parque» significa un lento paseo. Como mucho, un corto trotecillo. Galopar, al menos en el sentido en que tú lo entiendes, no está sólo mal visto. En tu caso, resulta inconcebible.

Antonia se recostó en el diván con una expresión entre molesta y desalentada.

–¡Cielo santo!

Un rizo le cayó sobre la oreja. Philip extendió una mano y lo ensortijó alrededor de sus dedos. Luego lo soltó despacio, acariciando levemente la mejilla de Antonia. Ella lo miró rápidamente. Philip sintió que se tensaba. Aguardó un instante y luego retiró la mano.

–En fin... creo que no quiero salir a montar si he de limitarme a pasear o, como mucho, a trotar–sacudió la cabeza y exhaló un suspiro–. Creo que no podría.

–Una decisión muy sabia –Philip cambió suavemente de postura–. Pero sólo estaremos en la ciudad un mes, más o menos. Cuando volvamos a Ruthven Manor, podrás cabalgar cuanto quieras.

—En fin —Antonia hizo un mohín resignado—. Tendré que considerarlo un sacrificio en aras de una meta más alta.

Philip esbozó una sonrisa e inclinó la cabeza. Al alzar la mirada, su sonrisa se desvaneció.

—Por desgracia, eso no es todo.

Antonia lo miró fijamente.

—¿Qué?

—Ir en coche por el parque —Philip la miró e hizo una mueca—. Sé que dije que te dejaría conducir, pero, en ese momento, me imaginaba en la calesa contigo.

Antonia frunció el ceño.

—¿Y?

—Y, querida mía, dado que no vamos a anunciar nuestro compromiso, si te vieran conduciendo mi calesa por el parque conmigo a tu lado, enseguida se desatarían las malas lenguas... cosa que, supongo, preferirás evitar.

—Oh —dijo Antonia, sorprendida.

—A pesar de tantas restricciones —continuó Philip despreocupadamente—, Londres es considerado un lugar sumamente entretenido —mirando a Antonia, alzó una ceja—. ¿Qué tenéis previsto para esta tarde?

Antonia se sacudió la desilusión, que le parecía una reacción infantil, y se irguió.

—Henrietta ha decidido que visitemos a las modistas de Bruton Street para decidir cuál elegimos —se ruborizó ligeramente y miró a Philip—. Me temo que mi vestuario no está a la altura de las circunstancias.

Philip la tomó de la mano.

—Me temo que no me sorprende.

Tranquilizada por su gesto, más que por su tono, Antonia prosiguió:

—Luego vamos a ir a pasear por Bond Street para echarles un vistazo a las sombrererías. Y, después, iremos a dar un paseo rápido por el parque.

Philip se quedó pensando mientras jugueteaba con los

dedos de Antonia y, al cabo de un momento, asintió con la cabeza y miró el reloj de la repisa de la chimenea.

—Henrietta se estará despertando de su siesta. ¿Por qué no vas a decirle que he llegado? —giró la cabeza y se encontró con la mirada levemente sorprendida de Antonia—. Dame diez minutos para cambiarme y os acompañaré —se puso en pie sonriendo, tiró de ella y se llevó su mano a los labios—. En tu primera salida por la ciudad.

Veinte minutos después, al acomodarse en un rincón del carruaje que los Ruthven usaban en la ciudad, con Henrietta a su lado y Philip frente a ella, Antonia seguía sintiéndose agradecida. A pesar de la cautela que intentaba adoptar, se sentía feliz. No esperaba que Philip quisiera acompañarlos.

El carruaje dobló una esquina traqueteando sobre los adoquines. Antonia, que se mecía suavemente al compás del coche, se encontró con la mirada de Philip y sonrió. Luego dejó que sus ojos se posaran en la ventana. Había empezado a pensar en él como en su marido. A fin de cuentas, iba a ser su esposa.

Aquella idea, por desgracia, avivó la ansiedad que se agitaba insidiosamente en un rincón de su psique. La proposición de Philip hacía aún más imperativo su éxito en Londres. La sociedad londinense era su último obstáculo. No podía fracasar allí.

Por fortuna, el trayecto hasta Bruton Street era tan corto que no le dio tiempo a demorarse en aquella idea. El carruaje se detuvo ante una sencilla puerta de madera. Philip se apeó de un salto y se volvió para ayudarla a bajar.

Mientras se alisaba las faldas, Antonia posó la mirada en el vestido de crepé azul expuesto en el escaparate que había junto a la puerta. Era, a sus ojos, el paradigma de la elegancia y la sofisticación, y un deseo repentino de poseer un vestido como aquél se alzó dentro de ella.

—Azul, no —le susurró Philip al oído.

Antonia se sobresaltó y lo miró con el ceño fruncido. Él levantó una ceja y, sonriendo, le ofreció el brazo y señaló la puerta a través de la cual Henrietta estaba entrando con la ayuda del lacayo.

—Ven a conocer a madame Lafarge.

Antonia fue conducida por una estrecha escalera y al entrar en un salón tapizado en seda se quedó atónita. Damas jóvenes y mayores se arracimaban, sentadas, en grupitos dispersos por la estancia, alrededor de cada uno de los cuales revoloteaba una ayudante ofreciendo muestras de telas. En el aire zumbaba un murmullo de animadas conversaciones.

Philip no era el único caballero presente. Otros daban libremente su opinión sobre colores y estilos. Unos cuantos se volvieron para mirarla. Uno echó mano de sus impertinentes e hizo amago de llevárselos a los ojos, aunque finalmente pareció pensárselo mejor. Una ayudante se acercó apresuradamente. Philip le dijo algo en voz baja y la mujer se alejó, desapareciendo tras unas cortinas. Cinco segundos después, las cortinas se abrieron y una mujer menuda, ataviada de negro, entró en la habitación y se detuvo un instante antes de dirigirse hacia ellos.

—Milord, milady —la mujer, que tenía los ojos y el cabello muy negros, hablaba con fuerte acento. Hizo una reverencia, se enderezó y luego alzó las manos con las palmas hacia arriba al tiempo que decía—: Mi humilde talento está enteramente a su servicio.

—Madame —Philip inclinó la cabeza. Presentó a Henrietta y luego se apartó y dejó que su madrastra tomara la voz cantante. Al volver la cabeza, se encontró con la mirada de Antonia.

Confundida, ella enarcó una ceja, pero la voz de Henrietta, que la estaba presentando, la distrajo. Madame Lafarge inclinó la cabeza como respuesta al saludo de Antonia, la rodeó lentamente y a continuación señaló hacia el fondo de la habitación.

—Tenga la bondad de caminar un poco, mademoiselle. Hasta las ventanas y otra vez para acá, por favor.

Antonia miró a Philip. Él sonrió con aplomo. Antonia

echó a andar por la larga habitación, atrayendo las miradas furtivas de las demás clientas de la modista. Cuando regresó junto a Philip, Henrietta y madame Lafarge estaban conversando en voz baja, ávidamente.

—Excelente —Henrietta asintió con la cabeza y se irguió—. Volveremos para una sesión privada mañana a las diez.

—Bien. Lo tendré todo listo. Hasta mañana, señora. Señor. Mademoiselle —madame Lafarge hizo una profunda reverencia y le hizo señas a un lacayo para que los acompañara hasta la puerta.

Antonia, que salió a la calle delante de Henrietta, quien bajaba trabajosamente el breve tramo de escaleras, del brazo de su lacayo, dejó que su mirada recorriera la corta calle, fijándose en el sinfín de letreros que indicaban la presencia de establecimientos de modistas y sastres. Al volverse hacia Philip, que permanecía pacientemente a su lado, alzó una ceja.

—¿Por qué hemos venido a ésta precisamente?

Philip levantó, a su vez, una ceja.

—Porque es la mejor. Al menos, en lo que al estilo se refiere, y, en mi humilde opinión, también en cuanto a esa cualidad indefinible de la que surge la verdadera elegancia.

Antonia miró de nuevo el vestido azul del escaparate y asintió con la cabeza.

—Pero era a ti a quien conocían, no a Henrietta.

Sintiendo su mirada inquisitiva clavada en él, Philip deseó de pronto que no fuera tan sagaz. Consideró la posibilidad de contarle una mentira inocente, pero ella ya había notado su vacilación. Antonia enarcó de nuevo las cejas con expresión a medias burlona, a medias distante.

—¿O es uno de esos asuntos por los que las jóvenes no deben interesarse demasiado?

Lo era, en efecto. Por primera vez en su vida, ello hizo que Philip se sintiera incómodo. Sin embargo, mantuvo una expresión impasible.

—Baste decir que en el pasado he recurrido alguna vez a la experiencia de madame Lafarge.

—Por lo cual —dijo Henrietta, un tanto jadeante, al acercarse a ellos— hemos de estarte muy agradecidas —fijó en Philip una mirada de aprobación—. Me preguntaba por qué le habías dicho al cochero que parara aquí —volviéndose hacia Antonia, explicó—: Madame Lafarge casi nunca se interesa por nadie personalmente. Pero, si consigues llamar su atención, entonces puedes estar segura de que tu vestuario dejará a todo el mundo boquiabierto —Henrietta se irguió y le hizo una seña al cochero—. Espéranos al final de Bond Street, John —luego señaló a su lacayo—. Vamos, Jem, dame el brazo. Podemos ir andando desde aquí.

Philip le ofreció su brazo a Antonia. Ella vaciló un instante antes de posar la mano sobre su manga. Con la cabeza alta y una sonrisa distante en los labios, echó a andar a su lado por Bond Street, en pos de Henrietta. El placer que había sentido en compañía de Philip cuando éste le presentó a madame Lafarge se había disipado.

Su paseo estuvo jalonado por frecuentes paradas ante los escaparates de sombrererías, sastrerías y zapaterías.

—Es absurdo decidir nada hasta que consultemos con Lafarge mañana —opinaba Henrietta—. Si no, acabaremos comprando algo del color o el estilo equivocados.

Antonia apartó la mirada de un horrendo bonete con un borde de margaritas artificiales y asintió distraídamente con la cabeza. Poco después se detuvieron ante los escaparates de la joyería Asprey. Collares y anillos, perlas de todos los colores posibles, refulgían detrás del cristal. Con la mirada fija en el escaparate, Henrietta frunció los labios.

—Si no recuerdo mal, tu madre no era muy aficionada a las joyas.

Antonia movió la cabeza de un lado a otro.

—Siempre decía que no le hacían falta. Pero tengo sus perlas.

—Mmm —Henrietta achicó los ojos mirando un collar y unos pendientes colocados sobre un lecho de terciopelo—. Esos topacios te sentarían bien.

—¿Cuáles? —Antonia parpadeó y siguió la mirada de su tía.

—Nada de topacios —dijo Philip tras ellas. Antonia y Henrietta se volvieron, sorprendidas. Él estiró el brazo y señaló el centro del escaparate—. Ésas.

«Ésas» eran esmeraldas. Al mirar las exquisitas gemas verdes, engarzadas en un sencillo diseño de oro, de estilo casi griego, Antonia sintió que ponía unos ojos como platos. Al igual que el vestido del escaparate de madame Lafarge, el delicado collar, con sus pendientes y sus brazaletes a juego, tenía un encanto propio. A Antonia le habría encantado poseer aquellas joyas... pero eso era imposible. Hasta ella sabía que valían una fortuna. Eran, sospechaba, la clase de regalo que un caballero le ofrecía a su amante, sobre todo si era de ésas de las que la gente decía en susurros que tenían altos vuelos. De ésas dignas de los negligés de madame Lafarge. Antonia sofocó un suspiro.

—Son realmente preciosas —se volvió con determinación—. Ahí está John.

El coche aguardaba junto a la esquina. Philip retrocedió con semblante inexpresivo. Sin decir nada, le ofreció el brazo a Antonia para cruzar la calle y luego ayudó a su madrastra y a Antonia a subir al carruaje. Henrietta se recostó en el asiento.

—Había pensado ir a dar un paseíto por el parque, para que Antonia le eche un vistazo. ¿Vienes con nosotras?

Philip vaciló. Le lanzó una mirada a Antonia. Las sombras del carruaje ocultaban los ojos de ella. No mostró indicio alguno que lo animara a acompañarlas. Philip retrocedió discretamente.

—Creo que no —notó que su mandíbula se tensaba y procuró componer un semblante impasible—. Creo que voy a pasarme por el club —inclinó elegantemente la cabeza, cerró la puerta y ordenó partir a John, el cochero.

Philip se levantó tarde al día siguiente. Se había pasado la noche jugando a las cartas con Hugo Satterly, a quien había encontrado por la tarde dormitando tras un periódico en el White's. Tras una pausada cena, se habían ido al Brooks a pasar el resto de la velada, lo cual formaba a tal punto parte de su rutina que ni siquiera se habían molestado en hablar del asunto.

Decidido a conservar sus cómodas costumbres, Philip bajó las escaleras a mediodía mientras se ponía cuidadosamente los guantes. Al poner el pie en el vestíbulo, la puerta de la biblioteca se abrió y Geoffrey asomó la cabeza.

—Ah, estás ahí —Geoffrey sonrió y se acercó a él.

Philip enarcó una ceja, receloso.

—¿Sí?

La sonrisa de Geoffrey se tornó ingenua.

—Me estaba preguntando si recordabas tu promesa de enseñarme la ciudad si mantenía a los niños apartados del lago durante la fiesta.

—Ah, sí —dijo Philip suavemente—. Que yo recuerde, ni siquiera se mojaron.

—Exacto —Geoffrey asintió con la cabeza—. Me preguntaba si considerarías la posibilidad de introducirme en Manton's a cambio de mis arduos esfuerzos.

Su sonrisa resultaba contagiosa. Philip se la devolvió. Manton's era, de hecho, uno de los establecimientos más recomendables para muchachos de su edad.

—Tendré que hablar con Manton en persona. Normalmente no admiten a gente tan joven.

Geoffrey puso mala cara.

—Ah.

—No te hagas muchas ilusiones —le aconsejó Philip mientras se volvía para recoger el bastón que le tendía Carring—. Pero puede que haga una excepción —volviéndose hacia Geoffrey, levantó las cejas—. Siempre y cuando, naturalmente, sepas manejar una pistola.

—¡Claro que sé! ¿Qué hombre de campo no sabe?

—No tengo ni la menor idea —Philip sacó una tarjeta de su bolsillo y se la tendió a Geoffrey—. Si tienes problemas en alguna parte, usa esto. Si no, reúnete conmigo en la puerta de Manton's a las dos.

—¡Fantástico! —Geoffrey miró la tarjeta con ojos brillantes y luego se la guardó en el bolsillo—. Allí estaré —asintió con la cabeza, se volvió para marcharse y luego dio media vuelta—. Ah, se me olvidaba... Antonia me dijo lo del paseo a caballo.

—Ah, sí —Philip rechazó con un gesto el sombrero que le ofrecía Carring.

—¿Te importaría que saliera con uno de tus caballos por las mañanas? Estuve hablando con los mozos y a ellos les parecía bien, o sea, aceptable, que saliera a montar temprano, a eso de las nueve.

—Puedes galopar siempre y cuando no te salgas del camino. A los jardineros no les gusta que les destrocen los prados.

—Ah, de acuerdo —el rostro de Geoffrey se iluminó—. Antonia me dijo que no podía galopar, pero yo pensaba que era una de esas cosas de mujeres.

—Precisamente —contestó Philip y, agitando la mano, se dirigió a la puerta.

Una de esas cosas de mujeres.
Philip recordó aquellas palabras mientras paseaba morosamente por los prados segados que bordeaban el camino de carruajes del parque y observaba los landós y las carrozas que se abrían paso por la elegante avenida. Había cenado con sus amigos en un selecto restaurante de Jermyn Street y luego se había reunido con Geoffrey en el Manton's.

Tras ejercer su influencia sobre el propietario para que pasara por alto la edad de Geoffrey, había dejado al muchacho engullendo gofres y se había ido al salón de boxeo de Gentleman Jackson. Allí había declinado la invitación de Jackson en persona, al que conocía desde hacía muchos años, y se había paseado por las salas, charlando con amigos e identificando a los notables que se hallaban ya en la ciudad.

Se había enterado de los cotilleos que circulaban, y luego, no teniendo ningún otro compromiso, había dejado que sus pies lo llevaran a donde quisieran.

Y lo habían llevado allí. No estaba seguro de si ello le agradaba o no.

Mientras se lo pensaba, divisó la carroza de los Ruthven, que circulaba despacio por el circuito. Alzó el brazo. Su cochero lo vio y acercó el coche al borde del prado.

—Ah, eres tú —Henrietta se volvió y le lanzó una mirada intimidatoria—. Perfecto. Puedes llevar a Antonia a dar un paseo por los prados.

Philip contestó con una mirada acerada.

—Eso justamente pensaba hacer, madame.

Henrietta se atusó los chales y se recostó en los cojines.

—Yo os esperaré aquí.

Philip apretó los labios, abrió la puerta y extendió la mano. Pero de pronto se quedó parado. Sus ojos volaron al rostro de Antonia. Su mirada perpleja lo golpeó como un puño. Tomó una rápida bocanada de aire.

—Es decir, si te apetece tomar un poco el aire, querida —¿dónde demonios estaban sus años de experiencia? Nunca había actuado con tan poca sensatez en toda su vida.

Antonia se forzó a asentir con la cabeza. Aparentemente serena, le dio la mano pero no lo miró a los ojos mientras la ayudaba a bajar de la carroza, a pesar de que sentía su mirada fija en ella.

Philip respiró hondo y procuró recuperar el aplomo.

A su alrededor, los prados estaban apenas salpicados de parejas y no atestados de gente, como se pondrían al cabo de unas semanas.

—Me temo que ahora hay poca gente —Philip bajó la mirada hacia ella y sonrió—. En cuanto cambie el tiempo, volverá todo el mundo y habrá fiestas por todas partes.

Decidida a sostenerle la mirada, Antonia alzó la barbilla.

—He oído decir que no hay lugar en el mundo que rivalice con Londres en cuanto a diversiones.

—Es cierto —Philip la miró a los ojos—. ¿Tienes ganas de divertirte?

Antonia miró hacia delante y alzó las cejas.

—Supongo que sí. Henrietta parece muy ilusionada. Esta mañana, en Lafarge, parecía en su salsa.

—Ah, sí. ¿Qué tal fue tu sesión con madame Lafarge?

Antonia se encogió de hombros ligeramente.

—He de admitir que estoy muy impresionada por sus diseños. Mañana mandará los primeros vestidos —miró su falda haciendo una mueca—. Buena falta me hace, supongo —alzó la mirada y se fijó en los elegantes vestidos de dos damas que pasaban por allí.

—Pasado mañana, querida, habrás eclipsado a todas las bellezas de Londres —Antonia esbozó una leve sonrisa, a pesar de que estaba decidida a mostrarse distante. Le lanzó una mirada a Philip. Él posó una mano sobre su corazón—. No es nada más que la verdad, lo juro —ella se echó a reír, y de pronto se sintió más tranquila—. Las fiestas más pequeñas y menos formales empezarán pronto, imagino.

—En efecto —contestó ella—. Henrietta ya ha recibido unas cuantas invitaciones.

—Y luego, cuando los grandes anfitriones regresen a la palestra, empezarán los grandes festejos.

—Mmm —ella disimuló el ceño fruncido.

Philip bajó la mirada hacia ella.

—Pensaba que estabas deseando conocer a la flor y nata de Londres en todo su esplendor.

Antonia lo miró un instante.

—Espero, ciertamente, que el tiempo que pase aquí sea toda una experiencia... una empresa necesaria para ampliar mi comprensión de la sociedad y sus costumbres. En cuanto a la diversión... —se encogió de hombros—, sé tan poco de ella que no logro imaginármela.

Philip estudió su rostro, franco y honesto, como siempre, y su expresión se suavizó.

—Aunque parezca extraño, en Londres no sólo hay fiestas

de la alta sociedad –Antonia levantó la mirada–. Está el teatro y la ópera, desde luego..., aunque eso ya lo sabes. Luego está el Astley's y el Vauxhall, al otro lado del río. Merece la pena visitarlos, si buscas placeres sencillos –Philip bajó la mirada hacia ella–. Y me extraña que ni Geoffrey ni tú tengáis ganas de ver el museo –sin esperar respuesta, Philip continuó alabando las virtudes de la capital y detallando las vistas y las posibles excursiones, hasta que, echándose a reír, Antonia se dio por vencida.

–Muy bien, admito que tal vez disfrute mi estancia en Londres. No me había dado cuenta de que había tantas cosas que podíamos... –se detuvo de pronto y respiró hondo–. Tantas cosas que ver –concluyó.

Philip frunció el ceño para sus adentros.

–No es de extrañar, habiendo estado encerrados en los páramos de Yorkshire como habéis estado. Debemos hacer un esfuerzo por ver al menos algunas cosas antes de que empiece de verdad la temporada.

Antonia lo miró a los ojos.

–Eso sería muy... agradable.

Philip sonrió.

–Habrá que aprovechar el tiempo –habían llegado a la carroza. Philip abrió la puerta y la ayudó a subir–. Hasta luego –dijo con los ojos fijos en ella.

Antonia asintió con la cabeza, más segura de sí misma. Henrietta soltó un soplido y tocó el hombro del cochero. Philip observó cómo se alejaba el carruaje y su frente se arrugó lentamente. Una extraña tensión parecía haber surgido entre ellos. Pero Philip no lograba comprender el porqué.

Esa tarde, a las seis, Antonia comenzó a subir las escaleras. El gong de la cena acababa de sonar. Era hora de cambiarse de vestido. Al acercarse al descansillo, oyó pasos arriba. Cuando alzó los ojos, se topó con la mirada de Philip. Se detuvo y lo miró bajar. Llevaba una levita de fino paño de Bath sobre una camisa de color marfil. Una corbata de intrincado lazo, unas botas de cordones y un chaleco de seda color ámbar completaban su atuendo. Su cabello, que parecía recién cepillado, se rizaba suavemente. En una mano llevaba un par de guantes con los que se golpeaba el muslo con suavidad. Se detuvo delante de ella y esbozó una sonrisa.

—Me estaba preguntando, querida mía, si estás libre mañana por la tarde y si te apetecería ir conmigo a Richmond. Podríamos tomar el té en el Star and Garter y regresar a tiempo para cenar.

La tenue luz de la escalera ocultó el destello de alegría de los ojos de Antonia y su leve rubor.

—Yo... —alzó la barbilla y juntó las manos delante de ella—. No quisiera perturbar su rutina, milord. Estoy segura de que hay otros asuntos que requieren su tiempo.

—Nada que no pueda esperar —Philip disimuló su ceño—. ¿Estás libre?

Ella lo miró a los ojos, pero Philip no logró descifrar su mirada.

—No recuerdo ningún otro compromiso.

Philip apretó con más fuerza sus guantes.

—En ese caso, me reuniré contigo en el vestíbulo a... ¿a la una y media, digamos?

Antonia inclinó la cabeza con elegancia, pero con decidida indiferencia.

—Será un placer, milord.

¿Por qué se empeñaba en no llamarlo por su nombre?, se preguntaba Philip.

—¿Cenarás con nosotros esta noche? —a Antonia le costó gran esfuerzo formular aquella pregunta. Aguardó, conteniendo el aliento, la respuesta, a pesar de que se daba cuenta de que sólo estaba tirando piedras en su propio tejado.

Philip titubeó y luego se obligó a menear la cabeza.

—Voy a cenar con unos amigos —en efecto, iba a cenar en Limmer's. Como desde la distancia, se oyó decir—: Suelo hacerlo a menudo −las sombras ocultaban los ojos de Antonia, de modo que no podía estar seguro de cuál era su expresión. Pocos hombres de su edad, casados o no, cenaban con frecuencia en su propia casa. Cenar fuera de casa era un imperativo de la vida elegante, no una elección.

−¿De veras? −Antonia le lanzó una alegre mirada−. Será mejor que suba o llegaré tarde. Le deseo que pase una buena noche, milord −pasó a su lado y siguió subiendo las escaleras. Se estaba comportando como una necia, se dijo, y sin ninguna razón. Sentirse rechazada cuando aquélla no era la intención de Philip, sentirse descorazonada sólo porque él se comportaba como solía... Para eso, a fin de cuentas, había ido a Londres: para saber cómo encajaría en la vida de Philip.

Al llegar a la galería superior, echó a correr hacia su habitación. Philip escuchó cómo se disipaba el ruido de sus pasos y retomó lentamente la bajada. Cuando llegó al vestíbulo, su semblante se había endurecido. Antonia no había dicho ni una sola palabra fuera de lugar, no había sugerido nada que le hiciera sospechar que ansiaba su compañía. Ni una sola vez había cometido el error de intentar que se sintiera culpable. No le había exigido nada.

¿Por qué, entonces, se sentía tan insatisfecho, tan seguro de que algo iba, si no mal, al menos no del todo bien?

CAPÍTULO 8

La tarde siguiente, a la una y media, Philip se hallaba en el vestíbulo cuando vio bajar a Antonia las escaleras.

Llevaba el vestido de paseo nuevo, confeccionado en *twill* de color verde hoja, que le habían enviado esa misma mañana del taller de madame Lafarge, y que enfatizaba su esbelta figura y realzaba su pelo dorado. El corpiño y la falda tenían el borde de cinta de color verde bosque, del mismo tono que el parasol que Philip sostenía en una mano. Elegido personalmente por él, había llegado a la una en punto de manos de un lacayo de madame Lafarge.

Con el parasol escondido a la espalda, se adelantó y tomó a Antonia de la mano para ayudarla a bajar los últimos escalones.

—Estás realmente encantadora.

Antonia le devolvió la sonrisa y, al ver que Philip bajaba la mirada, se giró obedientemente, haciendo voltear las faldas.

—La habilidad de madame Lafarge está fuera de toda duda.

—Cierto —Philip la agarró de nuevo la mano—. Pero, como sin duda te habrá dicho, sólo puede alcanzarse la perfección cuando se trabaja con el mejor material.

Miró a Antonia a los ojos y a ella le dio un vuelco el corazón. Bajó la mirada y ejecutó una pequeña reverencia.

—Me temo que me halaga usted, milord.

Philip frunció el ceño un instante. Levantó el parasol y se lo ofreció con una reverencia.

Antonia extendió la mano hacia el mango de madera labrada, sorprendida.

—¿Para mí? —lo agarró como si fuera de cristal. Se quedó mirándolo, hipnotizada, y luego le lanzó a Philip una sonrisa vacilante—. Gracias —su voz era un tanto áspera—. Lo siento... pensarás que soy tonta —parpadeó rápidamente y bajó la mirada—. Hacía mucho tiempo que no me regalaban nada sin... sin una razón en particular.

La máscara de Philip cayó un instante. Le costó volver a ponerla en su lugar para ocultar su reacción ante las palabras de Antonia.

—Me gustaría hacerte más regalos, Antonia... pero, hasta que no hagamos público nuestro compromiso, tendré que conformarme con estas naderías para ganarme tu sonrisa.

Ella dejó escapar una risa temblorosa y acercó el parasol a su vestido.

—Queda perfecto.

—En efecto —Philip sonrió—. Una elección inspirada, salta a la vista.

Antonia lo miró de inmediato con recelo. Philip se echó a reír y, tomándola del brazo, la condujo hacia la puerta. Una vez en el carruaje, mientras se bamboleaban detrás de los caballos grises, Antonia sintió que su azoramiento se evaporaba. Abrió el parasol para protegerse la piel y se le ocurrió preguntarle a Philip cuál era la forma más elegante de llevarlo. Él contestó entre burlas y Antonia logró relajarse y disfrutar del paseo y de su compañía.

La excursión transcurrió sin incidentes, y Philip regresó contento.

A partir de entonces, Philip se propuso pasar parte del día en compañía de Antonia para intentar mitigar la reticencia que advertía tras sus sonrisas. Acompañó a los hermanos Mannering al teatro Astley's y se pasó casi toda la función contemplando las emociones que cruzaban el rostro de Antonia. La tarde siguiente, los llevó a dar una vuelta por la catedral de San Pablo y el centro de la ciudad. Antonia parecía serena y contenta, pero su tácita reserva inquietaba a Philip. Aparte de otras cuestiones, ella volvía con frecuencia a dirigirse a él como «milord», cosa que, conforme había notado Philip, sólo hacía cuando quería mantenerlo a distancia.

Luego llegó la primera fiesta informal.

Philip ya se había cambiado para la velada, pero aún no había salido de casa. Estaba en la biblioteca, hojeando distraídamente un montón de invitaciones que había sobre su mesa, cuando oyó voces en el vestíbulo. Alzó la cabeza e identificó la voz de Geoffrey. Antonia respondió con una risa más alegre que cualquier otra que Philip hubiera oído en mucho tiempo. Intrigado, se acercó a la puerta.

Lo que vio al detenerse en el umbral lo dejó sin aliento. Antonia estaba de pie en medio del vestíbulo. Su cabello relucía a la luz de la lámpara. Llevaba los rizos recogidos con elegante desaliño sobre la coronilla, y unos cuantos mechones dorados rodeaban sus delicadas orejas y su nuca, atrayendo la atención sobre su esbelto cuello. Sus hombros marfileños estaban casi desnudos, expuestos por un deslumbrante vestido de un verde palidísimo. La mano de Lafarge se discernía en las largas y vaporosas líneas, en el suave vuelo de la falda, en el modo sutil en que el corpiño realzaba los contornos de su cuerpo. Las mangas, levemente abullonadas, eran tan pequeñas y estaban tan separadas de los hombros que no entorpecían en modo alguno la contemplación de los largos y elegantes brazos de Antonia.

Tenía la cara un poco ladeada. Mientras Philip la miraba, se echó a reír, respondiendo a Geoffrey, que estaba arriba, en la escalera. Philip sintió que algo dentro de él se tensaba, se endurecía y se fundía en una sola y cristalina emoción. Antonia tenía las mejillas delicadamente ruborizadas y los ojos brillantes. Sus labios, teñidos de rosa, se abrían en una sonrisa, y sus manos, que levantó un poco, con las manos hacia arriba, no estaban cubiertas aún por los largos guantes.

—Te aseguro que soy tu hermana. Si bajas aquí, te demostraré que mi técnica particular para tirarte de las orejas sigue intacta.

Geoffrey contestó algo, pero Philip no lo oyó. Se movió lentamente hacia delante, saliendo de entre las sombras que hasta entonces lo habían ocultado. Antonia lo oyó acercarse; se giró y sus ojos se encontraron. Philip sintió que ella contenía el aliento, vio que sus ojos se agrandaban y se oscurecían. Sus brazos se juntaron lentamente, como si quisiera instintivamente proteger su cuerpo de la mirada de Philip. Él extendió los brazos despacio y, tomándola de las manos, se llevó una a los labios. Sintió que su pecho se henchía.

—Eres la belleza personificada, Antonia.

Su voz era profunda y seductora. Antonia la sintió reverberar a través de ella, notó que su turbadora suavidad se hundía hasta su médula. Moviéndose como en un sueño, Philip le hizo levantar un brazo y ella giró sobre sí misma dócilmente, volviendo la cabeza para sostenerle la mirada. Los ojos normalmente grises de Philip parecían negros como nubes de tormenta, augurios de pasión. Antonia no podía apartar la mirada de ellos, de la promesa de sus profundidades.

Philip se movió con ella. Por un instante, fue como si bailaran, girando el uno alrededor del otro, con las miradas unidas. Luego él se detuvo. Las faldas de seda de Antonia susurraron suavemente en torno a sus piernas y se aposentaron al detenerse ella, mirándolo.

Pareció pasar una eternidad mientras, con la mirada fija, permanecían inmóviles, tensos, estremecidos, como suspendidos al borde de un precipicio invisible. Antonia no podía respirar, no osaba parpadear.

El repiqueteo de los pasos de Geoffrey bajando las escaleras rompió el hechizo.

—No creas que vas a poder tirarme de las orejas —el muchacho se acercó a ellos sonriendo.

Philip soltó suavemente la mano de Antonia y, volviéndose, se fijó en la levita negra y en la corbata sencilla, pero elegante, de Geoffrey.

—Por lo elegante que vas, supongo que tú también vas a la fiesta de esta noche.

Geoffrey hizo una mueca.

—La tía Henrietta pensó que, ya que estaba aquí, bien podía expandir mis horizontes.

—Es sólo una reunión informal de familiares y amigos en casa de los Mountford, en Brook Street —todavía jadeante, Antonia procuró templar su voz—. Nada de etiqueta. Según Henrietta, sólo habrá conversación refinada y algunas danzas campestres para que las muchachas menos experimentadas vayan acostumbrándose a las maneras de la alta sociedad.

Philip conocía aquella clase de reuniones.

—Creo que es el modo preceptivo de comenzar la primera temporada de uno —miró a Antonia; la excitación brillaba en sus ojos—. Dime, ¿cenas aquí o en Brook Street?

—Aquí —Antonia hizo un ademán—. Ahora iba al salón.

—Y yo iba detrás con intención de ir practicando un poco —Geoffrey sacudió la cabeza con el ceño fruncido—. A mí, las contradanzas y el minué me parecen todo lo mismo.

—Tonterías —Antonia le dio el brazo a su hermano—. Si crees que vas a poder librarte con comentarios como ése, será mejor que te lo vayas quitando de la cabeza —miró a Philip y sonrió amablemente—. Pero tú ibas a salir. Te estamos entreteniendo.

—No —mintió Philip—. Esta noche ceno aquí.

—¿Ah, sí? —Antonia parpadeó, sorprendida.

—En efecto. ¿Por qué no vas practicando pasos de baile con tu hermano? Yo me reuniré con vosotros dentro de un momento.

La sonrisa que le lanzó Antonia era tan brillante como el sol. Rezongando, Geoffrey permitió que su hermana se lo llevara a rastras. Philip los miró alejarse, divertido. Cuando la puerta del salón se cerró tras ellos, se volvió hacia la biblioteca. Sólo entonces vio a su mayordomo parado a la sombra de la escalera. Su semblante se aplanó de pronto.

—Carring —se preguntaba qué había visto su mayordomo—, justo a quien quería ver.

En la biblioteca, Philip se acercó a su mesa y garabateó una nota para Hugo, informándolo de que le había surgido un imprevisto, pero que se reuniría con él más tarde. Selló la misiva, anotó la dirección y se la entregó a Carring.

—Que envíen esto a Brooks.

—Enseguida, señor. ¿Debo informar a la cocinera de que ha cambiado usted de idea?

Siguieron diez segundos de silencio.

—Sí. Y avise también de que pongan un cubierto más en la mesa —Philip miró fijamente a su mayordomo—. ¿Algo más?

—No, en absoluto, milord —Carring tenía una expresión benévola—. En mi opinión, todo va de perlas —con aquel críptico comentario, Carring se marchó con la nota en la mano.

Philip miró un instante, ceñudo, la espalda negra de Carring y luego se levantó y se dirigió al salón. Cuando, quince minutos después, Henrietta entró en la estancia, descubrió a su hijastro bailando una contradanza con su sobrina. Geoffrey estaba sentado en una silla cercana, sonriendo, entusiasmado.

La reunión en casa de los Mountford transcurrió tal y como Antonia había imaginado.

—Qué alegría verte otra vez, querida —lady Mountford saludó calurosamente a Henrietta e inclinó regiamente la cabeza al ver que Antonia y Geoffrey hacían una pequeña reverencia ante ella—. Esta noche no hay necesidad de ceremonias. Mis niñas están por aquí. Ya os conocéis, pero presentaos y charlad cuanto queráis. La velada es para conocer a los jóvenes de vuestra edad. Los músicos no llegarán hasta más tarde –lady Mountford señaló un espacioso salón lleno ya de jóvenes damas y, sobre todo, de caballeros igualmente jóvenes.

–Ayudadme a llegar allí –Henrietta indicó con el bastón un amplio grupo de confortables sillones que había en un extremo del salón–. Hay muchas viejas amigas con las que tengo que ponerme al día mientras vosotros aprendéis a desenvolveros.

Geoffrey ayudó a su tía a llegar al sillón que había en medio del grupo. Antonia le colocó los chales y luego, cuando Henrietta los despidió con un ademán, se volvió hacia el salón.

–Bueno –murmuró, ilusionada–. ¿Por dónde empezamos?

–Sí, por dónde –Geoffrey ya había escudriñado la habitación–. Vamos, dame el brazo –Antonia le lanzó una mirada sorprendida. Él hizo una mueca–. Así no pareceré tan crío.

Antonia sonrió afectuosamente y le dio el brazo.

–No pareces un crío en absoluto.

Con la altura y la complexión de los Mannering, realzadas por su discreto atuendo, Geoffrey parecía, en todo caso, un par de años más mayor que algunos jóvenes que pululaban en ese instante por el salón de lady Mountford.

–Mmm –Geoffrey se fijó en un caballero, a su izquierda–. Mira a ese lechuguino de ahí. Lleva el cuello tan alto que no puede girar la cabeza.

Antonia alzó las cejas.

–¿Tanto sabes de moda?

–Yo no –contestó Geoffrey mientras paseaba la mirada entre los invitados–. Pero Philip dice que ningún caballero que se precie se engalana hasta ese extremo. La elegancia discreta es el sello de los elegidos.

–¿Los elegidos?

Geoffrey la miró.

—Los fuera de serie. Los corintos. Ya sabes.

Antonia disimuló una sonrisa.

—No, no lo sé, aunque sospecho que puedo imaginarlo. ¿He de suponer que aspiras a semejante distinción?

Geoffrey se quedó pensando un momento y luego se encogió de hombros.

—Mentiría si dijera que me molestaría ser un fuera de serie algún día, pero de momento he decidido concentrar todas mis energías en hacerme una idea cabal de este mundillo. A fin de cuentas, me iré dentro de un par de semanas.

Antonia asintió con la cabeza.

—Una idea muy sensata, estoy segura de ello.

—A Philip también se lo pareció —Geoffrey seguía observando el salón—. ¿Qué te parece si nos presentamos a algunos sufridores como nosotros?

Como era de esperar, Geoffrey eligió el grupo reunido alrededor de la muchacha más bonita del salón. Por suerte, aquel grupo incluía a Cecily Mountford, quien se apresuró a presentarlos a las tres damas y los cuatro caballeros reunidos ante la chimenea. Ninguno de ellos tenía más de veinte años. Geoffrey quedó incluido de inmediato en el círculo. Antonia, cuya mayor edad se evidenciaba no sólo por su porte, sino también por la elegancia del traje de madame Lafarge, se quedó al margen, metafórica, si no literalmente hablando. Nadie intentó excluirla, pero todos la trataron con tanta deferencia que se sintió casi anciana. Los jóvenes caballeros hicieron reverencias, se sonrojaron y tartamudearon, y las muchachas se inclinaron para darle la mano mientras lanzaban miradas envidiosas a su vestido.

Pronto se hizo evidente que la invitación de la anfitriona a dejar de lado las trabas de la etiqueta era acogida con entusiasmo. Con la acostumbrada facilidad de la juventud, los invitados fueron rápidamente al grano.

La beldad, una jovencita de dulce rostro, ataviada con un vestido azul pálido, cuyos bucles negros oscilaban sobre sus hombros, resultó ser la señorita Catriona Dalling, una huérfana del este de Yorkshire que estaba en la ciudad bajo el amparo de su tía, la condesa de Ticehurst.

—Es un dragón —informó la señorita Dalling a sus acompañantes, adelantando agresivamente la barbillita cuadrada—. ¡No! Miento. Es peor que eso. ¡Es una arpía!

—¿Es cierto que pretende entregarte en matrimonio al mejor postor? —preguntó Cecily Mountford.

La señorita Dalling apretó los labios y asintió con la cabeza.

—Lo que es más, tiene todas sus esperanzas puestas aquí, en el pobre Ambrose —puso una mano teatralmente sobre la manga de seda verde del joven que tenía a su derecha y le apretó el brazo—. Así que ahora nos persigue a los dos.

Ambrose, un muchacho pálido, bajo, un tanto recio y bastante nervioso que se vanagloriaba de ostentar el título de marqués de Hammersley, se sonrojó, masculló algo y procuró alisar las arrugas que habían dejado los fuertes dedos de la señorita Dalling en la manga de su levita. Geoffrey frunció el ceño.

—¿Y no podéis negaros?

Los demás lo miraron con compasión.

—Tú no lo entiendes —dijo la señorita Dalling—. Mi tía está empeñada en casarme con Ambrose porque es marqués, y no hay ningún marqués en nuestra familia. Además, un marqués es mejor que un conde, así que ella cree que se mejora la posición de la familia. La madre de Ambrose está a favor por mi herencia, porque las tierras de Ambrose no dan para la dote de todas sus hijas. Y —añadió con una mirada malévola— porque cree que soy tan joven que seré fácil de manejar.

Antonia no pudo evitar preguntarse si la madre del marqués sería ciega.

—Lo tienen todo acordado por el dinero y la posición —continuó la señorita Dalling con desdén—. Pero no les servirá de nada. He decidido casarme por amor, o no casarme.

Su dramática declaración arrancó gestos de asentimiento en cuantos la rodeaban, particularmente en el marqués.

La defensa del amor de la señorita Dalling avivó la discusión por doquier. La mayoría, notó Antonia, apoyaban la posición de la rica heredera y condenaban abiertamente la de su tía.

Ajena al revuelo que había causado, Catriona Dalling le lanzó a Antonia una sonrisa confiada y amistosa.

—Tengo entendido que, como todos nosotros, es la primera vez que vienes a la ciudad, aunque tú sin duda tendrás más experiencia a la hora de buscar el único y verdadero amor. Espero que me disculpes por hablar con tanta franqueza, pero las intenciones de mi tía resultan intolerables. Ambrose y yo tenemos que mantenernos firmes, ¿no crees?

A su alrededor se desataron las discusiones sobre cómo poner coto a las ambiciones de lady Ticehurst. Antonia oyó que Geoffrey urgía a los participantes a consultar la cuestión con sus hombres de confianza. Al mirar los ojos indudablemente inocentes de la señorita Dalling, Antonia sintió el peso de sus años.

—Aunque sin duda no justifico el hecho de que la obliguen a casarse, señorita Dalling, es muy cierto que, en nuestros círculos, la mayoría de los matrimonios son acordados en uno u otro sentido. Quizá algunos se sustentan sobre el afecto o una larga amistad, pero otros se pactan conforme a razones que, he de admitirlo, parecen despiadadas. Sin embargo, siempre y cuando los afectos de las partes no se hallen en otro lugar, ¿no cree usted que cabe la posibilidad de que la sugerencia de su tía pueda, al final, rendir fruto? —Antonia miró un instante al marqués, y sintió de inmediato una punzada de incertidumbre.

—Sí, desde luego —asintió juiciosamente la señorita Dalling—. Pero, verá, yo ya he encontrado a mi verdadero amor, de modo que...

—¿De veras? —Antonia no pudo evitar mirarla con preocupación. La muchacha no parecía mucho mayor que Geoffrey—. Disculpe mi impertinencia, señorita Dalling, pero ¿está usted segura?

—Oh, sí, absolutamente segura —Catriona Dalling asintió enérgicamente y sus bucles comenzaron a oscilar—. Henry y yo nos conocemos desde niños, y estamos seguros de que queremos casarnos. Habíamos pensado esperar un par de años, hasta que Henry demostrara que puede llevar las granjas de su padre, ¿sabe usted? Pero mi tía se ha interpuesto entre nosotros.

—Entiendo —Antonia frunció el ceño—. ¿Le ha hablado de su compromiso a su tía?

—Mi tía no cree en el amor, señorita Mannering —los ojos de Catriona Dalling recuperaron su brillo belicoso—. Podría mostrarse más comprensiva si Henry también fuera marqués, pero por desgracia sólo es el hijo de un caballero, de modo que no está dispuesta a dar su brazo a torcer.

—No sabía —reconoció Antonia— que su situación fuera tan... embarazosa. Ha de ser angustioso que la obliguen a una a volverle la espalda al amor, dado que su enlace no sería desventajoso y que su compromiso ha demostrado ser constante.

Catriona asintió de nuevo con vehemencia.

—Lo sería, si yo tuviera la más leve intención de ceder. Pero estoy decidida a mantenerme firme. Casarme con Ambrose no sólo arruinaría mi vida y la de Henry, sino que también arruinaría la de Ambrose —viendo la expresión resuelta del bello semblante de la señorita Dalling y el aspecto del marqués, tímido y apocado, enfrascado en su conversación con Geoffrey, Antonia no podía más que darle la razón—. De un modo u otro estoy decidida a salirme con la mía. Además, los matrimonios por amor no son tan raros hoy día —Catriona hizo un amplio gesto—. Ni siquiera antiguamente eran tan extraños. Mi propia tía, no la señora Ticehurst, desde luego, sino su hermana, lady Copely, desafió a su familia y se casó con sir Edmund, un caballero de buena posición, aunque no rico. Llevan muchísimos años viviendo felices, y su hogar es uno de los más acogedores que conozco. Si pudiera casarme por amor, me sentiría enteramente satisfecha —hizo una pausa para tomar aliento—. Y el año pasado mismo, mi prima Amelia, la hija mayor de lady Copely, se casó con su enamorado, el señor Gerard Moggs —se interrumpió para señalar a una joven pareja al otro lado de la habitación—. Están allí. Usted misma puede ver lo felices que son.

Antonia miró donde le indicaba. Aquello era, al fin y al cabo, para lo que había ido a Londres: para ver a damas casadas desenvolviéndose en público con sus esposos.

Lo que vio fue a un joven caballero de veinticinco o veintiséis años, de pie junto a un diván en el que se hallaba sentada una bonita joven que, un poco girada, levantaba la mirada hacia su marido. El señor Moggs hizo algún comentario. Su mujer se echó a reír. Apoyó una mano sobre su manga y le apretó afectuosamente el brazo. El señor Moggs respondió con una mirada llena de adoración. Extendiendo el brazo, tocó con el dedo la mejilla de su esposa, se inclinó y le susurró algo al oído antes de erguirse y alejarse de ella con una inclinación de cabeza. Antonia advirtió que se acercaba a la mesa de los refrigerios y regresaba con dos vasos.

—La señorita Mannering, ¿no? —Antonia se giró sobresaltada y vio que un caballero de edad semejante a la suya se inclinaba ante ella. Iba discreta aunque elegantemente vestido—. El señor Hemming, mi querida señorita Mannering —cuando se irguió, Antonia vio sus ojos de un marrón suave bajo su pelo castaño y ondulado—. Espero que disculpe mi impertinencia, pero lady Mountford me ha soplado que los músicos están a punto de empezar. ¿Me concedería el honor de bailar conmigo el primer baile?

La invitación iba acompañada por una sonrisa encantadora. Antonia respondió espontáneamente, tendiéndole la mano.

—Desde luego, señor Hemming. Será un placer.

Antonia bailaba bien la contradanza, mejor, como pronto se hizo evidente, que el señor Hemming. A pesar de su agradable disposición, éste se vio obligado a concentrarse en los pasos de la danza, y Antonia se halló libre para cumplir su principal propósito. Mientras giraba por el salón, era fácil observar a los que no bailaban, en busca de parejas que pudieran ser marido y mujer. Aparte de los Moggs, no encontró ninguna. Y, en cuanto a los Moggs, estaba segura de que a duras penas podía considerárselos un ejemplo representativo. No le cabía duda de que sería imprudente utilizar su conducta como guía de cómo debía conducirse con Philip. Por de pronto, Philip era bastante mayor que el señor Moggs. Mientras daba vueltas con el brazo en alto, Antonia escudriñó el salón. En efecto, no podía imaginarse a Philip en una reunión semejante: no había allí presente ni un solo caballero como él.

La diferencia de edad resultaba reveladora en otro sentido. Por más que se esforzaba, no lograba imaginarse a Philip lanzándole miradas de adoración, ni en público ni en privado. En realidad, estaba convencida de que cualquier demostración de afecto le valdría una mala cara de Philip y una reprimenda por dañar su imagen pública.

Los caballeros, le habían dicho su madre y todas las damas de Yorkshire, se sentían incómodos ante cualquier muestra de afecto en público. Una dama jamás demostraba sus sentimientos ante los demás, o eso le habían enseñado. Aunque la señorita Dalling y su familia, o al menos una rama de ella, así como los más jóvenes pudieran reconocer libremente sus afectos, Antonia no creía que los caballeros de la edad y el temperamento de Philip aprobaran tal conducta.

Acabó la danza y Antonia ejecutó la reverencia de rigor. El señor Hemming la hizo erguirse, sonriente.

—Baila usted de maravilla, señorita Mannering —le ofreció galantemente su brazo—. Supongo que asistirá usted a los bailes y las fiestas que se avecinan.

—Espero que a algunos, sí —Antonia aceptó su brazo. El señor Hemming la acompañó de nuevo a la chimenea.

—¿Ha visto usted las esculturas de lord Elgin? En mi humilde opinión, bien merecen una visita.

Antonia estaba a punto de contestar cuando se les unió un conocido del señor Hemming, un tal señor Carruthers. Al ser presentado, el señor Carruthers ejecutó una extravagante reverencia. Al cabo de unos minutos, se les habían unido dos caballeros más, sir Frederick Smallwood y el señor Riley. En un abrir y cerrar de ojos, Antonia se encontró en el centro de un pequeño círculo de caballeros. Charlaron cordialmente. Ella bailó el minué con sir Frederick y la última contradanza con el señor Carruthers. El señor Riley le rogó que se acordara de él la próxima vez que se encontraran.

Luego la fiesta comenzó a languidecer. Geoffrey apareció junto a ella para anunciarle que Henrietta quería marcharse. Antonia se disculpó ante los caballeros y se retiró educadamente.

Tras acomodar a Henrietta en el carruaje y colocarle los chales, se reclinó en el asiento y se puso a considerar cuanto había presenciado.

—Tía —preguntó al cabo de un rato, cuando el carruaje se puso en movimiento—, ¿es habitual que los caballeros casados acompañen a sus esposas a esta clase de reuniones?

Henrietta soltó un bufido.

—Te has fijado en los Moggs, ¿eh? No me extraña. Esos dos tortolitos llaman mucho la atención —su tono sugería que las señoras mayores no se habían dejado impresionar por la pareja—. Pero, contestando a tu pregunta, te diré que no, no es lo normal. Pero Gerard Moggs no está sólo francamente enamorado de su esposa, sino que ella está también en estado interesante, de modo que supongo que habrá que disculparlo —Antonia asintió con la cabeza. Ya había situado a los Moggs en la perspectiva adecuada—. Es una pregunta interesante cuántas atenciones resultan permisibles en un marido —Henrietta hablaba en la penumbra; su voz apenas se oía entre el traqueteo de las ruedas del carruaje—. No es que la cuestión se plantee en la mayoría de los casos, naturalmente, tal y como son los caballeros, tan apegados a sus clubes y sus cenas. La mayoría sólo aparecen en los grandes bailes y las mejores fiestas, y se limitan a saludar a sus esposas de pasada inclinando la cabeza. Pero, en realidad, siempre ha existido el consenso de que, al menos en la ciudad, los maridos y las mujeres siguen esencialmente calendarios distintos —se ahuecó los chales—. Eso, naturalmente, limita las ocasiones para la clase de exhibiciones que has presenciado esta noche.

Cualquier duda acerca de la opinión de su tía sobre el comportamiento de los Moggs quedó disipada. Antonia se removió en su asiento.

—Yo creía que los caballeros solían escoltar a las señoras a las reuniones sociales.

—En efecto —Henrietta bostezó—. Pero ese deber se circunscribe casi siempre a los caballeros más jóvenes, a los solteros empedernidos o los que andan en busca de esposa. Sólo de vez en cuando una dama casada espera que su marido la acompañe, y ello únicamente si a él le apetece asistir a la misma reunión.

Las sombras ocultaban el ceño de Antonia. El placer de las salidas que Philip había organizado, las risas que habían compartido, el deleite de su compañía, ¿cambiaría todo eso una vez estuvieran casados? ¿Quedaría relegado a la historia? ¿Qué sentido tenía casarse, se preguntaba, o tener una sólida amistad con el marido de una, si ello precisamente le impedía pasar más tiempo en su compañía?

El carruaje dobló una esquina y enfiló, traqueteando, Grosvenor Square. Geoffrey se removió en su rincón. Cuando el coche se detuvo frente a Ruthven House, se apeó de un salto, sofocando un bostezo, y ayudó a bajar a Henrietta y a su hermana. Carring estaba en lo alto de la escalinata, sosteniendo la puerta abierta de par en par. Tras él, al resplandor de la lámpara del vestíbulo, Antonia vislumbró a Philip. Éste se acercó cuando Carring cerró la puerta.

—¿Una velada agradable?

La pregunta iba dirigida a ella, pero fue Geoffrey quien contestó.

—Un aburrimiento —dijo, bostezando de nuevo—. Nada de interés, salvo el dragón de la tía de una heredera. Parecía de verdad una arpía.

—¿De veras? —Philip alzó una ceja, divertido.

—Absolutamente —le aseguró Geoffrey—. Pero me voy a la cama.

—En ese caso —dijo Henrietta—, puedes darme el brazo para subir las escaleras —miró por encima de su hombro—. Manda arriba a Trant ahora mismo, por favor, Carring.

El mayordomo hizo una profunda reverencia.

—Enseguida, señora.

Antonia, que permanecía junto a Philip, se quedó mirando a su hermano y a su tía hasta que llegaron al descansillo superior.

—Ven a la biblioteca —dijo Philip, agarrándola suavemente del brazo—. ¿Ha habido mucho baile?

Él había salido después de que Antonia, Geoffrey y su madrastra se marcharan, sofocando un ridículo deseo de acompañarlos, en lugar de reunirse con Hugo y un pequeño grupo de amigos en el Brooks. Juntos habían ido al Boodles, y después a un establecimiento selecto en Pall Mall, pero había estado demasiado inquieto como para concentrarse en el juego. Al final, había regresado a casa y se había puesto a pasear lánguidamente por la biblioteca.

—Dos contradanzas y un minué.

Entraron en la biblioteca. Philip cerró la puerta.

—¿Y las has bailado todas?

—En efecto.

Él se detuvo junto a uno de los sillones que flanqueaban la chimenea, en la que ardía alegremente el fuego. Ella se sentó y sus faldas suspiraron suavemente a su alrededor. Se quedó observándola.

—¿Quieres tomar algo antes de irte a la cama? —Antonia levantó la mirada, sorprendida, y luego sonrió y movió la cabeza de un lado a otro. Pero Philip no se dejó engañar—. ¿Qué quieres?

Su sonrisa le recordó por fuerza a la niña irrefrenable que había sido Antonia.

—Pues la verdad es —dijo ella con mirada danzarina— que me gustará muchísimo tomar un vaso de leche caliente, pero no logro imaginarme cómo reaccionaría Carring ante semejante petición.

—¿No? —Philip alzó levemente las cejas y, volviéndose, tiró del cordón del timbre.

—¡Philip! —Antonia se levantó.

Philip agitó la mano.

—No... Tengo que marcarme un tanto. ¡Chist! —ocupó el sillón que había frente a ella.

Carring entró con porte solemne.

—¿Ha llamado, milord?

—Sí —Philip tenía una expresión de perfecta despreocupación—. La señorita Mannering quiere tomar algo antes de retirarse, Carring. Un vaso de leche caliente.

Los ojos de Carring brillaron un instante. Luego, hizo una reverencia.

—¿Le traigo también uno a usted, milord?

A Philip le costó un momento modular su voz.

—No. A mí sírvame un brandy cuando vuelva.

—Muy bien, señor —Carring hizo otra reverencia y se retiró.

En cuanto la puerta se cerró, Antonia rompió a reír.

—Tú tomando leche caliente... —logró decir al cabo de un momento, mientras se abrazaba las costillas doloridas de tanto reír.

Philip esbozó una sonrisa a su pesar.

—Algún día diré yo la última palabra.

Pero esa noche no iba a tener éxito. Carring reapareció llevando un vaso de leche caliente sobre una bandeja de plata. Lo depositó sobre la mesa, junto a Antonia, con el mismo cuidado que habría puesto de haber sido un oporto añejo, y luego se acercó al aparador, sirvió un brandy para Philip y dejó el vaso junto al codo de su señor.

—Gracias, Carring. Puedes retirarte.

—Milord —el mayordomo salió con su acostumbrado aplomo.

Philip tomó el vaso de brandy y descubrió que estaba medio lleno. Una sutil sugerencia, supuso de la estimación de Carring acerca de su estado. Bebió un sorbo y sonrió a Antonia.

—¿Con quién has bailado?

Ella se recostó en el sillón con el vaso de leche en la mano.

—La mayoría de los invitados eran de la edad de Geoffrey, pero había también algunos caballeros más mayores. El señor Riley, el señor Hemming, sir Frederick Smallwood y un tal señor Carruthers.

—¿De veras? —Philip no conocía aquellos nombres, lo cual le daba cierta idea sobre su posición. Fijó en ella una mirada levemente inquisitiva—. ¿Y a ti también te ha parecido aburrido, como a Geoffrey?

Antonia sonrió.

—Aunque, ciertamente, no creo que pueda compararse con Astley's, no ha carecido por completo de interés.

—¿Ah, sí?

Antonia le expuso sus observaciones sobre cuanto había visto, mientras se bebía lentamente la leche. Philip observaba los destellos que la luz del fuego arrancaba a su cabello. El juego del resplandor del fuego sobre su tez clara, sobre sus labios, humedecidos por la leche, lo mantenía hipnotizado. La cadencia de su voz se elevaba y caía. Philip bebía su brandy y escuchaba mientras ella pintaba ante sus ojos un cuadro que él había visto muchas veces y que, a través de los ojos de Antonia, cobraba la inocencia, la chispeante frescura que su hastío le impedía ver desde hacía mucho tiempo. Antonia concluyó su relato con un conciso bosquejo de los principales protagonistas del que prometía ser uno de los asuntos más cacareados de la temporada.

—La verdad es —dijo, dejando a un lado el vaso vacío— que

la situación de la señorita Dalling y el marqués parece bastante delicada, pero no sé hasta qué punto ello se debe al histrionismo de ella. En cualquier caso, estoy segura de que se saldrá con la suya, por muy temible que sea su tía —miró a Philip con una sonrisa, invitándolo a compartir su regocijo.

Para su sorpresa, el semblante de Philip permaneció inexpresivo. Él se levantó de pronto y dejó su vaso sobre la mesa, a su lado.

—Vamos, es hora de que subas.

Su voz tenía un matiz que ella no logró identificar. Desconcertada, le dio las manos y dejó que tirara de ella. Sólo entonces, cuando se halló delante de él y notó que el calor del fuego traspasaba su fino vestido, lo miró a los ojos. A la luz del fuego, las pupilas de Philip eran de un gris oscuro y tormentoso. Antonia contuvo el aliento. Vaciló y, luego, con calma, esbozó una sonrisa e inclinó la cabeza.

—Buenas noches, Philip.

Esta vez no iba a retirarse en desorden, ni a refugiarse en la distancia.

Philip asintió rígidamente con la cabeza. Se tensó para apartarse, para dejarla marchar, pero no soltó su mano. Titubeó, con la vista fija en su cara, y por fin la atrajo hacia sí lentamente, con suavidad, hasta que el corpiño del vestido rozó su levita. Le soltó las manos y alzó las suyas para tocar su cara.

Antonia le sostuvo la mirada. Tenía el aliento enredado en el pecho y el corazón le palpitaba en la garganta. Vio que él bajaba los párpados, que su cabeza se ladeaba y descendía lentamente. Apoyó una mano sobre su hombro y se aupó levemente hacia él, con los labios entreabiertos.

Philip la besó sin violencia, pero con firmeza, como si estuviera seguro de ser bien recibido. Su lengua trazaba seductoramente las curvas de los labios de Antonia. Ella abrió la boca, invitándolo a saborearla. Él probó su suavidad y se apoderó de cuanto ella le ofrecía con vehemencia y consumada habilidad.

El fuego ardía. Las llamas brincaban. Durante largos segundos, un tenue hechizo se apoderó de ellos. Luego, muy despacio, con deliberación, Philip se apartó y, separado de ella apenas unos milímetros, esperó hasta que levantó los párpados. Observó sus ojos dorados y verdes. Cuando se enfocaron, se irguió y, con firmeza, la soltó.

—Buenas noches, Antonia —su sonrisa tenía un matiz burlón que ella no entendió—. Dulces sueños.

Antonia parpadeó y escudriñó sus ojos no con temor o asombro, sino con una intensidad que Philip no supo a qué atribuir. Luego sus labios se curvaron.

—Buenas noches.

El leve susurro de sus palabras llegó a los oídos de Philip mientras ella se daba la vuelta. La vio marchar, vio que volvía la cabeza al llegar a la puerta y que luego se deslizaba por ella y la cerraba suavemente a su espalda.

Respiró hondo y se volvió hacia el fuego. Apoyó un brazo sobre la repisa de la chimenea y se quedó mirando las llamas. Intrigado, se pasó la punta de la lengua por los labios... y tuvo que sofocar un estremecimiento.

Nunca había imaginado que la leche pudiera resultar erótica.

CAPÍTULO 9

Al día siguiente, Philip regresó a su casa a mediodía tras haber desayunado con unos amigos en un café de Jermyn Street. En la fresca penumbra del vestíbulo, Carring se acercó para hacerse cargo de su gabán y su bastón.

Philip se enderezó las mangas.

—¿Está la señorita Mannering en casa?

—Sí, milord —Carring fijó la mirada en la pared que había más allá de Philip, hacia la derecha—. La señorita Mannering está en el salón de baile, recibiendo clases del maestro Vincenzo.

Philip observó el rostro elocuentemente inexpresivo de su mayordomo.

—¿En el salón de baile?

Carring inclinó la cabeza. El salón de baile quedaba más allá del salón principal. La melodía familiar de un vals llegó a oídos de Philip cuando se acercó a la puerta. Ésta se abrió sin hacer ruido. Philip traspuso el umbral y observó rápidamente la habitación.

Las cortinas de uno de los lados estaban descorridas. El sol derramaba sus rayos sobre el suelo. Geoffrey estaba sentado al piano, en un extremo del salón, tocando mientras miraba con el ceño fruncido las partituras. En el centro de la estancia de parqué pulido, Antonia, muy tiesa, giraba torpemente en brazos de un hombre de mediana edad al que Philip clasificó sin vacilar como un galán entradito en años.

El maestro Vincenzo mostraba escasos signos de su supuesto origen italiano. Bajo y rotundo, poseía una complexión sospechosamente inglesa. Llevaba pajarita marrón y una levita verde botella que parecía muy vieja. Sus enjutas pantorrillas aparecían enfundadas en medias de punto blanco. Pero lo peor de todo era que el maestro Vincenzo mostraba una mirada claramente libidinosa.

Philip se acercó, haciendo repicar los tacones de las botas en el suelo. La música se detuvo bruscamente. Antonia levantó la mirada; él advirtió su expresión de alivio y apretó la mandíbula.

—Me temo que ha habido un malentendido.

El maestro Vincenzo dio un respingo y se apresuró a soltar a Antonia.

—¿Un malentendido? —su voz aguda sonó como un chillido—. No, no, he sido contratado, querido señor, se lo aseguro.

Philip se detuvo junto a Antonia y bajó la mirada hacia el profesor de baile.

—En ese caso, lamento informarlo de que sus servicios ya no son necesarios —sin mirar la puerta, alzó la voz—. Carring...

—¿Milord?

—El maestro Vincenzo se marcha.

—Sí, milord.

—¡Pero bueno...! ¡Debo insistir...! —el maestro Vincenzo extendió las manos, apelando a Philip.

Éste hizo caso omiso. Agarró a Antonia por el codo y la condujo hacia el otro lado del salón.

—Si es tan amable de acompañarme, señor —el tono expeditivo de Carring no dejaba lugar a discusiones. Como de costumbre, fue él quien dijo la última palabra y logró expulsar al maestro de baile del salón.

La puerta se cerró. Antonia miró a Philip, atónita.

—¿Por qué has hecho eso?

Philip se detuvo junto al piano y alzó una ceja.

—Ese hombre no era la persona adecuada para instruirte en nada.

—Eso mismo le dije yo —intervino Geoffrey.

Antonia ignoró a su hermano y fijó en Philip una mirada exasperada.

—Y, dime, ¿cómo crees que voy a aprender a bailar el vals? Por si no te has percatado, hoy en día todas las señoritas deben saber bailar el vals. Todo el mundo lo esperará de... —se interrumpió bruscamente, miró a Geoffrey y continuó—. De mí.

Philip asintió con la cabeza.

—En efecto. Así que, ya que he despedido a tu profesor, lo más justo es que yo mismo ocupe su lugar.

Antonia lo miró con los ojos como platos.

—Pero...

Una música alegre ahogó sus protestas. Antes de que se diera cuenta de lo que ocurría, Philip la tomó en sus brazos y empezaron a girar.

—Te aseguro que soy tan competente como el maestro Vincenzo —Antonia le lanzó una mirada de enojo. Philip compuso una expresión humilde—. Hace que bailo el vals... vamos a ver —frunció el ceño y luego alzó las cejas—. Más años de los que puedo recordar.

Antonia soltó un bufido y se puso muy tiesa. Como de costumbre, se sentía sin aliento. Mientras Philip le enseñaba sin esfuerzo los primeros pasos, un nítido aturdimiento se apoderó de ella. Alzando la barbilla, procuró concentrarse en el baile.

—Relájate —Philip bajó la mirada hacia ella—. Si dejas de pensar, te será más fácil seguir mis pasos —levantó una ceja al ver que ella lo miraba con indecisión—. Ni siquiera voy a pedirte que me cepilles las botas.

Antonia lo miró con los ojos muy abiertos.

—Dado que acabas de despedir de malos modos a mi profesor de baile, quien, para que te enteres, venía con las mejores recomendaciones, creo que deberías aceptar las consecuencias que se sigan de ello, sean cuales sean —replicó Antonia altivamente, y sus rizos se agitaron. De pronto se dio cuenta de lo extraño de la situación. La reacción de Philip respondía a un simple impulso, a un arrebato momentáneo y que sin duda poco tenía que ver con su carácter. Antonia levantó la mirada hacia él. Philip tenía el ceño fruncido.

—¿Quién te recomendó al maestro Vincenzo?

Antonia hizo una mueca.

—Lady Castleton y la señorita Castleton. Contaban maravillas de él, o eso me dijo Henrietta.

La expresión de Philip se tornó cínica.

—Las Castleton parecen tener una clara predilección por los sapos. Compadezco a sir Miles.

Antonia arrugó la nariz.

—Me preguntaba cómo podían soportarlo —se estremeció expresivamente—. Era repugnante.

Philip esbozó una sonrisa fugaz y al instante frunció el ceño. Miró a Geoffrey, que estaba tocando, y fijó de nuevo la mirada en Antonia.

—De ahora en adelante, si se acercaran a ti personas semejantes, te agradecería que las enviaras a mí —hizo una pausa, jugando imaginariamente con las posibilidades—. No, déjame decirlo de otro modo —su mandíbula se endureció—. Si vuelve a acercársete alguien así, confío en que lo enviarás a mí.

—¿Ah, sí?

—Sí. De hecho —prosiguió Philip—, si no me informas de tales incidentes, no respondo de mis actos.

—Philip, sólo era un maestro de baile.

Él la miró, ceñudo, y advirtió la risa afectuosa que brillaba en sus ojos.

—No es el maestro de baile lo que me preocupa —la informó ácidamente—. Por cierto, bailas bastante bien el vals.

Antonia puso unos ojos como platos y estuvo a punto de

perder el paso, pero Philip la agarró con más fuerza y la sostuvo con firmeza.

—Sí, eso parece —dijo casi sin aliento. Bajó la mirada hasta el hombro de Philip. Distraída por la conversación, se había olvidado por completo de dirigir sus miembros, que, por propia voluntad, habían empezado a seguir los movimientos de Philip. Así continuaron mientras fluía la música. Liberada, dejó la mente abierta a las impresiones que le producía la danza, al sutil movimiento de sus faldas alrededor de sus piernas y a los recios muslos que se rozaban contra ella al girar. El vaivén del baile era delicioso y sensual. La mano de Philip en su cintura era firme; su contacto, enérgico, mientras la guiaba a voluntad. Movió indecisa los dedos de la mano derecha y sintió que él se la agarraba con más fuerza.

Sofocó un estremecimiento y tuvo de pronto una visión fugaz pero sobrecogedora de lo que sería bailar así el vals con Philip delante de todo el mundo. ¿Cómo rayos iba a arreglárselas si cada una de sus terminaciones nerviosas parecía arder? Aturdida, disipó aquella visión. No tenía que abordar aquella posible calamidad ese día. Ese día, estaba allí, bailando el vals con Philip, sin nadie que los mirara, salvo Geoffrey, que seguía enfrascado en el piano. Ese día podía divertirse.

Experimentó de pronto una sensación de sofoco y exaltación. Una suave sonrisa curvó sus labios. Alzó la cabeza y fijó la mirada en los ojos de Philip.

—He de admitir que tu... técnica es mucho mejor que la del maestro Vincenzo —Philip profirió un bufido—. Dejando eso a un lado —continuó ella con suavidad—, quería darte las gracias por tu regalo... el bolsito —el regalo de ese día, el último en una larga lista. Desde que le había regalado el parasol, no pasaba ni un solo día sin que apareciera alguna delicada prenda en su habitación: un par de guantes a juego con el parasol, un ovillo de cinta de raso del mismo color, un sombrerito nuevo y elegante, un par de exquisitos botines... Esa mañana, un bolsito de cuentas que había llamado la atención de Antonia en un escaparate de Bond Street había aparecido en su cómoda–. Va perfectamente con mi vestido amarillo nuevo. Lo llevaré esta noche a casa de los Quartermain.

Philip estudió su sonrisa, complacido pero también exasperado.

–Simples bagatelas, como te decía, pero, si te agradan, me conformaré con eso –de momento. De poder poner en práctica sus deseos, la cubriría de joyas, pieles y toda clase de lujosas muestras de un afecto que le parecía cada vez más real. Pero, mientras Antonia quisiera mantener su relación en secreto, sólo podía permitirse pequeñas fruslerías. Y aquella restricción empezaba a resultarle, por extraño que pareciera, sumamente molesta.

El vals que estaban bailando tocó a su fin.

–¡Se acabó! –exclamó Geoffrey–. Vosotros os lo estáis pasando de maravilla –dijo cuando Antonia y Philip lo miraron–. Pero yo tengo los dedos dormidos de tanto tocar.

Philip sonrió. Soltó a Antonia, la agarró de la mano y se acercó al pianoforte tirando de ella.

–¿A qué hora has empezado? ¿A las once y media? –Geoffrey flexionó los dedos y asintió con la cabeza–. Muy bien... Nos veremos aquí mañana a la misma hora.

Geoffrey asintió otra vez. Fue Antonia quien protestó.

–¿Mañana?

Philip se giró, le levantó la mano y depositó un rápido beso en sus nudillos.

–En efecto –la miró alzando una ceja–. ¿No creerás que ya eres una experta?

–Nooo –Antonia titubeó al levantar la mirada hacia sus ojos.

Allí, en el salón de baile, estarían prácticamente solos, y ella se sentía cada vez más segura de sí misma y de lo apropiado de su conducta cuando se hallaban en privado. Y sin duda le hacía falta práctica para afrontar con tranquilidad la noche en que tuviera que bailar con él el vals en público, en un salón atestado de gente y bajo el resplandor de las lámparas. Por fin respiró hondo y asintió.

—Sin duda tienes razón —la mirada que le lanzó Philip le hizo arquear las cejas altivamente. Levantó la barbilla—. Hasta mañana a las once y media, milord.

Esa tarde, Antonia y Geoffrey volvieron a cruzarse con Catriona Dalling y el marqués de Hammersley.

Junto con Henrietta, habían decidido aprovechar el cálido sol otoñal y se habían ido al parque en la carroza de los Ruthven a fin de ver y ser vistos. Tentados por la benevolencia del tiempo, habían dejado a su tía en la carroza, charlando con lady Osbaldestone, y se habían apeado para reunirse con las numerosas parejas que paseaban por los prados. Estaban a medio camino de Serpentine Walk cuando se toparon con la señorita Dalling y el marqués, quienes, con las cabezas juntas, cuchicheando, interrumpieron lo que parecía una frenética conspiración para saludar a Antonia y Geoffrey. Mientras se estrechaban las manos, la señorita Dalling declaró:

—Está claro que los envía el destino, pues tenemos gran necesidad de su apoyo.

—¿Ah, sí? —los ojos de Geoffrey se iluminaron.

—¿Por qué necesitan apoyo, señorita Dalling? —preguntó Antonia, que no deseaba dejarse llevar por las conclusiones de la señorita Dalling, con cierta reticencia.

—Por favor, llámame Catriona —dijo la señorita Dalling con una sonrisa radiante—. Creo sinceramente que estamos destinadas a ser amigas.

Antonia no pudo evitar responder con una sonrisa.

—Muy bien. Y tú has de llamarme Antonia. Pero ¿por qué necesitáis ayuda?

—Es por mi madre —dijo Ambrose, afligido—. Acaba de llegar a la ciudad y está ansiosa por sellar nuestro compromiso.

—Más que ansiosa —declaró Catriona—. ¡Está empeñada en ello! Entre mi tía y la marquesa, nos van a obligar a casarnos queramos o no. Estábamos intentando decidir qué hacíamos cuando llegasteis.

—Nada demasiado drástico, espero. No querréis hacer recaer un escándalo sobre vuestras cabezas.

—Desde luego que no —Catriona sacudió la cabeza con tanto vigor que sus bucles saltaron alegremente—. Causar un escándalo no nos serviría de nada, porque sólo aprovecharían la ocasión para obligarnos. No, hagamos lo que hagamos, hemos de hacerlo de tal modo que no haya posibilidad de que la tía Ticehurst y la madre de Ambrose puedan utilizarlo contra nosotros.

—¿Y qué pensáis hacer? —preguntó Geoffrey.

La frente de Catriona se nubló.

—No lo sé —sus labios temblaron un instante. Luego parpadeó y levantó el mentón—. Por eso he decidido mandar a por Henry.

—¿Henry?

—Henry Fortescue, mi prometido —los labios de Catriona se afirmaron—. Él sabrá qué hacer.

—Una idea excelente, en mi opinión —Ambrose miró esperanzado a Geoffrey.

—Pero hay un problema —Catriona frunció el ceño—. No puedo escribirle una carta a Henry porque mi tía, lady Ticehurst, no me quita ojo. Ni siquiera aquí estamos fuera de su alcance. Está ahí, en el camino, en su calesa, observándonos. Le estaba diciendo a Ambrose que tendría que escribirle él por mí.

—Eh... —Ambrose cambió el peso del cuerpo de un pie a otro—. Nadie hay más ansioso que yo por librarse de este embrollo —miró a Catriona, suplicante—. Pero comprenderás que no es lo más apropiado, ¿verdad? ¿Yo escribiéndole a tu prometido para decirle que venga a verte?

La expresión de Catriona se tornó terca.

—No veo por qué...

—¡Sí, por Júpiter! —Geoffrey parecía horrorizado—. ¡Qué embarazoso!

—Exacto —Ambrose se apresuró a asentir con la cabeza—. No servirá de nada. El pobre muchacho no entenderá nada.

Antonia consiguió mantener los labios rectos.

—En efecto, Catriona, yo también creo que deberías escribirle tú.

Catriona dejó escapar un suspiro.

—Pero ése es el problema. ¿Cómo vamos a apañárnoslas?

Nadie conocía la respuesta a aquella pregunta. Por sugerencia de Antonia echaron a andar por el camino mientras se estrujaban el cerebro en busca de una solución.

—¡El museo! —Geoffrey se detuvo de pronto. Los otros se giraron para mirarlo. Él les sonrió—. He oído en alguna parte que en el museo hay mesas para los estudiantes. Uno lleva lápiz y papel y ellos te proporcionan una mesa y un tintero por un módico precio.

Catriona sonrió, radiante.

—Podemos ir mañana... —se interrumpió; su sonrisa se disipó de pronto—. No, no podemos. Mi tía insistirá en acompañarnos.

Geoffrey miró a Antonia.

—Tal vez...

Antonia entendió de inmediato su mirada y suspiró para sus adentros. Posó la mirada en el paisaje y se quedó pensando.

—Mañana, no. Parecería demasiado precipitado. Pero puede que podamos organizar una visita al museo para pasado mañana. Tengo entendido que las esculturas de lord Elgin son dignas de verse —miró a Catriona y quedó deslumbrada por la transformación que sus palabras habían operado en ella. Cuando sonreía, Catriona era una muchacha radiante y bellísima.

—¡Oh, señorita Mannering...! ¡Antonia! —Catriona la tomó de las manos y se las apretó calurosamente—. Cuenta usted con mi amistad eterna. Qué idea tan brillante.

Geoffrey dejó escapar un bufido.

—Si se lo planteamos con astucia —dijo Ambrose—, seguro que accederán —se volvió hacia Catriona—. Podemos decirles que fui yo quien te invitó y que luego les pedí a la señorita Mannering y a Geoffrey que nos acompañaran. Así evitaremos sospechas.

—¡Sí, claro! Es lo mejor —Catriona les lanzó a Antonia y a Geoffrey otra sonrisa deslumbrante—. Ya decía yo que os había enviado el destino. ¡Qué buena suerte!

Dos días después, Philip cruzaba Grosvenor Square solazándose en el sol de la tarde. Caminaba balanceando el bastón, y notó que las hojas, doradas y marrones, seguían aferrándose a los árboles. Su color, que se había transformado por completo desde el regreso de los Ruthven a Londres, evidenciaba el paso del tiempo. Descubrió con cierta sorpresa que daba aquel tiempo por bien empleado.

Tenía que reconocer que los primeros días habían sido un tanto tensos, pero, una vez Antonia había empezado a sentirse más segura de sí misma, sus relaciones habían discurrido como la seda. La Pequeña Estación comenzaría al día siguiente por la noche. La ronda de bailes y fiestas ocuparía las siguientes semanas. Dado que Antonia sería presentada como la sobrina de Henrietta, a nadie le extrañaría la presencia de Philip a su lado. Nadie arrugaría el ceño cuando los viera bailar juntos el vals. Una sonrisa sutil curvó sus labios. Más aún le agradaba pensar en lo que ocurriría cada noche cuando regresaran a Ruthven House. Se había tomado la molestia de establecer su rutina nocturna. Al acabar cada día, se retiraban a la biblioteca, y ella bebía un vaso de leche y le deleitaba con sus observaciones mientras él tomaba un brandy y observaba cómo iluminaba el fuego su rostro.

Mientras subía los escalones de la entrada de Ruthven House, Philip se dio cuenta de que estaba sonriendo. Poniéndose serio de pronto, compuso su habitual expresión impasible. Carring abrió la puerta y ejecutó una profunda reverencia antes de hacerse cargo de su bastón y sus guantes.

Philip se miró en el espejo del vestíbulo, frunció el ceño y se enderezó la corbata.

—Creo que la señorita Mannering y el señorito Geoffrey han ido al museo, milord.

Philip dio media vuelta y miró a Carring entornando los ojos. Luego se dirigió hacia la biblioteca. ¿El museo? Empezó a pasearse por la habitación y al cabo de unos segundos se detuvo ante su mesa y se puso a revisar distraídamente el correo. Observó el montón de invitaciones, pero no sintió deseo alguno de examinarlas. ¿En qué podía invertir la tarde? Podía ir al Manton's y pasar un rato con sus amigos. Haciendo una mueca, se quedó donde estaba. Pasó un buen rato mirando por la ventana sin ver nada, mientras tamborileaba con los dedos sobre la caoba pulida. Luego apretó los dientes y, dando media vuelta, regresó al vestíbulo. Carring estaba esperando junto a la puerta, con sus guantes y su sombrero en las manos. Philip le lanzó una mirada exasperada, recogió los guantes y el bastón y salió.

El museo estaba extrañamente concurrido aquella tarde. Tardó algún tiempo en encontrar a la sobrina de su madrastra. Divisó primero a Geoffrey, que estaba mirando, enfrascado, un conjunto de artefactos de la Edad de Piedra. Estaba tan absorto que Philip tuvo que darle una palmada en la espalda para llamar su atención. El muchacho parpadeó, fijó la mirada en el rostro de Philip y luego sonrió distraídamente.

—No esperaba verte aquí. Antonia está allí —señaló la siguiente sala, una espaciosa estancia más allá de las vitrinas, y volvió a enfrascarse en las piezas arqueológicas.

Philip, cada vez más exasperado, se alejó de él y se abrió paso hasta la siguiente sala. Descubrió entonces a la sobrina de su madrastra rodeada por no menos de cinco caballeros. Antonia levantó la mirada y, al verlo, sonrió calurosamente.

—Buenas tardes, milord.

—Buenas tardes, querida.

Al estrecharse las manos, Antonia advirtió que la lánguida indolencia de Philip se transformaba en crispada brusquedad. Intentando conservar su aplomo, ella volvió la mirada, súbitamente recelosa, hacia sus acompañantes.

—Eh... Creo que ya le he hablado de sir Frederick Smallwood, milord.

Philip inclinó la cabeza con rigidez en respuesta a la tenue reverencia de sir Frederick.

—Smallwood.

Antonia procuró ignorar la amenaza que se escondía bajo su voz y le presentó al resto de sus acompañantes.

—El señor Carruthers estaba a punto de deleitarnos con el relato del descubrimiento de los instrumentos de piedra de esa vitrina —Antonia sonrió al señor Carruthers.

El señor Carruthers, gran aficionado a la arqueología, comenzó su disertación con entusiasmo. A medida que su relato iba desplegándose, abarcando numerosas tangentes, todas ellas descritas con todo lujo de detalles, Antonia empezó a sentir que Philip se removía con impaciencia. Cuando el señor Dashwood hizo una pregunta que condujo a una vívida discusión en la que participaron todos los caballeros, Philip se inclinó hacia ella y le susurró al oído:

—¿Tanto te aburres que esto te parece divertido?

Antonia le lanzó una mirada de reproche.

—Es mejor que mirar todos esos restos arqueológicos.

—El truco está en no pararse —Philip tomó la mano de Antonia y la posó sobre su brazo—. De ese modo, no acabas cargando con un equipaje tan pesado.

Su mano se cerró sobre la de ella con clara intención. Antonia se mantuvo en sus trece.

—No —siseó—. No puedo irme. Estoy esperando a alguien.

Philip clavó los ojos en ella. A Antonia le dio un vuelco el corazón.

—¿Ah, sí? —dijo él, enarcando suavemente una ceja—. ¿A quién?

Antonia lanzó una mirada distraída a sus acompañantes. La discusión empezaba a amainar.

—Te lo explicaré todo luego, pero tenemos que quedarnos aquí —con ésas, fijó su atención en sir Frederick.

—Dígame, mi querida señorita Mannering —sir Frederick sonrió amablemente—, ¿qué edad cree que tienen esas copas doradas? —señaló la vitrina que ocupaba el centro de la sala—. ¿Hemos de creer realmente que semejante despliegue de habilidad manual data de antes de Cristo?

Philip alzó los ojos al techo. Sofocando el deseo de llevarse a Antonia de allí, apretó los dientes y aguantó quince minutos de la más aburrida charla. Dado que apenas se relacionaba con los caballeros más jóvenes que él, nunca antes se había visto en ocasión semejante. Para cuando Antonia se irguió repentinamente, había llegado a la conclusión de que las muchachas de la alta sociedad llevaban a cuestas una cruz en la que nunca había reparado.

Al observar la sala, su mirada se posó en una muchacha asombrosamente bella que caminaba del brazo de un joven de cara fofa. En ese instante, Antonia interrumpió su conversación.

—Ah, aquí está la señorita Dalling.

Los demás caballeros parecían conocer a la señorita Dalling y a su acompañante. Al serles presentado, Philip los saludó cortésmente. No hizo falta que Antonia le lanzara una rápida mirada para que entendiera que era a la señorita Dalling y al marqués a quienes estaba esperando. Sus razones, sin embargo, seguían siendo un misterio.

La señorita Dalling posó sus ojos color lavanda sobre el grupo.

—Todas estas cosas tan antiguas son fascinantes, ¿no es cierto?

Mientras Catriona parloteaba animadamente, Antonia, algo distraída, observaba a su cohorte. Al planear aquella excursión, se había imaginado paseando tranquilamente por las salas del brazo de Geoffrey mientras Catriona escribía su misiva con ayuda de Ambrose. Pero, apenas hubo puesto el pie en el museo, empezaron a aparecer caballeros como si salieran de las paredes, todos ellos ansiosos por pasar un rato en su compañía. Por suerte, el señor Broadside y sir Eric Malley tenían compromisos previos y se habían visto obligados a marcharse. Pero, aun así, seguía habiendo a su alrededor cinco caballeros de cuya inesperada presencia deseaba librarse. No sabía, sin embargo, cómo conseguirlo.

—Tal vez —dijo, sonriendo a Catriona intencionadamente— deberíamos dar un paseo por las salas.

—¡Oh, sí! Me gustaría examinar algunas vitrinas en particular —Catriona tomó del brazo a Ambrose con los ojos brillantes.

Antonia sonrió a su cohorte con la mano posada sobre el brazo de Philip.

—Caballeros, les agradezco su compañía. Tal vez nos encontremos esta noche.

—Sí, desde luego..., pero no hace falta que nos despidamos —sir Frederick hizo un amplio ademán.

—No, claro que no —dijo el señor Dashwood—. Hacía años que no venía al museo. Me apetece echar un vistazo por ahí.

—Yo también voy... por si necesitan algún dato sobre los artefactos —el señor Carruthers asintió con la cabeza benévolamente.

Antonia esbozó una débil sonrisa. Cuando salieron de la sala, los cinco caballeros echaron a andar tras ellos. Mientras se paseaban entre las vitrinas, Antonia se mordió el labio. Luego miró a Philip de soslayo. Él la miró con una expresión que Antonia empezaba a conocer muy bien: una expresión de puro cinismo mezclada con una insufrible condescendencia masculina.

Philip disimuló una sonrisa. Vio a Geoffrey y le lanzó una mirada tan acerada que el muchacho se detuvo en seco. Cuando alcanzaron el centro de la sala principal, se paró y sacó su reloj. Al consultarlo, hizo una mueca.

—Me temo, querida, que se nos agota el tiempo. Si quieres tu sorpresa, tenemos que irnos.

Antonia lo miró pasmada.

—¿Sorpresa? ¿Qué sorpresa? —preguntó Geoffrey.

—La sorpresa que os prometí a todos —contestó Philip tranquilamente—. ¿No te acuerdas?

Geoffrey lo miró a los ojos.

—¡Ah, sí! Esa sorpresa.

—Sí, en efecto —Philip se volvió hacia la cohorte de Antonia y alzó lánguidamente una ceja—. Me temo, caballeros, que tendrán que disculparnos.

—Oh... sí, naturalmente.

—Hasta la próxima vez, señorita Mannering. Señorita Dalling.

Para disgusto de Antonia, sus cinco acompañantes se despidieron obedientemente. Al retirarse el último, alzó la mirada hacia Philip y vio que éste apretaba los dientes.

—Sugiero que nos vayamos inmediatamente —antes de que cualquiera de ellos pudiera preguntarle qué pretendía, Philip los arrastró fuera, Catriona y Ambrose incluidos. Junto al bordillo de la acera esperaba un coche de alquiler. Philip llamó al cochero y urgió a subir a Catriona, Ambrose y Geoffrey. Luego cerró la puerta y dio una palmada en el costado del coche—. A Gunters.

El cochero asintió con la cabeza y sacudió las riendas. El viejo coche se alejó bamboleándose. Antonia, que se había quedado parada en la acera, miró desconcertada a Philip.

—¿Y nosotros?

Él bajó la mirada hacia ella, exasperado.

—¿Tenemos que ir con ellos?

Antonia se irguió.

—¡Sí!

Philip achicó los ojos, pero Antonia no se arredró. Por fin, él dejó escapar un profundo suspiro y llamó a otro coche.

—Ahora —dijo en cuanto la puerta del coche se cerró—,

puedes explicarme qué están tramando la señorita Dalling y el marqués.

Antonia se mostró dispuesta a complacerlo. Para cuando el coche se detuvo delante de Gunters, Philip había empezaba a pensar si no debía retirarse. Por desgracia, lo que vio al mirar por la ventana del coche le impidió hacerlo.

—¡Cielo santo! —exclamó, y echó mano a la manilla de la puerta—. Los muy tontos se han quedado fuera.

Como cabía esperar, la presencia de Catriona Dalling había empezado a atraer público. Philip apretó los dientes, ayudó a Antonia a apearse y, tras desembarazar hábilmente a la señorita Dalling de sus admiradores, condujo al pequeño grupo al interior del café, sintiéndose como un perro pastor cuidando de sus ovejas.

Philip no solía frecuentar aquel establecimiento, pero bastó con que la camarera le echara un vistazo para que les asignara una mesa discreta y lo bastante grande como para acomodarlos a todos. Cuando al fin se sentó en el banco, al lado de Antonia, Philip descubrió que estaba deseando tomarse un helado.

La camarera les tomó nota. Los helados llegaron antes de que les diera tiempo a recobrar el aliento. Catriona, Ambrose y Geoffrey atacaron los suyos con avidez. Philip y Antonia se mostraron más circunspectos. Catriona acabó la primera y se limpió los labios con la servilleta.

—Ambrose enviará mi carta mañana —informó a los demás—. Sé que Henry vendrá de inmediato... como el auténtico caballero que es —se puso la servilleta sobre el regazo y compuso una mirada romántica y distante. Luego suspiró—. Él sabrá qué conviene hacer. En cuanto llegue se arreglará todo.

Cuando Ambrose y ella se pusieron a hablar sobre los planes de sus respectivas guardianas, Philip miró fijamente a Antonia.

—Espero —murmuró— que el señor Fortescue sea capaz de dominar los vuelos dramáticos de la señorita Dalling. No sabes cuánto agradezco tu falta de histrionismo.

Antonia parpadeó, luego sonrió y bajó la mirada hacia su helado. Mientras tomaba otro bocado, su sonrisa se hizo más amplia. Se había estado preguntando si Philip se mostraría impresionado por la innegable belleza de Catriona. Por lo visto, no. Su comentario sugería en realidad todo lo contrario. Antonia no pudo evitar sentirse complacida.

Philip, que la estaba observando, entornó los ojos. Era lo bastante astuto como para comprender lo que se ocultaba tras su sonrisa satisfecha. Atacó su helado rezongando para sus adentros por aquel tácito desaire hacia su sentido del gusto. Para cualquiera que poseyera su experiencia, la simple belleza de la señorita Dalling no pintaba nada frente a la bella madurez de Antonia. La heredera podía ser todo un carácter a su modo, pero no podía compararse con su futura esposa. Philip miró a Antonia y luego, distraídamente, observó la habitación.

Cuatro caballeros apartaron rápidamente la mirada. La expresión de Philip se endureció. Removiéndose en el asiento, volvió a mirar a Antonia. Ella lo notó y se volvió. Observó un instante sus ojos y luego alzó una ceja.

—Creo que es hora de que nos vayamos. Esta noche es la velada musical en casa de lady Griswald.

Cuando salieron del café, Philip se halló preguntándose quién iría a casa de lady Griswald esa noche. Antonia le apretó el brazo.

—Catriona y Ambrose se van.

Philip se despidió de la pareja, que pensaba pasarse por el Hatchard's antes de volver a Ticehurst House. Con Antonia del brazo y Geoffrey tras ellos, Philip echó a andar en sentido opuesto. Enfrascado en inquietantes cavilaciones, mantenía la mirada fija hacia delante sin ver nada.

Antonia lo miró con desconcierto. Abrió la boca para hacerle una observación acerca de su extraño mutismo al tiempo que seguía su mirada. Y entonces las palabras quedaron heladas en sus labios. Diez metros más adelante había dos damas paradas, ambas exquisitamente vestidas y peinadas. Las dos miraban a Philip con descaro.

Antonia podía haberse criado en Yorkshire, pero comprendió de inmediato qué clase de damas eran aquéllas. Se puso muy tiesa. Sus ojos centellearon. Estaba a punto de dirigirles una mirada altiva y gélida cuando se refrenó y miró a Philip. En ese mismo instante, él salió de su ensimismamiento y vio a las dos meretrices. Todavía distraído, las observó lánguidamente y sintió luego la mirada de Antonia. Bajó la vista hacia ella justo a tiempo de ver que sus párpados velaban sus ojos. Antonia se puso rígida y apartó la mirada altivamente.

Philip abrió la boca, achicó los ojos y por fin se mordió la lengua. No tenía, se dijo, por qué disculparse por algo en lo que ella no debería haberse fijado. Se detuvo.

—Tomaremos un coche.

Detuvo un coche que pasaba y montaron los tres. Antonia se sentó junto a él, envuelta en gélida dignidad. Philip se puso a mirar por la ventana, con los labios apretados. Él había tenido que soportar toda la tarde las miradas que los hombres lanzaban a Antonia. Y eso sin contar lo que podía pasar esa noche. Antonia no tenía derecho a enojarse sólo porque dos mujerzuelas lo habían mirado.

Para cuando el coche de alquiler enfiló Grosvenor Square, Philip se había calmado. La susceptibilidad de Antonia podía resultar irritante, pero su inteligencia era una de las cosas que más lo atraía de ella. Era, suponía, ilógico esperar que ignorara ciertas cosas, tales como su pasado o sus posibles inclinaciones.

El coche se detuvo. Philip dejó que bajara Geoffrey y luego descendió tranquilamente y ayudó a Antonia a apearse, afectando indiferencia cuando ella rehusó mirarlo a los ojos. Le lanzó media corona al cochero y acompañó a Antonia con impecable cortesía, deteniéndose en el vestíbulo para darle su bastón a Carring.

—Así que —dijo mientras ella se despojaba del sombrero—, esta noche tienes que ir a casa de la señora Griswald.

Antonia asintió evitando su mirada.

—Una velada musical, como he dicho antes. Grupos de jovencitas inocentes y recatadas obligadas a entretener a los invitados con sus talentos musicales —bajó la mirada y empezó a desabotonarse los guantes—. Nada de tu interés, según creo.

Sus palabras escocieron a Philip, que procuró sofocar su malestar, cuya intensidad lo sorprendió. Con su máscara de cortesía firmemente colocada sobre el rostro, aguardó con paciencia a su lado, dejando que el silencio se prolongara. Al final, Antonia alzó la vista y lo miró con altivo recelo. Philip le sostuvo la mirada y sonrió encantadoramente.

—Espero que te diviertas, querida.

Ella escudriñó un instante sus ojos y luego inclinó la cabeza, envarada.

—Confío en que también usted disfrute de la velada, milord.

Se alejó, muy erguida, y comenzó a subir las escaleras. Philip se quedó mirándola mientras subía. Luego entró en la biblioteca. Su sonrisa se había convertido en una mueca agria. Era demasiado mayor para intentar fundir el hielo de Antonia. Prefería esperar el deshielo.

CAPÍTULO 10

Tres noches después, el ambiente seguía aún bajo cero.

Mientras seguía a Henrietta y a Geoffrey por la escalinata de lady Caldecott, con Antonia del brazo, Philip lanzó una mirada amarga sobre la multitud allí reunida. Habían pasado las primeras dos veladas de la Pequeña Estación en simples fiestas, relativamente tranquilas, en las que los invitados se congregaban para ponerse al corriente de lo ocurrido durante el verano, en lugar de embarcarse en nuevas intrigas. El gran baile de lady Caldecott señalaba el final de tan sencillos entretenimientos.

No habían llegado aún a la puerta del salón de baile, pero al menos tres caballeros conocidos suyos se habían fijado en Antonia, que caminaba con serena belleza a su lado, si bien algo envarada. Philip advirtió desde lejos el brillo de sus miradas. No le hacía falta mirar para darse cuenta de que Antonia constituía una visión deslumbrante, ataviada con un vestido de refulgente seda amarilla de madame Lafarge, con el escote y el bajo adornados con delicado encaje recamado de diminutas perlas. A pesar de sus intenciones, Philip sentía continuamente su mirada atraída hacia el lugar donde las perlas de la difunta lady Mannering ceñían la garganta de Antonia, cuya piel marfileña igualaba su lujosa pátina.

Ella alzó la vista con frialdad.

—Cuánta gente. Espero que Henrietta se las arregle.

Philip miró a Henrietta, que subía a trompicones delante de ellos del brazo de Geoffrey.

—Pronto descubrirás que está hecha de una pasta muy dura.

Antonia esperaba que estuviera en lo cierto. El gentío era denso; el agolpamiento de los cuerpos en las escaleras, agobiante. Era la primera vez que asistía a una fiesta tan concurrida.

—¿Esto es lo que llaman una velada distinguida?

—En efecto —Philip sofocó el deseo de apretarla contra él—. El culmen de las ambiciones de toda anfitriona. Dicho esto, sospecho que a lady Caldecott se le ha ido la mano. Lamento informarte de que su salón de baile no es tan grande.

La precisión de aquel comentario se vio confirmada cuando, quince minutos después, tras muchas apreturas, Antonia y Philip entraron al salón. Henrietta, cuya corta estatura le impedía ver por encima de los hombros de quienes la rodeaban, pellizcó el brazo de Geoffrey.

—Tiene que haber un grupo de tres o cuatro divanes en alguna parte. ¿Dónde están?

Geoffrey alzó la cabeza.

—A la izquierda —dijo Philip.

—¡Bien! Ahí es donde van a reunirse mis amigas. Tú —clavó de nuevo un dedo en el brazo de Geoffrey— puedes acompañarme hasta allí y luego irte. En cuanto a vosotros dos... —lanzó una mirada a Antonia y Philip—, tendréis que apañároslas solos —sonrió con satisfacción—. Con este gentío, no creo que volvamos a encontrarnos. Podéis pasar a recogerme cuando sea hora de irse.

Philip alzó las cejas, pero no puso objeciones. Inclinó la cabeza cortésmente.

—Como desee, madame.

Antonia hizo una reverencia mientras Henrietta se internaba entre la multitud, y después miró a su alrededor, llena de curiosidad. Sedas y rasos, cintas y encajes desfilaban ante ella. Un centenar de voces se alzaban en un ávido parloteo. Los perfumes fluían y se mezclaban en una neblina aturdidora. Las damas enjoyadas inclinaban las cabezas y hacían reverencias. Los elegantes caballeros con sus trajes de gala saludaban inclinando la cabeza. Reconfortada al sentir el brazo firme de Philip bajo su mano, Antonia respondía a los saludos sonriendo con frialdad.

–Antes de que sigamos adelante –dijo Philip–, me sentiría muy honrado si escribieras mi nombre en tu libreta de baile para el primer vals –unos cuantos caballeros se estaban aproximando a ellos.

Antonia levantó la mirada hacia él.

–¿El primer vals?

Philip asintió con la cabeza.

–Tu primer vals –las dos noches anteriores, sólo había habido contradanzas, minués y danzas campestres. Philip había resuelto que el primer vals de Antonia fuera suyo.

Antonia se dio cuenta y se resignó a lo inevitable. Comprimiendo los labios, abrió la libretita que le había dado lady Caldecott. El primer vals era el tercer baile de la noche. Bajo la mirada vigilante de Philip, anotó su nombre en el espacio correspondiente y luego le enseñó la libreta.

Él leyó lo que ponía y asintió con la cabeza. Antonia apretó los dientes. En ese instante vio a Hugo Satterly, que apareció ante ellos, entre la gente.

–Es un gran placer darle la bienvenida a la ciudad, señorita Mannering –Hugo hizo una elegante reverencia, sonriendo.

Él sólo fue el primero en expresarle aquel sentimiento. Para sorpresa de Antonia, pronto se hallaron rodeados por un selecto grupo de distinguidos caballeros, ninguno de los cuales se parecía a los caballeretes relativamente inocuos y fáciles de manejar de las semanas anteriores. Aquellos hombres eran todos ellos contemporáneos de Philip; muchos eran incluso amigos suyos y solicitaron cortésmente que hiciera las presentaciones. Al principio, Antonia se preguntó si se habían parado a conversar con él. Se mostraban, sin embargo, ansiosos por rellenar los espacios en blanco de su libreta de baile, la cual se encontró llena mucho antes de que empezara el baile.

Rodeada por fornidas espaldas, esperó a que los músicos empezaran a tocar, no del todo segura de si se sentía aliviada o no cuando aquel círculo de caballeros pareció empeñarse en entretenerla. En cambio a Philip, que permanecía en silencio a su lado, no parecieron extrañarle aquellas atenciones. Con la cabeza alta, Antonia sonreía amablemente a sus admiradores.

Entre el murmullo de la conversación, le llegó de pronto la voz de Hugo Satterly, que estaba de pie detrás de Philip. Antonia miró un instante y vio que era a éste a quien se dirigía.

—Quería darte las gracias por salir aquella noche. Fue muy embarazoso, pero me salvaste el pellejo.

Philip achicó los ojos.

—Si hubiera sabido que sólo necesitabas alguien para jugar una partida de *whist*, no habría puesto un pie fuera de casa. Por tu nota, creí que se trataba de una cuestión de vida o muerte.

Hugo lo miró con pasmo.

—Si crees que comprometerse a entretener al obispo de Worcester y luego encontrarse con uno menos en la mesa no es cuestión de vida o muerte, es que no conoces al obispo de Worcester. No sabes cuánto te agradezco que me salvaras de la excomunión.

El sonido de los violines ahogó el resoplido de Philip.

—¡Ah! —Hugo se giró hacia Antonia con ojos brillantes—. Creo que éste es mi baile, señorita Mannering.

Antonia sonrió y le dio la mano. Hugo se abrió paso hábilmente hasta el centro del salón y, mientras aguardaban a que los demás ocuparan sus lugares, Antonia se volvió hacia él.

—He oído su comentario acerca del obispo de Worcester. ¿Vio hace poco a Su Excelencia?

–La otra noche. Fue muy embarazoso, pero tuve que hacerlo. Es mi padrino, ¿sabe? Había recibido una invitación de su hermana, lady Griswald, para asistir a una velada musical. El pobre hombre está sordo como una tapia, así que prácticamente me ordenó que lo rescatara.

Antonia lo miró con asombro.

–Entiendo.

Al volver del concierto en casa de lady Griswald, Philip no estaba en casa. Aquella noche fue la primera en que ella renunció a su vasito de leche antes de acostarse.

–¡Al fin! –Hugo extendió la mano al comenzar la contradanza.

Antonia había bailado innumerables contradanzas durante las semanas anteriores. Estaba segura de que era la simple costumbre lo que la hacía girar en la dirección adecuada. Una terrible sospecha había arraigado en su mente; a medida que crecía, empezó a sentirse mareada. Se alegró cuando, al finalizar la contradanza, Hugo la acompañó de nuevo hasta Philip. Por desgracia, casi de inmediato siguió una gavota con lord Dewhurst. Al erguirse tras ejecutar la reverencia final, lord Dewhurst la condujo a través del salón. Tras un rato entretenida en conversaciones ociosas y, por su parte, dislocadas, llegaron finalmente junto a Philip. Pero a Antonia se le cayó el alma a los pies al ver su mirada acerada.

Philip reclamó su mano y, posándola sobre la manga de su levita, miró con dureza a lord Dewhurst.

–Creo, Dewhurst, que nuestra anfitriona le está buscando.

–¿Eh? –sobresaltado, Dewhurst, que estaba contemplando absorto la sonrisa de Antonia, miró a Philip y de pronto su semblante adquirió una expresión de desaliento–. No me diga. Qué fastidio. Eso es lo que pasa por sugerir que ando en busca de esposa –mortificado, le dijo a Antonia en tono confidencial–. Si nuestra anfitriona me está buscando, eso significa que tiene alguna protegida a la que quiere que le eche un vistazo. Tendré que refugiarme en el salón de juegos.

Philip observó el gentío con expresión impasible.

—Si lady Caldecott anda al acecho, yo no me molestaría.

Lord Dewhurst suspiró y se inclinó sobre la mano de Antonia.

—Qué lástima. Pero sin duda nos encontraremos en el próximo baile, señorita Mannering —se irguió con una sonrisa esperanzada—. Me encantaría tener la ocasión de conversar con usted otra vez.

Antonia sonrió con delicadeza y lord Dewhurst se alejó sin dejar de mirarla hasta el final. Un instante después, se acercó a ellos lord Marbury, ansioso por llamar su atención.

Philip rechinó los dientes. Esa noche, su método para librarse de acompañantes indeseables paseando por los salones no servía de nada. Lady Caldecott se había superado a sí misma. Apenas había sitio para moverse. La idea de bailar el vals con Antonia con tantas apreturas no lo molestaba, sin embargo, en absoluto. Muy al contrario. Pero, entre aquel gentío, apenas tenía espacio para librarla de su cohorte de admiradores.

Estaba sopesando posibilidades cuando regresaron los músicos y empezaron de nuevo a tocar. Sofocando una punzada de emoción, se volvió hacia Antonia.

—El primer vals. Creo que éste es mi baile, querida mía.

—En efecto, milord —Antonia se irguió y se reprendió para sus adentros por haberse sofocado de repente. Sonrió y le dio la mano a Philip—. Confío en que puedas guiarme por este laberinto.

Él inclinó ligeramente la cabeza y la condujo hasta el lugar donde las parejas habían empezado a agruparse. A pesar de lo nerviosa que estaba, no dejaba de fijarse en la multitud. Sólo cuando se encontraron bailando, pese a lo reducido del espacio, pudo al fin relajarse lo bastante como para pensar. Entonces, la abordaron todos sus sentidos en tropel, y un extraño pánico se apoderó de ella.

La proximidad de las parejas que los rodeaban hacía que Philip la apretara con fuerza contra su cuerpo. Al darse cuenta, Antonia sintió que se quedaba sin aliento y notó de pronto una opresión en el pecho. Pegada a él, el vaivén de sus cuerpos mientras giraban por el salón constituía una distracción que aturdía, un poderoso acicate para liberar su imaginación y dejar que sus sentidos se deslizaran en un mundo lleno de deleites. Con los ojos agrandados, sin ver nada, muy erguida, luchaba por sacudirse aquel aturdimiento, por mantener la compostura y el aplomo, por liberarse del efecto embriagador de la danza y de la cercanía de Philip.

Sintió que él la miraba. Levantó la vista y descubrió que su boca se hallaba muy cerca de ella. Fijó los ojos en aquellos labios, que se curvaron burlonamente.

–Relájate. Estás tiesa como un palo.

Aquel comentario, pronunciado en tono íntimo, sólo consiguió que se envarase aún más. Forzándose a levantar la mirada, clavó los ojos en los de Philip y vio que él fruncía el ceño.

–Yo...

Ignoraba cómo explicar el temor que se agitaba dentro de ella. Aquél era el primer vals de la Pequeña Estación, y el primero que bailaba en público con Philip... y en cualquier momento iba a tropezarse. Philip la apretó con más fuerza y siguió guiándola y comenzó a acariciar levemente su espalda con la mano posada en su talle.

El calor de su mano traspasaba a Antonia como un hierro candente, erizando su piel, desacostumbrada al contacto de él. En ese instante, al dar una vuelta, Philip le separó los muslos con la pierna y sus recios músculos se imprimieron en la suave carne de Antonia. Ella dejó escapar un leve quejido de sorpresa, y perdió un paso.

Philip la apretó contra él, impidiendo que tropezara. Consciente de su turbación, frunció el ceño y se apartó hábilmente del círculo de danzantes que giraban por el salón. Soltó a Antonia con suavidad, la tomó de la mano y la condujo delante de él hacia las puertas abiertas que daban a la terraza. Pálida y aturdida, ella levantó la mirada hacia él. Philip esbozó una sonrisa ociosa.

—Este gentío es insoportable. Te vendrá bien tomar un poco el aire para despejarte.

Antonia así lo esperaba. De pronto se encontraba mal. Había empezado a dolerle la cabeza.

El aire fresco de la noche la golpeó como una bofetada. Se paró en seco.

—¡Espera! No podemos...

—No hay nada impropio en que estemos aquí fuera —dijo Philip con voz crispada—. A fin de cuentas, no estamos precisamente solos.

Antonia miró a su alrededor y descubrió que él tenía razón. La terraza, ancha y embaldosada, parecía una continuación del salón de baile. Al igual que ellos, otras parejas habían buscado allí refugio y paseaban o charlaban en grupos. Ninguna, sin embargo, estaba lo bastante cerca como para oír su conversación.

—Bueno —Philip puso un dedo bajo la barbilla de ella y le levantó la cara hacia sí, alzando una ceja—, ¿qué es lo que pasa?

Antonia lo miró a los ojos y luego alzó el mentón para apartarse de su dedo. Sentía un nudo en el estómago.

—Yo... sencillamente, tenía problemas con el vals.

Philip no pudo contenerse.

—Qué raro. Tenía la impresión de que te considerabas una experta. Desde luego, no te hacían falta más lecciones —la mañana posterior a la velada musical en casa de lady Griswald, Antonia no había aparecido en el salón de baile. Ni Geoffrey tampoco. Al preguntarle a Geoffrey con fingida indiferencia, el muchacho le había dicho que su hermana lo había informado con cierta aspereza de que ya había aprendido suficiente.

Antonia se aventuró a mirar por debajo de las pestañas y, luego, alzando la cara, fijó la mirada en los jardines.

—No me parecía bien robarte tanto tiempo. Has sido muy generoso. No quería que te sintieras obligado.

Philip logró contener un gruñido.

—Enseñarte a bailar no me parecía una obligación —una grata distracción, sí. Una distracción que echaba de menos—. Y salta a la vista que necesitas más clases —la mirada sorprendida que le dirigió Antonia resultó un pequeño consuelo—. Empezaremos mañana otra vez. Pero, aparte de eso, a mí no me engañas —sorprendido por su cambio de tono, Antonia levantó la mirada. Philip escudriñó sus ojos—. Te he enseñado lo suficiente y eres como una esponja. No han sido los pasos del vals lo que te ha puesto tan nerviosa —su mirada se afiló—. ¿Qué ha sido? ¿Ha hecho alguien algo que te haya molestado?

Su segunda pregunta y la tensión que se escondía tras ella convencieron a Antonia de que no sería sensato mentir. Titubeó y luego, tomando aire para calmarse, admitió:

—Me cuesta mucho mantener la distancia adecuada.

Philip arrugó el ceño.

—La distancia que nos separaba era perfectamente adecuada. Tengo demasiada experiencia para pasarme de la raya en el primer vals de la temporada.

Antonia lo miró con exasperación.

—No es eso lo que pretendía decir.

Philip bajó la mirada hacia ella.

—¿Qué querías decir, entonces?

Antonia clavó en él una mirada enojada.

—Lo sabes perfectamente. Y no es de gran ayuda que te burles de mí por ello —se le quebró la voz y, dando media vuelta, se acercó rápidamente a la balaustrada.

Philip entornó los ojos y la siguió despacio. Cuando se detuvo a su lado, ella estaba mirando hacia la oscuridad.

—Recuerdo vagamente haber tenido antes esta conversación. Aunque, naturalmente, me siento halagado por el hecho de que me consideres omnisciente, he de confesar que lo que a ti te parece obvio, a menudo no lo es para mí.

Ella vaciló y luego se volvió lentamente hacia él y lo miró con fijeza. Lo que vio en sus ojos la tranquilizó.

—Yo... —se interrumpió y, frunciendo el ceño, alzó la cabeza y se giró de nuevo hacia los jardines—. Lo que siento al bailar contigo el vals es tan... perturbador que... en resumen, no estoy segura de que no cometeré alguna indiscreción.

Philip ladeó la cabeza y estudió su rostro.

—¿Mientras bailamos? —Antonia asintió con la cabeza mientras miraba las sombras. Una lenta sonrisa afloró al semblante de Philip. Luego recordó que no siempre interpretaba correctamente sus palabras—. ¿He de suponer —dijo, componiendo cuidadosamente su semblante—, que no te sientes... impulsada a cometer una indiscreción cuando bailas con otros?

Antonia lo miró con el ceño fruncido.

—Desde luego que no —estudió su rostro—. Pensaba que podía soportarlo, pero... —hizo un vago ademán.

Philip agarró su mano y aguardó a que ella lo mirara para llevársela a los labios. Luego se quedó parado y mientras observaba sus grandes ojos, notando los finos dedos que descansaban entre los suyos, fue consciente del demonio que se agitaba bajo su piel, muy cerca de la superficie.

—Geoffrey me contó que le habías dicho que podía confiar sin reservas en mis consejos —enarcó una ceja—. ¿Confiarás tú también en mí? —la incertidumbre ensombreció los ojos de Antonia. Philip dejó que su impaciencia se hiciera evidente—. Llevo, como creo que sabes, muchos años bailando en los salones de Londres.

—Lo sé —Antonia se sentía sin aliento. Sabía que ya no estaban hablando sólo del baile—. Pero...

Philip le sostuvo la mirada. Alzó de nuevo su mano y besó sus dedos con suavidad, consciente del estremecimiento que ella intentaba ocultar.

—Créeme —su voz se hizo más profunda—, no dejaré que cometas ningún tropiezo —aguardó, mirándola, y luego levantó una ceja—. ¿Confías en mí?

El instante de silencio que siguió se extendió, tan frágil como vidrio hilado, infinito como la eternidad. Antonia sentía cada latido de su corazón, percibía lo somero de cada una de sus bocanadas de aire.

—Sabes que sí.

—Entonces, cierra los ojos. Es hora de que recibas tu siguiente lección —Antonia titubeó y al cabo de un momento hizo lo que le pedía—. Imagina que estamos en el salón de baile de Ruthven House —ella sintió que la rodeaba con el brazo—. Geoffrey está tocando el piano.

Ella frunció el ceño.

—Oigo violines.

—Ha traído a unos amigos para que lo acompañen.

Ella esbozó una sonrisa. Philip alzó su mano y la sujetó con más fuerza.

Antonia se sobresaltó.

—¡Philip...!

—Confía en mí —un instante después, se hallaron bailando—. Mantén los ojos cerrados. Recuerda, estamos en Ruthven House. No hay nadie alrededor.

Antonia sabía muy bien dónde estaban. El aire fresco de la noche rozaba sus hombros desnudos; una leve brisa jugaba con sus faldas. Pero el brazo de Philip la sostenía con fuerza. Con los ojos cerrados, procuró relajarse y seguir a Philip, que la guiaba con firmeza. Oía susurros y risas amortiguadas. Los músicos seguían tocando a los lejos. Philip la sujetaba contra su cuerpo. Mientras giraban, las sensaciones que unos minutos antes la habían asaltando se avivaron de nuevo, aguzadas por la turbación que había sentido. Ensimismada, ajena a toda preocupación, Antonia no encontró fuerzas para combatirlas. Por el contrario, agudizados los sentidos, se solazaba en aquel instante.

Philip, que estaba observando su rostro, vio que sus labios se curvaban y esbozó una sonrisa comprensiva. Embebido en la contemplación de su cara, dijo:

—Abre los ojos.

Antonia obedeció, parpadeando hasta que sus ojos se acostumbraron a la luz. Miró un instante el semblante satisfecho de Philip y a continuación posó la mirada más allá de su hombro... y dejó escapar un gemido de sorpresa.

No eran ya los únicos que bailaban el vals en la terraza. Mientras giraban, Antonia giró la cabeza a un lado y a otro, asombrada al ver que numerosas parejas se hallaban bailando a la luz de las estrellas.

—Parece que hemos creado una nueva moda.

—En efecto —unos segundos después, el ritmo de la música se hizo más lento. Philip giró, se detuvo y, ejecutando una elaborada reverencia, se llevó la mano de Antonia a los labios—. Créeme, no hay nada por lo que debas sonrojarte.

Antonia lo miró a los ojos y arrugó lentamente el ceño.

—Aunque admito que tu experiencia es grande, no estoy del todo segura de que seas el más indicado para juzgar tales asuntos.

Philip entornó los ojos.

—Antonia, ¿cuál de los dos se ha pasado los últimos ocho años encerrado en los páramos del norte?

Los ojos de Antonia centellearon.

—¿Y cuál de nosotros, milord, tiene alguna experiencia en la relación que nos une ahora?

Philip le sostuvo la mirada sin vacilar.

—Descuida, querida mía. Si cometieras alguna indiscreción, yo sería el primero en hacértelo notar.

Antonia enarcó altivamente una ceja.

—Por desgracia, es tu definición de «indiscreción» lo que pongo en cuestión.

—¿Ah, sí? Entonces sin duda te alegrará saber que, para ser miembro de pleno derecho de la fraternidad a la que pertenezco, es necesario un conocimiento exquisitamente minucioso de toda clase de indiscreciones.

Philip posó la mano de Antonia sobre su brazo y enarcó lentamente una ceja, mirándola. Confundida, Antonia le lanzó una mirada obstinada. Philip sonrió, burlón, y la condujo hacia el salón de baile.

—Debes confiar en mí para que te guíe a través de los escollos de la alta sociedad, Antonia.

Ella miró su cara con franqueza y, mientras se acercaban al salón de baile, inclinó altivamente la cabeza.

—Muy bien. Depositaré en usted mi confianza, milord.

Philip ocultó su satisfacción tras su máscara impasible de costumbre y la condujo entre la multitud.

A la mañana siguiente, a las once, Philip bajó las escaleras sintiéndose en paz con el mundo. Le costaba trabajo no ponerse a silbar. Procuraba no pararse a pensar en el rato que había compartido con Antonia en la biblioteca la noche anterior, para que no aflorara a su cara una sonrisa envanecida.

Carring surgió del interior de la casa. Philip se había preguntado a menudo si su mayordomo disponía de algún dispositivo especial que lo alertaba cuando él se aproximaba al vestíbulo.

—Hoy como en Limmer's, y luego espero que vayamos al Brooks.

—¿Y después al parque?

Philip le lanzó una mirada severa.

—Posiblemente —se detuvo para mirarse la corbata en el espejo del vestíbulo y recordó que la noche anterior a Antonia se le habían enredado los dedos en los complicados pliegues que rodeaban su garganta—. Por cierto, ¿qué ha sido del diván que iba a juego con los sillones de la biblioteca?

—El señor recordará sin duda que lo trasladamos al salón de atrás después de que usted mismo declarara que ocupaba demasiado espacio en la biblioteca y no servía para nada.

—Ah, sí —satisfecho con los pliegues de su corbata, Philip se recolocó el cuello—. Pueden volver a llevarlo a la biblioteca.

—¿Necesita el señor un asiento más confortable?

Philip levantó la mirada y vio el semblante de Carring en el espejo. A menos que se equivocara, su mayordomo estaba intentando disimular una sonrisa. Philip achicó los ojos.

—Limítese a trasladar el condenado diván, Carring.
—Enseguida, milord.
Philip salió sin mirar atrás, convencido de que, si lo hacía, vería a Carring sonriendo sagazmente.

Sólo para demostrar que Carring se equivocaba, ese día regresó a Ruthven House más tarde de lo acostumbrado... pero sólo para recoger su faetón.

Antonia estaba paseando por el parque con Geoffrey, Catriona y Ambrose, cuando oyó que llamaban a Geoffrey desde el camino. Al darse la vuelta, vio que Philip los saludaba desde el pescante del faetón más elegante que había visto nunca. Geoffrey y Ambrose se apresuraron a cruzar el prado en dirección al camino.

—¡Madre mía! ¡Qué maravilla! —Ambrose miraba los caballos grises de Philip con ferviente admiración.

Geoffrey miró a su mentor con los ojos como platos.

—Supongo que no habrá ninguna posibilidad de que me dejes conducir este faetón, aunque sea sin los caballos grises.

Philip, que había estado mirando a Antonia, la cual iba vestida en suave muselina estampada y cuya cara se hallaba ensombrecida por el ala del sombrerito que él mismo le había comprado, posó un instante la mirada en el rostro de Geoffrey.

—No.

Geoffrey hizo una mueca.

—Eso me parecía.

—¿Querías ver a Geoffrey por alguna razón? —Antonia apenas le había lanzado una mirada de pasada al carruaje de Philip.

—La verdad es —contestó él, mirándola de nuevo—, que era a ti a quien quería ver. Me preguntaba si te apetecía dar una vuelta por el parque.

Antonia sintió un vuelco en el corazón. La sutil mirada de desafío de Philip le dio que pensar. Los faetones eran coches sumamente inestables, aptos sólo para conductores expertos. Pero no era eso lo que la preocupaba, sino llegar al asiento, que se levantaba a más de metro y medio del suelo.

—Qué sugerencia tan emocionante —Catriona, que permanecía junto a Antonia, miró a Philip con entusiasmo—. Serás la envidia de todas las damas.

Antonia levantó la mirada hacia Philip.

—Me sería muy grato acompañarlo, milord. Sin embargo, mucho me temo que... —señaló el alto escalón del faetón.

—Eso se resuelve fácilmente —Philip desató las riendas—. Geoffrey, sujétalos de las bridas.

Geoffrey se apresuró a acercarse a las cabezas de los caballos. Ambrose fue tras él. Antes de que Antonia pudiera comprender lo que pretendía, Philip se apeó de un salto, la agarró y la levantó del suelo.

Antonia sofocó un grito... y se agarró frenéticamente al lateral del pescante. Philip montó tras ella con expresión benévola y mirada risueña. Antonia se acomodó con presteza, aunque con sumo cuidado, sobre el precario asiento. Para su alivio, el peso de Philip pareció estabilizar el pescante.

—Relájate —él le lanzó una mirada mientras agarraba las riendas—. Parece que últimamente no te digo otra cosa —le lanzó otra mirada burlona—. Me pregunto por qué será.

—Porque —replicó Antonia con aspereza— siempre me estás dando razones para ponerme histérica.

Philip se echó a reír mientras arreaba a los caballos.

—No temas, te doy mi palabra de que no dejaré que te caigas en medio del parque. Dejando de lado cualquier otra consideración, piensa en cómo dañaría eso mi reputación.

—Empiezo a pensar —contestó Antonia, agarrándose a la barandilla que rodeaba el pescante— que tu reputación no es más que un ardid inventado por ti para servirte de excusa cuando te conviene.

Philip le lanzó una mirada turbadora. Antes de que se le ocurriera qué decir, ella preguntó:

—¿Estás seguro de que no estoy rompiendo ninguna norma al montarme en un carruaje tan peligroso como éste?

—Desde luego —contestó Philip con sequedad—. Si alguien está rompiendo una norma, soy yo.

Antonia lo miró con pasmo.

—¿Tú?

—En efecto. Y, dado que he quebrantado mis hasta ahora inviolables normas montando contigo en el parque, creo que lo justo es que tú me entretengas a mí, dejándome así libre para dedicar toda mi atención a que no nos caigamos.

Antonia disimuló una sonrisa y alzó la nariz.

—No estoy del todo segura de que sea apropiado que parlotee como un charlatán de feria.

—¡El cielo no lo permita! —exclamó Philip—. Pero tranquilízame y dime qué estabais planeando —Antonia sonrió, radiante—. Recuerda que he tomado a tu hermano a mi cargo.

—Muy bien —Antonia se acomodó junto a él y emprendió su relato—. El señor Fortescue no ha hecho aún acto de presencia, pero, como supongo que vendrá desde Somerset, no creo que podamos reprochárselo.

Philip sacudió la cabeza.

—Puede que sea un auténtico caballero, pero está claro que le falta un raudo corcel. ¿O sería mejor un caballo de batalla?

—Estoy segura de que el señor Fortescue es un caballero virtuoso.

—¡Cielo santo! —Philip le lanzó una mirada escéptica—. ¿Y la señorita Dalling quiere casarse con él?

—Desde luego que sí. Aunque al principio pensé que algunas de las historias de la señorita Dalling debían más a su imaginación que a la realidad de los hechos, la última incluye también a Ambrose, y él no es muy dado a fantasías.

—O sea, que es un poco tarde —Philip bajó la mirada hacia ella—. Pero ¿cuál es su última hazaña?

—No es tanto una hazaña como una experiencia. Parece ser que a la condesa de Ticehurst y a la marquesa les ha dado por propiciar encuentros a solas entre Catriona y Ambrose.

Philip alzó las cejas.

—Entiendo.

—Catriona y Ambrose hacen todo lo posible por evitar algo inadecuado que pueda ser utilizado para obligarlos a dar su consentimiento, pero cada día les resulta más difícil.

Philip se quedó callado un instante. Luego dijo:

—Es difícil dar con una solución, a no ser que el señor Fortescue venga en su rescate. Pero, dado que la señorita Dalling es menor de edad, la situación resultará aun así muy comprometida.

—En efecto, eso mismo les dije yo, pero Catriona está convencida de que todo se solucionará en cuanto llegue el señor Fortescue.

—Por lo cual deberíamos rezar todos devotamente, supongo —Philip lanzó una mirada al rostro pensativo de Antonia—. Ya que hemos agotado ese tema, tal vez podríamos pasar a un asunto más interesante.

Antonia lo miró con sorpresa.

—Eso depende de lo que considere interesante, milord.

Philip le sostuvo la mirada un instante. Al ver que ella se sonrojaba, sonrió y miró hacia delante.

—¿Qué te parece si hablamos de tus observaciones acerca de la vida en la gran ciudad y la Pequeña Estación? Me atrevería a decir que me resultarán fascinantes.

—¿De veras? —Antonia contuvo las ganas de abanicarse—. Muy bien —miró a su alrededor, buscando inspiración, y la encontró en un par de lechuguinos encopetados que pasaban por allí—. Lo que más me ha impresionado es que las cosas no son lo que parecen. Hay, a mi entender, gran cantidad de confusión y fingimiento. Gran cantidad de disimulo.

Philip la miró un instante con sorpresa. Entonces una curva lo forzó a concentrar su atención en los caballos. Antonia notó que sus labios se curvaban en una sonrisa irónica.

—Recuérdame, querida, que no vuelva a hacerte esa pregunta.

—¿Por qué no? —ella ladeó la cabeza y observó su cara—. No me ha parecido impertinente.

—No, pero había olvidado lo inteligente que eres. Tus respuestas son demasiado profundas —le lanzó una rápida mirada—. En la conversación galante, el truco consiste en mantener un tono ligero.

Antonia parpadeó.

—¿La conversación galante?

—En efecto. ¿Qué, si no? Ahora, concéntrate. ¿Piensas asistir al baile de lady Gisborne esta noche?

—Señorita Mannering, ¿puedo atreverme a solicitarle este minué?

Antonia se giró y, sonriendo, le dio la mano a Hugo Satterly.

—Desde luego, señor. Había empezado a preguntarme si se había olvidado de mí.

—Eso, jamás —Hugo hizo una reverencia y se puso la mano sobre el corazón—. ¿Después de lo que me ha costado que pusiera mi nombre en su libreta? De eso nada, querida. No soy tan tonto.

—Pero sí ligero de cascos —dijo Philip, que se hallaba junto a Antonia—. Si no te das prisas, te quedarás sin sitio en el baile.

—No le haga caso —Hugo apoyó la mano de Antonia sobre su brazo y la condujo hacia la puerta—. Sólo está celoso.

Antonia respondió con una mirada ingenua y una sonrisa confiada. Se sentía muy a gusto con Hugo. Era el perfecto acompañante. Siempre encantador, nunca se ofendía ni se molestaba por cualquier desaire imaginario. Como todos los amigos de Philip, era un consumado bailarín y estaba siempre dispuesto a regalar sus oídos con los últimos cotilleos.

Mientras ocupaban su lugar en la fila que se estaba formando en el salón de baile de lady Gisborne, Hugo le guiñó un ojo.

—Espero que no le importe que pique un poco a Ruthven. No es más que una broma inocente, ¿sabe?

Antonia sonrió y se inclinó para ejecutar la primera reverencia del baile.

—No me importa en absoluto —al erguirse, le dio la mano a Hugo—. Me parece que le viene bien que se metan un poco con él.

Hugo le devolvió la sonrisa cuando el baile los separó.

Mientras se inclinaba y giraba entre las filas de danzantes, Antonia consideró las palabras de Hugo. Éste era uno de los mejores amigos de Philip. Hasta el momento, era el único que parecía conocer el interés que Philip sentía por ella. Nadie, ciertamente, podía adivinarlo por la conducta de Philip. Cuando estaba a su lado, no hacía esfuerzo alguno por monopolizar su compañía, ni en los salones de baile ni en los comedores donde, bajo su atenta mirada, se reunía todo el séquito de Antonia.

La conducta de Philip, abiertamente distante, con un sutil viso de dominación, pretendía ser ejemplar, resolvió Antonia. Así era, presumiblemente, como debería comportarse ella una vez estuvieran casados. Philip andaría por allí, pero ella no podría depender de él ni para entretenerse ni para que la acompañara. Su cohorte, compuesta por caballeros que gozaban de su aprobación, se ocuparía de eso.

Al descubrirse escudriñando el salón en busca de Philip, Antonia volvió a fijar su mirada en Hugo, que en ese instante estaba al otro lado de la fila. Si debía mostrarse distante, ya iba siendo hora de que empezase a practicar.

—¿Qué demonios pasa? ¿Es que tengo la corbata torcida o qué?

Las palabras de Philip, pronunciadas a regañadientes, en voz baja, consiguieron que Antonia fijara su mirada en él. Parpadeó, sorprendida, ajena a los bailarines que los rodeaban.

—¿Qué quieres decir? Tu corbata está perfectamente, como siempre —parpadeó y añadió—: ¿De qué estás hablando?

Irritado, Philip la hizo rotar en una compleja serie de giros, supuestamente para señalar el final del baile de lady Gisborne, y en realidad sólo para apretarla más fuerte.

—La cuestión es —dijo entre dientes— por qué de pronto parece que me he vuelto invisible para ti. Apenas me has mirado en toda la noche. Estoy empezando a sentirme como un fantasma.

Antonia se sintió aturdida y empezó a preguntarse si sería por el vals.

—Pensaba que eso era lo que querías... que no debía... —sintió, contrariada, que empezaba a sonrojarse.

Philip se dio cuenta y sintió crecer su confusión.

—¿Que no debías mirarme?

Antonia le lanzó una mirada exasperada y luego fijó la vista en su hombro derecho.

—Que no debía dar muestras de que advertía tu presencia. Según tengo entendido, semejante comportamiento se considera impropio de una dama. No quisiera avergonzarte —hizo una pausa y añadió—: Tu conducta es muy correcta. Y yo, naturalmente, tomo ejemplo de ti.

Philip la miró con el ceño fruncido.

—Sí, bueno... —vaciló, no sabiendo qué decir. Luego apretó los labios—. ¿Puedo sugerir que hay un término medio entre, por un lado, colgarte de mi brazo y mirarme con ojitos de cordero, y, por otro, comportarte como si no estuviera literalmente aquí?

Antonia lo miró de soslayo.

—Sabes perfectamente que siempre sé que estás ahí.

Philip bajó la mirada hacia sus ojos y sintió que el nubarrón que había aborrascado su ánimo toda la tarde empezaba a disiparse. Le sostuvo la mirada y sus labios formaron una sonrisa irónica.

—Alguna sonrisa y alguna mirada tuya no estarían de más.

Antonia siguió observando sus ojos un momento y luego le sonrió.

—Si así lo desea milord...

Philip la agarró con más fuerza mientras giraban.

—Sí, así lo deseo.

Dos días después, Philip, que estaba paseando por las amplias veredas del parque, se topó con la carroza de los Ruthven. Al acercarse a él, descubrió a Henrietta enfrascada en una discusión con otras dos damas.

—¡Ah, Ruthven! Justo el que necesitaba —Henrietta le lanzó una sonrisa—. Precisamente estaba diciéndole a la condesa que lo que nos hace falta es un caballero de confianza que sepa cómo funcionan las cosas para vigilar a nuestro pequeño grupito.

—¿De veras? —Philip alzó las cejas y dejó que su tono trasluciera la profunda antipatía que le causaba la idea de encajar en aquella descripción.

—Pero creo que no conoces a la condesa de Ticehurst —Henrietta señaló a la dama sentada a su lado—. Ni, naturalmente, a la marquesa viuda de Hammersley.

Philip se inclinó galantemente, con expresión distante, y pensó que ni la condesa, con su rostro anguloso y sus rizos rojos, ni la marquesa viuda, gruesa y provista de tres papadas, daban indicios de estar a la altura de las variadas descripciones que había oído sobre ellas.

—En efecto, Ruthven, es una suerte que hayas venido. La condesa, a la que no veía desde hacía años, está muy preocupada por su sobrina —alzó la cabeza y miró hacia los prados—. Está por ahí, en alguna parte —dijo, señalando con su mano gordezuela hacia los senderos bordeados de flores—. Está paseando con Antonia y Geoffrey. Y con el marqués, claro —Henrietta intercambió una rápida mirada con las otras dos damas y luego se inclinó hacia un lado del carruaje y, bajando la voz, clavó en Philip una mirada sagaz—. Hay un acuerdo entre el marqués y la señorita Dalling, la sobrina de la condesa, pero parece haber algún pequeño inconveniente. Nada serio, pero ya sabes cómo son estas cosas —convencida de que todo estaba ya claro, Henrietta se recostó en el asiento y agitó la mano con desdén—. Supongo que querrás reunirte con ellos.

Philip vaciló y luego asintió con la cabeza.

—Desde luego. Señoras...

Las tres damas sonrieron e inclinaron las cabezas con condescendencia, dejándolo marchar. Mientras cruzaba los prados, Philip sintió de pronto lástima por el marqués y la señorita Dalling.

Descubrió a Antonia paseando del brazo con Catriona. La heredera tenía los ojos brillantes y las mejillas encendidas. Era casi como si Antonia estuviera conteniéndola físicamente, aunque Philip no sabía por qué.

Antonia levantó la cabeza y, al verlo acercarse, sonrió calurosamente y le tendió la mano.

—Buenas tardes, milord.

Philip tomó su mano y se la llevó a los labios mientras fijaba en ella una mirada inquisitiva y decía:

—Milady —Antonia se sonrojó. Philip posó su mirada en Catriona y la muchacha hizo una reverencia y a continuación le dedicó una de sus deslumbrantes sonrisas. Philip también sonrió—. Me temo que he de advertirles que me han enviado a vigilarlos.

Catriona lo miró con pasmo.

—¿Cómo? ¿Quién?

—Según parece —dijo Philip, tomando suavemente a Antonia del brazo, separándola de Catriona—, mi madrastra y su tía son viejas conocidas. En este instante, están en el carruaje de Henrietta, poniéndose al corriente de sus vidas, junto a la querida mamá de Ambrose.

—¿Es eso cierto? —Catriona estaba pendiente de sus palabras—. ¿Y lo han mandado a vigilarnos?

—Exactamente.

—¡La mano del destino! —Catriona juntó las manos y se las llevó al pecho teatralmente, fijando sus ojos brillantes en Philip—. ¡Qué buena suerte!

Philip apretó los dientes.

—Espero —dijo— que eso me permita decidirlo a mí. ¿A qué vienen tantos aspavientos?

Advirtiendo su tono áspero, Antonia se apresuró a explicarle:

—Ha llegado el señor Fortescue. Ha quedado en encontrarse con nosotras aquí, pero nos preocupaba que la condesa interfiriera.

Philip miró hacia el carruaje distante y resopló.

—No creo que haya riesgos de que eso suceda en este momento —volvió a mirar a Catriona—. Pero ¿dónde está ese caballero?

Philip no pensaba alentar ningún romance clandestino, pero Henry Fortescue resultó ser un gran alivio. Los temores de Philip se apaciguaron en cuanto lo vio aparecer, paseando entre Geoffrey y Ambrose. Antonia le había explicado en pocas palabras su plan: habían mandado a Geoffrey y Ambrose a buscar al señor Fortescue, para que pareciera que era un conocido de alguno de ellos. Philip se moría de ganas por saber qué le parecía al señor Fortescue aquel arreglo.

Al ser presentados, se estrecharon las manos. Henry Fortescue tenía poco más de veinte años, era fornido y de mediana estatura y poseía el porte de los vástagos de la noble familia de ese nombre. El joven admitió tímidamente su parentesco al ser preguntado por Philip.

—Son primos lejanos de mi padre.

Catriona, que se había colgado de su brazo, declaró:

—Hemos de tener mucho cuidado, Henry, o mi tía descenderá como el dragón que es y nos separará.

Henry bajó la mirada hacia ella y frunció el ceño.

—Bobadas —le quitó importancia a su comentario palmeando la mano de Catriona—. Siempre exageras, Catriona. ¿Qué crees que hará tu tía? A fin de cuentas, no soy un mercachifle sin oficio ni beneficio. Dado que tenía el permiso de tu padre para cortejarte, no hay razón para que monte una escena.

—¡Pero lo hará! —Catriona parecía horrorizada—. Pregúntale a Ambrose.

Ambrose asintió con la cabeza obedientemente.

—Está empeñada en casarnos, ¿sabe? Por eso mandamos por usted.

—No puedes hablar con la tía Ticehurst —Catriona se aferró al brazo de Henry—. Te echará a patadas. Sé que lo hará.

Henry apretó la mandíbula.

—No tengo intención de hablar con tu tía. Hablaré con el conde, como es debido.

Philip se llevó a Antonia a un lado, dejando que los cuatro jóvenes se adelantaran, y murmuró:

—No sabes cuánto me alegro de haber conocido al señor Fortescue.

—Parece un joven muy serio —Antonia observó a Catriona y a su prometido—. Y parece saber cómo manejar los arrebatos de Catriona.

—Es justamente lo que ella necesita: un ancla —mientras caminaban tras los cuatro jóvenes, Philip paseó ociosamente la mirada por los prados. De pronto, se detuvo—. ¡Cielo santo!

Antonia siguió su mirada y vio a una pareja que se dirigía hacia ellos por un camino lateral. Reconoció de inmediato al caballero: Frederick Amberly era amigo de Philip. No pasaba, sin embargo, mucho tiempo en su círculo, pues por lo general se perdía entre la multitud tras intercambiar los saludos de rigor. No conocía, en cambio, a la joven que caminaba de su brazo, una muchacha bonita vestida en muselina rosa. Por la expresión arrobada del señor Amberly, Antonia adivinó que la joven debía de ser la causa de que se mostrara tan esquivo.

—Buenas tardes, Amberly.

Frederick Amberly se sobresaltó al oír la voz de Philip.

—¿Qué? Ah, eres tú, Ruthven —Amberly pareció consternado un instante—. No esperaba encontrarte aquí.

—Ya lo he notado —Philip le dedicó una sonrisa encantadora a la joven, que lo miraba azorada, prendida aún del brazo de Amberly.

—Permítame presentarle a mis amigos, querida —el señor Amberly le palmeó el brazo para tranquilizarla—. La señorita Mannering y lord Ruthven... La señorita Hitchin.

La señorita Hitchin sonrió dulcemente y le dio la mano a Antonia. Ésta le devolvió la sonrisa y estrechó su mano. Philip inclinó la cabeza y miró a Frederick Amberly.

—¿Paseando?

—Las flores están preciosas —dijo la señorita Hitchin tímidamente—. El señor Amberly se ha ofrecido amablemente a acompañarme a verlas de cerca.

—Son realmente bonitas —dijo Antonia.

—Tengo entendido que hay una vereda de rododendros un poco más allá —la señorita Hitchin miró al señor Amberly con ternura.

—Ah, sí —el señor Amberly le sonrió—. Será mejor que nos demos prisa si queremos ver los arbustos y volver a tiempo al carruaje de su señora madre —inclinó la cabeza mirando a Antonia—. A sus pies, señorita Mannering. Ruthven.

Philip los miró alejarse.

—Quién lo habría pensado. Una muchacha apenas salida de la escuela, apenas lo bastante mayor como para recogerse el pelo —meneó la cabeza—. Pobre Amberly.

—¿Pobre por qué? —preguntó Antonia al tiempo que echaban a andar otra vez.

—Porque —contestó Philip— ser sorprendido paseando del brazo de una joven por el parque mirando las flores, es tanto como declararse irreparablemente enamorado.

Dieron unos pasos más antes de que Antonia dijera en tono cuidadosamente neutro:

—Tú estás paseando conmigo junto a los lechos de flores.

—Cierto... pero no hay nada extraño en enamorarse de ti. Por el contrario, de una cría recién salida del colegio... —Philip sacudió la cabeza de nuevo—. Pobre Amberly.

CAPÍTULO 11

–Y bien, querida, ¿te han impresionado las piruetas de Hugo? –Philip le tendió el brazo a Antonia, que, sofocada y con los ojos brillantes, se reunió con él a un lado del salón de baile de lady Darcy-d'Lisle.

–¡Desde luego! –Antonia posó la mano sobre su manga y lanzó una mirada de soslayo a Hugo–. Nunca había visto bailar la gavota con tanto entusiasmo.

La sonrisa de Hugo se convirtió en una mueca.

–¡Chist! –miró a su alrededor teatralmente–. Me darás mala fama. Ningún calavera de Londres quiere ser considerado entusiasta.

Su expresión hizo reír a Antonia a carcajadas.

Philip se deleitó en aquel sonido argentino. Durante las semanas anteriores, el aplomo de Antonia no había cesado de crecer, a la par que el orgullo y la satisfacción de Philip, cuya impaciencia era cada vez mayor. Suavemente, con expresión contenida, la tomó de la mano.

–Ven, el baile ha acabado –ella lo miró a los ojos–. Es hora de irse a casa.

A su casa, su biblioteca... y su bebida de antes de acostarse.

Ella se sonrojó delicadamente y luego alzó la cabeza y miró al otro lado del salón.

—Parece que tendremos que arrancar a la tía Henrietta del lado de lady Ticehurst.

—En efecto —Philip miró a su tía, que estaba conversando animadamente con la condesa—. No sé si me gusta que se lleven tan bien —cuando se disponían a cruzar el salón, Antonia le lanzó una mirada de sorpresa. Philip lo notó y esperó a que Hugo se despidiera de ellos para decir—: A mi modo de ver, Henrietta muestra signos alarmantes de querer inmiscuirse en los asuntos de tus amigos.

Su intuición demostró ser correcta. Cuando se acercaron, la condesa estaba perorando acerca de la sensatez de las jóvenes que, a la hora de elegir marido, se dejaban aconsejar por sus mayores.

—Porque, recordad lo que os digo, es la seriedad lo que importa, y mi querida sobrina tendrá que admitirlo tarde o temprano —remató su desabrida afirmación inclinando con brío la cabeza y dirigió una mirada de basilisco alrededor del salón, como si buscara quien se atreviera a llevarle la contraria.

Henrietta asintió con la cabeza, a pesar de que su semblante sugería que su opinión era menos firme.

Antonia se quedó observando mientras Philip utilizaba su encanto para separar a Henrietta de la condesa. Una vez hecho esto, encontraron a Geoffrey esperando en la puerta. Se despidieron de los anfitriones y bajaron hasta su carruaje. Al ofrecerle la mano a Antonia para subir, Philip oyó que lo llamaban. Al volverse, vio que Sally Jersey bajaba las escaleras hacia su carruaje con una expresión maliciosa en el semblante. Su madrastra no era la única que había estado mirándolo con perplejidad. Él contestó a su saludo inclinando la cabeza severamente y, subiendo al carruaje, se encogió de hombros para sus adentros. Al cabo de unas semanas, seguramente menos, estarían de vuelta en Ruthven Manor. Allí, el interés de sus conocidos por él importaría poco y, desde luego, no tendría que preocuparse por ello cada vez que sonriera a Antonia. Aquella perspectiva le parecía cada vez más tentadora.

Protegido por la oscuridad, se recostó en el asiento del carruaje. Frente a él, Antonia, envuelta también en sombras, estaba pensando en ellos. Al igual que Philip, se sentía sumamente satisfecha. Ya sabía cómo actuar, cómo conducirse como su esposa incluso bajo las lámparas de araña de la alta sociedad. Había desfilado sin tropiezos bajo la severa mirada de las grandes damas de Londres. No temía ya meter la pata, ponerse en ridículo cometiendo alguna torpeza imperdonable, avergonzar a Philip con su falta de sofisticación.

Buscó el rostro de Philip entre las sombras y observó su figura, elegante y espigada, fijándose en el alfiler de diamantes de su corbata, que relucía a la tenue luz del carruaje. Estaba ya segura de poder ser su esposa, la esposa que él quería, que necesitaba, que merecía. Philip le había demostrado constantemente su apoyo, teñido de afecto. Cada una de sus palabras y de sus gestos traslucía una estima que nunca sobrepasaba los límites del decoro.

Al menos, en público.

Antonia se removió, con la mirada fija en el alfiler de su corbata. La conducta que Philip mostraba en privado no encajaba en el marco de lo que ella consideraba una relación convencional. Por lo menos, hasta el instante en que había admitido la existencia del deseo. Nunca antes había experimentado aquella emoción, pero estaba allí y la miraba fijamente cada vez que se hallaban a solas. Al final, había acabado aceptando que aquello formaba parte de cómo la veía él. A fin de cuentas, ya no era una niña, sino una mujer adulta.

Al pensarlo, se estremeció de pies a cabeza. Se irguió bruscamente y posó la mirada en la ventanilla del coche. A pesar de que a veces se encontraba de improviso sin aliento y le daba un vuelco el corazón, no era tan necia como para confundir el deseo con el amor. El comentario que Philip había hecho en el parque tres días antes, pronunciado tan a la ligera, tan francamente, tan de pasada, había puesto las cosas en su lugar. Ni siquiera la muchacha más ardorosa habría confundido su indirecta afirmación de que estaba prendado de ella como una declaración de amor. No había sido más que un modo de reformular el afecto que sentía por ella, un reconocimiento de que le agradaba su compañía.

Eso, ciertamente, la había sorprendido. Antonia contempló la silueta de Philip por debajo de las pestañas. Había imaginado, a la luz de la reputación de Philip, que otras mujeres, quizá incluso algunas damas, harían más mella en su vida. ¿Se estaría reformando, quizá? ¿Qué se sentiría al saber que ella había sido la responsable de aquella transformación?

Un profundo anhelo se agitó dentro de ella. Cuadró los hombros y procuró sofocarlo. Aquello no formaba parte de su pacto. No formaba parte de un matrimonio convencional. No era asunto suyo.

Una parte de su psique se burló de ella. Antonia intentó acallarla. Ella pretendía ser, se dijo, una esposa sumamente comprensiva, que no alborotara por asuntos que no eran de su incumbencia.

Decidida a llevar a cabo su propósito, entró resueltamente en el vestíbulo de Ruthven House. Henrietta y Geoffrey estaban ya en las escaleras, conversando. Antonia sonrió a Carring y entró en la biblioteca.

Al sentarse en su sillón de costumbre, su mirada recayó sobre el diván colocado frente a la chimenea. Había aparecido casi una semana antes. Cada noche, desde entonces, Philip la engatusaba para que se sentara en él... y, después, se las ingeniaba para abrazarla. Antonia reprimió sus recuerdos con severidad y se recordó que no había nada de particular en que dos prometidos se dieran un par de besos.

Los ojos grises de Philip, enturbiados por el deseo, inundaron su cabeza. Estaba a punto de estremecerse.

Philip se había parado en la puerta. Antonia lo oyó hablar con Carring. Luego, él cerró la puerta. Se acercó mirándola fijamente.

–Últimamente, pareces a tus anchas en las fiestas. Siempre me ha parecido que aprendías muy rápido –se agachó y se puso a avivar el fuego. Las llamas volvían de bronce su pelo castaño y brillante.

Antonia sonrió con serenidad y se recostó.

—Ah, pero he tenido un excelente maestro, ¿no es cierto? No creo que me hubiera resultado tan fácil si hubiera tenido que enfrentarme sola a los dragones.

Philip se incorporó alzando una ceja.

—¿Me estás halagando, querida?

Una llamada a la puerta anunció la llegada de Carring, que llevaba su vaso de leche. Antonia lo tomó con una sonrisa. Carring le dio a Philip su brandy y se retiró. Con su elegancia acostumbrada, Philip se reclinó en el sillón, frente al fuego. Se aposentó el silencio. Antonia se relajó, notando que el calorcillo de la leche disipaba el frío que sentía en los hombros. Sus labios se curvaron. A medida que la calma la envolvía, fue cerrando los párpados.

Philip la observaba con su copa entre las manos. Acariciaba con la mirada sus hombros, que el corpiño de su vestido de noche dejaba al descubierto. Esa noche, ella no se había puesto sus perlas, y su cuello y la piel blanca que quedaba expuesta por encima del escote bajo aparecían provocativamente desnudos. Sin adornos, habían atraído más miradas que los diamantes de lady Darcy-d'Lisle. Había en la suave turgencia de sus pechos una inocencia inmaculada que había dejado en suspenso la conversación de muchos hombres. Con la mirada fija en sus delicadas curvas, Philip se removió, inquieto. Antonia parpadeó.

—¿Qué sucede?

Philip enarcó lentamente una ceja.

—Estaba pensando que a las mujeres con tus dones naturales debería estarles prohibido aparecer en público sin la distracción de las joyas.

A Antonia no le costó trabajo alguno adivinar lo que quería decir. El calor que acariciaba su piel no se debía al fuego.

—¿De veras? —decidida a no sonrojarse, bebió un sorbo de leche.

—Desde luego —Philip dejó su vaso de repente y, levantándose, se acercó a su mesa. Un instante después, regresó con una caja plana de terciopelo en la mano.

Antonia dejó su vaso sobre una mesita y miró sucesivamente la caja y el rostro de Philip.

—¿Qué...?

—Ven, colócate frente al espejo —Philip tomó su mano y tiró suavemente de ella para que se levantara. Antonia obedeció, llena de nerviosismo—. No mires —dijo él cuando ella intentó mirar por encima del hombro.

Un instante después, Philip dejó la caja sobre el diván y alzó las manos sobre su cabeza, sosteniendo una hilera de piedras brillantes. Antonia levantó la mirada y contuvo el aliento.

—Las esmeraldas de Aspreys —musitó—. Me preguntaba quién las habría comprado.

—Fui yo —Philip bajó el collar y se lo colocó alrededor del cuello. Luego inclinó la cabeza para abrochárselo—. Están hechas para ti. Era lógico que fueran tuyas.

Con la mirada fija en su reflejo, Antonia acercó los dedos a las gemas.

—Yo... no sé qué decir —buscó la mirada de Philip en el espejo, y su sonrisa asombrada se desvaneció—. Philip... no puedo ponérmelo. Todavía no.

—Lo sé —él hizo una mueca y apoyó las manos sobre sus hombros, apretándoselo suavemente—. Guárdalo hasta que volvamos a Ruthven Manor. Puedes ponértelo en nuestro baile de compromiso. Será mi regalo para la ocasión.

Antonia le sostuvo la mirada un instante y luego se giró.

—Gracias —rodeó su cuello con los brazos y, poniéndose de puntillas, acercó los labios a los de él.

Philip vaciló un instante. Luego, sus manos se deslizaron sobre la seda que la envolvía y la rodeó con sus brazos. Durante un minuto, saboreó la frescura de sus besos inexpertos. Después, sintió que lo inundaba el deseo. Entreabrió los labios de Antonia, ansioso por probar su dulzura. Ella respondió como hacía siempre, con sencilla e irrefrenada pasión, cálida y seductora. Cuando Philip la estrechó contra sí, ella le apretó con más fuerza. Sus sentidos zozobraban. Incapaz de pensar con coherencia, se rindió al impulso de apretarse contra él.

Él posó las manos en su espalda y comenzó a acariciarla. Luego las bajó hasta sus caderas, apretándola con firmeza. Extasiada, seducida por aquella excitación que la inundaba, ella respondió dejando que su suavidad se apretara contra la dureza de Philip. El beso se prolongó. Aquella inusitada sensación crecía y se henchía dentro de ella hasta anegarla por completo. Un deseo indescriptible se apoderó de ella.

Le gustaba sentir la mano de Philip sobre sus pechos. Él comenzó a acariciarla, y Antonia sintió que le flaqueaban las rodillas y se aferró a sus hombros, aliviada cuando Philip la sujetó por la cintura.

Un instante después, Philip la recostó sobre el diván, tumbándola sobre los cojines de brocado sin romper su beso. Antonia se aferraba a sus caricias, rodeando su cuello con un brazo. Su otra mano revoloteaba, suplicante, sobre la mandíbula de Philip.

Éste sintió su contacto e, interpretando acertadamente su indecisión, dedicó una parte de su mente a aquietar el ansia inocente de Antonia con besos suaves y prolongados, mientras con los dedos desabrochaba los diminutos botones del corpiño. Cuando los ojales fueron cediendo uno a uno, Philip tiró de las riendas de sus pasiones, refrenándolas con firmeza. Paso a paso, lentamente, había ido guiando a Antonia por el camino de la seducción dando un largo rodeo. Sabía exactamente hasta dónde podía llevarla esa noche. Hasta allí y nada más.

Eso se dijo con firmeza, conteniendo su deseo, antes de que cediera el último botón y deslizara la mano bajo la delicada seda verdemar. El pecho de Antonia se henchió bajo su caricia. Su piel, suave como el raso, más tersa que la seda que Philip apartaba, la quemaba. Al cerrar con suavidad la mano sobre su pecho firme, sintió que ella contenía el aliento y notó que la tensión crecía y luego se disolvía en deseo. Ella lo besó con ansia y empezó a removerse bajo él con delicioso abandono.

Philip bebía de sus labios y satisfacía así los deseos de Antonia al tiempo que los suyos se enervaban. Fue él quien finalmente se retiró y alzó la cabeza para tomar aliento. Con la tez sonrojada y encendida, Antonia yacía relajada sobre los cojines, con los ojos cerrados y los labios palpitantes y tiernos, pero todavía ávidos de los besos de Philip. Flotaba en un mar de sueños, envuelta por la pasión.

Feliz y satisfecha, dejó escapar un suspiro. Philip acarició de nuevo su pecho. Ella abrió de pronto los ojos.

—¡Oh! —sobresaltada, comprendió de repente la posición en la que se hallaba—. Yo... —titubeó y se detuvo, intentando recordar, aturdida, qué había pasado. ¿Qué había dicho? ¿Qué había hecho?—. Oh, cielos —cerró los ojos, avergonzada—. Lo siento muchísimo, Philip.

Philip le besó suavemente la oreja, divertido.

—¿Por qué? —inclinó la cabeza y besó su garganta—. Si alguien debe disculparse, soy yo —miró su pecho—. Pero no tengo intención de hacerlo.

Antonia contuvo el aliento. Philip esbozó una sonrisa e inclinó la cabeza.

—¡Philip! —Antonia abrió de nuevo los ojos bruscamente, atónita. No podía respirar. Sus dedos permanecían enredados entre el pelo de Philip mientras éste proseguía con aquella sorprendente caricia. Antonia sintió que le daba vueltas la cabeza al tiempo que los labios y la lengua de Philip seguían jugueteando con su pecho—. Dios mío...

Philip se apartó, riendo suavemente.

—No hay por qué extrañarse —observó, satisfecho, cómo subía y bajaba rápidamente su pecho por causa de la agitación. Alzó los ojos y se encontró con la mirada aturdida de Antonia—. A fin de cuentas, dentro de poco estaremos casados. Y después haremos esto bastante a menudo.

Los labios de Antonia formaron en silencio un «oh». Philip notó que se estremecía. Sorprendido, la miró a los ojos y descubrió en ellos una extraña expresión, semejante a la angustia. Frunció el ceño.

—¿Qué ocurre?

Ella no contestó, pero sus ojos se empañaron cuando, como movidos por propia voluntad, los dedos de Philip empezaron acariciar su pezón rosado. Él se obligó a parar, pero no logró apartar la mano de su pecho. Inclinando la cabeza, besó con ternura la frente de Antonia.

—Ibas a confiar en mí, ¿recuerdas? Así que, cuéntamelo.

Antonia parpadeó y enfocó lentamente la mirada. Abrió los labios y tuvo que humedecérselos antes de poder hablar.

—Yo... es que... —respiró hondo con esfuerzo—. Cuando me besas con tanta pasión... —se interrumpió y se sonrojó intensamente. Philip sintió que un súbito calor se extendía por la piel sobre la que apoyaba su mano. Antonia tragó saliva y procuró modular su voz—. Cuando me tocas... —bajó la mirada, volvió a levantarla de pronto y tomó aire, temblorosa—. No puedo controlarme —dijo atropelladamente—. Me siento... —sus ojos se oscurecieron— muy lujuriosa —Philip sintió una oleada de deseo y procuró dominarla. Antes de que pudiera responder, Antonia prosiguió, con la mirada fija en él—. Supongo que te disgusta un comportamiento tan indecoroso —bajó la mirada—. Sé que no es modo de comportarse una dama.

La expresión angustiada y sincera de sus ojos disipaba cualquier impulso de tomarse aquel asunto a la ligera. Philip conocía el mandato al que ella aludía, y al que al parecer se creía obligada a ceñirse. Él había llegado a la conclusión hacía largo tiempo de que aquella constricción en particular era la causa de que tantas mujeres casadas fueran presa fácil de libertinos sin escrúpulos, hombres que alentaban, en vez de sofocar, sus pasiones. Y no deseaba que su esposa cayera, mediante semejante razonamiento, en las garras de sus iguales. Sus labios se adelgazaron.

—Aun a riesgo de escandalizarte, quiero hacerte una confesión —Antonia lo miró con aturdimiento. Philip apartó de mala gana la mano de su cálido pecho y dejó que su corpiño se cerrase—. Yo, naturalmente, procuro no alardear de ello, pero no tendría la reputación que tengo si las pasiones femeninas, o las mujeres apasionadas, me desagradaran —la miró a los ojos y añadió—: En realidad, puedo asegurarte que sucede muy al contrario —ella seguía mirándolo con desconcierto. Philip arqueó una ceja—. Es un hecho bien conocido que los hombres de mi posición tienden a casarse tarde. Preferimos esperar, con la esperanza de dar con una dama que responda del modo que aprendemos a valorar con el tiempo. Es decir, una dama cuyas pasiones sean honestas y francas, y cuyo goce sea natural y carente de fingimientos —titubeó y luego prosiguió con voz más profunda—. Tú sabes cómo soy, cómo he sido... No creo que tenga sentido recurrir al engaño. Dado mi pasado, ¿crees posible que me diera por satisfecho con templadas pasiones, con la tibieza de una mujer sólo complaciente, conociendo el ardor que corre por tus venas? —sus ojos oscuros parecían nublados.

Antonia intentó sofocar el estremecimiento que habían causado las palabras de Philip. Turbada, no sabiendo si debía escandalizarse o no, movió la cabeza de un lado a otro. Philip ignoró la tensión que empezaba a apoderarse de él y prosiguió:

—Quiero que seas impetuosa y apasionada, por lo menos en privado —sus labios se torcieron en una sonrisa provocativa—. Da la casualidad de que me gustas así —Antonia se envaró; él se apresuró a añadir en tono acerbo—: Y te aseguro que es perfectamente aceptable que una esposa se muestre impetuosa y apasionada con su marido —Antonia le dirigió una mirada escéptica. Philip alzó una mano y le tocó la nariz con un dedo—. Te prometo que no pretendo engatusarte con fines egoístas y perversos —intentó aligerar su tono—. En los círculos de la alta sociedad, cualquier buen matrimonio tiene dos caras: la pública y la privada. Y, tomando como ejemplo a los señores de Eversleigh, a Jack y Sophie Lester, y a Harry y Lucinda, a los que aún no conoces, pero cuyos matrimonios yo envidio, lo más lógico es concluir que —hizo una pausa, llevado por la marea de su propia elocuencia— los matrimonios basados en... —vaciló y luego continuó— una intensa atracción mutua son sumamente recomendables —bajó los ojos y se encontró con la mirada inquisitiva de Antonia.

—Pensaba que querías una mujer complaciente, que no... —se sonrojó de nuevo. Irritada, levantó la cara— que no te exigiera nada.

Philip sonrió contenidamente.

—¿Quieres decir una mujer que no sea una distracción constante? —le quitó de un tirón la cinta del pelo. Su densa melena cayó de golpe, y las horquillas se diseminaron por los cojines. La sonrisa de Philip se tensó mientras hundía la mano en su cabellera dorada—. ¿Una mujer que no me haga soñar despierto con cómo será cuando la tenga desnuda bajo mis manos? —abrió los dedos y los hundió en la espesa melena. Luego la miró a los ojos—. ¿Eso pensabas que quería? —Antonia asintió con la cabeza, asombrada y casi incapaz de respirar. Philip miró sus labios—. Pues estabas equivocada.

Bajó la cabeza y buscó sus labios. La besó y siguió besándola, arrastrándola como un torbellino en el mundo embriagador del deseo y el gozo, al tiempo que dominaba sus sentidos y sus impulsos y murmuraba palabras de aliento en tono grave cada vez que sus prejuicios amenazaban con hacer acto de presencia.

Los leños que había puesto en el fuego se habían convertido en ascuas fulgurantes cuando por fin Philip alzó la cabeza y se apartó de ella. Antonia, cuya razón seguía aún zozobrando, lo oyó murmurar:

—Señora mía.

—No esperaba que hubiera tanta gente hoy —con una mano sobre el sombrero para impedir que se lo llevara el aire, Antonia miraba hacia delante, donde la habitual aglomeración de coches congestionaba la avenida principal del parque.

A su lado, en el elevado pescante del faetón, Philip sofocó un bufido.

—Haría falta un diluvio para impedir que vinieran. Las meras amenazas... —su mirada se posó en las nubes bajas que surcaban el cielo plomizo— no consiguen intimidar a las grandes damas de la aristocracia.

—Eso salta a la vista —Antonia hundió las manos en las plumas que remataban su manguito nuevo y continuó saludando con elegantes inclinaciones de cabeza y sonrisas a las señoras que pasaban a su lado. En su fuero interno, no dejaba de asombrarla el aplomo que demostraba, ni el latido firme y acompasado de su corazón.

Después de la noche anterior, y de su encuentro tras el baile de lady Darcy-d'Lisle, esperaba sentirse agitada cuando volviera a ver a Philip. Pero, por el contrario, al encontrarse inesperadamente a la mesa del desayuno, se habían puesto a charlar tan animadamente como de costumbre. Nada en su conversación la había turbado. Ni siquiera el destello que de cuando en cuando iluminaba los ojos de Philip, y la complicidad que Antonia percibía tras él, habían podido quebrantar la profunda dicha que se había apoderado de ella.

Antonia miró su manguito. El último regalo de Philip. Lo miró pensativamente y luego le lanzó a Philip una mirada de soslayo.

—He notado, milord, que cualquier artículo que me detengo a admirar suele acabar siendo mío. Sombrillas, sombreros, incluso esmeraldas... —Philip, que estaba enfrascado guiando a sus caballos grises, se limitó a arquear una ceja—. ¿Funcionará también si admiro un faetón de pescante alto?

—No —contestó Philip sin vacilar, y la miró, ceñudo—. Nunca permitiré que te arriesgues a partirte el cuello. Ni lo pienses siquiera —Antonia abrió mucho los ojos, sorprendida. Philip resopló y se volvió hacia los caballos. Con tono menos severo, añadió–: Si te portas bien, podrás tener un par de caballos veloces para tu carruaje. Hablaré con Harry la próxima vez que lo vea.

Aquel comentario distrajo a Antonia.

–¿Harry?

Philip asintió con la cabeza.

–Harry Lester, el hermano de Jack –tras una pausa, añadió–: Los dos son buenos amigos míos.

–Ah. ¿Y Harry tiene caballos que vender?

–Posiblemente –Philip la miró con ojos risueños–. Harry Lester es el propietario de una de las yeguadas más famosas del país. Raker, ese semental que elegiste en Ruthven Manor, es hijo de uno de sus campeones.

–Entiendo –mientras aminoraban el paso para unirse a la fila de carruajes que esperaban para girar y doblar por la avenida, Antonia preguntó–: ¿Es el mismo Harry que está casado con una tal Lucinda?

Philip asintió con la cabeza.

–Lucinda, es decir, la señora Babbacombe. Se casaron hace unos meses, a fines de la estación.

–¿Hay alguna razón para que no estén en Londres?

–Conociendo a Harry –contestó Philip–, supongo que estarán muy ocupados divirtiéndose en casa.

Antonia lo miró de reojo.

–¿Divirtiéndose?

Philip se giró para mirarla mientras arreaba a los caballos.

–Por extraño que parezca, hay una cosa que con toda seguridad posee mayor atractivo para un calavera que la alta sociedad en todo su esplendor.

Antonia lo miró con sorpresa.

–¿Cuál?

–Sus esposas en todo su esplendor.

Antonia se sonrojó vivamente y, tras lanzarle una mirada reveladora, fijó su atención en los coches que se aproximaban. Philip disimuló una sonrisa y miró sus caballos. Le gustaba mucho ver sonrojarse a Antonia.

Esperó hasta que dejaron atrás el último carruaje para mirarla de nuevo.

—Está cambiando el tiempo. Pronto habrá menos gente. En realidad, la Pequeña Estación sólo durará una semana más.

Antonia lo miró a los ojos abiertamente.

—¿Y luego?

Philip sintió que una tensión feroz se cerraba como un puño sobre su corazón.

—Si te parece bien, volveremos a Ruthven Manor. Y luego... —se interrumpió y miró rápidamente los caballos. Cuando volvió a fijar su mirada en Antonia, su expresión era templada—. Y luego, querida mía, procederemos según acordamos.

Antonia siguió mirándolo con fijeza. Escudriñó sus ojos y luego, con mirada serena, inclinó la cabeza.

—Según acordamos, milord.

Dos noches después, Philip se hallaba junto al salón de baile de lady Carstairs y se preguntaba si habría algún modo de ponerle fin a la Pequeña Estación antes de lo previsto. Todavía tenía que soportar cinco noches de bailes y fiestas. Ignoraba si le alcanzaría la paciencia. Dado que pronto estarían casados, no le repugnaba particularmente la idea de seducir a Antonia. Pero seducirla mientras se hallaba bajo su techo, bajo su protección, era cosa bien distinta, que sobrepasaba los límites del honor y la moral.

Sofocó un soplido de fastidio y contuvo el impulso de cruzar los brazos y mirar ceñudo la deliciosa estampa que componía Antonia girando por el salón. Lord Ashby, uno de sus pares, era su pareja de baile. Pese a todo, Philip no sentía inquietud alguna, lo cual le daba que pensar.

Estaba, ahora lo sabía, absolutamente seguro de Antonia: seguro de su afecto, de su lealtad, de su deseo de casarse con él. ¿Por qué, entonces, se torturaba quedándose allí parado, vigilándola?

Nadie que la viera podía dudar de su aplomo. Si necesitaba alguna ayuda, Henrietta estaba allí, cotilleando ávidamente con sus amigas íntimas. Geoffrey se hallaba también por allí, entre el gentío, seguramente con el marqués, la señorita Dalling y el señor Fortescue.

Mientras la música tocaba a su fin, Philip lanzó una última mirada a su alrededor. No había motivo para que no hiciera lo que solían hacer los maridos y se ausentara del salón. Antonia no lo necesitaba. Además, así podía aprovechar la ocasión para sopesar una cuestión urgente: qué nuevos pasos podía dar, qué rodeos podía explorar, para alargar el camino de la seducción. Dada la inesperada vehemencia de sus sentimientos, y la respuesta apasionada de Antonia, ello resultaba un problema cada vez más acuciante.

Antonia se irguió tras ejecutar la última reverencia del baile y se echó a reír alegremente, mirando a lord Ashby. Después, paseó automáticamente la mirada por el salón. Al ver a Philip de espaldas, cruzando la puerta principal, sonrió y pensó que habría ido a tomar un poco el aire.

Confiada y feliz, se puso a charlar con lord Ashby y los demás invitados que se reunieron a su alrededor. Diez minutos después, aquel parloteo insustancial la convenció de que echaba de menos a Philip. Miró ociosamente a su alrededor y resolvió que no había razón alguna para que ella no se fuera también a tomar un poco el aire. Fuera soplaba con fuerza el viento, y las puertas de la terraza estaban cerradas. La temperatura en el salón iba subiendo poco a poco.

Sonrió con dulzura y se volvió hacia lord Ashby.

—Si me disculpa, milord, he de hablar un momento con mi tía.

Como Henrietta se hallaba en medio del círculo presidido por la marquesa viuda de Hammersley, a Antonia no le sorprendió que ninguno de los caballeros presentes insistiera en acompañarla. Se deslizó entre la multitud, en dirección a su tía, y poco después cambió de trayectoria y se dirigió hacia la puerta del salón de baile.

Philip se hallaba en la biblioteca, paseándose despacio frente al hogar, pensando en Antonia. No oyó que la puerta se abría y volvía a cerrarse. Fue el leve murmullo de sus faldas de seda lo que lo puso alerta. Al volverse, sobresaltado, descubrió que no era Antonia quien se había sentado elegantemente en un extremo del diván.

—Buenas noches, milord.

El tono seductor de lady Ardale disipó al instante la idea de que hubiera entrado allí por casualidad. Lady Ardale era una mujer de asombrosa belleza. Sus voluptuosas curvas se hallaban envueltas en seda tan fina que saltaba a la vista que apenas llevaba ropa debajo. Sus faldas murmuraron otra vez, seductoramente, cuando, con la mirada fija en su figura, se acercó lentamente a él.

Philip se hallaba presa, a pesar de sí mismo, de cierta fascinación, propia de quien se halla observando algo de lo que ha oído hablar pero que nunca ha presenciado con sus propios ojos. Había oído hablar de lady Ardale, naturalmente. Era una de aquellas mujeres que él llamaba pirañas. En su caso, se alimentaba de libertinos cuyos huesos escupía. Se rumoreaba que era imposible de satisfacer. Algunos amigos suyos habían caído de rodillas, literalmente, en el empeño. Dado que lord Ardale tenía aún la suficiente energía como para exigirle que fuera discreta, las cacerías de lady Ardale se limitaban a hombres casados. Hasta el momento, Philip se había creído a salvo de ella. Pero las siguientes palabras de lady Ardale disiparon aquella ilusión.

—Ha sido usted muy listo, Ruthven —lady Ardale se detuvo delante de él con una sonrisa burlona. Alzando uno de sus dedos de uñas largas, siguió la línea de un pliegue de su corbata—. Buscar a una amiga de la familia, una señorita de alcurnia, pero ignorante de las costumbres de la alta sociedad... una jovencita dulce e inocente para convertirla en su esposa... —lady Ardale arqueó una ceja—. Muy astuto, en efecto —Philip se tensó casi imperceptiblemente—. Sí, milord, tanta astucia merece una recompensa —lady Ardale se acercó y Philip extendió automáticamente un brazo para detenerla, y su mano recayó sobre la cadera de la dama. Ésta se acercó un poco más, apretándose contra él–. Espero –dijo, jadeante, pero con firmeza– que sus planes para casarse con esa criaturita estén adelantados. ¿Puedo sugerir que, en lugar de perder las próximas tres semanas en su finca, se reúna conmigo y mis invitados en Ardale Place? Será una pequeña reunión amistosa –los labios rojos de lady Ardale se curvaron. Con los ojos fijos en el rostro de Philip, tomó su mano libre y se la acercó a los pechos–. Le aseguro que tendrá muchas oportunidades de probar postres deliciosos. Después de tan cuidadosa planificación, no querrá privarse de nada.

La intensa repulsión que invadió a Philip, el deseo de apartar a lady Ardale de sí, lo forzó a detenerse y a respirar hondo antes de declinar con su acostumbrada cortesía el salaz ofrecimiento de la dama. La idea de preferir los encantos marchitos y vulgares de aquella mujer a los de Antonia le parecía un insulto a su inteligencia. Las opiniones de lady Ardale acerca de Antonia no hicieron sino acrecentar su enojo.

Lady Ardale malinterpretó su silencio y, esbozando una sonrisa de sirena, extendió los brazos, intentando atraer su cabeza hacia ella. La expresión de Philip se endureció. La mano que tenía posada en las caderas de lady Ardale se afianzó. La otra se movió hasta agarrar su hombro.

De pronto, sin saber por qué, alzó la mirada... y vio a Antonia, una silueta entre las sombras, de pie junto a la puerta. Y se quedó helado.

Lady Ardale se pegó a él. El sollozo que dejó escapar Antonia quebró la telaraña de espanto, de perplejidad, que la mantenía en suspenso. Philip oyó aquel quejido roto y leve. Ella se llevó la mano a los labios para sofocarlo y, dando media vuelta, huyó de la habitación.

Un instante después, lady Ardale se halló tumbada sobre el diván, en la posición que había pensado asumir, con una notable diferencia: se suponía que Philip tenía que estar con ella, no corriendo hacia la puerta.

—¡Ruthven!

El grito estridente de lady Ardale hizo detenerse a Philip, que, girándose, clavó en ella una mirada de frío desprecio.

—Señora —dijo con aspereza—, le sugiero que en el futuro sea más discreta al elegir a sus amantes. Está muy equivocada si cree que deseo contarme entre ellos.

Giró sobre sus talones y salió en pos de Antonia. Al entrar en el salón de baile, se detuvo junto a la pared y se puso a observar a los invitados. Al fin divisó a su futura esposa, que estaba bailando la contradanza con un joven caballero. Para un observador no avezado, su semblante despreocupado habría pasado inadvertido. Philip, sin embargo, veía más allá de él. Veía el esfuerzo que le costaba cada sonrisa, cada gesto desenfadado, veía el dolor tras su disfraz. Sofocó el deseo avasallador de correr hacia ella, de estrecharla en sus brazos y contarle la verdad de lo que acababa de ver. Sólo la certeza de cómo reaccionarían los invitados si hacía tal cosa le impidió hacerlo.

Tenso, impaciente, aguardó hasta que concluyó la contradanza, y luego cruzó resueltamente el salón para situarse a su lado. Ella no levantó la mirada. Se limitó a inclinar la cabeza. Philip respiró hondo para calmarse... y esperó. Cuando sus acompañantes se enzarzaron en una encendida discusión acerca de los méritos de la caza del faisán sobre los de la perdiz, se inclinó hacia ella.

—Antonia, tenemos que hablar. Ven, acompáñame.

Ella prorrumpió en una risa crispada, atrayendo de nuevo la atención hacia ellos.

—Mucho me temo, milord, que mi libreta de baile está llena —con el pretexto de mostrarle la libreta, desasió la mano derecha de la garra de Philip—. ¿Lo ve? —levantó la libreta sin mirarlo y luego sonrió, radiante, a su séquito de admiradores—. Naturalmente, no puedo dejar en la estacada a tantos caballeros.

Su cohorte acudió de inmediato en su rescate. Philip apretó los dientes y se vio obligado a transigir con elegancia. Había bailado con ella el vals antes. Como de costumbre, Antonia no tenía más bailes libres.

Pese a todo, Philip permaneció a su lado, cada vez más consciente de lo tenue y delicada que era la aparente alegría de Antonia. Convencido de ello, renunció a cualquier intento de quedarse a solas con ella. Después de tanto como se había esforzado, ponerla al borde de una crisis histérica, en medio de un salón de baile, sería el acto de un rufián. Ese mismo razonamiento le hizo quedarse donde estaba. Si ella tropezaba y se caía, quería estar allí para sujetarla. Y, a fin de cuentas, pronto estaría en casa. El fuego de la biblioteca ya estaría encendido.

Pensando en eso, al acabar la velada Philip cruzó a su lado el salón discretamente, protegiéndola como podía de cualquier mirada indiscreta. Por suerte, Henrietta parecía sumamente interesada en los asuntos de la señorita Dalling, y Geoffrey, embebido en la discusión, ocupó el hueco que dejó Antonia.

Ésta salió del carruaje detrás de su tía, dejando que Philip bajara tras ella. Pero el lento ascenso de Henrietta por los peldaños de la entrada la retuvo, Philip le dio alcance y, agarrando su mano, la posó sobre su brazo. Ella se sobresaltó, pero finalmente dejó que la acompañara hasta la puerta.

Henrietta, que seguía inquiriendo sobre la señorita Dalling, subió la escalera a trancas y barrancas, del brazo de Geoffrey. Philip, que llevaba a Antonia a su lado, se quedó mirándolos hasta que alcanzaron el descansillo.

—¿Señor?

Carring estaba esperando para hacerse cargo de su capa. Philip soltó a Antonia, se desató el cordón y se quitó la capa de los hombros. Al darse la vuelta, descubrió que Antonia estaba ya a medio camino de la escalera.

—Me temo, milord —dijo ella, llevándose una mano a la sien— que tengo un dolor de cabeza espantoso. Si me disculpa...

Ejecutó una leve reverencia, se dio la vuelta y comenzó a subir la escalera a toda prisa, sin mirarlo a los ojos. Philip achicó los ojos mientras la veía ascender. Su semblante se

endurecía con cada paso que daba. Cuando Antonia se perdió de vista, Carring carraspeó y murmuró a continuación:
—¿Esta noche no hay copa, milord?
Philip gruñó:
—Como muy bien sabes, puedo servirme yo solo el brandy. Puedes retirarte.
Entró en la biblioteca y cerró la puerta con firmeza tras de sí.

En el piso superior, Antonia descubrió al llegar a su alcoba que tenía que llamar a Nell, quien se había acostumbrado a que cada noche pasara un rato en la biblioteca. Tensa como la cuerda de un arco, esperó a que apareciera Nell y luego se sometió con resignación a sus atenciones, excusando el haberse apartado de la norma diciendo:
—Me encuentro un poco fatigada. Me sentará bien una buena noche de sueño.
Nell, que estaba desabrochándole los botones del vestido, le lanzó una mirada escrutadora.
—¿Seguro que no quieres que te prepare una manzanilla? O podría traerte el frasco del jarabe revigorizante del doctor Radcliffe. Una cucharadita y te sentirás como nueva.
—No, gracias —Antonia procuró dominarse—. Ayúdame a ponerme el camisón. Yo misma me peinaré.
Nell estuvo rezongando un rato, pero al fin se fue. Al quedarse a solas, Antonia respiró hondo con dificultad y, con el cepillo en la mano, se dejó caer en el taburete del tocador. Aturdida, se puso a cepillarse el pelo con la mirada fija en la imagen del espejo. El candelabro que había a su derecha iluminaba su rostro. Se concentró un instante en su propia imagen y luego agarró el apagavelas. Cuando las velas se apagaron, dejando la habitación envuelta en sombras, salvo por la que seguía ardiendo junto a la cama, osó mirar de nuevo el espejo.
Pero no le hacía falta ver su mirada para conocer la aflic-

ción que se había apoderado de su corazón. De lo cual sólo ella tenía la culpa.

Había permitido que su corazón dominara su cabeza, que el amor la llevara a creer en milagros. Su madre se lo había advertido. Ella misma se lo había dicho a sí misma una y mil veces. Pero había hecho oídos sordos. Seducida por el amor, se había creído a salvo de su dolor. Esa noche, había descubierto que no lo estaba.

El dominio que había mantenido sobre sus emociones se quebró de pronto. El amor la sacudió como un golpe, tal y como le había sucedido en la biblioteca de lady Carstairs, cuando, oculta entre las sombras, había visto a Philip abrazando a una sofisticada dama. Al igual que entonces, el golpe la dejó aturdida. El dolor se difundió a través de ella y estrujó su corazón. Un sordo desconsuelo la inundó por completo, y sus miasmas se extendieron a través de ella insidiosamente, ahogando toda esperanza.

Parpadeó mirando el espejo, abotargada, y dejó el cepillo. Siempre había sido fuerte. Siempre había sido capaz de sobreponerse. Podía hacerle frente a aquello, y no lloraría. Lentamente, irguió los hombros y miró con fijeza su reflejo, casi oculto entre las sombras movedizas.

Su aflicción, su desconsuelo, eran únicamente culpa suya. Philip nunca había dicho que la amase. Ella no tenía qué reprocharle. Nada había cambiado. Había sido una necia por imaginar lo contrario. Sus sentimientos, sus secretas esperanzas, eran irrelevantes. Las arrebujó sin contemplaciones, las enterró profundamente... y pasó la hora siguiente repitiéndose las normas necesarias para desempeñar el papel de esposa de Philip, encontrando inesperadamente consuelo en aquellos edictos claros y desprovistos de emoción. Sólo cuando hubo recuperado el dominio sobre sí misma se permitió pensar en otras cosas.

El resto de la noche transcurrió en un vano intento de remendar su corazón roto.

CAPÍTULO 12

−¿Quiere que le traiga algo el señor?

Sentado tras su mesa, en la biblioteca, Philip levantó la mirada. Carring estaba en la puerta. Philip frunció el ceño.

−No. De momento, no −el mayordomo inclinó la cabeza y retrocedió−. Puede dejar la puerta abierta.

Carring se inclinó de nuevo.

−Está bien, milord.

Philip ahogó un gruñido y volvió a enfrascarse en la *Gazette*. Los débiles rayos del sol de mediodía, que de vez en cuando traspasaban las nubes, diseminaban discontinuos haces de luz sobre el papel.

El tiempo no era lo único que de pronto se había vuelto incierto.

Antonia no le había dado ocasión de explicarse. Philip confiaba en ella de manera implícita. Ella, en cambio, y pese a haberse comprometido a hacerlo, no parecía confiar en él. Naturalmente, tenía cierta reputación que no había hecho esfuerzo alguno por ocultar, pero eran amigos desde hacía años. En su opinión, el asunto estaba claro. Antonia debería haber confiado en él. En lugar de creer la evidencia que tenía ante los ojos.

Hizo una mueca. Su mirada, fija en la página sin verla, quedó absorta.

Un leve crujido sonó más allá de la puerta. Se levantó de un salto y rodeó la mesa. Cuando Antonia comenzó a bajar el último tramo de escaleras, ya estaba en la puerta, esperando para saludarla.

—Buenos días, querida. Te he echado en falta en el desayuno.

Antonia vaciló, agarrándose con una mano a la balaustrada, con mirada ausente.

—Me temo... —respiró hondo y alzó la cabeza—. Me he quedado dormida —se sentía helada hasta la médula, a punto de tiritar, pero si quería ser la complaciente esposa de Philip, debía comportarse apropiadamente, incluso en momentos como aquél.

Envarada, prosiguió su descenso. Tras ella, se oían los pesados pasos de Nell. Ella mantuvo la cabeza alta. Nell le había administrado su agua de pepinos y su loción danesa. Antonia confiaba en que aquellos afeites hubieran disimulado sus ojeras. Al alcanzar el último escalón, posó una mirada distraída sobre su futuro marido.

—Espero que milord se encuentre bien.

—Pasablemente —contestó él secamente. Luego, tras cavilar un instante, añadió—: Me pregunto, querida, si puedes dedicarme un momento de tu tiempo.

Antonia parpadeó, sorprendida no sólo por la petición, sino también por el tono más suave de su voz. Sin pretenderlo, fijó la mirada en el rostro de Philip. La consternación de su mirada le hizo volver la cabeza.

—Da la casualidad, milord, de que iba camino del salón de atrás para escribir unas cartas. Confieso que últimamente he descuidado mucho mi correspondencia. Hay muchas damas de Yorkshire a quien debo darles las gracias —estaba decidida a no montar una escena, pero la idea de estar a solas con él le resultaba intolerable. Con la mirada fija en su corbata, añadió—: Ya he postergado demasiado la tarea. Creo que, si a las dos he acabado mis cartas, Carring podrá llevarlas al correo.

—Carring —dijo Philip, que notaba que su mayordomo rondaba tras él—, puede ponerlas sobre mi mesa. Yo las franquearé.

Antonia inclinó la cabeza.

—Gracias, milord. Si me disculpa, me pondré con ello inmediatamente —hizo amago de darse la vuelta.

—Tal vez luego podamos salir a tomar un poco el aire. ¿Un paseo por la plaza, cuando hayas acabado tus cartas?

Antonia titubeó. La idea de dar un paseo al aire libre resultaba tentadora, pero el cuadro que le proporcionó su imaginación, ellos dos circunvalando la plaza tensos y en silencio, bastó para disuadirla.

—Eh... Creo que Henrietta y yo tenemos que ir a tomar el té con lady Cathie. Y luego pensábamos ir a la fiesta en casa de la señora Melcombe.

Aquella débil excusa quedó suspendida en el aire. Antonia se irguió. La tensión se hinchó y se expandió, manteniéndolos paralizados. Luego Philip se inclinó con su elegancia habitual.

—En ese caso, nos veremos esta noche, querida.

Turbada por la intención que creía haber advertido en la voz de Philip, Antonia excusó su presencia en los compromisos de aquella tarde. Ni siquiera osó bajar a cenar y pidió que le subieran una bandeja a su cuarto alegando un incipiente dolor de cabeza.

Sentado a la cabecera de la mesa, Philip permanecía enfrascado en sus pensamientos, con la mirada fija en la silla vacía que había a su lado. Al otro lado de la mesa, Henrietta y Geoffrey estaban inmersos en sus maquinaciones.

—He de decir que no creo mucho en esas ideas modernas, aunque, en este caso, tampoco puedo darle la razón sin reservas a Meredith Ticehurst —Henrietta apartó su plato de sopa—. No hay nada... bueno, dudoso en el señor Fortescue, ¿no es cierto?

—¿Dudoso? —Geoffrey arrugó el ceño—. No, que yo sepa. En mi opinión, es un joven excelente. Conduce una calesa muy bonita, con un buen par de caballos.

Henrietta también frunció el ceño.

—No me refería a eso —alzó la cabeza y miró hacia el otro lado de la mesa—. ¿Tú tienes algo que alegar contra el señor Fortescue, Ruthven?

El sonido de su nombre sacó a Philip de su ensimismamiento.

—¿Fortescue?

Henrietta lo miró con fastidio.

—El señor Henry Fortescue, el pretendiente de la señorita Dalling. Te confieso, Philip, que no acaba de agradarme cómo se comporta Meredith Ticehurst con su sobrina. Y tampoco con el marqués, aunque él, a fin de cuentas, es un hombre y debería ser capaz de cuidarse de sí mismo.

Al recordar a la marquesa de Hammersley, Philip pensó que aquello estaba lejos de ser cierto.

—No puedo alegar nada en contra del señor Fortescue. En realidad, lo que sé de él me induce a pensar que es un partido sumamente interesante, e incluso deseable —Philip tomó su copa de vino. Mientras bebía, dejó de oír los comentarios de Henrietta y de Geoffrey, cuya tácita alianza para hacer fracasar los planes de la condesa le pasó desapercibida.

Poco después, la cena llegó a su fin. Philip ni siquiera recordaba haber comido. No le importaba especialmente. Había perdido el apetito, entre otras cosas. Pero, cuando se reunieron en el vestíbulo, listos para salir de casa con destino a la fiesta de la señora Arbuthnot, su mirada se afiló. Miró a Henrietta con expresión desapasionada.

—Sin duda querrás saber qué tal está Antonia antes de que nos vayamos.

—¿Antonia? —Henrietta levantó la mirada, sorprendida—. ¿Para qué? No está gravemente enferma, ¿sabes?

—Creía —replicó Philip con sequedad— que querrías cerciorarte de que su indisposición es sólo eso, y no algo más alarmante. A fin de cuentas, está bajo tu cuidado.

—¡Bah! —Henrietta agitó la mano desdeñosamente—. Sin duda sólo está destemplada por tanto ajetreo —le lanzó una mirada de soslayo y añadió–: Hay que recordar que en el fondo es una chica de campo. Puede que se haya adaptado bien al bullicio de la ciudad, pero llevamos sin parar varias semanas. Necesita un poco de tiempo para recuperarse –Henrietta le dio unas palmaditas maternales en el brazo y luego, apoyándose en Geoffrey, se dirigió renqueando a la puerta principal. Philip vaciló y al fin los siguió con desgana.

Regresaron de la fiesta de lady Arbuthnot a medianoche. Para alivio de Philip, Henrietta no había mostrado interés en asistir a ninguna más de las fiestas que se celebraban esa noche en la ciudad. Geoffrey y ella subieron las escaleras con las cabezas juntas, cuchicheando como ladrones. Philip se dirigió a la biblioteca. Vio por el rabillo del ojo el semblante de Carring y cerró la puerta con decisión.

Vaciló y por fin se acercó al aparador y se sirvió una buena copa de brandy. Luego se dejó caer en su sillón, a la izquierda de la chimenea, y comenzó a beberse el brandy lentamente, con la mirada absorta en el sillón de enfrente.

La noche anterior, había estado paseándose por la alfombra, poseído por una ira impotente y extraña. Esa noche, la ira seguía allí, pero parecía templada por una pesadumbre cada vez mayor. Antonia estaba evitando su presencia. Y Carring lo miraba con gélida desaprobación.

Philip miró con enojo el sillón vacío. Él no tenía la culpa de nada. Antonia debería haber confiado más en él. Se suponía que las mujeres habían de confiar en sus futuros esposos. Ella lo quería...

Philip se paró en seco. Por un instante, sintió que la tierra daba vueltas. Luego, lleno de impaciencia, exhaló un bufido. No le cabía duda alguna de que Antonia lo quería. Hacía más de ocho años que lo sabía. El amor que sentía por él se advertía en sus ojos, en la expresión cálida y anhelante que iluminaba sus profundidades.

Philip se dejó reconfortar por aquella idea. Bebió un largo trago de brandy y luego miró el fuego con el ceño fruncido. Si lo amaba, debería haber confiado en él. Debería haber hallado coraje en sus convicciones.

De nuevo, Philip dudó y se detuvo. Antonia poseía coraje de sobra. Eso estaba fuera de toda duda. ¿Por qué, entonces, no se atrevía a hablar con él a las claras? ¿Por qué se había apresurado a asumir lo obvio y se había replegado, en lugar de enfrentarse a él y permitir que se explicara? ¿Por qué no había demostrado tener la confianza que él tenía en ella?

Philip parpadeó distraídamente y luego hizo una mueca y bebió otro sorbo de su copa. Le había dicho que estaba prendado de ella, que compartían una profunda atracción mutua... Ella sabía que la deseaba. Sin duda era razonable esperar que una mujer de su inteligencia llegara a la deducción apropiada.

Philip arrugó más aún el ceño y se removió, inquieto. El reloj de la esquina seguía haciendo tictac, incansablemente. Cuando dio la una, Philip apuró su copa y se levantó.

No podían continuar así. Todavía recordaba la angustia que había visto reflejada en el rostro de Antonia esa mañana. Su abatimiento le estrujaba el corazón como un peso de plomo. Si ella necesitaba una declaración formidable, la tendría.

Hablaría con ella en privado... y aclararía de una vez las cosas.

Había olvidado lo rápido que aprendía Antonia.

A pesar de sus esfuerzos, sólo consiguió hablar con ella en privado la noche siguiente, cuando ocuparon su lugar en el salón de baile de lady Harris para bailar el primer vals. Al estrecharla en sus brazos, Philip sintió que ella se estremecía. La apretó aún más y empezó a girar hábilmente entre las parejas de danzantes.

—Antonia...

—La decoración de lady Harris es muy inspirada, ¿no le parece, milord? ¿Quién habría pensado en una gruta de hadas, bordeada por cañones en miniatura?

Los labios de Philip se afinaron.

—Lord Harris era marino. Pero yo quería...

—¿Usted cree que disparan? —Antonia alzó las cejas con expresión animada—. No creo que fuera muy sensato, habiendo jovencitos como Geoffrey por aquí.

—Dudo que a nadie se le haya ocurrido semejante idea. Antonia...

—Estoy segura de que se equivoca en eso, milord. Estoy convencida de que Geoffrey ya habrá pensado en dispararlos.

Philip respiró hondo, intentando calmarse.

—Antonia, quiero explicarte...

—No hay, milord, ninguna razón para que lo haga —Antonia alzó la barbilla resueltamente, con la mirada fija más allá del hombro derecho de Philip—. No tiene que explicarme nada. Soy yo quien debe pedirle perdón. Le aseguro que nunca volverá a ocurrir nada semejante. Soy muy consciente de la indiscreción que cometí. Le aseguro que no hay por qué hablar más del asunto —armándose de valor, Antonia dejó que su mirada acariciara un instante el rostro de Philip. Su expresión era dura y severa.

—Antonia, eso es...

Ella perdió el ritmo y tropezó. Philip la sujetó. Por un instante, se preguntó si había tropezado a propósito. Pero las miradas sobresaltadas que ella lanzó a un lado y otro lo convencieron de que no era así.

—Nadie lo ha visto. No ha pasado nada —Philip aflojó un poco los brazos cuando empezaron a girar libremente otra vez—. Ahora...

—Si no le importa, milord, creo que debería concentrarme en mis pasos.

Philip empezó a rezongar para sus adentros. El temblor de la voz de Antonia era auténtico. Philip refrenó su impaciencia y la condujo a través de las parejas que atestaban el salón. La siguiente vez que habló, su voz sonó cuidadosamente educada.

—Quisiera hablar contigo en privado, Antonia.

Ella levantó la vista un instante y luego apartó la mirada. Philip podía sentir la tensión temblorosa que la atravesaba.

Antonia tardó unos segundos en reponerse y asegurarse de que su voz sonaría firme cuando dijo:

—Creo, milord, que sería conveniente para ambos que, de aquí en adelante, sigamos los caminos acostumbrados. Teniendo en cuenta que nuestra relación no ha sido formalizada aún, sugiero con todo respeto que no nos encontremos en privado hasta que tales encuentros sean pertinentes.

Philip tuvo que hacer acopio de paciencia para refrenar la reacción que causó en él aquella sugerencia.

—Antonia —dijo con pasmosa calma—, si crees que...

—¿Ha visto el monóculo nuevo de lady Hatchcock? Hugo dice que le hace un ojo enorme.

—No tengo el menor interés por el monóculo de lady Hatchcock.

—¿No? —Antonia lo miró con pasmo—. Entonces, puede que haya oído los últimos rumores... —siguió parloteando sin apenas detenerse para tomar aliento.

Philip notaba la fragilidad de su voz; advertía su mirada de perplejidad y su respiración demasiado rápida. Exasperado, resolvió desistir y se vio forzado a escuchar su parloteo hasta que volvieron a reunirse con su séquito de admiradores.

Ella le dio las gracias, jadeante. Philip le dedicó una mirada que la traspasó hasta los huesos y luego, dando media vuelta, se dirigió a la sala de naipes.

Al fin, logró acorralarla la tarde siguiente. Antonia había buscado refugio en el salón de atrás, acompañada de su doncella.

Al entrar él, levantó la mirada. Estaba sentada a la mesa redonda que ocupaba el centro de la habitación, sobre cuya superficie había diseminados gruesos papeles y cartones, retales de brocado y seda, cintas, cordones y ribetes. Tenía en la mano una larga aguja y estaba cosiendo un redondel de brocado sobre un pedazo de papel grueso.

—Buenas tardes, milord —parpadeó, sorprendida, y se deleitó un instante en su elegancia, fijándose en los guantes que llevaba puestos—. ¿Va a salir en coche?

—En efecto —Philip se detuvo ante la mesa con fingida languidez—. Me preguntaba, querida, si te apetece acompañarme. Últimamente da la impresión de que te escondes. Un poco de aire fresco te sentará bien.

Antonia parpadeó de nuevo, con la mirada fija en su corbata, y luego bajó los ojos.

—Desgraciadamente, milord, me pilla en mal momento —agitó la mano, señalando los materiales desplegados ante ella—. Anoche se me rompió el bolsito, y tengo que hacerme otro que vaya con mi vestido antes del baile de esta noche en casa de lady Hemminhurst.

—Qué contrariedad —la sonrisa cortés de Philip no vaciló—. Sobre todo porque había pensado que, tal vez, ya que el día parece tan apacible, podría dejarte llevar las riendas un rato.

Los dedos de Antonia se detuvieron. Alzó lentamente la cabeza hasta que se topó con los ojos de Philip.

Philip disimuló su alegría. Era la primera vez desde la desafortunada intrusión de lady Ardale en sus vidas que Antonia le concedía una de sus miradas maravillosamente directas. Entonces vio reproche en sus ojos.

—¿En el faetón? —preguntó ella. Philip vaciló y luego asintió con la cabeza. Antonia suspiró y bajó la mirada—. He de confesar, milord, que esta tarde no me apetece. Me encuentro un tanto mareada, sospecho que por culpa de los canapés de salmón de lady Harris. Es tan difícil hoy en día fiarse de los salmones —extendió una pieza de ribete de seda y siguió desenfadadamente—. De modo que debo declinar su amable... su muy tentadora invitación. No creo que pudiera soportar el balanceo del faetón —miró hacia arriba con fingida alegría, pero no se atrevió a mirar a Philip a los ojos–. Tal vez, si fuéramos en su calesa...

Philip sintió que su máscara se endurecía y procuró no entornar los ojos. Pasó un momento antes de que contestara con tono decididamente neutral.

–Lamento decir que dejé mi calesa en Ruthven Manor –cosa que sin duda ella sabía.

Antonia exhaló un suspiro resignado.

–En ese caso, milord, temo que he de declinar su oferta –le dirigió una sonrisa dulce y añadió–: Preséntele mis respetos al señor Satterly, si lo ve.

Philip la miró, pero Antonia siguió sin mirarlo a los ojos. Al cabo de un momento de incómodo silencio, él dijo en tono plano:

–En tal caso, querida, te deseo buenas tardes –se inclinó sin su acostumbrada gracia y salió apresuradamente de la habitación.

Cuando, dos noches después, Philip buscó refugio en la biblioteca, de nuevo solo, tenía ganas de maldecir a sus anchas el ingenio de Antonia, quien atajaba cada movimiento que hacía. Nunca se movía dentro de la casa sin hacerse acompañar por su doncella. Nunca salía, salvo para acudir a algún compromiso social y, cuando se hallaban en público, se encontraba siempre rodeada por su cohorte o anclada al lado de la señorita Dalling. A no ser que quisiera montar una escena en el salón de baile de alguna gran drama, Philip tenía que darse por vencido. Y, dado que Antonia sabía que no se arriesgaría a provocar un alboroto en público, ni siquiera podía amenazarla con eso.

Comenzó a pasearse frente al hogar sin molestarse en servirse el brandy. ¿Qué podía hacer? ¿Armar un escándalo en medio de su vestíbulo, delante of Carring y de la doncella de Antonia? La idea le hacía rechinar los dientes. No pensaba caer tan bajo. Caer de rodillas, sí, si era necesario, pero nada más.

De pronto, un rayo de sol entró en la habitación. Philip levantó la mirada y la fijó en el techo. Su expresión airada se tornó pensativa poco a poco. Luego arrugó el ceño y siguió paseando.

Aquel camino seguía abierto, pero llevar su pelea, pues así la consideraba ya, a la alcoba de Antonia sería, estaba seguro de ello, una locura cuyas posibles consecuencias, aunque ella estuviera dispuesta a escucharlo, eran demasiado perturbadoras.

Con todo, la idea de regresar a Ruthven Manor en aquella situación le resultaba insoportable. Antonia se había distanciado de él de un modo que Philip nunca había previsto. Ignoraba que la simple ausencia de sus cálidas sonrisas pudiera afectarlo tan profundamente.

Se detuvo y respiró hondo, intentando disipar la opresión que últimamente sentía siempre en el pecho. Cerró los ojos y procuró concentrarse en el problema que lo mortificaba. Sabía lo que quería. Quería devolver la viveza a los ojos de Antonia, quería sentir de nuevo las miradas retadoras que solían compartir. Quería hacerla sonrojarse otra vez. Y, más que cualquier otra cosa, quería que lo mirara como siempre había hecho: franca y abiertamente, con el amor brillando en sus ojos.

De pronto, Philip abrió los ojos y miró ceñudo un leño colocado en la chimenea. Su prometida era demasiado astuta. Pero había un frente por el que él nunca había intentado abordarla, por respeto a su inocencia y a un sentido de la caballerosidad profundamente arraigado.

Pero la hora de la caballerosidad había pasado.

Se dejó caer lentamente en su sillón y fijó la mirada en el que tenía enfrente con expresión calculadora.

Nunca había perseguido a Antonia.

A la mañana siguiente, sentada junto a Henrietta a la mesa del desayuno, Antonia se puso a comer pera confitada con determinación. La misma determinación con que habría querido abofetear a cierta libertina entrada en años que tenía por costumbre presentarse en público con vestidos de seda demasiado estrechos. En efecto, si se hubiera encontrado a lady Ardale, de cuyo nombre Antonia se había enterado la noche siguiente, cerca de un estanque de patos, no había duda de cuál habría sido el resultado.

—No, estoy convencida —a su lado, Henrietta asentía con vehemencia—. Queridos míos, no podemos permitir que esto suceda.

—Parece un montaje muy extraño —opinó Geoffrey mientras agarraba la mermelada de naranja—. Por cómo habla la arpía, Catriona y Ambrose no tendrán más remedio que pasarse de la raya. Encerrados en el campo solos con esas dos viejas brujas y un puñado de sirvientes... Hasta un tonto vería lo que va a pasar.

—Mmm —Henrietta frunció el ceño—. Qué lástima que el conde sea tan... —hizo una mueca—. Bueno, tan inútil.

—Según Henry —dijo Geoffrey—, el pobre hombre lleva tanto tiempo viviendo en un puño que ya no se atreve a soplar sin permiso.

—Sí, bueno... nunca tuvo un carácter muy fuerte —Henrietta apoyó un codo sobre la mesa y señaló con el cuchillo de la mantequilla—. Razón de más para que aceptemos la invitación. Si hay alguna oportunidad de desbaratar los planes de lady Ticehurst, creo que, por el bien de esos dos muchachos, debemos hacer cuanto podamos.

—No hay duda de ello —afirmó Geoffrey—. De algún modo habrá que pararle los pies.

—Exacto —Henrietta se volvió hacia Antonia—. ¿Qué dices tú, querida?

—¿Mmm? —Antonia parpadeó, y luego asintió con la cabeza—. Sí, claro.

Henrietta se volvió hacia Geoffrey con expresión resuelta. Antonia fijó de nuevo la mirada en su plato... y volvió a enfrascarse en sus pensamientos.

Dada la ira que surgía dentro de ella cada vez que pensaba

en lady Ardale, dado su deseo casi avasallador de entrar en la biblioteca y exigirle a Philip una explicación del modo más histriónico que incluso Catriona pudiera imaginar, dado todo eso, junto con la determinación, surgida de la nada, de insistir en que Philip era suyo y sólo suyo, y la absoluta convicción de que podía, si se lo proponía, reformar a un libertino como él, ya no estaba del todo segura de poder ser una cómoda esposa.

Miró ceñuda su plato y luego agarró un huevo hervido. La puerta se abrió de pronto y entró Philip. Antonia dejó que su mirada se alzara sólo hasta la altura del alfiler de su corbata y esbozó una tensa sonrisa.

—Ah, buenos días, Ruthven. Espero que hayas dormido bien.

Philip apartó la mirada de Antonia y la posó en Henrietta.

—Bastante bien, gracias —tomó asiento a la cabecera de la mesa y le hizo una seña a Carring para que le sirviera café—. Quería preguntarte cuándo piensas regresar al campo.

—De eso precisamente quería hablarte —Henrietta se recostó en su silla—. Hemos recibido una invitación para pasar tres o cuatro días en Sussex, para despedir la estación.

Philip se paró con la taza de café en el aire.

—¿Sussex?

—Sí, Sussex —contestó Henrietta—. Tú también estás invitado, por supuesto.

—¿Por supuesto? —Philip miró a su madrastra a los ojos—. ¿Conozco acaso a los anfitriones?

Henrietta se ahuecó los chales, un tanto agitada.

—Conoces a la condesa. La fiesta es en Ticehurst Place —levantó la vista, dispuesta a batallar para conseguir su propósito.

Philip alzó lentamente las cejas. Su expresión pensativa hizo callar a su madrastra.

—¿Ticehurst Place? —se recostó en la silla, bebió café y lanzó una rápida mirada a Antonia, que tenía la cabeza agachada—. ¿Tres días, has dicho?

—Tres... quizá cuatro. A partir de mañana —Henrietta lo miró con cierto recelo—. Creo que va a ser una pequeña reunión.

Philip la miró de nuevo.

—¿Cómo de pequeña?

Henrietta agitó una mano desdeñosamente.

—Sólo nosotros cuatro... y los Hammersley, claro.

—Claro.

Al ver que Philip no decía nada más y que seguía mirando a Antonia pensativamente, Henrietta dejó escapar un bufido.

—Si no quieres ir, podemos arreglárnoslas sin ti.

—Al contrario —Philip se echó hacia delante bruscamente y, dejando su taza, agarró la fuente del jamón—. Confieso que estoy un poco harto de Londres. No veo razón para no acompañaros a Sussex, si queréis.

Henrietta parpadeó, sorprendida.

—Desde luego, nada me complacería más. No quiero ocultarte que puede que la situación se ponga un tanto embarazosa. Sería un gran alivio tenerte con nosotros.

—No hay más que hablar, entonces —mientras se servía tres lonchas de jamón, Philip advirtió la mirada recelosa de Antonia y reprimió las ganas de lanzarle una sonrisa lobuna. Ya habría tiempo para eso una vez estuvieran en Ticehurst Place, que sin duda resultaría ser una enorme mansión en su mayor parte vacía y provista de grandes jardines desprovistos de espectadores inesperados.

Se había pasado la mitad de la noche y toda la mañana pensando en las trabas que le dictaba su honor mientras Antonia permaneciera bajo su techo o en sus tierras. Pero Ticehurst Place no era ni una cosa ni otra. Ni su techo, ni sus tierras.

Vía libre.

Miró de soslayo a Antonia, que estaba absorta cortando en tiritas una loncha de jamón. Volvió a fijar los ojos en su plato y dejó que una sonrisa envanecida se formara en sus labios.

Al fin, el azar le había repartido un as.

CAPÍTULO 13

A la mañana siguiente, a última hora, Antonia bajó las escaleras detrás de Henrietta. Su tía y ella estaban listas para partir hacia Ticehurst Place. Las dos habían preferido desayunar en sus habitaciones, Henrietta debido a la lentitud de sus preparativos, y Antonia por su repentina convicción de que no sería sensato enfrentarse a Philip en la mesa del desayuno teniendo a Geoffrey por única compañía.

Había algo en su actitud, cierta intensidad en su modo de conducirse durante su paso por los salones de baile, la noche anterior, que la había puesto en guardia. Ignoraba qué era exactamente lo que notaba, pero prefería no averiguarlo.

Mientras bajaban el último tramo de escaleras, se abrió la puerta principal y entró Geoffrey, envuelto en un gabán de viaje de color blanco muy parecido al que usaba Philip. Antonia se detuvo en el último peldaño.

–¿Se puede saber de dónde has sacado eso?

Geoffrey sonrió.

–Philip me presentó a su sastre. Tiene buena mano, ¿no crees? –dio una vuelta, haciendo girar la capa del gabán.

Antonia asintió con la cabeza.

–Desde luego, es... –titubeó y luego, enternecida por el evidente entusiasmo de su hermano, sonrió– muy elegante.

Geoffrey sonrió con orgullo.

—Philip me dijo que no me vendría mal llegar a Oxford con semejante atuendo. Y, además, es perfecta para hoy.

Henrietta soltó un bufido al acercarse a ellos.

—El sol ha decidido acordarse de nosotros por fin. Te asarás de calor con eso en el carruaje.

—En efecto —Antonia se giró rápidamente cuando Philip entró en el vestíbulo. Sus miradas se encontraron un instante. Luego, él bajó los ojos y empezó a ponerse sus guantes de viaje—. Por eso es una suerte que no vaya a ir en el carruaje.

—¿Ah, sí? —preguntó Henrietta.

—Voy a llevar mi faetón —Philip miró a Antonia—. Geoffrey puede venir conmigo.

Antonia procuró no mirarlo y asintió con la cabeza.

—Una idea excelente —ladeó la cara y añadió—: Así iremos más cómodas.

Philip posó un instante la mirada en su cara y luego sonrió lentamente.

—Puede que os convenga dormir mientras podáis. Creo que esa reunión va a resultar inesperadamente agotadora.

Antonia le lanzó una mirada recelosa, pero, al acercarse para ayudar a Henrietta a bajar los últimos peldaños, el semblante de Philip no dejaba traslucir nada.

Sonó el timbre de la puerta principal. Carring se apresuró a salir del interior de la casa. Asomó la cabeza y luego abrió la puerta de par en par.

—Su faetón y el carruaje, milord.

Philip y Geoffrey ayudaron a Henrietta a bajar la escalinata de entrada a la casa. Carring dio instrucciones a los mozos para que colocaran el equipaje, ayudado por los ácidos comentarios de Trant y Nell. Las dos doncellas, que parecían un par de cuervos negros, acomodaron a Henrietta sobre los cojines acolchados del coche, protegida por una auténtica montaña de chales. Antonia, que seguía de pie en la acera, miró a su alrededor. Geoffrey estaba ya sentado en el pescante del faetón, con las riendas en la mano, refrenando a los caballos.

Mientras lo miraba irguió la espalda y recordó las tres excusas distintas que había elaborado para oponerse a la posible invitación de Philip para compartir el pescante del faetón en el largo trayecto hasta Ticehurst Place. Excusas que no había necesitado.

Sofocó un suspiro y se giró al tiempo que se recogía las faldas para subir los escalones del coche. De pronto, la mano de Philip apareció delante de ella. Se quedó mirando un instante los fuertes dedos y la palma estrecha. Recordando su papel, alzó el mentón y le tendió la suya. Philip se la llevó suavemente a los labios y le acarició un momento los dedos. Antonia se quedó paralizada, con la respiración suspendida. Alzó la mirada por entre las pestañas. Él la estaba mirando fijamente.

–Que disfrutes del viaje. Yo estaré esperando al otro lado... para darte la bienvenida.

Antonia abrió aún más los ojos y se fijó en los rasgos angulosos de su rostro, en la sutil dureza de su mandíbula, en la clara intensidad que la miraba desde las profundidades de sus ojos grises. Un estremecimiento le recorrió la piel. Haciendo caso omiso de él, puso un pie sobre el escalón del carruaje.

–Creo que habrá muchas distracciones en Ticehurst Place.

Esperaba poner fin a la conversación con aquel comentario. Pero, mientras subía al coche, le llegó la voz baja y malévola de Philip.

–Puedes contar con eso, querida.

La intención de sus palabras la mantuvo distraída durante todo el trayecto hasta Ticehurst Place. A pesar de que su mirada permanecía fija en el paisaje, no veía el sol que se filtraba entre las nubes esponjosas, ni sentía la leve caricia de la brisa templada. El último fulgor del verano envolvía el campo en un estallido final de calor que había hecho que las palomas volvieran a arrullar en los árboles a lo largo del camino.

Acunada por aquel sonido, Antonia descubrió que sus pensamientos seguían una senda circular que siempre la llevaba a plantearse una única pregunta sin respuesta: ¿qué estaba tramando su futuro esposo?

No había llegado a ninguna conclusión cuando el coche se detuvo en la explanada de gravilla de Ticehurst Place. En cuanto se abrió la puerta, Trant y Nell se apearon. Dos lacayos bajaron presurosos la larga escalinata que conducía a la puerta principal. Junto con las doncellas, lograron sacar a Henrietta del carruaje.

Entre tanto, Antonia miró por la ventanilla y vio a Philip bajando por la escalera con paso relajado y expresión suave. Dejó escapar un soplido de fastidio y procuró no pararse a pensar en lo agradable que habría resultado el trayecto en su faetón.

—¡Ay de mí!—exclamó Henrietta cuando sus pies tocaron el suelo—. Me crujen todos los huesos —hizo una mueca, se apoyó en los brazos de los lacayos y comenzó a subir los escalones.

Antonia se deslizó sobre el asiento y se acercó a la puerta del carruaje. Tal y como había prometido, Philip estaba allí para ayudarla a bajar. Antonia le dio la mano y, al levantar la mirada, vio su mueca burlona.

—Aunque me cueste, temo que he de apoyar la causa de la señorita Dalling. Su situación es más grave de lo que imaginaba —Antonia lo miró inquisitivamente. Philip le dio el brazo y la condujo hacia la escalinata—. Para utilizar las palabras de Geoffrey, parece que la arpía ha sobrepasado todos los límites. Al llegar, nos ofreció lo que sólo puedo describir como una escena sumamente desagradable en la cual la condesa se empeñó en darme la impresión de que su sobrina prácticamente había aceptado al marqués —siguieron subiendo la amplia escalinata con aparente desenfado. Philip levantó la mirada hacia el grupito de gente que esperaba en el pórtico—. Parece que la tendencia a los aspavientos es cosa de familia entre los Dalling. El caso es que la señorita Dalling, por quien he de confesar que siento una cierta simpatía, ha implorado nuestra ayuda para evitar el matrimonio por razones de fuerza mayor.

—¡Cielo santo! —Antonia, al igual que él, procuraba aparentar que estaban conversando despreocupadamente—. Catriona estará furiosa.

—Peor aún. Está abatida.

—¿Catriona? —Antonia levantó la mirada hacia él—. Bromeas.

Philip levantó las cejas.

—En absoluto. Compruébalo tú misma —señaló con la cabeza el comité de bienvenida que permanecía parado a corta distancia de ellos.

Antonia siguió su mirada. Un instante después, alcanzaron el pórtico... y descubrió que Philip estaba en lo cierto. La Catriona que permanecía en silencio al lado de su tía estaba muy lejos de la muchacha desafiante y segura de sí misma que había visitado Londres por primera vez. Sus ojos seguían siendo enormes, pero ahora parecían llenos de desesperación. Cuando Antonia se volvió tras saludar a la condesa, Catriona se adelantó para estrecharle la mano.

—Cuánto me alegro de que hayas venido —susurró con fervor—. Ven, te enseñaré tu habitación —miró un instante a la condesa, que estaba saludando a Henrietta—. Necesito desahogarme con alguien que comprenda... No sé qué habría hecho si no os hubiérais apiadado de mí y hubiérais venido a meteros en la boca del lobo.

Antonia dejó que la arrastrara al interior de la casa. El vestíbulo era oscuro y tenebroso; su techumbre era tan alta que sólo podía ser descrita como cavernosa. Forradas de madera oscura, las paredes estaban tachonadas de viejos escudos de madera y tapices de colores sombríos. Un fuego ardía en la enorme chimenea de piedra. Una pesada mesa de madera reposaba sobre las losas oscuras del suelo. La estancia producía la impresión de ser la antecámara de la madriguera de algún animal peligroso.

Antonia se detuvo en el centro de la habitación para observar la enorme escalera labrada que ocupaba el fondo del vestíbulo. Sus anchos peldaños conducían hacia las sombras de lo que parecía ser una galería.

—Bienvenida a los placeres de Ticehurst Place.

Aquellas palabras sombrías y suavemente amenazadoras, pronunciadas tras su oído, le hicieron dar un respingo. Miró hacia atrás con el ceño fruncido. Philip había entrado tras ellas. Estaba a su espalda, escudriñando las sombras.

—Tiene cierta solera, ¿no crees? —bajó los ojos para mirarla.

Catriona, aparentemente ajena a la decoración, tiró suavemente de Antonia. Ésta, a la que Philip sujetaba con una mano por la cintura, no se movió.

—No la dejes sola —murmuró él—. Ni siquiera cuando os estéis vistiendo.

Antonia escrutó sus ojos; luego asintió y cedió al insistente tironeo de Catriona. Le dio el brazo a la joven y juntas subieron las escaleras hacia las sombras. Philip las miró marchar con el ceño fruncido.

Catriona, que parecía extrañamente taciturna, condujo a Antonia a una habitación grande y espaciosa, pero en cierta forma opresiva. Nell estaba allí, deshaciendo su maleta. Catriona miró a la doncella con recelo y llevó a Antonia hacia el asiento de la ventana, urgiéndola a sentarse.

—Mi habitación está al fondo del pasillo —dijo casi susurrando y, dejándose caer sobre el cojín del asiento, hizo una mueca—. Y también la de Ambrose.

Antonia parpadeó.

—Ah —aquélla no era la costumbre cuando se trataba de aposentar a jóvenes de distinto sexo—. Entiendo.

—Aún no te he contado ni la mitad —Catriona procedió a narrarle lo sucedido, embelleciendo inevitablemente su relato.

Pero, por exagerada que fuera su descripción, los hechos eran palmarios. Enterada de cómo Ambrose, al llegar la noche anterior, había sido llevado a la habitación de Catriona aparentemente por error, Antonia comprendió que tenía razones para compadecerse de la muchacha.

—Si no hubiera sido porque pedí más carbón y la chica tardó en subírmelo, Ambrose y yo podríamos haber... —los ojos de Catriona se empañaron—. Dios mío, podríamos haber acabado compartiendo la cama —su voz se apagó.

—Por suerte —dijo Antonia, y se inclinó para darle una palmadita en la mano—, no fue eso lo que ocurrió. Supongo que, si no te habías metido aún en la cama y la chica estaba allí, Ambrose no pasó del umbral.

Catriona asintió con la cabeza.

—Pero te das cuenta de lo terrible que es todo esto, ¿verdad? A menos que Henry encuentre un modo de rescatarme de las garras de mi tía, me veré obligada a casarme.

—Igual que Ambrose —Antonia frunció el ceño—. ¿Qué dice él de todo esto?

Catriona suspiró.

—Estaba horrorizado, naturalmente. Pero su madre es verdaderamente insoportable. Lo tiene en un puño. El pobre no puede plantarle cara, por más que lo intenta.

—Mmm —recordando las palabras de Philip, Antonia se levantó y se sacudió las faldas—. Ven, ayúdame a elegir qué me pongo. Cuando me haya cambiado, veremos qué podemos hacer para que te animes un poco —al ver que sus palabras no surtían efecto, añadió—: Te advierto que Ruthven es toda una autoridad en lo que al atuendo femenino se refiere. Yo de ti, me presentaría en la cena bien vestida.

Catriona frunció el ceño.

—Parece bien dispuesto.

—En efecto. Y, si alguien puede ayudaros a Henry y a ti, es él —mientras cruzaba la habitación, añadió con cierta acidez—: Doy fe de que su experiencia a la hora de organizar citas clandestinas no tiene igual.

Al final, aquella resultó ser su única alusión a lo que estaba sucediendo entre Philip y ella. Enfrascada en el empeño de animar a Catriona mientras intentaba considerar todos los modos posibles que podía utilizar la condesa para lograr su propósito, no tuvo tiempo de pararse a pensar en la tendencia al libertinaje de su futuro esposo.

Dos horas después, cuando se encontraron en el salón, no hizo el más leve gesto de protesta cuando Philip se apoderó de su mano, se la besó y la posó sobre su brazo. El salón era una estancia fría y lúgubre, diseñada con la misma grandiosidad que el vestíbulo, con las paredes recubiertas de papel oscuro con relieve y muebles de madera labrada tapizados en grueso terciopelo marrón oscuro. El pequeño fuego de la enorme chimenea luchaba en vano por disipar el frío.

Antonia sintió un escalofrío y se apretó contra Philip. Catriona, que había entrado con ella, se vio obligada a responder a las llamadas imperiosas de su tía, junto a la cual permanecían Ambrose, muy pálido e inquieto, y su madre. Inclinándose hacia Philip, Antonia murmuró:

—Catriona me ha contado lo que pasó anoche.

Philip bajó la mirada y frunció el ceño.

—¿Anoche?

Antonia parpadeó y luego le resumió brevemente el relato de Catriona.

—Después de eso, no es de extrañar que esté tan abatida. Creo que se siente impotente —alzó la mirada y vio que Philip apretaba la mandíbula.

—Si no estuviera convencido de que la señorita Dalling merece nuestra ayuda, haría que Henrietta y tú salierais de aquí inmediatamente —dijo con aspereza.

Antonia observó su perfil severo.

—¿Qué podemos hacer?

Philip la miró e hizo una mueca.

—Ganar tiempo. Poner obstáculos en el camino de esa arpía —miró de nuevo el grupo reunido alrededor del diván de la condesa—. De momento, eso es lo único que podemos hacer. Hasta que encontremos una solución, sugiero que, cuanto menos tiempo pase la señorita Dalling en la órbita del marqués, tanto mejor.

Antonia asintió con la cabeza.

–Al parecer, el señor Fortescue se ha quedado en la ciudad con intención de asegurarse de una vez por todas el apoyo del conde. Tengo entendido que, según él, ha de ser el conde y no la condesa quien actúe como tutor legal de Catriona.

–Es muy probable –Philip la miró a los ojos–. Pero, teniendo en cuenta lo que se dice del conde, ese matiz legal tendrá poca importancia en la práctica.

–¿No crees que consentirá en acudir en auxilio de Catriona?

–No creo que se tome siquiera la molestia de poner un pie fuera de su club –al mirar de nuevo a la condesa, que estaba resplandeciente vestida en bombasí de color bronce, con un turbante de paño dorado sobre los rizos y los ojos de águila siempre fríos y calculadores, Philip hizo una mueca–. Y, por desgracia, es muy comprensible.

Scalewether, el mayordomo, entró en ese instante. Alto y desgarbado, era tan enjuto que daba grima, y con el atuendo negro que llevaba parecía un enterrador sin el sombrero.

–La cena está servida, señora.

A petición de la condesa, Ambrose fue el primero en salir, con Catriona del brazo. Philip y Antonia salieron tras ellos y penetraron en un retumbante comedor, tan grande que las paredes permanecían en sombras. La condesa tomó asiento en la cabecera. La marquesa reclamó el de los pies. Henrietta fue invitada a sentarse junto a la condesa, y la marquesa, que había reclamado el brazo de Geoffrey al salir del salón, le indicó que se sentara a su derecha, de modo que Ambrose y Catriona se vieron obligados a tomar asiento a un lado de la mesa, y Antonia sintió un gran alivio cuando Philip se sentó junto a ella.

La comida resultó poco recomendable, y la conversación aún menos. Mientras su anfitriona parloteaba, Antonia se dedicó a observar a los sirvientes, que, bajo la férula del cadavérico mayordomo, iban poniendo los platos delante de ellos. Rara vez había visto hombres de mirada tan ladina y paso tan sigiloso. Sus ojos astutos y vigilantes seguían cada movimiento que hacían los invitados de su ama. Mientras se comía un flan insípido y duro, Antonia se dijo que se estaba dejando llevar por su imaginación, que la vigilancia constante de los criados se debía únicamente a que intentaban anticiparse a los deseos de sus señores.

Por debajo de las pestañas, vio que Scalewether estaba observando a Catriona y Ambrose. Su mirada, desprovista de emoción, era persistente y fija. Antonia sintió que se le erizaba la piel.

–Confieso, Ruthven, que pensaba que sería mucho más estricto a la hora de asumir sus nuevas responsabilidades –la condesa fijó su mirada acerada en Philip–. Tengo entendido, milord, que el curso universitario empezó hace ya tiempo.

Philip se llevó un instante la servilleta a los labios y, recostándose en la silla, miró a la condesa con expresión indiferente.

–En efecto, señora. Pero, tal y como el rector del Trinity College reconoció en una carta reciente, al talento natural de un Mannering se le pueden permitir ciertas licencias –lanzó una rápida mirada a Geoffrey antes de volver a mirar a la condesa–. Es el propio rector quien ha permitido que Geoffrey empiece más tarde que los demás.

Geoffrey sonrió. La condesa dejó escapar un bufido desdeñoso.

–Eso está muy bien, pero mentiría si dijera que estoy a favor de permitir que los jóvenes se dediquen a holgazanear. Es tentar a la providencia y propiciar toda clase de diabluras. Aunque me parece bien su opinión de que el chico necesita cierta experiencia entre los círculos de la alta sociedad, confieso que me deja atónita que todavía esté aquí, entre nosotros –su pecho se hinchó al exhalar un profundo suspiro–. No es que no nos alegremos de tenerlos aquí, por supuesto. Pero aun así no sé a qué atribuir su laxitud, Ruthven.

Antonia miró a Philip. Éste estaba elegantemente reclinado en la silla y acariciaba con los largos dedos el tallo de la copa de vino. Su semblante era una máscara de educada afabilidad. Pero su mirada era tan dura como una roca.

—¿De veras, madame? —aquella suave pregunta quedó suspendida en el aire un instante. La condesa se removió, inquieta de pronto, y aun así beligerante. Philip sonrió—. En tal caso, es una suerte que ese asunto no tenga por qué quitarle el sueño.

Antonia contuvo el aliento y, al advertir la mirada desafiante de su hermano, sacudió la cabeza casi imperceptiblemente, mirándolo.

Un tenso silencio se apoderó de la mesa. La condesa lo rompió al soltar su cuchara con brusquedad.

—Es hora de que las señoras nos retiremos al salón —se levantó majestuosamente y fijó en Philip una mirada amenazante—. Caballeros, los dejaremos para que se tomen su oporto —se alejó entre un murmullo de faldas.

Al levantarse para seguirla, Antonia se topó con la mirada de Philip. Éste alzó una ceja. Antonia sofocó una sonrisa y salió detrás de su anfitriona.

Ya en el salón, Catriona se vio relegada al pianoforte con instrucciones de demostrar sus habilidades musicales. Henrietta, que estaba visiblemente cansada, llamó a Trant de mala gana y se retiró, no sin antes lanzarle a su sobrina una mirada directa. Reducida al papel de mera comparsa, Antonia permaneció sentada en silencio, contando los minutos.

Había perdido la cuenta y Catriona seguía tocando cuando los caballeros volvieron a entrar. Philip entró el primero, con paso tan relajado como si estuviera en su casa y, con una sonrisa malévola, se apropió de Antonia como si ella también fuera suya. Antonia se dijo que sólo lo consentía porque se estaba volviendo loca de aburrimiento.

—¿Y ahora qué? —le preguntó en voz baja viendo que, bajo la fría mirada de su madre, Ambrose arrastraba los pies hasta el piano.

Philip miró a su alrededor.

—Vamos a jugar a las cartas.

Antonia lo miró con pasmo.

—No puedes hablar en serio.

Pero sí hablaba en serio. Ante la mirada atónita de Antonia, superó la resistencia de todos los demás y se las ingenió para que Scalewether sacara una baraja de cartas y fichas para las apuestas. Ambrose aprovechó la ocasión y se apresuró a colocar una mesita y sillas. Al cabo de diez minutos, estaban los cinco sentados alrededor de la mesa y las dos viejas damas se hallaban aisladas junto a la chimenea. A Antonia le bastó con echar un vistazo a su anfitriona. Desde ese momento, evitó cuidadosamente la mirada de basilisco de la condesa.

—Cinco para mí.

La voz de Philip la hizo concentrarse en el juego.

—¿Cinco? —Antonia observó las cartas desplegadas sobre la mesa y se quedó pensando un momento. Luego puso las fichas en el centro del tapete y agarró el mazo de cartas. Ganó tres manos, pero su montoncillo de fichas menguó rápidamente, presa de las maquinaciones de Philip. Al parecer, era también un maestro en aquel pasatiempo.

Antonia le lanzó una mirada de reproche.

—Reconozco que no esperaba que fuerais un experto en este juego, milord.

La sonrisa que le lanzó Philip hizo que se le pusiera la piel de gallina.

—Creo que te sorprendería, querida, descubrir cuántos juegos conozco.

Antonia se quedó helada, con la mano suspendida sobre la baraja.

—Vamos, hermana. ¿Vas a pasar o qué? —las palabras de Geoffrey rompieron el hechizo. Antonia miró a su alrededor y dejó escapar un rápido suspiro—. No te lo recomiendo —continuó Geoffrey—. Si no nos andamos con ojo, Ruthven va a barrernos. Tendremos que usar todo nuestro ingenio si queremos contrarrestar sus incursiones de saqueo.

Antonia pensó que su hermano tenía razón.

—Tonterías —dijo, y recogió el mazo de cartas—. Saldremos de ésta —repartió cartas, sacó el palo de triunfos y le dio la vuelta a la primera carta. Era un as de triunfos. Sonrió, alzó el mentón y miró a Philip—. Cuando los oponentes creen ser invencibles, tienen la derrota asegurada.

Recibió una mirada fija y desafiante como respuesta. La partida continuó. Quince minutos después, Ambrose apartó su silla de la mesa y declaró con desgana:

—Ésas son mis tres últimas fichas.

—A mí sólo me queda una —dijo Catriona.

Los demás dejaron de jugar y alzaron la cabeza. Antonia intercambió una mirada con Philip. Éste hizo una mueca, miró a Geoffrey y sacó su reloj.

—Es muy temprano —fue su veredicto.

—Bien, entonces —Geoffrey recogió las cartas, barajó y empezó a repartir de nuevo.

Durante los siguientes quince minutos, Antonia, Geoffrey y Philip se esforzaron en perder tantas fichas como antes habían ganado, en medio del regocijo de todos.

—Su montón es todavía muy alto, señor —Antonia le alcanzó seis fichas a Catriona—. Creo que no está poniendo mucho empeño.

Philip la miró un instante.

—Ello se debe a que he de luchar contra una costumbre fuertemente arraigada.

Antonia lo miró con sorpresa.

—¿Ah, sí?

—En efecto —Philip le sostuvo la mirada—. A ningún hombre de mi condición le gusta perder.

Los ojos de Antonia se agrandaron un poco más. Haciendo un esfuerzo, logró fijarlos de nuevo en la mesa, sobre las cartas que él estaba repartiendo.

—¿Lo ve? —ella asintió con la cabeza—. Una sota. Tendrá que hacerlo mejor, milord.

—En cuanto se acabe este pequeño entretenimiento, haré todo lo posible, querida.

Antonia sintió un delicioso estremecimiento. Decidida a ignorarlo, procuró concentrarse en las cartas, consciente de que Philip la estaba mirando fijamente.

La salvación llegó inesperadamente. De pronto, las puertas se abrieron y entró Scalewether con el carrito del té. Urgidos a tomar una taza, abandonaron el juego y por tácito acuerdo permanecieron todos juntos mientras bebían. Animada por su tía, Catriona procedió a describir los lugares de interés que podían encontrar en los jardines.

—El templete es seguramente lo más interesante —concluyó—. Está junto al lago, y es bastante bonito cuando hace sol —su tono sugería que hasta Newgate era más atractivo.

Antonia se tropezó con la mirada de Philip.

—Estoy bastante cansada —sofocó delicadamente un bostezo.

—Será sin duda por el viaje —Philip se hizo cargo de su taza y la dejó, junto con la suya, a un lado—. Es tan emocionante —murmuró, solícito, cuando al volverse se encontró con la mirada de Antonia— viajar en carruaje...

Ella enarcó las cejas altivamente, se volvió hacia Catriona y alzó la voz para que la oyeran las señoras.

—Creo que debería retirarme. Tal vez, señorita Dalling, le apetezca acompañarme.

—Sí, desde luego —Catriona dejó su taza.

—No nos irá a abandonar ya, ¿verdad, señorita? —la condesa clavó su mirada alarmada en Catriona—. ¿Qué pensará el marqués? Dejarlo aquí, solo, así como así...

—En efecto —opinó la marquesa de Hammersley—. Sospecho que mi hijo, al igual que los otros jóvenes caballeros, agradecerían su compañía, señorita Dalling —agitó la mano un instante y prosiguió—: Hace una noche muy agradable. Creo que les sentaría bien un paseíto por la terraza a la luz de la luna.

—Eh... no. Es decir... —balbució Ambrose, mirando a su madre—. O sea...

La marquesa lo traspasó con la mirada.

—¿Sí, Hammersley? —al ver que Ambrose se limitaba a mirarla como un conejillo asustado, añadió, zalamera—: ¿Acaso te desagrada la idea de pasear por la terraza de la condesa?

—No tengo nada en contra de la terraza de la condesa —farfulló Ambrose—. Pero...

Philip salió en su ayuda, imprimiendo a su voz un deje de elegante languidez.

—Tal vez deba explicarle, lady Ticehurst, que la señorita Mannering se crió en Yorkshire y no está acostumbrada a transitar por tan... —hizo un distinguido ademán que pretendía abarcar toda la casa— inmensas mansiones. Le ruego permita que la señorita Dalling le sirva de guía. En efecto —prosiguió, mirando a Antonia—, he de admitir que la idea de que la señorita Mannering deambule perdida por sus corredores me espanta. Confío en que se apiade usted de su escaso sentido de la orientación y permita que su sobrina la acompañe.

La condesa frunció el ceño y se removió en el diván.

—Bueno...

—En cuanto a Hammersley —continuó Philip con suavidad—, no han de preocuparse ustedes porque se aburra. Habíamos pensado visitar la sala de billar —se giró y le dedicó a la marquesa una mirada condescendiente—. Tengo entendido que, debido a la muerte prematura del difunto marqués, Hammersley no ha tenido ocasión de pulir su habilidad en un arte tan viril como el del billar. He pensado que tal vez yo podría serle de alguna utilidad mientras estemos aquí.

La marquesa lo miró con perplejidad.

—Sí, desde luego. Qué amable de... —fue arrugando el ceño a medida que su voz se desvanecía.

—Así que, si nos disculpan —Philip se inclinó y le dio la espalda al diván. Tomó la mano de Antonia y, sin mirarla a los ojos, la posó sobre su brazo—. Vamos, Hammersley. Acompañemos a estas señoritas hasta las escaleras. ¿Mannering?

Echó a andar delante de los demás y, en menos de un minuto, la puerta del salón se había cerrado, dejando al otro lado a las dos arpías y a ellos a salvo en el vestíbulo. Antonia se detuvo al pie de la escalera para esperar a Catriona y miró a Philip.

—Qué gran jugada, milord.

Philip la miró a los ojos y sonrió con deliberación.

—Ya te he dicho, querida, que no me gusta perder —alzó la mano de Antonia y le besó las puntas de los dedos sin dejar de mirarla—. Te asombraría saber lo que soy capaz de hacer para salirme con la mía.

Ella se estremeció de nuevo y el suave rubor que tiñó sus mejillas siguió acompañando a Philip mucho después de que ella desapareciera escaleras arriba.

A la mañana siguiente, a las ocho, Antonia salió de la casa y se dirigió a los establos. El sol había vuelto a enseñorearse del cielo. Al entrar en las cuadras, se detuvo y parpadeó rápidamente hasta que sus ojos se acostumbraron a la penumbra. Enseguida vio una gorra que se movía en una caballeriza cercana y se acercó rápidamente hasta ella.

—Quisiera un caballo, por favor. Lo más rápido que pueda —Antonia rodeó la puerta de la caballeriza y le echó un vistazo al bayo que el sirviente estaba embridando—. Éste mismo me sirve.

El mozo, ya entrado en años, la miró con perplejidad.

—Lo siento, señorita —se interrumpió y tiró un poco de su gorra—, pero éste es para el caballero.

—¿El caballero? —en ese instante, Antonia sintió un estremecimiento. Se giró y se topó de bruces con Philip. Dio un paso atrás y tomó una rápida bocanada de aire—. No lo había visto, milord.

—Eso está claro —Philip observó la pátina de color que realzaba sus pómulos y luego dejó que su mirada se posara en la de ella—. ¿Adónde ibas?

Antonia maldijo para sus adentros. Vaciló un instante y luego, dándose cuenta del matiz acerado de los ojos de Philip, decidió capitular.

—Iba a dar un paseo a caballo.

Philip alzó las cejas.

—¿De veras? Entonces, te acompaño —la agarró del brazo y la atrajo hacia sí para apartarla del bayo al que el caballerizo estaba dando la vuelta—. No conviene —murmuró— que una señorita salga sola a caballo.

Antonia reprimió un bufido y se mordió la lengua para no contestar.

—Aquí tiene, señor —el mozo se acercó y le entregó las riendas a Philip. Luego se volvió hacia Antonia—. Bueno, señorita, tengo una yegua muy bonita que le viene como anillo al dedo. Es muy tranquila, así que no tiene que tener ningún miedo —el hombre se volvió y se dirigió hacia la hilera de caballerizas que había al otro lado del establo, dejando a Philip como único testigo de la expresión horrorizada de Antonia. Philip contuvo la risa y llamó al mozo.

—Me temo que subestima usted la destreza de la señorita Mannering. Es perfectamente capaz de manejar cualquiera de los potros de caza de su señor. Y, por su aspecto, creo que les vendría bien hacer un poco de ejercicio.

El caballerizo frunció el ceño y regresó arrastrando los pies.

—No sé si debo, señor. Los potros del señor son muy impetuosos.

—La señorita Mannering puede manejarlos —Philip sintió que su rostro se endurecía—. Es capaz de refrenar a toda clase de bestias salvajes —consciente de la rápida mirada que le dirigió Antonia, alzó la cabeza y observó a los caballos, que se removían, inquietos, en sus cuadras—. Aquél —señaló uno de pelaje negro y lustroso, casi tan poderoso como el bayo que había elegido para sí mismo—. Ensíllelo. Yo asumo toda responsabilidad —el caballerizo se encogió de hombros y se encaminó al cuarto de los aparejos—. Ven, vamos a esperar al patio —Philip tomó a Antonia del brazo y la condujo fuera del establo, con el bayo detrás.

Antonia miró a su alrededor.

—Pensaba que Geoffrey o Ambrose estarían por aquí.

—El caballerizo dice que ya han salido. ¿O debería decir «escapado»?

Antonia hizo una mueca.

—Debes admitir que Ambrose tiene razones de sobra.

Philip dijo, mirando por encima del hombro:

—Puedes consolarte pensando que tu hermano está haciendo un trabajo excelente aguándoles la fiesta a las señoras.

—¿Geoffrey? —Antonia frunció el ceño—. ¿Cómo?

—Pegándose a Ambrose —Philip sonrió con ironía—. Mucho me temo que las señoras han encontrado en Geoffrey la horma de su zapato. Por si no te has dado cuenta, esta presunta fiesta campestre fue organizada con sumo cuidado. Cada uno de nosotros tiene un papel concreto: Henrietta, tú y yo, le prestamos decoro. La condesa y la marquesa imaginan, desde luego, que Henrietta comparte sus opiniones y que tú y yo estamos tan enfrascados el uno con el otro que no nos damos cuenta de nada. La presencia de Geoffrey, sin embargo, le ha dado otra vuelta de tuerca a la situación. A pesar de que su invitación nos incluía a todos, la condesa contaba con que Geoffrey se marchara a Oxford cuando acabaran las fiestas.

Antonia entornó los ojos.

—La condesa es una mujer muy manipuladora.

—Así es —el tono de Philip se endureció—. Y a mí no me gusta que me manipulen.

Antonia le lanzó una mirada y alzó la barbilla.

—A mí tampoco.

Philip la miró extrañado, pero Antonia se había dado la vuelta para tomar las riendas del caballo negro que el caballerizo había sacado del establo. Siguiendo sus indicaciones, el hombre situó al animal junto al escabel de montar. Philip resopló para sus adentros, montó sobre el bayo y, en cuanto Antonia se hubo colocado las faldas, condujo al caballo hacia los campos.

Cuando estuvo seguro de que Antonia estaba bien acomodada en su silla, soltó las riendas y dejó que el bayo galopara hasta los árboles de la colina más cercana. Penetraron en las sombras del lindero del bosque y Philip frenó al animal. Aguardó hasta que Antonia se detuvo a su lado y fijó en ella una mirada llena de enojo.

—¿Adónde ibas?

Antonia levantó la barbilla.

—A encontrarme con el señor Fortescue... si es que está allí. Catriona quedó en reunirse con él al final de la senda que atraviesa el bosque. Le dijo que vendría a decirle qué tal le había ido con el conde. Iba a venir Catriona, pero ahora mismo está convencida de que nadie puede salvarla de las maquinaciones de la condesa —la voz de Antonia se tiñó de irritación cuando recordó las largas horas que había pasado intentando animar a Catriona—. Por lo poco que la conozco, pensaba que no iba a rendirse tan fácilmente. Le he dicho una y mil veces que debe esforzarse por conseguir lo que quiere... que, si se quiere realmente algo, hay que luchar por ello.

El bayo se removió, inquieto, y Philip tiró de las riendas. Sus ojos se achicaron.

—En efecto. Pero ibas a encontrarte a solas con un caballero.

Antonia lo miró con el ceño fruncido.

—Sólo con el señor Fortescue.

—Quien por casualidad es un caballero sumamente apuesto y varios años mayor que tú.

—Quien por casualidad está prácticamente prometido con una joven a la que considero una buena amiga —Antonia recogió sus riendas con la cabeza muy alta.

Philip le sostuvo la mirada.

—He de informarte, querida mía, de que encontrarse a solas con apuestos caballeros no es el comportamiento que espero de lady Ruthven.

Antonia lo miró fijamente, achicando los ojos. Luego tiró de las riendas y el caballo volvió grupas.

—Yo no soy —contestó con aspereza— lady Ruthven todavía.

Con ésas, tocó con los talones los flancos del caballo y partió a través del bosque. Philip la miró marchar con los ojos afilados. De pronto, recordó que ella cabalgaba mucho más ligera que él. No podía dejar que le tomara mucha ventaja. Maldiciendo, salió al galope tras ella.

A pesar de sus esfuerzos, Antonia seguía llevándole ventaja cuando divisó el final de la senda. Conducía ésta a un pequeño otero en el lindero del bosque. Antonia remontó el promontorio y vio que un jinete esperaba allí pacientemente. Al reconocer la recia figura de Fortescue, agitó la mano. Un instante después, se puso a su lado. Él le devolvió el saludo puntillosamente, inclinando la cabeza al tiempo que Philip se reunía con ellos. Luego se volvió hacia Antonia con cierta pesadumbre.

—Por su presencia, sospecho que todo está perdido.

Antonia lo miró parpadeando.

—¡Cielo santo, no! Catriona está tan vigilada que no ha podido venir. Ruthven y yo venimos en su lugar —ignoró la mirada de Philip y sonrió alegremente. Henry Fortescue le devolvió una cálida sonrisa.

—Bueno, es un alivio saberlo —su sonrisa se desvaneció—. Las noticias que traigo no son muy alentadoras.

Philip acercó su bayo al caballo de Antonia.

—¿Qué dijo el conde?

Henry hizo una mueca.

—Por desgracia, las cosas no son como creíamos. No hay establecida custodia legal, de modo que el conde no tiene derechos jurídicos en este asunto. La condesa asumió la custodia de Catriona conforme a la costumbre, de modo que no hay modo de oponerse a ella. Al menos, hasta que Catriona sea mayor de edad. Pero para eso quedan años.

—Oh —Antonia sintió que se le caía el alma a los pies.

—No es que no estemos dispuestos a esperar —continuó Henry—, si no quedara más remedio. El problema es que la condesa está empeñada en salirse con la suya. Y no es de las que dan su brazo a torcer.

Antonia hizo una mueca.

—Desde luego que no.

Henry exhaló un profundo suspiro.

—No sé qué dirá Catriona, o qué hará, cuando sepa la verdad.

Antonia no se molestó en contestar. La pesadumbre de Henry era contagiosa.

—Entonces, antes de que se lo digamos, sugiero que aclaremos las cosas.

Antonia miró a Philip extrañada.

—¿Qué quieres decir?

—Quiero decir que sospecho que aún no sabemos toda la verdad —cruzó las manos sobre el pomo de la silla y la miró alzando una ceja—. Anoche busqué refugio en la biblioteca, una vieja costumbre mía, como bien recordarás.

Antonia achicó los ojos.

—¿Y?

—Y, cuando estaba paseándome por la habitación, como no tenía otra distracción a mano, me fijé en una Biblia familiar que había en un atril, en un rincón. Es un volumen muy bonito. Por pura curiosidad, miré las guardas del libro. No pertenecía, como yo imaginaba, a la familia del conde, sino a los Dalling. En efecto, imagino que ha de pertenecer a Catriona, dado que sin duda alguna antes fue de su padre.

Henry frunció el ceño.

—Pero ¿qué tiene eso que ver con los planes de la condesa?

—Nada de por sí —reconoció Philip—. Pero la información que contenía la Biblia me dio que pensar. En las guardas de la Biblia están anotadas las últimas generaciones de la familia Dalling. El árbol genealógico muestra con toda claridad que la condesa tiene una hermana gemela. Su única hermana, en realidad. Como sucede a menudo con las gemelas, no puede distinguirse entre ellas. No se sabe quién nació primero, lo cual está anotado explícitamente en el libro. Así que, en mi opinión, la otra tía de Catriona tiene igual derecho a actuar como su custodia según el derecho consuetudinario.

—¿Lady Copely? —preguntó Henry, atónito—. Siempre ha sido la favorita de Catriona, pero no pudo asistir al funeral de su padre porque uno de sus hijos estaba enfermo. La condesa, que sí acudió, se hizo cargo de Catriona como si tuviera todo el derecho a hacerlo. Naturalmente, todos pensamos que así era.

Philip alzó una mano en señal de advertencia.

—En este momento, no sabemos si la condesa actuó con el consentimiento de lady Copely. ¿Sabe usted si lady Copely estaría dispuesta a ayudar a la señorita Dalling a casarse conforme a sus deseos?

Henry frunció el ceño.

—No lo sé.

—Yo sí —Antonia miró a Philip con ojos brillantes—. Vi a la hija de lady Copely y a su marido en la ciudad. Catriona me dijo que se habían casado por amor —sonrojándose ligeramente, miró a Henry—. En efecto, me dijo que la propia lady Copely se había casado por amor, y no por interés. Por lo que me contó, lady Copely puede ser la perfecta valedora de vuestro matrimonio.

—Si es así —dijo Henry, pensativo—, entonces tal vez Catriona pueda solicitar su amparo.

Philip asintió con la cabeza.

—Parece probable.

—¡Bien, entonces! —lleno de renovados bríos, Henry se irguió en su silla—. Lo único que queda por descubrir es lo que piensa lady Copely. Iré a hablar con ella de inmediato —miró a Antonia, esperanzado.

Antonia movió la cabeza de un lado a otro.

—Catriona nunca me dijo dónde vive lady Copely.

Henry hizo una mueca.

—Sugiero —dijo Philip— que, dado que Catriona tal vez sepa cuál es el mejor modo de dirigirse a lady Copely, convendría que os encontrarais antes de partir en su busca.

Henry asintió con la cabeza.

–Confieso que me gustaría verla. Pero, si la vigilan tan de cerca, ¿qué puedo hacer?

Philip agitó una mano tranquilamente.

–Todo puede arreglarse con un poco de imaginación. Al final de los setos del jardín, hay un pequeño prado que antes formaba parte de un huerto. Si deja su caballo en el bosque, de ese lado, puede llegar allí fácilmente. Espere allí a las tres, esta tarde. Las señoras estarán sesteando. Me las ingeniaré para que Catriona esté allí.

La cautela templaba la ansiedad de Henry.

–Pero si la condesa la está vigilando, y Catriona me dijo que hasta los sirvientes la espían, ¿cómo va a escabullirse?

–Eso déjemelo a mí –Philip sonrió y recogió sus riendas–. Le aseguro que la propia condesa nos lo pondrá en bandeja de plata –Henry parecía indeciso y agradecido al mismo tiempo. Philip se echó a reír y le dio una palmada en el hombro–. A las tres. No se retrase.

–No lo haré –Henry miró a Philip–. Y gracias, señor. No sé por qué se arriesga tanto por nosotros, pero le estoy sumamente agradecido.

–No tiene importancia –Philip hizo volver grupas a su caballo y miró a Antonia–. Es la solución más obvia.

Inclinó la cabeza y sacudió las riendas. Antonia se despidió de Henry agitando la mano y partió tras él. Juntos se encaminaron de nuevo hacia el bosque. Al acercarse a la entrada de la senda, Philip aflojó el paso y miró a Antonia. Ella tenía el ceño fruncido.

–¿Qué ocurre?

Antonia le lanzó una mirada cautelosa.

–Para que lo sepas –dijo ella en tono de reproche–, estaba pensando que le dije a Catriona que eras un maestro organizando citas clandestinas –echó la cabeza hacia atrás, agitando sus rizos, sacudió las riendas y enfiló la senda.

Philip sonrió. Malévolamente.

CAPÍTULO 14

Siguiendo instrucciones precisas, Antonia no le dijo nada a Catriona en lo tocante a su posible salvación.

—Su tendencia a la exageración no se presta al disimulo —había observado Philip secamente—. La condesa sólo tendrá que mirarla y estaremos perdidos.

De modo que, cuando se sentó a la mesa de la comida, Catriona seguía presa de melancolía. Antonia le lanzó a Philip, que se había sentado a su lado, una mirada de reproche. Él la miró sin inmutarse y, luego, volviéndose, se puso a hablar con la condesa.

La comida transcurrió como la anterior, con una notable excepción: la noche precedente, la condesa y la marquesa habían dominado la conversación. Ese día, Philip se empeñó en atraer su atención para distraerla luego. Antonia, que estaba concentrada en su comida, se preguntaba si las señoras serían conscientes del peligro.

—En efecto —Philip se recostó en la silla y agitó lánguidamente la mano en respuesta a un comentario de la marquesa acerca de la inmadurez de los caballeros jóvenes—. En mi opinión, hasta los treinta y cuatro años, los caballeros saben muy poco de las verdaderas fuerzas que actúan en la alta sociedad... las fuerzas que, en realidad, conformarán sus vidas.

Antonia se atragantó y, al alzar la mirada, se topó con la

mirada de Henrietta y las dos se apresuraron a mirar a otra parte.

—Exacto —la condesa asintió con la cabeza, con la mirada fija en Ambrose—. Hasta que alcanzan la edad de la sabiduría, han de seguir los consejos de sus mayores.

—Indudablemente —Philip miró a Henrietta, que estaba sentada al otro lado de la mesa, y sonrió educadamente, pero su madrastra no alcanzó a entender aquella sonrisa—. Es de gran ayuda que otros nos enseñen cómo son las cosas en realidad.

—Yo sólo puedo decir que desearía que otros caballeros fueran tan sensatos como usted, Ruthven —dicho eso, la marquesa se embarcó en una sucesión de anécdotas que ilustraban los terribles avatares que les habían sucedido a ciertos jóvenes faltos de discernimiento.

Para cuando acabó la comida, Ambrose estaba taciturno y Catriona se había sumido aún más en su tristeza. Sólo Geoffrey, notó Antonia, parecía ajeno a la defección de Philip, y concluyó que su hermano ya estaba al corriente de sus planes.

La condesa se inclinó hacia delante y preguntó:

—Bueno, ¿qué piensan hacer esta tarde?

—El señor Mannering —contestó Philip— va a dedicarse a sus libros, creo —posó la mirada en Geoffrey, quien asintió con la cabeza. Philip se volvió hacia la condesa—. Estuvimos hablando de lo que dijo usted acerca de su presencia aquí, en lugar de estar en Oxford, y concluimos que debía estudiar un par de horas cada día de aquí a que se marche.

La condesa pareció animarse de pronto.

—Me alegra mucho que hayan seguido mi consejo.

Philip inclinó la cabeza.

—En cuanto a los demás, la señorita Mannering y yo vamos a ir a dar un paseo por los jardines. Parecen muy grandes. Es una pena estar aquí dentro haciendo un día tan bueno. Me preguntaba si al marqués y la señorita Dalling les gustaría acompañarnos.

—Desde luego que sí —dijo la marquesa, asintiendo con vehemencia mientras clavaba la mirada en su hijo.

Ambrose disimuló una mueca y miró a Catriona, que seguía muda a su lado.

—Tal vez...

—¡Naturalmente que sí! ¡Faltaría más! —exclamó la condesa—. Catriona los acompañará encantada.

Todos la miraron, y Catriona asintió con la cabeza débilmente. Diez minutos después, salieron de la casa y se encaminaron a la rosaleda. Mientras caminaba del brazo de Philip, Antonia observaba a Catriona y Ambrose, que avanzaban ociosamente delante de ellos, arrastrando los pies y con los hombros hundidos.

—Bueno, ¿qué te ha parecido mi estrategia? ¿No es acaso soberbia?

Antonia alzó la mirada hacia Philip.

—Ha sido, sin lugar a dudas, la más repugnante y empalagosa sarta de embustes que he presenciado nunca.

Philip miró hacia delante.

—Había unos cuantos granos de verdad ocultos entre la escoria.

Antonia soltó un bufido.

—Lisonjas y nada más que lisonjas de principio a fin. Me sorprende que no se te hayan atragantado.

—He de admitir que eran demasiado empalagosas para mi gusto, pero las señoras han relamido el plato, lo cual era mi propósito, al fin y al cabo.

—Ah, sí... tu propósito —Antonia deseaba preguntarle qué era exactamente lo que pretendía. A fin de cuentas, no eran los asuntos de Catriona y Ambrose los que lo habían llevado hasta allí.

Aquella idea la hizo pensar de nuevo en lo que quedaba aún pendiente entre ellos. Mientras caminaban al sol, casi sin hablar, tuvo tiempo de sobra para considerar las posibilidades y los hechos fehacientes... y si podía convertir las unas en los otros.

Sentía bajo sus dedos la fuerza del brazo de Philip. Cada vez que sus hombros se rozaban, la turbación se apoderaba de ella por completo.

Philip formaba parte de su ser de un modo profundo e inaprensible, del mismo modo que un olor alojado en su memoria. Y, al igual que un olor, ansiaba atraparlo y retenerlo.

—¡Estáis ahí!

Se detuvieron. Al darse la vuelta, vieron que Geoffrey corría hacia ellos.

—Has estado apenas una hora estudiando —exclamó Antonia.

—Tiempo suficiente —Geoffrey sonrió y se reunió con ellos en medio del jardín—. Las tres damas roncan tanto que tiemblan las vigas.

—Bien —Philip miró a Catriona cuando Ambrose y ella se acercaron—. Creo que es hora de ir a la zona de los setos.

—¿Los setos? —Ambrose frunció el ceño—. ¿Por qué allí?

—Para que la señorita Dalling pueda encontrarse con el señor Fortescue y ayudarlo con su plan de recurrir a lady Copely en busca de ayuda.

—¿Henry? —los ojos de Catriona centellearon—. ¿Está aquí? —de pronto pareció vibrar, llena de energía—. ¿Dónde?

Philip señaló los setos y alzó una ceja con expresión cínica.

—Nos encontraremos con él dentro de poco. Sin embargo, dado que el jardinero de su tía está allí —señaló a un hombre que estaba subido a una escalera, podando un cerezo—, sugiero que refrene sus arrebatos hasta que nos hallemos en lugar seguro.

Catriona echó a andar delante de ellos, llena de impaciencia. Antonia, que la seguía más pausadamente, del brazo de Philip, dejó escapar un soplido.

—Cuesta creer que esta mañana estuviera a punto de desfallecer.

Al entrar en el laberinto de arbustos, protegido de miradas indiscretas por los altos setos recortados, Catriona se detuvo y esperó. Philip la urgió a seguir y sólo consintió en detenerse cuando se adentraron en el camino.

—El campo de detrás de los setos —se dignó decirle al fin—. Estará allí a las tres —se sacó el reloj del bolsillo y lo miró—. Ya es la hora —Catriona profirió un gritito de alegría y giró sobre sí misma—. Pero... —Philip esperó hasta que volvió a mirarlo— Ambrose y Geoffrey tendrán que ir con usted, naturalmente.

—¡Vamos! —Catriona se levantó las faldas y echó a correr.

Geoffrey salió tras ella, riendo. Aturdido, Ambrose se apresuró a seguirlos.

—¡Un momento! —Antonia miró a Philip—. Catriona necesita una carabina. Ambrose y ella no deben estar a solas ni un minuto. Sobre todo, ahora.

Philip la agarró del codo.

—Con Geoffrey basta. Nuestro destino es otro.

—¿Nuestro destino? —Antonia alzó la mirada y vio que su semblante se había vuelto duro y severo. Mientras Philip la conducía inexorablemente a través del laberinto, Antonia achicó los ojos—. ¡Esto era lo que planeabas desde el principio! No se trataba de Catriona, sino de nosotros.

Philip le lanzó una mirada.

—Me sorprende que hayas tardado tanto en darte cuenta. Aunque siento lástima por Catriona y hasta por Ambrose, sólo tenía un propósito cuando crucé el umbral de la condesa.

Aquella declaración y la perspectiva de quedarse a solas con él cristalizaron el pensamiento de Antonia y reforzaron la decisión que tomó en ese mismo instante. Alcanzaron el centro del laberinto en un espacio de tiempo sospechosamente corto. Ella apenas miró la pulcra extensión de césped de la plazoleta central, ni el pequeño delfín que adornaba la fuente de mármol. Decidida a salirse con la suya, a conservar el dominio de la situación mientras pudiera, se detuvo bruscamente y esperó a que él se diera la vuelta para mirarla, alzando las cejas con impaciencia. Levantó entonces el mentón y afirmó:

—Tal y como están las cosas, me alegro de tener la ocasión de hablar contigo a solas, pues tengo que informarte de que he cambiado de opinión —levantó la mirada y vio el semblante de Philip despojado de toda expresión. Él apartó la mano de su codo. Se quedó muy quieto. Antonia advirtió en su inmovilidad la energía de una fuerza turbulenta severamente contenida. Él enarcó lentamente una ceja.

—¿De veras?

Antonia asintió con la cabeza resueltamente.

—Quisiera recordarte el acuerdo al que llegamos...

—Me alegra que no lo hayas olvidado.

—Claro que no lo he olvidado. En aquel momento, si recuerdas, hablamos del papel que querías que desempeñara. En esencia, el papel de una esposa convencional.

—Un papel que tú aceptaste —su voz se había hecho más grave; su expresión, agresiva.

Antonia apretó los labios e inclinó la cabeza.

—Exactamente. He de reconocer también que te mostraste muy caballeroso permitiendo que fuera a Londres sin formalizar ni hacer público nuestro compromiso —se acercó a la fuente, juntó las manos y se volvió. Levantó la cabeza y se encontró con la mirada opaca e impenetrable de Philip—. Tal y como han sucedido las cosas, fue una decisión muy sensata.

Philip siguió mirándola con fijeza... y de pronto comprendió lo que pensaba de aquella decisión. Debería haberla retenido en Ruthven Manor... haberse casado con ella inmediatamente... cualquier cosa con tal de evitar aquello. Apenas podía pensar. Ni siquiera sabía si podía hablar. En realidad, no lograba creer lo que ella le estaba diciendo; su cerebro se negaba a aceptarlo.

—Muy sensata —repitió ella—. Pues he decirle, milord...

—Philip.

Ella vaciló y luego inclinó la cabeza rígidamente.

—Philip... que, ahora que conozco las costumbres de Londres, he llegado a la conclusión de que no estoy preparada para ser tu esposa... al menos en los términos que acordamos.

Aquella última y desconcertante frase fue lo único que permitió a Philip refrenarse.

—¿Qué demonios quieres decir? —apoyó las manos en las caderas y la miró con enojo—. ¿Qué más términos puede haber?

Antonia alzó la barbilla y lo miró con el mismo enojo con que la miraba él.

—Como iba a explicarte, he descubierto que hay... ciertos criterios... ciertos requisitos esenciales, si quieres... para desempeñar el papel de una esposa convencional en los círculos de la alta sociedad. En resumen, yo no poseo esos requisitos, ni estoy dispuesta a adquirirlos. No —concluyó desafiante—. En la cuestión del matrimonio, creo tener mis propios criterios... criterios que exijo satisfacer absolutamente.

Philip seguía mirándola fijamente a los ojos.

—¿Cuáles son esos criterios?

Antonia no parpadeó.

—Primero —afirmó—, el caballero con el que me case ha de amarme... sin reservas.

Philip parpadeó. Vaciló, escudriñando su cara, y luego frunció el ceño.

—¿Y segundo?

—Segundo, no tendrá amantes.

—¿Nunca?

Ella titubeó.

—Después de que nos casemos —respondió al fin.

La tensión de los hombros de Philip se disipó en parte.

—¿Tercero?

—Tercero, no puede bailar el vals con ninguna otra dama.

Philip torció los labios.

—¿Nunca?

–Jamás –Antonia no tenía dudas al respecto–. Y, por último, nunca debe intentar quedarse a solas con otra mujer. Nunca –entornó los ojos y miró desafiante a Philip–. Ésos son mis términos. Si crees no poder cumplirlos, lo entenderé, naturalmente –de pronto, sin embargo, comprendió lo que podía ocurrir si él no aceptaba, y contuvo el aliento, sintiendo una punzada de dolor. Apartó la mirada y disimuló su desfallecimiento inclinando elegantemente la cabeza. Se giró para mirar la fuente y concluyó con voz crispada–: Siempre y cuando comprendas que, si es así, no puedo casarme contigo.

Philip no se había sentido nunca tan feliz. La alegría que lo poseía era tan intensa que se sentía débil. Las emociones se alzaban y caían como olas dentro de él, todas ellas empequeñecidas por una única certeza que seguía sacudiéndolo hasta la médula. El recuerdo de su acostumbrada impasibilidad le rondaba, burlón, por la cabeza.

Respiró hondo para tranquilizarse y observó la cara medio girada de Antonia.

–Ibas a casarte conmigo de todos modos. ¿Qué te ha hecho cambiar de opinión?

Ella vaciló un instante. Luego giró la cabeza y lo miró abiertamente.

–Tú.

Philip notó que sus labios se curvaban y recordó que había resuelto no hacerle nunca tales preguntas. Respiró hondo otra vez y recordó el propósito que lo había llevado a Ticehurst Place.

–Antes de que discutamos tus términos... tus exigencias... hay algo que quisiera dejar claro –sus rasgos se endurecieron–. Lo de lady Ardale no fue culpa mía. Yo no la alenté en ningún sentido.

Antonia frunció el ceño lentamente.

–Estaba en tus brazos.

–No –Philip le sostuvo la mirada–. Se estaba apretando contra mí. Tuve que agarrarla para apartarla de mí.

Un leve rubor tiñó las mejillas de Antonia. Apartó la mirada.

—Tenías la mano sobre su pecho.

Philip hizo una mueca.

—Te aseguro que no fue intencionadamente.

Antonia lo miró de nuevo, sorprendida.

—¿Ella...?

—En efecto —los labios de Philip se adelgazaron—. Por extraño que parezca, algunas damas son excesivamente atrevidas... y sumamente agresivas. Si te hubieras quedado un poco más, habrías visto cómo acabó la escena.

Los ojos de Antonia se agrandaron.

—¿Qué pasó?

—Ella aterrizó en el diván —Philip vio que sus labios se curvaban y notó el brillo divertido de su mirada. Le tendió la mano—. Y ahora, si vienes aquí, discutiremos los términos que has enumerado tan claramente.

Antonia estudió su semblante, indecisa. Sacudió la cabeza despacio... y dio un paso hacia la fuente.

—Preferiría que habláramos de esto formalmente.

Philip la miró con fijeza... y dio un paso hacia ella.

—Pienso hablar con toda formalidad. Pero, en este caso, ello requiere en mi opinión tenerte en mis brazos.

—Eso no tiene sentido... No puedo pensar cuando me abrazas... como muy bien sabes —Antonia frunció el ceño con expresión de reproche y rodeó la fuente. Philip la siguió. Ella notaba el brillo malévolo de su mirada. A pesar de su enojo, se sentía extrañamente feliz—. Esto es ridículo —masculló, y notó que su corazón se aceleraba—. ¡Philip! ¡Para! —se detuvo y levantó una mano.

Philip no le hizo caso. En dos zancadas rodeó la fuente. Antonia lo miró con los ojos como platos y, sofocando un gritito, se recogió las faldas y echó a correr. Por desgracia, por aquel lado de la fuente no se podía salir del laberinto. Y Philip era demasiado rápido. La atrapó cuando se dirigía al seto y la levantó en volandas sin esfuerzo. Sujetándola con fuerza mientras ella pataleaba en un torbellino de muselina, la llevó a un banco de piedra y se sentó sobre él. Oía a Antonia maldecir en voz baja, pataleando. Tenía tantas ganas de reír que no se atrevía a hablar. Al fin, la agarró de la barbilla con una mano y volvió su cara hacia él.

Sus ojos se encontraron. En ese instante, Philip sintió que ella contenía el aliento, vio que sus ojos se agrandaban y que sus labios se suavizaban y se abrían. Antonia se quedó inmóvil, con la mirada fija en sus ojos. La misma turbación se apoderó de él, envolviéndolo en su hechizo, a pesar de que un pequeño remanente de cordura luchaba por recordarle dónde estaban, quiénes eran y cuán inapropiado era el espectáculo que estaban ofreciendo. Mientras bajaba lentamente la cabeza, murmuró:

—Dios... debo de estar tan enamorado como Amberly.

Aquella certeza no le impidió besarla, entreabrir sus labios y probar su dulzura. Como un hombre sediento, colmó sus sentidos con el sabor de su boca, con su tacto, con su perfume embriagador. Nada pudo impedir que desnudara sus pechos y experimentara de nuevo la dicha de acariciarla.

Atrapada en sus brazos, arrastrada por aquella marea, Antonia tuvo que hacer un arduo esfuerzo por quejarse.

—Aún no me has dicho qué opinas de mis términos.

—¿Todavía necesitas que te lo diga?

Sus dedos se movieron. La razón de Antonia se derritió. Pasaron unos instantes antes de que pudiera reunir aliento suficiente para decir:

—Quería ser una esposa cómoda para ti... —se quedó un momento sin aliento; luego continuó precipitadamente—. Pero no creo que pueda.

Se arqueó suavemente en brazos de Philip. Él dejó escapar un suave gruñido. Sus labios buscaron los de ella. Luego se apartó para murmurar:

—Nunca quise que fueras una esposa cómoda... Esa idea era tuya. Te aseguro que «cómoda» es la última palabra que asociaría contigo. Me he sentido terriblemente incómodo desde que entré en Ruthven Manor aquel día y te vi bajando las escaleras como la encarnación de mis deseos, la respuesta a mis plegarias.

—¿Incómodo por qué?

Philip tomó su mano y se lo enseñó.

—Oh —Antonia se quedó pensando y luego observó su cara—. ¿De veras es incómodo?

—Sí —Philip apretó los dientes y la tomó de la mano—. Ahora cállate y deja que te bese —empezó a besarla, deleitándose en su respuesta e intentando recuperar todo cuanto había anhelado durante la semana anterior de forzada abstinencia.

—Los he visto entrar. Tienen que estar en el centro.

La voz de Geoffrey les llegó claramente por encima de los setos. Philip levantó la cabeza, parpadeando, aturdido. Antonia abrió los ojos y exclamó, alarmada:

—¡Cielo santo!

Philip no perdió el tiempo en maldiciones. Se levantó, puso a Antonia de pie y, cuando intentó cerrarse el corpiño, le apartó las manos.

—No hay tiempo. Déjame a mí. Están muy cerca.

Antonia observó, aturullada, cómo le abrochaba los botones con una velocidad que habría asombrado a Nell. Después, le alisó las faldas y le colocó el encaje del cuello del vestido. Apenas tuvo tiempo de estirarse la levita antes de que Catriona irrumpiera a toda prisa en la plazoleta, con Geoffrey y Ambrose tras ella.

—¡Estaba allí! Henry me contó su sugerencia. Mi tía, lady Copely, me ayudará, lo sé —Catriona había recuperado de pronto su deslumbrante belleza—. Es tan maravilloso que tengo ganas de gritar —se lanzó hacia Antonia y la abrazó con vehemencia.

—A riesgo de ser un aguafiestas, sugiero que refrene su entusiasmo, querida —Philip se colocó delicadamente los puños de la camisa—. Si entra en la casa flotando, la condesa echará por tierra sus esperanzas.

—Oh, no se preocupe —Catriona soltó a Antonia y tomó la mano de Philip, estrechándosela—. Puedo ocuparme de ella. Cuando volvamos a la casa, me fingiré tan alicaída que no sospechará nada.

Antonia miró a Geoffrey con una sonrisa que se topó con una mirada inquisitiva en el semblante de su hermano. Mientras lo miraba, una lenta y extraña sonrisa curvó los labios del muchacho. Antonia sintió que se sonrojaba y volvió a mirar a Catriona.

—Así que ¿el señor Fortescue va a ir a hablar con lady Copely?

—¡Sí! —Catriona sonrió, radiante—. Y...

—Todo está dispuesto —dijo Geoffrey—. Pero no deberíamos hablar aquí. Puede que nos oiga algún jardinero. Y casi es la hora del té. Será mejor que volvamos a la casa.

—Sí —dijo Philip, resignado, y le ofreció su brazo a Antonia—. Me temo que tu hermano tiene razón —todos se volvieron hacia la entrada del laberinto. Catriona iba delante, con Ambrose, fingiéndose abatida, y Philip le susurró a Antonia al oído—: Proseguiremos nuestra conversación más tarde.

Se miraron, pero ninguno de ellos notó que Geoffrey iba tras ellos, observándolos, pensativo.

Cuando llegaron al vestíbulo, Philip retuvo un instante a Antonia mientras los demás entraban al salón y le susurró:

—En la biblioteca, cuando se hayan retirado todos.

Antonia levantó los ojos y lo miró con fijeza. Su corazón se henchió. Inclinó la cabeza y dejó que los párpados velaran sus ojos.

—En la biblioteca, esta noche.

CAPÍTULO 15

Cayó la noche. En su habitación, Antonia se paseaba con impaciencia, esperando que la casona quedara en silencio y que el último sirviente se retirara y dejara la mansión a sus fantasmas. Estaba segura de que había algunas almas en pena que vagaban por la madriguera de la condesa, pero ello no la preocupaba lo más mínimo. Philip no le había dado una respuesta aún, y nada, ni siquiera un aparecido, iba a impedirle escuchar las palabras que tanto ansiaba oír. Después de lo ocurrido en el laberinto, estaba segura de cuál sería su respuesta. Sin embargo, necesitaba oírla de sus labios.

Oyó que, al fondo del pasillo, una puerta se abría chirriando y luego se cerraba. Aguzó el oído y distinguió los pesados pasos de Trant, que se dirigía a la escalera de servicio. Henrietta se había acostado al fin. Pronto podría arriesgarse a bajar.

Decidió que podía esperar aún diez minutos y se acercó al poyete de la ventana. El talento dramático de Catriona había logrado engañar a la marquesa y a la condesa. Ninguna de las dos había parpadeado siquiera. Ninguna había percibido signo alguno de alarma en el abatimiento y la mirada apagada de Catriona.

Antonia cruzó los brazos sobre el alféizar, apoyó la barbilla sobre ellos y se quedó mirando los jardines iluminados por la luna. Si Catriona podía mantener aquella farsa, Henry tendría tiempo de movilizar a lady Copely. Sin duda, si las cosas eran tal y como Catriona las contaba, lady Copely acudiría a rescatarla de las garras de la condesa.

Sonrió, encontrando cierto regocijo en aquella idea. Los problemas de Catriona tocarían pronto a su fin. Y los suyos también. El amor, a pesar de sus dudas, saldría triunfante. Mientras contemplaba las sombras movedizas, sus labios se curvaron levemente y dejó vagar a su mente. Un tableteo de cascos de caballos la sacó de su ensimismamiento. Irguiéndose, se asomó a la ventana a tiempo de vislumbrar una calesa que se alejaba por el camino velozmente. En el asiento había dos figuras; mientras miraba, la más menuda, que llevaba un gran paquete en los brazos, se dio la vuelta y miró hacia la casa. Antonia reconoció de inmediato el rostro ovalado de Catriona. Atónita, miró de nuevo. La otra figura llevaba un gabán de viaje blanco.

–¡Por el amor de Dios! ¿Qué están tramando?

Se quedó paralizada unos segundos, escuchando cómo se debilitaba el ruido de los cascos de los caballos. Luego masculló una maldición, sacó una capa del ropero y se detuvo un instante para ponérsela antes de abrir la puerta sigilosamente. Avanzó tan rápidamente como pudo por la casa en sombras y llegó al pie de las escaleras. Sus zapatillas de noche resbalaron sobre las baldosas pulidas del vestíbulo. Sofocó un grito y se agarró al poste más cercano de la barandilla de la escalera para no caerse. Luego, en medio de un torbellino de faldas, enfiló el corredor a toda prisa.

Philip, que estaba en la biblioteca, delante del fuego, oyó un ruido y se acercó a la puerta. La abrió a tiempo de ver la falda clara de Antonia desaparecer tras una esquina alejada. Extrañado, fue tras ella.

El pasillo que Antonia había tomado conducía al vestíbulo del jardín. Cuando Philip llegó a él, la puerta del jardín estaba abierta de par en par. Frunció el ceño y se preguntó si Antonia lo había entendido mal y creía que debían encontrarse en el laberinto. Se internó en la noche. Los jardines eran una amalgama de sombras y luz de luna. La suave brisa creaba un paisaje fantástico de trémulas formas. Antonia no estaba por ningún lado. Philip frunció más aún el ceño y se encaminó al laberinto.

Había llegado a su centro cuando oyó el ruido de los cascos de un caballo y el traqueteo de las ruedas de un coche. Se quedó inmóvil un instante y al fin soltó una maldición. Y echó a correr hacia los establos.

Al detenerse en el patio de las cuadras, vio que su faetón, tirado por sus dos caballos grises, desaparecía a toda velocidad por la avenida. Sobre la identidad de la figura que sujetaba las riendas no tenía duda alguna.

Philip empezó a maldecir y se metió en los establos a oscuras. Cuando acabó de ensillar al caballo castaño que había montado el día anterior, Antonia le llevaba ya un buen trecho de ventaja. Se detuvo al final de la avenida, escudriñó los campos... y vio el faetón avanzando por un camino recto que ascendía por un otero distante. Apretó los dientes y salió en su persecución.

Antonia dobló la siguiente curva y refrenó a los inquietos caballos grises. El camino que se extendía ante ella estaba envuelto en sombras. No veía si había baches. Hizo una mueca, tensó las riendas y arreó a los caballos, confiando en que se comportaran.

Recordó las palabras de Geoffrey en el laberinto, la extraña mirada que Catriona, Ambrose y él habían intercambiado al retirarse. Sospechaba que su hermano había adivinado lo que estaba ocurriendo entre ella y Philip... y había decidido dejarlos en paz mientras Catriona y él llevaban a cabo cualquier absurdo plan que se les hubiera ocurrido.

Salió del trecho en sombras y urgió a los caballos a subir por una larga colina. Al levantar la mirada, vislumbró el coche y las siluetas de Geoffrey y Catriona. Un instante después, sin embargo, las perdió de vista. Masculló una maldición y sacudió las riendas. La calesa era más estable que el faetón. Geoffrey no tenía que andarse con tanto cuidado como ella. A pesar de que los caballos grises de Philip eran mucho mejores, no había conseguido acortar la distancia que la separaba del coche.

Arreó a los caballos y subió a toda velocidad por la colina. Había senderos por todas partes y no sabía cuál debía tomar. Pero la idea de que los planes de Catriona y Geoffrey salieran mal y acabaran pasando la noche solos la impulsó a seguir adelante, perseguida por el espectro de la condesa convertida en su pariente política.

Al fin alcanzó la cima de la colina y empezó a bajar por la pendiente. Tras ella, Philip había agotado su repertorio de maldiciones. Aunque imaginaba que había una razón para que Antonia saliera en mitad de la noche, no le importaba cuál fuera. Lo único que le importaba era su seguridad. Apretando los dientes, espoleó a su caballo. Recordaba haberle dicho claramente que no pensaba consentir que se jugara la vida. Estaba claro que ella no lo había creído. En cuanto la alcanzara, aclararía aquel asunto... y unos cuantos más.

—¡Lo único que quiero es decirle a esa condenada mujer que la quiero!

El viento se llevó sus ásperas palabras. Atenazado por la ira, lanzó al caballo colina arriba. Al llegar a la cima se detuvo y observó un instante el valle que se extendía más abajo. Vio a Antonia en su faetón... y por primera vez vislumbró el coche al que iba siguiendo.

—¿Qué demonios...? —frunció el ceño. Desde aquella distancia no distinguía las figuras sentadas en la calesa, pero podía adivinar quiénes eran. Sacudió las riendas y enfiló los campos, acortando un poco la distancia que lo separaba de Antonia al descender del risco. Pero, al llegar al llano, no sabiendo por dónde tirarían, se vio forzado a ceñirse a los caminos.

Delante de él, Antonia había conseguido acercarse a la calesa, pero todavía estaba demasiado lejos como para detenerla. Había dado por sentado que Geoffrey pensaba llevar a Catriona a casa de lady Copely, y se sorprendió al ver que frenaba y pasaba luego bajo el arco de entrada de lo que parecía ser una posada.

El pueblecito al que servía la posada quedaba tras ésta, arropado por una hondonada. Encaramada en la falda de la colina que dominaba el pueblo, la posada parecía una sólida estructura de piedra con tejado de pizarra. Aliviada, Antonia espoleó a los caballos y se dirigió hacia allí. Sólo tiró de las riendas al entrar en el patio de la posada.

Un mozo soñoliento se estaba llevando la calesa. Al verla entrar, la miró con los ojos como platos.

—Tenga, lléveselos —Antonia le tiró las riendas, se bajó del elevado pescante con el mayor decoro que pudo y añadió—: Y... eh... haga lo que haya que hacer. Son muy valiosos.

—Sí, señora —el mozo asintió con la cabeza, estupefacto.

Antonia se apresuró a entrar en la posada sin más demora. La puerta estaba abierta. No había ni rastro del posadero, pero al fondo del vestíbulo, sobre una mesa de madera, había una vela encendida. Una débil luz procedente de arriba llamó su atención. Levantó la mirada hacia la escalera en penumbra y vio que unas sombras, proyectadas por la luz de la vela, se movían sobre la pared. Las sombras desaparecieron cuando sus dueños enfilaron uno de los pasillos del piso de arriba.

Antonia agarró la vela de la mesa y los siguió. Al llegar a lo alto de la escalera, no vio a nadie. Siguió el pasillo que estaba segura habían tomado Geoffrey y Catriona y fue deteniéndose para pegar el oído a cada puerta. No oyó más que ronquidos y resoplidos hasta que llegó a la última puerta, justo al final del pasillo. Unas voces hoscas subían y bajaban. Otras hablaban con mayor suavidad, pero Antonia no podía distinguir lo que decían. Frunció el ceño... y miró la puerta de su derecha. Pegó la oreja a ella y escuchó atentamente, pero no oyó nada. Contuvo el aliento y giró el picaporte. Empujó la puerta y alzó la vela temerosamente.

La habitación estaba vacía. Dejó escapar un suspiro de alivio, entró y cerró la puerta con firmeza. Miró a su alrededor y vio otra puerta encastrada en la pared que daba a la habitación del fondo, en la que había oído voces. Dando gracias por su buena suerte, dejó la vela sobre una cómoda y entreabrió sigilosamente la puerta.

Había tras ella un pequeño espacio entre gruesas paredes al fondo del cual había otra puerta. Como las voces del otro lado llegaban a sus oídos con toda claridad, Antonia supuso que aquella puerta daba directamente a la habitación del fondo del pasillo.

—Sé muy bien que era eso lo que querían, pero, como dice aquí Josh, ni en sueños.

Aquella voz era torva y amenazadora. Antonia oyó contestar a Geoffrey, pero no entendió lo que decía su hermano. Agarró cuidadosamente el pomo de la puerta y, conteniendo el aliento, lo giró hasta que sintió que el pestillo cedía. Luego entreabrió la puerta una rendija.

—No hay nada más que hablar —dijo otra voz ronca y desafiante—. El chaval ése nos trajo aquí. Ya habéis oído el precio. O lo tomáis, o lo dejáis.

Se oyeron unos susurros. Antonia soltó con cuidado el pomo y se acercó cuanto le pareció sensato a la rendija de la puerta, intentando oír lo que decían su hermano y Catriona. De pronto, una mano le tapó la boca y un brazo se deslizó sobre su cintura, tirando de ella hacia atrás. Antonia se quedó rígida. Luego se relajó y tiró de la mano que le tapaba la boca. Philip la soltó e inclinó la cabeza para susurrarle al oído:

—¿Qué demonios haces aquí?

Antonia desoyó su tono iracundo. Apretó la cabeza contra su hombro y, mirándolo a los ojos, indicó la habitación del otro lado de la puerta.

—Escucha —susurró.

—Mi amigo los contrató. Acordaron una suma para llevarnos a Londres.

Antonia agrandó los ojos. Tiró de la mano de Philip.
—Ése fue el señor Fortescue.
Philip le lanzó una mirada de advertencia.
—Chist.
—Sí, así es —contestó una voz bronca—. Pero eso fue antes de que supiéramos que iba a venir una señorita. Ahora que lo sabemos, les va a costar mucho más ir a Londres. Con una señorita tan guapa...
—Además —dijo el otro en tono aún más inquietante—, si no tienen dinero, podemos cobrar de otro modo.
Antonia sofocó un escalofrío. Se oyeron de nuevo susurros al fondo de la habitación. Philip exhaló un suspiro resignado. Antonia levantó la vista y vio que cerraba los ojos un momento. Cuando volvió a abrirlos, apretó la mandíbula. Antes de que ella pudiera decir nada, Philip la empujó suavemente hacia la estrecha pared del cuartito en el que se hallaban.
—Quédate aquí —dijo con firmeza—. No te muevas.
—¿Qué...?
—Y no hagas ruido.
Antonia reprimió las ganas de resoplar con desdén y obedeció. Philip agarró el pomo de la puerta y entró tranquilamente en la habitación. Tal y como imaginaba, los cocheros estaban de espaldas a él. Más allá, un cuarteto de caras lo miró con pasmo. La puerta, que estaba bien engrasada, no chirrió. El suelo de la habitación estaba cubierto con una gruesa alfombra que amortiguaba sus pasos. Los cocheros no le oyeron.

Geoffrey, como cabía esperar, fue el primero en reaccionar. Fijando de nuevo la mirada en los cocheros, dijo con arrogancia:

—No creo que sepan con quién están hablando. Tenemos poderosos defensores con los que no les conviene enemistarse.

—¡Ja! ¡Ésa sí que es buena! —exclamó el cochero más alto—. Seguro que sí. Por eso huis los tres con la señorita en plena noche.

—Me temo que he de darle la razón aquí a nuestro amigo —comentó Philip con su mejor acento de Bond Street—. Admito que estoy perplejo. Tendrás que explicarme, Geoffrey, por qué has creído conveniente llevarte a tu hermana en plena noche.

Los dos cocheros se quedaron de piedra. Se miraron de soslayo y luego el más corpulento se giró con los puños en alto. Philip le propinó tal puñetazo en la mandíbula que el rufián cayó al suelo. El otro se abalanzó sobre él. Philip se agachó, se lanzó sobre su atacante, golpeándolo con el hombro a la altura de la cadera y lo arrojó al otro lado de la habitación. El hombre chocó contra la pared con un golpe seco y se deslizó luego hasta el suelo, hecho un fardo. Philip aguardó, pero ninguno de los dos rufianes estaba en condiciones de seguir la pelea.

—¡Cielo santo! No sabía que boxearas.

Philip se irguió, se enderezó el gabán y miró hacia atrás. Antonia estaba tras él, empuñando con el brazo alzado un candelabro. Philip apretó los labios y agarró el candelabro.

—Te dije que no te movieras.

Ella lo miró con fijeza.

—Si hubiera sabido que sabías boxear, no me habría movido.

—No creía que mi destreza como boxeador fuera un acicate para que mi esposa me obedezca —se oyó decir Philip... y tuvo que contener las ganas de cerrar los ojos y gruñir.

Catriona se lanzó en brazos de Antonia. En ese mismo instante, empezaron a llamar con furia a la puerta.

—¡Abran! ¡Ésta es una posada respetable!

—El posadero —dijo Geoffrey.

Philip miró al techo.

—¿Por qué a mí? —sin esperar respuesta, se acercó a la puerta y les hizo señas a Geoffrey y Henry para que levantaran a los cocheros desfallecidos. Mientras ellos se esforzaban en levantarlos, abrió la puerta—. Buenas noches. Me llamo Ruthven. Supongo que usted es el posadero.

Antonia escuchó cómo explicaba tranquilamente que sus

pupilos y sus amigos habían decidido regresar a la ciudad en lugar de permanecer en una mansión cercana y que, por razones que no se dignó aclarar, habían resuelto encontrarse en la posada con los cocheros que habían contratado, en lugar de en la mansión en la que estaban de visita, sólo para descubrir que aquellos dos individuos eran unos rufianes. El posadero se apresuró a expresarle su simpatía y estuvo de acuerdo en que era una suerte que Philip hubiera llegado a tiempo de desbaratar los planes de aquellos villanos, gracias a la nota que le habían dejado sus pupilos.

Para entonces, los cocheros habían sido sacados a rastras de la posada y arrojados en una zanja, y Catriona había conseguido calmarse.

Acordaron contratar el coche de la posada y los servicios de un mozo y un cochero que estaban durmiendo en una granja cercana, tras lo cual Philip entró en el salón de la posada, donde, por sugerencia suya, estaban esperándole los demás. Le cerró la puerta en las narices al posadero y miró a sus amigos con enojo.

—¿Os importaría explicarme qué está pasando aquí?

Antonia, que estaba tan intrigada como él, miró a los demás. Catriona puso al instante una expresión terca. Ambrose presentaba un aspecto más acobardado de lo normal. Y Henry Fortescue enrojeció y empezó a carraspear. Geoffrey fue el primero en hablar.

—Está bastante claro... o, al menos, eso creíamos. Catriona está segura de que lady Copely la acogerá en su casa y apoyará su boda con Henry.

—Recordé que lady Copely vino de visita hace tiempo —dijo Catriona—, justo después de que yo me viniera a vivir con lady Ticehurst. La vieja arpía me obligó a quedarme en mi habitación, pero oí decir a las doncellas que había habido una discusión espantosa. Supongo que la tía Copely quería verme. De haber sabido que lady Ticehurst no podía obligarme legalmente a vivir con ella, me habría ido hace tiempo con mi otra tía.

—Así las cosas —continuó Geoffrey—, no parecía lógico ir a informar a lady Copely y regresar luego a Ticehurst Place para rescatar a Catriona, sobre todo porque la arpía iba a seguir insistiendo en que se casara con Ambrose.

—Decidimos que no había nada impropio en que fuéramos los cuatro juntos a la ciudad —explicó Henry, y miró a Ambrose—. Hammersley no quería quedarse en Ticehurst Place... sobre todo, cuando las señoras descubrieran que Catriona había huido. Se ofreció a buscar un par de cocheros. Pero, por desgracia, resultaron ser unos truhanes.

Ambrose torció el gesto.

—No quería acudir al pueblo. Podían irle con el cuento a lady Ticehurst. Así que busqué una taberna de mala muerte. Y no encontré nada mejor que esos dos.

—No importa. Al final, no ha pasado nada grave —dijo Antonia con una sonrisa—. Gracias a Ruthven —añadió, mirando a Philip.

—En efecto, querida... pero tú aún no me has dicho por qué saliste en su persecución.

Todos miraron a Antonia y ella, dándose cuenta de que sólo Philip sabía que había sacado sola los caballos y el faetón, procuró mantener una expresión serena y confiada.

—Vi a Geoffrey y a Catriona saliendo en la calesa. Naturalmente, como no sabía qué estaban tramando, me apresuré a ir tras ellos.

—¿Y no se te ocurrió avisarme? —preguntó Philip con engañosa suavidad.

—No me paré a pensarlo —reconoció ella—. Cuando se me ocurrió, la calesa me llevaba mucha ventaja y no quise arriesgarme a perder más tiempo.

—Entiendo —Philip achicó los ojos y siguió mirándola fijamente.

—Me acordé de la Biblia —el comentario de Catriona hizo que se volvieran hacia ella. La muchacha recogió un paquete envuelto en papel de estraza que había sobre la mesa—. Era la de mi padre. Si contiene la prueba de que lady Copely tiene derecho a ser mi custodia, pensé que debía llevarla conmigo.

Philip asintió con la cabeza.

—Una idea muy sensata —vaciló un instante y luego hizo una mueca—. Muy bien. Seguiremos adelante con vuestro plan. Estoy de acuerdo en que no hay nada indecoroso en que viajéis los cuatro juntos. Y comprendo que Hammersley no quiera estar presente cuando la condesa y su madre descubran que habéis dado al traste con sus planes. A propósito de lo cual, ¿puedo preguntaros cómo ibais a comunicárselo?

Los cuatro lo miraron con pasmo.

—No creíamos que tuviéramos que hacerlo de manera explícita —contestó finalmente Geoffrey—. Pensábamos que vosotros estaríais allí... y que adivinaríais lo que había pasado.

Philip sostuvo la mirada de Geoffrey un instante y luego su semblante adquirió una expresión resignada.

—Está bien. Supongo que eso también podrá arreglarse.

En el salón, podía palparse el alivio.

Veinte minutos después, Philip vio cómo los cuatro jóvenes subían al coche de la posada. Geoffrey fue el último en subir.

—Esto es una nota para Carring —Philip le entregó un sobre cerrado—. Él pagará el coche y se encargará de que lleguéis a la casa de postas. Escribid cuando lleguéis a casa de lady Copely. Estaremos en Ruthven Manor.

—¿Ah, sí? —Geoffrey miró a Philip inquisitivamente.

Philip enarcó lánguidamente una ceja.

—Y, dado que eres el hombre más mayor de la familia Mannering, creo que será mejor que te prepares para pasarte por allí... aunque sólo un día o dos, teniendo en cuenta que ya has perdido mucho curso. Yo me ocuparé de escribir al rector.

La mueca de Geoffrey se convirtió en una amplia sonrisa.

—Ya me parecía —le dio una palmada en el hombro a Philip y subió al coche. Philip cerró la puerta. Geoffrey se asomó a la ventanilla y añadió, burlón—: No dejes que se apodere de las riendas.

—Ni pensarlo —contestó Philip.

El coche salió bamboleándose del patio y Philip se volvió hacia la posada. El posadero estaba esperando detrás de Antonia, con las llaves en la mano. Philip agarró a Antonia del brazo y la condujo al interior de la posada.

—Ya puede cerrar, Fellwell. La señora y yo encontraremos solos el camino.

Antonia se quedó de una pieza. Fellwell, que estaba bostezando, no se dio cuenta. Mientras Philip la conducía inexorablemente hacia las escaleras, Antonia oyó que la pesada puerta se cerraba. Su corazón empezó a latir con fuerza. Cuando llegaron ante la puerta de la mejor habitación, estaba completamente aturdida.

Él abrió la puerta y la condujo dentro. Luego entró y cerró la puerta. Tenía una expresión desabrida y severa.

—Eh... ¿el señor Fellwell cree que estamos casados?

—Eso espero, sinceramente —Philip la agarró de la mano y observó la habitación—. Le dije que eras lady Ruthven —satisfecho con el aposento, se detuvo ante la chimenea y se volvió hacia Antonia—. No se me ocurriría otro modo de explicar tu presencia —levantó una ceja—. ¿Y a ti? —Antonia sacudió la cabeza, turbada—. Ya que estamos de acuerdo en eso —continuó Philip, colocándose delante de ella—, antes de que nos distraigamos con otros asuntos, quisiera dar respuesta a lo que me dijiste sobre los requisitos que debía cumplir tu futuro marido —tomó su cara entre las manos y la miró fijamente a los ojos—. Dijiste que el hombre con el que te casaras no debía quedarse a solas con ninguna otra mujer —alzó una ceja—. ¿Para qué iba a querer estar a solas con otra, teniéndote a mi lado? —Antonia escudriñó sus ojos grises, cuya expresión era serena, despejada e incisiva como el acero templado—. Y, en cuanto a no bailar el vals con otras damas, si puedo bailarlo contigo, ¿por qué iba a querer bailar con otras? —Antonia frunció el ceño para sus adentros—. En cuanto a las amantes... —Philip levantó una ceja seductoramente— si te tengo a ti para calentar mi cama, para satisfacer mis deseos, ¿crees acaso que querría o tendría tiempo para una amante?

Antonia lo miró ceñuda.

—Tus respuestas son preguntas, no afirmaciones.

Los labios de Philip se curvaron.

—Preguntas, amor mío, cuya respuesta radica en la aceptación de tu primera exigencia —inclinó la cabeza levemente y sus labios quedaron suspendidos sobre ella. Antonia apartó la mirada de ellos y estudió sus ojos, que el deseo iba enturbiando poco a poco.

—¿Mi primera exigencia? —musitó.

Philip sonrió.

—Esperaba que lo adivinaras sin necesidad de decírtelo —le sostuvo la mirada y respiró hondo—. Dios, y medio Londres, saben que te quiero —escrutó sus ojos y luego añadió con voz más profunda—: Sin reservas, sin freno, mucho más profunda y locamente de lo que creo sensato.

Antonia se quedó mirándolo mientras aquellas palabras resonaban en sus oídos. Sus ojos se llenaron de pronto de alegría. Philip inclinó la cabeza y la besó con suavidad.

Cuando alzó la cabeza, ella estaba sin aliento.

—¿Sensato? —preguntó, y vio que en sus ojos se batían la dureza del acero y el deseo turbulento. Él apretó la mandíbula.

—En efecto —dijo con voz crispada—. Lo cual nos lleva a tu escapada de esta noche —bajó las manos y la enlazó por el talle.

Ella parpadeó.

—Fueron Geoffrey y Catriona quienes se escaparon, no yo.

Philip entornó los ojos.

—Basta de la lógica de los Mannering. Ya he tenido suficiente por hoy. Me refería a que te llevaras el faetón.

Antonia advirtió el brillo de sus ojos.

—Tú me dijiste que podía conducirlo —delante de la chimenea había un sillón. Antonia se apartó de Philip y lo rodeó.

—Te ofrecí llevar las riendas en la ciudad, sobre pavimento, y conmigo sentado en el pescante, a tu lado, no por un camino rural desierto y en plena noche —Philip se acercó a ella y la traspasó con la mirada—. ¿Ves a lo que me refería cuando te decía que no era sensato? —dijo entre dientes—. Esto es lo que me pasa por quererte. Yo antes era tranquilo, comedido, la encarnación del decoro y la caballerosidad... siempre mesurado —apartó el sillón de un empujón. Asombrada, Antonia dio un paso atrás, pero Philip la asió por los brazos y la apretó contra sí—. Esto es lo que me pasa por quererte.

La besó, abriendo sus labios, y se apoderó ansiosamente de sus sentidos, permitiendo que la pasión lo dominara. Sintió que ella se rendía al poder que los atenazaba a ambos, que los envolvía rápidamente en su trama de seda. Se echó hacia atrás y dijo contra sus labios:

—Maldita sea, podías haberte matado. Y me habría vuelto loco.

—¿Sí? —musitó ella.

Philip dejó escapar un gruñido.

—Completamente —la besó de nuevo y notó que Antonia se apretaba contra él y que sus cálidas curvas se ceñían a su cuerpo, prometiéndole toda clase de deleites. Sintió que el deseo crecía con fuerza dentro de ella. Satisfecho, se apartó y comenzó a besar sus párpados y su frente—. Tuviste suerte de que los otros estuvieran aquí cuando te alcancé —dijo con voz ronca—. Me pasé las últimas dos millas pensando en darte una buena azotaina para que no volvieras a sentarte en un mes.

Antonia dejó escapar un suspiro de felicidad.

—No lo habrías hecho.

—Seguramente no —contestó él—. Pero en ese momento me parecía una idea reconfortante.

Antonia echó la cabeza hacia atrás y lo besó.

—Prometo comportarme de aquí en adelante. Pero me permito recordarte que esta excursión no fue idea mía.

—Mmm —Philip levantó la cabeza y estudió su cara—. Sea

como fuere, pienso aprovechar esta pequeña trasgresión tuya para ponerle fin a nuestra peculiar discusión.

—¿Ah, sí?

—En efecto —sus labios se curvaron—. Tengo fama de sacarles el mayor partido a las situaciones más inesperadas —Antonia lo miró inquisitivamente. Philip se preguntó si sabía lo inocente que parecía. Su sonrisa se desvaneció. Tomó la cara de Antonia entre sus manos y miró intensamente sus ojos verdes—. Te necesito, amor mío. A pesar de que sé que vas a volver mi vida del revés, no quiero a ninguna otra —sonrió levemente—. Te imaginabas siendo mi cómoda esposa. Eso era imposible desde el principio y yo lo sabía —sus labios se torcieron con ironía—. Sencillamente, me costó algún tiempo asumir lo inevitable —sostuvo fijamente la mirada de Antonia, poniéndose serio—. Pero todo eso ya ha quedado atrás. Nuestro futuro empieza aquí, ahora. Ya estamos casados en nuestros corazones... casados en todos los sentidos, salvo en dos. Propongo que rectifiquemos eso de inmediato. Pasaremos la noche aquí... —sus manos temblaron ligeramente y su rostro se endureció mientras escudriñaba los ojos de Antonia—. No me pidas que te deje ir esta noche. Llevo semanas esperando hacerte mía.

Ella esbozó una sonrisa desconcertante y serena.

—Yo también he estado esperando... —dijo con voz suave— creo que años, para ser tuya.

Philip exhaló un trémulo suspiro y posó las manos sobre su cintura.

—Mañana iremos directamente a la ciudad, ya que tenemos el faetón. Nos pasaremos por Ruthven House para cambiarnos y recoger lo que necesites y nos iremos a Ruthven Manor. Podemos estar casados dentro de un par de días —se detuvo para tomar aliento y luego se forzó a añadir—: O podemos esperar tres semanas, como es costumbre. Lo que tú prefieras.

Antonia estudió su cara, sus ojos.

—Creo que me reservaré la decisión... hasta mañana —sonrió y se apretó contra él–. A fin de cuentas, esta noche puede influir en mi decisión.

Philip cerró los ojos y profirió un gruñido.

–¿Eso es una invitación o una amenaza?

–Ambas cosas.

Antonia le rodeó el cuello con los brazos y, poniéndose de puntillas para besarlo, dejó que sus labios y su cuerpo lo incitaran a apoderarse de todo su ser. Philip la besó hasta que la dejó sin aliento, aturdida y llena de deseo. Luego la tumbó en la cama y fue desvistiéndola poco a poco. Dentro de ella, la pasión ardía a sus anchas. No sentía ni el frío del aire ni inhibición alguna. Mientras yacía tumbada sobre los cojines, aguardando a que él se reuniera con ella, sintió la incuestionable sinceridad de las palabras de Philip. Aquello estaba destinado a ocurrir. Desde el principio.

Philip se tumbó por fin y la tomó en sus brazos, envolviéndola en un cálido manto de deseo. La noche giraba a su alrededor como un loco caleidoscopio de estrellas y soles que la mano de la pasión hacía girar.

Philip la abrazaba con fuerza y la conducía a través del torbellino de sus sentidos, sosteniéndola a salvo entre sus brazos. La guiaba a través de un paisaje que ella nunca había vislumbrado y fue desvelando ante ella capa a capa de intimidad hasta que sus cuerpos se hallaron unidos, y el calor de su vieja amistad y de su amor, ya antiguo, confería a cada caricia un significado mucho más profundo que su forma física.

Más tarde, cuando yacía envuelta en el cálido puerto de sus brazos, cada uno de sus miembros poseído por una languidez deliciosa, Antonia notó los labios de Philip en su frente. Él habló tan bajo que apenas oyó lo que decía.

–Esta noche, mañana... y siempre.

La firmeza de su voz selló la felicidad de Antonia. Acunada por su oleaje, se quedó dormida.

A la mañana siguiente, Philip se despertó notando la turbadora presencia de un figura cálida, voluptuosa y envuelta en seda a su lado. Dado que la seda en cuestión era la piel de su futura esposa, su reacción fue instantánea: la miró... pero sólo vio una masa de rizos dorados extendida sobre la almohada. Sorprendido, consideró qué podía hacer... y, recordando que quedaban algunos cabos sueltos, se levantó sigilosamente de la cama. Se vistió con rapidez y dejó a Antonia dormida mientras él bajaba al piso inferior de la posada.

Regresó diez minutos después, tras despachar la calesa de la condesa junto con varias cartas, algunas más largas que otras, y descubrió que Antonia seguía escondida bajo las mantas. Esbozando una sonrisa traviesa, se quitó el gabán.

Se estaba quitando la camisa cuando oyó un murmullo de sábanas procedente de la cama. Al levantar la mirada, vio que Antonia se había despertado. Ella lo vio y sonrió, soñolienta, saciada y feliz. Philip sonriente también, dejó la camisa sobre una silla y se acercó a la cama con las manos en la cintura. Antonia tardó un momento en darse cuenta de que se estaba desvistiendo, en lugar de vestirse.

—¿Qué haces? —levantó con esfuerzo la mirada hacia su cara.

La expresión de Philip la hizo estremecerse.

—He pensado —dijo él— que debía solventar los asuntos pendientes sin demora.

Todavía aturdida por los efectos de aquella larga noche, Antonia no lograba adivinar qué quería decir.

—Creía —replicó mientras él se deslizaba bajo las sábanas— que lo habíamos dejado todo claro. ¿No?

Él se echó a reír.

—Indudablemente —Philip la estrechó en sus brazos—. Sin embargo, como tenemos poco tiempo, he pensado que convenía aprovechar la ocasión para... —sus labios se deslizaron por la garganta de Antonia— intentar persuadirte un poco más.

—¿Persuadirme? —Antonia estaba desconcertada—. ¿Para qué?

—Para que nos casemos antes... —Philip bajó la cabeza para

depositar un beso sobre uno de sus pezones– o después –trasladó su atención al otro y disimuló una sonrisa de satisfacción cuando Antonia comenzó a frotarse contra él.

–Ah... –Antonia intentaba pensar–. Creo que todavía no lo he decidido –al sentir las manos de Philip sobre su carne delicada, comprendió de pronto cuál sería su respuesta. Se humedeció los labios, bajó la mirada y se topó con los ojos de Philip–. Tal vez convendría que me persuadieras un poco más.

Los ojos de Philip brillaron.

–Eso, amor mío, es precisamente lo que pensaba hacer.

Regresaron a Ruthven House al atardecer del día siguiente. Carring abrió la puerta. Philip sonrió, satisfecho, al ver que su mayordomo parpadeaba, sorprendido.

Antonia subió corriendo al piso de arriba, con una sonrisa en los labios, tan ansiosa como él por partir hacia Ruthven Manor, su nuevo hogar. Su sonrisa no se había desvanecido en toda la mañana.

–¿Y la boda, milord... si se me permite preguntarlo?

Philip miró a Carring.

–La señorita Mannering y yo hemos decidido casarnos en cuanto sea posible.

La sonrisa de Carring reflejaba una presunción que Philip no acababa de entender.

–Muy bien, milord –dijo el mayordomo–. ¿Puedo pedirle que me informe de la fecha en que se celebrarán las nupcias?

Philip se contuvo para no fruncir el ceño.

–¿Por qué?

–Con su permiso, milord, me gustaría cerrar la casa ese día, para que el servicio pueda ir a Ruthven Manor a presentarles sus respetos al señor y su esposa.

Philip alzó las cejas.

–Desde luego, si así lo desean.

−Descuide, señor, que estaremos todos allí −Carring se dirigió hacia la puerta de servicio−. La verdad es que hacía mucho tiempo que deseaba tirarle arroz en su boda.

La puerta de servicio se cerró antes de que a Philip se le ocurriera una respuesta adecuada. Achicó los ojos mirando la puerta... y se preguntó si Carring tendría buena puntería.

El regreso de Antonia lo sacó de su ensimismamiento, y olvidó por completo aquel asunto hasta tres días después, cuando salió con Antonia del brazo por la puerta de la iglesia del pueblo y cayó sobre ellos una lluvia de arroz. Un puñado le dio justo en el cogote, y los granos se deslizaron rápidamente bajo los pliegues de su corbata.

Masculló una maldición y empezó a contorsionar los hombros, pero todo fue en vano. Al mirar hacia atrás, vio entre la gente la amplia sonrisa de Carring.

Una sonrisa parecida transformó su rostro. La carroza adornada con flores esperaba ante ellos. Atrajo a Antonia a su lado, la besó apasionadamente entre los vítores de los asistentes, y luego la subió a la carroza.

Carring, como siempre, había dicho la última palabra. Pero, mientras se subía a la carroza junto a su esposa, Philip pensó que no le importaba lo más mínimo. Miró a Antonia, que estaba saludando a sus amigos, llena de felicidad.

Ella era la mujer que quería y necesitaba, no la cómoda esposa que ella había imaginado. Sonrió, orgulloso, se recostó en los cojines y miró fijamente a su mujer.

Su trigesimoquinto año de vida sería digno de recordar. Y en ese instante descubrió que esperaba con ilusión no sólo el siguiente, sino también el resto de su vida.

Títulos publicados en Top Novel

Trilby – DIANA PALMER
Mar de tesoros – NORA ROBERTS
Más fuerte que la venganza – CANDACE CAMP
Tan lejos… tan cerca – KAT MARTIN
La novia perfecta – BRENDA JOYCE
Comenzar de nuevo – DEBBIE MACOMBER
Intriga de amor – ROSEMARY ROGERS
Corazones irlandeses – NORA ROBERTS
La novia pirata – SHANNON DRAKE
Secretos entre los dos – DIANA PALMER
Amor peligroso – BRENDA JOYCE
Nuevos amores – DEBBIE MACOMBER
Dulce tentación – CANDACE CAMP
Corazón en peligro – SUZANNE BROCKMANN
Un puerto seguro – DEBBIE MACOMBER
Nora – DIANA PALMER
Demasiados secretos – NORA ROBERTS
Cartas del pasado – ROSEMARY ROGERS
Última apuesta – LINDA LAELL MILLER
Por orden del rey – SUSAN WIGGS
Entre tú y yo – NORA ROBERTS
El abrazo de la doncella – SUSAN WIGGS
Después del fuego – DEBBIE MACOMBER
Al caer la noche – HEATHER GRAHAM
Cuando llegues a mi lado – LINDA LAELL MILLER
La balada del irlandés – SUSAN WIGGS

www.ingramcontent.com/pod-product-compliance
Lightning Source LLC
LaVergne TN
LVHW030331070526
838199LV00067B/6232